U0917759

唐诗集句
——漓水流韵

秦焕艺　著

中国建筑工业出版社

图书在版编目（CIP）数据

唐诗集句——漓水流韵／秦焕艺著. —北京：中国建筑工业出版社，2015.9
ISBN 978-7-112-18383-8

Ⅰ. ①唐… Ⅱ. ①秦… Ⅲ. ①唐诗—诗集 Ⅳ. ①I222.742

中国版本图书馆CIP数据核字（2015）第200261号

本书是作者先立意再集唐人诗句创作的有特色的唐诗集句诗词集，分为山情水趣、画意诗情、漓水吟怀、阳朔唱酬四部分。记漓江之胜游，写漓江之美景，抒漓江之情思，发漓江之情愫，叙作者对秀丽漓江之殷殷情怀。本书既适合诗词爱好者吟诵和集句爱好者参考，也为书法家提供了书写内容，为画家提供了山水画适用的题画集句诗词。

责任编辑：吴宇江　许顺法
书籍设计：锋尚制版
责任校对：李欣慰　姜小莲

唐诗集句——漓水流韵
秦焕艺　著
*
中国建筑工业出版社出版、发行（北京西郊百万庄）
各地新华书店、建筑书店经销
北京锋尚制版有限公司制版
廊坊市海涛印刷有限公司印刷
*
开本：787×960毫米　1/16　印张：35¼　字数：625千字
2016年5月第一版　2016年5月第一次印刷
定价：88.00元
ISBN 978－7－112－18383－8
（27628）

版权所有　翻印必究
如有印装质量问题，可寄本社退换
（邮政编码 100037）

序诗（一）

李涵书序诗：“故乡临桂水，流韵溢山川。爱此多诗兴，幽情得古篇。”

依次集自唐人张九龄《旅宿淮阳亭口号》、元稹《献荥阳公诗五十韵》、戎昱【题严氏竹亭】、石殷士【日华川上动】。

桂水：即漓江，也称漓水。**流韵：**诗文等表现出的风格韵味。**幽情：**深远或高雅的情思。

序诗（二）

独恋家乡景，
寻幽胜境行。
青山呈画意，
绿水淌诗情。
漓韵源唐韵，
心声抒正声。
逍遥复放旷，
江畔和瑶琼。

正声：正风。雅正的诗篇。唐·白居易《编集拙诗一十五卷赠元九李二十》诗："一篇《长恨》有风情，十首《秦吟》近正声。"

逍遥：自由自在，不受拘束。**放旷**：豪放旷达，不拘礼俗。晋·潘岳《秋兴赋》："逍遥乎山川之阿，放旷乎人间之世。"

瑶琼：泛指美玉、美石。对他人诗文的美称。

序诗概括本书的"山情水趣"、"画意诗情"、"漓水吟怀"和"阳朔唱酬"四个栏目。

序言

2011年元旦过后一个校友聚会的场合，我第一次见到了秦焕艺。论起来我比他早十年进北京大学读本科，所以忝为师姐。席间，他送给我一本他的诗词集《唐诗集句诗词——漓水吟怀》[1]。说实在话，我自1979年再度考进母校攻读硕士研究生，随陈贻焮先生研习唐诗，至今也有三十余年了，经常会收到同行朋友馈赠的唐诗研究专著，但当我看到这本完全用唐诗集句创作的诗词集的时候，不由得钦佩有加，并衷心祝愿他在这条艰苦备尝却乐在其中的道路上继续前行，创作出更多更好的集句诗词。果然，时隔五年，焕艺这本《唐诗集句——漓水流韵》书稿又送到我手中。这是《唐诗集句诗词——漓水吟怀》的修改增删稿，数量从原来的298首变成605首，这是量变；最大的特点是《漓水流韵》比《漓水吟怀》有更大的质变，读来更是不忍释手。

关于集句，稍有古典文学常识的人都不陌生，它是中国文学中一种独特的创作方式，即集录前人的诗文成句重新组合，联缀成篇，构成新的作品，表达全新的内容和主题。正如《南齐书·文学传》所说，乃是“全借古语，用申今情”。“集句”又称为“集锦”，以诗居多，其他体裁则较少见。关于集句诗，明人徐师曾给它下过一个定义：“杂集古今以成诗也。”[2]即汇集他人一家或数家之诗而成，仿佛是一件用多种布料拼成的“百家衣”，因此也称为“百家衣体”。集句诗起源很早，而且源远流长，学界通行的看法是兴起于晋，大盛于宋，此后历代都有人作，且不乏名家名篇。但到现当代写集句诗的人就不多见，至于专攻集句的就更少了。这也是当我看到这本沉甸甸的集句诗词集感到惊讶而且惊喜的原因。

为什么在旧体诗词拥有大量作者的当代，在古代曾取得很高成就，并为王安石这样的大家青睐的集句诗却少人问津呢？这与集句诗的特点有关。集句诗绝不是将前人诗句随意拼凑，一篇优秀的集句之作，除了要求内容与形式的完美结合外，还须具备以下几方面条件：一是引用前人诗文时不能添改字句去“削足适履”，更不能曲解原句的意思；二是所集之句能为我所用，恰到好处地表达自己的思想与情感；三是诗句不能有拼凑痕迹，整首诗词应浑然一体，如从己出。这就要求作者不仅熟谙古代诗文章句，还要有善于驾驭、调度前人诗句的文学才能，其难度可想而知。正因为如此，古代以集句诗名家者，大多是文坛大家、作诗高手。仅就知难而上这一点来说，焕艺的勇气就不能不令人佩服。

焕艺创作集句诗词坚持“先立意后集句”。其实，“先立意后集句”并非焕艺首创，历代大有人在，如明末清初的张吴曼撰有和中峰禅师春字韵一百首，皆集前人诗句，一百首用同一“春”字韵，难度很大，但“有时不免有凑韵之嫌”[3]。而焕艺这本《漓水流韵》，虽皆集唐人诗句，却均无凑韵之痕迹，可见，焕艺的每一首集句诗词，都下了很大功夫。

用焕艺自己的话来说，作集句诗词“极其费力费工，要比自创诗词难度大几倍、几十倍，绝对是自找苦吃的差事”[4]。那么，“明知山有虎，偏向虎山行”，费时十年孜孜不倦、痴心不改，创作这样一本唐诗集句诗词集，其动力究竟是什么呢？通读全书，我找到了答案，那就是源自他对山水秀丽的家乡的感情。焕艺的家乡是桂林阳朔县渡头村，就坐落在风景如画的漓江南岸，他退休前曾任阳朔县文物管理所所长兼阳朔徐悲鸿故居陈列馆馆长，迄今为止，他大半生的工作和生活都与漓江结下了不解之缘。全书605首集句诗词，漓江山水便是贯穿其中的一条主线，对漓江山水的热爱则是诗集的主旋律。可以说，是秀甲天下的桂林山水特别是百里画廊漓江赋予焕艺丰富的创作灵感和取之不尽的创作源泉，而对故乡、对自然、对生活的热爱则是其创作的不竭动力。诚然，古往今来描绘和赞美桂林山水的诗词数不胜数，但像《漓水流韵》这样用唐诗集句这一独特方式多角度再现漓江绮丽多彩风貌的，不敢说绝无仅有，至少是不多见的。

《漓水流韵》按题材内容分为《山情水趣》、《画意诗情》、《漓水吟怀》和《阳朔唱酬》四部分，概而言之，即写景记游及抒怀言志两大类。当然，二者不可能截然分开，在具体作品中情、景、事三者往往是密不可分，相融相浃的。

抒怀言志的一类，主要收集在后两部分里。从中我们可以了解到焕艺生活和情感的诸多方面，如与老同学的久别重逢，与诗友的酬赠唱和，对亲人的拳拳之心和对故乡的依恋，对自己人生的反思感怀等。总起来说可以概括为抒写亲情、友情、人情。难能可贵的是，这些情感，借唐人诗句写来竟能够较好地切合作者的情事，读来十分自然贴切，毫无牵强之感。不妨信手拈来几例。

木兰舟稳画桡轻，闲钓江鱼不钓名。
欸乃一声山水绿，无端诗思忽然生。
——《漓江闲钓》(其三)

欲随流水去幽栖，寻逐风光著处迷。
我自忘心神自悦，晴山荒景觅诗题。
——《闲步漓江》

甲子今重数，安居桂水东。
江天诗景好，不与世流同。
——《六十初度感怀》(其三)

这几首绝句题材、主题各不相同，但有一共性，即意脉贯通，词气顺畅，起承转合自然得法，情景事理水乳交融。虽杂取唐诸家之诗,但如出一人之口，浑然一体，看不出任何“剪辑”“组装”的痕迹。如“欸乃一声山水绿”，乃柳宗元《渔翁》中的名句，却被焕艺采撷得来，成为诗人“诗思”生发的触媒，焕艺的巧思不能不令人叹服。

与抒情言志一类诗词相比，我更欣赏焕艺的写景记游的集句诗词。在我看来，用唐诗集句抒怀固然不易，但写景特别是写实景更难。这与唐诗“重情”的特点有关。唐诗中那些流传最广、脍炙人口的名句大多真切表达了人类共通的情感体验，所以借唐诗酒杯，浇自己块垒，虽然要达到辑录恰当、如出己口的境界亦不容易，但毕竟可以用来集句的资源还是比较丰富的。

写景则不然，唐代广西本土诗人很少，比较著名的只有曹邺、曹唐两家，虽曹邺有几首写家乡阳朔风景的诗，却不以善写山水著称。唐代还有一些到桂林任职或游宦的诗人，但留下的桂林山水名篇也只有不多的几首。一千多年来更为流传的一些写桂林的名句，倒是出自终其一生没有到过桂林的如韩愈、杜甫等几位大诗人之手。正因为如此，在现成诗句很少的情况下，要想用集句表现桂林特别是漓江之美，其搜求难度可想而知。而焕艺正是在这方面显示了他的集句才能和功力，给了读者一个惊喜。

翻开《漓水流韵》，仿佛是打开了一本丰富多彩的画册。一首首诗词宛如一幅幅漓江山水画图。这里有四时的变化，晨昏的不同，有月夜，有夜雨，有春霁；有渔火，有泛舟，有垂钓。漓江著名的景区，如碧莲峰、观音山、兴坪、九马画山、西街等，都一一在诗人笔下得到生动再现。其中尤以"漓江"标题的为最多。试看《漓江风光》：

桂水净和天，浮云卷碧山。
参差凌倒影，空翠落澄湾。

此诗先写"水"之"净"，继写"山"之"碧"，再写山水交相辉映的"倒影"，可谓相当准确地捕捉并再现了漓江风光的精华。如果不说，谁能想到刻画如此逼真的绝句竟然是焕艺从李洞、李白、杨炯、费冠卿这四位唐人的诗中集来的呢。再如《漓江春雨》(其二)：

前峰后岭碧濛濛，草色青青柳色浓。
细雨满江春水涨，故山多在画屏中。

此诗四句用写意的手法分写四种最具有春天特征的自然景物，组合成一幅美丽的烟雨漓江图画。运笔流畅，意境优美，虽集自四位诗人的诗句，却看不出任何集句的痕迹,令人叫绝。

从上述信手拈来的几例可知，不论从内容情感的表达，诗句之间的衔接组合,焕艺都能做到意境优美浑成，音韵工稳流畅。而类似的集句诗词在本书中是俯拾即是。相比诗，集句词的难度更大一些，因为它还必须符合所填词调的平仄、韵脚以及对仗等方面的要求。焕艺在这方面是一点也不含糊的，他说："我所有的集句诗词，坚持不改一字。如遇所选诗句不合立意，不合平仄，虽说只要改其中一字就解决问题了，我也不改，宁可再翻阅《全唐诗》去另寻合适的句子，哪怕要花费十天半月的时间才能解决，也不后悔，为的是遵守集句诗词创作的规则。”[5]正因为焕艺有这样一丝不苟的创作态度和精益求精的作诗标准，所以我们读他的集句词，才都能得到美的享受。如《望江南·漓江形胜》：

阳朔好，蔼蔼复悠悠。两岸青山相对出，一江春水向东流。形胜总神州。

“两岸青山相对出”是李白《望天门山》中的名句，传神地表现了舟行江中的动感，用来描写在两岸奇峰林立的漓江泛舟再贴切不过。而“一江春水向东流”，是家喻户晓的南唐后主李煜《虞美人》词的名句，本比喻愁绪的深广和绵延不绝，在这儿却化为一派春江浩荡的天然好景。其他如《菩萨蛮·兴坪漓江风光》、《菩萨蛮·晚春回乡》等集句词也都写景如画，诗情浓郁，与上引作品有异曲同工之妙。

集句诗词能够达到这样剪裁得当、如从己出的境地是不容易的，这绝非一日之功，更不是妙手偶得。焕艺在这方面的确下了很大的工夫。从《漓水吟怀》后记中可知，他不仅通读了清编《全唐诗》十五册，而且作了大量摘句。在十年的时间里，他是日思夜读，废寝忘食，走在路上，甚至躺在病床上，都不能忘情于集句，真可谓如醉如痴。他借唐人诗句说：“**白头犹自学诗狂，身外浮名不足忙**”（《老来学诗》），“**剪裁千古献当今，不合于名不苦心**”（《〈漓水流韵〉编后感》），“**风松韵里忘形坐，把得新诗喜又吟**”（《江畔听松》）。从中可以看出他创作集句诗词的可贵热情和不凡志趣。

作为校友，我很高兴看到焕艺在集句诗词创作的道路上已经闯出了自己的路子并取得可喜的成绩，故欣然命笔，写下这篇序文，希望有更多的读者分享焕艺的成果，欣赏唐诗集句诗词的独特魅力。

张明非

2015年5月于广西师范大学

注：

1　中国诗联书画出版社，2010年5月版。

2　《文体明辨序说》，人民文学出版社1962年版。

3　宗庭虎、李金苓《中国集句史》，山东文艺出版社2009年9月版。

4、5　《漓水吟怀·后记》。

张明非：北京人，毕业于北京大学中文系，文学硕士。广西师范大学中文系教授、博士生导师，广西文史馆馆员。主要研究领域为唐代文学与中国诗学。先后出版了《唐音论薮》等专著多部。曾任中国唐代文学学会副会长等职。

目录

漓水吟怀

阳朔唱酬

山情水趣

登山复临水
骚雅趣何长

——王维、郑谷诗句

春游漓江

二　首

长与韶光暗有期，碧莲花影倒参差。

牧童向日眠春草，巴女骑牛唱竹枝。

一路水云生隐思，十洲风景助新诗。

扁舟自得逍遥志，上万千回总是迷。

第一句集自秦韬玉【对花】：“**长与韶光暗有期**，可怜蜂蝶却先知。谁家促席临低树，何处横钗戴小枝。丽日多情疑曲照，和风得路合偏吹。向人虽道浑无语，笑劝王孙到醉时。”见《全唐诗》卷六七〇。

第二句集自吴融【游华州飞泉亭】：“走马街南百亩池，**碧莲花影倒参差**。偶同人去红尘外，正值僧归落照时。万事已为春弃置，百忧须赖酒医治。殷勤待取前峰月，更倚阑干弄钓丝。”见《全唐诗》卷六八七。

第三句集自杜荀鹤【途中春】：“年光身事旋成空，毕竟何门遇至公。人世鹤归双鬓上，客程蛇绕乱山中。**牧童向日眠春草**，渔父隈岩避晚风。一醉未醒花又落，故乡回首楚关东。”见《全唐诗》卷六九二。

第四句集自于鹄【巴女谣】：“**巴女骑牛唱竹枝**，藕丝菱叶傍江时。不愁日暮还家错，记得芭蕉出槿篱。”见《全唐诗》卷三一〇。

第五句集自杜荀鹤【送福昌周繇少府归宁兼谋隐】：“少见古人无远虑，如君真得古人情。登科作尉官虽小，避世安亲禄已荣。**一路水云生隐思**，几山猿鸟认吟声。知君未作终焉计，要著文章待太平。”见《全唐诗》卷六九二。

第六句集自刘禹锡【马大夫见示浙西王侍御赠答诗因命同作】:“忆逐羊车凡几时，今来旧府统戎师。象筵照室会词客，铜鼓临轩舞海夷。百越酋豪称故吏，**十洲风景助新诗**。秣陵从事何年别，一见琼章如素期。”见《全唐诗》卷三六一。

第七句集自李珣【渔歌子】之四:“九疑山，三湘水，芦花时节秋风起。水云间，山月里，棹月穿云游戏。鼓清琴，倾渌蚁，**扁舟自得逍遥志**。任东西，无定止，不议人间醒醉。”见《全唐诗》卷八九六。

第八句集自智亮【戴云山吟】之一:“人间谩说上天梯，**上万千回总是迷**。曾似老人岩上坐，清风明月与心齐。”见《全唐诗》卷八二三。

韶光：美好的时光，常指春光。**有期**：规定的时间，约定的时间。**碧莲**：比喻苍翠挺拔的山峰。**碧莲花影倒参差**：漓江两岸群峰，历来被人们称为“碧莲玉笋”。此句借指漓江两岸似碧莲般的群峰的山影参差不齐地倒影在清澈的漓江中。**巴女**：旧时指巴蜀一带的农村少女，这里指漓江两岸农村天真纯朴的女孩。**竹枝**：乐府《近代曲》名。本巴渝（今四川东部）一带民歌，唐刘禹锡据以改创为“竹枝词”，盛行于世。其形式为七言绝句。唐人写“竹枝词”多述旅人愁绪或儿女柔情，后人所作“竹枝词”多歌咏风土人情。**十洲**：道教称大海中神仙居住的十处名山胜境，泛指仙境。**十洲风景**：借指漓江众多的山水、人文景点。

兰渚春游碧草芳，千峰岩外晓苍苍。

江云未散东风暖，积雨晴来野景长。

两个黄鹂鸣翠柳，一枝红艳露凝香。

经山涉水向何处，且放欢情入醉乡。

第一句集自吴融【富水驿东楹有人题诗】:“绣缨霞翼两鸳鸯，金岛银川是故乡。只合双飞便双死，岂悲相失与相忘。烟花夜泊红蕖腻，**兰渚春游碧草芳**。何事遽惊云雨别，秦山楚水两乖张。”见《全唐诗》卷六八七。

第二句集自李中【赠念《法华经》绶上人】:“五更初起扫松堂，瞑目先焚一炷香。念彻莲经谁得见，**千峰岩外晓苍苍**。”见《全唐诗》七四九。

第三句集自李建勋【细雨遥怀故人】:“**江云未散东风暖**，溟蒙正在高楼见。细柳缘堤少过人，平芜隔水时飞燕。我有近诗谁与和，忆君狂醉愁难破。昨夜南窗不得眠，闲阶点滴回灯坐。”见《全唐诗》卷七三九。

第四句集自李中【秋日登润州城楼】:“虚楼一望极封疆，**积雨晴来野景长**。水接海门铺远色，稻连京口发秋香。鸣蝉历历空相续，归鸟翩翩自著行。吟罢倚栏深有思，清风留我到斜阳。”见《全唐诗》卷七四八。

第五句集自杜甫【绝句四首】之三：“**两个黄鹂鸣翠柳**，一行白鹭上青天。窗含西岭千秋雪，门泊东吴万里船。”见《全唐诗》卷二二八。

第六句集自李白【清平调】之二：“**一枝红艳露凝香**，云雨巫山枉断肠。借问汉宫谁得似，可怜飞燕倚新妆。”见《全唐诗》卷八九〇。

第七句集自戴叔伦【题武当逸禅师兰若】:“我身本似远行客，况是乱时多病身。**经山涉水向何处**，羞见竹林禅定人。”见《全唐诗》卷二七四。

第八句集自刘兼【春夕遣怀】:“穷通分定莫凄凉，**且放欢情入醉乡**。范蠡扁舟终去相，冯唐半世只为郎。风飘玉笛梅初落，酒泛金樽月未央。休把虚名挠怀抱，九原丘陇尽侯王。”见《全唐诗》卷七六六。

兰渚：洲渚的美称。《文选·曹植〈应诏诗〉》:“朝发鸾台，夕宿兰渚。”吕向注：“鸾台、兰渚，并路边地，美言之也。”

独游忘归

寻花傍水看春晖，回语长松我即归。

自爱此身居乐土，独游野径送芳菲。

溪头讲树缆渔艇，座上新泉泛酒杯。

时有兴来还觅句，村情山趣顿忘机。

第一句集自吴融【上巳日】:“本学多情刘武威，**寻花傍水看春晖**。无端遇着伤心事，赢得凄凉索漠归。”见《全唐诗》卷六八七。

第二句集自皎然【酬秦山人出山见呈】:“手携酒榼共书帏，**回语长松我即归**。若是出山机已息，岭云何事背君飞。”见《全唐诗》卷八一五。

第三句集自朱庆余【送浙东陆中丞】:“坐将文教镇藩维，花满东南圣主知。公务肯容私暂入，丰年长与德相随。无贤不是朱门客，有子皆如玉树枝。**自爱此身居乐土**，咏歌林下日忘疲。”见《全唐诗》卷五一五。

第四句集自司空曙【早夏寄元校书】:“**独游野径送芳菲**，高竹林居接翠微。绿岸草深虫入遍，青丛花尽蝶来稀。珠荷荐果香寒簟，玉柄摇风满夏衣。蓬荜永无车马到，更当斋夜忆玄晖。”见《全唐诗》卷二九二。

第五句集自方干【茅山赠洪拾遗】:“圣代谏臣停谏舌，求归故里傲云霞。**溪头讲树缆渔艇**，箧里朝衣输酒家。但爱身闲辞禄俸，那嫌岁计在桑麻。我来幸与诸生异，问答时容近绛纱。”见《全唐诗》卷六五〇。

第六句集自鱼玄机【夏日山居】:“移得仙居此地来，花丛自遍不曾栽。庭前亚树张衣桁，**坐上新泉泛酒杯**。轩槛暗传深竹径，绮罗长拥乱书堆。闲乘画舫吟明月，信任轻风吹却回。”见《全唐诗》卷八〇四。

第七句集自齐己【山中寄凝密大师兄弟】:“一炉薪尽室空然，万象何妨在眼前。**时有兴来还觅句**，已无心去即安禅。山门影落秋风树，水国光凝夕照天。借问荀家兄弟内，八龙头角让谁先。”见《全唐诗》卷八四四。

第八句集自段成式【题谷隐兰若三首】之三:“鸟啄灵雏恋落晖，**村情山趣顿忘机**。丹成道士过门数，叶尽寒猿下岭稀。”见《全唐诗》卷五八四。

乐土:安乐的地方。**芳菲**:芳香的花草。**讲树**:三国·魏·嵇康家有大柳树，嵇康曾在树下与友人吕安、向秀等人清谈（见《晋书·嵇康传》)，故称这棵大柳树为讲树，泛指其下荫凉，常聚闲人清谈之树，也用为思念亲旧的典故。**忘机**:消除机巧之心。常指甘于淡泊，与世无争。

山情水趣
二 首

山 情

隔叶黄鹂空好音，非遐非迩奥难寻。

若将雅调开诗兴，尔正啼时我正吟。

第一句集自杜甫【蜀相】：“丞相祠堂何处寻，锦官城外柏森森。映阶碧草自春色，**隔叶黄鹂空好音**。三顾频烦天下计，两朝开济老臣心。出师未捷身先死，长使英雄泪满襟。”见《全唐诗》卷二二六。

第二句集自吕岩【七言】之五：“谁信华池路最深，**非遐非迩奥难寻**。九年采炼如红玉，一日圆成似紫金。得了永祛寒暑逼，服之应免死生侵。劝君门外修身者，端念思惟此道心。”见《全唐诗》卷八五六。

第三句集自杨巨源【冬夜陪丘侍御先辈听崔校书弹琴】：“雪满中庭月映林，谢家幽赏在瑶琴。楚妃波浪天南远，蔡女烟沙漠北深。顾盼何曾因误曲，殷勤终是感知音。**若将雅调开诗兴**，未抵丘迟一片心。”见《全唐诗》卷三三三。

第四句集自雍陶【闻杜鹃二首】之二：“蜀客春城闻蜀鸟，思归声引未归心。却知夜夜愁相似，**尔正啼时我正吟**。”见《全唐诗》卷五一八。

遐：远的意思。**迩**：近的意思。**奥**：隐蔽的地方。**雅调**：高雅的韵调或格调，借指黄鹂动听的啼叫声。**开**：开启，引发。

水 趣

野吟何处最相宜，芳草渡头微雨时。

碧岸钓归惟独笑，不将清韵世人知。

第一句集自杜荀鹤【春日山居寄友人】:“**野吟何处最相宜**，春景暄和好入诗。高下麦苗新雨后，浅深山色晚晴时。半岩云脚风牵断，平野花枝鸟踏垂。倒载干戈是何日，近来麋鹿欲相随。”见《全唐诗》卷六九二。

第二句集自杜牧【初春雨中舟次和州横江裴使君见迎李赵二秀才同来因书四韵兼寄江南许浑先辈】:“**芳草渡头微雨时**，万株杨柳拂波垂。蒲根水暖雁初浴，梅径香寒蜂未知。辞客倚风吟暗淡，使君回马湿旌旗。江南仲蔚多情调，怅望春阴几首诗。”见《全唐诗》卷五二三。

第三句集自徐夤【偶吟】:“千卷长书万首诗，朝蒸藜藿暮烹葵。清时名立难皆我，晚岁途穷亦问谁。**碧岸钓归惟独笑**，青山耕遍亦何为。寻常抖擞怀中策，可便降他两鬓丝。”见《全唐诗》卷七〇九。

第四句集自钱起【片玉篇】:“至宝未为代所奇，韫灵示璞荆山陲。独使虹光天子识，**不将清韵世人知**。世人所贵惟燕石，美玉对之成瓦砾。空山埋照凡几年，古色苍痕宛自然。重溪幂幂暗云树，一片荧荧光石泉。美人之鉴明且彻，玉指提携叹奇绝。试劳香袖拂莓苔，不觉清心皎冰雪。连城美价幸逢时，命代良工岂见遗。试作珪璋礼天地，何如瑀瑊在阶墀。”见《全唐诗》卷二三六。

漓江觅诗

四　首

对景却惭无藻思，黯然江上步迟迟。

寂寥不觉成章句，自古风光只属诗。

第一句集自刘兼【酬勾评事】:“闲庭欹枕正悲秋，忽觉新编浣远愁。才薄只愁安雁户，年高空忆复渔舟。鹭翘皓雪临汀岸，莲袅红香匝郡楼。**对景却惭无藻思**，南金荆玉卒难酬。”见《全唐诗》卷七六六。

第二句集自贯休【送罗邺赴许昌辟】："方得论心又别离，**黯然江上步迟迟**。不堪回首崎岖路，正是寒风皴错时。美似郄超终有日，去依刘表更何疑。前程不少南飞雁，聊寄新诗慰所思。"见《全唐诗》卷八三五。

第三句集自贯休【寄高员外】："冷洌苍黄风似劈，雪骨冰筋满瑶席。庭松流污相抵吃，霜絮重裘火无力。孤峰地炉烧白枥，庞眉道者应相忆。倏忽维阳岁云暮，**寂寥不觉成章句**。惟应将寄蕊珠宫，禅刹云深一来否。"见《全唐诗》卷八二七。

第四句集自姚合【和秘书崔少监春日游青龙寺僧院】："官清书府足闲时，晓起攀花折柳枝。九陌城中寻不尽，千峰寺里看相宜。高人酒味多和药，**自古风光只属诗**。见说往来多静者，未知前日更逢谁。"见《全唐诗》卷五〇一。

藻思：创作诗词文章的才思。**黯然**：心神沮丧的样子。**寂寥**：寂静，无人倍伴。

此日烟江惬所思，吟情高古有谁知。

已能探虎穷骚雅，红树碧山无限诗。

第一句集自韩偓【阻风】："平生情趣羡渔师，**此日烟江惬所思**。肥鳜香粳小艛艓，断肠滋味阻风时。"见《全唐诗》卷六八二。

第二句集自伍乔【寄史处士】："长羡闲居一水湄，**吟情高古有谁知**。石楼待月横琴久，渔浦经风下钓迟。僻坞落花多掩径，旧山残烧几侵篱。松门别后无消息，早晚重应蹑屐随。"见《全唐诗》卷七四四。

第三句集自李中【送相里秀才之匡山国子监】："气秀情闲杳莫群，庐山游去志求文。**已能探虎穷骚雅**，又欲囊萤就典坟。目豁乍窥千里浪，梦寒初宿五峰云。业成早赴春闱约，要使嘉名海内闻。"见《全唐诗》卷七五〇。

第四句集自章碣【癸卯岁毗陵登高会中贻同志】："流落常嗟胜会稀，故人相遇菊花时。凤笙龙笛数巡酒，**红树碧山无限诗**。尘土十分归举子，乾坤大半属偷儿。长杨羽猎须留本，开济重为阙下期。"见《全唐诗》卷六六九。

探虎：比喻不畏艰难去寻根究源。**穷**：寻根究源。**骚雅**：《离骚》与《诗经》中《大雅》、《小雅》的并称，借指由《诗经》和《离骚》所奠定的古诗优秀风格和传统。

芳郊绿野散春晴，溪上还随觅句行。

笔落青山飘古韵，直应天授与诗情。

第一句集自沈佺期【奉和春日幸望春宫应制】："**芳郊绿野散春晴**，复道离宫烟雾生。杨柳千条花欲绽，葡萄百丈蔓初萦。林香酒气元相入，乌啭歌声各自成。定是风光牵宿醉，来晨复得幸昆明。"见《全唐诗》卷九六。

第二句集自司空图【喜王驾小仪重阳相访】："白菊初开卧内明，闻君相访病身轻。樽前且拨伤心事，**溪上还随觅句行**。幽鹤傍人疑旧识，残蝉向日噪新晴。拟将寂寞同留住，且劝康时立大名。"见《全唐诗》卷六三二。

第三句集自杜牧【和宣州沈大夫登北楼书怀】："兵符严重辞金马，星剑光芒射斗牛。**笔落青山飘古韵**，帐开红旆照高秋。香连日彩浮绡幕，溪逐歌声绕画楼。可惜登临佳丽地，羽仪须去凤池游。"见《全唐诗》卷五二四。

第四句集自陆龟蒙【和袭美送孙发百篇游天台】："**直应天授与诗情**，百咏惟消一日成。去把彩毫挥下国，归参黄绶别春卿。闲窥碧落怀烟雾，暂向金庭隐姓名。珍重兴公徒有赋，石梁深处是君行。"见《全唐诗》卷六二五。

溪：河川也称为溪。这里借指漓江。**古韵**：泛指古汉语音韵。**天授**：上天所给予。

年来数出觅风光，山翠参差水渺茫。

长爱清华入诗句，每行吟得好篇章。

第一句集自白居易【闲出觅春，戏赠诸郎官】：“**年来数出觅风光**，亦不全闲亦不忙。放鞚体安骑稳马，隔袍身暖照晴阳。迎春日日添诗思，送老时时放酒狂。除却髭须白一色，其余未伏少年郎。”见《全唐诗》卷四四六。

第二句集自李宏皋【题桃源】：“**山翠参差水渺茫**，秦人昔在楚封疆。当时避世乾坤窄，此地安家日月长。草色几经坛杏老。岩花犹带涧桃香。他年倘遂平生志，来著霞衣侍玉皇。”见《全唐诗》卷七六二。

第三句集自李建勋【雪有作】：“霏霏奕奕满寒空，况是难逢值腊中。未白已堪张宴会，渐繁偏好去帘栊。庭莎易集看盈地，池柳难装旋逐风。**长爱清华入诗句**，预愁迟日放消融。”见《全唐诗》卷七三九。

第四句集自韦庄【题七步廊】：“席门无计那残阳，更接檐前七步廊。不羡东都丞相宅，**每行吟得好篇章**。”见《全唐诗》卷六九七。

清华：指景物清秀美丽。**行**：行走、步行、旅行、行动的“行”。**篇章**：篇和章，泛指文字著作。这里特指诗篇。

青山觅句

不可端居守寂寥，四邻风景合相饶。

青山尽日寻黄绢，江上烹鱼采野樵。

第一句集自白居易【病中数会张道士见讥，以此答之】：“亦知数出妨将息，**不可端居守寂寥**。病即药窗眠尽日，兴来酒席坐通宵。贤人易狎须勤饮，姹女难禁莫慢烧。张道士输白道士，一杯沆瀣便逍遥。”见《全唐诗》卷四五九。

第二句集自姚合【送盛秀才赴举】：“重重吴越浙江潮，刺史何门始得消。五字州人唯有此，**四邻风景合相饶**。橘村篱落香潜度，竹寺虚空翠自飘。君去九衢须说我，病成疏懒懒趋朝。”见《全唐诗》卷四九六。

第三句集自许浑【甘露寺感事贻同志】："云蔽长安路更赊，独随渔艇老天涯。**青山尽日寻黄绢**，沧海经年梦绛纱。雪愤有期心自壮，报恩无处发先华。东堂旧侣勤书剑，同出膺门是一家。"见《全唐诗》卷五三六。

第四句集自陈标【焦桐树】：**"江上烹鱼采野樵**，鸾枝摧折半曾烧。未经良匠材虽散，待得知音尾已焦。若使琢磨徽白玉，便来风律轸青瑶。还能万里传山水，三峡泉声岂寂寥。"见《全唐诗》卷五〇八。

端居：指平常的居处。**黄绢**：诗词绝妙的赞语。《世说新语》记载：有一天，曹操和杨修路过十三岁的邯郸淳撰写的曹娥碑，上有蔡邕题的"黄绢幼妇、外孙齑臼"八个字，曹操指着题字问杨修："这八个字的意思你知道吗？"杨修回答："知道。"曹操说："你先不要讲出来，让我想一想。"走了30里路，曹操说："我也想出来了。咱们各自把自己的理解写出来吧。"杨修于是写道："黄绢，色丝也，这是一个'绝'字；幼妇，少女也，这是一个'妙'字；外孙，女之子也，这是个'好'字；臼，受辛也，这是一个'辞'字。这八个字的意思是'绝妙好辞'！"曹操一看，跟自己写的完全一样，便十分感慨地对杨修说："我的才能不及你！"后来，人们便以"黄绢"作诗词绝妙的赞语。

江畔得句

近日春寒，风雨如晦，心烦意乱。雨过初晴，丁漓江畔闲坐散愁，望水观山，竟觅得数句。

水开长镜引诸峦，莫忆家江七里滩。

新句有时愁里得，不曾将与世人看。

第一句集自陈翊【郊行示友人】：**"水开长镜引诸峦**，春洞花深落翠寒。醉向丝萝惊自醒，与君清耳听松湍。"见《全唐诗》卷三〇五。

第二句集自白居易【酬严十八郎中见示】："口厌含香握厌兰，紫微青琐举头看。忽惊鬓后苍浪发，未得心中本分官。夜酌满容花色暖，秋吟切骨玉声寒。承明长短君应入，**莫忆家江七里滩**。”见《全唐诗》卷四四二。

第三句集自雍陶【秋居病中】：“幽居悄悄何人到，落日清凉满树梢。**新句有时愁里得**，古方无效病来抛。荒檐数蝶悬蛛网，空屋孤萤入燕巢。独卧南窗秋色晚，一庭红叶掩衡茅。”见《全唐诗》卷五一八。

第四句集自施肩吾【洗丹沙词】：“千淘万洗紫光攒，夜火荧荧照玉盘。恐是麻姑残米粒，**不曾将与世人看**。”见《全唐诗》卷四九四。

七里滩：即子陵钓滩，又叫严陵濑。严光，少曾与汉光武帝刘秀同游学。刘秀即帝位后严光变姓名隐遁。刘秀遣人觅访，征召到京，授官不受，退隐于富春山。有人说严光隐居富春山是官场作秀。后来的读书人仿效，即成“终南捷径”之风气。（终南捷径：唐卢藏用举进士，隐居终南山中，以冀征召，后果以高士名被召入仕，时人称之为随驾隐士。司马承祯尝被召，将还山，卢藏用指终南山曰：“此中大有嘉处。”司马承祯徐曰：“以仆视之，仕官之捷径耳。”见唐刘肃《大唐新语·隐逸》。后因以“终南捷径”比喻谋求官职或名利的捷径。）

回渡头

山势川形阔复长，喧喧晓渡簇舟航。

桂江日夜流千里，亦有亲情满故乡。

第一句集自白居易【江楼夕望招客】：“海天东望夕茫茫，**山势川形阔复长**。灯火万家城四畔，星河一道水中央。风吹古木晴天雨，月照平沙夏夜霜。能就江楼销暑否，比君茅舍较清凉。”见《全唐诗》四四三。

第二句集自罗邺【冬夕江上言事五首】之二：“喔喔晨鸡满树霜，**喧喧晓渡簇舟航**。数星昨夜寒炉火，一阵谁家腊瓮香。久别羁孤成潦倒，回看书剑更苍黄。逢人举止皆言命，至竟谋闲可胜忙。”见《全唐诗》卷六五四。

第三句集自柳宗元【韩漳州书报彻上人亡因寄二绝】之二：“频把琼书出袖中，独吟遗句立秋风。**桂江日夜流千里**，挥泪何时到甬东。”见《全唐诗》卷三五二。

第四句集自白居易【井底引银瓶—止淫奔也】：“井底引银瓶，银瓶欲上丝绳绝。石上磨玉簪，玉簪欲成中央折。瓶沉簪折知奈何，似妾今朝与君别。忆昔在家为女时，人言举动有殊姿。婵娟两鬓秋蝉翼，宛转双蛾远山色。笑随戏伴后园中，此时与君未相识。妾弄青梅凭短墙，君骑白马傍垂杨。墙头马上遥相顾，一见知君即断肠。知君断肠共君语，君指南山松柏树。感君松柏化为心，闇合双鬟逐君去。到君家舍五六年，君家大人频有言。聘则为妻奔是妾，不堪主祀奉苹蘩。终知君家不可住，其奈出门无去处。岂无父母在高堂，**亦有亲情满故乡**。潜来更不通消息，今日悲羞归不得。为君一日恩，误妾百年身。寄言痴小人家女，慎勿将身轻许人。”见《全唐诗》卷四二七。

四季即景

四　首

春日即景

冉冉风香花正开，黄昏独自咏诗回。

睡时分得江淹梦，又被流莺唤醒来。

第一句集自李中【钟陵春思】：“沉沉楼影月当午，**冉冉风香花正开**。芳草迢迢满南陌，王孙何处不归来。”见《全唐诗》卷七四八。

第二句集自李群玉【九日】：“年年羞见菊花开，十度悲秋上楚台。半岭残阳衔树落，一行斜雁向人来。行云永绝襄王梦，野水偏伤宋玉怀。丝管阑珊归客尽，**黄昏独自咏诗回**。”见《全唐诗》卷五六九。

第三句集自方干【再题路支使南亭】：“行处避松兼碍石，即须门径落斜开。爱邀旧友看渔钓，贪听新禽驻酒杯。树影不随明月去，溪声常送落花来。**睡时分得江淹梦**，五色毫端弄逸才。”见《全唐诗》卷六五一。

第四句集自杜牧【即事】:“小院无人雨长苔，满庭修竹间疏槐。春愁兀兀成幽梦，**又被流莺唤醒来**。”见《全唐诗》卷五二七。

冉冉：形容事物慢慢变化或移动。**江淹梦**：江淹是南朝著名文学家，相传江淹有一天宿于小山上，睡梦中有神人授他一支闪着五彩的神笔，自此文思如涌，成了一代文章魁首，人称为“梦笔生花”。**流莺**：即莺。流，指其鸣声婉转。

夏日即景

千帆飞过碧山头，几度高吟寄水流。

坐爱凉风吹醉面，只能销暑不销忧。

第一句集自张又新【帆游山】:“涨海尝从此地流，**千帆飞过碧山头**。君看深谷为陵后，翻覆人间未肯休。”见《全唐诗》卷四七九。

第二句集自谭用之【月夜怀寄友人】:“剑气徒劳望斗牛，故人别后阻仙舟。残春漫道深倾酒，好月那堪独上楼。何处是非随马足，由来得丧白人头。清风未许重携手，**几度高吟寄水流**。”见《全唐诗》卷七六四。

第三句集自唐彦谦【叙别】:“谯楼夜促莲花漏，树阴摇月蛟螭走。蟠拏对月吸深杯，月府清虚玉兔吼。翠盘擘脯胭脂香，碧碗敲冰分蔗浆。十载番思旧时事，好怀不似当年狂。夜合花香开小院，**坐爱凉风吹醉面**。酒中弹剑发清歌，白发年来为愁变。”见《全唐诗》卷六七一。

第四句集自杨汉公【登郡中销暑楼寄东川汝士】:“岧峣下瞰雪溪流，极目烟波望梓州。虽有清风当夏景，**只能销暑不销忧**。”见《全唐诗》卷五一六。

第一句意指碧绿的群峰倒影在清澈的漓江江面，游船就像在碧山顶上航行一样。

秋日即景

一溪拖碧绕崔嵬，拂石高秋坐钓台。

但见山青兼水绿，言情不尽恨无才。

第一句集自翁承赞【题景祥院】:“**一溪拖碧绕崔嵬**，瓶钵偏宜向此隈。农罢树阴黄犊卧，斋时山下白衣来。松多往日门人种，路是前朝释子开。三卷贝多金粟语，可能心炼得成灰。”见《全唐诗》卷七〇三。

第二句集自刘沧【赠道者】:“真趣淡然居物外，忘机多是隐天台。停灯深夜看仙箓，**拂石高秋坐钓台**。卖药故人湘水别，入檐栖鸟旧山来。无因朝市知名姓，地僻衡门对岳开。”见《全唐诗》卷五八六。

第三句集自李咸用【水仙操】:“大波相拍流水鸣，蓬山鸟兽多奇形。琴心不喜亦不惊，安弦缓爪何泠泠。水仙缥缈来相迎，伯牙从此留嘉名。峄阳散木虚且轻，重华斧下知其声。檿丝相纠成凄清，调和引得熏风生。指底先王长养情，曲终天下称太平。后人好事传其曲，有时声足意不足。始峨峨兮复洋洋，**但见山青兼水绿**。成连入海移人情，岂是本来无嗜欲。琴兮琴兮在自然，不在徽金将轸玉。”见《全唐诗》卷六四四。

第四句集自韩偓【冬日】:“萧条古木衔斜日，戚沥晴寒滞早梅。愁处雪烟连野起，静时风竹过墙来。故人每忆心先见，新酒偷尝手自开。景状入诗兼入画，**言情不尽恨无才**。”见《全唐诗》卷六八二。

崔嵬：本指有石的土山。后泛指高耸的高山。

冬日即景

泠泠寒水带霜风，惟羡沧浪把钓翁。

自得所宜还独乐，不劳龟瓦问穷通。

第一句集自杜牧【洛阳秋夕】："**泠泠寒水带霜风**，更在天桥夜景中。清禁漏闲烟树寂，月轮移在上阳宫。"见《全唐诗》卷五二四。

第二句集自翁洮【夏】："触目皆因长养功，浮生何处问穷通。柳长北阙丝千缕，云簇南山火万笼。大野烟尘飘赫日，高楼帘幕逗熏风。身心已在喧阗处，**惟羡沧浪把钓翁**。"见《全唐诗》卷六六七。

第三句集自白居易【题新涧亭，兼酬寄朝中亲故见赠】："何处披襟风快哉，一亭临涧四门开。金章紫绶辞腰去，白石清泉就眼来。**自得所宜还独乐**，各行其志莫相咍。禽鱼出得池笼后，纵有人呼可更回。"见《全唐诗》卷四五九。

第四句集自陈陶【冬日暮旅泊庐陵】："螺亭倚棹哭飘蓬，白浪欺船自向东。楚国蕙兰增怅望，番禺筐篚旅虚空。江城雪落千家梦，汀渚冰生一夕风。弃置侯鲭任羁束，**不劳龟瓦问穷通**。"见《全唐诗》卷七四六。

霜风：刺骨寒风。**沧浪**：青苍色。多指水色。指青苍色的水。这里指漓江。**龟瓦**：龟甲与瓦子的并称。两者均为古代占卜之具。**穷通**：困厄与显达。

庙门塘寄情

昔日昔时经此地，行吟无处寄相思。

落花不语空辞树，只欠池塘一句诗。

第一句集自蔡孚【奉和圣制龙池篇】："帝宅王家大道边，神马潜龙涌圣泉。**昔日昔时经此地**，看来看去渐成川。歌台舞榭宜正月，柳岸梅洲胜往年。莫疑波上春云少，只为从龙直上天。"见《全唐诗》卷七五。

第二句集自刘长卿【春望寄王涔阳】："清明别后雨晴时，极浦空颦一望眉。湖畔春山烟点点，云中远树墨离离。依微水戍闻钲鼓，掩映沙村见酒旗。风暖草长愁自醉，**行吟无**

处寄相思。”见《全唐诗》卷一五一。

第三句集自白居易【过元家履信宅】:“鸡犬丧家分散后，林园失主寂寥时。**落花不语空辞树，**流水无情自入池。风荡宴船初破漏，雨淋歌阁欲倾欹。前庭后院伤心事，唯是春风秋月知。”见《全唐诗》卷四五〇。

第四句集自吴融【莺】:“日落林西鸟未知，自先飞上最高枝。千啼万语不离恨，已去又来如有期。惯识江南春早处，长惊蓟北梦回时。谢家园里成吟久，**只欠池塘一句诗。**”见《全唐诗》卷六八四。

庙门塘：位于笔者家乡渡头村外约一华里处，宋时建有古角庙，祭祀福佑渡头一方百姓的古角三娘。庙已不存，庙前现仅存古树数株和一清代香炉。前面有一数十亩池塘，原为莲花池。古树清池，倒影群峰白云，风景绝佳。笔者多次经过却均未能成吟，“**只欠池塘一句诗**”成多年憾事。2005年春《渡头新声》创刊时诗友在庙门塘聚会，有感而集成此诗。为笔者创作的第一首集句诗。

庙门塘醉游

好风飘树柳阴凉，酒后高歌且放狂。

几为芳菲眠细草，白莲知卧送清香。

第一句集自元稹【清都春霁，寄胡三、吴十一】:“蕊珠宫殿经微雨，草树无尘耀眼光。白日当空天气暖，**好风飘树柳阴凉**。蜂怜宿露攒芳久，燕得新泥拂户忙。时节催年春不住，武陵花谢忆诸郎。”见《全唐诗》卷四一一。

第二句集自白居易【醉后】:“**酒后高歌且放狂**，门前闲事莫思量。犹嫌小户长先醒，不得多时住醉乡。”见《全唐诗》卷四四二。

第三句集自翁绶【咏酒】:“逃暑迎春复送秋，无非绿蚁满杯浮。百年莫惜千回醉，一盏能消万古愁。**几为芳菲眠细草**，曾因雨雪上高楼。平生名利关身者，不识狂歌到白头。”见《全唐诗》卷六〇〇。

第四句集自皮日休【夏景无事因怀章来二上人二首】之二：“佳树盘珊枕草堂，此中随分亦闲忙。平铺风簟寻琴谱，静扫烟窗著药方。幽鸟见贫留好语，**白莲知卧送清香**。从今有计消闲日,更为支公置一床。”见《全唐诗》卷六一四。

春游碎月湖赏桃花

已被桃花迷不归，绕枝闲共蝶徘徊。

流霞浅酌谁同醉？多少乡心入酒杯？

第一句集自李群玉【恼从兄】：“芳草萋萋新燕飞，芷汀南望雁书稀。武陵洞里寻春客，**已被桃花迷不归**。”见《全唐诗》卷五七〇。

第二句集自郭震【惜花】：“艳拂衣襟蕊拂杯，**绕枝闲共蝶徘徊**。春风满目还惆怅，半欲离披半未开。”见《全唐诗》卷六六。

第三句集自苏郁【步虚词】：“十二楼藏玉堞中，凤凰双宿碧芙蓉。**流霞浅酌谁同醉**，今夜笙歌第几重。”见《全唐诗》卷四七二。

第四句集自赵嘏【重阳日示舍弟】：“**多少乡心入酒杯**，野塘今日菊花开。新霜何处雁初下，故国穷秋首正回。渐老向人空感激，一生驱马傍尘埃。侯门无路提携尔，虚共扁舟万里来。”见《全唐诗》卷五四九。

流霞：浮动的彩云；又指传说中天上神仙的饮料，泛指美酒。碎月湖畔成片的桃花艳如天上流霞，浅酌流霞犹细赏桃花也。**乡心**：思念家乡的心情。

2009年春，友人告知家乡桃花盛开，尤其碎月湖桃花最盛，即回家乡观赏，并拍照、录像，弥补头年未能应邀回乡赏花的遗憾。

春日赏桃花

莫问春风动杨柳，桃花昨夜缭乱开。

自知不是流霞酌，让却诗人作酒魁。

第一句集自王维【不遇咏】:“北阙献书寝不报，南山种田时不登。百人会中身不预，五侯门前心不能。身投河朔饮君酒，家在茂陵平安否。且此登山复临水，**莫问春风动杨柳**。今人昨人多自私，我心不说君应知。济人然后拂衣去，肯作徒尔一男儿。”见《全唐诗》卷一二五。

第二句集自丁仙芝【余杭醉歌赠吴山人】:“晓幕红襟燕，春城白项乌。只来梁上语，不向府中趋。城头坎坎鼓声曙，满庭新种樱桃树。**桃花昨夜缭乱开**，当轩发色映楼台。十千兑得余杭酒，二月春城长命杯。酒后留君待明月，还将明月送君回。”见《全唐诗》卷一一四。

第三句集自郑仁表【赠妓仙哥】:“严吹如何下太清，玉肌无疹六铢轻。**自知不是流霞酌**，愿听云和瑟一声。”见《全唐诗》卷六〇七。

第四句集自崔道融【寓吟集】:“陶集篇篇皆有酒，崔诗句句不无杯。醉来已共身安约，**让却诗人作酒魁**。”见《全唐诗》卷七一四。

缭乱：缤纷。宋·王安石《渔家傲》词之一：“灯火已收正月半，山南山北花缭乱。”**流霞**：浮动的彩云；常指传说中天上神仙的饮料，泛指美酒。比喻桃花艳如流霞、美酒，使人陶醉。**酒魁**：领头饮酒的人。

壬辰春再游碎月湖

春水初生乳燕飞，澄潭皎镜石崔巍。

暖风迟日浓于酒，闭目闲吟忆翠微。

第一句集自李贺【南园十三首】之八：“**春水初生乳燕飞**，黄蜂小尾扑花归。窗含远色通书幌，鱼拥香钩近石矶。”见《全唐诗》卷三九〇。

第二句集自李隆基【过大哥山池题石壁】：“**澄潭皎镜石崔巍**，万壑千岩暗绿苔。林亭自有幽贞趣，况复秋深爽气来。”见《全唐诗》卷三。

第三句集自韩宗【春愁】：“金乌长飞玉兔走，青鬓长青古无有。秦娥十六语如弦，未解贪花惜杨柳。吴鱼岭雁无消息，水誓兰情别来久。劝君年少莫游春，**暖风迟日浓于酒**。”见《全唐诗》卷五六五。

第四句集自周贺【送韩评事】：“门枕平湖秋景好，水烟松色远相依。罢官余俸租田种，送客回舟载石归。离岸游鱼逢浪返。望巢寒鸟逆风飞。嵩阳旧隐多时别，**闭目闲吟忆翠微**。”见《全唐诗》卷五〇三。

游香炉峰

辘轳体三首

2007年5月到家乡渡头村香炉峰下拍摄漓江风光图片，得家乡友人相助，同至漓江边休憩、闲聊。

香炉峰下去无因，胜地偷闲一日身。

感旧抚心多寂寂，岸头恰见故乡人。

第一句集自白居易【登龙尾道南望，忆庐山旧隐】：“龙尾道边来一望，**香炉峰下去无因**。青山举眼三千里，白发平头五十人。自笑形骸纡组绶，将何言语掌丝纶。君恩壮健犹难报，况被年年老逼身。”见《全唐诗》卷四四二。

第二句集自皮日休【陪江西裴公游襄州延庆寺】：“丹霄路上歇征轮，**胜地偷闲一日身**。不署前驱惊野鸟，唯将后乘载诗人。岩边候吏云遮却，竹下朝衣露滴新。更向碧山深处问，不妨犹有草茅臣。”见《全唐诗》卷六一三。

第三句集自韩翃【赠别太常李博士兼寄两省旧游】："两年戴武弁，趋侍明光殿。一朝簪惠文，客事信陵君。简异当朝执，香非寓直熏。差肩何记室，携手李将军。玉镫初回酸枣馆，金钿正舞石榴裙。忽惊万事随流水，不见双旌逐塞云。**感旧抚心多寂寂**，与君相遇头初白。暂夸五首军中诗，还忆万年枝下客。昨日留欢今送归，空披秋水映斜晖。闲吟佳句对孤鹤，惆怅寒霜落叶稀。"见《全唐诗》卷二四三。

第四句集自李中【维舟秋浦，逢故人张矩同泊】："卸帆清夜碧江滨，冉冉凉风动白苹。波上正吟新霁月，**岸头恰见故乡人**。共惊别后霜侵鬓，互说年来疾逼身。且饮一壶销百恨，会须遭遇识通津。"见《全唐诗》卷七四九。

抚心：谓收敛心神，也指抚摸胸口，表示感叹或反省自问。**寂寂**：孤单，冷落。

岸头恰见故乡人，野景虽多不合吟。

佳句相思能间作，旧诗开卷但伤心。

第一句引诗同上首第四句的引诗。

第二句集自吕岩【七言】之二十四："强居此境绝知音，**野景虽多不合吟**。诗句若喧卿相口，姓名还动帝王心。道袍薜带应慵挂，隐帽皮冠尚懒簪。除此更无余个事，一壶村酒一张琴。"见《全唐诗》卷八五七。

第三句集自李颀【放歌行答从弟墨卿】："小来好文耻学武，世上功名不解取。虽沾寸禄已后时，徒欲出身事明主。柏梁赋诗不及宴，长楸走马谁相数。敛迹俯眉心自甘，高歌击节声半苦。由是蹉跎一老夫，养鸡牧豕东城隅。空歌汉代萧相国，肯事霍家冯子都。徒尔当年声籍籍，滥作词林两京客。故人斗酒安陵桥，黄鸟春风洛阳陌。吾家令弟才不羁，五言破的人共推。兴来逸气如涛涌，千里长江归海时。别离短景何萧索，**佳句相思能间作**。举头遥望鲁阳山，木叶纷纷向人落。"见《全唐诗》卷一三三。

第四句集自齐己【酬庐山张处士】："发枯身老任浮沉，懒泥秋风更役吟。新事向人堪结舌，**旧诗开卷但伤心**。苔床卧忆泉声绕，麻履行思树影深。终谢柴桑与彭泽，醉游闲访入东林。"见《全唐诗》卷八四六。

旧诗开卷但伤心，虽被人吟不喜闻。

但愿醁醽常满酌，香炉峰下去无因。

第一句引诗同上首第四句的引诗。

第二句集自姚合【寄李干】："寻常自怪诗无味，**虽被人吟不喜闻**。见说与君同一格，数篇到火却休焚。"见《全唐诗》卷四九七。

第三句集自卢真【七老会诗（真年八十三）】："三春已尽洛阳宫，天气初晴景象中。千朵嫩桃迎晓日，万株垂柳逐和风。非论官位皆相似，及至年高亦共同。对酒歌声犹觉妙，玩花诗思岂能穷。先时共作三朝贵，今日犹逢七老翁。**但愿醁醽常满酌**，烟霞万里会应同。"见《全唐诗》卷四六三。

第四句同第一首第一句引诗。

醁醽lùlíng：美酒名。

再游香炉峰

辘轳体三首

年轻时常在香炉峰下耕作，近年又常游香炉峰，每忆及诗仙李白"日照香炉生紫烟"诗句。

风景依稀似去年，危峰抹黛夹晴川。

诗成不枉青山色，日照香炉生紫烟。

第一句集自赵嘏【江楼旧感】："独上江楼思渺然，月光如水水如天。同来望月人何处，**风影依稀似去年**。”见《全唐诗》卷五五〇。

第二句集自李昭象【招西洞道者】：“**危峰抹黛夹晴川**，树簇红英草碧烟。樵客云僧两无事，此中堪去觅灵仙。”见《全唐诗》卷六八九。

第三句集自钱起【送褚大落第东归】：“离琴弹苦调，美人惨向隅。顷来荷策干明主，还复扁舟归五湖。汉家侧席明扬久，岂意遗贤在林薮。玉堂金马隔青云，墨客儒生皆白首。昨梦芳洲采白苹，归期且喜故园春。稚子只思陶令至，文君不厌马卿贫。剡中风月久相忆，池上旧游应再得。酒熟宁孤芳杜春，**诗成不枉青山色**。念此哪能不羡归，长杨谏猎事皆违。他日东流一乘兴，知君为我扫荆扉。”见《全唐诗》卷二三六。

第四句集自李白【望庐山瀑布二首】之二：“**日照香炉生紫烟**，遥看瀑布挂前川。飞流直下三千尺，疑是银河落九天。”见《全唐诗》卷一八〇。

危峰：高峻的山峰。

日照香炉生紫烟，世间如梦又千年。

牵情景物潜惆怅，长遣游人叹逝川。

第一句引诗同第一首第四句引诗。

第二句集自元结【橘井】：“灵橘无根井有泉，**世间如梦又千年**。乡园不见重归鹤，姓字今为第几仙。风泠露坛人悄悄，地闲荒径草绵绵。如何蹑得苏君迹，白日霓旌拥上天。”见《全唐诗》卷二四一。

第三句集自钱珝【客舍寓怀】：“洒洒滩声晚霁时，客亭风袖半披垂。野云行止谁相待，明月襟怀只自知。无伴偶吟溪上路，有花偷笑腊前枝。**牵情景物潜惆怅**，忽似伤春远别离。”见《全唐诗》卷七一二。

第四句集自李商隐【王官二首】之二：“虎丘山下剑池边，**长遣游人叹逝川**。罥树断丝悲舞席，出云清梵想歌筵。柳眉空吐效颦叶，榆荚还飞买笑钱。一自香魂招不得，只应江上独婵娟。”见《全唐诗》卷五四一。

逝川：指一去不返的江河之水。语本《论语·子罕》："子在川上曰：'逝者如斯夫！不舍昼夜。'"比喻流逝的光阴。

长遣游人叹逝川，旅情当此独悠然。

山光积翠遥疑逼，风景依稀似去年。

第一句引诗同第二首第四句引诗。

第二句集自李中【秋江夜泊寄刘钧】："万里江山敛暮烟，**旅情当此独悠然**。沙汀月冷帆初卸，苇岸风多人未眠。已听渔翁歌别浦，更堪边雁过遥天。与君共俟酬身了，结侣波中寄钓船。"见《全唐诗》卷七四九。

第三句集自苏颋【兴庆池侍宴应制】："降鹤池前回步辇，栖鸾树杪出行宫。**山光积翠遥疑逼**，水态含青近若空。直视天河垂象外，俯窥京室画图中。皇欢未使恩波极，日暮楼船更起风。"见《全唐诗》卷七三。

第四句引诗同第一首第一句引诗。

旅情：寄居家乡以外的人的思绪、情怀。**悠然**：安闲、闲适、淡泊的样子，又指深远、韵味未尽的样子。

五塔连滩故地重游
三 首

1972年5月初，我放下修水轮泵的炮工班的铁锤，带着梦想离开五塔连滩，离开渡头村。40年后，一事无成的我故地重游，站在水轮泵堤坝眺望青山绿水，心怅怅之。

长川终日碧潺湲，道似严陵七里滩。
往事渺茫都似梦，独寻烟竹剪渔竿。

第一句集自高骈【渭川秋望寄右军王特进】：“**长川终日碧潺湲**，知道天河与地连。凭寄两行朝阙泪，愿随流入御沟泉。”见《全唐诗》卷五九八。

第二句集自白居易【新小滩】：“石浅沙平流水寒，水边斜插一渔竿。江南客见生乡思，**道似严陵七里滩**。”见《全唐诗》卷四五九。

第三句集自白居易【十年三月三十日别微之于沣上十四年三月十一日夜遇微之于峡中停舟夷陵三宿而别言不尽者以诗终之因赋七言十七韵以赠且欲记所遇之地与相见之时为他年会话张本也】：“沣水店头春尽日，送君上马谪通川。夷陵峡口明月夜，此处逢君是偶然。一别五年方见面，相携三宿未回船。坐从日暮唯长叹，语到天明竟未眠。齿发蹉跎将五十，关河迢递过三千。生涯共寄沧江上，乡国俱抛白日边。**往事渺茫都似梦**，旧游流落半归泉。醉悲洒泪春杯里，吟苦支颐晓烛前。莫问龙钟恶官职，且听清脆好文篇。别来只是成诗癖，老去何曾更酒颠。各限王程须去住，重开离宴贵留连。黄牛渡北移征棹，白狗崖东卷别筵。神女台云闲缭绕，使君滩水急潺湲，风凄暝色愁杨柳，月吊宵声哭杜鹃。万丈赤幢潭底日，一条白练峡中天。君还秦地辞炎徼，我向忠州入瘴烟。未死会应相见在，又知何地复何年。”见《全唐诗》卷四四〇。

第四句集自郑谷【宣义里舍冬暮自贻】：“幽居不称在长安，沟浅浮春岸雪残。板屋渐移方带野，水车新入夜添寒。名如有分终须立，道若离心岂易宽。满眼尘埃驰骛去，**独寻烟竹剪渔竿**。”见《全唐诗》卷六七六。

严陵：见本书《江畔得句》“七里滩”注。**烟竹**：竹林；竹子。因竹林多雾气，故称。五塔连滩河岸亦多竹。

碧波风起雨霏霏，独向江头恋钓矶。
但见时光流似箭，欲寻陈迹怅人非。

第一句集自李珣【南乡子】之十一：“携笼去，采菱归，**碧波风起雨霏霏**。趁岸小船齐棹急，罗衣湿，出向桄榔树下立。”见《全唐诗》卷八九六。

第二句集自韦庄【思归引】：“越鸟南翔雁北飞，两乡云路各言归。如何我是飘飘者，**独向江头恋钓矶**。”见《全唐诗》卷七〇〇。

第三句集自韦庄【关河道中】：“槐陌蝉声柳市风，驿楼高倚夕阳东。往来千里路长在，聚散十年人不同。**但见时光流似箭**，岂知天道曲如弓。平生志业匡尧舜，又拟沧浪学钓翁。”见《全唐诗》卷六九五。

第四句集自李煜【浣溪沙】之二：“转烛飘蓬一梦归，**欲寻陈迹怅人非**，天教心愿与身违。待月池台空逝水，荫花楼阁漫斜晖，登临不惜更沾衣。”见《全唐诗》卷八八九。

三重江水万重山，清兴自随鱼鸟间。

若弃荣名便居此，风光引步酒开颜。

第一句集自戴叔伦【对酒示申屠学士】：“**三重江水万重山**，山里春风度日闲。且向白云求一醉，莫教愁梦到乡关。”见《全唐诗》卷二七四。

第二句集自权德舆【送袁太祝衢婺巡覆】：“忽校缗税亩不妨闲，**清兴自随鱼鸟间**。知君此去足佳句，路出桐溪千万山。”见《全唐诗》卷三二四。

第三句集自方干【叙龙瑞观胜异寄于尊师】：“混元融结致功难，山下平湖湖上山。万顷涵虚寒潋滟，千寻耸翠秀孱颜。芰荷香入琴棋处，雷雨声离栋牖间。但有五云依鹤岭，曾无陆路向人寰。夜溪漱玉常堪听，仙树垂珠可要攀。**若弃荣名便居此**，自然浮浊不相关。”见《全唐诗》卷六五三。

第四句集自白居易【春来频与李二宾客郭外同游，因赠长句】：“**风光引步酒开颜**，送老消春嵩洛间。朝蹋落花相伴出，暮随飞鸟一时还。我为病叟诚宜退，君是才臣岂合闲。可惜济时心力在，放教临水复登山。”见《全唐诗》卷四五六。

荣名：荣誉，美名。《淮南子·务修训》：“死有遗业，生有荣名。”

渡头五塔连滩：位于渡头村香炉峰前的漓江。滩陡水急，滩底盘石将滩水激成五层激浪，浪花一层连一层，当地人称一层为一塔，故名五塔连滩。滩南北有大小两洲，北为福利鹦鹉洲，南为渡头唱歌洲，白鹭成群起落其间，形成一江三重水秀丽景观。

游五塔连滩唱歌洲

氛氲香气满汀洲，独为诗情到上头。

远岸牧童吹短笛，阳春曲丽转难酬。

第一句集自阎朝隐【采莲女】:“采莲女，采莲舟，春日春江碧水流。莲衣承玉钏，莲刺罥银钩。薄暮敛容歌一曲，**氛氲香气满汀洲**。”见《全唐诗》卷六九。

第二句集自齐己【寄江夏仁公】:“寺阁高连黄鹤楼，檐前槛底大江流。几因秋霁澄空外，**独为诗情到上头**。白日有余闲送客，紫衣何啻贵封侯。别来多少新吟也，不寄南宗老比丘。”见《全唐诗》卷八四四。

第三句集自刘兼【莲塘霁望】:“新秋菡萏发红英，向晚风飘满郡馨。万叠水纹罗乍展，一双鸂鶒绣初成。采莲女散吴歌阕，拾翠人归楚雨晴。**远岸牧童吹短笛**，蓼花深处信牛行。”见《全唐诗》卷七六六。

第四句集自李端【和李舍人直中书对月见寄】:“名卿步月正淹留，上客裁诗怨别游。素魄近成班女扇，清光远似庾公楼。婵娟更称凭高望，皎洁能传自古愁。盈手入怀皆不见，**阳春曲丽转难酬**。”见《全唐诗》卷二八六。

阳春：古歌曲名。是一种比较高雅难学的曲子。

唱歌洲：漓江南岸的绿草洲，长500余米，宽约百米。位于渡头村五塔连滩滩头。相传歌仙刘三姐曾在渡头唱歌洲传歌。

与诗友游五塔连滩组诗

2011年冬，发集句诗邀桂林蒋昌龄、傅金纯到阳朔游渡头村风光。2012年5月22日，与阳朔诗友易剑峰、梁桂传陪同蒋、傅到渡头村，与渡头村诗友一起在五塔连滩聚会，览景觅诗，竹阴乘凉，草洲漫步，滩头戏水，江岸观山。艳艳山光助酒兴，浓浓酒兴引诗情，对景酬唱联诗，诚难忘也。众诗友纷纷赋诗作词。余不甘落后，集唐人诗句得七绝十首以记之。

邀桂林诗友蒋昌龄傅金纯游渡头

云容山影两嵯峨，古渡月明闻棹歌。

景状入诗兼入画，欲邀同赏意如何？

第一句集自刘长卿【岳阳楼】：“行尽清溪日已蹉，**云容山影两嵯峨**。楼前归客怨秋梦，湖上美人疑夜歌。独坐高高风势急，平湖渺渺月明多。终期一艇载樵去，来往片帆愁白波。”见《全唐诗》卷一五一。

第二句集自刘沧【经炀帝行宫】：“此地曾经翠辇过，浮云流水竟如何。香销南国美人尽，怨入东风芳草多。残柳宫前空露叶，夕阳川上浩烟波。行人遥起广陵思，**古渡月明闻棹歌**。”见《全唐诗》卷五八六。

第三句集自韩偓【冬日】：“萧条古木衔斜日，戚沥晴寒滞早梅。愁处雪烟连野起，静时风竹过墙来。故人每忆心先见，新酒偷尝手自开。**景状入诗兼入画**，言情不尽恨无才。”见《全唐诗》卷六八二。

第四句集自白居易【华阳观中八月十五日夜招友玩月】：“人道秋中明月好，**欲邀同赏意如何**。华阳洞里秋坛上,今夜清光此处多。”见《全唐诗》卷四三六。

嵯峨：山势高峻的样子。

此诗于2011年冬作，用手机以短信形式发给桂林诗友蒋昌龄和傅金纯。

蒋昌龄：桂林市人，1940年生，大学毕业，中学高级教师。广西民间文艺家协会会员，桂林诗词楹联学会理事，中华诗词学会会员。中华诗词研究所研究员。著有《古诗文新读本》《中考创意作文》《桂林山水神话》等二十多部书籍。

傅金纯：桂林诗人、作家。曾出版长诗《毛泽东之歌》《邓小平之歌》和《桂林山水神话》等作品。

五塔连滩闲吟

辘轳体三首

林下幽闲气味深，一丘山水当鸣琴。

世间多少能诗客，长得逍遥自在心。

第一句集自白居易【老来生计】："老来生计君看取，白日游行夜醉吟。陶令有田唯种黍，邓家无子不留金。人间荣耀因缘浅，**林下幽闲气味深**。烦虑渐消虚白长，一年心胜一年心。"见《全唐诗》卷四五六。

第二句集自张易之【奉和圣制夏日游石淙山】："六龙骧首晓骎骎，七圣陪轩集颍阴。千丈松萝交翠幕，**一丘山水当鸣琴**。青鸟白云王母使，垂藤断葛野人心。山中日暮幽岩下，泠然香吹落花深。"见《全唐诗》卷八〇。

第三句集自杜荀鹤【秋夕】："**世间多少能诗客**，谁是无愁得睡人。自我夜来霜月下，到头吟魄始终身。"见《全唐诗》卷六九三。

第四句集自白居易【菩提寺上方晚眺】："楼阁高低树浅深，山光水色暝沉沉。嵩烟半卷青绡幕，伊浪平铺绿绮衾。飞鸟灭时宜极目，远风来处好开襟。谁知不离簪缨内，**长得逍遥自在心**。"见《全唐诗》卷四五四。

气味：比喻意趣或情调。

长得逍遥自在心，尊中绿蚁且徐斟。

风光漫烂生洲渚，万里山川换古今。

第一句引诗同第一首第四句引诗。

第二句集自郑史【秋日零陵与幕下诸宾游河夜饮】:“湘月苹风乍畅襟，烛前江水练千寻。新秋宋玉能为赋，永夕袁安好共吟。辇下翠蛾须强展，**尊中绿蚁且徐斟**。汀沙渐有珠凝露，缓棹兰桡任夜深。”见《全唐诗》卷五四二。

第三句集自李涉【却归巴陵途中走笔寄唐知言】:“去年腊月来夏口，黑风白浪打头吼。橹声轧轧摇不前，看他缭乱张帆走。逾月始到鹦鹉洲，呜呜暮角喧城头。逡巡未得见官长，梦寝但觉生愁忧。军中贤倅李监察，人马晓来兼手札。教令参谒礼数全，头头要处相称挈。唐氏一门今五龙，声华殷殷皆如钟。就中十一最年少，别有俊气横心胸。巧缀五言才刮骨，却怕柱天身硉矶。后辈无劳续出头，坳塘不合窥溟渤。君家三兄旧山侣，方寸久来常许与。不觉淹留两月余，**风光漫烂生洲渚**。宇文文学儒家子，竹绕书斋花映水。醉舞狂歌此地多，有时酩酊扶还起。猥蒙方伯怜饥贫，假名许得陪诸宾。酒家债负有填日，恣意颇敢排青缗。余瞿二家同爱客，园蔬任遣奴人摘。野狐泉头银叶方，一别十年今再觌。更有风流歙奴子，能将盘帕来欺尔。白马青袍豁眼明，许他真是查郎髓。良会芳时难再来，隙光电影长相催。扁舟惆怅人南去，目断江天凡几回。”见《全唐诗》卷八八三。

第四句集自马湘【登杭州秦望山】:“太乙初分何处寻，空留历数变人心。九天日月移朝暮，**万里山川换古今**。风动水光吞远峤，雨添岚气没高林。秦皇谩作驱山计，沧海茫茫转更深。”见《全唐诗》卷八六一。

绿蚁：新酿制的酒面泛起的泡沫称为“绿蚁”。**洲渚**：水中小块陆地。

万里山川换古今，当轩云岫色沉沉。

吟魂醉魄归何处，林下幽闲气味深。

第一句引诗同第二首第四句引诗。

第二句集自于武陵【早春日山居寄城郭知己】:“阳和潜发荡寒阴,便使川原景象新。入户风泉声沥沥,**当轩云岫色沉沉**。残云带雨轻飘雪,嫩柳含烟小绽金。虽有眼前诗酒兴,遨游争得称闲心。”见《全唐诗》卷五九五。

第三句集自李洞【吊曹监】:“宅上愁云吹不散,桂林诗骨葬云根。满楼山色供邻里,一洞松声付子孙。甘露施衣封泪点,秘书取集印苔痕。**吟魂醉魄归何处**,御水呜呜夜绕门。”见《全唐诗》卷七二三。

第四句引诗同第一首第一句引诗。

吟魂:指诗人的梦魂,也指诗情、诗思,这里指后者。**醉魄**:酒醉之身。

五塔连滩谈玄

辘轳体五首

尊前诗酒集群贤,始信人间有谪仙。

兴逸纵横问章句,不矜轩冕爱林泉。

第一句集自牟融【题李昭训山水】:“卜筑藏修地自偏,**尊前诗酒集群贤**。半岩松暝时藏鹤,一枕秋声夜听泉。风月谩劳酬逸兴,渔樵随处度流年。南州人物依然在,山水幽居胜辋川。”见《全唐诗》卷四六七。

第二句集自罗虬【比红儿诗】之七十五:“化羽尝闻赴九天,只疑尘世是虚传。自从一见红儿貌,**始信人间有谪仙。**”见《全唐诗》卷六六六。

第三句集自皎然【与李司直令从荻塘联句】:(李令从)“画舸悠悠荻塘路,真僧与我相随去。寒花似菊不知名,霜叶如枫是何树。(皎然)倦客经秋夜共归,情多语尽明相顾。遥城候骑来仍少,傍岭哀猿发无数。(李令从)心闲清净得禅寂,**兴逸纵横问章句**。虫声切切草间悲，萤影纷纷月前度。（皎然）撩乱云峰好赋诗，婵娟水月堪为喻。与君出处本不同，从此还依旧山住。”见《全唐诗》卷七九四。

第四句集自白居易【令狐尚书许过弊居先赠长句】：“**不矜轩冕爱林泉**，许到池头一醉眠。已遣平治行药径，兼教扫拂钓鱼船。应将笔砚随诗主，定有笙歌伴酒仙。只候高情无别物，苍苔石笋白花莲。”见《全唐诗》卷四五〇。

谪仙：谪居世间的仙人，常用以称誉才学优异的人。**矜**：自夸、自恃和注重、崇尚。

不矜轩冕爱林泉，水态云容思浩然。

此处一声风月好，对倾浮蚁共谈玄。

第一句引诗同上一首第四句引诗。

第二句集自杜牧【怀归】：“尘埃终日满窗前，**水态云容思浩然**。争得便归湘浦去，却持竿上钓鱼船。”见《全唐诗》卷五二五。

第三句集自施肩吾【夜岩谣】：“夜上幽岩踏灵草，松枝已疏桂枝老。新诗几度惜不吟，**此处一声风月好**。”见《全唐诗》卷四九四。

第四句集自蕚岭书生【示边洞元】：“邂逅相逢蕚岭边，**对倾浮蚁共谈玄**。拟将剑法亲传授，却为迷人未有缘。”见《全唐诗》卷八六二。

风月：清风明月，泛指美好的景色。唐·吕岩《酹江月》词：“倚天长啸，洞中无限风月。”也指闲适之事，或指诗文。宋·罗烨《醉翁谈录·小说引子》：“编成风月三千卷，散与知音论古今。”**浮蚁**：酒面上的浮沫，借指酒。**谈玄**：谈论深奥不容易理解的玄理，喻指海阔天空闲聊。

对倾浮蚁共谈玄，四海皆忙几个闲。

更有野情堪爱处，远题长句寄山川。

第一句引诗同上一首第四句引诗。

第二句集自吕岩【七言】之三十三：“**四海皆忙几个闲**，时人口内说尘缘。知君有道来山上，何似无名住世间。十二楼台藏秘诀，五千言内隐玄关。方知鼎贮神仙药，乞取刀圭一粒看。”见《全唐诗》卷八五七。

第三句集自李中【书郭判官幽斋壁】：“不妨公退尚清虚，创得幽斋兴有余。要引好风清户牖，旋栽新竹满庭除。倾壶待客花开后，煮茗留僧月上初。**更有野情堪爱处**，石床苔藓似匡庐。”见《全唐诗》卷七四八。

第四句集自刘禹锡【酬太原狄尚书见寄】：“家声烜赫冠前贤，时望穹崇镇北边。身上官衔如座主，幕中谭笑取同年。幽并侠少趋鞭弭，燕赵佳人奉管弦。仍把天兵书号笔，**远题长句寄山川**。”见《全唐诗》卷三六一。

远题长句寄山川，谢朓诗来尽日吟。

到此既知闲最乐，老来何必叹流年。

第一句引诗同上一首第四句引诗。

第二句集自白居易【病中辱崔宣城长句见寄兼有觥绮之赠因以四韵总而酬之】：“刘桢病发经春卧，**谢朓诗来尽日吟**。三道旧夸收片玉，一章新喜获双金。信题霞绮缄情重，酒试银觥表分深。科第门生满霄汉，岁寒少得似君心。”见《全唐诗》卷四五八。

第三句集自段成式【题僧壁】：“有僧支颊撚眉毫，起就夕阳磨剃刀。**到此既知闲最乐**，俗心何啻九牛毛。”见《全唐诗》卷五八四。

第四句集自齐己【荆门勉怀寄道林寺诸友】：“荣枯得失理昭然，谁斅离骚更问天。生下便知真梦幻，**老来何必叹流年**。清风不变诗应在，明月无踪道可传。珍重匡庐沃洲主，拂衣抛却好林泉。”见《全唐诗》卷八四四。

谢朓：南朝诗人，山水诗与谢灵运齐名。此处借谢朓诗指山水诗。**流年**：流逝的岁月，年华。南朝·宋·鲍照《登云阳九里埭》诗：“宿心不复归，流年抱衰疾。”

老来何必叹流年，须读庄生第一篇。

山水本同真趣向，尊前诗酒集群贤。

第一句引诗同上一首第四句引诗。

第二句集自薛逢【九华观废月池】："曾发箫声水槛前，夜蟾寒沼两婵娟。微波有恨终归海，明月无情却上天。白鸟带将林外雪，绿荷枯尽渚中莲。荣华不肯人间住，**须读庄生第一篇**。"见《全唐诗》卷五四八。

第三句集自齐己【寄南雅上人】："曾得音书慰暮年，相思多故信难传。清吟何处题红叶，旧社空怀堕白莲。**山水本同真趣向**，侯门刚有薄因缘。他时不得君招隐，会逐南归楚客船。"见《全唐诗》卷八四四。

第四句引诗同第一首第一句引诗。

庄生：即庄子，名庄周，约公元前369—前295年，中国古代哲学家——道家的代表之一。庄生第一篇，即道家代表作《庄子》中的第一篇《逍遥游》。

五塔连滩与蒋昌龄傅金纯醉别

文章心事每相亲，满坐喧喧笑语频。

今日送君须尽醉，明朝便是独游人。

第一句集自钱起【过张成侍御宅】："丞相幕中题凤人，**文章心事每相亲**。从军谁谓仲宣乐，入室方知颜子贫。杯里紫茶香代酒，琴中绿水静留宾。欲知别后相思意，唯愿琼枝入梦频。"见《全唐诗》卷二三九。

第二句集自元稹【观心处】："**满坐喧喧笑语频**，独怜方丈了无尘。灯前便是观心处，要似观心有几人。”见《全唐诗》卷四一一。

第三句集自贾至【送李侍郎赴常州】:“雪晴云散北风寒，楚水吴山道路难。**今日送君须尽醉**，明朝相忆路漫漫。”见《全唐诗》卷二三五。

第四句集自白居易【龙门送别皇甫泽州赴任、韦山人南游】:“隼旟归洛知何日，鹤驾还嵩莫过春。惆怅香山云水冷，**明朝便是独游人**。”见《全唐诗》卷四五五。

与读书岩诗社吟友五塔连滩聚会

2014年3月25日，秦源才陪广西师范大学“读书岩诗社”樊远宽教授等吟友乘竹筏游漓江至渡头村五塔连滩聚会唱酬。特集唐人句记之。

春来江水绿如蓝，千里风帆兴可谙。

犹觉醉吟多放逸，应言四乐不言三。

第一句集自白居易【忆江南词三首】之一:“江南好，风景旧曾谙。日出江花红胜火，**春来江水绿如蓝**。能不忆江南?”见《全唐诗》卷四五七。

第二句集自齐己【送人往长沙】:“荆门归路指湖南，**千里风帆兴可谙**。好听鹧鸪啼雨处，木兰舟晚泊春潭。”见《全唐诗》卷八四七。

第三句集自白居易【改业】:“先生老去饮无兴，居士病来闲有余。**犹觉醉吟多放逸**，不如禅定更清虚。柘枝紫袖教丸药，羯鼓苍头遣种蔬。却被山僧戏相问，一时改业意何如。”见《全唐诗》卷四五八。

第四句集自白居易【琴酒】:“耳根得听琴初畅，心地忘机酒半酣。若使启期兼解醉，**应言四乐不言三**。”见《全唐诗》卷四四九。

谙：熟悉、熟记、精通。**放逸**：豪放不羁。**四乐**：古有“三乐”之典故，即三种乐事。“**三乐**”典故有三，一是《列子·天瑞》:“孔子游于泰山，见荣启期行乎郕之野，鹿裘带索，鼓琴而歌。孔子曰：‘先生何以为乐？’曰：‘天生万物，惟人为贵，吾得为人，一乐也；男贵女贱，吾得为男，二乐也；人生有不见日月，不免襁褓者，吾既已行年九十矣，是三乐也。’”二是《孟子·尽心上》：“孟子曰：‘君子有三乐，而王天下不与存焉。父母俱存，兄弟无故，一乐也；仰不愧于天，俯不怍于人，二乐也；得天下英才而教育之，三乐也。’”三是《韩诗外传》卷九：“子夏曰：‘敢问三乐？’曾子曰‘有亲可畏，有君可事，有子可遗，此一乐也；有亲可谏，有君可去，有子可怒，此二乐也；有君可喻，有友可助，此三乐也。’”此处“四乐”，指上述之“三乐”加上与吟友在五塔连滩之诗酒之乐也。

秦源才：渡头村人。广州军区桂林步校参谋专业毕业，后从事技术工作。中国科协会员，工程师。爱好摄影、诗词。为桂林诗词楹联学会会员，有诗作入选中国文联出版社《沧桑咏颂集》和《乐年集韵》。

渡头五塔连滩聚会

2014年12月18日，中华诗词学会副会长宣奉华，诗词培训中心副主任黄小甜，桂林市诗词楹联学会会长黄家城，阳朔县文联主席莫高阳，阳朔县诗词学会会长朱名良，副秘书长朱芳森、梁桂传到渡头村视察，与渡头文学社诸诗友一起在漓江五塔连滩欢聚。众人触景生情，诗词酬答，山歌对唱，其乐无穷。

旧识相逢情更亲，满堂宾客尽诗人。

多才遇景皆能咏，寥亮幽音妙入神。

第一句集自钱起【送兴平王少府游梁】：“**旧识相逢情更亲**，攀欢甚少怆离频。黄绶罢来多远客，青山何处不愁人。日斜官树闻蝉满，雨过关城见月新。梁国遗风重词赋，诸侯应念马卿贫。”见《全唐诗》卷二三九。

第二句集自姚合【晦日宴刘值录事宅】:“花落莺飞深院静，**满堂宾客尽诗人**。城中杯酒家家有，唯是君家酒送春。”见《全唐诗》卷五〇〇。

第三句集自刘禹锡【和乐天南园试小乐】:“闲步南园烟雨晴，遥闻丝竹出墙声。欲抛丹笔三川去，先教清商一部成。花木手栽偏有兴，歌词自作别生情。**多才遇景皆能咏**，当日人传满凤城。”见《全唐诗》卷三六〇。

第四句集自郎士元【闻吹杨叶者二首】之二:“天生一艺更无伦，**寥亮幽音妙入神**。吹向别离攀折处，当应合有断肠人。”见《全唐诗》卷二四八。

五塔连滩赏漓江风光

遥爱江中鹦鹉洲，正怀何谢俯长流。

滩头鹭占清波立，到此令人一纵眸。

第一句集自孟浩然【鹦鹉洲送王九之江左】:“昔登江上黄鹤楼，**遥爱江中鹦鹉洲**。洲势逶迤绕碧流，鸳鸯鸂鶒满滩头。滩头日落沙碛长，金沙熠熠动飙光。舟人牵锦缆，浣女结罗裳。月明全见芦花白，风起遥闻杜若香。君行采采莫相忘。”见《全唐诗》卷一五九。

第二句集自薛逢【早发剡山】:“**正怀何谢俯长流**，更览余封识嵊州。树色老依官舍晚，溪声凉傍客衣秋。南岩气爽横郛郭，天姥云晴拂寺楼。日暮不堪还上马，蓼花风起路悠悠。”见《全唐诗》卷五四八。

第三句集自韦庄【题盘豆驿水馆后轩】:“极目晴川展画屏，地从桃塞接蒲城。**滩头鹭占清波立**，原上人侵落照耕。去雁数行天际没，孤云一点净中生。凭轩尽日不回首，楚水吴山无限情。”见《全唐诗》卷六九五。

第四句集自牟融【沈存尚林亭夜宴】:“草堂寂寂景偏幽，**到此令人一纵眸**。松菊寒香三径晚，桑榆烟景两淮秋。近山红叶堆林屋，隔浦青帘拂画楼。终日忘情能自乐，清尊应得遣闲愁。”见《全唐诗》卷四六七。

何谢：何，指南朝·梁·何逊。谢，指南朝·齐·谢朓。二人均为杰出的山水诗人。

秋日游五塔连滩

清江碧草两悠悠，后岭香炉桂蕊秋。

吟处远峰横落照，好山长在水长流。

第一句集自韩偓【寒食夜】："**清江碧草两悠悠**，各自风流一种愁。正是落花寒食夜，夜深无伴倚南楼。"见《全唐诗》卷六八三。

第二句集自李適【侍宴安乐公主庄应制】："平阳金榜凤凰楼，沁水银河鹦鹉洲。彩仗遥临丹壑里，仙舆暂幸绿亭幽。前池锦石莲花艳，**后岭香炉桂蕊秋**。贵主称觞万年寿，还轻汉武济汾游。"见《全唐诗》卷七〇。

第三句集自吴融【酬僧】："吾师既续惠休才，况值高秋万象开。**吟处远峰横落照**，定中黄叶下青苔。双林不见金兰久，丹楚空翻组绣来。闻说近郊寒尚绿，登临应待一追陪。"见《全唐诗》卷六四八。

第四句集自李涉【重登滕王阁】："滕王阁上唱伊州，二十年前向此游。半是半非君莫问，**好山长在水长流**。"见《全唐诗》卷四七七。

江畔闲游

江北重峦积翠浓，春云春水两溶溶。

逍遥且喜从吾事，已许沧浪伴钓翁。

第一句集自张又新【罗浮山】：“**江北重峦积翠浓**，绮霞遥映碧芙蓉。不知末后沧溟上，减却瀛洲第几峰。”见《全唐诗》卷四七九。

第二句集自韦庄【春云】：“**春云春水两溶溶**，倚郭楼台晚翠浓。山好只因人化石，地灵曾有剑为龙。官辞凤阙频经岁，家住峨嵋第几峰。王粲不知多少恨，夕阳吟断一声钟。”见《全唐诗》卷六九八。

第三句集自裴迪【与卢员外象过崔处士兴宗林亭】：“乔柯门里自成荫，散发窗中曾不簪。**逍遥且喜从吾事**，荣宠从来非我心。”见《全唐诗》卷一二九。

第四句集自许浑【送岭南卢判官罢职归华阴山居】：“曾事刘琨雁塞空，十年书剑任飘蓬。东堂旧屈移山志，南国新留煮海功。还挂一帆青海上，更开三径碧莲中。关西旧友如相问，**已许沧浪伴钓翁**。”见《全唐诗》卷五三三。

沧浪cānglánɡ：青苍色，多指水色，即青苍色的水。这里特指笔者家乡的漓江。

阳朔一日游

漫把诗情访奇景，碧岩深洞恣游遨。

日斜回首江头望，岚嫩千峰叠海涛。

第一句集自卓英英【锦城春望】：“和风装点锦城春，细雨如丝压玉尘。**漫把诗情访奇景**，艳花浓酒属闲人。”见《全唐诗》卷八六三。

第二句集自王感化【奉元宗命咏苑中白野鹊】：“**碧岩深洞恣游遨**，天与芦花作羽毛。要识此来栖宿处，上林琼树一枝高。”见《全唐诗》卷七五七。

第三句集自唐求【题常乐寺】：“桂冷香闻十里间，殿台浑不似人寰。**日斜回首江头望**，一片晴云落后山。”见《全唐诗》卷七二四。

第四句集自杜牧【长安杂题长句六首】之三：“雨晴九陌铺江练，**岚嫩千峰叠海涛**。

南苑草芳眠锦雉，夹城云暖下霓旄。少年羁络青纹玉，游女花簪紫蒂桃。江碧柳深人尽醉，一瓢颜巷日空高。”见《全唐诗》卷五二一。

独游漓江

一棹寒波思范蠡，闲寻鸥鸟暂忘机。

独行心绪愁无尽，应有青山渌水知。

第一句集自李咸用【和人湘中作】：“湘川湘岸两荒凉，孤雁号空动旅肠。**一棹寒波思范蠡**，满尊醇酒忆陶唐。年华蒲柳雕衰鬓，身迹萍蓬滞别乡。不及东流趋广汉，臣心日夜与天长。”见《全唐诗》卷六四六。

第二句集自牟融【送沈翔】：“江上西风一棹归，故人此别会应稀。清朝尽道无遗逸，当路谁曾访少微。谩有才华嗟未达，**闲寻鸥鸟暂忘机**。临岐不用空惆怅，未必新丰老布衣。”见《全唐诗》卷四六七。

第三句集自崔颢【川上女】：“川上女，晚妆鲜，日落青渚试轻楫。汀长花满正回船，暮来浪起风转紧。自言此去横塘近，绿江无伴夜独行，**独行心绪愁无尽**。”见《全唐诗》卷一三〇。

第四句集自罗隐【赠渔翁】：“叶艇悠扬鹤发垂，生涯空托一纶丝。是非不向眼前起，寒暑任从波上移。风漾长歌笼月里，梦和春雨昼眠时。逍遥此意谁人会，**应有青山渌水知**。”见《全唐诗》卷六六四。

范蠡：春秋末年政治家、军事家，出身微贱。仕越为大夫，擢升上将军。后游齐国。至陶，改名陶朱公，经商致富。晚年放情太湖山水。**心绪**：安宁或紊乱的心思心情。**渌**：清澈。

舟游漓江

二首

望景长吟对白云，木兰舟上一帆轻。

波摇岸影随桡转，回首群峰隔翠烟。

第一句集自胡杲【七老会诗】："闲居同会在三春，大抵愚年最出群。霜鬓不嫌杯酒兴，白头仍爱玉炉熏。裴回玩柳心犹健，老大看花意却勤。凿落满斟判酩酊，香囊高挂任氤氲。搜神得句题红叶，**望景长吟对白云**。今日交情何不替，齐年同事圣明君。"见《全唐诗》卷四六三。

第二句集自吴商浩【泊舟】："身逐烟波魂自惊，**木兰舟上一帆轻**。云中有寺在何处，山底宿时闻磬声。"见《全唐诗》卷七七四。

第三句集自武平一【兴庆池侍宴应制】："銮舆羽驾直城隈，帐殿旌门此地开。皎洁灵潭图日月，参差画舸结楼台。**波摇岸影随桡转**，风送荷香逐酒来。愿奉圣情欢不极，长游云汉几昭回。"见《全唐诗》卷一〇二。

第四句集自刘兼【送文英大师】："屈指平阳别社莲，蟾光一百度曾圆。孤云自在知何处，薄宦参差亦信缘。山郡披风方穆若，花时分袂更凄然。摇鞭相送嘉陵岸，**回首群峰隔翠烟**。"见《全唐诗》卷七六六。

瑞霞明丽满晴天，枕底滩声似旧年。

山影暗随云水动，人疑天上坐楼船。

第一句集自李商隐【七月二十八日夜与王郑二秀才听雨后梦作】之一："初梦龙宫宝焰然，**瑞霞明丽满晴天**。旋成醉倚蓬莱树，有个仙人拍我肩。少顷远闻吹细管，闻声不见隔飞烟。逡巡又过潇湘雨，雨打湘灵五十弦。瞥见冯夷殊怅望，鲛绡休卖海为田。亦逢毛女无憀极，龙伯擎将华岳莲。恍惚无倪明又暗，低迷不已断还连。觉来正是平阶雨，独背寒灯枕手眠。”见《全唐诗》卷五三九。

第二句集自王周【再经秭归二首】之一：“总角曾随上峡船，寻思如梦可凄然。夜来孤馆重来宿，**枕底滩声似旧年**。”见《全唐诗》卷七六五。

第三句集自刘沧【晚归山居】：“寥落霜空木叶稀，初行郊野思依依。秋深频忆故乡事，日暮独寻荒径归。**山影暗随云水动**，钟声潜入远烟微。娟娟唯有西林月，不惜清光照竹扉。”见《全唐诗》卷五八六。

第四句集自李白【江上赠窦长史】：“汉求季布鲁朱家，楚逐伍胥去章华。万里南迁夜郎国，三年归及长风沙。闻道青云贵公子，锦帆游戏西江水。**人疑天上坐楼船**，水净霞明两重绮。相约相期何太深，棹歌摇艇月中寻。不同珠履三千客，别欲论交一片心。”见《全唐诗》卷一七〇。

登山临水漓江游

千岩万壑不辞劳，双鬓从他有二毛。

远对湖光近山翠，又来江上咏离骚。

第一句集自李忱【瀑布联句】：“**千岩万壑不辞劳**，远看方知出处高—黄檗。溪涧岂能留得住，终归大海作波涛—李忱”见《全唐诗》卷四。

第二句集自李中【秋江夜泊寄刘钧正字】：“闲忆诗人思倍劳，维舟清夜泥风骚。鱼龙不动澄江远，云雾皆收皎月高。潮满钓舟迷浦屿，霜繁野树叫猿猱。此时吟苦君知否，**双鬓从他有二毛**。”见《全唐诗》卷七四八。

第三句集自韩翃【送万巨】：“汉相见王陵，扬州事张禹。风帆木兰楫，水国莲花府。百丈清江十月天，寒城鼓角晓钟前。金炉促膝诸曹吏，玉管繁华美少年。有时过向长干地，**远对湖光近山翠**。好逢南苑看人归，也向西池留客醉。高柳垂烟橘带霜，朝游石渚暮横塘。红笺色夺风流座，白苎词倾翰墨场。夫子前年入朝后，高名籍籍时贤口。共怜诗兴转清新，继远家声在此身。屈指待为青琐客，回头莫羡白亭人。”见《全唐诗》卷二四三。

第四句集自翁洮【赠进士王雄】：“河清海晏少波涛，几载垂钩不得鳌。空向人间修谏草，**又来江上咏离骚**。笳吹古堞边声远，岳倚晴空楚色高。何事明廷有徐庶，总教三径卧蓬蒿。”见《全唐诗》卷六六七。

二毛：头发有黑白二色，指已年老。

神仙趣

撩乱云峰好赋诗，咏歌林下日忘疲。

翛然别是神仙趣，长作巢由也不辞。

第一句集自皎然【与李司直令从荻塘联句】：（李令从）“画舸悠悠荻塘路，真僧与我相随去。寒花似菊不知名，霜叶如枫是何树。（皎然）倦客经秋夜共归，情多语尽明相顾。遥城候骑来仍少，傍岭哀猿发无数。（李令从）心闲清净得禅寂，兴逸纵横问章句。虫声切切草间悲，萤影纷纷月前度。（皎然）**撩乱云峰好赋诗**，婵娟水月堪为喻。与君出处本不同，从此还依旧山住。”见《全唐诗》卷七九四。

第二句集自朱庆余【送浙东陆中丞】：“坐将文教镇藩维，花满东南圣主知。公务肯容私暂入，丰年长与德相随。无贤不是朱门客，有子皆如玉树枝。自爱此身居乐土，**咏歌林下日忘疲**。”见《全唐诗》卷五一五。

第三句集自贯休【陪冯使君游六首・锦沙墩】：“临水登山兴自奇，锦沙墩上最多时。虽云发白孤峰好，其奈名清圣主知。草媚莲塘资逸步，云生松壑有新诗。**翛然别是神仙趣**，岂羡东山妓乐随。”见《全唐诗》卷八三七。

第四句集自卢照邻【行路难】：“君不见长安城北渭桥边，枯木横槎卧古田。昔日含红复含紫，常时留雾亦留烟。春景春风花似雪，香车玉舆恒阗咽。若个游人不竞攀，若个娼家不来折。娼家宝袜蛟龙帔，公子银鞍千万骑。黄莺一一向花娇，青鸟双双将子戏。千尺长条百尺枝，月桂星榆相蔽亏。珊瑚叶上鸳鸯鸟，凤凰巢里雏鹓儿。巢倾枝折凤归去。条枯叶落任风吹。一朝零落无人问，万古摧残君讵知。人生贵贱无终始，倏忽须臾难久恃。谁家能驻西山日，谁家能堰东流水。汉家陵树满秦川，行来行去尽哀怜。自昔公卿二千石，咸拟荣华一万年。不见朱唇将白貌，唯闻素棘与黄泉。金貂有时换美酒，玉麈但摇莫计钱。寄言坐客神仙署，一生一死交情处。苍龙阙下君不来，白鹤山前我应去。云间海上邈难期，赤心会合在何时。但愿尧年一百万，**长作巢由也不辞**。”见《全唐诗》卷四一。

撩乱：缤纷。宋·王安石《渔家傲》词之一：“灯火已收正月半，山南山北花撩乱。”**翛然** xiāorán：无拘无束、超脱的样子。**别是**：难道是。表示揣测。**巢由**:巢父和许由的并称。相传皆为尧时隐士，尧让位于二人，皆不受。因用以指隐居不仕者。

晚 醉

独自凭栏到日斜，满川吟景只烟霞。

夕阳亭畔山如画，晚醉题诗赠物华。

第一句集自刘得仁【上巳日】:“未敢分明赏物华，十年如见梦中花。游人过尽衡门掩，**独自凭栏到日斜**。”见《全唐诗》卷五四五。

第二句集自孙元晏【宋·乌衣巷】:“古迹荒基好叹嗟，**满川吟景只烟霞**。乌衣巷在何人住，回首令人忆谢家。”见《全唐诗》卷七六七。

第三句集自温庭筠【寄河南杜少尹】:“十载归来鬓未凋，玳簪珠履见常僚。岂关名利分荣路，自有才华作庆霄。鸟影参差经上苑，骑声断续过中桥。**夕阳亭畔山如画**，应念田歌正寂寥。”见《全唐诗》卷五七八。

第四句集自李商隐【县中恼饮席】:“**晚醉题诗赠物华**，罢吟还醉忘归家。若无江氏五色笔，争奈河阳一县花。”见《全唐诗》卷五四〇。

烟霞：泛指山水、山林。**物华**：自然景物，自然风光。

春日舟游漓江

游春犹自有心情，帆挂孤云杳杳轻。

万仞峰排千剑束，看山恰似走来迎。

第一句集自白居易【不准拟二首】之二：“忆昔谪居炎瘴地，巴猿引哭虎随行。多于贾谊长沙苦，小校潘安白发生。不准拟身年六十，**游春犹自有心情**。”见《全唐诗》卷四五一。

第一句集自赵嘏【送滕迈郎中赴睦州】：“郡斋秋尽 江横，频命郎官地更清。星月去随新诏动，旌旗遥映故山明。诗寻片石依依晚，**帆挂孤云杳杳轻**。想到钓台逢竹马，只应歌咏伴猿声。”见《全唐诗》卷五四九。

第三句集自陆龟蒙【峡客行】：“**万仞峰排千剑束**，孤舟夜系峰头宿。蛮溪雪坏蜀江倾，滟滪朝来大如屋。”见《全唐诗》卷六二九。

第四句集自无名氏【敦煌曲子·浣溪沙】：“五里滩头风欲平，张帆举棹觉船轻。柔橹不施停却棹，是船行。满眼风光多闪烁，**看山恰似走来迎**；仔细看山山不动，是船行。”见《敦煌曲子》。

敦煌曲子·浣溪沙：在敦煌莫高窟发现的唐、五代时期多首未署名的作品之一。

漓江游兴

三　首

危峰十二凌紫烟，落日停桡古渡边。

有兴不愁诗韵险，必应吟尽夕阳川。

第一句集自戴叔伦【巫山高】："巫山峨峨高插天，**危峰十二凌紫烟**。瞿塘嘈嘈急如弦，洄流势逆将覆船。云梯岂可进，百丈那能牵？陆行巉岩水不前。洒泪向流水，泪归东海边。含愁对明月，明月空自圆。故乡回首思绵绵，侧身天地心茫然。"见《全唐诗》卷二七三。

第二句集自吴融【晚泊松江】："**落日停桡古渡边**，古今踪迹一苍然。平沙尽处云藏树，远吹收来水定天。正困东西千里路，可怜潇洒五湖船。如何不及前贤事，却谢鲈鱼在洛川。"见《全唐诗》卷六八七。

第三句集自牟融【有感二首】之二："搔首临风独倚栏，客边惊觉岁华残。栖迟未遇常鋾荐，邂逅宁弹贡禹冠。**有兴不愁诗韵险**，无聊只怕酒杯乾。何如日日长如醉，付与诗人一笑看。"见《全唐诗》卷四六七。

第四句集自郑准【题宛陵北楼】："雨来风静绿芜藓，凭着朱阑思浩然。人语独耕烧后岭，鸟飞斜没望中烟。松梢半露藏云寺，滩势横流出浦船。若遣谢宣城不死，**必应吟尽夕阳川**。"见《全唐诗》卷六九四。

紫烟：紫色瑞云，也指山峦间的紫色烟雾。

庚寅秋月午后，陪友人乘竹筏游田家洲、雪狮岭，即"印象刘三姐"演出地水域，黄昏返县城富安码头。大型山水剧《印象刘三姐》是以1.6平方公里漓江水域作舞台和漓江边十二座山峰作舞台背景的。

遥逐孤云入翠微，故乡山水路依稀。

心摇目断兴难尽，缉取长绳系落晖。

第一句集自刘长卿【重送道标上人】："衡阳千里去人稀，**遥逐孤云入翠微**。春草青青新覆地，深山无路若为归。"见《全唐诗》卷一五〇。

第二句集自罗邺【征人】："青楼一别戍金微，力尽秋来破虏围。锦字莫辞连夜织，塞鸿长是到春归。正怜汉月当空照，不奈胡沙满眼飞。唯有梦魂南去日，**故乡山水路依稀**。"见《全唐诗》卷六五四。

第三句集自李白【当涂赵炎少府粉图山水歌】:“峨眉高出西极天，罗浮直与南溟连。名公绎思挥彩笔，驱山走海置眼前。满堂空翠如可扫，赤城霞气苍梧烟。洞庭潇湘意渺绵，三江七泽情洄沿。惊涛汹涌向何处，孤舟一去迷归年。征帆不动亦不旋，飘如随风落天边。**心摇目断兴难尽**，几时可到三山巅。西峰峥嵘喷流泉，横石蹙水波潺湲。东崖合沓蔽轻雾，深林杂树空芊绵。此中冥昧失昼夜，隐几寂听无鸣蝉。长松之下列羽客，对坐不语南昌仙。南昌仙人赵夫子，妙年历落青云士。讼庭无事罗众宾，杳然如在丹青里。五色粉图安足珍，真仙可以全吾身。若待功成拂衣去,武陵桃花笑杀人。”见《全唐诗》卷一六七。

第四句集自司空图【杨柳枝寿杯词十八首】之十六:“日暖津头絮已飞，看看还是送君归。莫言万绪牵愁思,**缉取长绳系落晖**。”见《全唐诗》卷六三四。

翠微:青翠的山色，泛指青翠的山。**心摇**:心动。**目断**:望断，一直望到看不见。**缉取**:谓搓成。第四句指搓成长绳将太阳系住，不让太阳落山。

漫流东去一江平，岩翠凌云出迥然。

孤棹乱流偏有兴，醉吟争奈被才牵。

第一句集自吴融【登汉州城楼】:“雨余秋色拂孤城，远目凝时万象清。叠翠北来千嶂尽，**漫流东去一江平**。从军固有荆州乐，怀古能无岘首情。欲下阑干一回首，乌归帆没戍烟明。”见《全唐诗》卷六八六。

第二句集自郭夔【九华山】:“**岩翠凌云出迥然**，岧峣万丈倚秋天。暮风飘送当轩色，晓雾斜飞入槛烟。帘卷倚屏双影聚，镜开朱户九条悬。画图何必家家有，自有画图来目前。”见《全唐诗》卷五六六。

第三句集自徐铉【和钟大监泛舟同游见示】:“潮沟横趣北山阿，一月三游未是多。老去交亲难暂舍，闲中滋味更无过。溪桥树映行人渡，村径风飘牧竖歌。**孤棹乱流偏有兴**，满川晴日弄微波。”见《全唐诗》卷七五六。

第四句集自方干【赠中岩王处士】:“垂杨袅袅草芊芊，气象清深似洞天。援笔便成鹦鹉赋，洗花须用桔槔泉。商于避世堪同日，渭曲逢时必有年。直恐刚肠闲未得，**醉吟争奈被才牵**。”见《全唐诗》卷六五一。

迥然：高远的样子。

陪李刚学长游漓江

踏翠江边送画舟，碧山重叠水长流。

莫思身外无穷事，唯爱春风烂漫游。

第一句集自晁采【春日送夫之长安】：“思君远别妾心愁，**踏翠江边送画舟**。欲待相看迟此别，只忧红日向西流。”见《全唐诗》卷八〇〇。

第二句集自孟宾于【题颜氏亭宇】：“园林萧洒闻来久，欲访因循二十秋。今日开襟吟不尽，**碧山重叠水长流**。”见《全唐诗》卷七四〇。

第三句集自杜甫【绝句漫兴九首】之四：“二月已破三月来，渐老逢春能几回。**莫思身外无穷事**，且尽生前有限杯。”见《全唐诗》卷二二七。

第四句集自徐凝【和秋游洛阳】：“洛阳自古多才子，**唯爱春风烂漫游**。今到白家诗句出，无人不咏洛阳秋。”见《全唐诗》卷四七四。

李刚：广西罗城人，北京大学哲学系毕业，在中国语言文字工作委员会工作四年后，请调广西区机电设备总公司工作。2008年2月12日（戊子正月初六）携增昊赴南宁，翌日李刚学长一家陪游南宁青秀山，14日（正月初八）蒙学长伉俪送归阳朔。15日（正月初九），陪李刚学长一家游兴坪漓江，其乐也融融。特集此诗以记。

陪诗友漓江泛舟

远岫孤云见亦频，引杯闲酌伴亲宾。

兰桡起唱逐流去，一座竞吟诗句新。

第一句集自司空图【狂题十八首】之七："老禅乘仗莫过身，**远岫孤云见亦频**。应是佛边犹怕闹，信缘须作且闲人。"见《全唐诗》卷六三四。

第二句集自白居易【残春晚起，伴客笑谈】："掩户下帘朝睡足，一声黄鸟报残春。披衣岸帻日高起，两角青衣扶老身。策杖强行过里巷，**引杯闲酌伴亲宾**。莫言病后妨谈笑，犹恐多于不病人。"见《全唐诗》卷四五八。

第三句集自戴叔伦【临流送顾东阳】："海上独归惭不及，邑中遗爱定无双。**兰桡起唱逐流去**，却恨山溪通外江。"见《全唐诗》卷二七四。

第四句集自韩愈【送僧澄观】："浮屠西来何施为，扰扰四海争奔驰。构楼架阁切星汉，夸雄斗丽止者谁。僧伽后出淮泗上，势到众佛尤恢奇。越商胡贾脱身罪，珪璧满船宁计资。清淮无波平如席，栏柱倾扶半天赤。火烧水转扫地空，突兀便高三百尺。影沈潭底龙惊遁，当昼无云跨虚碧。借问经营本何人，道人澄观名籍籍。愈昔从军大梁下，往来满屋贤豪者。皆言澄观虽僧徒，公才吏用当今无。后从徐州辟书至，纷纷过客何由记。人言澄观乃诗人，**一座竞吟诗句新**。向风长叹不可见，我欲收敛加冠巾。洛阳穷秋厌穷独，丁丁啄门疑啄木。有僧来访呼使前，伏犀插脑高颊权。惜哉已老无所及，坐睨神骨空潸然。临淮太守初到郡，远遣州民送音问。好奇赏俊直难逢，去去为致思从容。"见《全唐诗》卷三四二。

亲宾：亲戚与宾客。**兰桡**：小舟的美称。

辛卯暮秋陪家乡诗友游漓江

辛卯暮秋陪诗友游漓江。时值漓江枯水季节，水低江浅，竹枯石露，众人皆有宋玉悲秋之叹。聚餐时，诗友要我集一首四句皆用古人典故的诗。二年始成。

野水偏伤宋玉怀，贾生挥涕信悠哉。

谢公吟处依稀在，莫惜临川酒一杯。

第一句集自李群玉【九日】:“年年羞见菊花开，十度悲秋上楚台。半岭残阳衔树落，一行斜雁向人来。行云永绝襄王梦，**野水偏伤宋玉怀**。丝管阑珊归客尽，黄昏独自咏诗回。”见《全唐诗》卷五六九。

第二句集自赵嘏【重游楚国寺】:“往事飘然去不回，空余山色在楼台。池塘风暖雁寻去，松桂寺高人独来。庄叟著书真达者，**贾生挥涕信悠哉**。老僧心地闲于水，犹被流年日日催。”见《全唐诗》卷五四九。

第三句集自方干【叙钱塘异胜】:“暖景融融寒景清，越台风送晓钟声。四郊远火烧烟月，一道惊波撼郡城。夜雪未知东岸绿，春风犹放半江晴。**谢公吟处依稀在**，千古无人继盛名。”见《全唐诗》卷六五一。

第四句集自赵嘏【同州南亭陪刘侍郎送刘先辈】:“处处云随晚望开，洞庭秋水管弦来。谢公待醉消离恨，**莫惜临川酒一杯**。”见《全唐诗》卷五五〇。

宋玉：宋玉，战国时楚人，辞赋家，据称是屈原弟子，曾为楚襄王大夫。其流传作品，以《九辩》最为可信。《九辩》首句为“悲哉秋之为气也”，故后人常以宋玉为悲秋悯志的代表人物。

贾生：即贾谊（公元前200—前168年），洛阳（今河南省洛阳市东）人。是西汉著名的大儒，人称贾生、贾子、贾长沙，著名的政论家、文学家。18岁即有才名，年轻时由河南郡守吴公推荐，20余岁被文帝召为博士。不到一年被破格提为太中大夫，却在23岁时，遭群臣忌恨被贬为长沙王的太傅。后被召回长安，为梁怀王太傅。梁怀王坠马而死后，贾谊深自歉疚，直至33岁忧伤而死。其著作主要有散文和辞赋两类。散文如《过秦论》《论积贮疏》《陈政事疏》等都很有名；辞赋以《吊屈原赋》《鵩鸟赋》最著名。

谢公：唐以前，诗人笔下的谢公有三人，一指晋代谢安，二指南朝·宋·谢灵运。三指南朝·齐·谢朓。唐后，又指宋代谢景初。此指南朝的山水诗人谢灵运和谢朓，两人都是历史上著名的山水诗人。

临川：即谢临川。南朝·宋·谢灵运曾为临川（今江西省抚州市区）内史，故称。谢灵运喜欢游览，擅长写山水诗，有《谢康乐集》，故世人又称谢灵运为“谢康乐”。现江西临川有“临川酒”。另按词意，“临川酒一杯”也可解作“到江边”酒店痛饮。

陪诗友游漓江

唯向孤吟客有情，不烦虚左远相迎。

南方山水生时兴，携手林泉处处行。

第一句集自李山甫【月】：“狡兔顽蟾死复生，度云经汉澹还明。夜长虽耐对君坐，年少不禁随尔行。玉桂影摇乌鹊动，金波寒注鬼神惊。人间半被虚抛掷，**唯向孤吟客有情**。”见《全唐诗》卷六四三。

第二句集自徐铉【正初答钟郎中见招】：“高斋迟景雪初晴，风拂乔枝待早莺。南省郎官名籍籍，东邻妓女字英英。流年倏忽成陈事，春物依稀有旧情。新岁相思自过访，**不烦虚左远相迎**。”见《全唐诗》卷七五二。

第三句集自卢仝【萧二十三赴歙州婚期】之二：“**南方山水生时兴**，教有新诗得寄余。路带长安迢递急，多应不逐使君书。”见《全唐诗》卷三八九。

第四句集自李白【示金陵子】：“金陵城东谁家子，窃听琴声碧窗里。落花一片天上来，随人直渡西江水。楚歌吴语娇不成，似能未能最有情。谢公正要东山妓，**携手林泉处处行**。”见《全唐诗》卷一八四。

不烦：无须烦劳。《荀子·强国》：“佚而治，约而详，不烦而功，治之至也。”**虚左**：空着左边的位置。古代以左为尊，虚左表示对宾客的尊敬。《史记·魏公子列传》：“公子于是乃置酒大会宾客。坐定，公子从车骑，虚左，自迎夷门侯生。”**林泉**：山林与泉石。《梁书·处士传·庾诜》："经史百家无不该综，纬候书射，棊筭机巧，并一时之绝。而性记夷简，特爱林泉。"借指山水，也指隐居之地。

与诗友春游
六首

2007年春，与诗友春游，或舟行，或徒步，山情水趣，诗兴大发，开怀联句，举酒唱酬，诚难忘也。

出　游

又见桐花发旧枝，燕飞晴日正迟迟。

不辞著处寻山水，春景暄和好入诗。

第一句集自李煜【感怀】："**又见桐花发旧枝**，一楼烟雨暮凄凄。凭栏惆怅人谁会，不觉潸然泪眼低。层城无复见娇姿，佳节缠哀不自持。空有当年旧烟月，芙蓉城上哭蛾眉。"见《全唐诗》卷八。

第二句集自唐彦谦【无题十首】之一："细草铺茵绿满堤，**燕飞晴日正迟迟**。寻芳陌上花如锦，折得东风第一枝。"见《全唐诗》卷六七一。

第三句集自张说【襄阳路逢寒食】："去年寒食洞庭波，今年寒食襄阳路。**不辞著处寻山水**，只畏还家落春暮。"见《全唐诗》卷八九。

第四句集自杜荀鹤【春日山居寄友人】："野吟何处最相宜，**春景暄和好入诗**。高下麦苗新雨后，浅深山色晚晴时。半岩云脚风牵断，平野花枝鸟踏垂。倒载干戈是何日，近来麋鹿欲相随。"见《全唐诗》卷六九二。

迟迟：阳光温暖、光线充足的样子。《诗·豳风·七月》："春日迟迟，采蘩祁祁。"朱熹集传："迟迟，日长而暄也。"**著处**：即"着处"，处处、到处之意。

雅　兴

闲舟荡漾任春行，杨柳风前别有情。

雅兴共寻方外乐，未甘虚老负平生。

第一句集自唐彦谦【送韦向之睦州谒使君】：“才子南游多远情，**闲舟荡漾任春行**。新安江上长如此，何似新安太守清。”见《全唐诗》卷六七二。

第二句集自白居易【杨柳枝词八首】：“苏家小女旧知名，**杨柳风前别有情**。剥条盘作银环样，卷叶吹为玉笛声。”见《全唐诗》卷四五四。

第三句集自牟融【游报本寺】：“山房寂寂荜门开，此日相期社友来。**雅兴共寻方外乐**，新诗争羡郢中才。茶烟袅袅笼禅榻，竹影萧萧扫径苔。醉后不知明月上，狂歌直到夜深回。了然尘事不相关，锡杖时时独看山。白发任教双鬓改，黄金难买一生闲。不留活计存囊底，赢得诗名满世间。自笑微躯长碌碌，几时来此学无还。”见《全唐诗》卷四六七。

第四句集自孙光宪【浣溪沙】之十三：“落絮飞花满帝城，看看春尽又伤情，岁华频度想堪惊。风月岂惟今日恨，烟霄终待此身荣，**未甘虚老负平生**。”见《全唐诗》卷八九七。

方外：世外，指仙境或僧道的生活环境。此指美如仙境的阳朔风光。**虚老**：轻易、随便地老去。

联　诗

分题得句落花前，云影山光尽宛然。

正是江南好风景，诗成不见谢临川。

第一句集自贯休【少监三首】之三："具体而微太少年，凤毛五色带非烟。倚天长剑看无敌，绕树号猿已应弦。接士开襟清圣熟，**分题得句落花前**。即应出将传家法，圣泽恩波浩浩然。"见《全唐诗》卷八三五。

第二句集自李玖【喷玉泉冥会诗八首·四丈夫同赋】之三："落花寂寂草绵绵，**云影山光尽宛然**。坏室基摧新石鼠，潴宫水引故山泉。青云自致惭天爵，白首同归感昔贤。惆怅林间中夜月，孤光曾照读书筵。"见《全唐诗》卷五六二。

第三句集自杜甫【江南逢李龟年】："岐王宅里寻常见，崔九堂前几度闻。**正是江南好风景**，落花时节又逢君。"见《全唐诗》卷二三二。

第四句集自王表【清明日登城春望寄大夫使君】："春城闲望爱晴天，何处风光不眼前。寒食花开千树雪，清明日出万家烟。兴来促席唯同舍，醉后狂歌尽少年。闻说莺啼却惆怅，**诗成不见谢临川**。"见《全唐诗》卷二八一。

分题：诗人聚会，分探题目而赋诗，谓之分题，又称探题。**宛然**：真切，清晰。**谢临川**：指南朝·宋·谢灵运。因其曾为临川内史，故称。他喜欢游览，擅长写山水诗，有《谢康乐集》，故世人又称谢灵运为"谢康乐"。

唱　酬

笑青吟翠向崔嵬，更取峰霞入酒杯。

满引红螺诗一首，莫教惆怅却空回。

第一句集自孙鲂【湖上望庐山】："辍棹南湖首重回，**笑青吟翠向崔嵬**。天应不许人全见，长把云藏一半来。"见《全唐诗》卷八八六。

第二句集自李峤【奉和初春幸太平公主南庄应制】："主家山第接云开，天子春游动地来。羽骑参差花外转，霓旌摇曳日边回。还将石溜调琴曲，**更取峰霞入酒杯**。鸾辂已辞乌鹊渚，箫声犹绕凤凰台。"见《全唐诗》卷六一。

第三句集自皮日休【李处士郊居】："石衣如发小溪清，溪上柴门架树成。园里水流浇竹响，窗中人静下棋声。几多狎鸟皆谙性，无限幽花未得名。**满引红螺诗一首**，刘桢失却病心情。”见《全唐诗》卷六一三。

第四句集自齐己【寄文浩百法】：“当时六祖在黄梅，五百人中眼独开。入室偈闻传绝唱，升堂客谩恃多才。铁牛无用成真角，石女能生是圣胎。闻说欲抛经论去，**莫教惆怅却空回**”。见《全唐诗》卷八四四。

笑青吟翠：欣赏、吟咏山水。**崔嵬**cuīwéi：本指有石的土山，后泛指高山。**峰霞**：峰顶浮动的流霞。参见本篇《春游碎月湖赏桃花》“流霞”注。**红螺**：亦称“红蠃”。软体动物名。壳薄而红，可制酒杯。因用作酒杯或酒的代称。

联　句

相逢况是旧相知，百罚深杯亦不辞。

却要因循添逸兴，且沽春酒且吟诗。

第一句集自方干【题慈溪张丞壁】：“因君贰邑蓝溪上，遣我维舟红叶时。共向乡中非半面，俱惊鬓里有新丝。伫看孤洁成三考，应笑愚疏舍一枝。貌似故人心尚喜，**相逢况是旧相知**。”见《全唐诗》卷六五〇。

第二句集自杜甫【乐游园歌】：“乐游古园崒森爽，烟绵碧草萋萋长。公子华筵势最高，秦川对酒平如掌。长生木瓢示真率，更调鞍马狂欢赏。青春波浪芙蓉园，白日雷霆夹城仗。阊阖晴开昳荡荡，曲江翠幕排银榜。拂水低徊舞袖翻，缘云清切歌声上。却忆年年人醉时，只今未醉已先悲。数茎白发那抛得，**百罚深杯亦不辞**。圣朝亦知贱士丑，一物自荷皇天慈。此身饮罢无归处，独立苍茫自咏诗。”见《全唐诗》卷二一六。

第三句集自韩偓【拥鼻】：“拥鼻悲吟一向愁，寒更转尽未回头。绿屏无睡秋分簟，红叶伤心月午楼。**却要因循添逸兴**，若为趋竞怆离忧。殷勤凭仗官渠水，为到西溪动钓舟。”见《全唐诗》卷六八三。

第四句集自郑谷【多虞】：“多虞难住人稀处，近耗浑无战罢棋。向阙归山俱未得，**且沽春酒且吟诗**。”见《全唐诗》卷六七七。

深杯：满杯。**因循**：沿袭按老办法做事，即按以往规矩，同游要作诗联句。**逸兴**：超逸豪放的意兴。

离 别

诗人自古恨难穷，惆怅来时径不同。

唱尽阳关无限叠，弟兄羁旅各西东。

第一句集自司空图【重阳山居】："**诗人自古恨难穷**，暮节登临且喜同。四望交亲兵乱后，一川风物笛声中。菊残深处回幽蝶，陂动晴光下早鸿。明日更期来此醉，不堪寂寞对衰翁。"见《全唐诗》卷六三二。

第二句集自朱庆余【榜曲】："荷花明灭水烟空，**惆怅来时径不同**。欲到前洲堪入处，鸳鸯飞出碧流中。"见《全唐诗》卷五一五。

第三句集自李商隐【饮席戏赠同舍】："洞中屐响省分携，不是花迷客自迷。珠树重行怜翡翠，玉楼双舞羡鹍鸡。兰回旧蕊缘屏绿，椒缀新香和壁泥。**唱尽阳关无限叠**，半杯松叶冻颇黎。"见《全唐诗》卷五三九。

第四句集自白居易【自河南经乱关内阻饥兄弟离散各在一处因望月有感聊书所怀寄上浮梁大兄于潜七兄乌江十五兄兼示符离及下邽弟妹】："时难年饥世业空，**弟兄羁旅各西东**。田园寥落干戈后，骨肉流离道路中。吊影分为千里雁，辞根散作九秋蓬。共看明月应垂泪，一夜乡心五处同。"见《全唐诗》卷四三六。

阳关：古曲《阳关三叠》的省称，亦泛指离别时唱的歌曲。**叠**：指乐曲的重复演奏。**羁旅**：寄居异乡，也指客居异乡的人。

游漓江

六 首

逍遥落托永无忧，满目风光尽胜游。

处处烟霞寻总遍，驰心千里大江流。

第一句集自吕岩【七言】之四十二："琴剑酒棋龙鹤虎，**逍遥落托永无忧**。闲骑白鹿游三岛，闷驾青牛看十洲。碧洞远观明月上，青山高隐彩云流。时人若要还如此，名利浮华即便休。"见《全唐诗》卷八五七。

第二句集自杜荀鹤【题开元寺门阁】："一登高阁眺清秋，**满目风光尽胜游**。何处画桡寻绿水，几家鸣笛咽红楼。云山已老应长在，岁月如波只暗流。唯有禅居离尘俗，了无荣辱挂心头。"见《全唐诗》卷六九二。

第三句集自雍陶【赠玉芝观王尊师】："**处处烟霞寻总遍**，却来城市喜逢师。时流见说无人在，年纪唯应有鹤知。大药已成宁畏晚，小松初种不嫌迟。长忧一日归天去，未授灵方遣问谁。"见《全唐诗》卷五一八。

第四句集自武元衡【送田三端公还鄂州】："孤云迢递恋沧洲，劝酒梨花对白头。南陌送归车骑合，东城怨别管弦愁。青油幕里人如玉，黄鹤楼中月并钩。君去庾公应借问，**驰心千里大江流**。"见《全唐诗》卷三一七。

落托：即"落拓"，豪放;不受拘束。**驰心**：指心之向往如车马驱驰。

一山行尽一山青，岸夹桃花锦浪生。

剪绮裁红妙春色，书言不尽画难成。

第一句集自罗邺【行次】："终日长程复短程，**一山行尽一山青**。路旁君子莫相笑，天上由来有客星。”见《全唐诗》卷六五四。

第二句集自李白【鹦鹉洲】:“鹦鹉来过吴江水，江上洲传鹦鹉名。鹦鹉西飞陇山去，芳洲之树何青青。烟开兰叶香风暖，**岸夹桃花锦浪生**。迁客此时徒极目，长洲孤月向谁明。”见《全唐诗》卷一八〇。

第三句集自崔日用【奉和立春游苑迎春应制】:“乘时迎气正璿衡，灞浐烟氛向晚清。**剪绮裁红妙春色**，宫梅殿柳识天情。瑶筐彩燕先呈瑞，金缕晨鸡未学鸣。圣泽阳和宜宴乐，年年捧日向东城。”见《全唐诗》卷四六。

第四句集自曹邺【题广福岩】:“未有天地先融结，方广高深无丈尺。**书言不尽画难成**，留与人间作奇特。”见《全唐诗》卷五九三。

一水萦流处处通，白云斜掩碧芙蓉。

游人恋此吟终日，静得天和兴自浓。

第一句集自应物【题化城寺】:“平高选处创莲宫，**一水萦流处处通**。画阁昼开迟日畔，禅房夜掩碧云中。平川不见龙行雨，幽谷遥闻虎啸风。偶与游人论法要，真元浩浩理无穷。”见《全唐诗》卷八二三。

第二句集自李涉【竹枝词】之三:“石壁千重树万重，**白云斜掩碧芙蓉**。昭君溪上年年月，偏照婵娟色最浓。”见《全唐诗》卷四七七。

第三句集自伍乔【游西禅】:“远岫当轩列翠光，高僧一衲万缘忘。碧松影里地长润，白藕花中水亦香。云自雨前生净石，鹤于钟后宿长廊。**游人恋此吟终日**，盛暑楼台早有凉。”见《全唐诗》卷七四四。

第四句集自刘禹锡【和仆射牛相公见示长句】:“**静得天和兴自浓**，不缘宦达性灵慵。大鹏六月有闲意，仙鹤千年无躁容。流辈尽来多叹息，官班高后少过从。唯应加筑露台上，賸见终南云外峰。”见《全唐诗》卷三六一。

天和：自然和顺、天地和气，也指天气和暖。

白云一片去悠悠，乘兴闲看万里流。

极目不分天水色，了无荣辱挂心头。

第一句集自张若虚【相和歌辞·春江花月夜】："春江潮水连海平，海上明月共潮生。滟滟随波千万里，何处春江无月明。江流宛转绕芳甸，月照花林皆似霰。空里流霜不觉飞，汀上白沙看不见。江天一色无纤尘。皎皎空中孤月轮。江畔何人初见月，江月何年初照人。人生代代无穷已，江月年年望相似。不知江月待何人，但见长江送流水。**白云一片去悠悠**，青枫浦上不胜愁。谁家今夜扁舟子，何处相思明月楼。可怜楼上月裴回，应照离人妆镜台。玉户帘中卷不去，捣衣砧上拂还来。此时相望不相闻，愿逐月华流照君。鸿雁长飞光不度，鱼龙潜跃水成文。昨夜闲潭梦落花，可怜春半不还家。江水流春去欲尽，江潭落月复西斜。斜月沉沉藏海雾，碣石潇湘无限路。不知乘月几人归，落月摇情满江树。"见《全唐诗》卷二一。

第二句集自皇甫冉【酬张二仓曹扬子所居见寄兼呈韩郎中】："孤云独鹤自悠悠，别后经年尚泊舟。渔父置词相借问，郎官能赋许依投。折芳远寄三春草，**乘兴闲看万里流**。莫怪杜门频乞假，不堪扶病拜龙楼。"见《全唐诗》卷二四九。

第三句集自崔峒【清江曲内一绝（折腰体）】："八月长江去浪平，片帆一道带风轻。**极目不分天水色**，南山南是岳阳城。"见《全唐诗》卷二九四。

第四句集自杜荀鹤【题开元寺门阁】："一登高阁眺清秋，满目风光尽胜游。何处画桡寻绿水，几家鸣笛咽红楼。云山已老应长在，岁月如波只暗流。唯有禅居离尘俗，**了无荣辱挂心头**。"见《全唐诗》卷六九二。

风光去处满笙歌，镜水无风也自波。

尘外烟霞吟不尽，忘荣知足委天和。

第一句集自李白【杂曲歌辞·少年行三首】之三："君不见淮南少年游侠客，白日球猎夜拥掷。呼卢百万终不惜，报仇千里如咫尺。少年游侠好经过，浑身装束皆绮罗。兰蕙相随喧妓女，**风光去处满笙歌**。骄矜自言不可有，侠士堂中养来久。好鞍好马乞与人，十千五千旋沽酒。赤心用尽为知己，黄金不惜栽桃李。桃李栽来几度春，一回花落一回新。府县尽为门下客，王侯皆是平交人。男儿百年且乐命，何须徇书受贫病。男儿百年且荣身，何须徇节甘风尘。衣冠半是征战士，穷儒浪作林泉民。遮莫枝根长百丈，不如当代多还往。遮莫姻亲连帝城，不如当身自簪缨。看取富贵眼前者，何用悠悠身后名。”见《全唐诗》卷二四。

第二句集自贺知章【采莲曲】:“稽山罢雾郁嵯峨，**镜水无风也自波**。莫言春度芳菲尽，别有中流采芰荷。”见《全唐诗》卷一一二。

第三句集自李咸用【送李尊师归临川】:“蟠桃一别几千春，谪下人间作至人。**尘外烟霞吟不尽**，鼎中龙虎伏初驯。除存紫府无他意，终向青冥举此身。辞我麻姑山畔去，蔡经踪迹必相亲。”见《全唐诗》卷六四六。

第四句集自白居易【吟四虽（杂言）】:“酒酣后，歌歇时。请君添一酌，听我吟四虽。年虽老，犹少于韦长史。命虽薄，犹胜于郑长水。眼虽病，犹明于徐郎中。家虽贫，犹富于郭庶子。省躬审分何侥幸，值酒逢歌且欢喜。**忘荣知足委天和**，亦应得尽生生理。”见《全唐诗》卷四五二。

镜水：指平静明净的水，借指漓江水。**尘外**：尘世之外，世俗之外。**尘外烟霞**：指美如仙境的漓江风光。**天和**：指自然和顺之理，天地之和气。

满川晴日弄微波，醉后青山入意多。

流水白云寻不尽，空闻渔父扣舷歌。

第一句集自徐铉【和钟大监泛舟同游见示】:“潮沟横趣北山阿，一月三游未是多。老去交亲难暂舍，闲中滋味更无过。溪桥树映行人渡，村径风飘牧竖歌。孤棹乱流偏有兴，**满川晴日弄微波**。”见《全唐诗》卷七五六。

第二句集自姚岩杰【报颜标】："为报颜公识我么，我心唯只与天和。眼前俗物关情少，**醉后青山入意多**。田子莫嫌弹铗恨，宁生休唱饭牛歌。圣朝若为苍生计，也合公车到薜萝。"见《全唐诗》卷六六七。

第三句集自卢纶【与从弟瑾同下第后出关言别】："同作金门献赋人，二年悲见故园春。到阙不沾新雨露，还家空带旧风尘。杂花飞尽柳阴阴，官路逶迤绿草深。对酒已成千里客，望山空寄两乡心。出关愁暮一沾裳，满野蓬生古战场。孤村树色昏残雨，远寺钟声带夕阳。谁怜苦志已三冬，却欲躬耕学老农。**流水白云寻不尽**，期君何处得相逢。"见《全唐诗》卷二七六。

第四句集自韩愈【湘中】："猿愁鱼踊水翻波，自古流传是汨罗。苹藻满盘无处奠，**空闻渔父扣舷歌**。"见《全唐诗》卷六九二。

流水：流动的水。此处也指《高山流水》，古琴曲名，亦泛指琴曲。**白云**：白色的云。此处也指《白云谣》，古神话中西王母为周穆王所作之歌。在此流水白云双重意义，既指景观，又借指离别时唱的歌曲。**扣舷**：用手击船边，多用为歌吟的节拍。**扣舷歌**：一边用手叩击船舷作拍节一边唱的渔歌。

漓江逍遥游

二首

春来触地故乡情，谁把归舟载我行。

好趁江山寻胜境，逍遥全不让庄生。

第一句集自白居易【浔阳春三首·春来】："**春来触地故乡情**，忽见风光忆两京。金谷踏花香骑入，曲江碾草钿车行。谁家绿酒欢连夜，何处红楼睡失明。独有不眠不醉客，经春冷坐古湓城。"见《全唐诗》卷四四〇。

第二句集自齐己【渚宫春日因怀有作】:“旧业树连湘树远，家山云与岳云平。僧来已说无耕钓，雁去那知有弟兄。客思莫牵蝴蝶梦，乡心自忆鹧鸪声。沙头南望堪肠断，**谁把归舟载我行**。”见《全唐诗》卷八四五。

第三句集自贾岛【送友人之南陵】:“莫叹徒劳向宦途，不群气岸有谁如。南陵暂掌仇香印，北阙终行贾谊书。**好趁江山寻胜境**，莫辞韦杜别幽居。少年跃马同心使，免得诗中道跨驴。”见《全唐诗》卷五七四。

第四句集自李咸用【依韵修睦上人山居十首】之二：“云泉日日长松寺，丝管年年细柳营。静躁殊途知自识，荣枯一贯亦何争。道旁病树人从老，溪上新苔我独行。若见净名居士语，**逍遥全不让庄生**。”见《全唐诗》卷六四六。

触地：到处，遍地。**庄生**：即庄子，名庄周，道家的代表之一。

啼莺相唤亦可听，松下看云读道经。

此世逍遥应独得，一声长啸万山青。

第一句集自韦应物【听莺曲】:“东方欲曙花冥冥，**啼莺相唤亦可听**。乍去乍来时近远，才闻南陌又东城。忽似上林翻下苑，绵绵蛮蛮如有情。欲啭不啭意自娇，羌儿弄笛曲未调。前声后声不相及，秦女学筝指犹涩。须臾风暖朝日暾，流音变作百鸟喧。谁家懒妇惊残梦，何处愁人忆故园。伯劳飞过声局促，戴胜下时桑田绿。不及流莺日日啼花间，能使万家春意闲。有时断续听不了，飞去花枝犹袅袅。还栖碧树锁千门,春漏方残一声晓。”见《全唐诗》卷一九五。

第二句集自罗邺【冬夕江上言事五首】之一：“叶落才悲草又生，看看少壮是衰形。关中秋雨书难到，江上春寒酒易醒。多少系心身未达，寻思举目泪堪零。几时抛得归山去，**松下看云读道经**。”见《全唐诗》卷六五四。

第三句集自姚合【和李十二舍人、裴四二舍人两阁老酬白少傅见寄】:“罢草王言星岁久，嵩高山色日相亲。萧条雨夜吟连晓，撩乱花时看尽春。**此世逍遥应独得**，古来闲散有谁邻。林中长老呼居士，天下书生仰达人。酒挈数瓶杯亦阔，诗成千首语皆新。纶闱并命诚宜贺，不念衰年寄上频。”见《全唐诗》卷五〇一。

第四句集自曹唐【小游仙诗九十八首】之十九：“饥即餐霞闷即行，**一声长啸万山青**。穿花渡水来相访，珍重多才阮步兵。”见《全唐诗》卷六四一。

长啸：见《瀑水渡赏东岭朝霞》第二首“孙登长啸”注。

游漓江惊回首
二首

退休后，仍常陪友人乘船游漓江下游江段，人称“钻石水道”也。余家乡即在此江段南岸。每游，常忆及儿时在漓江游泳、卵石砸鱼等情景，边游江边寻少年时生活足迹。滩声依旧，水仍清澈，青山更绿，然吾已六十有五，垂垂老矣。深感流年似水，不免有孔夫子川上之叹。

一月三游未是多，有诗有酒有高歌。

今朝不觉频回首，川上俄惊逝水波。

第一句集自徐铉【和钟大监泛舟同游见示】：“潮沟横趣北山阿，**一月三游未是多**。老去交亲难暂舍，闲中滋味更无过。溪桥树映行人渡，村径风飘牧竖歌。孤棹乱流偏有兴，满川晴日弄微波。”见《全唐诗》卷七五六。

第二句集自司空图【有赠】：“**有诗有酒有高歌**，春色年年奈我何。试问羲和能驻否，不劳频借鲁阳戈。”见《全唐诗》卷六三三。

第三句集自贯休【鹭鸶有怀】：“粉魄霜华为尔枯，鸳鸯相伴更堪图。爱来沙岛遗银屋，终作金笼养雪雏。栖宿必多清濑梦，品流还次白猿徒。**今朝不觉频回首**，曾伴瑶花近玉壶。”见《全唐诗》卷八三六。

第四句集自白居易【与梦得偶同到敦诗宅，感而题壁】：“山东才副苍生愿，**川上俄惊**

逝水波。履道凄凉新第宅，宣城零落旧笙歌。园荒唯有薪堪采，门冷兼无雀可罗。今日相逢偶同到，伤心不是故经过。”见《全唐诗》卷四五六。

川上：《论语·子罕》：“子在川上曰：逝者如斯夫，不舍昼夜。”孔子感慨人生世事变化之快，有惜时之意在其中。

冷涵秋水碧溶溶，堪忆春云十二峰。

若学多情寻往事，不须回首笑龙钟。

第一句集自吴融【秋池】：“**冷涵秋水碧溶溶**，一片澄明见底空。有日晴来云衬白，几时吹落叶浮红。香啼蓼穗娟娟露，乾动莲茎淅淅风。凌晓无端照衰发，便悲霜雪镜光中。”见《全唐诗》卷六八七。

第二句集自齐己【辞主人绝句四首·放猿】：“**堪忆春云十二峰**，野桃山杏摘香红。王孙可念愁金锁，从放断肠明月中。”见《全唐诗》卷八四六。

第三句集自白居易【和友人洛中春感】：“莫悲金谷园中月，莫叹天津桥上春。**若学多情寻往事**，人间何处不伤神。”见《全唐诗》卷四三六。

第四句集自罗隐【送晋光大师】：“禹祠分首戴湾逢，健笔寻知达九重。圣主赐衣怜绝艺，侍臣摛藻许高踪。宁亲久别街西寺，待诏初离海上峰。一种苦心师得了，**不须回首笑龙钟**。”见《全唐诗》卷六六三。

龙钟：年老体衰、行动不便的样子，也指潦倒不得志的样子。

漓江感旧游

桂水潺湲岭北流，无机终日狎沙鸥。

人生老大须恣意，到处消魂感旧游。

第一句集自许浑【闻韶州李相公移拜郴州因寄】:“诏移丞相木兰舟，**桂水潺湲岭北流**。青汉梦归双阙曙，白云吟过五湖秋。恩回玉扆人先喜，道在金縢世不忧。闻说公卿尽南望，甘棠花暖凤池头。”见《全唐诗》卷五三四。

第二句集自李中【思九江旧居三首】之三:“**无机终日狎沙鸥**，得意高吟景且幽。槛底江流偏称月，檐前山朵最宜秋。遥村处处吹横笛，曲岸家家系小舟。别后再游心未遂，设屏惟画白苹洲。”见《全唐诗》卷七四七。

第三句集自高適【赋得还山吟，送沈四山人】:“还山吟，天高日暮寒山深，送君还山识君心。**人生老大须恣意**，看君解作一生事，山间偃仰无不至。石泉淙淙若风雨，桂花松子常满地。卖药囊中应有钱，还山服药又长年。白云劝尽杯中物，明月相随何处眠。眠时忆问醒时事，梦魂可以相周旋。”见《全唐诗》卷二一三。

第四句集自李煜【赐宫人庆奴】:“情渐老见春羞，**到处消魂感旧游**。多谢长条似相识，强垂烟态拂人头。”见《全唐诗》卷八。

狎：亲近而态度不庄重。**恣意**：放纵，不加限制，任意。**消魂**：灵魂离散。形容极度的悲愁、欢乐、恐惧等。**感旧**：怀念故旧。

漓江恋

共水将山过一生，且乘孤棹且行行。

风光适意须留恋，地近乡园自有情。

第一句集自杜荀鹤【题道林寺】:“身未立间终日苦，身当立后几年荣。万般不及僧无事，**共水将山过一生**。”见《全唐诗》卷六九三。

第二句集自罗隐【贵池晓望】:“稂莠参天剪未平，**且乘孤棹且行行**。计疏狡兔无三窟，羁甚宾鸿欲一生。合眼亦知非本意，伤心其奈是多情。前溪好泊谁为主，昨夜沙禽占月明。”见《全唐诗》卷六六三。

第三句集自徐铉【寄歙州吕判官】:“任公郡占好山川，溪水萦回路屈盘。南国自来推胜境，故人此地作郎官。**风光适意须留恋**，禄秩资贫且喜欢。莫忆班行重回首，是非多处是长安。”见《全唐诗》卷七五二。

第四句集自吴融【春归次金陵】:“春阴漠漠覆江城，南国归桡趁晚程。水上驿流初过雨，树笼堤处不离莺。迹疏冠盖兼无梦，**地近乡园自有情**。便被东风动离思，杨花千里雪中行。”见《全唐诗》卷六八七。

行行：走一走。**乡园**：家园、故乡。余伴水而居，渡头村就在漓江南岸。

闲 游
二 首

闲来抚景穷吟处，闲对楸枰倾一壶。

闲步欲舒山野性，闲人似我世间无。

第一句集自牟融【赠殷以道】:“世路红尘懒步趋，长年结屋傍岩隅。独留乡井诚非隐，老向山林不自愚。肯信白圭终在璞，谁怜沧海竟遗珠。**闲来抚景穷吟处**，尊酒临风不自娱。”见《全唐诗》卷四六七。

第二句集自温庭筠【观棋】:“**闲对楸枰倾一壶**，黄华坪上几成卢。他时谒帝铜龙水，便赌宣城太守无。”见《全唐诗》卷五八三。

第三句集自武元衡【秋日出游偶作】:“黄花丹叶满江城，暂爱江头风景清。**闲步欲舒山野性**，貔貅不许独行人。”见《全唐诗》卷三一七。

第四句集自杜牧【重送绝句】:“绝艺如君天下少，**闲人似我世间无**。别后竹窗风雪夜，一灯明暗覆吴图。”见《全唐诗》卷五二一。

楸枰：棋盘。古时棋盘多用楸木制作，故名。

此集句诗四句均以“闲”字开头。

澹然空水对斜晖，独自闲行独自归。

无限风光言不得，何如一醉尽忘机。

第一句集自温庭筠【利州南渡】：“**澹然空水对斜晖**，曲岛苍茫接翠微，波上马嘶看棹去，柳边人歇待船归。数丛沙草群鸥散，万顷江田一鹭飞。谁解乘舟寻范蠡，五湖烟水独忘机。”见《全唐诗》卷五七八。

第二句集自元稹【智度师二首】之一：“四十年前马上飞，功名藏尽拥禅衣。石榴园下擒生处，**独自闲行独自归**。”见《全唐诗》卷四一一。

第三句集自孙鲂【题未开牡丹】：“青苞虽小叶虽疏，贵气高情便有余。浑未盛时犹若此，算应开日合何如。寻芳蝶已栖丹槛，衬落苔先染石渠。**无限风光言不得**，一心留在暮春初。”见《全唐诗》卷八八六。

第四句集自白居易【对酒五首】之一：“巧拙贤愚相是非，**何如一醉尽忘机**。君知天地中宽窄，雕鹗鸾皇各自飞。”见《全唐诗》卷四四九。

澹然：恬淡、安静貌。**空水**：天空和水色。

独　游

溪上新苔我独行，老来泉石倍关情。

最怜瑟瑟斜阳下，莺到垂杨不惜声。

第一句集自李咸用【依韵修睦上人山居】之二：“云泉日日长松寺，丝管年年细柳营。静躁殊途知自识，荣枯一贯亦何争。道旁病树人从老，**溪上新苔我独行**。若见净名居士语，逍遥全不让庄生。”见《全唐诗》卷六四六。

第二句集自徐铉【池州陈使君见示游齐山诗因寄】:“往岁曾游弄水亭，齐峰浓翠暮轩横。哀猿出槛心虽喜，伤鸟闻弦势易惊。病后簪缨殊寡兴，**老来泉石倍关情**。今朝池口风波静，遥贺山前有颂声。”见《全唐诗》卷七五五。

第三句集自李建勋【竹】:“琼节高吹宿凤枝，风流交我立忘归。**最怜瑟瑟斜阳下**，花影相和满客衣。”见《全唐诗》卷七三九。

第四句集自刘禹锡【和仆射牛相公春日闲坐见怀】:“官曹崇重难频入，第宅清闲且独行。阶蚁相逢如偶语，园蜂速去恐违程。人于红药惟看色，**莺到垂杨不惜声**。东洛池台怨抛掷，移文非久会应成。”见《全唐诗》卷三六一。

独 归

竹杖黄裳登翠微，景清还觉易忘机。

牵吟一路逢山色，万壑千峰独自归。

第一句集自李颀【送王道士还山】:“嵩阳道士餐柏实，居处三花对石室。心穷伏火阳精丹，口诵淮王万毕术。自言神诀不可求，我师闻之玄圃游。出入彤庭佩金印，承恩赫赫如王侯。双峰树下曾受业，应传肘后长生法。吾闻仙地多后身，安知不是具茨人。玉膏清泠瀑泉水，白云溪中日方此。后今不见数十年，鬓发颜容只如是。先生舍我欲何归，**竹杖黄裳登翠微**。”见《全唐诗》卷一三三。

第二句集自韩偓【卜隐】:“屏迹还应减是非，却忧蓝玉又光辉。桑梢出舍蚕初老，柳絮盖溪鱼正肥。世乱岂容长惬意，**景清还觉易忘机**。世间华美无心问，藜藿充肠苎作衣。”见《全唐诗》卷六八一七。

第三句集自李中【送夏侯秀才】:“江村摇落暮蝉鸣，执手临岐动别情。古岸相看残照在，片帆难驻好风生。**牵吟一路逢山色**，醒睡长汀对月明。况是清朝至公在，预知乔木定迁莺。”见《全唐诗》卷七四八。

第四句集自施肩吾【送绝尘子归旧隐二首】之二："班藤为杖草为衣，**万壑千峰独自归**。纵令相忆谁相报，桂树岩边人信稀。"见《全唐诗》卷四九四。

牵吟：引动诗兴。唐·李中《海城秋日书怀寄朐山孙明府》诗："青云展志知何日？皓月牵吟又入秋。"唐·孙鲂《春苔》诗："底物最牵吟，秋苔独自寻。"

江岸徘徊

柳映江潭底有情，岸头含醉去来行。

吟诗得句翻停笔，魂断愁深写不成。

第一句集自李商隐【柳】："**柳映江潭底有情**，望中频遣客心惊。巴雷隐隐千山外，更作章台走马声。"见《全唐诗》卷五三九。

第二句集自褚载【南徐晚望】："芳草铺香晚岸晴，**岸头含醉去来行**。僧归岳外残钟寺，日下江边调角城。人渐孤帆知楚信，过淮疏雨带潮声。如今未免风尘役，宁敢匆匆便濯缨。"见《全唐诗》卷六九四。

第三句集自元凛【中秋夜不见月】："蟾轮何事色全微，赚得佳人出绣帏。四野雾凝空寂寞，九霄云锁绝光辉。**吟诗得句翻停笔**，玩处临尊却掩扉。公子倚栏犹怅望，懒将红烛草堂归。"见《全唐诗》卷七七四。

第四句集自刘兼【登郡楼书怀】："烟雨楼台渐晦冥，锦江澄碧浪花平。卞和未雪荆山耻，庄舄空伤越国情。天际寂寥无雁下，云端依约有僧行。登高欲继离骚咏，**魂断愁深写不成**。"见《全唐诗》卷七六六。

底：副词，的确，确实。**翻**：副词，表示转折，相当于"反而"、"却"的意思。

江岸醉吟

晚凉闲步向江亭，南望莲峰簇簇青。

临水自伤流落久，醉中高咏有谁听。

第一句集自韩偓【有瞩】:“**晚凉闲步向江亭**，默默看书旋旋行。风转滞帆狂得势，潮来诸水寂无声。谁将覆辙询长策，愿把棼丝属老成。安石本怀经济意，何妨一起为苍生。”见《全唐诗》卷六八〇。

第二句集自韦庄【梦入关】:“梦中乘传过关亭，**南望莲峰簇簇青**。马上正吟归去好，觉来江月满前庭。”见《全唐诗》卷六九七。

第三句集自刘长卿【送陆澧仓曹西上】:“长安此去欲何依，先达谁当荐陆机。日下凤翔双阙迥，雪中人去二陵稀。舟从故里难移棹，家住寒塘独掩扉。**临水自伤流落久**，赠君空有泪沾衣。”见《全唐诗》卷一五一。

第四句集自张籍【寄和州刘使君】:“别离已久犹为郡，闲向春风倒酒瓶。送客特过沙口堰，看花多上水心亭。晓来江气连城白，雨后山光满郭青。到此诗情应更远，**醉中高咏有谁听**。”见《全唐诗》卷三八五。

江亭：此指阳朔县城漓江畔的“帜江楼”，离笔者在县城的住处仅百米。**莲峰**：此指阳朔县城漓江畔之县城主峰碧莲峰，距帜江楼南约200米。山上树木青翠。**自伤**：自我伤感。《史记·苏秦列传》:“苏秦闻之而惭自伤，乃闭室不出。”**流落**：本指漂泊外地，穷困失意，也指无机遇，时运不好，无相遇而彼此投合者。

漓水闲行

迥眺澄江气象明，野堂吟罢独行行。

溪风满袖吹骚雅，山水何妨寄野情。

第一句集自卢嗣立【望九华山】:“九华深翠落轩楹，**迥眺澄江气象明**。不遇阴霾孤岫隐，正当寒日众峰呈。坐观风雪销烦思，惜别烟岚驻晓行。得路归山期早诀，夜来潜已告精诚。”见《全唐诗》卷五五七。

第二句集自罗邺【冬夕江上言事五首】:“**野堂吟罢独行行**，点水微微冻不鸣。十里溪山新雪后，千家襟袖晓寒生。只宜醉梦依华寝，可称羸蹄赴宿程。日苦几多心下见，那堪岁晏又无成。”见《全唐诗》卷六五四。

第三句集自李山甫【山中览刘书记新诗】:“记室新诗相寄我，蔼然清绝更无过。**溪风满袖吹骚雅**，岩瀑无时滴薜萝。云外山高寒色重，雪中松苦夜声多。静酬嘉唱对幽景，苍鹤羸栖古木柯。”见《全唐诗》卷六四三。

第四句集自徐铉【送察院李侍御使庐陵因寄孟员外】:“绣衣乘驿急如星，**山水何妨寄野情**。肯向九仙台下歇,闲听孟叟醉吟声。”见《全唐诗》卷七五六。

迥眺：远眺；远望。**澄江**：清澈的江水，借指漓江。**气象**：气候、天象。后多指大气的状态和现象。**野堂**：村居之堂屋。**骚雅**：见《山情水趣-漓江觅诗》第二首注文。**野情**：不受世事人情拘束的闲散心情，天然情趣。

沉醉山水
三　首

高情野鹤与逍遥，惟向禅心得寂寥。

我为伤春心自醉，长贪山水羡渔樵。

第一句集自张籍【赠李杭州】:“仙郎白首未归朝，应为苍生领六条。惠化州人尽清净，**高情野鹤与逍遥**。竹间虚馆无朝讼，山畔青田长夏苗。终日政声长独坐，开门长望浙江潮。”见《全唐诗》卷三八五。

第二句集自廖凝【鄂州头陀寺上方】："高寺上方无不见，天涯行客思迢迢。西江帆挂东风急，夏口城衔楚塞遥。沙渚渔归多湿网，桑林蚕后尽空条。感时叹物寻僧话，**惟向禅心得寂寥**。"见《全唐诗》卷五八七。

第三句集自李商隐【寄恼韩同年二首（时韩住萧洞）】："龙山晴雪凤楼霞，洞里迷人有几家。**我为伤春心自醉**，不劳君劝石榴花。"见《全唐诗》卷五四〇。

第四句集自韩偓【建溪滩波心目惊眩余平生溺奇境今则畏怯不暇因书二十八字】："**长贪山水羡渔樵**，自笑扬鞭趁早朝。今日建溪惊恐后，李将军画也须烧。"见《全唐诗》卷六八一。

禅心：佛教用语。谓清静寂定的心境。**寂寥**：空虚无形，空无人物，泛指寂静无声，沉寂，又指空旷、高远、辽阔，引申为恬静、淡泊。

了然不觉清心魂，绿映红藏江上村。

但得烟霞供岁月，一身自乐何足言。

第一句集自李白【同族弟金城尉叔卿烛照山水壁画歌】："高堂粉壁图蓬瀛，烛前一见沧洲清。洪波汹涌山峥嵘，皎若丹丘隔海望赤城。光中乍喜岚气灭，谓逢山阴晴后雪。回溪碧流寂无喧，又如秦人月下窥花源。**了然不觉清心魂**，只将叠嶂鸣秋猿。与君对此欢未歇，放歌行吟达明发。却顾海客扬云帆，便欲因之向溟渤。"见《全唐诗》卷一六六。

第二句集自韦庄【幽居春思】："**绿映红藏江上村**，一声鸡犬似山源。闭门尽日无人到，翠羽春禽满树喧。"见《全唐诗》卷七〇〇。

第三句集自吕岩【七言】之八："灵芝无种亦无根，解饮能餐自返魂。**但得烟霞供岁月**，任他乌兔走乾坤。婴儿只恋阳中母，姹女须朝顶上尊。一得不回千古内，更无冢墓示儿孙。"见《全唐诗》卷八五七。

第四句集自权德舆【放歌行】："夕阳不驻东流急，荣名贵在当年立。青春虚度无所成，白首衔悲亦何及。拂衣西笑出东山，君臣道合俄顷间。一言一笑玉墀上，变化生涯如等闲。朱门杳杳列华戟，座中皆是王侯客。鸣环动珮暗珊珊，骏马花骢白玉鞍。十千斗酒不知贵，半醉留宾邀尽欢。银烛煌煌夜将久，侍婢金罍泻春酒。春酒盛来琥珀光，暗闻兰麝几般香。乍看皓腕映罗袖，微听清歌发杏梁。双鬟美人君不见，一一皆胜赵飞燕。迎杯乍举石榴裙，匀粉时交合欢扇。未央钟漏醉中闻，联骑朝天曙色分。双阙烟云遥霭霭，五衢车马乱纷纷。罢朝鸣珮骤归鞍，今日还同昨日欢。岁岁年年恣游宴，出门满路光辉遍。**一身自乐何足言**，九族为荣真可羡。男儿称意须及时，闭门下帷人不知。年光看逐转蓬尽，徒咏东山招隐诗。”见《全唐诗》卷三二八。

心魂：心神，心灵。**烟霞**：本指烟雾、云霞，泛指山水、山林。

一日三回到水边，此心长忆旧林泉。

更无忙苦吟闲乐，饱听松风白昼眠。

第一句集自白居易【赠思黯】：“为怜清浅爱潺湲，**一日三回到水边**。若道归仁滩更好，主人何故别三年。”见《全唐诗》卷四五八。

第二句集自翁承赞【奉使封王，次宜春驿】：“微宦淹留鬓已斑，**此心长忆旧林泉**。不因列土封千乘，争得衔恩拜二天。云断自宜乡树出，月高犹伴客心悬。夜来梦到南台上，遍看江山胜往年。”见《全唐诗》卷七〇三。

第三句集自白居易【闲乐】：“坐安卧稳舆平肩，倚杖披衫绕四边。空腹三杯卯后酒，曲肱一觉醉中眠。**更无忙苦吟闲乐**，恐是人间自在天。”见《全唐诗》卷四五八。

第四句集自张令问【与杜光庭】：“试问朝中为宰相，何如林下作神仙。一壶美酒一炉药，**饱听松风白昼眠**。”见《全唐诗》卷七六〇。

林泉：山林与泉石，也指隐居之地。此“林泉”借指笔者家乡秀丽的漓江山水。

青山小隐

临江一嶂白云间，来与渔翁作往还。

共放诗狂同酒癖，青山小隐枕潺湲。

第一句集自白行简【在巴南望郡南山呈乐天】："**临江一嶂白云间**，红绿层层锦绣班。不作巴南天外意，何殊昭应望骊山。"见《全唐诗》卷四六六。

第二句集自罗隐【西塞山】："吴塞当时指此山，吴都亡后绿孱颜。岭梅乍暖残妆恨，沙鸟初晴小队闲。波阔鱼龙应混杂，壁危猿狖奈奸顽。会将一副寒蓑笠，**来与渔翁作往还**。"见《全唐诗》卷六五八。

第三句集自白居易【喜裴涛使君携诗见访，醉中戏赠】："忽闻扣户醉吟声，不觉停杯倒屣迎。**共放诗狂同酒癖**，与君别是一亲情。"见《全唐诗》卷四六〇。

第四句集自吴融【忆钓舟】："**青山小隐枕潺湲**，一叶垂纶几溯沿。后浦春风随兴去，南塘秋雨有时眠。惯冲晓雾惊群雁，爱贴残阳入乱烟。回首无人寄惆怅，九衢尘土困扬鞭。"见《全唐诗》卷六八四。

往还：交游；交往。**小隐**：谓隐居山林。晋·王康琚《反招隐》诗："小隐隐陵薮，大隐隐朝市。"**潺湲**：水慢慢流动的样子，也指流水和流水声。

醉　春

三　首

长望碧山到无因，闲忙皆是自由身。

兴来吟咏从成癖，一醉春光莫厌频。

第一句集自韦应物【寄刘尊师】:“世间荏苒萦此身，**长望碧山到无因**。白鹤徘徊看不去，遥知下有清都人。”见《全唐诗》卷一八八。

第二句集自司空图【南至四首】之四:“一任喧阗绕四邻，**闲忙皆是自由身**。人来客去还须议，莫遣他人作主人。”见《全唐诗》卷六三三。

第三句集自白居易【座中戏呈诸少年】:“衰容禁得无多酒，秋鬓新添几许霜。纵有风情应淡薄，假如老健莫夸张。**兴来吟咏从成癖**，饮后酣歌少放狂。不为倚官兼挟势，因何入得少年场。”见《全唐诗》卷四五一。

第四句集自鲍溶【范真传侍御累有寄，因奉酬十首】之二:“白雪翦花朱蜡蒂，折花传笑惜春人。请君白日留明日，**一醉春光莫厌频**。”见《全唐诗》卷四八六。

清风细雨湿梅花，且喜春光动物华。
日日澄江带山翠，时时买酒醉烟霞。

第一句集自王维【戏嘲史寰】:“**清风细雨湿梅花**，骤马先过碧玉家。正值楚王宫里至，门前初下七香车。”见《全唐诗》卷一二八。

第二句集自皇甫曙【立春日呈宫傅侍郎】:“朝旦微风吹晓霞，散为和气满家家。不知容貌潜消落，**且喜春光动物华**。出问池冰犹塞岸，归寻园柳未生芽。摩娑酒瓮重封闭，待入新年共赏花。”见《全唐诗》卷四九〇。

第三句集自韩翃【赠别上元主簿张著】:“上书一见平津侯，剑笏斜齐秣陵尉。朝垂绶带迎远客，暮锁印囊飞上吏。长乐花深万井时，同官无事有归期。回船对酒三生渚，系马焚香五愿祠。**日日澄江带山翠**，绿芳都在经过地。行人看射领军堂，游女题诗光宅寺。风流才调爱君偏，此别相逢定几年。惆怅浮云迷远道，张侯楼上月娟娟。”见《全唐诗》卷二四三。

第四句集自吴子来【留观中诗二首】之二:“此生此物当生涯，白石青松便是家。对月卧云如野鹿，**时时买酒醉烟霞**。”见《全唐诗》卷八五二。

物华：自然景物，自然风光。**烟霞**：泛指山水、山林。

花红柳绿间晴空，昨暮今晨色不同。

回首却寻芳草路，但将怀抱醉春风。

第一句集自魏承班【生查子】之三："离别又经年，独对芳菲景。嫁得薄情夫，长抱相思病。**花红柳绿间晴空**，蝶舞双双影。羞看绣罗衣，为有金鸾并。"见《全唐诗》卷八九五。

第二句集自鲍溶【赠真公影堂】："旧房西壁画支公，**昨暮今晨色不同**。远客闲心无处所，独添香火望虚空。"见《全唐诗》卷四八六。

第三句集自刘兼【访饮妓不遇，招酒徒不至】："小桥流水接平沙，何处行云不在家。毕卓未来轻竹叶，刘晨重到殢桃花。琴樽冷落春将尽，帏幌萧条日又斜。**回首却寻芳草路**，金鞍拂柳思无涯。"见《全唐诗》卷七六六。

第四句集自朱湾【平陵寓居再逢寒食】："几回江上泣途穷，每遇良辰叹转蓬。火燧知从新节变，灰心还与故人同。莫听黄鸟愁啼处，自有花开久客中。贫病固应无挠事，**但将怀抱醉春风**。"见《全唐诗》卷三〇六。

春游漓江

六　首

柳丝梅绽正芳菲，去路云深锁翠微。

处处风光今日好，令人长忆谢玄晖。

第一句集自鱼玄机【和人】:“茫茫九陌无知己，暮去朝来典绣衣。宝匣镜昏蝉鬓乱，博山炉暖麝烟微。多情公子春留句，少思文君昼掩扉。莫惜羊车频列载，**柳丝梅绽正芳菲**。”见《全唐诗》卷八〇四。

第二句集自韦庄【途中望雨怀归】:“满空寒雨漫霏霏，**去路云深锁翠微**。牧竖远当烟草立，饥禽闲傍渚田飞。谁家树压红榴折，几处篱悬白菌肥。对此不堪乡外思，荷蓑遥羡钓人归。”见《全唐诗》卷六九五。

第三句集自赵彦昭【人日侍宴大明宫应制】:“宝契无为属圣人，雕舆出幸玩芳辰。平楼半入南山雾，飞阁旁临东墅春。夹路秾花千树发，垂轩弱柳万条新。**处处风光今日好**，年年愿奉属车尘。”见《全唐诗》卷一〇三。

第四句集自李白【金陵城西楼月下吟】:“金陵夜寂凉风发，独上高楼望吴越。白云映水摇空城，白露垂珠滴秋月。月下沉吟久不归，古来相接眼中稀。解道澄江净如练，**令人长忆谢玄晖**。”见《全唐诗》卷一六六。

谢玄晖：即谢朓，字玄晖，南朝·齐诗人。主要成就是发展了山水诗。

杨柳丝牵两岸风，八重岩崿叠晴空。

烟霞尽入新诗卷，吟对青山忆谢公。

第一句集自花蕊夫人【宫词】之三：“龙池九曲远相通，**杨柳丝牵两岸风**。长似江南好风景，画船来去碧波中。”见《全唐诗》卷七九八。

第二句集自章八元【天台道中示同行】:“**八重岩崿叠晴空**，九色烟霞绕洞宫。仙道多因迷路得，莫将心事问樵翁。”见《全唐诗》卷二八一。

第三句集自韦庄【袁州作】:“家家生计只琴书，一郡清风似鲁儒。山色东南连紫府，水声西北属洪都。**烟霞尽入新诗卷**，郭邑闲开古画图。正是江村春酒熟，更闻春鸟劝提壶。”见《全唐诗》卷六九八。

第四句集自赵嘏【寄卢中丞】:“叶覆清溪滟滟红，路横秋色马嘶风。独携一榼郡斋酒，**吟对青山忆谢公**。”见《全唐诗》卷五五〇。

岩嵦：亦作“嵒嵦”，山势不齐的样子，也指起伏的山峦。**谢公**：这里指南朝的山水诗人谢灵运和谢朓，都是历史上著名的山水诗人。

闲来无事玩青山，路在春风缥缈间。

最惜杜鹃花烂漫，逍遥心地得关关。

第一句集自吕岩【长短句】：“落魄且落魄，夜宿乡村，朝游城郭。**闲来无事玩青山**，困来街市货丹药。卖得钱，不算度，酤美酒，自斟酌。醉后吟哦动鬼神，任意日头向西落。”见《全唐诗》卷八五九。

第二句集自赵嘏【宛陵寓居上沈大夫二首】之二：“溪树参差绿可攀，谢家云水满东山。能忘天上他年贵，来结林中一日闲。醉叩玉盘歌袅袅，暖鸣幽涧鸟关关。觥筹不尽须归去，**路在春风缥缈间**。”见《全唐诗》卷五四九。

第三句集自白居易【雨中赴刘十九二林之期及到寺刘已先去因以四韵寄之】：“云中台殿泥中路，既阻同游懒却还。将谓独愁犹对雨，不知多兴已寻山。才应行到千峰里，只校来迟半日间。**最惜杜鹃花烂漫**，春风吹尽不同攀。”见《全唐诗》卷四四〇。

第四句集自钱起【暇日览旧诗因以题咏】：“**逍遥心地得关关**，偶被功名涴我闲。有寿亦将归象外，无诗兼不恋人间。何穷默识轻洪范，未丧斯文胜大还。筐箧静开难似此，蕊珠春色海中山。”见《全唐诗》卷二三九。

心地：指人的存心、用心。在这里指心情、心境。**关关**：和谐安适的意思。

翠岩千尺倚溪斜，偷出游山走看花。

今日始知春气味，罢吟还醉忘归家。

第一句集自杜牧【正初奉酬歙州刺史邢群】：“**翠岩千尺倚溪斜**，曾得严光作钓家。越嶂远分丁字水，腊梅迟见二年花。明时刀尺君须用，幽处田园我有涯。一壑风烟阳羡里，解龟休去路非赊。”见《全唐诗》卷五二三。

第二句集自白居易【喜罢郡】：“五年两郡亦堪嗟，**偷出游山走看花**。自此光阴为己有，从前日月属官家。樽前免被催迎使，枕上休闻报坐衙。睡到午时欢到夜，回看官职是泥沙。”见《全唐诗》卷四四七。

第三句集自翁承赞【擢探花使三首】之二：“九重烟暖折槐芽，自是升平好物华。**今日始知春气味**，长安虚过四年花。”见《全唐诗》卷七〇三。

第四句集自李商隐【县中恼饮席】：“晚醉题诗赠物华，**罢吟还醉忘归家**。若无江氏五色笔，争奈河阳一县花。”见《全唐诗》卷五四〇。

草岸斜铺翡翠茵，遍寻山水自由身。

微生尽恋人间乐，不觉风光度岁频。

第一句集自白居易【答尉迟少监水阁重宴】：“人情依旧岁华新，今日重招往日宾。鸡黍重回千里驾，林园闇换四年春。水轩平写琉璃镜，**草岸斜铺翡翠茵**。闻道经营费心力，忍教成后属他人。”见《全唐诗》卷四四八。

第二句集自白居易【闲行】：“五十年来思虑熟，忙人应未胜闲人。林园傲逸真成贵，衣食单疏不是贫。专掌图书无过地，**遍寻山水自由身**。傥年七十犹强健，尚得闲行十五春。”见《全唐诗》卷四四八。

第三句集自李商隐【过楚宫】：“巫峡迢迢旧楚宫，至今云雨暗丹枫。**微生尽恋人间乐**，只有襄王忆梦中。”见《全唐诗》卷五四〇。

第四句集自卢肇【嘲小儿】：“贪生只爱眼前珍，**不觉风光度岁频**。昨日见来骑竹马，今朝早是有年人。”见《全唐诗》卷五五一。

微生：细小的生命；卑微的人生。

数峰春色在云中，棹影飘飖玉浪中。

随分笙歌聊自乐，半山遥听水兼风。

第一句集自李咸用【春暮途中】:“细雨如尘散暖空，**数峰春色在云中**。须知触目皆成恨，纵道多文争那穷。飞燕有情依旧阁，垂杨无力受东风。谁能会得乾坤意，九土枯荣自不同。”见《全唐诗》卷六四六。

第二句集自李群玉【望月怀友】:“浮云卷尽看朣胧，直出沧溟上碧空。盈手水光寒不湿，流天素彩静无风。酒花荡漾金尊里，**棹影飘飖玉浪中**。川路正长难可越，美人千里思何穷。”见《全唐诗》卷五六九。

第三句集自白居易【重答刘和州】:“分无佳丽敌西施，敢有文章替左司。**随分笙歌聊自乐**，等闲篇咏被人知。花边妓引寻香径，月下僧留宿剑池。可惜当时好风景，吴王应不解吟诗。”见《全唐诗》卷四四七。

第四句集自罗邺【题水帘洞】:“乱泉飞下翠屏中，名共真珠巧缀同。一片长垂今与古，**半山遥听水兼风**。虽无舒卷随人意，自有潺湲济物功。每向暑天来往见，疑将仙子隔房栊。”见《全唐诗》卷六五四。

随分：随便，就便，也指随意，任意，或到处，随时。**笙歌**：合笙之歌，亦谓吹笙唱歌，泛指奏乐唱歌。

暮醉朝吟漓江游

一道帆樯画柳烟，千岩万壑与云连。

常时饮酒逐风景，暮醉朝吟不记年。

第一句集自杜牧【汴人舟行答张祜】："千万长河共使船，听君诗句倍怆然。春风野岸名花发，**一道帆樯画柳烟**。"见《全唐诗》卷五二四。

第二句集自易思【郡城放猿献卫使君】："**千岩万壑与云连**，放出雕笼任自然。叶洒惊风啼暮雨，月凝残雪饮流泉。临岐莫似三声日，避射须依绕树年。应解感恩寻太守，攀萝时复到楼前。"见《全唐诗》卷七七五。

第三句集自李白【赠从弟南平太守之遥二首】之一："少年不得意，落魄无安居。愿随任公子，欲钓吞舟鱼。**常时饮酒逐风景**，壮心遂与功名疏。兰生谷底人不锄，云在高山空卷舒。汉家天子驰驷马，赤军蜀道迎相如。天门九重谒圣人，龙颜一解四海春。彤庭左右呼万岁，拜贺明主收沉沦。翰林秉笔回英眄，麟阁峥嵘谁可见。承恩初入银台门，著书独在金銮殿。龙钩雕镫白玉鞍，象床绮席黄金盘。当时笑我微贱者，却来请谒为交欢。一朝谢病游江海，畴昔相知几人在。前门长揖后门关，今日结交明日改。爱君山岳心不移，随君云雾迷所为。梦得池塘生春草，使我长价登楼诗。别后遥传临海作，可见羊何共和之。"见《全唐诗》卷一七〇。

第四句集自吕岩【七言】之十一："醍醐一盏诗一篇，**暮醉朝吟不记年**。乾马屡来游九地，坤牛时驾出三天。白龟窟里夫妻会，青凤巢中子母圆。提挈灵童山上望，重重叠叠是金钱。"见《全唐诗》卷八五六。

逐：追求，跟随。**记年**：记得年月。

春 游

远波微飏翠如苔，怅望春襟郁未开。

独向青溪依树下，且环流水醉流杯。

第一句集自李建勋【离阙下日感恩】："二年尘冒处中台，喜得南归退不才。即路敢期皇子送，出关犹有御书来。未知天地恩何报，翻对江山思莫开。斜日苇汀凝立处，**远波微**

飏翠如苔。”见《全唐诗》卷七三九。

第二句集自崔涂【鹦鹉洲即事】：“**怅望春襟郁未开**，重吟鹦鹉益堪哀。曹瞒尚不能容物，黄祖何曾解爱才。幽岛暖闻燕雁去，晓江晴觉蜀波来。何人正得风涛便，一点轻帆万里回。”见《全唐诗》卷六七九。

第三句集自刘长卿【送灵澈上人还越中】：“禅客无心杖锡还，沃洲深处草堂闲。身随敝屦经残雪，手绽寒衣入旧山。**独向青溪依树下**，空留白日在人间。那堪别后长相忆，云木苍苍但闭关。”见《全唐诗》卷一五一。

第四句集自杜牧【和严恽秀才落花】：“共惜流年留不得，**且环流水醉流杯**。无情红艳年年盛，不恨凋零却恨开。”见《全唐诗》卷五二四。

飏：同“扬”，簸动。**流杯**：犹流觞。古代习俗，每逢夏历三月上旬的巳日(三国·魏以后定为夏历三月初三日)，人们相聚水边宴饮，认为可袚除不祥。后人仿照，在环曲的水流旁宴集，并在水的上流放置酒杯，任其顺流而下，杯停在谁的面前，谁就取饮，称为“流觞曲水”。晋·王羲之《兰亭集序》：“又有清流激湍，映带左右，引以为流觞曲水。”北周·庾信《春赋》：“树下流杯客，沙头渡水人。”

春日闲游

快活如侬有几人，万般名利不关身。

歌吟终日如狂叟，撩乱花时看尽春。

第一句集自李煜【渔父】之一：“浪花有意千里雪，桃花无言一队春。一壶酒，一竿身，**快活如侬有几人**。”见《全唐诗》卷八八九。

第二句集自罗邺【偶题离亭】：“**万般名利不关身**，况待山平海变尘。五月波涛争下峡，满堂金玉为何人。谩夸浮世青云贵，未尽离杯白发新。谁似雨蓬蓬底客，渚花汀鸟自相亲。”见《全唐诗》卷六五四。

第三句集自白居易【白发】:“白发生来三十年，而今须鬓尽皤然。**歌吟终日如狂叟，**衰疾多时似瘦仙。八戒夜持香火印，三光朝念蕊珠篇。其余便被春收拾，不作闲游即醉眠。”见《全唐诗》卷四五七。

第四句集自姚合【和李十二舍人、裴四二舍人两阁老酬白少傅见寄】:“罢草王言星岁久，嵩高山色日相亲。萧条雨夜吟连晓，**撩乱花时看尽春**。此世逍遥应独得，古来闲散有谁邻。林中长老呼居士，天下书生仰达人。酒挈数瓶杯亦阔，诗成千首语皆新。纶闱并命诚宜贺，不念衰年寄上频。”见《全唐诗》卷五〇一。

侬：本义为我，古时吴越一带也称他人为“侬”。古诗文多指前者，即第一人称“我”之义。**撩乱**：本指纷乱、杂乱。这里指缤纷的意思。

江岸秋游

满江秋浪碧参差，何必寻途我已迷。

借问酒家何处有，巴童指点笑吟诗。

第一句集自杜牧【即事】:“因思上党三年战，闲咏周公七月诗。竹帛未闻书死节，丹青空见画灵旗。萧条井邑如鱼尾，早晚干戈识虎皮。莫笑一麾东下计，**满江秋浪碧参差**。”见《全唐诗》卷五二二。

第二句集自乔知之【羸骏篇】:“喷玉长鸣西北来，自言当代是龙媒。万里铁关行入贡，九重金阙为君开，蹀躞朝驰过上苑，趁趕暝走发章台。玉勒金鞍荷装饰，路旁观者无穷极。小山桂树比权奇，上林桃花况颜色。忽闻天将出龙沙，汉主持将驾鼓车。去去山川劳日夜，遥遥关塞断烟霞。山川关塞十年征，汗血流离赴月营。肌肤销远道，膂力尽长城。长城日夕苦风霜，中有连年百战场。摇珂啮勒金羁尽，争锋足顿铁菱伤。垂耳罢轻赍，弃置在寒溪。大宛蒲海北，滇壑隽崖西。沙平留缓步，路远闇频嘶。从来力尽君须弃，**何必寻途我已迷**。岁岁年年奔远道，朝朝暮暮催疲老。扣冰晨饮黄河源，拂雪夜食天山草。楚水澶溪征战事，吴塞乌江辛苦地。持来报主不辞劳，宿昔立功非重利。丹心素节本无求，长鸣向君君不留。只应澶漫归田里，万里低昂任生死。君王倘若不见遗，白骨黄金犹可市。”见《全唐诗》卷八一。

第三句集自杜牧【清明】:“清明时节雨纷纷，路上行人欲断魂。**借问酒家何处有**，牧童遥指杏花村。”见《千家诗》。

第四句集自武元衡【南昌滩】:“渠江明净峡逶迤，船到名滩拽签迟。橹窸动摇妨作梦，**巴童指点笑吟诗**。畬余宿麦黄山腹，日背残花白水湄。物色可怜心莫限,此行都是独行时。”见《全唐诗》卷三一七。

夜游漓江

晚凉含笑上兰舟，瑟瑟峰头玉水流。

月下看山尽如画，却将诗句乞鱼钩。

第一句集自李中【采莲女】:“**晚凉含笑上兰舟**，波底红妆影欲浮。陌上少年休植足，荷香深处不回头。”见《全唐诗》卷七四八。

第二句集自张又新【中界山】:“**瑟瑟峰头玉水流**，晋时遗迹更堪愁。愁人到此劳长望，何处烟波是祖州。”见《全唐诗》卷四七九。

第三句集自顾况【嵇山道芬上人画山水歌】:“镜中真僧白道芬，不服朱审李将军。渌汗平铺洞庭水，笔头点出苍梧云。且看八月十五夜，**月下看山尽如画**。”见《全唐诗》卷二六五。

第四句集自温庭筠【寄裴生乞钓钩】:“一随菱棹谒王侯，深愧移文负钓舟。今日太湖风色好，**却将诗句乞鱼钩**。”见《全唐诗》卷五七九。

瑟瑟：形容颤抖。**玉水**：对水的美称。**瑟瑟峰头玉水流**：形容漓江岸的山头倒影水中颤颤抖动，而江水却似在山头流动。

瀑水渡赏东岭朝霞

二首

长对碧波临古渡，孤舟泊处联诗句。

暗将心事许烟霞，苦海出来应有路。

第一句集自李绅【忆万岁楼望金山】：“楼高雉堞千师垒，峰拔惊波万堑攒。山绝地维消虎踞，水浮天险尚龙盘。蜃嘘云拱飞江岛，鳌喷仙岩隔海澜。**长对碧波临古渡**，几经风月与悲欢。”见《全唐诗》卷四八一。

第二句集自黄滔【送二友游湘中】：“千里楚江新雨晴，同征肯恨迹如萍。**孤舟泊处联诗句**，八月中旬宿洞庭。为客早悲烟草绿，移家晚失岳峰青。今来无计相从去，归日汀洲乞画屏。”见《全唐诗》卷七〇五。

第三句集自陆龟蒙【自遣诗三十首】之七：“长叹人间发易华，**暗将心事许烟霞**。病来前约分明在，药鼎书囊便是家。”见《全唐诗》卷五七八。

第四句集自白居易【内道场永讙上人就郡见访善说维摩经临别请诗因以此赠】：“五夏登坛内殿师，水为心地玉为仪。正传金粟如来偈，何用钱唐太守诗。**苦海出来应有路**，灵山别后可无期。他生莫忘今朝会，虚白亭中法乐时。”见《全唐诗》卷四四三。

烟霞：烟雾和云霞，也指“山水胜景”，借指东岭朝霞。**苦海**：佛教指尘世间的烦恼和苦难，喻无穷的苦境。这里指投置平庸诗文的箱笼，典见五代王定保《唐摭言·轻佻》：“郑光业弟兄共有一巨皮箱，凡同人投献，辞有可嗤者，即投其中，号曰苦海。”清钱谦益曾汇集应酬无聊之作，题名《苦海》，殆本此意。

孙登长啸韵清风，隔岸临流望向东。

到此诗情应更远，烟霞咏尽翠微空。

第一句集自张昌宗【奉和圣制夏日游石淙山】：“云车遥裔三珠树，帐殿交阴八桂丛。涧险泉声疑度雨，川平桥势若晴虹。叔夜弹琴歌白雪，**孙登长啸韵清风**。即此陪欢游阆苑，无劳辛苦向崆峒。”见《全唐诗》卷八〇。

第二句集自郑綮【别郡后寄席中三兰】：“淮淝两水不相通，**隔岸临流望向东**。千颗泪珠无寄处，一时弹与渡前风。”见《全唐诗》卷五九七。

第三句集自张籍【寄和州刘使君】：“别离已久犹为郡，闲向春风倒酒瓶。送客特过沙口堰，看花多上水心亭。晓来江气连城白，雨后山光满郭青。**到此诗情应更远**，醉中高咏有谁听。”见《全唐诗》卷三八五。

第四句集自赵嘏【三像寺酬元秘书】：“官总芸香阁署崇，可怜诗句落春风。偶然侍坐水声里，还许醉吟松影中。车马照来红树合，**烟霞咏尽翠微空**。不因高寺闲回首，谁识飘飘一寒翁。”见《全唐诗》卷五四九。

啸：撮口作声，打口哨。**孙登长啸**：指晋隐士孙登长啸故事。《晋书·阮籍传》：“籍尝于苏门山遇孙登，与商略终古及栖神导气之术，登皆不应，籍因长啸而退。至半岭，闻有声若鸾凤之音，响乎岩谷，乃登之啸也。”后人将孙登啸用为游逸山林、长啸放情的典故。今河南省辉县市百泉苏门山的啸台，因孙登曾隐居于此并“长啸”山林而闻名。

游漓江大礤滩

绿潭红树影参差，映日含风结细漪。

但得忘筌心自乐，半缘幽事半缘诗。

第一句集自李涉【竹枝词】:“荆门滩急水潺潺，两岸猿啼烟满山。渡头少年应官去，月落西陵望不还。巫峡云开神女祠，**绿潭红树影参差**。不劳戍口初相问，无义滩头剩别离。石壁千重树万重，白云斜掩碧芙蓉。昭君溪上年年月，偏照婵娟色最浓。十二峰头月欲低，空聆滩上子规啼。孤舟一夜东归客，泣向东风忆建溪。”见《全唐诗》卷四七七。

第二句集自陈陶【飞龙引】:“长洲茂苑朝夕池，**映日含风结细漪**。坐当伏槛红莲披，雕轩洞户青苹吹。轻幌芳烟郁金馥，绮檐花簟桃李枝。苕苕翡翠但相逐，桂树鸳鸯恒并宿。”见《全唐诗》卷七四六。

第三句集自贯休【渔家】:“赤芦盖屋低压恰，沙涨柴门水痕叠。黄鸡青犬花蒙笼，渔女渔儿扫风叶。有叟相逢带秋醉，自拔船桩色无愧。前山脚下得鱼多，恶浪堆中尽头睡。**但得忘筌心自乐**，肯羡前贤钓清渭。终须画取挂秋堂，与尔为邻有深意。”见《全唐诗》卷八二六。

第四句集自皮日休【鲁望春日多寻野景日休抱疾杜门因有是寄】:“野侣相逢不待期，**半缘幽事半缘诗**。乌纱任岸穿筋竹，白袷从披趁肉芝。数卷蠹书棋处展，几升菰米钓前炊。病中不用君相忆，折取山樱寄一枝。”见《全唐诗》卷六一三。

忘筌：忘记了捕鱼的筌。比喻目的达到后就忘记了原来的凭借。语出《庄子·外物》:“荃者所以在鱼，得鱼而忘荃。”荃，通“筌”。**幽事**：幽景、胜景，也指雅事。

游漓江黄布滩

千峰倒影落其间，水绕渔矶绿玉湾。

暂放尘心游物外，高情常共白云闲。

第一句集自吴融【富春】:“天下有水亦有山，富春山水非人寰。长川不是春来绿，**千峰倒影落其间**。”见《全唐诗》卷六八四。

第二句集自戴叔伦【过故人陈羽山居】:“向来携酒共追攀，此日看云独未还。不见山中人半载，依然松下屋三间。峰攒仙境丹霞上，**水绕渔矶绿玉湾**。却望夏洋怀二妙，满崖霜树晓斑斑。”见《全唐诗》卷二七三。

第三句集自许玫【题雁塔】：“宝轮金地压人寰，独坐苍冥启玉关。北岭风烟开魏阙，南轩气象镇商山。灞陵车马垂杨里，京国城池落照间。**暂放尘心游物外**，六街钟鼓又催还。”见《全唐诗》卷五一六。

第四句集自韩琮【颍亭】：“颍上新亭瞰一川，几重旧址敞幽关。寒声北下当轩水，翠影西来扑槛山。远目静随孤鹤去，**高情常共白云闲**。知君久负巢由志，早晚相忘寂寞间。”见《全唐诗》卷五六五。

尘心：指凡俗之心，名利之念。**物外**：世外。谓超脱于尘世之外。汉·张衡《归田赋》：“苟纵心于物外，安知荣辱之所如！”这里借指犹尘世之外美如仙境的漓江风光。

黄布滩位于漓江兴坪江段，江阔水平，在这里看群峰倒影最佳。

游冷水村观九马画山

又是迢迢看画图，此时不忍歌骊驹。

可怜九马争神骏，兜率天中离世途。

第一句集自李建勋【残牡丹】：“肠断题诗如执别，芳茵愁更绕阑铺。风飘金蕊看全落，露滴檀英又暂苏。失意婕妤妆渐薄，背身妃子病难扶。回看池馆春休也，**又是迢迢看画图**。”见《全唐诗》卷七三九。

第二句集自韩翃【赠兖州孟都督】：“少年亲事冠军侯，中岁仍迁北兖州。露冕宁夸汉车服，下帷常讨鲁春秋。后斋草色连高阁，事简人稀独行乐。闲心近掩陶使君，诗兴遥齐谢康乐。远山重叠水逶迤，落日东城闲望时。不见双亲办丰膳，能留五马尽佳期。北场争转黄金勒，爱客华亭赏秋色。卷帘满地铺氍毹，吹角鸣弦开玉壶。愿学平原十日饮，**此时不忍歌骊驹**。”见《全唐诗》卷二四三。

第三句集自杜甫【韦讽录事宅观曹将军画马图】："国初已来画鞍马，神妙独数江都王。将军得名三十载，人间又见真乘黄。曾貌先帝照夜白，龙池十日飞霹雳。内府殷红马脑碗，婕妤传诏才人索。碗赐将军拜舞归，轻纨细绮相追飞。贵戚权门得笔迹，始觉屏障生光辉。昔日太宗拳毛䯄，近时郭家师子花。今之新图有二马，复令识者久叹嗟。此皆骑战一敌万，缟素漠漠开风沙。其余七匹亦殊绝，迥若寒空动烟雪。霜蹄蹴踏长楸间，马官厮养森成列。**可怜九马争神骏**，顾视清高气深稳。借问苦心爱者谁，后有韦讽前支遁。忆昔巡幸新丰宫，翠华拂天来向东。腾骧磊落三万匹，皆与此图筋骨同。自从献宝朝河宗，无复射蛟江水中。君不见金粟堆前松柏里，龙媒去尽鸟呼风。"见《全唐诗》卷二二〇。

第四句集自元稹【哭子十首】之四："莲花上品生真界，**兜率天中离世途**。彼此业缘多障碍，不知还得见儿无。"见《全唐诗》卷四〇四。

歌骊驹：吟诵离去的诗篇。骊驹是纯黑色的马，亦泛指马。而《骊驹》是《诗经》未收的《逸诗》的篇名，是古代告别时所吟唱的歌词。"此时不忍歌骊驹"指到了九马画山，就被画山马图吸引，不愿离去。**可怜**：古诗里多为"可爱"之意。**神骏**：本指良马，又用以形容良马、猛禽等姿态雄健。**兜率天**：梵语音译。佛教谓天分许多层，第四层叫兜率天。

九马画山是漓江名山，临江巨壁石纹勾画成群马图，或奔或卧或饮，引人遐思。传说九马画山之群马乃天马下凡。

游漓江天坑

雨潨山口地嵌坑，望中频遣客心惊。

自然碧洞窥仙境，误听风声是雨声。

第一句集自姚合【恶神行雨】："凶神扇簌恶神行，汹涌挨排白雾生。风击水凹波扑凸，**雨潨山口地嵌坑**。龙喷黑气翻腾滚，鬼掣红光劈划揁。哮吼忽雷声揭石，满天啾唧闹轰轰。"见《全唐诗》卷四九八。

第二句集自李商隐【柳】:“柳映江潭底有情，**望中频遣客心惊**。巴雷隐隐千山外，更作章台走马声。”见《全唐诗》卷五三九。

第三句集自李峤【石淙】:“羽盖龙旗下绝冥，兰除薜幄坐云扃。鸟和百籁疑调管，花发千岩似画屏。金灶浮烟朝漠漠，石床寒水夜泠泠。**自然碧洞窥仙境**，何必丹丘是福庭。”见《全唐诗》卷六一。

第四句集自唐彦谦【咏竹】:“醉卧凉阴沁骨清，石床冰簟梦难成。月明午夜生虚籁，**误听风声是雨声**。”见《全唐诗》卷六七一。

漴zhuàng：水冲击。

2007年7月6日，应兴坪郑远忠先生之邀登数重高山游位于兴坪漓江北岸三重山后高山上的漓江天坑。漓江天坑坑口为20米×30米的椭圆形，垂直深约200米。在坑口可看到漓江。

春游兴坪嘉胜

歌发一声山水绿，春游嘉景胜仙乡。

云间树色千花满，怪得清风送异香。

第一句集自韦皋【天池晚棹】:“雨霁天池生意足，花间谁咏采莲曲。舟浮十里芰荷香，**歌发一声山水绿**。春暖鱼抛水面纶，晚晴鹭立波心玉。扣舷归载月黄昏，直至更深不假烛。”见《全唐诗》卷三一四。

第二句集自吴越人【御制春游长句】:“天意分明道已光，**春游嘉景胜仙乡**。玉炉烟直风初静，银汉云销日正长。柳带似眉全展绿，杏苞似脸半开香。黄莺历历啼红树，紫燕关关语画梁。低槛晚晴笼翡翠，小池波暖浴鸳鸯。马嘶广陌贪新草，人醉花堤怕夕阳。比屋管弦呈妙曲，连营罗绮斗时妆。全吴霸越千年后，独此升平显万方。”见《全唐诗》卷七八四。

第三句集自沈佺期【奉和春初幸太平公主南庄应制】:“主家山第早春归，御辇春游绕翠微。买地铺金曾作埒，寻河取石旧支机。**云间树色千花满**，竹里泉声百道飞。自有神仙鸣凤曲，并将歌舞报恩晖。”见《全唐诗》卷九六。

第四句集自崔澹【赠王福娘】:“**怪得清风送异香**，娉婷仙子曳霓裳。惟应错认偷桃客，曼倩曾为汉侍郎。”见《全唐诗》卷五六六。

游兴坪关帝庙遗址

穿竹微吟路径斜，一回登览一悲嗟。

因寻古迹空惆怅，未敢分明赏物华。

第一句集自方干【题悬溜岩隐者居】:“世人如要问生涯，满架堆床是五车。谷鸟暮蝉声四散，修篁灌木势交加。蒲葵细织团圆扇，薤叶平铺合遝花。却用水荷苞绿李，兼将寒井浸甘瓜。惯缘巉峭收松粉，常趁芳鲜掇茗芽。池上树阴随浪动，窗前月影被巢遮。坐云独酌杯盘湿，**穿竹微吟路径斜**。见说公卿访遗逸，逢迎亦是戴乌纱。”见《全唐诗》卷六五三。

第二句集自黄滔【乌石村】:“往日江村今物华，**一回登览一悲嗟**。故人殁后城头月，新鸟啼来垄上花。卖剑钱销知绝俗，闻蝉诗苦即思家。谢公古郡青山在，三尺孤坟扑海沙。”见《全唐诗》卷七〇五。

第三句集自贯休【春游灵泉寺】:“水蹴危梁翠拥沙，钟声微径入深花。嘴红涧鸟啼芳草，头白山僧自扞茶。松色摧残遭贼火，水声幽咽落人家。**因寻古迹空惆怅**，满袖香风白日斜。”见《全唐诗》卷八三五。

第四句集自刘得仁【上巳日】:“**未敢分明赏物华**，十年如见梦中花。游人过尽衡门掩，独自凭栏到日斜。”见《全唐诗》卷五四五。

惆怅：伤感、愁闷、失意。**物华**：自然景物。

数次游经兴坪佛子岜，此处原有关帝庙，早已无存。

游大源林场

好傍青山与碧溪，归来晚树黄莺啼。

遥看黛色知何处，岭水争分路转迷。

第一句集自罗邺【放鹧鸪】："**好傍青山与碧溪**，刺桐毛竹待双栖。花时迁客伤离别，莫向相思树上啼。"见《全唐诗》卷六五四。

第二句集自温庭筠【春洲曲】："韶光染色如蛾翠，绿湿红鲜水容媚。苏小慵多兰渚闲，融融浦日鸡鹊寐。紫骝蹀躞金衔嘶，岸上扬鞭烟草迷。门外平桥连柳堤，**归来晚树黄莺啼。**"见《全唐诗》卷五七六。

第三句集自韦应物【答东林道士】："紫阁西边第几峰，茅斋夜雪虎行踪。**遥看黛色知何处**，欲出山门寻暮钟。"见《全唐诗》卷一九〇。

第四句集自李德裕【谪岭南道中作】："**岭水争分路转迷**，桄榔椰叶暗蛮溪。愁冲毒雾逢蛇草，畏落沙虫避燕泥。五月畬田收火米，三更津吏报潮鸡。不堪肠断思乡处，红槿花中越鸟啼。"见《全唐诗》卷四七五。

黛色：青黑色的山色。南朝·宋·鲍照《登大雷岸与妹书》："从岭而上，气尽金光，半山以下，纯为黛色。"

秋日瑶山行

步杜牧《山行》原韵

暂嘱曦轮勿遽斜，鸡鸣始觉有人家。

华林霜叶红霞晚，冷露无声湿桂花。

第一句集自李显【立春日游苑迎春】:“神皋福地三秦邑，玉台金阙九仙家。寒光犹恋甘泉树，淑景偏临建始花。彩蝶黄莺未歌舞，梅香柳色已矜夸。迎春正启流霞席，**暂嘱曦轮勿遽斜**。”见《全唐诗》卷二。

第二句集自沈佺期【入少密溪】:“云峰苔壁绕溪斜，江路香风夹岸花。树密不言通鸟道，**鸡鸣始觉有人家**。人家更在深岩口，涧水周流宅前后。游鱼瞥瞥双钓童，伐木丁丁一樵叟。自言避喧非避秦，薜衣耕凿帝尧人。相留且待鸡黍熟，夕卧深山萝月春。”见《全唐诗》卷九五。

第三句集自刘禹锡【自左冯归洛下酬乐天兼呈裴令公】:“新恩通籍在龙楼，分务神都近旧丘。自有园公紫芝侣，仍追少傅赤松游。**华林霜叶红霞晚**，伊水晴光碧玉秋。更接东山文酒会，始知江左未风流。”见《全唐诗》卷三六〇。

第四句集自王建【十五夜望月寄杜郎中】:“中庭地白树栖鸦，**冷露无声湿桂花**。今夜月明人尽望，不知秋思在谁家。”见《全唐诗》卷三〇一。

曦轮：指太阳。**遽**：急忙、匆忙、迅速之意。

游野鸡潭醉归

潭心烟雾破斜晖，树色参差隐翠微。

不负风光向杯酒，相扶醉蹋落花归。

第一句集自周繇【白石潭秋霁作】:“**潭心烟雾破斜晖**，殷殷雷声隔翠微。崖蹙盘涡翻蜃窟，滩吹白石上渔矶。陵风舴艋讴哑去，出水鸬鹚薄泊飞。秋霁更谁同此望，远钟时见一僧归。”见《全唐诗》卷六三五。

第二句集自苏颋【奉和圣制幸韦嗣立庄应制】:“**树色参差隐翠微**，泉流百尺向空飞。传闻此处投竿住，遂使兹辰扈跸归。”见《全唐诗》卷七四。

第三句集自刘禹锡【乐天寄忆旧游，因作报白君以答】:“报白君，别来已渡江南春。

江南春色何处好，燕子双飞故官道。春城三百七十桥，夹岸朱楼隔柳条。丫头小儿荡画桨，长袂女郎簪翠翘。郡斋北轩卷罗幕，碧池逶迤绕画阁。池边绿竹桃李花，花下舞筵铺彩霞。吴娃足情言语黠，越客有酒巾冠斜。坐中皆言白太守，**不负风光向杯酒**。酒酣襞笺飞逸韵，至今传在人人口。报白君，相思空望嵩丘云。其奈钱塘苏小小，忆君泪点石榴裙。”见《全唐诗》卷三五六。

第四句集自白居易【醉后走笔酬刘五主簿长句之赠兼简张大贾二十四先辈昆季】：“刘兄文高行孤立，十五年前名翕习。是时相遇在符离，我年二十君三十。得意忘年心迹亲，寓居同县日知闻。衡门寂寞朝寻我，古寺萧条暮访君。朝来暮去多携手，穷巷贫居何所有。秋灯夜写联句诗，春雪朝倾暖寒酒。陴湖绿爱白鸥飞，濉水清怜红鲤肥。偶语闲攀芳树立，**相扶醉蹋落花归**。张贾弟兄同里巷，乘闲数数来相访，雨天连宿草堂中，月夜徐行石桥上。我年渐长忽自惊，镜中冉冉髭须生。心畏后时同励志，身牵前事各求名。问我栖栖何所适，乡人荐为鹿鸣客。二千里别谢交游，三十韵诗慰行役。出门可怜唯一身，敝裘瘦马入咸秦。冬冬街鼓红尘暗，晚到长安无主人。二贾二张与余弟，驱车逦迤来相继。操词握赋为干戈，锋锐森然胜气多。齐入文场同苦战，五人十载九登科。二张得隽名居甲，美退争雄重告捷。棠棣辉荣并桂枝，芝兰芳馥和荆叶。唯有沅犀屈未伸，握中自谓骇鸡珍。三年不鸣鸣必大，岂独骇鸡当骇人。元和运启千年圣，同遇明时余最幸。始辞秘阁吏王畿，遽列谏垣升禁闱。蹇步何堪鸣珮玉，衰容不称著朝衣。阊阖晨开朝百辟，冕旒不动香烟碧。步登龙尾上虚空，立去天颜无咫尺。宫花似雪从乘舆，禁月如霜坐直庐。身贱每惊随内宴，才微常愧草天书。晚松寒竹新昌第，职居密近门多闭。日暮银台下直回，故人到门门暂开。回头下马一相顾，尘土满衣何处来。敛手炎凉叙未毕，先说旧山今悔出。岐阳旅宦少欢娱，江左羁游费时日。赠我一篇行路吟，吟之句句披沙金。岁月徒催白发貌，泥涂不屈青云心。谁会茫茫天地意，短才获用长才弃。我随鹓鹭入烟云，谬上丹墀为近臣。君同鸾凤栖荆棘，犹著青袍作选人。惆怅知贤不能荐，徒为出入蓬莱殿。月惭谏纸二百张，岁愧俸钱三十万。大底浮荣何足道，几度相逢即身老。且倾斗酒慰羁愁，重话符离问旧游。北巷邻居几家去，东林旧院何人住。武里村花落复开，流沟山色应如故。感此酬君千字诗，醉中分手又何之。须知通塞寻常事，莫叹浮沉先后时。慷慨临歧重相勉，殷勤别后加餐饭。君不见买臣衣锦还故乡，五十身荣未为晚。”见《全唐诗》卷四三五。

漓江野鸡潭：位于笔者家乡渡头村西北，因潭东侧展诰山峭壁上有乳石如野鸡而得名。碧水澄潭，水映蓝天白云，幽如仙境。久雨初霁，平静的水面常烟气迷漫。笔者年轻时常到野鸡潭游玩、钓鱼。

游世外桃源景区
二 首

高情逸韵住何方，流水桃花满涧香。

何用深求避秦客，一寻遗迹到仙乡。

第一句集自崔涯【咏春风】：“动地经天物不伤，**高情逸韵住何方**。扶持燕雀连天去，断送杨花尽日狂。绕桂月明过万户，弄帆晴晚渡三湘。孤云虽是无心物，借便吹教到帝乡。”见《全唐诗》卷五〇五。

第二句集自曹唐【仙子洞中有怀刘阮】：“不将清瑟理霓裳，尘梦那知鹤梦长。洞里有天春寂寂，人间无路月茫茫。玉沙瑶草连溪碧，**流水桃花满涧香**。晓露风灯零落尽，此生无处访刘郎。”见《全唐诗》卷六四〇。

第三句集自吴融【山居即事四首】之四：“无邻无里不成村，水曲云重掩石门。**何用深求避秦客**，吾家便是武陵源。”见《全唐诗》卷六八四。

第四句集自李建勋【题魏坛二首】之二：“**一寻遗迹到仙乡**，云鹤沈沈思渺茫。丹井岁深生草木，芝田春废卧牛羊。雨淋残画摧荒壁，鼠引饥蛇落坏梁。薄暮欲归仍伫立，菖蒲风起水泱泱。”见《全唐诗》卷七三九。

避秦：晋·陶潜《桃花源记》：“自云先世避秦时乱，率妻子邑人，来此绝境，不复出焉。”后以“避秦”指避世隐居。

世外桃源景区：位于阳朔县白沙镇的桂阳公路旁。距阳朔县城12公里。

至今遗恨水潺潺，台榭参差积翠间。

欲访桃源入溪路，几多诗句咏关关。

第一句集自吴融【华清宫四首】之二：“渔阳烽火照函关，玉辇匆匆下此山。一曲羽衣听不尽，**至今遗恨水潺潺**。”见《全唐诗》卷六八五。

第二句集自薛逢【送刘郎中牧杭州】：“一州横制浙江湾，**台榭参差积翠间**。楼下潮回沧海浪，枕边云起剡溪山。吴江水色连堤阔，越俗春声隔岸还。圣代牧人无远近，好将能事济清闲。”见《全唐诗》卷五四八。

第三句集自王昌龄【武陵开元观黄炼师院三首】：“松间白发黄尊师，童子烧香禹步时。**欲访桃源入溪路**，忽闻鸡犬使人疑。”见《全唐诗》卷一四三。

第四句集自薛能【献仆射相公】：“清如冰雪重如山，百辟严趋礼绝攀。强虏外闻应丧胆，平人相见尽开颜。朝廷有道青春好，门馆无私白日闲。致却垂衣更何事，**几多诗句咏关关**。”见《全唐诗》卷五五九。

至今遗恨：陶渊明以“遂迷不复得路”和“后遂无问津者”结束《桃花源记》全文，理想社会到现在仍未找到，遗恨至今。

春游龙潭村莲花塘

倍觉春来白日长，青山重叠树苍苍。

嫩荷花里摇船去，一曲狂歌入醉乡。

第一句集自陆希声【阳羡杂咏十九首·含桃圃】：“小圃初晴风露光，含桃花发满山香。看花对酒心无事，**倍觉春来白日长**。”见《全唐诗》卷六八九。

第二句集自姚合【送僧贞实归杭州天竺】:“石桥寺里最清凉，闻说茆庵寄上方。林外猿声连院磬，月中潮色到禅床。他生念我身何在，此世唯师性亦忘。九陌相逢千里别，**青山重叠树苍苍**。”见《全唐诗》卷四九六。

第三句集自花蕊夫人【宫词】之一〇九:“翠辇每从城畔出，内人相次簇池隈。**嫩荷花里摇船去**，一阵香风逐水来。”见《全唐诗》卷七九八。

第四句集自韦庄【和人春暮书事寄崔秀才】:“半掩朱门白日长，晚风轻堕落梅妆。不知芳草情何限，只怪游人思易伤。才见早春莺出谷，已惊新夏燕巢梁。相逢只赖如渑酒，**一曲狂歌入醉乡**。”见《全唐诗》卷七〇〇。

游漓江遇过云雨

庚寅夏，陪友人漫步青山下，闲游漓水边，突遭“过云雨”，对岸却天晴。很快雨止云散，四处晴明。当时的漓江，两岸是“东边日出西边雨”，江面是“半波风雨半波晴”。虽遭雨淋，然游兴未减。

霎霎高林簇雨声，云披雾敛天地明。

尘心洗尽兴难尽，道是无情还有情。

第一句集自韩偓【夏夜】:“猛风飘电黑云生，**霎霎高林簇雨声**。夜久雨休风又定，断云流月却斜明。”见《全唐诗》六八二。

第二句集自李世民【两仪殿赋柏梁体】:“绝域降附天下平，——李世民；八表无事悦圣情。——淮安王；**云披雾敛天地明**，——长孙无忌；登封日观禅云亭，——房玄龄；太常具礼方告成。——萧瑀”见《全唐诗》卷一。

第三句集自钱起【与赵莒茶宴】:“竹下忘言对紫茶，全胜羽客醉流霞。**尘心洗尽兴难尽**，一树蝉声片影斜。”见《全唐诗》卷二三九。

第四句集自刘禹锡【杂曲歌辞·竹枝】之十：“杨柳青青江水平，闻郎江上唱歌声。东边日出西边雨，**道是无情还有情**。”见《全唐诗》卷二八。

过云雨：来得急去得快的阵雨。因雨随云至，云过雨停，故称。笔者小时在漓江边牧牛，一次遭遇过云雨，发现牛背一半被淋湿透另一半还是干的。**霎霎**：霎shà，很短时间，瞬间。霎霎连用，多指风雨声。**情**：此作“情趣”解。虽一时雨阻，晴后游漓江之情趣未减。另“情”与“晴”谐音，另一意思是写实景，刚才还下雨“无晴”，马上就雨停“有晴”了。

春游看棋忘归

一年春色负归期，一径寻村渡碧溪。

一路凉风十八里，一柯樵斧坐看棋。

第一句集自罗邺【看花】：“花开只恐看来迟，及到愁如未看时。家在楚乡身在蜀，**一年春色负归期**。”见《全唐诗》卷六五四。

第二句集自韦庄【鄠杜旧居二首】之二：“**一径寻村渡碧溪**，稻花香泽水千畦。云中寺远磬难识，竹里巢深鸟易迷。紫菊乱开连井合，红榴初绽拂檐低。归来满把如渑酒，何用伤时叹凤兮。”见《全唐诗》卷六九八。

第三句集自白居易【香山避暑二绝】之二：“纱巾草履竹疏衣，晚下香山蹋翠微。**一路凉风十八里**，卧乘篮舆睡中归。”见《全唐诗》卷四五六。

第四句集自李群玉【送隐者归罗浮】：“春山杳杳日迟迟，路入云峰白犬随。两卷素书留贯酒，**一柯樵斧坐看棋**。蓬莱道士飞霞履，清远仙人寄好诗。自此尘寰音信断，山川风月永相思。”见《全唐诗》卷五六九。

一柯樵斧：此指“柯烂忘归”典故。晋人王质进山砍柴，看仙人下棋。待仙人催他回家，所带斧子柄已烂。后人以此典故形容长时间流连忘返。

从阳朔县城到家乡渡头村距离18华里。2007年春回家乡渡头村春游，于途中古树下看村民下五子棋，颇有情趣，几忘归。

此集句诗专以“一”字开头。

农家游

树下苔钱绿绕溪，数巡香茗一枰棋。

偶逢游客同倾酒，醉后齐吟唱和诗。

第一句集自齐己【行次宜春寄湘西诸友】：“幸无名利路相迷，双履寻山上柏梯。衣钵祖辞梅岭外，香灯社别橘洲西。云中石壁青侵汉，**树下苔钱绿绕溪**。我爱远游君爱住，此心他约与谁携。”见《全唐诗》卷八四五。

第二句集自黄滔【题灵峰僧院】：“系马松间不忍归，**数巡香茗一枰棋**。拟登绝顶留人宿，犹待沧溟月满时。”见《全唐诗》卷七〇六。

第三句集自姚合【偶题】：“年年九陌看春还，旧隐空劳梦寐间。迟日逍遥芸草长，圣朝清净谏臣闲。**偶逢游客同倾酒**，自有前驺耻见山。道侣书来相责诮，朝朝欲报作何颜。”见《全唐诗》卷四九八。

第四句集自张籍【哭元九少府】：“平生志业独相知，早结云山老去期。初作学官常共宿，晚登朝列暂同时。闲来各数经过地，**醉后齐吟唱和诗**。今日春风花满宅，入门行哭见灵帷。”见《全唐诗》卷三八五。

苔钱：苔点形圆如钱，故曰“苔钱”。

2007年夏在渡头村村外庙门塘为外地游客讲当地风光民俗，并于古树下同下棋共饮酒并作近体诗，其乐也融融，游客都说渡头一游永远难忘。有感而集此诗记之。

阳朔农家游所见

已去又来如有期，满头犹自插花枝。

时人不识农家苦，闲咏周公七月诗。

第一句集自吴融【莺】:“日落林西鸟未知，自先飞上最高枝。千啼万语不离恨，**已去又来如有期**。惯识江南春早处，长惊蓟北梦回时。谢家园里成吟久，只欠池塘一句诗。”见《全唐诗》卷六八四。

第二句集自刘得仁【悲老宫人】:“白发宫娃不解悲，满头犹自插花枝。曾缘玉貌君王宠，准拟人看似旧时。”见《全唐诗》卷五四五。

第三句集自颜仁郁【农家】:“夜半呼儿趁晓耕，羸牛无力渐艰行。**时人不识农家苦**，将谓田中谷自生。”见《全唐诗》卷七六三。

第四句集自杜牧【即事】:“因思上党三年战，**闲咏周公七月诗**。竹帛未闻书死节，丹青空见画灵旗。萧条井邑如鱼尾，早晚干戈识虎皮。莫笑一麾东下计，满江秋浪碧参差。”见《全唐诗》卷五二二。

七月诗:《七月》是《诗经·国风·豳风》里最著名的一首农事诗，8章，88句。“七月流火，九月授衣。一之日觱发，二之日栗烈。……”从诗中我们可看到贫困、奢侈两种生活的鲜明对比。《诗序》说此诗是西周初年周公的诗。

阳朔景美，多回头客。到阳朔旅游者，尤其是青春少女，多头戴从农妇手中廉价买的鲜花做的漂亮花环，骑自行车乡村游，已成阳朔一景。

梦游家乡

夜来魂梦到家乡，云绕千峰驿路长。

一曲酣歌还自乐，慢吟丝竹浅飞觞。

第一句集自李中【海上和柴军使清明书事】:“清明时节好烟光，英杰高吟兴味长。捧日即应还禁卫，当春何惜醉朐阳。千山过雨难藏翠，百卉临风不藉香。却是旅人凄屑甚，**夜来魂梦到家乡**。”见《全唐诗》卷七五〇。

第二句集自薛逢【送薛耽先辈归谒汉南】:“**云绕千峰驿路长**，谢家联句待檀郎。手持碧落新攀桂，月在东轩旧选床。几日旌幢延骏马，到时冰玉动华堂。孔门多少风流处，不遣颜回识醉乡。”见《全唐诗》卷五四八。

第三句集自权德舆【览镜见白发数茎光鲜特异】:“秋来皎洁白须光，试脱朝簪学酒狂。**一曲酣歌还自乐**，儿孙嬉笑挽衣裳。”见《全唐诗》卷三二〇。

第四句集自周朴【赠李裕先辈】:“晓擎弓箭入初场，一发曾穿百步杨。仙籍旧题前进士，圣朝新奏校书郎。马疑金马门前马，香认芸香阁上香。闲伴李膺红烛下，**慢吟丝竹浅飞觞**。”见《全唐诗》卷六七三。

丝竹：弦乐器与竹管乐器之总称，亦泛指音乐。这里借指诗歌。**飞觞**：举杯或行觞，谓依次敬酒，也指传杯行酒令。

江畔徒步攀游

辛卯四月，沿漓江徒步锻炼，行三公里至双滩渡口，意犹未尽，便沿漓江北岸羊肠小道攀游，草深几无路，颇有陶渊明《桃花源记》“缘溪行，忘路之远近”感受。后又爬山越岭，筋疲力尽方得出山。

千花掩映似无溪，春尽人愁鸟又啼。

古洞草深微有路，水重山叠几层迷。

第一句集自方干【书法华寺上方禅壁】:“砌下松巅有鹤栖，孤猿亦在鹤边啼。卧闻雷雨归岩早，坐见星辰去地低。一径穿缘应就郭，**千花掩映似无溪**。是非生死多忧恼，此日蒙师为破迷。”见《全唐诗》卷六五〇。

第二句集自刘沧【对残春】:“杨花漠漠暗长堤，**春尽人愁鸟又啼**。鬓发近来生处白，家园几向梦中迷。霏微远树荒郊外，牢落空城夕照西。唯有年光堪自惜，不胜烟草日萋萋。”见《全唐诗》卷五八六。

第三句集自杜光庭【题福唐观二首】之一:“盘空蹑翠到山巅，竹殿云楼势逼天。**古洞草深微有路**，旧碑文灭不知年。八州物象通檐外，万里烟霞在目前。自是人间轻举地，何须蓬岛访真仙。”见《全唐诗》卷八五四。

第四句集自贯休【山居诗二十四首】之二十一:“石垆金鼎红蕖嫩，香阁茶棚绿巘齐。坞烧崩腾奔涧鼠，岩花狼藉斗山鸡。蒙庄环外知音少，阮籍途穷旨趣低。应有世人来觅我，**水重山叠几层迷**。”见《全唐诗》卷八三七。

漓江漫步

我与老伴退休后常于黄昏从县城沿漓江步行至双滩渡，来回六公里，锻炼又览景，其兴何长。

一川桑柘好残阳，风起遥闻杜若香。

落日千峰转迢递，翠岚迎步兴何长。

第一句集自韦庄【山墅闲题】:“逦迤前冈厌后冈，**一川桑柘好残阳**。主人馈饷炊红黍，邻父携竿钓紫鲂。静极却嫌流水闹，闲多翻笑野云忙。有名不那无名客，独闭衡门避建康。”见《全唐诗》卷六七九。

第二句集自孟浩然【鹦鹉洲送王九之江左】:“昔登江上黄鹤楼，遥爱江中鹦鹉洲。洲势逶迤绕碧流，鸳鸯鸂鶒满滩头。滩头日落沙碛长，金沙熠熠动飙光。舟人牵锦缆，浣女结罗裳。月明全见芦花白，**风起遥闻杜若香**。君行采采莫相忘。”见《全唐诗》卷一五九。

第三句集自李郢【送刘谷】:“村桥西路雪初晴，云暖沙干马足轻。寒涧渡头芳草色，新梅岭外鹧鸪声。邮亭已送轻车发，山馆谁将候火迎。**落日千峰转迢递**，知君回首望高城。”见《全唐诗》卷五九〇。

第四句集自郑谷【野步】：“**翠岚迎步兴何长**，笑领渔翁入醉乡。日暮渚田微雨后，鹭鸶闲暇稻花香。”见《全唐诗》卷六七六。

杜若：香草名。**迢递**：有遥远、曲折、婉转、连绵不绝多重意思。

徒步游晚归

欲咏无才是所悲，清溪一路踏花归。

闲行放意寻流水，川上含情叹落晖。

第一句集自韩偓【见花】：“褰裳拥鼻正吟诗，日午墙头独见时。血染蜀罗山踯躅，肉红宫锦海棠梨。因狂得病真闲事，**欲咏无才是所悲**。看却东风归去也，争教判得最繁枝。”见《全唐诗》卷六八三。

第二句集自戴叔伦【越溪村居】：“年来桡客寄禅扉，多话贫居在翠微。黄雀数声催柳变，**清溪一路踏花归**。空林野寺经过少，落日深山伴侣稀。负米到家春未尽，风萝闲扫钓鱼矶。”见《全唐诗》卷二七三。

第三句集自贯休【山居诗二十四首】之十五：“千岩万壑路倾欹，杉桧蒙蒙独掩扉。劚药童穿溪罅去，采花蜂冒晓烟归。**闲行放意寻流水**，静坐支颐到落晖。长忆南泉好言语，如斯痴钝者还稀。”见《全唐诗》卷八三七。

第四句集自刘长卿【送皇甫曾赴上都】：“云中小儿吹金管，向晚因风一川满。塞北云高心已悲，城南木落肠堪断。忆昔魏家都此方，凉风观前朝百王。千门晓映山川色，双阙遥连日月光。举杯称寿永相保，日夕歌钟彻清昊。将军汗马百战场，天子射兽五原草。寂寞金舆去不归，陵上黄尘满路飞。河边不语伤流水，**川上含情叹落晖**。此时独立无所见，日暮寒风吹客衣。”见《全唐诗》卷二〇二。

闲步漓江

欲随流水去幽栖，寻逐风光著处迷。

我自忘心神自悦，晴山荒景觅诗题。

第一句集自李涉【和尚书舅见寄】：“**欲随流水去幽栖**，喜伴归云入虎溪。深谢陈蕃怜寂寞，远飞芳字警沉迷。”见《全唐诗》卷四七七。

第二句集自王涯【琴曲歌辞·蔡氏五弄·游春辞二首】之二：“经过柳陌与桃蹊，**寻逐风光著处迷**。鸟度时时冲絮起，花繁衮衮压枝低。”见《全唐诗》卷二三。

第三句集自吕岩【绝句】：“**我自忘心神自悦**，跨水穿云来相谒。不问黄芽肘后方，妙道通微怎生说。”见《全唐诗》卷八五八。

第四句集自姚合【寄周十七起居】：“冬冬九陌鼓声齐，百辟朝天马乱嘶。月照浓霜寒更远，风吹红烛举还低。官清立在金炉北，仗下归眠玉殿西。莫笑老人多独出，**晴山荒景觅诗题**。”见《全唐诗》卷四九七。

幽栖：幽僻的栖止之处。

山　行

步李白《赠汪伦》原韵

却入白云深处行，千林万壑寂无声。

可怜濯濯春杨柳，落絮游丝亦有情。

第一句集自吕岩【崔中举进士游岳阳遇真人录沁园春词诘其姓名荐之李守排户而入

惟见留诗于壁】:“腹内婴儿养已成，且居廛市暂娱情。无端措大刚饶舌，**却入白云深处行**。”见《全唐诗》卷八五八。

第二句集自卢纶【宿石瓮寺】:“殿有寒灯草有萤，**千林万壑寂无声**。烟凝积水龙蛇蛰，露湿空山星汉明。昏霭雾中悲世界，曙霞光里见王城。回瞻相好因垂泪，苦海波涛何日平。”见《全唐诗》卷二七九。

第三句集自乔知之【折杨柳】:“**可怜濯濯春杨柳**，攀折将来就纤手。妾容与此同盛衰，何必君恩能独久。”见《全唐诗》卷八一。

第四句集自杜甫【白丝行】:“缫丝须长不须白，越罗蜀锦金粟尺。象床玉手乱殷红，万草千花动凝碧。已悲素质随时染，裂下鸣机色相射。美人细意熨帖平，裁缝灭尽针线迹。春天衣著为君舞，蛱蝶飞来黄鹂语。**落絮游丝亦有情**，随风照日宜轻举。香汗轻尘污颜色，开新合故置何许。君不见才士汲引难，恐惧弃捐忍羁旅。”见《全唐诗》卷二一六。

雨后看山

雨霁长空荡涤清，云峰云岫百重生。

千岩万壑应惆怅，山为看多咏不成。

第一句集自崔道融【秋霁】:“**雨霁长空荡涤清**，远山初出未知名。夜来江上如钩月，时有惊鱼掷浪声。”见《全唐诗》卷七一四。

第二句集自李显【石淙】:“三阳本是标灵纪，二室由来独擅名。霞衣霞锦千般状，**云峰云岫百重生**。水炫珠光遇泉客，岩悬石镜厌山精。永愿乾坤符睿算，长居膝下属欢情。”见《全唐诗》卷二。

第三句集自温庭筠【题李卫公诗二首】之二:“势欲凌云威触天，权倾诸夏力排山。三年骥尾有人附，一日龙须无路攀。画阁不开梁燕去，朱门罢扫乳鸦还。**千岩万壑应惆怅**，流水斜倾出武关。”见《全唐诗》卷五八三。

第四句集自韦庄【江上村居】:“本无踪迹恋柴扃，世乱须教识道情。颠倒梦魂愁里得，撅奇诗句望中生。花缘艳绝栽难好，**山为看多咏不成**。闻道汉军新破虏，使来仍说近离京。”见《全唐诗》卷六九七。

荡涤：清洗、清除。

石上观水

不道山川是画图，白云重叠起苍梧。

闲来石上观流水，漾影残霞似有无。

第一句集自方干【水墨松石】:“三世精能举世无，笔端狼藉见功夫。添来势逸阴崖黑，泼处痕轻灌木枯。垂地寒云吞大漠，过江春雨入全吴。兰堂坐久心弥惑，**不道山川是画图**。”见《全唐诗》卷六五二。

第二句集自齐己【送错公、栖公南游】:“洪偃汤休道不殊，高帆共载兴何俱。北京丧乱离丹凤，南国烟花入鹧鸪。明月团圆临桂水，**白云重叠起苍梧**。威仪本是朝天士，暂向辽荒住得无。”见《全唐诗》卷八四六。

第三句集自李洞【赠僧】:“不羡王公与贵人，唯将云鹤自相亲。**闲来石上观流水**，欲洗禅衣未有尘。”见《全唐诗》卷七二三。

第四句集自元稹【杂忆五首】之五：“春冰消尽碧波湖，**漾影残霞似有无**。忆得双文衫子薄，钿头云映褪红酥。”见《全唐诗》卷四二二。

不道：不料，犹言不知不觉。**漾影**：摇晃的影子。

莲花岩探幽

今日亲来洞里天，莫疑东海变桑田。

前池锦石莲花艳，古色苍痕宛自然。

第一句集自徐氏【丈人观】："早与元妃慕至化，同跻灵岳访真仙。当时信有壶中景，**今日亲来洞里天**。仪仗影空寥廓外，金丝声揭翠微巅。惟惭未致华胥理，徒卜升平万万年。"见《全唐诗》卷九一。

第二句集自赵冬曦【灉湖作】："三湖返入两山间，畜作灉湖弯复弯。暑雨奔流潭正满，微霜及潦水初还。水还波卷溪潭涸，绿草芊芊岸崭岩。适来飞棹共回旋，已复扬鞭恣行乐。道旁耆老步跹跹，楚言兹事不知年。试就湖边披草径，**莫疑东海变桑田**。君讶今时尽陵陆，我看明岁更沦涟。来今自昔无终始，人事回环常若是。应思阙下声华日，谁谓江潭旅游子。初贞正喜固当然，往蹇来誉宜可俟。盈虚用舍轮舆旋，勿学灵均远问天。"见《全唐诗》卷九八。

第三句集自李適【侍宴安乐公主庄应制】："平阳金榜凤凰楼，沁水银河鹦鹉洲。彩仗遥临丹壑里，仙舆暂幸绿亭幽。**前池锦石莲花艳**，后岭香炉桂蕊秋。贵主称觞万年寿，还轻汉武济汾游。"见《全唐诗》卷七〇。

第四句集自钱起【片玉篇】："至宝未为代所奇，韫灵示璞荆山陲。独使虹光天子识，不将清韵世人知。世人所贵惟燕石，美玉对之成瓦砾。空山埋照凡几年，**古色苍痕宛自然**。重溪幂幂暗云树，一片荧荧光石泉。美人之鉴明且彻，玉指提携叹奇绝。试劳香袖拂莓苔，不觉清心皎冰雪。连城美价幸逢时，命代良工岂见遗。试作珪璋礼天地，何如瓀珹在阶墀。"见《全唐诗》卷二三六。

东海变桑田：即成语"沧海桑田"。大海变成农田，农田变成大海，比喻世事变化巨大。

阳朔莲花岩：位于兴坪镇东北部四五里，岩内有一"莲池"，池内有100多个似莲叶莲花的云盆，是中外罕见的岩溶地貌奇景。

野鸡潭赏石

岩泉滴久石玲珑，将示人间造化工。

翠叠画屏山隐隐，停舟一望思无穷。

第一句集自白居易【泛太湖书事，寄微之】:“烟渚云帆处处通，飘然舟似入虚空。玉杯浅酌巡初匝，金管徐吹曲未终。黄夹缬林寒有叶，碧琉璃水净无风。避旗飞鹭翩翻白，惊鼓跳鱼拨剌红。涧雪压多松偃蹇，**岩泉滴久石玲珑**。书为故事留湖上，吟作新诗寄浙东。军府威容从道盛，江山气色定知同。报君一事君应羡，五宿澄波皓月中。”见《全唐诗》卷四四七。

第二句集自吴融【桃花】:“满树和娇烂漫红，万枝丹彩灼春融。何当结作千年实，**将示人间造化工**。”见《全唐诗》卷六八七。

第三句集自李珣【浣溪沙】之四：“红藕花香到槛频，可堪闲忆似花人，旧欢如梦绝音尘。**翠叠画屏山隐隐**，冷铺文簟水潾潾，断魂何处一蝉新。”见《全唐诗》卷八九六。

第四句集自白居易【风雨晚泊】:“苦竹林边芦苇丛，**停舟一望思无穷**。青苔扑地连春雨，白浪掀天尽日风。忽忽百年行欲半，茫茫万事坐成空。此生飘荡何时定，一缕鸿毛天地中。”见《全唐诗》卷四四〇。

野鸡潭畔展诰山石壁如一幅宽阔的壁画，其中一钟乳石酷似一只被倒挂的野鸡。据传说，一只野鸡因寻伴在漓江畔以水为镜，照影起舞，累死在漓江边，被人挂于石壁。

漓江听雨

拟作闲人过此生，日西无事傍江行。

地灵直是饶风雨，来听萧萧打叶声。

第一句集自白居易【龙门下作】:“龙门涧下濯尘缨，**拟作闲人过此生**。筋力不将诸处用，登山临水咏诗行。”见《全唐诗》卷四四八。

第二句集自崔峒【书情寄上苏州韦使君兼呈吴县李明府】:“数年湖上谢浮名，竹杖纱巾遂性情。云外有时逢寺宿，**日西无事傍江行**。陶潜县里看花发，庾亮楼中对月明。谁念献书来万里,君王深在九重城。”见《全唐诗》卷二九四。

第三句集自方干【题澄圣塔院上方】:“**地灵直是饶风雨**，杉桧老于云雨间。只讶窗中常见海，方知砌下更多山。远泉势曲犹须引，野果枝低可要攀。若把重门谕玄寂，何妨善闭却无关。”见《全唐诗》卷六五二。

第四句集自韩愈【盆池五首】之二:“莫道盆池作不成，藕稍初种已齐生。从今有雨君须记，**来听萧萧打叶声**。”见《全唐诗》卷三四三。

直：副词，竟然，简直。**饶**：多的意思。

江岸赏桂

中秋后，桂花盛开，阳朔县城满城飘香。适遇小雨，雨中滨江路观江景、赏桂花，别有情趣。

浓岚横入半江青，丹桂枝垂月里馨。

一县繁花香送雨，我心非醉亦非醒。

第一句集自王周【西塞山二首】之二:“西塞名山立翠屏，**浓岚横入半江青**。千寻铁锁无由问，石壁空存道者形。”见《全唐诗》卷七六五。

第二句集自黄滔【寓题】:“每忆家山即涕零，定须归老旧云扃。银河水到人间浊，**丹桂枝垂月里馨**。霜雪不飞无翠竹，鲸鲵犹在有青萍。三千九万平生事，却恨南华说北溟。”见《全唐诗》卷七〇五。

第三句集自方干【同萧山陈长官县楼登望】："坐看南北与西东，远近无非礼义中。**一县繁花香送雨**，五株垂柳绿牵风。寒涛背海喧还静，驿路穿林断复通。仲叔受恩多感恋，裴回却怕酒壶空。"见《全唐诗》卷六五一。

第四句集自曹邺【题舒乡】："功名若及鸱夷子，必拟将舟泛洞庭。柳色湖光好相待，**我心非醉亦非醒**。"见《全唐诗》卷五九二。

江畔听松

三首

日暮聊为梁甫吟，秋河耿耿夜沈沈。

晚寻水涧听松韵，好似云山韶濩音。

第一句集自杜甫【登楼】："花近高楼伤客心，万方多难此登临。锦江春色来天地，玉垒浮云变古今。北极朝廷终不改，西山寇盗莫相侵。可怜后主还祠庙，**日暮聊为梁甫吟**。"见《全唐诗》卷二二八。

第二句集自罗隐【秋夜寄进士顾荣】："**秋河耿耿夜沈沈**，往事三更尽到心。多病谩劳窥圣代，薄才终是费知音。家山梦后帆千尺，尘土搔来发一簪。空羡良朋尽高价，可怜东箭与南金。"见《全唐诗》卷六五七。

第三句集自徐氏【题彭州阳平化】："云浮翠辇屈阳平，真似骖鸾到上清。风起半崖闻虎啸，雨来当面见龙行。**晚寻水涧听松韵**，夜上星坛看月明。长恐前身居此境，玉皇教向锦城生。"见《全唐诗》卷九。

第四句集自元结【欸乃曲】："偶存名迹在人间，顺俗与时未安闲。来谒大官兼问政，扁舟却入九疑山。湘江二月春水平，满月和风宜夜行。唱桡欲过平阳戍，守吏相呼问姓名。千里枫林烟雨深，无朝无暮有猿吟。停桡静听曲中意，**好似云山韶濩音**。零陵郡北湘水东，浯溪形胜满湘中。溪口石颠堪自逸，谁能相伴作渔翁。下泷船似入深渊，上泷船似欲升天。泷南始到九疑郡，应绝高人乘兴船。"见《全唐诗》卷八九〇。

秋河：即银河。**耿耿**：明亮、显著、鲜明的样子。**韶濩**：亦作“韶护”。汤乐名。后亦指庙堂宫廷之乐，泛指雅正的古乐。

徐徐拨棹却归湾，且隐澄潭一顷间。

水碧山青知好处，松声入耳即心闲。

第一句集自李梦符【渔父引二首】之一：“村寺钟声度远滩，半轮残月落山前。**徐徐拨棹却归湾**，浪叠朝霞锦绣翻。”见《全唐诗》卷八六一。

第二句集自韦庄【龙潭】：“激石悬流雪满湾，九龙潜处野云闲。欲行甘雨四天下，**且隐澄潭一顷间**。浪引浮槎依北岸，波分晚日见东山。垂髯傥遇穆王驾，阆苑周流应未还。”见《全唐诗》卷七〇〇。

第三句集自刘禹锡【洛中送韩七中丞之吴兴口号五首】之四：“骆驼桥上苹风急，鹦鹉杯中箬下春。**水碧山青知好处**，开颜一笑向何人。”见《全唐诗》卷三六五。

第四句集自李群玉【文殊院避暑】：“赤日黄埃满世间，**松声入耳即心闲**。愿寻五百仙人去，一世清凉住雪山。”见《全唐诗》卷五七〇。

顷：中国市制田地面积单位，1顷等于100亩，如“碧波万顷”。“顷”又作短时间解。

似水如云一片心，乾坤自与我知音。

风松韵里忘形坐，把得新诗喜又吟。

第一句集自吕岩【七言】之四十二：“随缘信业任浮沉，**似水如云一片心**。两卷道经三尺剑，一条藜杖七弦琴。壶中有药逢人施，腹内新诗遇客吟。一嚼永添千载寿，一丸丹点一斤金。”见《全唐诗》卷八五七。

第二句集自吕岩【七言】之二十一：“黄芽白雪两飞金，行即高歌醉即吟。日月暗扶君甲子，**乾坤自与我知音**。精灵灭迹三清剑，风雨腾空一弄琴。的当南游归甚处，莫交鹤去上天寻。”见《全唐诗》卷八四五。

第三句集自齐己【叙怀寄高推官】:“搜新编旧与谁评，自向无声认有声。已觉爱来多废道，可堪传去更沽名。**风松韵里忘形坐**，霜月光中共影行。还胜御沟寒夜水，狂吟冲尹甚伤情。”见《全唐诗》卷八四四。

第四句集自韦庄【寄湖州舍弟】:“半年江上怆离襟，**把得新诗喜又吟**。多病似逢秦氏药，久贫如得顾家金。云烟但有穿杨志，尘土多无作吏心。何况别来词转丽，不愁明代少知音。”见《全唐诗》卷六九八。

莲池赏荷

二 首

暮春阳朔公园莲池赏花

人间寒暑任轮回，又占三春风景来。

池影碎翻红菡萏，吟诗酿酒待花开。

第一句集自吕岩【七言】六十二:“天生一物变三才，交感阴阳结圣胎。龙虎顺行阴鬼去，龟蛇逆往火龙来。婴儿日吃黄婆髓，姹女时餐白玉杯。功满自然居物外，**人间寒暑任轮回**。”见《全唐诗》卷八五七。

第二句集自白居易【喜梦得自冯翊归洛，兼呈令公】:“上客新从左辅回，高阳兴助洛阳才。已将四海声名去，**又占三春风景来**。甲子等头怜共老，文章敌手莫相猜。邹枚未用争诗酒，且饮梁王贺喜杯。”见《全唐诗》卷四五六。

第三句集自齐己【惊秋】:“晓窗惊觉向秋风，万里心凝淡荡中。**池影碎翻红菡萏**，井声干落绿梧桐。破除闲事浑归道，销耗劳生旋逐空。妖杀九原狐兔意，岂知丘陇是英雄。”见《全唐诗》卷八四四。

第四句集自刘禹锡【和令狐相公初归京国赋诗言怀】:“凌云羽翮掞天才，扬历中枢与外台。相印昔辞东阁去，将星还拱北辰来。殿庭捧日彯缨入，阁道看山曳履回。口不言功心自适，**吟诗酿酒待花开**。”见《全唐诗》卷三六〇。

菡萏hàn dàn：已开放的荷花或未开的荷花（即荷花的花苞）都可叫菡萏。

夏日阳朔公园莲池赏花

绿荷相倚满池塘，逸韵偏宜夏景长。

诗里几添新菡萏，不因风送也闻香。

第一句集自顾敻【虞美人】之二：“触帘风送景阳钟，鸳被绣花重。晓帏初卷冷烟浓，翠匀粉黛好仪容，思娇慵。起来无语理朝妆，宝匣镜凝光。**绿荷相倚满池塘**，露清枕簟藕花香，恨悠扬。”见《全唐诗》卷八九四。

第二句集自司空图【华下】：“簪冠新带步池塘，**逸韵偏宜夏景长**。扶起绿荷承早露，惊回白鸟入残阳。久无书去干时贵，时有僧来自故乡。不用名山访真诀，退休便是养生方。”见《全唐诗》卷六三二。

第三句集自齐己【寄武陵贯微上人二首】之一：“知泛沧浪棹未还，西峰房锁夜潺潺。春陪相府游仙洞，雪共宾寮对玉山。**诗里几添新菡萏**，衲痕应换旧斓斑。莫忘一句曹溪妙，堪塞孙孙骋度关。”见《全唐诗》卷八四六。

第四句集自罗虬【比红儿诗】之八十八：“浅色桃花亚短墙，**不因风送也闻香**。凝情尽日君知否，还似红儿淡薄妆。”见《全唐诗》卷六六六。

春日赏花
二首

几处晴云度翠微，百般红紫斗芳菲。

春光堪赏还堪玩，一到花间一忘归。

第一句集自刘沧【从郑郎中高州游东潭】:“烟岚晚入湿旌旗，高槛风清醉未归。夹路野花迎马首，出林山鸟向人飞。一溪寒水涵清浅，**几处晴云度翠微**。自是谢公心近得，登楼望月思依依。”见《全唐诗》卷五八六。

第二句集自韩愈【游城南十六首·晚春】:“草树知春不久归，**百般红紫斗芳菲**。杨花榆荚无才思，惟解漫天作雪飞。”见《全唐诗》卷三四三。

第三句集自冯延巳【金错刀】:“双玉斗，百琼壶，佳人欢饮笑喧呼。麒麟欲画时难偶，鸥鹭何猜兴不孤。歌婉转，醉模糊，高烧银烛卧流苏。只销几觉懵腾睡，身外功名任有无。日融融，草芊芊，黄莺求友啼林前。柳条袅袅拖金线，花蕊茸茸簇锦毡。鸠逐妇，燕穿帘，狂蜂浪蝶相翩翩。**春光堪赏还堪玩**，恼杀东风误少年。”见《全唐诗》卷八九八。

第四句集自羊士谔【看花】:“**一到花间一忘归**，玉杯瑶瑟减光辉。歌筵更覆青油幕，忽似朝云瑞雪飞。”见《全唐诗》卷三三二。

百花园里看花来，知是仙山取得栽。

桃李无言难自诉，为谁零落为谁开。

第一句集自赵嘏【花园即事呈常】:“烟暖池塘柳覆台，**百花园里看花来**。烧衣焰席三千树，破鼻醒愁一万杯。不肯为歌随拍落，却因令舞带香回。山公仰尔延宾客，好傍春风次第开。”见《全唐诗》卷五四九。

第二句集自李绅【新楼诗二十首·海棠】："海边佳树生奇彩，**知是仙山取得栽**。琼蕊籍中闻阆苑，紫芝图上见蓬莱。浅深芳萼通宵换，委积红英报晓开。寄语春园百花道，莫争颜色泛金杯。"见《全唐诗》卷四八一。

第三句集自白居易【和微之诗二十三首·和雨中花】："真宰倒持生杀柄，闲物命长人短命。松枝上鹤蓍下龟，千年不死仍无病。人生不得似龟鹤，少去老来同旦暝。何异花开旦暝间，未落仍遭风雨横。草得经年菜连月，唯花不与多时节。一年三百六十日，花能几日供攀折。**桃李无言难自诉**，黄莺解语凭君说。莺虽为说不分明，叶底枝头谩饶舌。"见《全唐诗》卷四四五。

第四句集自严恽【落花】："春光冉冉归何处，更向花前把一杯。尽日问花花不语，**为谁零落为谁开**。"见《全唐诗》卷五四六。

南宋·文天祥《集杜诗二百首》第一百六十二："春日涨云岑，故园当北斗。窈窕桃李花，纷披为谁秀。"仿其意而集句。

春日听泉

桃花和雨更霏霏，却听泉声恋翠微。

流水不回休叹息，尽交风景入清机。

第一句集自齐己【山中春怀】："心魂役役不曾归，万象相牵向极微。所得或忧逢郢刃，凡言皆欲夺天机。游深晚谷香充鼻，坐苦春松粉满衣。何物不为狼藉境，**桃花和雨更霏霏**。"见《全唐诗》卷八四五。

第二句集自孟浩然【过融上人兰若】："山头禅室挂僧衣，窗外无人水鸟飞。黄昏半在下山路，**却听泉声恋翠微**。"见《全唐诗》卷一六〇。

第三句集自齐己【遣怀】："诗病相兼老病深，世医徒更费千金。余生岂必虚抛掷，未死何妨乐咏吟。**流水不回休叹息**，白云无迹莫追寻。闲身自有闲消处，黄叶清风蝉一林。”见《全唐诗》卷八四六。

第四句集自曹松【岭南道中】：“百花成实未成归，未必归心与志违。但有壶觞资逸咏，**尽交风景入清机**。半川阴雾藏高木，一道晴蜺杂落晖。游子马前芳草合，鹧鸪啼歇又南飞。”见《全唐诗》卷七一七。

翠微：青翠的山色，也泛指青翠的山。**清机**：清净的心机。

第三句原用翁承赞【文明殿受册封闽王】的“**吟寄短篇追往事**”。

夜听流泉

二 首

清浅萦纡一水间，泉声入夜独潺潺。

依稀似曲才堪听，坐饮香茶爱此山。

第一句集自唐彦谦【兴元沈氏庄】：“**清浅萦纡一水间**，竹冈藤树小跻攀。露沾荒草行人过，月上高林宿鸟还。江绕武侯筹笔地，雨昏张载勒铭山。异乡一笑因酣醉，忘却愁来鬓发斑。”见《全唐诗》卷六七二。

第二句集自灵一【送王颖悟归左绵】：“客意天南兴已阑，不堪言别向仙官。梦摇玉珮随旌节，心到金华忆杏坛。荒郊极望归云尽，瘦马空嘶落日残。想得故山青霭里，**泉声入夜独潺潺**。”见《全唐诗》卷八〇九。

第三句集自高骈【风筝】：“夜静弦声响碧空，宫商信任往来风。**依稀似曲才堪听**，又被移将别调中。”见《全唐诗》卷五九八。

第四句集自灵一【与元居士青山潭饮茶】：“野泉烟火白云间，**坐饮香茶爱此山**。岩下维舟不忍去，青溪流水暮潺潺。”见《全唐诗》卷八〇九。

萦纡：盘旋环绕。**潺潺**：水流动的样子，又指流水声。

流水闻声觉浅深，似敲疏磬袅清音。

闲听不寐诗魂爽，更要岩泉欲洗心。

第一句集自张谓【西亭子言怀】：“数丛芳草在堂阴，几处闲花映竹林。攀树玄猿呼郡吏，傍溪白鸟应家禽。青山看景知高下，**流水闻声觉浅深**。官属不令拘礼数，时时缓步一相寻。”见《全唐诗》卷一九七。

第二句集自韩偓【地炉】：“两星残火地炉畔，梦断背灯重拥衾。侧听空堂闻静响，**似敲疏磬袅清音**。风灯有影随笼转，腊雪无声逐夜深。禅客钓翁徒自好，那知此际湛然心。”见《全唐诗》卷六八二。

第三句集自李建勋【春雪】：“随风竟日势漫漫，特地繁于故岁看。幽榭冻黏花屋重，短檐斜湿燕巢寒。**闲听不寐诗魂爽**，净吃无厌酒肺干。莫道便为桑麦药，亦胜焦涸到春残。”见《全唐诗》卷七三九。

第四句集自徐铉【和陈洗马山庄新泉】：“已开山馆待抽簪，**更要岩泉欲洗心**。常被松声迷细韵，忽流花片落高岑。便疏浅濑穿莎径，始有清光映竹林。何日煎茶酝香酒，沙边同听暝猿吟。”见《全唐诗》卷七五五。

磬：古代打击乐器，形状像曲尺，用玉、石制成，可悬挂，也指佛寺中使用的一种钵状物，用铜铁铸成，既可作念经时的打击乐器，亦可敲响集合寺众。**袅**：形容声音婉转悠扬。**清音**：清越的声音。

五塔连滩与诗友品茶

三 首

白云常在水潺潺，满耳歌谣满眼山。

露茗犹芳邀重会，来游此地不知还。

第一句集自许浑【题四老庙二首】之二："避秦安汉出蓝关，松桂花阴满旧山。自是无人有归意，**白云常在水潺潺**。"见《全唐诗》卷五三八。

第二句集自赵嘏【宛陵寓居上沈大夫】之一："**满耳歌谣满眼山**，宛陵城郭翠微间。人情已觉春长在，溪户仍将水共闲。晓色入楼红蔼蔼，夜声寻砌碧潺潺。幽云高鸟俱无事，晚伴西风醉客还。"见《全唐诗》卷五四九。

第三句集自皎然【日曜上人还润州】："送君何处最堪思，孤月停空欲别时。**露茗犹芳邀重会**，寒花落尽不成期。鹤令先去看山近，云碍初飞到寺迟。莫倚禅功放心定，萧家陵树误人悲。"见《全唐诗》卷八一九。

第四句集自杜甫【滕王亭子】："君王台榭枕巴山，万丈丹梯尚可攀。春日莺啼修竹里，仙家犬吠白云间。清江锦石伤心丽，嫩蕊浓花满目班。人到于今歌出牧，**来游此地不知还**。"见《全唐诗》卷二二八。

满耳歌谣：五塔连滩滩头有一长500余米，宽约百米的绿洲，叫唱歌洲，相传歌仙刘三姐曾在渡头唱歌洲传歌。于绿洲闲步，仿佛能听到当年刘三姐的歌声。**露茗**：用露水煮的茶，形容茶的珍贵。据传：乾隆喜欢喝茶，别人说"国不可一日无君"，他说"君不可一日无茶"，他曾经做诗《荷露煮茗》："平湖几里风香荷，荷花叶上露珠多。瓶罍收取供煮茗，山庄韵事真无过。"说的就是用露水煮茶。**重**：在此读去声。《平水韵》"去声二宋：重（再也）"。

两重江外片帆斜，景物诗人见即夸。

杯里紫茶香代酒，全胜羽客醉流霞。

第一句集自薛逢【送剡客】：“**两重江外片帆斜**，数里林塘绕一家。门掩右军余水石，路横诸谢旧烟霞。扁舟几处逢溪雪，长笛何人怨柳花。若到天台洞阳观，葛洪丹井在云涯。”见《全唐诗》卷五四八。

第二句集自司空图【红茶花】：“**景物诗人见即夸**，岂怜高韵说红茶。牡丹枉用三春力，开得方知不是花。”见《全唐诗》卷六三三。

第三句集自钱起【过张成侍御宅】：“丞相幕中题凤人，文章心事每相亲。从军谁谓仲宣乐，入室方知颜子贫。**杯里紫茶香代酒**，琴中绿水静留宾。欲知别后相思意，唯愿琼枝入梦频。”见《全唐诗》卷二三九。

第四句集自钱起【与赵莒茶宴】：“竹下忘言对紫茶，**全胜羽客醉流霞**。尘心洗尽兴难尽，一树蝉声片影斜。”见《全唐诗》卷二三九。

羽客：指神仙或方士。**流霞**：本指浮动的彩云，又指传说中天上神仙的饮料，泛指美酒。第四句“胜”字在此亦读平声。

空聆滩上子规啼，煮茗同吟到日西。

回首夕岚山翠远，千花万竹使人迷。

第一句集自李涉【竹枝词】之四：“十二峰头月欲低，**空聆滩上子规啼**。孤舟一夜东归客，泣向东风忆建溪。”见《全唐诗》卷四七七。

第二句集自李中【赠上都先业大师】：“懒向人前著紫衣，虚堂闲倚一条藜。虽承雨露居龙阙，终忆烟霞梦虎溪。睡起晓窗风淅淅，病来深院草萋萋。有时乘兴寻师去，**煮茗同吟到日西**。”见《全唐诗》卷七四七。

第三句集自李绅【寿阳罢郡日有诗十首与追怀不殊今编于后兼纪瑞物物·初出淝口入淮】：“东风百里雪初晴，淝口冰开好濯缨。野老拥途知意重，病夫抛郡喜身轻。人心莫厌如弦直，淮水长怜似镜清。**回首夕岚山翠远**，楚郊烟树隐襄城。”见《全唐诗》卷四八〇。

第四句集自张万顷【东溪待苏户曹不至】：“洛阳城东伊水西，**千花万竹使人迷**。台上柳枝临岸低，门前荷叶与桥齐。日暮待君君不见，长风吹雨过青溪。”见《全唐诗》卷二〇二。

聆：听的意思。**夕岚**：黄昏时的云霞与雾气。

阳朔徐悲鸿故居中秋赏月

露清圆碧照秋光，独步闲庭逐夜凉。

八咏遗风资逸兴，归时还拂桂花香。

第一句集自崔橹【重阳日次荆南路经武宁驿】："茱萸冷吹溪口香，菊花倒绕山脚黄。家山去此强百里，弟妹待我醉重阳。风健早鸿高晓景，**露清圆碧照秋光**。莫看时节年年好，暗送搔头逐手霜。"见《全唐诗》卷五六七。

第二句集自高適【听张立本女吟】："危冠广袖楚宫妆，**独步闲庭逐夜凉**。自把玉钗敲砌竹，清歌一曲月如霜。"见《全唐诗》卷二一四。

第三句集自方干【送婺州许录事】："之官便是还乡路，白日堂堂著锦衣。**八咏遗风资逸兴**，二溪寒色助清威。曙星没尽提纲去，暝角吹残锁印归。笑我中年更愚僻，醉醒多在钓渔矶。"见《全唐诗》卷六五二。

第四句集自王昌龄【送高三之桂林】："留君夜饮对潇湘，从此归舟客梦长。岭上梅花侵雪暗，**归时还拂桂花香**。"见《全唐诗》卷一四三。

八咏：南朝·齐·沈约任东阳太守时建元畅楼，并作《登台望秋月》等诗八首，称"八咏诗"，亦省作"八咏"。**逸兴**：超逸豪放的意兴。**桂花香**：阳朔徐悲鸿故居与笔者在阳朔镇住所有路旁遍栽桂花的滨江大道相连，中秋恰逢桂花盛开，赏月归家，一路清香怡人。

中秋江畔赏月

露冷风轻霁魄圆，月光如水水如天。

诗吟自得闲中句，坐想沧江忆浩然。

第一句集自唐彦谦【秋霁丰德寺与玄贞师咏月】：“**露冷风轻霁魄圆**，高楼更在碧山巅。四溟水合疑无地，八月槎通好上天。黯黯星辰环紫极，喧喧朝市匝青烟。夜深独与岩僧语，群动消声举世眠。”见《全唐诗》卷六七一。

第二句集自赵嘏【江楼旧感】：“独上江楼思渺然，**月光如水水如天**。同来望月人何处，风影依稀似去年。”见《全唐诗》卷五五〇。

第三句集自吕岩【七言】之四十三：“还丹功满未朝天，且向人间度有缘。拄杖两头担日月，葫芦一个隐山川。**诗吟自得闲中句**，酒饮多遗醉后钱。若问我修何妙法，不离身内汞和铅。”见《全唐诗》卷八五六。

第四句集自周贺【寄新头陀】：“见说北京寻祖后，瓶盂自挈绕穷边。相逢竹坞晦暝夜，一别苕溪多少年。远洞省穿湖底过，断崖曾向壁中禅。青城不得师同住，**坐想沧江忆浩然**。”见《全唐诗》卷五〇三。

霁魄：雨过天晴后的明月。**沧江**：指江流或江水。因江水呈苍色，故称。**浩然**：水盛大的样子，也指正大豪迈样子。在此，浩然更指唐代诗人孟浩然，中秋江畔赏月，触景忆及孟浩然《凉州词》“坐看今夜关山月”和《登安阳城楼》“向夕波摇明月动”佳句。

中秋夜钓

江上秋风正钓鲈，闲中尽有静工夫。

平湖晚泛窥清镜，月点波心一颗珠。

第一句集自韦庄【寄从兄遵】:“**江上秋风正钓鲈**，九重天子梦翘车。不将高卧邀刘主，自吐清谈护汉储。沧海十年龙景断，碧云千里雁行疏。相逢莫话归山计，明日东封待直庐。”见《全唐诗》卷六九五。

第二句集自吕岩【绝句】之二十七:“莫道幽人一事无，**闲中尽有静工夫**。闭门清昼读书罢，扫地焚香到日晡。”见《全唐诗》卷八五八。

第三句集自刘禹锡【浙东元相公书叹梅雨郁蒸之候，因寄七言】:“稽山自与岐山别，何事连年鸑鷟飞。百辟商量旧相入，九天祗候老臣归。**平湖晚泛窥清镜**，高阁晨开扫翠微。今日看书最惆怅，为闻梅雨损朝衣。”见《全唐诗》卷三六一。

第四句集自白居易【春题湖上】:“湖上春来似画图，乱峰围绕水平铺。松排山面千重翠，**月点波心一颗珠**。碧毯线头抽早稻，青罗裙带展新蒲。未能抛得杭州去，一半勾留是此湖。”见《全唐诗》卷四四六。

泛：舟船漂浮、浮动的样子。**清镜**：明镜。这里指在中秋明月映照下清澈、平静得像一面镜子的漓江江面。

野鸡潭闲钓

影落平湖潋滟间，千寻耸翠秀孱颜。

此情不语何人会，乐是风波钓是闲。

第一句集自方干【题应天寺上方兼呈谦上人】:“中天坐卧见人寰，峭石垂藤不易攀。晴卷风雷归故壑，夜和猿鸟锁寒山。势横绿野苍茫外，**影落平湖潋滟间**。师在西岩最高处，路寻之字见禅关。”见《全唐诗》卷六五二。

第二句集自方干【叙龙瑞观胜异寄于尊师】:“混元融结致功难，山下平湖湖上山。万顷涵虚寒潋滟，**千寻耸翠秀孱颜**。芰荷香入琴棋处，雷雨声离栋牖间。但有五云依鹤岭，曾无陆路向人寰。夜溪漱玉常堪听，仙树垂珠可要攀。若弃荣名便居此，自然浮浊不相关。”见《全唐诗》卷六五三。

第三句集自白居易【夜坐】:“庭前尽日立到夜，灯下有时坐彻明。**此情不语何人会**，时复长吁一两声。”见《全唐诗》卷四三七。

第四句集自张松龄【和答弟志和渔父歌】:“**乐是风波钓是闲**，草堂松径已胜攀。太湖水，洞庭山，狂风浪起且须还。”见《全唐诗》卷三〇八。

漓江闲钓

四首

闲咏风流小谢诗，高情不与俗人知。

有山有水堪吟处，爱把渔竿伴鹭鸶。

第一句集自李涉【听邻女吟】:“含情遥夜几人知，**闲咏风流小谢诗**。还似霓旌下烟露，月边吹落上清词。”见《全唐诗》卷四七七。

第二句集自方干【献王大夫】:“**高情不与俗人知**，耻学诸生取桂枝。荀宋五言行世早，巢由三诏出溪迟。操心已在精微域，落笔皆成典诰词。一鹗难成燕雀伍，非熊本是帝王师。贤臣虽蕴经邦术，明主终无谏猎时。莫道百僚忧礼绝，兼闻七郡怕天移。直缘材力头头赡，专被文星步步随。不信重言通造化，须臾便可变荣衰。”见《全唐诗》六五三。

第三句集自杜荀鹤【登石壁禅师水阁有作】:“石壁早闻僧说好，今来偏与我相宜。**有山有水堪吟处**，无雨无风见景时。渔父晚船分浦钓，牧童寒笛倚牛吹。画人画得从他画，六幅应输八句诗。”见《全唐诗》卷六九二。

第四句集自郑谷【温处士能画鹭鸶以四韵换之】:“昔年吟醉绕江蓠，**爱把渔竿伴鹭鸶**。闻说小毫能纵逸，敢凭轻素写幽奇。涓涓浪溅残菱蔓，戛戛风搜折苇枝。得向晓窗闲挂玩，雪蓑烟艇恨无遗。”见《全唐诗》卷六七六。

小谢：指南朝·齐·谢朓 。擅山水诗。唐·李白《宣州谢朓楼饯别校书叔云》诗："蓬莱文章建安骨，中间小谢又清发。"**高情**：高隐超然物外之情，或高尚的情怀，高雅的情致。

四面青山是四邻，短竿长线弄因循。

身闲何处无真性，解钓鲈鱼能几人。

第一句集自陆畅【题独孤少府园林】："**四面青山是四邻**，烟霞成伴草成茵。年年洞口桃花发，不记曾经迷几人。"见《全唐诗》卷四七八。

第二句集自章碣【寄江东道】："野亭歌罢指西秦，避俗争名兴各新。碧带黄麻呈缥缈，**短竿长线弄因循**。夜潮分卷三江月，晓骑齐驱九陌尘。可惜人间好声势，片帆羸马不相亲。"见《全唐诗》卷六六九。

第三句集自司空曙【题暕上人院】："闭门不出自焚香，拥褐看山岁月长。雨后绿苔生石井，秋来黄叶遍绳床。**身闲何处无真性**，年老曾言隐故乡。更说本师同学在，几时携手见衡阳。"见《全唐诗》卷二九二。

第四句集自杜牧【寄桐江隐者】："潮去潮来洲渚春，山花如绣草如茵。严陵台下桐江水，**解钓鲈鱼能几人**。"见《全唐诗》卷五二六。

四邻：周围邻居、四方，也指周围。**因循**：道家谓顺应自然，也指疏懒、怠惰、闲散。此指后者。**真性**：天性；本性。佛教指人本具的不妄不变的心体，又指真的。与假的、似是而非相对。

木兰舟稳画桡轻，闲钓江鱼不钓名。

欸乃一声山水绿，无端诗思忽然生。

第一句集自方干【陪王大夫泛湖】:“去去凌晨回见星，**木兰舟稳画桡轻**。白波潭上鱼龙气，红树林中鸡犬声。蜜炬烧残银汉昃，羽觞飞急玉山倾。此时检点诸名士，却是渔翁无姓名。”见《全唐诗》卷六五〇。

第二句集自崔道融【钓鱼】:“**闲钓江鱼不钓名**，瓦瓯斟酒暮山青。醉头倒向芦花里，却笑无端犯客星。”见《全唐诗》卷七一四。

第三句集自柳宗元【渔翁】:“渔翁夜傍西岩宿，晓汲清湘燃楚竹。烟销日出不见人，**欸乃一声山水绿**。回看天际下中流，岩上无心云相逐。”见《全唐诗》卷三五三。

第四句集自贾岛【酬慈恩寺文郁上人】:“袈裟影入禁池清，犹忆乡山近赤城。篱落罅间寒蟹过，莓苔石上晚蛩行。期登野阁闲应甚，阻宿山房疾未平。闻说又寻南岳去，**无端诗思忽然生**。”见《全唐诗》卷五七四。

木兰舟：用木兰树造的船。后常用为船的美称，并非实指木兰木所制。此指阳朔漓江的游船或其他船只。**画桡**：有画饰的船桨。**无端**：没有尽头。

为怜清浅爱潺湲，偶至无尘空翠间。

左对苍山右流水，一竿长伴白鸥闲。

第一句集自白居易【赠思黯】:“**为怜清浅爱潺湲**，一日三回到水边。若道归仁滩更好，主人何故别三年。”见《全唐诗》卷四五八。

第二句集自刘言史【登甘露台】:“ **偶至无尘空翠间**，雨花甘露境闲闲。身心未寂终为累，非想天中独退还。”见《全唐诗》卷四六八。

第三句集自韦应物【信州录事参军常曾古鼎歌】:“三年纠一郡，独饮寒泉井。江南铸器多铸银，罢官无物唯古鼎。雕螭刻篆相错盘，地中岁久青苔寒。**左对苍山右流水**，云有古来葛仙子。葛仙埋之何不还，耕者鎗然得其间。持示世人不知宝，劝君炼丹永寿考。”见《全唐诗》卷一九五。

第四句集自戴叔伦【闲思】:“伯劳东去鹤西还，云总无心亦度山。何似严陵滩上客，海梅半白柳微黄，冻水初融日欲长。度腊都无苦霜霰，迎春先有好风光。郡中起晚听衙鼓，城上行慵倚女墙。公事渐闲身且健，使君殊未厌余杭。**一竿长伴白鸥闲**。”见《全唐诗》卷二七四。

无尘：不着尘埃。常表示超尘脱俗。唐·杜荀鹤《题战岛僧居》诗：“师爱无尘地，江心岛上居。”**苍山**：青山。

漓江春钓

莫向春风唱鹧鸪，云横峭壁水平铺。

波摇岸影随桡转，但钓寒江半尺鲈。

第一句集自郑谷【席上贻歌者】：“花月楼台近九衢，清歌一曲倒金壶。座中亦有江南客，**莫向春风唱鹧鸪**。”见《全唐诗》卷六七五。

第二句集自韩偓【商山道中】：“**云横峭壁水平铺**，渡口人家日欲晡。却忆往年看粉本，始知名画有工夫。”见《全唐诗》卷六八二。

第三句集自武平一【兴庆池侍宴应制】：“銮舆羽驾直城隈，帐殿旌门此地开。皎洁灵潭图日月，参差画舸结楼台。**波摇岸影随桡转**，风送荷香逐酒来。愿奉圣情欢不极，长游云汉几昭回。”见《全唐诗》卷一〇二。

第四句集自陆龟蒙【寄淮南郑宝书记】：“记室千年翰墨孤，唯君才学似应徐。五丁驱得神功尽，二酉搜来秘检疏。炀帝帆樯留泽国，淮王笺奏入班书。清词醉草无因见，**但钓寒江半尺鲈**。”见《全唐诗》卷六二四。

鹧鸪：曲调名。即《鹧鸪词》。唐·白居易《和梦游春诗一百韵》：“酩酊歌《鹧鸪》，颠狂舞《鸲鹆》。”**桡**：船桨。

游钓台

流水千年作恨声，我经此处倍伤情。

严陵何事轻轩冕，不钓鲈鱼只钓名。

第一句集自雍裕之【听弹沈湘】：“贾谊投文吊屈平，瑶琴能写此时情。秋风一奏沈湘曲，**流水千年作恨声**。”见《全唐诗》卷四七一。

第二句集自崔涂【过长江贾岛主簿旧厅】：“雕琢文章字字精，**我经此处倍伤情**。身从谪宦方沾禄，才被槌埋更有声。过县已无曾识吏，到厅空见旧题名。长江一曲年年水，应为先生万古清。”见《全唐诗》卷六七九。

第三句集自汪遵【桐江】：“光武重兴四海宁，汉臣无不受浮荣。**严陵何事轻轩冕**，独向桐江钓月明。”见《全唐诗》卷六〇二。

第四句集自韩偓【招隐】：“立意忘机机已生，可能朝市污高情。时人未会严陵志，**不钓鲈鱼只钓名**。”见《全唐诗》卷六八二。

严陵：见本书《江畔得句》“七里滩”注。**轩冕**：古时大夫以上官员的车乘和冕服，借指官位爵禄。

观碧莲峰“带”字石刻

阳朔碧莲峰临漓江之石壁有“带”字摩崖。后人牵强附会地揣摩“带”字含“少年努力”等笔意。

磨取莲峰便作碑，林园幽事递相期。

少年努力纵谈笑，直是瞿昙也不知。

第一句集自司空图【漫题】:“经乱年年厌别离，歌声喜似太平时。词臣更有中兴颂，**磨取莲峰便作碑**。”见《全唐诗》卷六三三。

第二句集自皮日休【襄阳闲居与友生夜会】:“习隐悠悠世不知，**林园幽事递相期**。旧丝再上琴调晚，坏叶重烧酒暖迟。三径引时寒步月，四邻偷得夜吟诗。草玄寂淡无人爱，不遇刘歆更语谁。”见《全唐诗》卷六一三。

第三句集自杜甫【苏端、薛复筵简薛华醉歌】:“文章有神交有道，端复得之名誉早。爱客满堂尽豪翰，开筵上日思芳草。安得健步移远梅，乱插繁花向晴昊。千里犹残旧冰雪，百壶且试开怀抱。垂老恶闻战鼓悲，急觞为缓忧心捣。**少年努力纵谈笑**，看我形容已枯槁。坐中薛华善醉歌，歌辞自作风格老。近来海内为长句，汝与山东李白好。何刘沈谢力未工，才兼鲍昭愁绝倒。诸生颇尽新知乐，万事终伤不自保。气酣日落西风来，愿吹野水添金杯。如渑之酒常快意，亦知穷愁安在哉。忽忆雨时秋井塌，古人白骨生青苔，如何不饮令心哀。”见《全唐诗》卷二一七。

第四句集自顾甄远【惆怅诗九首】之八:“泪满罗衣酒满卮，一声歌断怨伤离。如今两地心中事，**直是瞿昙也不知**。”见《全唐诗》卷七七八。

直: 副词，竟然。**瞿昙**: 佛祖释迦牟尼的姓，亦作佛的代称。

登迎江阁

登临许作烟霞伴，无语凭阑只自知。

追感古今情不已，满亭山色惜吟诗。

第一句集自皎然【奉酬李员外使君嘉祐苏台屏营居春首有怀】:“昔岁为邦初未识，今朝休沐始相亲。移家水巷贫依静，种柳风窗欲占春。诗思先邀乌府客，山情还访白楼人。**登临许作烟霞伴**，高在方袍间幅巾。”见《全唐诗》卷八一六。

第二句集自冯延巳【采桑子】：“小庭雨过春将尽，片片花飞。独折残枝，**无语凭阑只自知**。玉堂香暖珠帘卷，双燕来归。君约佳期，肯信韶华得几时。”见《全唐诗》卷八九八。

第三句集自李中【和浔阳宰感旧绝句五首】之一：“**追感古今情不已**，竹轩闲取史书看。欲亲往哲无因见，空树临风襟袖寒。”见《全唐诗》卷七五〇。

第四句集自李咸用【题陈正字林亭】：“晓烟轻翠拂帘飞，黄叶飘零弄所思。正是低摧吾道日，不堪惆怅异乡时。家林蛇豕方群起，宫沼龟龙未有期。赖有平原怜贱子，**满亭山色惜吟诗**。”见《全唐诗》卷六四六。

迎江阁：位于阳朔县城碧莲峰下漓江边，倚山临水，风景绝佳。亭阁上又有八景窗。

雨后登碧莲峰

碧峰横倚白云端，峭石垂藤不易攀。

徒学仲宣聊四望，逶迤霁色绕江山。

第一句集自先汪【题安乐山】：“**碧峰横倚白云端**，隋氏真人化迹残。翠柏不凋龙骨瘦，石泉犹在镜光寒。”见《全唐诗》卷四七二。

第二句集自方干【题应天寺上方兼呈谦上人】：“中天坐卧见人寰，**峭石垂藤不易攀**。晴卷风雷归故壑，夜和猿鸟锁寒山。势横绿野苍茫外，影落平湖潋滟间。师在西岩最高处，路寻之字见禅关。”见《全唐诗》卷六五二。

第三句集自李渥【秋日登越王楼献于中丞】：“越王曾牧剑南州，因向城隅建此楼。横玉远开千峤雪，暗雷下听一江流。画檐先弄朝阳色，朱槛低临众木秋。**徒学仲宣聊四望**，且将词赋好依刘。”见《全唐诗》卷五六四。

第四句集自孙逖【山阴县西楼】：“都邑西楼芳树间，**逶迤霁色绕江山**。山月夜从公署出，江云晚对讼庭还。谁知春色朝朝好，二月飞花满江草。一见湖边杨柳风，遥忆青青洛阳道。”见《全唐诗》卷一一八。

仲宣：汉末文学家王粲的字。博学多识，文思敏捷，为“建安七子之冠冕”，文学成就最高。他以诗赋见长，《初征》《登楼赋》《槐赋》《七哀诗》等是其作品的精华。其名篇《登楼赋》起句为“登兹楼以四望兮，聊暇日以销忧”。全篇主要抒写作者生逢乱世，长期客居他乡，才能不能得以施展而产生思乡、怀国之情和怀才不遇之忧，表现了作者对动乱时局的忧虑和对国家和平统一的希望。《七哀诗》也表露其思乡情结。

漓江大桥观景

白云相逐水相通，峭碧参差十二峰。

抬眼试看山外景，一重重尽一重重。

第一句集自卢纶【同王员外雨后登开元寺南楼因寄西岩警上人】：“过雨开楼看晚虹，**白云相逐水相通**。寒蝉噪暮野无日，古树伤秋天有风。数穗远烟凝垄上，一枝繁果忆山中。何言暂别东林友，惆怅人间事不同。”见《全唐诗》卷二七九。

第二句集自牛希济【临江仙】之一：“**峭碧参差十二峰**，冷烟寒树重重。瑶姬宫殿是仙踪。金炉珠帐，香霭昼偏浓。　一自楚王惊梦断，人间无路相逢。至今云雨带愁容。月斜江上，征棹动晨钟。”见《全唐诗》卷八九三。

第三句集自吕岩【山隐】：“松枯石老水萦回，个里难教俗客来。**抬眼试看山外景**，纷纷风急障黄埃。”见《全唐诗》卷八五八。

第四句集自方干【出东阳道中作】：“马首寒山黛色浓，**一重重尽一重重**。醉醒已在他人界，犹忆东阳昨夜钟。”见《全唐诗》卷六五三。

十二峰：指在阳朔大桥上能看到的“印象刘三姐”山水剧作背景的十二座山峰。

赏漓江彩虹

过雨开楼看晚虹，碧山幽霭水溶溶。

初瞻绮色连霞色，认得溪云第几重。

第一句集自卢纶【同王员外雨后登开元寺南楼因寄西岩警上人】："**过雨开楼看晚虹**，白云相逐水相通。寒蝉噪暮野无日，古树伤秋天有风。数穗远烟凝垄上，一枝繁果忆山中。何言暂别东林友，惆怅人间事不同。"见《全唐诗》卷二七九。

第二句集自李德裕【寄茅山孙炼师】之二："石上溪荪发紫茸，**碧山幽霭水溶溶**。菖花定是无人见，春日惟应羽客逢。"见《全唐诗》卷四七五。

第三句集自令狐楚【奉和仆射相公酬忠武李相公见寄之作】："丽藻飞来自相庭，五文相错八音清。**初瞻绮色连霞色**，又听金声继玉声。才出山西文与武，欢从塞北弟兼兄。白头老尹三川上，双和阳春喜复惊。"见《全唐诗》卷三三四。

第四句集自杨巨源【题五老峰下费君书院】："解向花间栽碧松，门前不负老人峰。已将心事随身隐，**认得溪云第几重**。"见《全唐诗》卷三三三。

幽霭：幽深昏暗的样子。

登高览漓江风光

唯我多情独自来，凭高望远思悠哉。

回瞻四面如看画，欲赋惭非宋玉才。

第一句集自白居易【下邽庄南桃花】："村南无限桃花发，**唯我多情独自来**。日暮风吹红满地，无人解惜为谁开。”见《全唐诗》卷四三六。

第二句集自白居易【江亭夕望】：“**凭高望远思悠哉**，晚上江亭夜未回。日欲没时红浪沸，月初生处白烟开。辞枝雪蕊将春去，满镊霜毛送老来。争敢三年作归计，心知不及贾生才。”见《全唐诗》卷四三九。

第三句集自应物【龙潭】：“石激悬流雪满湾，五龙潜处野云闲。暂收雷电九峰下，且饮溪潭一水间。浪引浮槎依北岸，波分晓日浸东山。**回瞻四面如看画**，须信游人不欲还。”见《全唐诗》卷八二三。

第四句集自温庭筠【河中陪帅游亭】：“倚阑愁立独徘徊，**欲赋惭非宋玉才**。满座山光摇剑戟，绕城波色动楼台。鸟飞天外斜阳尽，人过桥心倒影来。添得五湖多少恨，柳花飘荡似寒梅。”见《全唐诗》卷五八二。

宋玉：战国时楚人，好辞赋，为屈原之后辞赋家，相传所作辞赋甚多，《汉书·卷三十·艺文志第十》录有赋16篇，在他的作品中，物象的描绘趋于细腻工致，抒情与写景结合得自然贴切，在楚辞与汉赋之间，起着承前启后的作用。

重九登高
二 首

登高壮观天地间，回合青冥万仞山。

满眼风光多闪烁，恬然但觉心绪闲。

第一句集自李白【庐山谣，寄卢侍御虚舟】：“我本楚狂人，凤歌笑孔丘。手持绿玉杖，朝别黄鹤楼。五岳寻仙不辞远，一生好入名山游。庐山秀出南斗傍，屏风九叠云锦张，影落明湖青黛光。金阙前开二峰长，银河倒挂三石梁。香炉瀑布遥相望，回崖沓嶂凌苍苍。翠影红霞映朝日，鸟飞不到吴天长。**登高壮观天地间**，大江茫茫去不还。黄云万里动风色，白波九道流雪山。好为庐山谣，兴因庐山发。闲窥石镜清我心，谢公行处苍苔没。早服还丹无世情，琴心三叠道初成。遥见仙人彩云里，手把芙蓉朝玉京。先期汗漫九垓上，愿接卢敖游太清。”见《全唐诗》卷一七三。

第二句集自王烈【塞上曲二】之二：“孤城夕对戍楼闲，**回合青冥万仞山**。明镜不须生白发，风沙自解老红颜。”见《全唐诗》卷二九五。

第三句集自无名氏【敦煌曲子·浣溪沙】：“五里滩头风欲平，张帆举棹觉船轻。柔橹不施停却棹，是船行。 **满眼风光多闪烁**，看山恰似走来迎；仔细看山山不动，是船行。”见《敦煌曲子》。

第四句集自李白【下途归石门旧居】：“吴山高，越水清，握手无言伤别情。将欲辞君挂帆去，离魂不散烟郊树。此心郁怅谁能论，有愧叨承国士恩。云物共倾三月酒，岁时同饯五侯门。羡君素书尝满案，含丹照白霞色烂。余尝学道穷冥筌，梦中往往游仙山。何当脱屣谢时去，壶中别有日月天。俯仰人间易凋朽，钟峰五云在轩牖。惜别愁窥玉女窗，归来笑把洪崖手。隐居寺，隐居山，陶公炼液栖其间。灵神闭气昔登攀，**恬然但觉心绪闲**。数人不知几甲子，昨夜犹带冰霜颜。我离虽则岁物改，如今了然失所在。别君莫道不尽欢，悬知乐客遥相待。石门流水遍桃花，我亦曾到秦人家。不知何处得鸡豕，就中仍见繁桑麻。翛然远与世事间，装鸾驾鹤又复远。何必长从七贵游，劳生徒聚万金产。挹君去，长相思，云游雨散从此辞。欲知怅别心易苦，向暮春风杨柳丝。”见《全唐诗》卷一八一。

回合：环绕，迂回曲折。**青冥**：形容青天、仙境、山岭青苍幽远。**闪烁**：本指光亮动摇不定，忽明忽暗，也指物体忽隐忽现，变动不定。

黄昏半在下山路，云尽遥天霁色空。

独爱千峰最高处，更堪回首夕阳中。

第一句集自孟浩然【过融上人兰若】：“山头禅室挂僧衣，窗外无人水鸟飞。**黄昏半在**

下山路，却听泉声恋翠微。”见《全唐诗》卷一六〇。

第二句集自刘沧【留别崔澣秀才昆仲】：“汶阳离思水无穷，去住情深梦寐中。岁晚虫鸣寒露草，日西蝉噪古槐风。川分远岳秋光静，**云尽遥天霁色空**。对酒不能伤此别，尺书凭雁往来通。”见《全唐诗》卷五八六。

第三句集自薛能【雨后早发永宁】：“春霖朝罢客西东，雨足泥声路未通。**独爱千峰最高处**，一峰初日白云中。”见《全唐诗》卷五六一。

第四句集自张泌【边上】：“戍楼吹角起征鸿，猎猎寒旌背晚风。千里暮烟愁不尽，一川秋草恨无穷。山河惨澹关城闭，人物萧条市井空。只此旅魂招未得，**更堪回首夕阳中**。”见《全唐诗》卷七四二。

登　山

忽闻春尽强登山，若个游人不竞攀。

几度临风一回首，乱峰西望叠孱颜。

第一句集自李涉【题鹤林寺僧舍】：“终日昏昏醉梦间，**忽闻春尽强登山**。因过竹院逢僧话，又得浮生半日闲。”见《全唐诗》卷四七七。

第二句集自卢照邻【杂曲歌辞·行路难】：“君不见长安城北渭桥边，枯木横槎卧古田。昔日含红复含紫，常时留雾亦留烟。春景春风花似雪，香车玉舆恒阗咽。**若个游人不竞攀**，若个倡家不来折。倡家宝袜蛟龙帔，公子银鞍千万骑。黄莺一向花娇春，两两三三将子戏。千尺长条百尺枝，丹桂青榆相蔽亏。珊瑚叶上鸳鸯鸟，凤凰巢里雏鹓儿。巢倾枝折凤归去，条枯叶落狂风吹。一朝零落无人问，万古摧残君讵知。人生贵贱无终始，倏忽须臾难久恃。谁家能驻西山日，谁家能堰东流水。汉家陵树满秦川，行来行去尽哀怜。自昔公卿二千石，咸拟荣华一万年。不见朱唇将白貌，惟闻素棘与黄泉。金貂有时须换酒，玉麈但摇莫计钱。寄言坐客神仙署，一生一死交情处。苍龙阙下君不来，白鹤山前我应去。

云间海上邈难期，赤心会合在何时。但愿尧年一百万，长作巢由也不辞。”见《全唐诗》卷二五。

第三句集自牟融【赠杨处厚】：“十年学道苦劳神，赢得尊前一病身。天上故人皆自贵，山中明月独相亲。客心淡泊偏宜静，吾道从容不厌贫。**几度临风一回首**，笑看华发及时新。”见《全唐诗》卷四六七。

第四句集自齐己【和西蜀可准大师远寄之什】：“莫知何路去追攀，空想人间出世间。杜口已同居士室，传心休问祖师山。禅中不住方为定，说处无生始是闲。珍重希音远相寄，**乱峰西望叠孱颜**。”见《全唐诗》卷八四五。

若个：哪个。**孱颜**：参差不齐，也指山势险峻、高耸的样子。亦作名词，指高峻的山岭。

登兴坪和平亭

三首

树树枝枝尽可迷，垂萝为幌石为梯。

腾身转觉三天近，登顶方知世界低。

第一句集自钱起【山花】：“山花照坞复烧溪，**树树枝枝尽可迷**。野客未来枝畔立，流莺已向树边啼。从容只是愁风起，眷恋常须向日西。别有妖妍胜桃李，攀来折去亦成蹊。”见《全唐诗》卷二三九。

第二句集自司空曙【送张炼师还峨嵋山】：“太一天坛天柱西，**垂萝为幌石为梯**。前登灵境青霄绝，下视人间白日低。松籁万声和管磬，丹光五色杂虹霓。春山一入寻无路，鸟响烟深水满溪。”见《全唐诗》卷二九三。

第三句集自李白【别山僧】：“何处名僧到水西，乘舟弄月宿泾溪。平明别我上山去，手携金策踏云梯。**腾身转觉三天近**，举足回看万岭低。谑浪肯居支遁下，风流还与远公齐。此度别离何日见，相思一夜暝猿啼。”见《全唐诗》卷一七四。

第四句集自智亮【戴云山吟】之二："戴云山顶白云齐，**登顶方知世界低**。异草奇花人不识，一池分作九条溪。"见《全唐诗》卷八二三。

重峦叠嶂何孱颜，万丈丹梯尚可攀。

天地肃清堪四望，白云飞处见青山。

第一句集自徐光溥【题黄居寀秋山图】："天与黄筌艺奇绝，笔精回感重瞳悦。运思潜通造化工，挥毫定得神仙诀。秋来奉诏写秋山，写在轻绡数幅间。高低向背无遗势，**重峦叠嶂何孱颜**。目想心存妙尤极，研巧核能状不得。珍禽异兽皆自驯，奇花怪木非因植。崎岖石磴绝游踪，薄雾冥冥藏半峰。娑萝掩映迷仙洞，薜荔累垂缴古松。月槛参桥□，僧老坐支筇。屈原江上婵娟竹，陶潜篱下芳菲菊。良宵只恐鹧鸪啼，晴波但见鸳鸯浴。暮烟幂幂锁村坞，一叶扁舟横野渡。飒飒白苹欲起风，黯黯红蕉犹带雨。……秋山秀兮秋江静，江光山色相辉映。雪迸飞泉溅钓矶，云分落叶拥樵径。张璪松石徒称奇，边鸾花鸟何足窥。白旻鹰逞凌风势，薛稷鹤夸警露姿。方原画山空巉岩，峭壁枯槎人见嫌。孙位画水多汹涌，惊湍怒涛人见恐。若教对此定妍媸，必定伏膺怀愧悚。再三展向冕旒侧。便是移山回涧力。大李小李灭声华，献之恺之无颜色。仿佛垂纶渭水滨，吾皇睹之思良臣。依稀荷锸傅岩野，吾皇睹之求贤者。从兹仄展复悬旌，宵衣旰食安天下。才当老人星应候，愿与南山俱献寿。微臣稽首贡长歌，丹青景化同天和。"见《全唐诗》卷七六一。

第二句集自杜甫【滕王亭子】："君王台榭枕巴山，**万丈丹梯尚可攀**。春日莺啼修竹里，仙家犬吠白云间。清江锦石伤心丽，嫩蕊浓花满目斑。人到于今歌出牧，来游此地不知还。"见《全唐诗》卷二二八。

第三句集自刘禹锡【始闻秋风】："昔看黄菊与君别，今听玄蝉我却回。五夜飕飗枕前觉，一年颜状镜中来。马思边草拳毛动，雕眄青云睡眼开。**天地肃清堪四望**，为君扶病上高台。"见《全唐诗》卷三五九。

第四句集自许宏【白云寺】："踏破苔痕一径斑，**白云飞处见青山**。不知浮世尘中客，几个能知物外闲。"见《全唐诗》卷八八七。

丹梯：指高入云霄的山峰。**肃清**：形容天气明朗高爽。

盘空蹑翠到山巅，目极云霄思浩然。

滟滟随波千万里，瑞霞明丽满晴天。

第一句集自杜光庭【题福唐观二首】之一：“**盘空蹑翠到山巅**，竹殿云楼势逼天。古洞草深微有路，旧碑文灭不知年。八州物象通檐外，万里烟霞在目前。自是人间轻举地，何须蓬岛访真仙。”见《全唐诗》卷八五四。

第二句集自温庭筠【渭上题三首】之二：“**目极云霄思浩然**，风帆一片水连天。轻桡便是东归路，不肯忘机作钓船。”见《全唐诗》卷五七九。

第三句集自张若虚【春江花月夜】：“春江潮水连海平，海上明月共潮生。**滟滟随波千万里**，何处春江无月明。江流宛转绕芳甸，月照花林皆似霰。空里流霜不觉飞，汀上白沙看不见。江天一色无纤尘，皎皎空中孤月轮。江畔何人初见月，江月何年初照人。人生代代无穷已，江月年年望相似。不知江月待何人，但见长江送流水。白云一片去悠悠，青枫浦上不胜愁。谁家今夜扁舟子，何处相思明月楼。可怜楼上月裴回，应照离人妆镜台。玉户帘中卷不去，捣衣砧上拂还来。此时相望不相闻，愿逐月华流照君。鸿雁长飞光不度，鱼龙潜跃水成文。昨夜闲潭梦落花，可怜春半不还家。江水流春去欲尽，江潭落月复西斜。斜月沉沉藏海雾，碣石潇湘无限路。不知乘月几人归，落月摇情满江树。”见《全唐诗》卷一一七。

第四句集自李商隐【七月二十八日夜与王郑二秀才听雨后梦作】：“初梦龙宫宝焰然，**瑞霞明丽满晴天**。旋成醉倚蓬莱树，有个仙人拍我肩。少顷远闻吹细管，闻声不见隔飞烟。逡巡又过潇湘雨，雨打湘灵五十弦。瞥见冯夷殊怅望，鲛绡休卖海为田。亦逢毛女无憀极，龙伯擎将华岳莲。恍惚无倪明又暗，低迷不已断还连。觉来正是平阶雨，独背寒灯枕手眠。”见《全唐诗》卷五三九。

浩然：雅正宏大，气度洒脱豪放的样子。

兴坪和平亭：位于兴坪漓江边老寨山山顶。多年前，日本友人林克之先生建石级山道直通山顶，并在山顶建和平亭。登顶四望，白云飘飘，漓水潺潺，千帆竞渡，万山叠翠，山光水色，蔚为壮观。

冒雨登卧云亭

千峰万壑雨沈沈，蹋得苍苔一径深。

路逐山光何处尽，凭高瞰险足怡心。

第一句集自权德舆【发硖石路上却寄内】："莎栅东行五谷深，**千峰万壑雨沈沈**。细君几日路经此，应见悲翁相望心。"见《全唐诗》卷三二九。

第二句集自司空图【山中】："全家与我恋孤岑，**蹋得苍苔一径深**。逃难人多分隙地，放生麋大出寒林。名应不朽轻仙骨，理到忘机近佛心。昨夜前溪骤雷雨，晚晴闲步数峰吟。"见《全唐诗》卷六三二。

第三句集自刘长卿【送宇文迁明府赴洪州张观察追摄丰城令】："送君不复远为心，余亦扁舟湘水阴。**路逐山光何处尽**，春随草色向南深。陈蕃待客应悬榻，宓贱之官独抱琴。倘见主人论谪宦，尔来空有白头吟。"见《全唐诗》卷一五一。

第四句集自上官昭容【游长宁公主流杯池二十五首】之二十五："**凭高瞰险足怡心**，菌阁桃源不暇寻。余雪依林成玉树，残霙点岫即瑶岑。"见《全唐诗》卷五。

山光：山的景色。**怡心**：和悦心情。

登卧云亭会仙亭

遥盘苍翠到山巅，踪迹闲思绕岳莲。

真趣淡然居物外，仙人曾此话桑田。

第一句集自方干【题宝林山禅院】:“山捧亭台郭绕山，**遥盘苍翠到山巅**。岩中古井虽通海，窗里阴云不上天。罗列众星依木末，周回万室在檐前。我来可要归禅老，一寸寒灰已达玄。”见《全唐诗》卷六五一。

第二句集自齐己【寄武陵贯微上人二首】之二:“吴头东面楚西边，云接苍梧水浸天。两地别离身已老，一言相合道休传。风骚妙欲凌春草，**踪迹闲思绕岳莲**。不是傲他名利世，吾师本在雪山巅。”见《全唐诗》卷八四六。

第三句集自刘沧【赠道者】:“**真趣淡然居物外**，忘机多是隐天台。停灯深夜看仙箓，拂石高秋坐钓台。卖药故人湘水别，入檐栖鸟旧山来。无因朝市知名姓，地僻衡门对岳开。”见《全唐诗》卷五八六。

第四句集自沈彬【麻姑山】:“绀殿松萝太古山，**仙人曾此话桑田**。闲倾云液十分日，已过浮生一万年。花洞路中逢鹤信，水帘岩底见龙眠。我来游礼酬心愿，欲共怡神契自然。”见《全唐诗》卷七四三。

岳莲：用莲花命名的山峰，如西岳华山莲花峰和衡山莲花峰，都称岳莲。此借指离屏风山不远的碧莲峰，或县城周围形如莲花的十余座山峰。

1978年10月1日，经会仙亭登屏风山顶卧云亭，摄得碧莲洞口和大村门一带田园照片，此照片至今珍藏。三十年后，又于2008年10月1日原地原方位再拍摄，田园阡陌尽换楼宇矣。

姑苏望乡

去年十月过苏州，南国名园尽兴游。

莫讶偏吟望乡句，难逢胜景可淹留。

第一句集自元稹【和乐天示杨琼】:“我在江陵少年日，知有杨琼初唤出。腰身瘦小歌圆紧，依约年应十六七。**去年十月过苏州**，琼来拜问郎不识。青衫玉貌何处去，安得红旗遮头白。我语杨琼琼莫语，汝虽笑我我笑汝。汝今无复小腰身，不似江陵时好女。杨琼为我歌送酒，尔忆江陵县中否。江陵王令骨为灰，车来嫁作尚书妇。卢戡及第严涧在，其余死者十八九。我今贺尔亦自多，尔得老成余白首。”见《全唐诗》卷四二二。

第二句集自曹松【南海陪郑司空游荔园】:“荔枝时节出旌斿，**南国名园尽兴游**。乱结罗纹照襟袖，别含琼露爽咽喉。叶中新火欺寒食，树上丹砂胜锦州。他日为霖不将去，也须图画取风流。”见《全唐诗》卷七一七。

第三句集自蒋吉【大庾驿有怀】:“一囊书重百余斤，邮吏宁知去计贫。**莫讶偏吟望乡句**，明朝便见岭南人。”见《全唐诗》卷七七一。

第四句集自张籍【胡山人归王屋，因有赠】:“转转无成到白头，人间举眼尽堪愁。此生已是蹉跎去，每事应从卤莽休。虽作闲官少拘束，**难逢胜景可淹留**。君归与访移家处，若个峰头最较幽。”见《全唐诗》卷三八五。

名园：指苏州园林。起始于春秋时期吴国建都姑苏时（吴王阖闾时期，公元前514年），形成于五代，成熟于宋代，兴旺鼎盛于明清。到清末苏州有各色园林170多处，现保存完整的有60多处。其独特的园林景观被誉为“中国园林之城”，素有“人间天堂”、“东方威尼斯”、“东方水城”的美誉，被联合国教科文组织列为世界文化遗产。典型的有拙政园、留园、网师园和环秀山庄。**讶**：惊奇，奇怪。**淹留**：羁留；逗留，或挽留、留住。

新春访友

且喜新正假日频，诗情酒分合相亲。

等闲缉缀闲言语，青眼留欢任吐茵。

第一句集自白居易【岁假内命酒赠周判官、萧协律】："共知欲老流年急，**且喜新正假日频**。闻健此时相劝醉，偷闲何处共寻春。脚随周叟行犹疾，头比萧翁白未匀。岁酒先拈辞不得，被君推作少年人。"见《全唐诗》卷四四三。

第二句集自白居易【雪夜喜李郎中见访，兼酬所赠】："可怜今夜鹅毛雪，引得高情鹤氅人。红蜡烛前明似昼，青毡帐里暖如春。十分满醆黄金液，一尺中庭白玉尘。对此欲留君便宿，**诗情酒分合相亲**。"见《全唐诗》卷四五〇。

第三句集自张祜【读老庄】："**等闲缉缀闲言语**，夸向时人唤作诗。昨日偶拈庄老读，万寻山上一毫厘。"见《全唐诗》卷五一一。

第四句集自白居易【和刘汝州酬侍中见寄长句因书集贤坊胜事戏而问之】："洛川汝海封畿接，履道集贤来往频。一复时程虽不远，百余步地更相亲。朱门陪宴多投辖，**青眼留欢任吐茵**。闻道郡斋还有酒，花前月下对何人。"见《全唐诗》卷四五五。

新正：农历新年正月。**缉缀**：编辑缀合。第三句指访友时海阔天空、漫无边际地闲谈。**青眼**：黑色的眼珠在眼眶中间，青眼看人表示对人的喜爱或重视、尊重。与"白眼"相对。**吐茵**：即"吐车茵"。车茵是车的座垫。西汉宰相丙吉的马夫嗜酒，数次醉吐于车垫上，丙吉都原谅他。后称醉后过失为"吐车茵"。此处指因醉失态、讲酒话。

丁亥春日访友不遇

行即高歌醉即吟，知君摆落俗人心。

桃花流水依然在，却锁重门一院深。

第一句集自吕岩【七言】之二十一："黄芽白雪两飞金，**行即高歌醉即吟**。日月暗扶君甲子，乾坤自与我知音。精灵灭迹三清剑，风雨腾空一弄琴。的当南游归甚处，莫交鹤去上天寻。"见《全唐诗》卷八五七。

第二句集自刘禹锡【酬淮南廖参谋秋夕见过之作】："扬州从事夜相寻，无限新诗月下吟。初服已惊玄发长，高情犹向碧云深。语余时举一杯酒，坐久方闻四处砧。不逐繁华访闲散，**知君摆落俗人心**。"见《全唐诗》卷三五九。

第三句集自曹唐【刘阮再到天台不复见仙子】："再到天台访玉真，青苔白石已成尘。笙歌冥寞闲深洞，云鹤萧条绝旧邻。草树总非前度色，烟霞不似昔年春。**桃花流水依然在**，不见当时劝酒人。"见《全唐诗》卷六四〇。

第四句集自李涉【六叹】之一："绮罗香风翡翠车，清明独傍芙蓉渠。上有云鬟洞仙女，垂罗掩縠烟中语。风月频惊桃李时，沧波久别鸳鸿侣。欲传一札孤飞翼，山长水远无消息。**却锁重门一院深**，半夜空庭明月色。"见《全唐诗》卷四七七。

摆落：撇开，摆脱。晋·陶潜《饮酒》诗之十二："摆落悠悠谈，请从余所之。"

春游家乡
二 首

春色遍芳菲，浮云共我归。

花情羞脉脉，烟树绿微微。

傲世寄渔艇，邀欢泛酒杯。

以兹山水地，一醉莫相违。

第一句集自武元衡【归燕】："**春色遍芳菲**，闲檐双燕归。还同旧侣至，来绕故巢飞。

敢望烟霄达，多惭羽翮微。衔泥傍金砌，拾蕊到荆扉。云海经时别，雕梁长日依。主人能一顾，转盼自光辉。”见《全唐诗》卷三一七。

第二句集自张炽【归去来引】：“归去来，归期不可违。相见旋明月，**浮云共我归**。”见《全唐诗》卷七七四。

第三句集自李商隐【向晚】：“当风横去幰，临水卷空帷。北土秋千罢，南朝祓禊归。**花情羞脉脉**，柳意怅微微。莫叹佳期晚，佳期自古稀。”见《全唐诗》卷五四〇。

第四句集自陆龟蒙【丹阳道中寄友生】：“**烟树绿微微**，春流浸竹扉。短蓑携稚去，孤艇载鱼归。海俗芦编室，村娃练束衣。旧栽奴橘老，新刈女桑肥。锦鲤冲风掷，丝禽掠浪飞。短亭幽径入，陈庙数峰围。地废金牛暗，陵荒石兽稀。思君同一望，帆上怨余晖。”见《全唐诗》卷六二三。

第五句集白方干【赠许牍秀才】：“理论与妙用，皆从人外来。山河澄正气，雪月助宏才。**傲世寄渔艇**，藏名归酒杯。升沈在方寸，即恐起风雷。”见《全唐诗》卷六四九。

第六句集自苏颋【蜀城哭台州乐安少府】：“远游跻剑阁，长想属天台。万里隔三载，此邦余重来。音容旷不睹，梦寐殊悠哉。边郡饶藉藉，晚庭正回回。喜传上都封，因促傍吏开。向悟海盐客，已而梁木摧。变衣寝门外，挥涕少城隈。却记分明得，犹持委曲猜。师儒昔训奖，仲季时童孩。服义题书箧，**邀欢泛酒杯**。暂令风雨散，仍迫岁时回。其道惟正直，其人信美偲。白头还作尉，黄绶固非才。可叹悬蛇疾，先贻问鵩灾。故乡闭穷壤，宿草生寒荄。零落九原去，蹉跎四序催。曩期冬赠橘，今哭夏成梅。执礼谁为赗，居常不徇财。北登嵩嵥岖，东望姑苏台。天路本悬绝，江波复溯洄。念孤心易断，追往恨艰裁。不遂卿将伯，孰云陈与雷。吾衰亦如此，夫子复何哀。”见《全唐诗》卷七三。

第七句集自陈子良【夏晚寻于政世置酒赋韵】：“聊从嘉遁所，酌醴共抽簪。**以兹山水地**，留连风月心。长榆落照尽，高柳暮蝉吟。一返桃源路，别后难追寻。”见《全唐诗》卷三九。

第八句集自戴叔伦【送郭太祝中孚归江东】：“乡人去欲尽，北雁又南飞。京洛风尘久，江湖音信稀。旧山知独往，**一醉莫相违**。未得辞羁旅，无劳问是非。”见《全唐诗》卷二七三。

攒峰叠翠微，春色伴人归。

桂酒牵诗兴，酣歌对落晖。

故山长寂寂，怀古独依依。

溢目看风景，心中少是非。

第一句集自高適【赴彭州山行之作】:“峭壁连崆峒，**攒峰叠翠微**。鸟声堪驻马，林色可忘机。怪石时侵径，轻萝乍拂衣。路长愁作客，年老更思归。且悦岩峦胜，宁嗟意绪违。山行应未尽，谁与玩芳菲。”见《全唐诗》卷二一四。

第二句集自刘希夷【入塞】:“将军陷虏围，边务息戎机。霜雪交河尽，旌旗入塞飞。晓光随马度，**春色伴人归**。课绩朝明主，临轩拜武威。”见《全唐诗》卷八二。

第三句集自颜真卿【五言夜宴咏灯联句】:“**桂酒牵诗兴**，兰釭照客情（——陆士修）。讵惭珠乘朗，不让月轮明（——张荐）。破暗光初白，浮云色转清（——颜真卿）。带花疑在树，比燎欲分庭（——皎然）。顾己惭微照，开帘识近汀（——袁高）。”见《全唐诗》卷七八八。

第四句集自李嘉祐【送裴宣城上元所居】:“水流过海稀，尔去换春衣。泪向槟榔尽，身随鸿雁归。草思晴后发，花怨雨中飞。想到金陵渚，**酣歌对落晖**。”见《全唐诗》卷二〇六。

第五句集自刘长卿【和中丞出使恩命过终南别业】:“不过林园久，多因宠遇偏。**故山长寂寂**，春草过年年。花待朝衣间，云迎驿骑连。松萝深旧阁，樵木散闲田。拜阙贪摇佩，看琴懒更弦。君恩催早入，已梦傅岩边。”见《全唐诗》卷一五一。

第六句集自钱起【江行无题一百首】之八十四:“江流何渺渺，**怀古独依依**。渔父非贤者，芦中但有矶。”见《全唐诗》卷二三九。

第七句集自薛能【西县途中二十韵】:“野客误桑麻，从军带镆铘。岂论之白帝，未合过黄花。落日投江县，征尘漱齿牙。蜀音连井络，秦分隔褒斜。硖路商逢使，山邮雀啅蛇。忆归临角黍，良遇得新瓜。食久庭阴转，行多屐齿洼。气清岩下瀑，烟漫雨余畬。黄鸟当蚕候，稀蒿杂麦查。汗凉风似雪，浆度蜜如沙。野色生肥芋，乡仪捣散茶。梯航经杜宇，烽候彻苴咩。逗石流何险，通关运固赊。葛侯真竭泽，刘主合亡家。陷彼贪功吠，贻为黩武夸。阵图谁许可，庙貌我揄揶。闲事休征汉，斯行且咏巴。音繁来有铎，軏尽去无车。**溢目看风景**，清怀啸月华。焰樵烹紫笋，腰篁憩乌纱。杞国忧寻悟，临邛渴自加。移文莫有诮，必不滞天涯。”见《全唐诗》卷五六〇。

第八句集自白居易【闲出】：“身外无羁束，**心中少是非**。被花留便住，逢酒醉方归。人事行时少，官曹入日稀。春寒游正好，稳马薄绵衣。”见《全唐诗》卷四四八。

攒峰：密集的山峰。**桂酒**：用玉桂浸制的美酒，泛指美酒。**溢目**：满目，目不暇接。

漓江游

景物可忘忧，情闲思自流。

绿杨垂野渡，白首对汀洲。

迢递山川永，飘飖桂水游。

超然尘事外，幽赏独悠悠。

第一句集自李中【江南春】：“千家事胜游，**景物可忘忧**。水国楼台晚，春郊烟雨收。鹧鸪啼竹树，杜若媚汀洲。永巷歌声远，王孙会莫愁。”见《全唐诗》卷七四八。

第二句集自长孙佐辅【闻韦驸马使君迁拜台州】：“溟藩轸帝忧，见说初鸣驺。德胜祸先戢，**情闲思自流**。蚕股桑柘空，廪实雀鼠稠。谏虎昔赐骏，安人将问牛。曾陪后乘光，共逐平津游。旌旆拥追赏，歌钟催献酬。音徽一寂寥，贵贱双沉浮。北郭乏中崖，东方称上头。跻山望百城，目尽增遐愁。海逼日月近，天高星汉秋。无阶异渐鸿，有志惭驯鸥。终期促孤棹，暂访天台幽。”见《全唐诗》卷四六九。

第三句集自李嘉祐【送韦邕少府归钟山】：“祈门官罢后，负笈向桃源。万卷长开帙，千峰不闭门。**绿杨垂野渡**，黄鸟傍山村。念尔能高枕，丹墀会一论。”见《全唐诗》卷二〇六。

第四句集自李端【古别离二首】之一：“水国叶黄时，洞庭霜落夜。行舟闻商估，宿在枫林下。此地送君还，茫茫似梦间。后期知几日，前路转多山。巫峡通湘浦，迢迢隔云雨。天晴见海樯，月落闻津鼓。人老自多愁，水深难急流。清宵歌一曲，**白首对汀洲**。”见《全唐诗》卷二八四。

第五句集自韦应物【送苏评事】：“季弟仕谯都，元兄坐兰省。言访始忻忻，念离当耿耿。嵯峨夏云起，**迢递山川永**。登高望去尘，纷思终难整。”见《全唐诗》卷一八九。

第六句集自杜甫【咏怀二首】之二：“邦危坏法则，圣远益愁慕。**飘飖桂水游**，怅望苍梧暮。潜鱼不衔钩，走鹿无反顾。皦皦幽旷心，拳拳异平素。衣食相拘阂，朋知限流寓。风涛上春沙，千里侵江树。逆行少吉日，时节空复度。井灶任尘埃，舟航烦数具。牵缠加老病，琐细隘俗务。万古一死生，胡为足名数。多忧污桃源，拙计泥铜柱。未辞炎瘴毒，摆落跛涉惧。虎狼窥中原，焉得所历住。葛洪及许靖，避世常此路。贤愚诚等差，自爱各驰骛。羸瘠且如何，魄夺针灸屡。拥滞僮仆慵，稽留篙师怒。终当挂帆席，天意难告诉。南为祝融客，勉强亲杖屦。结托老人星，罗浮展衰步。”见《全唐诗》卷二二三。

第七句集自朱庆余【闲居即事】：“深嶂多幽景，闲居野兴清。满庭秋雨过，连夜绿苔生。石面横琴坐，松阴采药行。**超然尘事外**，不似绊浮名。”见《全唐诗》卷五一五。

第八句集自韦应物【游西山】：“时事方扰扰，**幽赏独悠悠**。弄泉朝涉涧，采石夜归州。挥翰题苍峭，下马历嵌丘。所爱唯山水，到此即淹留。”见《全唐诗》卷一九二。

迢递：指群山高峻、遥远、连绵不绝的样子。**飘飖**：形容举止轻盈、洒脱。

莲池夜钓

光浮满月光，来泛芰荷香。

接缕垂芳饵，开襟纳夜凉。

沈吟忘夕永，凝思绕池塘。

风竹散清韵，陶然在醉乡。

第一句集自李峤【银】:“思妇屏辉掩，游人烛影长。玉壶初下箭，桐井共安床。色带长河色，**光浮满月光**。灵山有珍瓮，仙阙荐君王。”见《全唐诗》卷六〇。

第二句集自张九龄【东湖临泛饯王司马】:“南土秋虽半，东湖草未黄。聊乘风日好，**来泛芰荷香**。兰棹无劳速，菱歌不厌长。忽怀京洛去，难与共清光。”见《全唐诗》卷四八。

第二句集自杜甫【春水】:“三月桃花浪，江流复旧痕。朝来没沙尾，碧色动柴门。**接缕垂芳饵**，连筒灌小园。已添无数鸟，争浴故相喧。”见《全唐诗》卷二二六。

第四句集自韦庄【夏夜】:“傍水迁书榻，**开襟纳夜凉**。星繁愁昼热，露重觉荷香。蛙吹鸣还息，蛛罗灭又光。正吟秋兴赋，桐景下西墙。”见《全唐诗》卷六九五。

第五句集自皎然【答俞校书冬夜】:“夜闲禅用精，空界亦清迥。子真仙曹吏，好我如宗炳。一宿觌幽胜，形清烦虑屏。新声殊激楚，丽句同歌郢。遗此感予怀，**沈吟忘夕永**。月彩散瑶碧，示君禅中境。真思在杳冥，浮念寄形影。遥得四明心，何须蹈岑岭。诗情聊作用，空性惟寂静。若许林下期，看君辞簿领。”见《全唐诗》卷八一五。

第六句集自徐铉【赋得风光草际浮】:“宿露依芳草，春郊古陌旁。风轻不尽偃，日早未晞阳。耿耿依平远，离离入望长。映空无定彩，飘径有馀光。飐若荷珠乱，纷如爝火飏。诗人多感物，**凝思绕池塘**。”见《全唐诗》卷七五三。

第七句集自白居易【官舍小亭闲望】:“**风竹散清韵**，烟槐凝绿姿。日高人吏去，闲坐在茅茨。葛衣御时暑，蔬饭疗朝饥。持此聊自足，心力少营为。亭上独吟罢，眼前无事时。数峰太白雪，一卷陶潜诗。人心各自是，我是良在兹。回谢争名客，甘从君所嗤。”见《全唐诗》卷四二八。

第八句集自权德舆【跌伤伏枕，有劝醲酒者暂忘所苦，因有一绝】:“一杯宜病士，四体委胡床。暂得遗形处，**陶然在醉乡**。”见《全唐诗》卷三二〇。

夕永：长夜。

渡头村登楼四望

四首

甲午仲夏，回渡头登楼顶四望，有感而集唐人句纪之。

登楼东望九疑天

登楼诗八咏，东望九疑天。

簇簇红霞烂，题为物外篇。

第一句集自白居易【和微之春日投简阳明洞天五十韵】:“青阳行已半，白日坐将徂。越国强仍大，稽城高且孤。利饶盐煮海，名胜水澄湖。牛斗天垂象，台明地展图。瑰奇填市井，佳丽溢闉阇。勾践遗风霸，西施旧俗姝。船头龙天矫，桥脚兽睢盱。乡味珍蟛蚏，时鲜贵鹧鸪。语言诸夏异，衣服一方殊。捣练蛾眉婢，鸣榔蛙角奴。江清敌伊洛，山翠胜荆巫。华表双栖鹤，联樯几点乌。烟波分渡口，云树接城隅。涧远松如画，洲平水似铺。绿科秧早稻，紫笋折新芦。暖蹋泥中藕，香寻石上蒲。雨来萌尽达，雷后蛰全苏。柳眼黄丝纇，花房绛蜡珠。林风新竹折，野烧老桑枯。带襻长枝蕙，钱穿短贯榆。暄和生野菜，卑湿长街芜。女浣纱相伴，儿烹鲤一呼。山魈啼稚子，林狖挂山都。产业论蚕蚁，孳生计鸭雏。泉岩雪飘洒，苔壁锦漫糊。堰限舟航路，堤通车马途。耶溪岸回合，禹庙径盘纡。洞穴何因凿，星槎谁与刳。石凹仙药臼，峰峭佛香炉。去为投金简，来因挈玉壶。贵仍招客宿，健未要人扶。闻望贤丞相，仪形美丈夫。前驱驻旌旆，偏坐列笙竽。刺史旟翻隼，尚书履曳凫。学禅超后有，观妙造虚无。髻里传僧宝，环中得道枢。**登楼诗八咏，**置砚赋三都。捧拥罗将绮，趋跄紫与朱。庙谟藏稷契，兵略贮孙吴。令下三军整，风高四海趋。千家得慈母，六郡事严姑。重士过三哺，轻财抵一铢。送觥歌宛转，嘲妓笑卢胡。佐饮时炮鳖，蠲酲数鲙鲈。醉乡虽咫尺，乐事亦须臾。若不中贤圣，何由外智愚。伊予一生志，我尔百年躯。江上三千里，城中十二衢。出多无伴侣，归只对妻孥。白首青山约，抽身去得无。”见《全唐诗》卷四四九。

第二句集自朱庆余【题娥皇庙】:“娥皇挥涕处，**东望九疑天**。往事难重问，孤峰尚惨然。夜深寒峒响，秋近碧萝鲜。未省明君意，遗踪万古传。”见《全唐诗》卷五一五。

第三句集自王毂【刺桐花】：“南国清和烟雨辰，刺桐夹道花开新。林梢**簇簇红霞烂**，暑天别觉生精神。秾英斗火欺朱槿，栖鹤惊飞翅忱烬。直疑青帝去匆匆，收拾春风浑不尽。”见《全唐诗》卷六九四。

第四句集自卢照邻【于时春也，慨然有江湖之思，寄赠柳九陇】：“提琴一万里，负书三十年。晨攀偃蹇树，暮宿清泠泉。翔禽鸣我侧，旅兽过我前。无人且无事，独酌还独眠。遥闻彭泽宰，高弄武城弦。形骸寄文墨，意气托神仙。我有壶中要，**题为物外篇**。将以贻好道，道远莫致旃。相思劳日夜，相望阻风烟。坐惜春华晚，徒令客思悬。水去东南地，气凝西北天。关山悲蜀道，花鸟忆秦川。天子何时问，公卿本亦怜。自哀还自乐，归薮复归田。海屋银为栋，云车电作鞭。倘遇鸾将鹤，谁论貂与蝉。莱洲频度浅，桃实几成圆。寄言飞凫舄，岁晏同联翩。”见《全唐诗》卷四一。

八咏：南朝·齐·沈约守东阳时，建元畅楼 ，并作《登台望秋月》《会圃临东风》《岁暮愍衰草》《霜来悲落桐》《夕行闻夜鹤》《晨征听晓鸿》《解珮去朝市》《被褐守山东》等诗八首，称“八咏诗”，亦省作“八咏 ”。

清晨登楼东望，东边远处有苍梧九疑山。《水经注》云：“苍梧之野，峰秀数郡之间，罗岩九峰，各导一溪、岫壑负阻，异岭同势。游者疑焉，故曰：九嶷山。”极目处，峰顶红霞映漓水，美极，自然要题诗。

登楼南望思归岩

登楼更怀古，南望郁苍苍。

尽道思归乐，多言议短长。

第一句集自杜牧【江楼晚望】：“湖山翠欲结蒙笼，汗漫谁游夕照中。初语燕雏知社日，习飞鹰隼识秋风。波摇珠树千寻拔，山凿金陵万仞空。不欲**登楼更怀古**，斜阳江上正飞鸿。”见《全唐诗》卷五二六。

第二句集自韦应物【送终】:“奄忽逾时节，日月获其良。萧萧车马悲，祖载发中堂。生平同此居，一旦异存亡。斯须亦何益，终复委山冈。行出国南门，**南望郁苍苍**。日入乃云造，恸哭宿风霜。晨迁俯玄庐，临诀但遑遑。方当永潜翳，仰视白日光。俯仰遽终毕，封树已荒凉。独留不得还，欲去结中肠。童稚知所失，啼号捉我裳。即事犹仓卒，岁月始难忘。”见《全唐诗》卷一九一。

第三句集自吴融【雨后闻思归乐二首】之一:“山禽连夜叫，兼雨未尝休。**尽道思归乐**，应多离别愁。我家方旅食，故国在沧洲。闻此不能寐，青灯茆屋幽。”见《全唐诗》卷六八四。

第四句集自卢鉟【勖曹生】:“桑扈交飞百舌忙，祖亭闻乐倍思乡。尊前有恨惭卑宦，席上无憀爱艳妆。莫为狂花迷眼界，须求真理定心王。游蜂采掇何时已，只恐**多言议短长**。”见《全唐诗》卷七七一。

短长：优劣；是非；短处和长处。

登楼南望，南边解元峰下有思归岩，相传清乾隆年间渡头村解元秦树松赴任经此有未离家乡便思归的故事。时人多议短长。

登楼西望太华峰

登楼送远目，西望太华峰。

落日山水好，诗来意绪浓。

第一句集自李白【夕霁杜陵登楼，寄韦繇】:“浮阳灭霁景，万物生秋容。**登楼送远目**，伏槛观群峰。原野旷超缅，关河纷杂重。清晖映竹日，翠色明云松。蹈海寄遐想，还山迷旧踪。徒然迫晚暮，未果谐心胸。结桂空伫立，折麻恨莫从。思君达永夜，长乐闻疏钟。”见《全唐诗》卷一七二。

第二句集自周仲美【书壁】:“爱妾不爱子，为问此何理。弃官更弃妻，人情宁可已。永诀泗之滨，遗言空在耳。三载无朝昏，孤帏泪如洗。妇人义从夫，一节誓生死。江乡感残春，肠断晚烟起。**西望太华峰**，不知几千里。”见《全唐诗》卷七九九。

第三句集自王维【蓝田山石门精舍】：“**落日山水好**，漾舟信归风。探奇不觉远，因以缘源穷。遥爱云木秀，初疑路不同。安知清流转，偶与前山通。舍舟理轻策，果然惬所适。老僧四五人，逍遥荫松柏。朝梵林未曙，夜禅山更寂。道心及牧童，世事问樵客。暝宿长林下，焚香卧瑶席。涧芳袭人衣，山月映石壁。再寻畏迷误，明发更登历。笑谢桃源人，花红复来觌。”见《全唐诗》卷一二五。

第四句集自元稹【酬乐天得稹所寄纻丝布白轻庸制成衣服以诗报之】：“湓城万里隔巴庸，纻薄绨轻共一封。腰带定知今瘦小，衣衫难作远裁缝。唯愁书到炎凉变，忽见**诗来意绪浓**。春草绿茸云色白，想君骑马好仪容。”见《全唐诗》卷四一六。

黄昏登楼西望，有耸立于漓江边的东华峰，又称为“太华峰”，即“凤凰展翅”一景。

登楼北望忆京华

登楼聊永日，北望苦销魂。

倍忆京华伴，升沈未足言。

第一句集自张九龄【登郡城南楼】：“闭阁幸无事，**登楼聊永日**。云霞千里开，洲渚万形出。澹澹澄江漫，飞飞度鸟疾。邑人半舻舰，津树多枫橘。感别时已屡，凭眺情非一。远怀不我同，孤兴与谁悉。平生本单绪，邂逅承优秩。谬忝为邦寄，多惭理人术。驽铅虽自勉，仓廪素非实。陈力倘无效，谢病从芝朮。”见《全唐诗》卷四七。

第二句集自杜甫【送裴五赴东川】：“故人亦流落，高义动乾坤。何日通燕塞，相看老蜀门。东行应暂别，**北望苦销魂**。凛凛悲秋意，非君谁与论。”见《全唐诗》卷二二六。

第三句集自元稹【酬乐天东南行诗一百韵】：“……**倍忆京华伴**，偏忘我尔躯。谪居今共远，荣路昔同趋。……”见《全唐诗》卷四〇七。

第四句集自杨乘【南徐春日怀古】：“六代骄奢地，三春物象繁。灵湖通涨海，天堑隔中原。晓渡高帆驶，阴风巨舰翻。旌旗西日落，戈甲夏云屯。豹变资陈武，龙飞拥晋元。

风流前事尽，文物旧仪存。邪侮尝移润，忠贞几度冤。兴亡山兀兀，今古水浑浑。露滴蜂偷蕊，莺啼日到轩。酒肠堆曲蘖，诗思绕乾坤。愁梦全无蝶，离忧每愧萱。形骸劳大块，玉石任炎昆。出处宁由己，**升沈未足言**。且应中圣乐，坐起任昏昏。”见《全唐诗》卷五一七。

销魂：形容伤感或欢乐到极点，若魂魄离散躯壳。

登楼北望，千里外即北京，倍忆北京大学诸校友。

游漓江

二 首

山水清晖远，悠悠一钓船。

逍遥堪自乐，方外赏云泉。

第一句集自王昌龄【武陵田太守席送司马卢溪】：“诸侯分楚郡，饮饯五谿春。**山水清晖远**，俱怜一逐臣。”见《全唐诗》卷一四三。

第二句集自皎然【访陆处士羽】：“太湖东西路，吴主古山前。所思不可见，归鸿自翩翩。何山赏春茗，何处弄春泉。莫是沧浪子，**悠悠一钓船**。”见《全唐诗》卷八一六。

第三句集自高適【古乐府飞龙曲，留上陈左相】：“德以精灵降，时膺梦寐求。苍生谢安石，天子富平侯。尊俎资高论，岩廊挹大猷。相门连户牖，卿族嗣弓裘。豁达云开霁，清明月映秋。能为吉甫颂，善用子房筹。阶砌思攀陟，门阑尚阻修。高山不易仰，大匠本难投。迹与松乔合，心缘启沃留。公才山吏部，书癖杜荆州。幸沐千年圣，何辞一尉休。折腰知宠辱，回首见沉浮。天地庄生马，江湖范蠡舟。**逍遥堪自乐**，浩荡信无忧。去此从黄绶，归欤任白头。风尘与霄汉，瞻望日悠悠。”见《全唐诗》卷二一四。

第四句集自储光羲【送人寻裴斐】：“柱史回清宪，谪居临汉川。迟君千里驾，**方外赏**

云泉。路断因春水，山深隔暝烟。湘江见游女，寄摘一枝莲。”见《全唐诗》卷一三九。

清晖：明净的光辉、光泽。南朝·宋·谢灵运《石壁精舍还湖中作》诗：“昏旦变气候，山水含清晖。”**方外**：世外，指仙境或僧道的生活环境。此指美如仙境的阳朔风光。**云泉**：白云清泉，借指胜景。

青山行不尽，松韵听难穷。
遇境多成趣，此怀谁与同。

第一句集自崔颢【舟行入剡】：“鸣棹下东阳，回舟入剡乡。**青山行不尽**，绿水去何长。地气秋仍湿，江风晚渐凉。山梅犹作雨，溪橘未知霜。谢客文逾盛，林公未可忘。多惭越中好，流恨阅时芳。”见《全唐诗》卷一三〇。

第二句集自段文昌【题武担寺西台】：“秋天如镜空，楼阁尽玲珑。水暗余霞外，山明落照中。鸟行看渐远，**松韵听难穷**。今日登临意，多欢语笑同。”见《全唐诗》卷三三一。

第三句集自白居易【闲夕】：“一声早蝉发，数点新萤度。兰釭耿无烟，筠簟清有露。未归后房寝，且下前轩步。斜月入低廊，凉风满高树。放怀常自适，**遇境多成趣**。何法使之然，心中无细故。”见《全唐诗》卷四四五。

第四句集自戴叔伦【南野】：“治田长山下，引流坦溪曲。东山有遗茔，南野起新筑。家世素业儒，子孙鄙食禄。披云朝出耕，带月夜归读。身勚竟亡疲，团团欣在目。野芳绿可采，泉美清可掬。茂树延晚凉，早田候秋熟。茶烹松火红，酒吸荷杯绿。解佩临清池，抚琴看修竹。**此怀谁与同**，此乐君所独。”见《全唐诗》卷二七三。

松韵：松风，松涛。风吹松林,松枝互相碰击发出的如波涛般的声音。

游漓江偶得

江静碧云天，凝情自悄然。

片帆浮桂水，触兴感成篇。

第一句集自张祜【送杨秀才游蜀】：“鄂渚逢游客，瞿塘上去船。峡深明月夜，**江静碧云天**。旧俗巴渝舞，新声蜀国弦。不堪挥惨恨，一涕自潸然。”见《全唐诗》卷五一〇。

第二句集自杜牧【旅宿】：“旅馆无良伴，**凝情自悄然**。寒灯思旧事，断雁警愁眠。远梦归侵晓，家书到隔年。湘江好烟月，门系钓鱼船。”见《全唐诗》卷五二五。

第三句集自李颀【李兵曹壁画山水各赋得桂水帆】：“**片帆浮桂水**，落日天涯时。飞鸟看共度，闲云相与迟。长波无晓夜，泛泛欲何之。”见《全唐诗》卷一三二。

第四句集自张说【伯奴边见归田赋因投赵侍御】：“尔家叹穷鸟，吾族赋归田。莫道荣枯异，同嗟世网牵。黄陵浮汨渚，青草会湘川。去国逾三岁，兹山老二年。寒鸮鸣舍下，昏虎卧篱前。客泪堪斑竹，离亭欲赠荃。放言久无次，**触兴感成篇**。”见《全唐诗》卷八八。

长吟山水间

流水引长吟，超然物外心。

始知真隐者，只合在山林。

第一句集自李白【杭州送裴大泽赴庐州长史】：“ 西江天柱远，东越海门深。去割慈亲恋，行忧报国心。好风吹落日，**流水引长吟**。五月披裘者，应知不取金。”见《全唐诗》卷一七六。

第二句集自李治【谒大慈恩寺】:“日宫开万仞，月殿耸千寻。花盖飞团影，幡虹曳曲阴。绮霞遥笼帐，丛珠细网林。寥廓烟云表，**超然物外心**。”见《全唐诗》卷二。

第三句集自白居易【玩新庭树，因咏所怀】:“霭霭四月初，新树叶成阴。动摇风景丽，盖覆庭院深。下有无事人，竟日此幽寻。岂惟玩时物，亦可开烦襟。时与道人语，或听诗客吟。度春足芳色，入夜多鸣禽。偶得幽闲境，遂忘尘俗心。**始知真隐者**，不必在山林。”见《全唐诗》卷四三一。

第四句集自崔道融【元日有题】:“十载元正酒，相欢意转深。自量麋鹿分，**只合在山林**。”见《全唐诗》卷七一四。

物外：世外。谓超脱于尘世之外。**真隐者**：真正的隐者（隐逸不出的人）。

山水趣

予意在山水，兴来吟一篇。

自然成野趣，不向世人传。

第一句集自孟浩然【听郑五愔弹琴】:“阮籍推名饮，清风满竹林。半酣下衫袖，拂拭龙唇琴。一杯弹一曲，不觉夕阳沉。**予意在山水**，闻之谐夙心。”见《全唐诗》卷一五九。

第二句集自白居易【对酒闲吟，赠同老者】:“人生七十稀，我年幸过之。远行将尽路，春梦欲觉时。家事口不问，世名心不思。老既不足叹，病亦不能治。扶持仰婢仆，将养信妻儿。饥饱进退食，寒暄加减衣。声妓放郑卫，裘马脱轻肥。百事尽除去，尚余酒与诗。**兴来吟一篇**，吟罢酒一卮。不独适情性，兼用扶衰羸。云液洒六腑，阳和生四肢。于中我自乐，此外吾不知。寄问同老者，舍此将安归。莫学蓬心叟，胸中残是非。”见《全唐诗》卷四五九。

第三句集自韦述【春日山庄】:“初岁开韶月,田家喜载阳。晚晴摇水态,迟景荡山光。浦净渔舟远,花飞樵路香。**自然成野趣**,都使俗情忘。”见《全唐诗》卷一〇八。

第四句集自刘长卿【寄普门上人】:“白云幽卧处,**不向世人传**。闻在千峰里,心知独夜禅。辛勤羞薄禄,依止爱闲田。惆怅王孙草,青青又一年。”见《全唐诗》卷一四七。

野趣:山野的情趣。

与渡头诸诗友出游

相见谈经史,还同汗漫游。

挥毫成逸韵,高论莫能酬。

第一句集自张继【赠章八元】:“**相见谈经史**,江楼坐夜阑。风声吹户响,灯影照人寒。俗薄交游尽,时危出处难。衰年逢二妙,亦得闷怀宽。”见《全唐诗》卷二四二。

第二句集自陆龟蒙【渔具诗·种鱼】:“凿池收赪鳞,疏疏置云屿。**还同汗漫游**,遂以江湖处。如非一神守,潜被蛟龙主。蛟龙若无道,跛鳖亦可御。”见《全唐诗》卷六二〇。

第三句集自刘禹锡【酬留守牛相公宫城早秋寓言见寄】:“晓月映宫树,秋光起天津。凉风稍动叶,宿露未生尘。星气尚芳丽,旷望感心神。**挥毫成逸韵**,开阁迟来宾。摆去将相印,渐为逍遥身。如招后房宴,却要白头人。”见《全唐诗》卷三五五。

第四句集自孟浩然【梅道士水亭】:“傲吏非凡吏,名流即道流。隐居不可见,**高论莫能酬**。水接仙源近,山藏鬼谷幽。再来迷处所,花下问渔舟。”见《全唐诗》卷一六〇。

汗漫游:世外之游。形容漫游之远。**逸韵**:高逸的风韵,也指美妙动听的乐声、歌声,或指高雅的诗歌。**高论**:见解高明的议论。**酬**:应对、对答。

漓水放歌

山水观形胜，渔樵共主宾。

放歌乘美景，下里继阳春。

第一句集自孟浩然【登望楚山最高顶】："**山水观形胜**，襄阳美会稽。最高唯望楚，曾未一攀跻。石壁疑削成，众山比全低。晴明试登陟，目极无端倪。云梦掌中小，武陵花处迷。暝还归骑下，萝月映深溪。"见《全唐诗》卷一五九。

第二句集自顾况【送友失意南归】："衣挥京洛尘，完璞伴归人。故国青山遍，沧江白发新。邻荒收酒幔，屋古布苔茵。不用通名姓，**渔樵共主宾**。"见《全唐诗》卷二六六。

第三句集自贾至【对酒曲二首】之二："春来酒味浓，举酒对春丛。一酌千忧散，三杯万事空。**放歌乘美景**，醉舞向东风。寄语尊前客，生涯任转蓬。"见《全唐诗》卷二三五。

第四句集自杨炯【和刘长史答十九兄】："帝尧平百姓，高祖宅三秦。子弟分河岳，衣冠动缙绅。盛名恒不陨，历代几相因。街巷涂山曲，门闾洛水滨。五龙金作友，一子玉为人。宝剑丰城气，明珠魏国珍。风标自落落，文质且彬彬。共许刁元亮，同推周伯仁。石城俯天阙，钟阜对江津。骥足方遐骋，狼心独未驯。鼓鼙鸣九域，风火集重闉。城势余三板，兵威乏四邻。居然混玉石，直置保松筠。耿介酬天子，危言数贼臣。钟仪琴未奏，苏武节犹新。受禄宁辞死，扬名不顾身。精诚动天地，忠义感明神。怪鸟俄垂翼，修蛇竟暴鳞。来朝拜休命，述职下梁岷。善政驰金马，嘉声绕玉轮。三荆忽有赠，四海更相亲。宫徵谐鸣石，光辉掩烛银。山川遥满目，零露坐沾巾。友爱光天下，恩波浃后尘。懦夫仰高节，**下里继阳春**。"见《全唐诗》卷五〇。

放歌：放声歌唱。**下里继阳春**：下里：指"下里巴人"，指古代民间通俗歌曲。**阳春**：是一种比较高雅难学的曲子。《文选·宋玉〈对楚王问〉》："客有歌于郢中者，其始曰《下里巴人》，国中属而和者数千人……其为《阳春白雪》，国中属而和者数十人。"

漓江胜境游

二 首

境胜堪长往，悠然望远山。

忘形任诗酒，日与孤云闲。

第一句集自罗隐【寄剡县主簿】：“金庭养真地，珠篆会稽官。**境胜堪长往**，时危喜暂安。洞连沧海阔，山拥赤城寒。他日抛尘土，因君拟炼丹。”见《全唐诗》卷六六五。

第二句集自储光羲【游茅山五首】之四：“昔贤居柱下，今我去人间。良以直心旷，兼之外视闲。垂纶非钓国，好学异希颜。落日登高屿，**悠然望远山**。溪流碧水去，云带清阴还。想见中林士,岩扉长不关。”见《全唐诗》卷一三六。

第三句集自皮日休【七爱诗·白太傅】：“吾爱白乐天，逸才生自然。谁谓辞翰器，乃是经纶贤。欻从浮艳诗，作得典诰篇。立身百行足，为文六艺全。清望逸内署，直声惊谏垣。所刺必有思，所临必可传。**忘形任诗酒**，寄傲遍林泉。所望标文柄，所希持化权。何期遇訾毁，中道多左迁。天下皆汲汲，乐天独怡然。天下皆闷闷，乐天独舍旃。高吟辞两掖，清啸罢三川。处世似孤鹤，遗荣同脱蝉。仕若不得志，可为龟镜焉。”见《全唐诗》卷六〇八。

第四句集自皎然【览史】：“黄绮皆皓发，秦时隐商山。嘉谋匡帝道，高步游天关。不爱珪组绁，却思林壑还。放歌长松下，**日与孤云闲**。”见《全唐诗》卷八二〇。

悠悠泛绿水，相逐隐林泉。

境胜烟霞异，高声咏一篇。

第一句集自储光羲【同王十三维偶然作十首】之三：“野老本贫贱，冒暑锄瓜田。一畦未及终，树下高枕眠。荷蓧者谁子，皤皤来息肩。不复问乡墟，相见但依然。腹中无一物，高话羲皇年。落日临层隅，逍遥望晴川。使妇提蚕筐，呼儿榜渔船。**悠悠泛绿水**，去摘浦中莲。莲花艳且美，使我不能还。”见《全唐诗》卷一三七。

第二句集自王毂【逢道者神和子】：“珍重神和子，闻名五十年。童颜终不改，绿发尚依然。酒里消闲日，人间作散仙。长生如可慕，**相逐隐林泉**。”见《全唐诗》卷六九四。

第三句集自权德舆【郊居岁暮因书所怀】：“养拙方去喧，深居绝人事。返耕忘帝力，乐道疏代累。翛然衡茅下，便有江海意。宁知肉食尊，自觉儒衣贵。烟霜当暮节，水石多幽致。三径日闲安，千峰对深邃。策藜出村渡，岸帻寻古寺。月魄清夜琴，猿声警朝寐。地偏芝桂长，**境胜烟霞异**。独鸟带晴光，疏篁净寒翠。窗前风叶下，枕上溪云至。散发对农书，斋心看道记。清言核名理，开卷穷精义。求誉观朵颐，危身陷芳饵。纷吾守孤直，世业常恐坠。就学缉韦编，铭心对欹器。元和畅万物，动植咸使遂。素履期不渝，永怀丘中志。”见《全唐诗》卷三二〇。

第四句集白白居易【山中独吟】：“人人各有一癖，我癖在章句。万缘皆已消，此病独未去。每逢美风景，或对好亲故。**高声咏一篇**，恍若与神遇。自为江上客，半在山中住。有时新诗成，独上东岩路。身倚白石崖，手攀青桂树。狂吟惊林壑，猿鸟皆窥觑。恐为世所嗤，故就无人处。”见《全唐诗》卷四三〇。

登碧莲峰风景道

缓步有跻攀，无机性自闲。

倚楼临绿水，放眼看青山。

第一句集自杜甫【早起】：“春来常早起，幽事颇相关。帖石防隤岸，开林出远山。一丘藏曲折，**缓步有跻攀**。童仆来城市，瓶中得酒还。”见《全唐诗》卷二二六。

第二句集自许浑【王居士】：“筇杖倚柴关，都城卖卜还。雨中耕白水，云外斸青山。有药身长健，**无机性自闲**。即应生羽翼，华表在人间。”见《全唐诗》卷五二八。

第三句集自颜胄【适思】：“芳岁不我与，飒然凉风生。繁华扫地歇，蟋蟀充堂鸣。感物增忧思，奋衣出游行。行值古墓林，白骨下纵横。田竖鞭髑髅，村童扫精灵。精灵无奈何，像设安所荣。石人徒瞑目，表柱烧无声。试读碑上文，乃是昔时英。位极君诏葬，勋高盈忠贞。宠终禁樵采，立嗣修坟茔。运否前政缺，群盗多蚊虻。即此丘垄坏，铁心为沾缨。当其崇树日，岂意侵夺并。冥漠生变故，凄凉结幽明。悲端岂自我，外物纷相萦。所适非所见，前登江上城。**倚楼临绿水**，一望解伤情。”见《全唐诗》卷七七六。

第四句集自白居易【洛阳有愚叟】：“洛阳有愚叟，白黑无分别。浪迹虽似狂，谋身亦不拙。点检盘中饭，非精亦非粝。点检身上衣，无余亦无阙。天时方得所，不寒复不热。体气正调和，不饥仍不渴。闲将酒壶出，醉向人家歇。野食或烹鲜，寓眠多拥褐。抱琴荣启乐，荷锸刘伶达。**放眼看青山**，任头生白发。不知天地内，更得几年活。从此到终身，尽为闲日月。”见《全唐诗》卷四五三。

黄昏江岸行

河畔踏芳茵，千峰晚色新。

壮心瞻落景，风里听松声。

第一句集自崔日知【奉酬韦祭酒偶游龙门北溪忽怀骊山别业因以言志示弟淑奉呈诸大僚之作】：“夙龄秉微尚，中年忽有邻。以兹山水癖，遂得狎通人。追我咸京道，闻君别业新。岩前窥石镜，**河畔踏芳茵**。既怜伊浦绿，复忆灞池春。连词谢家了，同欢冀野宾。趣闲鱼共乐，情洽鸟来驯。讵念昔游者，只命独留秦。萧条颍阳恋，冲漠汉阴真。无由陪胜躅，空此玩书筠。”见《全唐诗》卷九一。

第二句集自李嘉祐【登湓城浦望庐山初晴，直省赍敕催赴江阴】：“西望香炉雪，**千峰晚色新**。白头悲作吏，黄纸苦催人。多负登山屐，深藏漉酒巾。伤心公府内，手板日相亲”见《全唐诗》卷二〇六。

第三句集自高適【留上李右相】：“风俗登淳古，君臣挹大庭。深沉谋九德，密勿契千龄。独立调元气，清心豁窅冥。本枝连帝系，长策冠生灵。傅说明殷道，萧何律汉刑。钧衡持国柄，柱石总朝经。隐轸江山藻，氛氲鼎鼐铭。兴中皆白雪，身外即丹青。江海呼穷鸟，诗书问聚萤。吹嘘成羽翼，提握动芳馨。倚伏悲还笑，栖迟醉复醒。恩荣初就列，含育忝宵形。有窃丘山惠，无时枕席宁。**壮心瞻落景**，生事感浮萍。莫以才难用，终期善易听。未为门下客，徒谢少微星。”见《全唐诗》卷二一四。

第四句集自上官昭容【游长宁公主流杯池二十五首】之一四：“攀藤招逸客，偃桂协幽情。水中看树影，**风里听松声**。”见《全唐诗》卷五。

芳茵：茂美的草地。**落景**：夕阳。

江潭照影

无忧亦是禅，求静独临川。

照影玉潭里，身心独了然。

第一句集自方干【赠中岳僧】：“坐来丛木大，谁见入岩年。多病长留药，**无忧亦是禅**。支床移片石，舂粟引高泉。尽愿求心法，逢谁即拟传。”见《全唐诗》卷六四九。

第二句集自徐铉【京口江际弄水】：“退公**求静独临川**，扬子江南二月天。百尺翠屏甘露阁，数帆晴日海门船。波澄濑石寒如玉，草接汀苹绿似烟。安得乘槎更东去，十洲风外弄潺湲。”见《全唐诗》卷七五一。

第三句集自李白【赠黄山胡公求白鹇】：“请以双白璧，买君双白鹇。白鹇白如锦，白雪耻容颜。**照影玉潭里**，刷毛琪树间。夜栖寒月静，朝步落花闲。我愿得此鸟，玩之坐碧山。胡公能辍赠,笼寄野人还。”见《全唐诗》卷一七一。

第四句集自崔涂【东林愿禅师院】：“与世渐无缘，**身心独了然**。讲销林下日，腊长定中年。磬绝朝斋后，香焚古寺前。非因送小朗，不到虎溪边。”见《全唐诗》卷六七九。

野鸡潭垂钓听琴

天地互浮沉，垂纶爱水深。

澄心坐清境，幽意在鸣琴。

第一句集自张说【入海二首】之一："乘桴入南海，海旷不可临。茫茫失方面，混混如凝阴。云山相出没，**天地互浮沉**。万里无涯际，云何测广深。潮波自盈缩，安得会虚心。"见《全唐诗》卷八六。

第二句集自姚合【闲居遣怀十首】之五："永日厨烟绝，何曾暂废吟。闲时随思缉，小酒恣情斟。看月嫌松密，**垂纶爱水深**。世间多少事，无事可关心。"见《全唐诗》卷四九八。

第三句集自舒道纪【兰溪灵瑞观】："**澄心坐清境**，虚白生林端。夜静笑声出，月明松影寒。绛霞封药灶，碧窦溅斋坛。海树几回老，先生棋未残。"见《全唐诗》卷八五五。

第四句集自张说【别灉湖】："念别灉湖去，浮舟更一临。千峰出浪险，万木抱烟深。南郡延恩渥，东山恋宿心。露花香欲醉，时鸟啭余音。涉趣皆留赏，无奇不遍寻。莫言山水间，**幽意在鸣琴**。"见《全唐诗》卷八八。

天地互浮沉：意指蓝天白云倒映于野鸡潭清澈的江面，似天沉于地，蓝天似野鸡潭水般澄湛清澈，似水浮于天。水天一色，景色绝美。**幽意**：幽深的思绪，幽闲的情趣。

野鸡潭：位于渡头村北，因潭东侧面西常阴的如壁画的展诰山峭壁上有乳石如野鸡而得名。笔者年少时常于盛夏时乘竹筏至野鸡潭峭壁下乘凉垂钓。风吹波浪，浪击石罅，声如鸣琴。净心细听，如《高山流水》，水滴石般的柔、清脆；又似《广陵散》旋律激昂、慷慨。

漓江垂钓

摇艇入江烟，垂竿向绿川。

雁飞鱼在水，心事两悠然。

第一句集自徐彦伯【采莲曲】:“妾家越水边，**摇艇入江烟**。既觅同心侣，复采同心莲。折藕丝能脆，开花叶正圆。春歌弄明月，归棹落花前。”见《全唐诗》卷七六。

第二句集自沈佺期【钓竿篇】:“朝日敛红烟，**垂竿向绿川**。人疑天上坐，鱼似镜中悬。避楫时惊透，猜钩每误牵。湍危不理辖，潭静欲留船。钓玉君徒尚，征金我未贤。为看芳饵下，贪得会无筌。”见《全唐诗》卷九七。

第三句集自鱼玄机【早秋】:“嫩菊含新彩，远山闲夕烟。凉风惊绿树，清韵入朱弦。思妇机中锦，征人塞外天。**雁飞鱼在水**，书信若为传。”见《全唐诗》卷八〇四。

第四句集自白居易【雨夜赠元十八】:“卑湿沙头宅，连阴雨夜天。共听檐溜滴，**心事两悠然**。把酒循环饮，移床曲尺眠。莫言非故旧，相识已三年。”见《全唐诗》卷四三九。

渔歌子·漓江泛舟

长夏江村事事幽，沿洄十里泛渔舟。

船缓进，水平流，临风搔首远凝眸。

第一句集自杜甫【江村】:“清江一曲抱村流，**长夏江村事事幽**。自去自来堂上燕，相亲相近水中鸥。老妻画纸为棋局，稚子敲针作钓钩。多病所须唯药物，微躯此外更何求。”见《全唐诗》卷二二六。

第二句集自白居易【题崔少尹上林坊新居】："坊静居新深且幽，忽疑缩地到沧洲。宅东篱缺嵩峰出，堂后池开洛水流。高下三层盘野径，**沿洄十里泛渔舟**。若能为客烹鸡黍，愿伴田苏日日游。"见《全唐诗》卷四五八。

第三句集自白居易【泛小舲二首】之二："**船缓进，水平流**。一茎竹篙剔船尾，两幅青幕覆船头。亚竹乱藤多照岸，如从凤口向湖州。"见《全唐诗》卷四四六。

第四句集自牟融【题山庄】之四十一："萝屋萧萧事事幽，**临风搔首远凝眸**。东园松菊存遗业，晚景桑榆乐旧游。吟对清尊江上月，笑谈华发镜中秋。床头浊酒时时漉，上客相过一任留。"见《全唐诗》卷四六七。

凝眸：注视，目不转睛地看。

渔歌子·漓江独钓

老去溪头作钓翁，垂杨拂岸草茸茸。

峰窈窕，竹朦胧，自疑身在画屏中。

第一句集自李贺【南园十三首】之十："边让今朝忆蔡邕，无心裁曲卧春风。舍南有竹堪书字，**老去溪头作钓翁**。"见《全唐诗》卷三九〇。

第二句集自韩翃【宴杨驸马山池】："**垂杨拂岸草茸茸**，绣户帘前花影重。鲙下玉盘红缕细，酒开金瓮绿醅浓。中朝驸马何平叔，南国词人陆士龙。落日泛舟同醉处，回潭百丈映千峰。"见《全唐诗》卷二四五。

第三句集自白居易【窗中列远岫】："天静秋山好，窗开晓翠通。遥怜**峰窈窕**，不隔**竹朦胧**。万点当虚室，千重叠远空。列檐攒秀气，缘隙助清风。碧爱新晴后，明宜反照中。宣城郡斋在，望与古时同。"见《全唐诗》卷四六一。

第四句集自许浑【夜归驿楼】："水晚云秋山不穷，**自疑身在画屏中**。孤舟移棹一江月，高阁卷帘千树风。窗下覆棋残局在，橘边沽酒半坛空。早炊香稻待鲈鲙，南渚未明寻钓翁。”见《全唐诗》卷五三四。

生查子·漓江游

千峰随客船，境胜心无累。来共白云闲，尽日唯山水。

身闲乐自深，凭眺兹为美。真得古人风，只谓一苍翠。

第一句集自刘长卿【宿怀仁县南湖，寄东海荀处士】：“向夕敛微雨，晴开湖上天。离人正惆怅，新月愁婵娟。伫立白沙曲，相思沧海边。浮云自来去，此意谁能传。一水不相见，**千峰随客船**。寒塘起孤雁，夜色分盐田。时复一延首，忆君如眼前。”见《全唐诗》卷一四九。

第二句集自杨巨源【送李舍人归兰陵里】：“清词举世皆藏箧，美酒当山为满樽。三亩嫩蔬临绮陌，四行高树拥朱门。家贫**境胜心无累**，名重官闲口不论。惟有道情常自足，启期天地易知恩。”见《全唐诗》卷三三三。

第三句集自温庭筠【地肺山春日】：“冉冉花明岸，涓涓水绕山。几时抛俗事，**来共白云闲**。”见《全唐诗》卷五八一。

第四句集自张祜【题道光上人山院】：“真僧上方界，山路正岩岩。地僻泉长冷，亭香草不凡。火田生白菌，烟岫老青杉。**尽日唯山水**，当知律行严。”见《全唐诗》卷五一〇。

第五句集自郑损【钓阁】：“小阁惬幽寻，周遭万竹森。谁知一沼内，亦有五湖心。钓直鱼应笑，**身闲乐自深**。晚来春醉熟，香饵任浮沉。”见《全唐诗》卷六六七。

第六句集自张九龄【登乐游原春望书怀】：“城隅有乐游，表里见皇州。策马既长远，云山亦悠悠。万壑清光满，千门喜气浮。花间直城路，草际曲江流。**凭眺兹为美**，离居方独愁。已惊玄发换，空度绿荑柔。奋翼笼中鸟，归心海上鸥。既伤日月逝，且欲桑榆收。豹变焉能及，莺鸣非可求。愿言从所好，初服返林丘。”见《全唐诗》卷四九。

第七句集自朱庆余【和刘补阙秋园寓兴之什十首】之十："风物已萧飒，晚烟生霁容。斜分紫陌树，远隔翠微钟。宿客论文静，闲灯落烬重。无穷林下意，**真得古人风。**"见《全唐诗》卷五一四。

第八句集自裴夷直【前山】："**只谓一苍翠**，不知犹数重。晚来云映处，更见两三峰。"见《全唐诗》卷五一三。

望江南·登高望漓江风光

四　首

登高望，萧散一开襟。绿水青山虽似旧，白云芳草自知心。留意感人深。

第一句集自宋之问【登粤王台】："江上粤王台，**登高望**几回。南溟天外合，北户日边开。地湿烟尝起，山晴雨半来。冬花采卢橘，夏果摘杨梅。迹类虞翻枉，人非贾谊才。归心不可见，白发重相催。"见《全唐诗》卷五三。

第二句集自张九龄【晨出郡舍林下】："晨兴步北林，**萧散一开襟**。复见林上月，娟娟犹未沉。片云自孤远，丛筱亦清深。无事由来贵，方知物外心。"见《全唐诗》卷四八。

第三句集自耿湋【路旁老人】："老人独坐倚官树，欲语潸然泪便垂。陌上归心无产业，城边战骨有亲知。余生尚在艰难日，长路多逢轻薄儿。**绿水青山虽似旧**，如今贫后复何为。"见《全唐诗》卷二六九。

第四句集自李嘉祐【伤吴中】："馆娃宫中春已归，阖闾城头莺已飞。复见花开人又老，横塘寂寂柳依依。忆昔吴王在宫阙，馆娃满眼看花发。舞袖朝欺陌上春，歌声夜怨江边月。古来人事亦犹今，莫厌清觞与绿琴。独向西山聊一笑，**白云芳草自知心**。"见《全唐诗》卷二〇六。

第五句集自李隆基【千秋节赐群臣镜】："铸得千秋镜，光生百炼金。分将赐群后，遇象见清心。台上冰华澈，窗中月影临。更衔长绶带，**留意感人深**。”见《全唐诗》卷三。

萧散：潇洒。形容举止、神情、风格等自然、不拘束，闲散舒适。《西京杂记》卷二：“司马相如为《上林》《子虚》赋，意思萧散，不复与外事相关。”**白云**：指《白云谣》，又喻思亲。**芳草**：比喻忠贞或贤德之人。诗人比兴，皆以芳草嘉卉为君子美德。

登高望，春动水茫茫。绿树绕村含细雨，楼台倒影入池塘。峰叠绕家乡。

第一句集自皇甫冉【九日寄郑丰】：“重阳秋已晚，千里信仍稀。何处**登高望**，知君正忆归。还当采时菊，定未授寒衣。欲识离居恨，郊园正掩扉。”见《全唐诗》卷二四九。

第二句集自杜甫【城上】：“草满巴西绿，空城白日长。风吹花片片，**春动水茫茫**。八骏随天子，群臣从武皇。遥闻出巡守，早晚遍遐荒。”见《全唐诗》卷二二七。

第三句集自方干【思桐庐旧居便送鉴上人】：“莫道东南路不赊，思归一步是天涯。林中夜半双台月，洲上春深九里花。**绿树绕村含细雨**，寒潮背郭卷平沙。闻师却到乡中去，为我殷勤谢酒家。”见《全唐诗》卷六五二。

第四句集自高骈【山亭夏日】：“绿树阴浓夏日长，**楼台倒影入池塘**。水晶帘动微风起，满架蔷薇一院香。”见《全唐诗》卷五九八。

第五句集自许浑【西山草堂】：“何处少人事，西山旧草堂。晒书秋日晚，洗药石泉香。淩岭有朝雨，北窗生夜凉。从劳问归路，**峰叠绕家乡**。”见《全唐诗》卷五三二。

登高望，能不思悠然。五色云霞五色水，一村桑柘一村烟。余兴满山川。

第一句集自贾岛【登楼】:“秋日**登高望**，凉风吹海初。山川明已久，河汉没无余。远近涯寥敻，高低中太虚。赋因王阁笔，思比谢游疏。”见《全唐诗》卷五七三。

第二句集自白居易【题牛相公归仁里宅新成小滩】:“平生见流水，见此转留连。况此朱门内，君家新引泉。伊流决一带，洛石砌千拳。与君三伏月，满耳作潺湲。深处碧磷磷，浅处清溅溅。碕岸束呜咽，沙汀散沦涟。翻浪雪不尽，澄波空共鲜。两岸滟滪口，一泊潇湘天。曾作天南客，漂流六七年。何山不倚杖，何水不停船。巴峡声心里，松江色眼前。今朝小滩上，**能不思悠然**。”见《全唐诗》卷四五九。

第三句集自齐己【祈真坛】:“玉瓮瑶坛二三级，学仙弟子参差入。霓旌队仗下不下，松桧森森天露湿。殿前寒气束香云，朝祈暮祷玄元君。茫茫俗骨醉更昏，楼台十二遥昆仑。昆仑纵广一万二千里，中有**五色云霞五色水**。何当断欲便飞去，不要九转神丹换精髓。”见《全唐诗》卷八四七。

第四句集自韩偓【醉著】:“万里清江万里天，**一村桑柘一村烟**。渔翁醉着无人唤，过午醒来雪满船。”见《全唐诗》卷六八〇。

第五句集自李百药【奉和初春出游应令】:“鸣笳出望苑，飞盖下芝田。水光浮落照，霞彩淡轻烟。柳色迎三月，梅花隔二年。日斜归骑动，**余兴满山川**。”见《全唐诗》卷四三。

登高望，乐事甚悠悠。自古稻粱多不足，至今乡土尽风流。万宇庆时休。

第一句集自刘长卿【九日登李明府北楼】:“九日**登高望**，苍苍远树低。人烟湖草里，山翠县楼西。霜降鸿声切，秋深客思迷。无劳白衣酒，陶令自相携。”见《全唐诗》卷一四八。

第二句集自卢仝【守岁二首】之二:“老来经节腊，**乐事甚悠悠**。不及儿童日，都卢不解愁。”见《全唐诗》卷三八七。

第三句集自杜甫【官池春雁二首】之一:“**自古稻粱多不足**，至今鸂鶒乱为群。且休怅望看春水，更恐归飞隔暮云。”见《全唐诗》卷二二七。

第四句集自李远【听王氏话归州昭君庙】："献之闲坐说归州，曾到昭君庙里游。自古行人多怨恨，**至今乡土尽风流**。泉如珠泪侵阶滴，花似红妆满岸愁。河畔犹残翠眉样，有时新月傍帘钩。"见《全唐诗》卷五一九。

第五句集自李峤【晚秋喜雨】："积阳躔首夏，隆旱届徂秋。炎威振皇服，歊景暴神州。气涤朝川朗，光澄夕照浮。草木委林甸，禾黍悴原畴。国惧流金眚，人深悬磬忧。紫宸兢履薄，丹扆念推沟。望肃坛场祀，冤申囹圄囚。御车迁玉殿，荐菲撤琼羞。济窘邦储发，蠲穷井赋优。服闲云骥屏，冗术土龙修。睿感通三极，天诚贯六幽。夏祈良未拟，商祷讵为俦。穴蚁祯符应，山蛇毒影收。腾云八际满，飞雨四溟周。聚霭笼仙阙，连霏绕画楼。旱陂仍积水，涸沼更通流。晚穗萎还结，寒苗瘁复抽。九农欢岁阜，**万宇庆时休**。野洽如坻咏，途喧击壤讴。幸闻东李道，欣奉北场游。"见《全唐诗》卷六一。

万宇：极言屋宇之多。宇，屋檐，又指天下。**时休**：指时世的升平吉祥。

望江南·与诗友瑶山行

同携酒，樵唱入山林。新作句成相借问，旧诗常得在高吟。情发为知音。

第一句集自李商隐【闲游】："危亭题竹粉，曲沼嗅荷花。数日**同携酒**，平明不在家。寻幽殊未极，得句总堪夸。强下西楼去，西楼倚暮霞。"见《全唐诗》卷五四〇。

第二句集自张说【岳州九日宴道观西阁】："摇落长年叹，蹉跎远宦心。北风嘶代马，南浦宿阳禽。佳此黄花酌，酣余白首吟。凉云霾楚望，濛雨蔽荆岑。登眺思清景，谁将眷浊阴。钓歌出江雾，**樵唱入山林**。鱼以嘉名采，木为美材侵。大道由中悟，逍遥匪外寻。参佐多君子，词华妙赏音。留题洞庭观，望古意何深。"见《全唐诗》卷八八。

第三句集自张籍【逢王建有赠】："年状皆齐初有髭，鹊山漳水每追随。使君座下朝听易，处士庭中夜会诗。**新作句成相借问**，闲求义尽共寻思。经今三十余年事，却说还同昨日时。”见《全唐诗》卷三八五。

第四句集自郑谷【谷初忝谏垣今宪长薛公方在西阁知奖隆异以四韵代述荣感】：“**旧诗常得在高吟**，不奈公心爱苦心。道自琐闱言下振，恩从仙殿对回深。流年渐觉霜欺鬓，至药能教土化金。自拂青萍知有地，斋诚旦夕望为霖。”见《全唐诗》卷六七六。

第五句集自张九龄【和许给事中直夜简诸公】：“未央钟漏晚，仙宇蔼沉沉。武卫千庐合，严扃万户深。左掖知天近，南窗见月临。树摇金掌露，庭徙玉楼阴。他日闻更直，中宵属所钦。声华大国宝，夙夜近臣心。逸兴乘高阁，雄飞在禁林。宁思窃抃者，**情发为知音**。”见《全唐诗》卷四九。

望江南·漓江闲游

多逸兴，江上碧云深。却把渔竿寻小径，且将浊酒伴清吟。独有爱闲心。

第一句集自李白【泛沔州城南郎官湖】：“张公**多逸兴**，共泛沔城隅。当时秋月好，不减武昌都。四座醉清光，为欢古来无。郎官爱此水，因号郎官湖。风流若未减，名与此山俱。”见《全唐诗》卷一七九。

第二句集自许浑【寄契盈上人】：“何处是西林，疏钟复远砧。雁来秋水阔，鸦尽夕阳沉。婚嫁乖前志，功名异夙心。汤师不可问，**江上碧云深**。”见《全唐诗》卷五二八。

第三句集自张志和【渔父】：“八月九月芦花飞，南溪老人重钓归。秋山入帘翠滴滴，野艇倚槛云依依。**却把渔竿寻小径**，闲梳鹤发对斜晖。翻嫌四皓曾多事，出为储皇定是非。”见《全唐诗》卷三〇八。

第四句集自韩偓【三月二十七日自抚州往南城县舟行见拂水蔷薇因有是作】：“江中春雨波浪肥，石上野花枝叶瘦。枝低波高如有情，浪去枝留如力斗。绿刺红房战裹时，吴娃越艳醺酣后。**且将浊酒伴清吟**，酒逸吟狂轻宇宙。”见《全唐诗》卷六八〇。

第五句集自李建勋【金陵所居青溪草堂闲兴】:“窗外皆连水，杉松欲作林。自怜趋竞地，**独有爱闲心**。素壁题看遍，危冠醉不簪。江僧暮相访，帘卷见秋岑。”见《全唐诗》卷七三九。

忆王孙·漓江闲钓

悠悠时节又春残，却伴渔郎把钓竿。目送归帆下远滩。思无端，往事冥微梦一般。

第一句集自李中【晚春客次偶吟】:“暂驻征轮野店间，**悠悠时节又春残**。落花风急宿醒解，芳草雨昏春梦寒。惭逐利名头易白，欲眠云水志犹难。却怜村寺僧相引，闲上虚楼共倚栏。”见《全唐诗》卷七四八。

第二句集自许浑【灞上逢元九处士东归】:“瘦马频嘶灞水寒，灞南高处望长安。何人更结王生袜，此客虚弹贡氏冠。江上蟹螯沙渺渺，坞中蜗壳雪漫漫。旧交已变新知少，**却伴渔郎把钓竿**。”见《全唐诗》卷五三四。

第三句集自许浑【和崔大夫新广北楼登眺】:“北望高楼夏亦寒，山重水阔接长安。修梁暗换丹楹小，疏牖全开彩槛宽。风卷浮云披睥睨，露凉明月坠阑干。庾公恋阙怀乡处，**目送归帆下远滩**。”见《全唐诗》卷五三六。

第四句集自徐安贞【闻邻家理筝】:“北斗横天夜欲阑，愁人倚月**思无端**。忽闻画阁秦筝逸，知是邻家赵女弹。曲成虚忆青蛾敛，调急遥怜玉指寒。银锁重关听未辟，不如眠去梦中看。”见《全唐诗》卷一二四。

第五句集自张继【重经巴丘】:“昔年高接李膺欢，日泛仙舟醉碧澜。诗句乱随青草落，酒肠俱逐洞庭宽。浮生聚散云相似，**往事冥微梦一般**。今日片帆城下去，秋风回首泪阑干。”见《全唐诗》卷二四二。

无端：没有界线，没有头绪。**冥微**：犹渺茫。

忆王孙·钓台闲坐

白头闲坐对青山，不读书来老更闲。严子前台枕古湾。鬓毛斑，说事不离云水间。

第一句集自罗邺【赠僧】：“繁华举世皆如梦，今古何人肯暂闲。唯有东林学禅客，**白头闲坐对青山**。”见《全唐诗》卷六五四。

第二句集自白居易【琴茶】：“兀兀寄形群动内，陶陶任性一生间。自抛官后春多醉，**不读书来老更闲**。琴里知闻唯渌水，茶中故旧是蒙山。穷通行止长相伴，谁道吾今无往还。”见《全唐诗》卷四四八。

第三句集自李频【题钓台障子】：“君家尽是我家山，**严子前台枕古湾**。却把钓竿终不可，几时入海得鱼还。”见《全唐诗》卷五八七。

第四句集自罗隐【秋日寄狄补阙】：“红尘扰扰间，立马看南山。邊道经年往，何妨逐日闲。病中霜叶赤，愁里**鬓毛斑**。不为良知在，驱车已出关。”见《全唐诗》卷六五九。

第五句集自王建【赠陈评事】：“识君虽向歌钟会，**说事不离云水间**。春夜酒醒长起坐，灯前一纸洞庭山。”见《全唐诗》卷三〇一。

定风波·游渡头庙门塘

芳草青青古渡头，心随湖水共悠悠。今日却回垂钓处，消暑。醉吟还上木兰舟。十亩野塘留客钓，情调。渔竿消日酒消愁。极目澄鲜无限景，仙境。地多词客自风流。

第一句集自崔橹【春晚泊船江村】：“**芳草青青古渡头**，渔家住处暂维舟。残花半树悄无语，细雨满天风似愁。家信不来春又晚，客程难尽水空流。自怜爱失心期约，看取花时更远游。”见《全唐诗》卷八八四。

第二句集自张说【送梁六自洞庭山作】：“巴陵一望洞庭秋，日见孤峰水上浮。闻道神仙不可接，**心随湖水共悠悠**。”见《全唐诗》卷八九。

第三句集自刘长卿【喜朱拾遗承恩拜命赴任上都】：“诏书征拜脱荷裳，身去东山闭草堂。阊阖九天通奏籍，华亭一鹤在朝行。沧洲离别风烟远，青琐幽深漏刻长。**今日却回垂钓处**，海鸥相见已高翔。”见《全唐诗》卷一五一。

第四句集自黄滔【奉酬翁文尧员外神泉之游见寄嘉什】：“含鸡假豸喜同游，野外嘶风并紫骝。松竹迥寻青障寺，姓名题向白云楼。泉源出石清**消暑**，僧语离经妙破愁。争奈爱山尤恋阙，占来能有几人休。”见《全唐诗》卷七〇五。

第五句集自罗隐【秋晓寄友人】：“洞庭霜落水云秋，又泛轻涟任去留。世界高谈今已得，宦途清贵旧曾游。手中彩笔夸题凤，天上泥封奖狎鸥。更见南来钓翁说，**醉吟还上木兰舟**。”见《全唐诗》卷六五五。

第六句集自韦庄【长年】：“长年方悟少年非，人道新诗胜旧诗。**十亩野塘留客钓**，一轩春雨对僧棋。花间醉任黄莺语，亭上吟从白鹭窥。大盗不将炉冶去，有心重筑太平基。”见《全唐诗》卷六九六。

第七句集自张贲【袭美醉中先起次韵】：“何事桃源路忽迷，惟留云雨怨空闺。仙郎共许多**情调**，莫遣重歌浊水泥。”见《全唐诗》卷六三一。

第八句集自高骈【写怀二首】之一：“**渔竿消日酒消愁**，一醉忘情万事休。却恨韩彭兴汉室，功成不向五湖游。”见《全唐诗》卷五九八。

第九句集自薛能【题彭祖楼】：“新晴天状湿融融，徐国滩声上下洪。**极目澄鲜无限景**，入怀轻好可怜风。身防潦倒师彭祖，妓拥登临愧谢公。谁致此楼潜惠我，万家残照在河东。”见《全唐诗》卷五五九。

第十句集自顾非熊【月夜登王屋仙坛】：“月临峰顶坛，气爽觉天宽。身去银河近，衣沾玉露寒。云中日已赤，山外夜初残。即此是**仙境**，惟愁再上难。”见《全唐诗》卷五〇九。

第十一句集自韩偓【过汉口】：“浊世清名一概休，古今翻覆賸堪愁。年年春浪来巫峡，日日残阳过沔州。居杂商徒偏富庶，**地多词客自风流**。联翩半世腾腾过，不在渔船即酒楼。”见《全唐诗》卷六八二。

地多词客：渡头村是历史文化村，近年村民组织“渡头文学社”，出版《渡头新声》文学期刊。不少村民爱好诗词歌赋。

定风波·陪诗友游金钗潭

抚景令人豁醉眸，白云东去水长流。高下三层盘野径，乘兴。多情才子倚兰舟。坐有宾朋尊有酒，吟友。不知愁是怎生愁。诗兴未穷心更远，消遣。古松风在韵难休。

第一句集自牟融【登环翠楼】：“山中地僻好藏修，寂寂幽居架小楼。云树四围当户暝，烟岚一带隔帘浮。举杯对月邀诗兴，**抚景令人豁醉眸**。我亦人间肥遁客，也将踪迹寄林丘。”见《全唐诗》卷四六七。

第二句集自秦系【宿云门上方】：“禅室遥看峰顶头，**白云东去水长流**。松间倘许幽人住，不更将钱买沃州。”见《全唐诗》卷二六〇。

第三句集自白居易【题崔少尹上林坊新居】：“坊静居新深且幽，忽疑缩地到沧洲。宅东篱缺嵩峰出，堂后池开洛水流。**高下三层盘野径**，沿洄十里泛渔舟。若能为客烹鸡黍，愿伴田苏日日游。”见《全唐诗》卷四五八。

第四句摘集自王绩【醉后】：“阮籍醒时少，陶潜醉日多。百年何足度，**乘兴**且长歌。”见《全唐诗》卷三七。

第五句集自皮日休【奉和鲁望新夏东郊闲泛】：“水物轻明淡似秋，**多情才子倚兰舟**。碧莎裳下携诗草，黄篾楼中挂酒篘。莲叶蘸波初转棹，鱼儿簇饵未谙钩。共君莫问当时事，一点沙禽胜五侯。”见《全唐诗》卷六一三。

第六句集自李璟【保大五年元日大雪同太弟景遂汪王景逖齐王…登楼赋】：“珠帘高卷莫轻遮，往往相逢隔岁华。春气昨宵飘律管，东风今日放梅花。素姿好把芳姿掩，落势还同舞势斜。**坐有宾朋尊有酒**，可怜清味属侬家。”见《全唐诗》卷八。

第七句集自齐己【秋兴】:“所见背时情，闲行亦独行。晚凉思水石，危阁望峥嵘。雨外残云片，风中乱叶声。旧山**吟友**在，相忆梦应清。”见《全唐诗》卷八四三。

第八句集自吕岩【真人行巴陵市太守怒其不避使案吏具其罪真人】:“暂别蓬莱海上游，偶逢太守问根由。身居北斗星杓下，剑挂南宫月角头。道我醉来真个醉，**不知愁是怎生愁**。相逢何事不相认，却驾白云归去休。”见《全唐诗》卷八五七。

第九句集自施肩吾【听范玄长吟】:“声声扣出碧琅玕，能使秋猿欲叫难。**诗兴未穷心更远**，手垂青拂向云看。”见《全唐诗》卷三八五。

第十句集自郑谷【中秋】:“清香闻晓莲，水国雨余天。天气正得所，客心刚悄然。乱兵何日息，故老几人全。此际难**消遣**，从来未学禅。”见《全唐诗》卷六七六。

第十一句集自李咸用【和蒋进士秋日】:“晚雨霏微思杪秋，不堪才子尚羁游。尘随别骑东西急，波促年华日夜流。凉月云开光自远，**古松风在韵难休**。男儿但得功名立，纵是深恩亦易酬。”见《全唐诗》卷六四六。

抚景：对景，览景。**豁**：开阔，宽敞。**醉眸**：醉眼。

金钗潭：是漓江著名深潭，位于福利镇大光亭前漓江主河和支流交汇处的老虎头石壁下，渡头村对面。江阔潭深，水色澄碧。登老虎头，可上观雪狮岭，中览渡头村、福利镇，下赏留公、白面一带秀丽的漓江风光。

菩萨蛮·陪钱老游漓江

云山一一看皆美，古情不尽东流水。桂棹思悠悠，何因得共游。竹梢摇翡翠，美酒江边醉。知己复知音，骚人动楚吟。

第一句集自苏颋【扈从鄠杜间奉呈刑部尚书舅崔黄门马常侍】:“翠辇红旗出帝京，长杨鄠杜昔知名。**云山一一看皆美**，竹树萧萧画不成。羽骑将过持袂拂，香车欲度卷帘行。汉家曾草巡游赋，何似今来应圣明。”见《全唐诗》卷七三。

第二句集自李白【劳劳亭歌】：“金陵劳劳送客堂，蔓草离离生道旁。**古情不尽东流水**，此地悲风愁白杨。我乘素舸同康乐，朗咏清川飞夜霜。昔闻牛渚吟五章，今来何谢袁家郎。苦竹寒声动秋月，独宿空帘归梦长。”见《全唐诗》卷一六六。

第三句集自皎然【送张彝归长沙】：“早闻凌云彩，谓在鸳鹭俦。华发始相遇，沧江仍旅游。策名忘苟进，澹虑轻所求。常服远游诫，缅怀经世谋。片帆背风渚，万里还湘洲。别望荆云积，归心汉水流。兰苕行采采，**桂棹思悠悠**。宿昔无机者，为君动离忧。”见《全唐诗》卷八一八。

第四句集自李续【和绵州于中丞登越王楼见寄（时为同州刺史）】：“早年登此楼，退想不胜愁。地远二千里，时将四十秋。邅迍多失路，华皓任虚舟。诗酒虽堪使，**何因得共游**。”见《全唐诗》卷五六四。

第五句集自皮日休【宿报恩寺水阁】：“寺锁双峰寂不开，幽人中夜独裴回。池文带月铺金簟，莲朵含风动玉杯。往往**竹梢摇翡翠**，时时杉子掷莓苔。可怜此际谁曾见，唯有支公尽看来。”见《全唐诗》卷六一四。

第六句集自韩翃【赠别崔司直赴江东兼简常州独孤使君】：“爱君青袍色，芳草能相似。官重法家流，名高墨曹吏。春衣淮上宿，**美酒江边醉**。楚酪沃雕胡，湘羹糁香饵。前朝山水国，旧日风流地。苏山逐青骢，江家驱白鼻。右军尚少年，三领东方骑。亦过小丹阳，应知百城贵。”见《全唐诗》卷二四三。

第七句集自钱起【谢张法曹万顷小山暇景见忆】：“乐道随去处，养和解朝簪。茅堂近丹阙，佳致亦何深。退食不趋府，忘机还在林。清风乱流上，永日小山阴。解箨雨中竹，将雏花际禽。物华对幽寂，弦酌兼咏吟。自昔仰高步，及兹劳所钦。郢歌叨继组，**知己复知音**。”见《全唐诗》卷二三六。

第八句集自栖白【赠李溟秀才】：“南居古庙深，高树宿山禽。明月上清汉，**骚人动楚吟**。数篇正始韵，一片补亡心。孤悄欺何谢，云波不可寻。”见《全唐诗》卷八二三。

楚吟：指《楚辞》哀怨的歌吟，泛指歌吟。

2001年10月，阳朔县政府邀请著名雕塑大师钱绍武先生来阳朔创作孙中山先生和徐悲鸿先生铜像，由笔者全程陪同钱老游漓江和其他景点，并多次聆听钱老吟诵古诗词。

菩萨蛮·春游漓江

逍遥此意谁人会，目随鸿雁穷苍翠。却得醉汀洲，逢春且胜游。赖多山水趣，回首吟新句。惟见远山青，春风若有情。

第一句集自罗隐【赠渔翁】:“叶艇悠扬鹤发垂，生涯空托一纶丝。是非不向眼前起，寒暑任从波上移。风漾长歌笼月里，梦和春雨昼眠时。**逍遥此意谁人会**，应有青山渌水知。”见《全唐诗》卷六六四。

第二句集自武元衡【春暮郊居寄朱舍人】:“幽深不让子真居，度日闲眠世事疏。春水满池新雨霁，香风入户落花余。**目随鸿雁穷苍翠**，心寄溪云任卷舒。回首知音青琐闼，何时一为荐相如。”见《全唐诗》卷三一七。

第三句集自曹松【曲江暮春雪霁】:“霁动江池色，春残一去游。菰风生马足，槐雪滴人头。北阙尘未起，南山青欲流。如何多别地，**却得醉汀洲**。”见《全唐诗》卷七一七。

第四句集自姚合【过杜氏江亭】:“上国千余里，**逢春且胜游**。暂闻新鸟戏，似解旅人愁。野色吞山尽，江烟衬水流。村醪须一醉，无恨滞行舟。”见《全唐诗》卷五〇〇。

第五句集自王维【晓行巴峡】:“际晓投巴峡，余春忆帝京。晴江一女浣，朝日众鸡鸣。水国舟中市，山桥树杪行。登高万井出，眺迥二流明。人作殊方语，莺为故国声。**赖多山水趣**，稍解别离情。”见《全唐诗》卷一二七。

第六句集自张籍【使回留别襄阳李司空】:“江亭寒日晚，弦管有离声。从此一筵别，独为千里行。迟迟恋恩德，役役限公程。**回首吟新句**，霜云满楚城。”见《全唐诗》卷三八四。

第七句集自陈子昂【送殷大入蜀】:“禺山金碧路，此地饶英灵。送君一为别，凄断故乡情。片云生极浦，斜日隐离亭。坐看征骑没，**惟见远山青**。”见《全唐诗》卷八四。

第八句集自陈陶【续古二十九首】之二十七:“朝为杨柳色，暮作芙蓉好。**春风若有情**，江山相逐老。”见《全唐诗》卷七四六。

菩萨蛮·晚春回乡

桃花乱落如红雨，谁收春色将归去。重会喜淹留，停桡宿渡头。歌声随绿水，风动千林翠。物景似当年，逍遥任自然。

第一句集自李贺【乐府杂曲·鼓吹曲辞·将进酒】:“琉璃钟，琥珀浓，小槽酒滴真珠红。烹龙炮凤玉脂泣，罗屏绣幕围香风。吹龙笛，击鼍鼓，皓齿歌，细腰舞。况是青春日将暮，**桃花乱落如红雨**。劝君终日酩酊醉，酒不到刘伶坟上土。”见《全唐诗》卷一七。

第二句集自韩愈【晚春】:“**谁收春色将归去**，慢绿妖红半不存。榆荚只能随柳絮，等闲撩乱走空园。”见《全唐诗》卷三四四。

第三句集自李中【都下再会友人】:“谁言多难后，**重会喜淹留**。欲话关河梦，先惊鬓发秋。浮云空冉冉，远水自悠悠。多谢开青眼，携壶共上楼。”见《全唐诗》卷七四八。

第四句集自杜牧【晚泊】:“帆湿去悠悠，**停桡宿渡头**。乱烟迷野岸，独鸟出中流。篷雨延乡梦，江风阻暮秋。傥无身外事，甘老向扁舟。”见《全唐诗》卷五二五。

第五句集自刘昚虚【江南曲】:“美人何荡漾，湖上风日长。玉手欲有赠，裴回双明珰。**歌声随绿水**，怨色起青阳。日暮还家望，云波横洞房。”见《全唐诗》卷二五八。

第六句集自李世民【初晴落景】:“晚霞聊自怡，初晴弥可喜。日晃百花色，**风动千林翠**。池鱼跃不同，园鸟声还异。寄言博通者，知予物外志。”见《全唐诗》卷一。

第七句集自李中【江南重会友人感旧二首】之二:“长江落照天，**物景似当年**。忆昔携村酒，相将上钓船。狂歌红蓼岸，惊起白鸥眠。今日趋名急，临风[illegible]黯然。”见《全唐诗》卷七四八。

第八句集自张籍【赠殷山人】:“郁郁山中客，知名四十年。恓惶身独隐，寂寞性应便。世业公侯籍，生涯黍稷田。藤悬读书帐，竹系网鱼船。已种千头橘，新开数脉泉。闲游携酒远，幽语向僧偏。入洞题松过，看花选石眠。避喧长汩没，逢胜即留连。自古多高迹，如君少比肩。耕耘此辛苦，章句已流传。昔日交游盛，当时省阁贤。同袍还共弊，连辔每推先。讲序居重席，群儒愿执鞭。满堂虚左待，众目望乔迁。才异时难用，情高道自全。畏人颜惨澹，疏物势迍邅。贤者闻知命，吾生复礼玄。深藏报恩剑，久缉养生篇。憔悴众夫笑，经过郡守怜。夕阳悲病鹤，霜气动饥鹯。处士谁能荐，穷途世所捐。伯鸾甘寄食，元淑苦无钱。策蹇秋尘里，吟诗黄叶前。故裘余白领，废瑟断朱弦。志气终犹在，**逍遥任自然**。家贫念婚嫁，身老恋云烟。放逸栖岩鹿，清虚饮露蝉。郑逃秦谷口，严爱越溪边。霄汉予犹阻，荣枯子不牵。山城一相遇，感激意难宣。”见《全唐诗》卷三八四。

淹留：羁留、逗留，也指相聚。

浣溪沙·与诗友春游漓江

人日春风绽早梅，水边花好为谁开。松阴缭绕步徘徊。一路伴吟汀草绿，焚香酬酒听歌来。始知天下有奇才。

第一句集自鲍溶【人日陪宣州范中丞传正与范侍御宴】：“**人日春风绽早梅**，谢家兄弟看花来。吴姬对客歌千曲，秦女留人酒百杯。丝柳向空轻婉转，玉山看日渐裴回。流光易去欢难得，莫厌频频上此台。”见《全唐诗》卷四八六。

第二句集自罗隐【水边偶题】：“野水无情去不回，**水边花好为谁开**。只知事逐眼前去，不觉老从头上来。穷似丘轲休叹息，达如周召亦尘埃。思量此理何人会，蒙邑先生最有才。”见《全唐诗》卷六五七。

第三句集自徐铉【阁皂山】：“殿影高低云掩映，**松阴缭绕步徘徊**。从今莫厌簪裾累，不是乘轺不得来。”见《全唐诗》卷七五五。

第四句集自李中【又送赴关】：“心似白云归帝乡，暂停良画别龚黄。烟波乍晓浮兰棹，魂梦先飞近御香。**一路伴吟汀草绿**，几程清思水风凉。想应敷对忠言后，不放乡云离太阳。”见《全唐诗》卷七四八。

第五句集自司空图【冯燕歌】：“魏中义士有冯燕，游侠幽并最少年。避仇偶作滑台客，嘶风跃马来翩翩。此时恰遇莺花月，堤上轩车昼不绝。两面高楼语笑声，指点行人情暗结。掷果潘郎谁不慕，朱门别见红妆露。故故推门掩不开，似教欧轧传言语。冯生敲镫袖笼鞭，半拂垂杨半惹烟。树间春鸟知人意，的的心期暗与传。传道张婴偏嗜酒，从此香闺为我有。梁间客燕正相欺，屋上鸣鸠空自斗。婴归醉卧非仇汝，岂知负过人怀惧。燕依户扇欲潜逃，巾在枕傍指令取。谁言狼戾心能忍，待我情深情不隐。回身本谓取巾难，倒柄方知授霜刃。凭君抚剑即迟疑，自顾平生心不欺。尔能负彼必相负，假手他人复在谁？窗间红艳犹可掬，熟视花钿情不足。唯将大义断胸襟，粉颈初回如切玉。凤凰钗碎各分飞，怨魄娇魂何处追，凌波如唤游金谷，羞彼揶揄泪满衣。新人藏匿旧人起，白昼喧呼骇邻里。诬执张婴不自明，贵免生前遭考捶。官将赴市拥红尘，掉臂人来擗看人。传声莫遣有冤滥，盗杀婴家即我身。初闻僚吏翻疑叹，呵叱风狂词不变。缧囚解缚犹自疑，疑是梦中方脱免。未死劝君莫浪言，临危不顾始知难。已为不平能割爱，更将身命救深冤。白马贤侯贾相公，长悬金帛募才雄。拜章请赎冯燕罪，千古三河激义风。黄河东注无时歇，注尽波澜名不灭。为感词人沈下贤，长歌更与分明说。此君精爽知犹在，长与人间留炯诫。铸作金燕香作堆，**焚香酬酒听歌来**。”见《全唐诗》卷六三四。

第六句集自刘禹锡【裴令公见示诮乐天寄奴买马绝句斐言仰和且戏乐天】：“常奴安得似方回，争望追风绝足来。若把翠娥酬騄耳，**始知天下有奇才**。”见《全唐诗》卷四五六。

人日：旧俗以农历正月初七为人日。

2007年春，与家乡诗友春游，或舟行，或徒步，山情水趣，诗兴大发，开怀联句，举酒酬唱，诚难忘也。后集唐人句得此《浣溪沙·与诗友春游》，并另得绝句六首。

长相思·醉春

寻春晖，醉春晖。自醉自吟愁落晖，乘闲弄晚晖。随春归，逐春归。折取春光伴醉归，春风带酒归。

第一句集自李白【醉后答丁十八以诗讥余捶碎黄鹤楼】：“黄鹤高楼已捶碎，黄鹤仙人无所依。黄鹤上天诉玉帝，却放黄鹤江南归。神明太守再雕饰，新图粉壁还芳菲。一州笑我为狂客，少年往往来相讥。君平帘下谁家子，云是辽东丁令威。作诗调我惊逸兴，白云绕笔窗前飞。待取明朝酒醒罢，与君烂漫**寻春晖**。”见《全唐诗》卷一七八。

第二句集自李白【赠郭将军】：“将军少年出武威，入掌银台护紫微。平明拂剑朝天去，薄暮垂鞭醉酒归。爱子临风吹玉笛，美人向月舞罗衣。畴昔雄豪如梦里，相逢且欲**醉春晖**。”见《全唐诗》卷一六八。

第三句集自姚鹄【玉真观寻赵尊师不遇】：“羽客朝元昼掩扉，林中一径雪中微。松阴绕院鹤相对，山色满楼人未归。尽日独思风驭返，寥天几望野云飞。凭高目断无消息，**自醉自吟愁落晖**。”见《全唐诗》卷五五三。

第四句集自李白【观猎】：“太守耀清威，**乘闲弄晚晖**。江沙横猎骑，山火绕行围。箭逐云鸿落，鹰随月兔飞。不知白日暮，欢赏夜方归。”见《全唐诗》卷一八四。

第五句集自李白【落日忆山中】：“雨后烟景绿，晴天散余霞。东风**随春归**，发我枝上花。花落时欲暮，见此令人嗟。愿游名山去，学道飞丹砂。”见《全唐诗》卷一八二。

第六句集自苏颋【重送舒公】：“散骑金貂服彩衣，松花水上**逐春归**。悬知邑里遥相望，事主荣亲代所稀。”见《全唐诗》卷七四。

第七句集自成彦雄【柳枝辞九首】之八：“王孙宴罢曲江池，**折取春光伴醉归**。怪得美人争斗乞，要他秾翠染罗衣。”见《全唐诗》卷七五九。

第八句集自李廓【杂曲歌辞·长安少年行十首】之二：“追逐轻薄伴，闲游不著绯。长拢出猎马，数换打球衣。晓日寻花去，**春风带酒归**。青楼无昼夜，歌舞歇时稀。”见《全唐诗》卷二四。

鹧鸪天·闲游漓江

十里松风碧嶂连，莺声不散柳含烟。楚天不断四时雨，远壑初飞百丈泉。花艳艳，草芊芊，驱车振楫越山川。闲身自有闲消处，日泛仙舟醉碧澜。

第一句集自李绅【杭州天竺、灵隐二寺顷岁亦布衣一游及赴镇会稽不敢以登临自适竟不复到寺寺多猿猱谓之孙团弥长其类因追思为诗二首】之一："翠岩幽谷高低寺，**十里松风碧嶂连**。开尽春花芳草涧，遍通秋水月明泉。石文照日分霞壁，竹影侵云拂暮烟。时有猿猱扰钟磬，老僧无复得安禅。"见《全唐诗》卷四八一。

第二句集自包何【和程员外春日东郊即事】："郎官休浣怜迟日，野老欢娱为有年。几处折花惊蝶梦，数家留叶待蚕眠。藤垂宛地萦珠履，泉迸侵阶浸绿钱。直到闭关朝谒去，**莺声不散柳含烟**。"见《全唐诗》卷二〇八。

第三句集自杜甫【暮春】："卧病拥塞在峡中，潇湘洞庭虚映空。**楚天不断四时雨**，巫峡常吹千里风。沙上草阁柳新暗，城边野池莲欲红。暮春鸳鹭立洲渚，挟子翻飞还一丛。"见《全唐诗》卷二三〇。

第四句集自宋之问【龙门应制】："宿雨霁氛埃，流云度城阙。河堤柳新翠，苑树花先发。洛阳花柳此时浓，山水楼台映几重。群公拂雾朝翔凤，天子乘春幸凿龙。凿龙近出王城外，羽从琳琅拥轩盖。云罕才临御水桥，天衣已入香山会。山壁崭岩断复连，清流澄澈俯伊川。雁塔遥遥绿波上，星龛奕奕翠微边。层峦旧长千寻木，**远壑初飞百丈泉**。彩仗蜺旌绕香阁，下辇登高望河洛。东城宫阙拟昭回，南阳沟塍殊绮错。林下天香七宝台，山中春酒万年杯，微风一起祥花落，仙乐初鸣瑞鸟来。鸟来花落纷无已，称觞献寿烟霞里。歌舞淹留景欲斜，石关犹驻五云车。鸟旗翼翼留芳草，龙骑骎骎映晚花。千乘万骑銮舆出，水静山空严警跸。郊外喧喧引看人，倾都南望属车尘。嚣声引飏闻黄道，佳气周回入紫宸。先王定鼎山河固，宝命乘周万物新。吾皇不事瑶池乐，时雨来观农扈春。"见《全唐诗》卷五一。

第五句集自韦庄【定西番】："芳草丛生缕结，**花艳艳**，雨蒙蒙，晓庭中。塞远久无音问，愁销镜里红。紫燕黄鹂犹至，恨何穷。"见《全唐诗》卷八九二。

第六句集自李端【寄畅当】："麦秀**草芊芊**，幽人好昼眠。云霞生岭上，猿鸟下床前。颜子方敦行，支郎久住禅。中林轻暂别，约略已经年。"见《全唐诗》卷二八五。

第七句集自权德舆【黄檗馆】："**驱车振楫越山川**，候晓通宵冒烟雨。青枫浦上魂已销，黄檗馆前心自苦。"见《全唐诗》卷三二九。

第八句集自齐己【遣怀】："诗病相兼老病深，世医徒更费千金。余生岂必虚抛掷，未死何妨乐咏吟。流水不回休叹息，白云无迹莫追寻。**闲身自有闲消处**，黄叶清风蝉一林。"见《全唐诗》卷八四六。

第九句集自张继【重经巴丘】:“昔年高接李膺欢，**日泛仙舟醉碧澜**。诗句乱随青草落，酒肠俱逐洞庭宽。浮生聚散云相似，往事冥微梦一般。今日片帆城下去，秋风回首泪阑干。”见《全唐诗》卷二四二。

振楫：奋力划船。**驱车振楫越山川**：指乘车船游山玩水。**仙舟**：舟船的美称。

鹧鸪天·庙门塘醉游

碑字依稀庙已荒，那堪独自步池塘。休将世路悲尘事，遥想清吟对绿觞。溪水碧，柳条黄，山花无主自芬芳。春愁不破还成醉，空望林泉意欲狂。

第一句集自皮日休【襄州汉阳王故宅】:“**碑字依稀庙已荒**，犹闻耆旧忆贤王。园林一半为他主，山水虚言是故乡。戟户野蒿生翠瓦，舞楼栖鸽污雕梁。柞天功业缘何事，不得终身似霍光。”见《全唐诗》卷六一三。

第二句集自魏承班【诉衷情】之三：“银汉云情玉漏长，蛩声悄画堂。筠簟冷，碧窗凉，红蜡泪飘香。皓月泻寒光，割人肠。**那堪独自步池塘**，对鸳鸯。”见《全唐诗》卷八九五。

第三句集自张泌【早春同刘郎中寄宣武令狐相公】:“六街晴色动秋光，雨霁凭高只易伤。一曲晚烟浮渭水，半桥斜日照咸阳。**休将世路悲尘事**，莫指云山认故乡。回首汉宫楼阁暮，数声钟鼓自微茫。”见《全唐诗》卷七四二。

第四句集自白居易【别韦参军】:“梁园不到一年强，**遥想清吟对绿觞**。更有何人能饮酌，新添几卷好篇章。马头拂柳时回辔，豹尾穿花暂亚枪。谁引相公开口笑，不逢白监与刘郎。”见《全唐诗》卷四四八。

第五句集自刘长卿【罢摄官后将还旧居，留辞李侍御】:“江海今为客，风波失所依。

白云心已负，黄绶计仍非。累辱群公荐，频沾一尉微。去缘焚玉石，来为采葑菲。州县名何在，渔樵事亦违。故山桃李月，初服薜萝衣。熊轼分朝寄，龙韬解贼围。风谣传吏体，云物助兵威。白雪飘辞律，青春发礼闱。引军横吹动，援翰捷书挥。草映翻营绿，花临檄羽飞。全吴争转战，狂虏怯知机。忆昨趋金节，临时废玉徽。俗流应不厌，静者或相讥。世难慵干谒，时闲喜放归。潘郎悲白发，谢客爱清辉。樗散材因弃，交亲迹已稀。独愁看五柳，无事掩双扉。世累多行路，生涯向钓矶。榜连**溪水碧**，家羡渚田肥。旅食伤飘梗，岩栖忆采薇。悠然独归去，回首望旌旗。”见《全唐诗》卷一五〇。

第六句集自岑参【送裴侍御赴岁入京（得阳字）】：“羡他骢马郎，元日谒明光。立处闻天语，朝回惹御香。台寒柏树绿，江暖**柳条黄**。惜别津亭暮，挥戈忆鲁阳。”见《全唐诗》卷二〇〇。

第七句集自无名氏【席上歌】：“洞府深沈春日长，**山花无主自芬芳**。凭阑寂寂看明月，欲种桃花待阮郎。”见《全唐诗》卷八六七。

第八句集自郑谷【寂寞】：“江郡人稀便是村，踏青天气欲黄昏。**春愁不破还成醉**，衣上泪痕和酒痕。”见《全唐诗》卷六七七。

第九句集自李中【思简寂观旧游寄重道者】：“闲忆当年游物外，羽人曾许驻仙乡。溪头烘药烟霞暖，花下围棋日月长。偷摘蟠桃思曼倩，化成蝴蝶学蒙庄。俗缘未断归浮世，**空望林泉意欲狂**。”见《全唐诗》卷七四七。

鹧鸪天·春日访友不遇

三径烟萝晚翠深，世间烦恼是浮云。隐居欲就庐山远，纵酒高歌杨柳春。荒石路，自由身，青山绿水共为邻。桃花飞尽东风起，不见当时劝酒人。

第一句集自刘沧【题马太尉华山庄】：“别开池馆背山阴，近得幽奇物外心。竹色拂云连岳寺，泉声带雨出溪林。一庭杨柳春光暖，**三径烟萝晚翠深**。自是功成闲剑履，西斋长卧对瑶琴。”见《全唐诗》卷五八六。

第二句集自赵嘏【赠天卿寺神亮上人】：“五看春尽此江濆，花自飘零日自曛。空有慈悲随物念，已无踪迹在人群。迎秋日色檐前见，入夜钟声竹外闻。笑指白莲心自得，**世间烦恼是浮云**。”见《全唐诗》卷五四九。

第三句集自杜甫【留别公安太易沙门】：“**隐居欲就庐山远**，丽藻初逢休上人。数问舟航留制作，长开箧笥拟心神。沙村白雪仍含冻，江县红梅已放春。先蹋炉峰置兰若，徐飞锡杖出风尘。”见《全唐诗》卷二三二。

第四句集自高適【别韦参军】：“二十解书剑，西游长安城。举头望君门，屈指取公卿。国风冲融迈三五，朝廷欢乐弥寰宇。白璧皆言赐近臣，布衣不得干明主。归来洛阳无负郭，东过梁宋非吾土。兔苑为农岁不登，雁池垂钓心长苦。世人遇我同众人，唯君于我最相亲。且喜百年有交态，未尝一日辞家贫。弹棋击筑白日晚，**纵酒高歌杨柳春**。欢娱未尽分散去，使我惆怅惊心神。丈夫不作儿女别，临歧涕泪沾衣巾。”见《全唐诗》卷二一三。

第五句集自卢纶【寄赠畅当山居】：“古村**荒石路**，岁晏独言归。山雪厚三尺，社榆粗十围。虬龙宁守蛰，鸾鹤岂矜飞。君子固安分，毋听劳者讥。”见《全唐诗》卷二七八。

第六句集自白居易【苦热】：“头痛汗盈巾，连宵复达晨。不堪逢苦热，犹赖是闲人。朝客应烦倦，农夫更苦辛。始惭当此日，得作**自由身**。”见《全唐诗》卷四五一。

第七句集自李嘉祐【晚登江楼有怀】：“独坐南楼佳兴新，**青山绿水共为邻**。爽气遥分隔浦岫，斜光偏照渡江人。心闲鸥鸟时相近，事简鱼竿私自亲。只忆帝京不可到，秋琴一弄欲沾巾。”见《全唐诗》卷二〇七。

第八句集自元稹【刘阮妻二首】之一：“仙洞千年一度闲，等闲偷入又偷回。**桃花飞尽东风起**，何处消沉去不来。”见《全唐诗》卷四二二。

第九句集自曹唐【刘阮再到天台不复见仙子】：“再到天台访玉真，青苔白石已成尘。笙歌冥寞闲深洞，云鹤萧条绝旧邻。草树总非前度色，烟霞不似昔年春。桃花流水依然在，**不见当时劝酒人**。”见《全唐诗》卷六四〇。

烟萝：草树茂密、烟聚萝缠的荒野之地，借指幽居或修真之处。

鹧鸪天·春游遇雨

白发重来此地行，远山如画翠眉横。岩边树色含风冷，雨后山光满郭青。春气味，病心情，百忧如草雨中生。路人莫问归何处，江上流莺独坐听。

第一句集自李涉【题涧饮寺】：“百年如梦竟何成，**白发重来此地行**。还似萧郎许玄度，再看庭石悟前生。”见《全唐诗》卷四七七。

第二句集自韦庄【汧阳间】：“汧水悠悠去似絣，**远山如画翠眉横**。僧寻野渡归吴岳，雁带斜阳入渭城。边静不收蕃帐马，地贫惟卖陇山鹦。牧童何处吹羌笛，一曲梅花出塞声。”见《全唐诗》卷六九九。

第三句集自宋之问【三阳宫侍宴应制得幽字】：“离宫秘苑胜瀛洲，别有仙人洞壑幽。**岩边树色含风冷**，石上泉声带雨秋。鸟向歌筵来度曲，云依帐殿结为楼。微臣昔忝方明御，今日还陪八骏游。虞世巡百越，相传葬九疑。精灵游此地，祠树日光辉。”见《全唐诗》卷五二。

第四句集自张籍【寄和州刘使君】：“别离已久犹为郡，闲向春风倒酒瓶。送客特过沙口堰，看花多上水心亭。晓来江气连城白，**雨后山光满郭青**。到此诗情应更远，醉中高咏有谁听。”见《全唐诗》卷三八五。

第五句集自白居易【寒食江畔】：“草香沙暖水云晴，风景令人忆帝京。还似往年**春气味**，不宜今日**病心情**。闻莺树下沉吟立，信马江头取次行。忽见紫桐花怅望，下邽明日是清明。”见《全唐诗》卷四三九。

第六句集自薛逢【长安夜雨】：“滞雨通宵又彻明，**百忧如草雨中生**。心关桂玉天难晓，运落风波梦亦惊。压树早鸦飞不散，到窗寒鼓湿无声。当年志气俱消尽，白发新添四五茎。”见《全唐诗》卷五四八。

第七句集自许宣平【负薪行】：“负薪朝出卖，沽酒日西归。**路人莫问归何处**，穿入白云行翠微。”见《全唐诗》卷八六〇。

第八句集自韦应物【寒食寄京师诸弟】：“雨中禁火空斋冷，**江上流莺独坐听**。把酒看花想诸弟，杜陵寒食草青青。”见《全唐诗》卷一八八。

鹧鸪天·醉游觅诗

只读逍遥六七篇，傍人莫笑我率然。今朝有酒今朝醉，万里清江万里天。 樵唱返，钓歌还，登山上坂乞新篇。莫惊宠辱虚忧喜，诗卷长留天地间。

第一句集自白居易【赠苏炼师】：“两鬓苍然心浩然，松窗深处药炉前。携将道士通宵语，忘却花时尽日眠。明镜懒开长在匣，素琴欲弄半无弦。犹嫌庄子多词句，**只读逍遥六七篇**。”见《全唐诗》卷四四三。

第二句集自顾云【池阳醉歌赠匡庐处士姚岩杰】：“九华太守行春罢，高绛红筵压花榭。四面繁英拂槛开，帖雪团霞坠枝亚。空中焰若烧蓝天，万里滑静无纤烟。弦索紧快管声脆，急曲碎拍声相连。主人怜才多倾兴，许客酣歌露真性。春酎香浓枝盏黏，一醉有时三日病。鼋潭鳞粉解不去，鸦岭蕊花浇不醒。肺枯似著炉鞲煽，脑热如遭锤凿钉。蒙溪先生梁公孙，忽然示我十轴文。展开一卷读一首，四顾特地无涯垠。又开一轴读一帙，酒病豁若风驱云。文锋斡破造化窟，心刃掘出兴亡根。经疾史恙万片恨，墨炙笔针如有神。呵叱潘陆鄙琐屑，提挈扬孟归孔门。时时说及开元理，家风飒飒吹人耳。吴兢纂出升平源，十事分明铺在纸。裔孙才业今如此，谁人为奏明天子？銮驾何当猎左冯，神鹰一掷望千里。戏操狂翰涴蛮笺，**傍人莫笑我率然**。”见《全唐诗》卷六三七。

第三句集自权审【绝句】：“得即高歌失即休，多悲多恨谩悠悠。**今朝有酒今朝醉**，明日愁来明日愁。”见《全唐诗》卷五四六。

第四句集自韩偓【醉着】：“**万里清江万里天**，一村桑柘一村烟。渔翁醉着无人唤，过午醒来雪满船。”见《全唐诗》卷六八〇。

第五句集自王勃【长柳】：“晨征犯烟磴，夕憩在云关。晚风清近壑，新月照澄湾。郊童**樵唱返**，津叟**钓歌还**。客行无与晤，赖此释愁颜。”见《全唐诗》卷五六。

第六句集自王建【寻补阙旧宅】：“知得清名二十年，**登山上坂乞新篇**。除书近拜侍臣去，空院鸟啼风竹前。”见《全唐诗》卷三〇一。

第七句集自白居易【疑梦二首】之一：“**莫惊宠辱虚忧喜**，莫计恩雠浪苦辛。黄帝孔丘无处问，安知不是梦中身。”见《全唐诗》卷四五一。

第八句集自杜甫【送孔巢父谢病归游江东，兼呈李白】：“巢父掉头不肯住，东将入海随烟雾。**诗卷长留天地间**，钓竿欲拂珊瑚树。深山大泽龙蛇远，春寒野阴风景暮。蓬莱织女回云车，指点虚无是征路。自是君身有仙骨，世人那得知其故。惜君只欲苦死留，富贵何如草头露。蔡侯静者意有余，清夜置酒临前除。罢琴惆怅月照席，几岁寄我空中书。南寻禹穴见李白，道甫问信今何如。”见《全唐诗》卷二一六。

鹧鸪天·新春访友

踏落残花满地红，又将憔悴见春风。一年一度常如此，人去人来自不同。 花艳艳，气融融，鱼鲜饭细酒香浓。频招兄弟同佳节，富贵荣华春梦中。

第一句集自花蕊夫人【宫词】之三[illegible]：“侍女争挥玉弹弓，金丸飞入乱花中，一时惊起流莺散，**踏落残花满地红**。”见《全唐诗》卷七九八。

第二句集自来鹄【除夜】：“事关休戚已成空，万里相思一夜中。愁到晓鸡声绝后，**又将憔悴见春风**。”见《全唐诗》卷六四二。

第三句集自贯休【蜀王登福感寺塔三首】之三：“步步层层孰可陪，相轮边日照三台。喜欢烝庶皆相逐，惆怅銮舆尚未回。金铎撼风天乐近，仙花含露瑞烟开。**一年一度常如此**，愿见文翁百度来。”见《全唐诗》卷八三五。

第四句集自罗隐【春日独游禅智寺】：“树远连天水接空，几年行乐旧隋宫。花开花谢还如此，**人去人来自不同**。鸾凤调高何处酒，吴牛蹄健满车风。思量只合腾腾醉，煮海平陈一梦中。”见《全唐诗》卷六五六。

第五句集自韦庄【定西番】:“挑尽金灯红烬，人灼灼，漏迟迟，未眠时。斜倚银屏无语，闲愁上翠眉。闷杀梧桐残雨，滴相思。芳草丛生缕结，**花艳艳**，雨濛濛，晓庭中。塞远久无音问，愁销镜里红。紫燕黄鹂犹至，恨何穷。”见《全唐诗》卷八九二。

第六句集自范传正【赋得春风扇微和】:“暖暖当迟日，微微扇好风。吹摇新叶上，光动浅花中。澹荡凝清昼，氤氲暖碧空。稍看生绿水，已觉散芳丛。徙倚情偏适，裴回赏未穷。妍华不可状，竟夕**气融融**。”见《全唐诗》卷三四七。

第七句集自白居易【题元八溪居】:“溪岚漠漠树重重，水槛山窗次第逢。晚叶尚开红踯躅，秋芳初结白芙蓉。声来枕上千年鹤，影落杯中五老峰。更愧殷勤留客意，**鱼鲜饭细酒香浓**。”见《全唐诗》卷四三九。

第八句集自李昌符【客恨】:“古原南北旧萧疏，高木风多小雪余。半夜病吟人寝后，百年闲事酒醒初。**频招兄弟同佳节**，已有兵戈隔远书。肥马王孙定相笑，不知歧路厌樵渔。”见《全唐诗》卷六〇一。

第九句集自李群玉【请告出春明门】:“本不将心挂名利，亦无情意在樊笼。鹿裘藜杖且归去，**富贵荣华春梦中**。”见《全唐诗》卷五七〇。

残花：借指中国城乡除夕夜迎新春燃放烟花鞭炮留下的遍地的红色纸屑。**憔悴**：困顿。又指忧戚、烦恼。此句意指每年新春的走亲访友拜年的习俗，难以应酬，使人憔悴。**富贵荣华春梦中**：新春访友拜年，互道“恭喜发财”，真乃新春发财美梦也。

画意诗情

物色堪图画
等闲题作诗

——张泌、元稹诗句

漓江春韵

柳成金穗草如茵，解语流莺隔水闻。

四野绿云笼稼穑，三阳丽景早芳辰。

池光不定花光乱，翠色全微碧色深。

古树含风长带雨，露苗烟蕊满山春。

第一句集自刘兼【春游】之一：“**柳成金穗草如茵**，载酒寻花共赏春。先入醉乡君莫问，十年风景在三秦。”见《全唐诗》卷七六六。

第二句集自周朴【春日游北园寄韩侍郎】：“灼灼春园晚色分，露珠千点映寒云。多情舞蝶穿花去，**解语流莺隔水闻**。冷酒杯中宜泛滟，暖风林下自氛氲。仙桃不肯全开拆，应借余芳待使君。”见《全唐诗》卷六七三。

第三句集自杜荀鹤【献新安于尚书】：“九土雄师竟若何，未如良牧与天和。月留清俸资家少，岁计阴功及物多。**四野绿云笼稼穑**，千山明月静干戈。行人耳满新安事，尽是无愁父老歌。”见《全唐诗》卷六九二。

第四句集自李隆基【春日出苑游瞩】：“**三阳丽景早芳辰**，四序佳园物候新。梅花百树障去路，垂柳千条暗回津。鸟飞直为惊风叶，鱼没都由怯岸人。惟愿圣主南山寿，何愁不赏万年春。”见《全唐诗》卷三。

第五句集自李商隐【当句有对】：“密迩平阳接上兰，秦楼鸳瓦汉宫盘。**池光不定花光乱**，日气初涵露气干。但觉游蜂饶舞蝶，岂知孤凤忆离鸾。三星自转三山远，紫府程遥碧落宽。”见《全唐诗》卷五四〇。

第六句集自雍陶【题君山】：“风波不动影沈沈，**翠色全微碧色深**。应是水仙梳洗处，一螺青黛镜中心。”见《全唐诗》卷五一八。

第七句集自方干【题龙泉寺绝顶】:“未明先见海底日，良久远鸡方报晨。**古树含风长带雨**，寒岩四月始知春。中天气爽星河近，下界时丰雷雨匀。前后登临思无尽，年年改换去来人。”见《全唐诗》卷六五二。

第八句集自曹唐【送羽人王锡归罗浮】:“风前整顿紫荷巾，常向罗浮保养神。石磴倚天行带月，铁桥通海入无尘。龙蛇出洞闲邀雨，犀象眠花不避人。最爱葛洪寻药处，**露苗烟蕊满山春**。”见《全唐诗》卷六四〇。

露苗：带露水的草木幼苗。**烟蕊**：水汽蒸润的花蕊。

此集句诗押新韵。

瀑水渡

彤云叠叠耸奇峰，零落渔家蓼欲红。

绕郭烟岚新雨后，入檐山色夕阳中。

黄花裛露开沙岸，碧水澄潭映远空。

渔唱乱沿汀鹭合，半随波浪半随风。

第一句集自僧鸾【苦热行】:“烛龙衔火飞天地，平陆无风海波沸。**彤云叠叠耸奇峰**，焰焰流光热凝翠。烟岛抟鹏弹双翅，羲和赫怒强总辔。饮流夸父毙长途，如见当中印王字。明明夜西朝又东，古来有道仍再中。扶桑老叶蔽不得，辉华直欲凌苍空。行人挥汗翻成雨，口燥喉干嗌尘土。西郊云色昼冥冥，如何不救生灵苦。何山怪木藏蛟龙，缩鳞卷鬣为乖慵。不发滂泽注天下，欲使风雷何所从。旱苗原上枯成焰，岳灵徒祝无神验。豪家帘外唤清风，水纹明角铺长簟。玉扇画堂凝夜秋，歌艳绕梁催莫愁。阳乌落尽酒不醒，扶上西园当月楼。废田暍死非吾属，库有黄金仓有粟。”见《全唐诗》卷八二三。

第二句集自翁承赞【汉上登舟忆闽】:“汉皋亭畔起西风，半挂征帆立向东。久客自怜归路近，算程不怕酒觞空。参差雁阵天初碧，**零落渔家蓼欲红**。一片归心随去棹，愿言指日拜文翁。”见《全唐诗》卷七〇三。

第三句集自元稹【重夸州宅旦暮景色，兼酬前篇末句】:“仙都难画亦难书，暂合登临不合居。**绕郭烟岚新雨后**，满山楼阁上灯初。人声晓动千门辟，湖色宵涵万象虚。为问西州罗刹岸，涛头冲突近何如。”见《全唐诗》卷四一七。

第四句集自李中【海上太守新创东亭】:“使君心智杳难同，选胜开亭景莫穷。高敞轩窗迎海月，预栽花木待春风。静披典籍堪师古，醉拥笙歌不碍公。满径苔纹疏雨后，**入檐山色夕阳中**。偏宜下榻延徐孺，最称登门礼孔融。事简岂妨频赏玩，况当为政有余功。”见《全唐诗》卷七四八。

第五句集自刘长卿【青溪口送人归岳州】:“洞庭何处雁南飞，江菼苍苍客去稀。帆带夕阳千里没，天连秋水一人归。**黄花裛露开沙岸**，白鸟衔鱼上钓矶。歧路相逢无可赠，老年空有泪沾衣。”见《全唐诗》卷一五一。

第六句集自沈佺期【兴庆池侍宴应制】:“**碧水澄潭映远空**，紫云香驾御微风。汉家城阙疑天上，秦地山川似镜中。向浦回舟萍已绿，分林蔽殿槿初红。古来徒羡横汾赏，今日宸游圣藻雄。”见《全唐诗》卷九六。

第七句集自薛能【秋夜旅舍寓怀】:“庭锁荒芜独夜吟，西风吹动故山心。三秋木落半年客，满地月明何处砧。**渔唱乱沿汀鹭合**，雁声寒咽陇云深。平生只有松堪对，露浥霜欺不受侵。”见《全唐诗》卷五五九。

第八句集自薛逢【北亭醉后叙旧赠东川陈书记】:“二十年前事尽空，**半随波浪半随风**。谋身喜断韩鸡尾，辱命羞携楚鹊笼。符竹谬分锦水外，妻孥犹隔散关东。临岐莫怪朱弦绝，曾是君家入爨桐。”见《全唐诗》卷五四八。

裛yì：古同“浥”，沾湿。

瀑水渡：位于阳朔县城碧莲峰东麓，旧时，是漓江东岸到阳朔县城的必经之地。在山下码头，早上可赏东岭朝霞美景，晚上可赏漓江渔火。

题漓江朝霞照片

一重岩壑一重云，满幅风生秋水纹。

月缀金铺光脉脉，红霞紫气昼氲氲。

江淹彩笔空留恨，荀令香炉可待熏。

但看古来歌舞地，人间能得几回闻。

第一句集自阎朝隐【奉和圣制夏日游石淙山】:“金台隐隐陵黄道，玉辇亭亭下绛雰。千种冈峦千种树，**一重岩壑一重云**。花落风吹红的历，藤垂日晃绿葐蒀。五百里内贤人聚，愿陪阊阖侍天文。”见《全唐诗》卷六九。

第二句集自白居易【庾顺之以紫霞绮远赠，以诗答之】:“千里故人心郑重，一端香绮紫氛氲。开缄日映晚霞色，**满幅风生秋水纹**。为褥欲裁怜叶破，制裘将翦惜花分。不如缝作合欢被，寤寐相思如对君。”见《全唐诗》卷四三七。

第三句集自李贺【杂曲歌辞·十二月乐辞·九月】:“离宫散萤天似水，竹黄池冷芙蓉死。**月缀金铺光脉脉**，凉苑虚庭空澹白。霜花飞飞风草草，翠锦斓斑满层道。鸡人罢唱晓珑璁，鸦啼金井下疏桐。”见《全唐诗》卷二八。

第四句集自皇甫冉【少室山韦炼师升仙歌】:“**红霞紫气昼氲氲**，绛节青幢迎少君。忽从林下升天去，空使时人礼白云。”见《全唐诗》卷二四九。

第五句集自张泌【惆怅吟】:“秋风丹叶动荒城，惨澹云遮日半明。昼梦却因惆怅得，晚愁多为别离生。**江淹彩笔空留恨**，壮叟玄谭未及情。千古怨魂销不得，一江寒浪若为平。”见《全唐诗》卷七四二。

第六句集自李商隐【牡丹】:“锦帏初卷卫夫人，绣被犹堆越鄂君。垂手乱翻雕玉佩，招腰争舞郁金裙。石家蜡烛何曾剪，**荀令香炉可待熏**。我是梦中传彩笔，欲书花叶寄朝云。”见《全唐诗》卷五三九。

第七句集自宋之问【有所思】:“洛阳城东桃李花，飞来飞去落谁家。幽闺女儿惜颜色，坐见落花长叹息。今年花落颜色改，明年花开复谁在。已见松柏摧为薪，更闻桑田变成海。古人无复洛城东，今人还对落花风。年年岁岁花相似，岁岁年年人不同。寄言全盛红颜子，须怜半死白头翁。此翁白头真可怜，伊昔红颜美少年。公子王孙芳树下，清歌妙舞落花前。光禄池台交锦绣，将军楼阁画神仙。一朝卧病无相识，三春行乐在谁边。婉转蛾眉能几时，须臾鹤发乱如丝。**但看古来歌舞地**，唯有黄昏鸟雀飞。”见《全唐诗》卷五一。

第八句集自杜甫【赠花卿】：“锦城丝管日纷纷，半入江风半入云。此曲只应天上有，**人间能得几回闻**。”见《全唐诗》卷五〇六。

江淹：公元444—505年，字交通，六朝时期著名诗赋家。相传神仙郭璞曾在少年江淹的梦中赠其五彩笔一支。荀令：即三国·魏·荀彧。人称荀令君，得异香，至人家坐，三日香气不歇。后多以“令君香”指高雅人士的风采。

所题照片背景为享誉世界的大型实景山水剧“印象刘三姐”演出地点的田家河唱歌洲。传说刘三姐曾在此传歌。

题水天一色照片

澄潭到底不容尘，水阔江天两不分。

光动绿烟遮岸竹，苍梧一望隔重云。

第一句集自方干【上郑员外】：“为郡至公兼至察，古今能有几多人。忧民一似清吟苦，守节还如未达贫。利刃从前堪切玉，**澄潭到底不容尘**。潜夫岂合干旌旆，甘棹渔舟下钓纶。”见《全唐诗》卷六五二。

第二句集自雍陶【送客不及】：“**水阔江天两不分**，行人两处更相闻。遥遥已失风帆影，半日虚销指点云。”见《全唐诗》卷五一八。

第三句集自王建【郭家溪亭】：“高亭望见长安树，春草冈西旧院斜。**光动绿烟遮岸**

竹，粉开红艳塞溪花。野泉闻洗亲王马，古柳曾停贵主车。妆阁书楼倾侧尽，云山新卖与官家。”见《全唐诗》卷三〇〇。

第四句集自周昙【唐虞门·舜妃】：“**苍梧一望隔重云**，帝子悲寻不记春。何事泪痕偏在竹，贞姿应念节高人。”见《全唐诗》卷七二八。

照片为笔者陪友人乘船游漓江时，至家乡渡头村宽阔的漓江江面所摄。画面是平静澄碧的江面倒映着天上的白云。近是绿水倒映着簇簇翠竹，远为重重山峦映衬蓝天，蓝天飘白云衬绿水，绿水映蓝天淌白云，水天一色，真人间仙境也。江水东流直达苍梧入西江归大海。

题阳朔县城照片

步杜牧《山行》原韵

云淡山横日欲斜，碧莲峰里住人家。

潭心倒影时开合，更比芙蓉出水花。

第一句集自张继【邮亭】：“**云淡山横日欲斜**，邮亭下马对残花。自从身逐征西府，每到开时不在家。”见《全唐诗》卷二四二。

第二句集自沈彬【阳朔碧莲峰】：“陶潜彭泽五株柳，潘岳河阳一县花。两处争如阳朔好，**碧莲峰里住人家**。”见《全唐诗》卷七四三。

第三句集自韦庄【桐庐县作】：“钱塘江尽到桐庐，水碧山青画不如。白羽鸟飞严子濑，绿蓑人钓季鹰鱼。**潭心倒影时开合**，谷口闲云自卷舒。此境只应词客爱，投文空吊木玄虚。”见《全唐诗》卷六九八。

第四句集自韦渠牟【赠窦五判官】：“故旧相逢三两家，爱君兄弟有声华。文辉锦彩珠垂露，逸兴江天绮散霞。美玉自矜频献璞，真金难与细披沙。终须撰取新诗品，**更比芙蓉出水花**。”见《全唐诗》卷三一四。

碎月湖风光

人世风光似此无，香炉峰色隐晴湖。

烟波澹荡摇空碧，景物皆宜入画图。

第一句集自李九龄【上清辞五首】之五：“新拜天官上玉都，紫皇亲授五灵符。群仙个个来相问，**人世风光似此无**。”见《全唐诗》卷七三〇。

第二句集自杜甫【大觉高僧兰若】：“巫山不见庐山远，松林兰若秋风晚。一老犹鸣日暮钟，诸僧尚乞斋时饭。**香炉峰色隐晴湖**，种杏仙家近白榆。飞锡去年啼邑子，献花何日许门徒。”见《全唐诗》卷二二二。

第三句集自白居易【西湖晚归，回望孤山寺，赠诸客】：“柳湖松岛莲花寺，晚动归桡出道场。卢橘子低山雨重，棕榈叶战水风凉。**烟波澹荡摇空碧**，楼殿参差倚夕阳。到岸请君回首望，蓬莱宫在海中央。”见《全唐诗》卷四四三。

第四句集自司空图【王官二首】之二：“荷塘烟罩小斋虚，**景物皆宜入画图**。尽日无人只高卧，一双白鸟隔纱厨。”见《全唐诗》卷六三三。

渡头村漓江边香炉峰旁有碎月湖，距漓江约300米。碎月湖湖面宽百余亩，是渡头水轮泵站的调节库，湖水由水轮泵从漓江自动抽入。湖中有岛，岛中有湖，形似莲花，配以周边远山近景，既有漓江山水特色，又有江南水乡灵气，景色十分秀丽。

碎月湖晚霞

不必遥遥羡镜湖，乱峰围绕水平铺。

斜阳似共春光语，散点烟霞胜画图。

第一句集自元稹【戏赠乐天、复言】:“乐事难逢岁易徂，白头光景莫令孤。弄涛船更曾观否，望市楼还有会无。眼力少将寻案牍，心情且强掷枭卢。孙园虎寺随宜看，**不必遥遥羡镜湖**。”见《全唐诗》卷四一七。

第二句集自白居易【春题湖上】:“湖上春来似画图，**乱峰围绕水平铺**。松排山面千重翠，月点波心一颗珠。碧毯线头抽早稻，青罗裙带展新蒲。未能抛得杭州去，一半句留是此湖。”见《全唐诗》卷四四六。

第三句集自张泌【河传】之二：“红杏，交枝相映，密密濛濛。一庭浓艳倚东风，香融，透帘栊。**斜阳似共春光语**，蝶争舞，更引流莺妒。魂销千片玉樽前，神仙，瑶池醉暮天。”见《全唐诗》卷八九八。

第四句集自欧阳詹【晚泊漳州营头亭】:“回峰叠嶂绕庭隅，**散点烟霞胜画图**。日暮华轩卷长箔，太清云上对蓬壶。”见《全唐诗》卷三四九。

镜湖：为古代长江以南的大型农田水利工程之一，在今浙江绍兴会稽山北麓。东汉永和五年（公元140年），在会稽太守马臻主持下修建，因其水平如镜，故名。**烟霞**：烟雾和云霞，也指山水胜景。

漓江晚景

水自潺湲日自斜，参差碧岫耸莲花。

荣光休气纷五彩，凤吐流苏带晚霞。

第一句集自韩偓【自沙县抵龙溪县值泉州军过后村落皆空因有一绝】:“**水自潺湲日自斜**，尽无鸡犬有鸣鸦。千村万落如寒食，不见人烟空见花。”见《全唐诗》卷六八一。

第二句集自上官昭容【游长宁公主流杯池二十五首】之二十四：“**参差碧岫耸莲花**，潺湲绿水莹金沙。何须远访三山路，人今已到九仙家。”见《全唐诗》卷五。

第三句集自李白【西岳云台歌，送丹丘子】：“西岳峥嵘何壮哉，黄河如丝天际来。黄河万里触山动，盘涡毂转秦地雷。**荣光休气纷五彩**，千年一清圣人在。巨灵咆哮擘两山，洪波喷箭射东海。三峰却立如欲摧，翠崖丹谷高掌开。白帝金精运元气，石作莲花云作台。云台阁道连窈冥，中有不死丹丘生。明星玉女备洒扫，麻姑搔背指爪轻。我皇手把天地户，丹丘谈天与天语。九重出入生光辉，东来蓬莱复西归。玉浆倘惠故人饮，骑二茅龙上天飞。”见《全唐诗》卷一六六。

第四句集自卢照邻【长安古意】：“长安大道连狭斜，青牛白马七香车。玉辇纵横过主第，金鞭络绎向侯家。龙衔宝盖承朝日，**凤吐流苏带晚霞**。百丈游丝争绕树，一群娇鸟共啼花。啼花戏蝶千门侧，碧树银台万种色。复道交窗作合欢，双阙连甍垂凤翼。梁家画阁天中起，汉帝金茎云外直。楼前相望不相知，陌上相逢讵相识。借问吹箫向紫烟，曾经学舞度芳年。得成比目何辞死，愿作鸳鸯不羡仙。比目鸳鸯真可羡，双去双来君不见。生憎帐额绣孤鸾，好取门帘帖双燕。双燕双飞绕画梁，罗纬翠被郁金香。片片行云著蝉鬓，纤纤初月上鸦黄。鸦黄粉白车中出，含娇含态情非一。妖童宝马铁连钱，娼妇盘龙金屈膝。御史府中乌夜啼，廷尉门前雀欲栖。隐隐朱城临玉道，遥遥翠幰没金堤。挟弹飞鹰杜陵北，探丸借客渭桥西。俱邀侠客芙蓉剑，共宿娼家桃李蹊。娼家日暮紫罗裙，清歌一啭口氛氲。北堂夜夜人如月，南陌朝朝骑似云。南陌北堂连北里，五剧三条控三市。弱柳青槐拂地垂，佳气红尘暗天起。汉代金吾千骑来，翡翠屠苏鹦鹉杯。罗襦宝带为君解，燕歌赵舞为君开。别有豪华称将相，转日回天不相让。意气由来排灌夫，专权判不容萧相。专权意气本豪雄，青虬紫燕坐春风。自言歌舞长千载，自谓骄奢凌五公。节物风光不相待，桑田碧海须臾改。昔时金阶白玉堂，即今唯见青松在。寂寂寥寥扬子居，年年岁岁一床书。独有南山桂花发，飞来飞去袭人裾。”见《全唐诗》卷四一。

荣光：五色云气，古时以为吉祥之兆。**休气**：祥瑞之气。**流苏**：下垂的穗子，用以装饰马车、帐幕的下垂的穗状物，用五彩羽毛或丝线制成。“凤吐流苏带晚霞”指漓江沿岸的凤尾竹似流苏一样迎晚风摇摆，与晚霞及群山相互映衬。

五塔连滩唱歌洲小景

风吹轻浪起眠鸥，山自青青水自流。

万仞高岩藏日色，翠光骀荡晓烟收。

第一句集自许浑【郊园秋日寄洛中友人】:“楚水西来天际流，感时伤别思悠悠。一尊酒尽青山暮，万里书回碧树秋。日落远波惊宿雁，**风吹轻浪起眠鸥**。嵩阳亲友如相问，潘岳闲居欲白头。”见《全唐诗》卷五三六。

第二句集自唐彦谦【金陵怀古】:“碧树凉生宿雨收，荷花荷叶满汀洲。登高有酒浑忘醉，慨古无言独倚楼。宫殿六朝遗古迹，衣冠千古漫荒丘。太平时节殊风景，**山自青青水自流**。”见《全唐诗》卷六七一。

第三句集自武则天【石淙】:“三山十洞光玄箓，玉峤金峦镇紫微。均露均霜标胜壤，交风交雨列皇畿。**万仞高岩藏日色**，千寻幽涧浴云衣。且驻欢筵赏仁智，雕鞍薄晚杂尘飞。”见《全唐诗》卷五。

第四句集自翁承赞【柳】:“斜拂中桥远映楼，**翠光骀荡晓烟收**。洛阳才子多情思，横把金鞭约马头。高出营门远出墙，朱阑门闭绿成行。将军宴罢东风急，闲衬旌旗簇画堂。彭泽先生酒满船，五株栽向九江边。长条细叶无穷尽，管领春风不计年。炀帝东游意绪多，宫娃眉翠两相和。一声水调春风暮，千里交阴锁汴河。缠绕春情卒未休，秦娥萧史两相求。玉句阑内朱帘卷，瑟瑟丝笼十二楼。”见《全唐诗》卷七〇三。

骀荡：舒缓起伏，荡漾。

五塔连滩鹦鹉洲

江上洲传鹦鹉名，深深绿树隐啼莺。

云霞出没群峰外，滩浅潺湲漱水清。

第一句集自李白【鹦鹉洲】:“鹦鹉来过吴江水，**江上洲传鹦鹉名**。鹦鹉西飞陇山去，芳洲之树何青青。烟开兰叶香风暖，岸夹桃花锦浪生。迁客此时徒极目，长洲孤月向谁明。”见《全唐诗》卷一八〇。

第二句集自李中【江边吟】:“风暖汀洲吟兴生，远山如画雨新晴。残阳影里水东注，芳草烟中人独行。闪闪酒帘招醉客，**深深绿树隐啼莺**。盘桓渔舍忘归去，云静高空月又明。”见《全唐诗》卷七四七。

第三句集自西施【西施诗】:“**云霞出没群峰外**，鸥鸟浮沉一水间。一自越兵齐振地，梦魂不到虎丘山。”见《全唐诗》卷八六六。

第四句集自吴越僧【武肃王有旨石桥设斋会进一诗】之六:“登云步岭涉烟程，好景随心次第生。圣者已符祥瑞事，地灵全副祷祈情。洞深重叠拖云湿，**滩浅潺湲漱水清**。愿满事圆归去路，便风相送片帆轻。”见《全唐诗》卷八五一。

漱水：漱（shù），冲刷、冲荡。漱水，河滩冲刷滩石的急流水。

鹦鹉洲：位于漓江五塔连滩江段，北侧为漓江汊河，南侧即水浅滩急的五塔连滩。面积200余亩，洲为田园，临江绿树翠竹，风光秀丽。

金钗潭风光

揉蓝翠色一重重，渔艇年年古渡风。

水似晴天天似水，回潭百丈映千峰。

第一句集自方干【率题】:“仙峤倍分元化功，**揉蓝翠色一重重**。还家莫更寻山水，自有云山在笔峰。”见《全唐诗》卷六五三。

第二句集自李咸用【依韵修睦上人山居十首】之十:“壮气虽同德不同，项王何似王江东。乡歌寂寂荒丘月，**渔艇年年古渡风**。难世斯人犹不达，此时吾道岂能通。吟君十首山中作，方觉多端总是空。”见《全唐诗》卷六四六。

第三句集自李涉【题水月台】:“平流白日无人爱，桥上闲行若个知。**水似晴天天似水**，两重星点碧琉璃。”见《全唐诗》卷四七七。

第四句集自韩翃【宴杨驸马山池】:“垂杨拂岸草茸茸，绣户帘前花影重。鲙下玉盘红缕细，酒开金瓮绿醅浓。中朝驸马何平叔，南国词人陆士龙。落日泛舟同醉处，**回潭百丈映千峰**。”见《全唐诗》卷二四五。

观音坐莲

俗缘未断归浮世，花下听歌醉眼迷。

独坐遗芳成故事，不知何处是菩提。

第一句集自李中【思简寂观旧游寄重道者】:“闲忆当年游物外，羽人曾许驻仙乡。溪头烘药烟霞暖，花下围棋日月长。偷摘蟠桃思曼倩，化成蝴蝶学蒙庄。**俗缘未断归浮世**，空望林泉意欲狂。”见《全唐诗》卷七四七。

第二句集自李涉【汉上偶题】:“谪仙唐世游兹郡，**花下听歌醉眼迷**。今日汉江烟树尽，更无人唱白铜鞮。”见《全唐诗》卷四七七。

第三句集自李商隐【题道静院院在中条山故王颜中丞所置虢州刺史舍官居此写真存焉】:“紫府丹成化鹤群，青松手植变龙文。壶中别有仙家日，岭上犹多隐士云。**独坐遗芳成故事**，褰帷旧貌似元君。自怜筑室灵山下，徒望朝岚与夕曛。”见《全唐诗》卷五四一。

第四句集自贾岛【夏夜登南楼】:“水岸寒楼带月跻，夏林初见岳阳溪。一点新萤报秋信，**不知何处是菩提**。”见《全唐诗》卷五七四。

俗缘：佛教以因缘解释人事，因称尘世之事为俗缘。**浮世**：人间，人世。旧时认为人世间是浮沉聚散不定的，故称。**菩提**：古印度语（即梵文）Bodhi的音译，意思是觉悟、智慧，用以指人忽如睡醒，豁然开悟，突入彻悟途径，顿悟真理，达到超凡脱俗的境界等。

“观音坐莲”即观音山，位于福利镇渡头村南，附近即三姐唱歌坪，民间有观音菩萨在此坐听刘三姐和当地群众在唱歌坪唱山歌并留下身影化作石山长年听歌的传说。

漓江望夫石

终日望夫夫不归，翛然便觉世情非。

须知化石心难定，无限春愁挂落晖。

第一句集自刘禹锡【望夫石】：“**终日望夫夫不归**，化为孤石苦相思。望来已是几千载，只似当时初望时。”见《全唐诗》卷三六五。

第二句集自权德舆【田家即事】：“闲卧藜床对落晖，**翛然便觉世情非**。漠漠稻花资旅食，青青荷叶制儒衣。山僧相访期中饭，渔父同游或夜归。待学尚平婚嫁毕，渚烟溪月共忘机。”见《全唐诗》卷三二〇。

第三句集自光、威、裒姊妹三人【联句】：（光）“朱楼影直日当午，玉树阴低月已三。（威）腻粉暗销银镂合，错刀闲剪泥金衫。（裒）绣床怕引乌龙吠，锦字愁教青鸟衔。（光）百味炼来怜益母，千花开处斗宜男。（威）鸳鸯有伴谁能羡，鹦鹉无言我自惭。（裒）浪喜游蜂飞扑扑，佯惊孤燕语喃喃。（光）偏怜爱数蟋蛦掌，每忆光抽玳瑁簪。（威）烟洞几年悲尚在，星桥一夕帐空含。（裒）窗前时节羞虚掷，世上风流笑苦谙。（光）独结香绡偷饷送，暗垂檀袖学通参。（威）**须知化石心难定**，却是为云分易甘。（裒）看见风光零落尽，弦声犹逐望江南。”见《全唐诗》卷八〇一。

第四句集自吴融【过渑池书事】：“渑池城郭半遗基，**无限春愁挂落晖**。柳渡风轻花浪绿，麦田烟暖锦鸡飞。相如忠烈千秋断，二主英雄一梦归。莫道新亭人对泣，异乡殊代也沾衣。”见《全唐诗》卷六八七。

唱歌洲

芳草斜阳满渡头，诗情锦浪浴仙洲。

轻舟短棹唱歌去，清颂谁将白雪酬。

第一句集自罗邺【春江恨别】:“望断长川一叶舟，可堪归路更沿流。重来别处无人见，**芳草斜阳满渡头**。”见《全唐诗》卷六五四。

第二句集自章孝标【蜀中上王尚书】:“梓桐花幕碧云浮，天许文星寄上头。武略剑峰环相府，**诗情锦浪浴仙洲**。丁香风里飞笺草，邛竹烟中动酒钩。自古名高闲不得，肯容王粲赋登楼。”见《全唐诗》卷五〇六。

第三句集自李群玉【黄陵庙】:“黄陵庙前莎草春，黄陵女儿茜裙新。**轻舟短棹唱歌去**，水远山长愁煞人。”见《全唐诗》卷五七〇。

第四句集自吴融【闻李翰林游池上有寄】:“花飞絮落水和流，玉署词臣奉诏游。四面看人随画鹢，中流合乐起眠鸥。皇恩自抱丹心报，**清颂谁将白雪酬**。不为禁钟催入宿，前峰月上未回舟。”见《全唐诗》卷六八四。

唱歌洲：一是渡头唱歌洲，在渡头村漓江五塔连滩滩头。二是田家河唱歌洲，即印象刘三姐山水实景演出地。

碧莲峰倒影

南山倒影从云落，菡萏清高且未开。

绿树碧檐相掩映，无劳海上觅蓬莱。

第一句集自李適【帝幸兴庆池戏竞渡应制】:“拂露金舆丹旆转，凌晨黼帐碧池开。**南**

山倒影从云落，北涧摇光写溜回。急桨争标排荇度，轻帆截浦触荷来。横汾宴镐欢无极，歌舞年年圣寿杯。”见《全唐诗》卷七〇。

第二句集自孙鲂【甘露寺紫薇花】：“蜀葵鄙下兼全落，**菡萏清高且未开**。赫日迸光飞蝶去，紫薇擎艳出林来。闻香不称从僧舍，见影尤思在酒杯。谁笑晚芳为贱劣，便饶春丽已尘埃。牵吟过夏惟忧尽，立看移时亦忘回。惆怅寓居无好地，懒能分取一枝栽。”见《全唐诗》卷八八六。

第三句集自吴融【华清宫二首】之一：“四郊飞雪暗云端，唯此宫中落旋干。**绿树碧檐相掩映**，无人知道外边寒。”见《全唐诗》卷六八四。

第四句集自刘宪【奉和幸安乐公主山庄应制】：“主家别墅帝城隈，**无劳海上觅蓬莱**。沓石悬流平地起，危楼曲阁半天开。庭莎作荐舞行出，浦树相将歌棹回。此日风光与形胜，只言作伴圣词来。”见《全唐诗》卷七一。

菡萏hàndàn：未开的荷花，即莲花苞。

从阳朔漓江大桥观赏，碧莲峰似一含苞未开的莲花倒映漓江，碧莲峰下南山岿楼台亦映衬其中。“碧莲峰倒影”是阳朔最著名的一景。

独秀峰春早

秀色孤标此一峰，春霖催得锁烟浓。

霞光曙后殷于火，山水楼台映几重。

第一句集自戴叔伦【游清溪兰若】：“西看叠嶂几千重，**秀色孤标此一峰**。丹灶久闲荒宿草，碧潭深处有潜龙。灵仙已去空岩室，到客唯闻古寺钟。远对白云幽隐在，年年不离旧杉松。”见《全唐诗》卷二七三。

第二句集自李中【春苔】：“**春霖催得锁烟浓**，竹院莎斋径小通。谁爱落花风味处，莫愁门巷衬残红。”见《全唐诗》卷七四九。

第三句集自白居易【早春忆苏州寄梦得】:“吴苑四时风景好，就中偏好是春天。**霞光曙后殷于火**，水色晴来嫩似烟。士女笙歌宜月下，使君金紫称花前。诚知欢乐堪留恋，其奈离乡已四年。”见《全唐诗》卷四五四。

第四句集自宋之问【龙门应制】:“宿雨霁氛埃，流云度城阙。河堤柳新翠，苑树花先发。洛阳花柳此时浓，**山水楼台映几重**。群公拂雾朝翔凤，天子乘春幸凿龙。凿龙近出王城外，羽从琳琅拥轩盖。云罕才临御水桥，天衣已入香山会。山壁崭岩断复连，清流澄澈俯伊川。雁塔遥遥绿波上，星龛奕奕翠微边。层峦旧长千寻木，远壑初飞百丈泉，彩仗蜺旌绕香阁。下辇登高望河洛。东城宫阙拟昭回，南阳沟塍殊绮错。林下天香七宝台，山中春酒万年杯，微风一起祥花落，仙乐初鸣瑞鸟来。鸟来花落纷无已，称觞献寿烟霞里。歌舞淹留景欲斜，石关犹驻五云车。鸟旗翼翼留芳草，龙骑骎骎映晚花。千乘万骑銮舆出，水静山空严警跸。郊外喧喧引看人，倾都南望属车尘。嚣声引飏闻黄道，佳气周回入紫宸。先王定鼎山河固，宝命乘周万物新。吾皇不事瑶池乐，时雨来观农扈春。”见《全唐诗》卷五一。

孤标：指山、树等特出的顶端。**春霖：**连绵的春雨。

阳朔独秀峰，位于阳朔公园内，又名竹莞山。

杨堤风光

青山重叠巧裁攒，练泻澄江最好看。

碧水逶迤浮翠巘，萦砂绕石渌潺湲。

第一句集自牟融【题徐俞山居】:“**青山重叠巧裁攒**，引水流泉夜激湍。岚锁岩扉清昼暝，云归松壑翠阴寒。不因李相门前见，曾向袁生画里看。老我不堪诗思杳，几回吟倚曲栏干。”见《全唐诗》卷四六七。

第二句集自李中【和浔阳宰感旧绝句五首】之二：“浔阳物景真难及，**练泻澄江最好看**。曾上虚楼吟倚槛，五峰擎雪照人寒。”见《全唐诗》卷七五〇。

第三句集自张又新【孤屿】：“**碧水逶迤浮翠巘**，绿萝蒙密媚晴江。不知谁与名孤屿，其实中川是一双。”见《全唐诗》卷四七九。

第四句集自白居易【春江】：“炎凉昏晓苦推迁，不觉忠州已二年。闭阁只听朝暮鼓，上楼空望往来船。莺声诱引来花下，草色句留坐水边。唯有春江看未厌，**萦砂绕石渌潺湲**。”见《全唐诗》卷四四一。

裁攒：经过剪裁、拼凑。**翠巘**：青翠的山峰。**看**：读平声。

遇龙河风光

兰桡画楫满长川，苍翠岩峣上碧天。

日映层岩图画色，濛笼水墨淡如烟。

第一句集自徐玄之【采莲】：“越艳荆姝惯采莲，**兰桡画楫满长川**。秋来江上澄如练，映水红妆如可见。此时莲浦珠翠光，此日荷风罗绮香。纤手周游不暂息，红英烂熳殊未极。夕鸟栖林人欲稀，长歌哀怨采莲归。”见《全唐诗》卷七七七。

第二句集自窦叔向【青阳馆望九子山】：“**苍翠岩峣上碧天**，九峰遥落县门前。毫芒映日千重树，涓滴垂空万丈泉。武帝南游曾驻跸，始皇东幸亦祈年。云祠绝迹终难访，唯有猿声到客边。”见《全唐诗》卷八八三。

第三句集自宗楚客【奉和幸安乐公主山庄应制】：“玉楼银榜枕严城，翠盖红旂列禁营。**日映层岩图画色**，风摇杂树管弦声。水边重阁含飞动，云里孤峰类削成。幸睹八龙游阆苑，无劳万里访蓬瀛。”见《全唐诗》卷四六。

第四句集自窦巩【陕府宾堂览房杜二公仁寿年中题纪手迹】:“仁寿元和二百年，**濛笼水墨淡如烟**。当时憔悴题名日，汉祖龙潜未上天。”见《全唐诗》卷二七一。

兰桡画辑：指遇龙河漂流的竹筏。**岩峣**：山高峻的样子。

穿岩胜境春景

云峰满目放春晴，翠窦烟岩画不成。

古树欹斜临古道，一溪风月共清明。

第一句集自鱼玄机【游崇真观南楼，睹新及第题名处】:“**云峰满目放春晴**，历历银钩指下生。自恨罗衣掩诗句，举头空羡榜中名。”见《全唐诗》八〇四。

第二句集自贯休【山居诗二十四首】之十二：“**翠窦烟岩画不成**，桂华瀑沫杂芳馨。拨霞扫雪和云母，掘石移松得茯苓。好鸟傍花窥玉磬，嫩苔和水没金瓶。从他人说从他笑，地覆天翻也只宁。”见《全唐诗》卷八三七。

第三句集自徐凝【古树】:“**古树欹斜临古道**，枝不生花腹生草。行人不见树少时，树见行人几番老。”见《全唐诗》卷四七四。

第四句集自许坚【题扇】:“哦吟但写胸中妙，饮酒能忘身后名。但愿长闲有诗酒，**一溪风月共清明**。”见《全唐诗》卷八六一。

古树：与穿岩隔金宝河相对是一棵1400多年的古榕。**风月**：清风明月，泛指美好的景色。**清明**：亦谓清澈明朗。

穿岩：位于阳朔高田镇金宝河畔，景区有1400多年的古榕树，故又名大榕树景区。

兴坪榕树潭

风动自然云出岫，一泓潋滟复澄明。

轻帆数点千峰碧，唯见东流春水平。

第一句集自陈羽【酬幽居闲上人喜及第后见赠】:“九霄心在劳相问，四十年间岂足惊。**风动自然云出岫**，高僧不用笑浮生。”见《全唐诗》卷三四八。

第二句集自方干【于秀才小池】:“**一泓潋滟复澄明**，半日功夫劚小庭。占地未过四五尺，浸天唯入两三星。鹢舟草际浮霜叶，渔火沙边驻小萤。才见规模识方寸，知君立意象沧溟。”见《全唐诗》卷六五一。

第三句集自徐夤【回文诗二首】之二:“**轻帆数点千峰碧**，水接云山四望遥。晴日海霞红霭霭，晓天江树绿迢迢。清波石眼泉当槛，小径松门寺对桥。明月钓舟渔浦远，倾山雪浪暗随潮。”见《全唐诗》卷七〇八。

第四句集自杜牧【自宣州赴官入京，路逢裴坦判官归宣州，因题赠】:“敬亭山下百顷竹，中有诗人小谢城。城高跨楼满金碧，下听一溪寒水声。梅花落径香缭绕，雪白玉珰花下行。萦风酒旆挂朱阁，半醉游人闻弄笙。我初到此未三十，头脑钐利筋骨轻。画堂檀板秋拍碎，一引有时联十觥。老闲腰下丈二组，尘土高悬千载名。重游鬓白事皆改，**唯见东流春水平**。对酒不敢起，逢君还眼明。云罍看人捧，波脸任他横。一醉六十日，古来闻阮生。是非离别际，始见醉中情。今日送君话前事，高歌引剑还一倾。江湖酒伴如相问，终老烟波不计程。”见《全唐诗》卷五二〇。

云出岫：语本晋·陶潜《归去来辞》:“云无心以出岫。”指云雾缭绕的峰峦。**潋滟**：形容水盈溢、水波荡漾的样子。

兴坪榕树潭雨后

亭下寒潭百丈深，浪声吹岸叠如鳞。

横空过雨千峰出，水绿天青不起尘。

第一句集自卢肇【句】:“亭边古木昼阴阴，**亭下寒潭百丈深**。黄菊旧连陶令宅，青山遥负向平心。(题绿阴亭。《临江府志》)。”见《全唐诗》卷五五一。

第二句集自罗邺【春望梁石头城】:“柳碧桑黄破国春，残阳微雨望归人。江山不改兴亡地，冠盖自为前后尘。帆势挂风轻若翅，**浪声吹岸叠如鳞**。六朝无限悲愁事，欲下荒城回首频。”见《全唐诗》卷六五四。

第三句集自耿湋【九日】:“重阳寒寺满秋梧，客在南楼顾老夫。步蹇强登游藻井，发稀那更插茱萸。**横空过雨千峰出**，大野新霜万叶枯。更望尊中菊花酒，殷勤能得几回沽。”见《全唐诗》卷二六九。

第四句集自李白【上皇西巡南京歌】之九:“**水绿天青不起尘**，风光和暖胜三秦。万国烟花随玉辇，西来添作锦江春。”见《全唐诗》卷一六七。

渔村风光

四面云屏一带天，昔人遗迹遍山川。

石头城下波摇影，桂水春风过客船。

第一句集自司空图【白菊杂书四首】之二:“**四面云屏一带天**，是非断得自翛然。此生只是偿诗债，白菊开时最不眠。”见《全唐诗》卷六三三。

第二句集自栖一【武昌怀古】:“战国城池尽悄然，**昔人遗迹遍山川**。笙歌罢吹几多日，台榭荒凉七百年。蝉响夕阳风满树，雁横秋岛雨漫天。堪嗟世事如流水，空见芦花一钓船。”见《全唐诗》卷八四九。

第三句集自郑谷【雁】：“八月悲风九月霜，蓼花红淡苇条黄。**石头城下波摇影**，星子湾西云间行。惊散渔家吹短笛，失群征戍锁残阳。故乡闻尔亦惆怅，何况扁舟非故乡。”见《全唐诗》卷六七五。

第四句集自郎士元【送崔侍御往容州宣慰】：“秦原独立望湘川，击隼南飞向楚天。奉诏不言空问俗，清时因得访遗贤。荆门晓色兼梅雨，**桂水春风过客船**。畴昔常闻陆贾说，故人今日岂徒然。”见《全唐诗》卷二四八。

云屏：本指云形彩绘的屏风或云母作装饰的屏风，也比喻层叠之山峰。

渔村：位于兴坪镇码头沿漓江往下游2公里的漓江左岸。村对岸层峦叠嶂，在村前江心可隐约看到石砌寨门的天水寨，雄奇险峻。漓江游船均经村前江面，这里留下了国内及世界名人足迹，如1921年时任中华民国非常大总统的孙中山先生到访渔村并登村后天水寨，1998年7月时任美国总统的克林顿也到渔村参观访问。

世外桃源

更被春风长倩猜，乱山重叠使空回。

殷勤为访桃源路，晋客无因入洞来。

第一句集自刘禹锡【杨枝词二首】之一：“迎得春光先到来，浅黄轻绿映楼台。只缘袅娜多情思，**更被春风长倩猜**。”见《全唐诗》卷三六五。

第二句集自胡曾【咏史诗·绵山】：“亲在要君召不来，**乱山重叠使空回**。如何坚执尤人意，甘向岩前作死灰。”见《全唐诗》卷六四七。

第三句集自孟浩然【高阳池送朱二】：“当昔襄阳雄盛时，山公常醉习家池。池边钓女日相随，妆成照影竞来窥。澄波澹澹芙蓉发，绿岸毵毵杨柳垂。一朝物变人亦非，四面荒凉人径稀。意气豪华何处在，空余草露湿罗衣。此地朝来饯行者，翻向此中牧征马。征马分飞日渐斜，见此空为人所嗟。**殷勤为访桃源路**，予亦归来松子家。”见《全唐诗》卷一五九。

第四句集自杜牧【酬王秀才桃花园见寄】：“桃满西园淑景催，几多红艳浅深开。此花不逐溪流出，**晋客无因入洞来**。”见《全唐诗》卷五二四。

倩猜：美好的猜想，犹梦想。**晋客无因入洞来**：见陶渊明《桃花源记序》：“太守即遣人随其往，寻向所志，遂迷，不复得路。南阳刘子骥，高尚士也。闻之，欣然规往，未果，寻病终。后遂无问津者。”世外桃源最终与世隔绝，当因**“晋客无因入洞来”**，自此失去联系。留给后人的是美好的猜想。

阳朔“世外桃源”景区位于白沙镇五里店，桂阳公路旁。

漓江春景
二　首

丁亥新正回家乡渡头村，下午沿漓江踏春返阳朔，受浓浓的春意感染，为秀丽的漓江春色陶醉，到家即翻阅《全唐诗》，专寻“春”字头诗句。人日，完成“春”字为头的集句诗五首，这里录其中二首。

春铺锦绣作汀洲，春日春江碧水流。

春入横塘摇浅浪，春风澹荡景悠悠。

第一句集自章碣【春日经湖上友人别业】：“何处狂歌破积愁，携觞共下木兰舟。绿泉溅石银屏湿，黄鸟逢人玉笛休。天借烟霞装岛屿，**春铺锦绣作汀洲**。一年一电逡巡事，不合花前不醉游。”见《全唐诗》卷六六九。

第二句集自阎朝隐【采莲女】:“采莲女，采莲舟，**春日春江碧水流**。莲衣承玉钏，莲刺罥银钩。薄暮敛容歌一曲，氛氲香气满汀洲。”见《全唐诗》卷六九。

第三句集自牛峤【木兰花】:“**春入横塘摇浅浪**，花落小园空惆怅。此情谁信为狂夫，恨翠愁红流枕上。小玉窗前嗔燕语，红泪滴穿金线缕。雁归不见报郎归，织成锦字封过与。”见《全唐诗》卷八九二。

第四句集自张仲素【汉苑行二首】之二:“**春风澹荡景悠悠**，莺啭高枝燕入楼。千步回廊闻凤吹，珠帘处处上银钩。”见《全唐诗》卷三六七。

春来无树不青青，春入长洲草又生。

春水如蓝垂柳醉，春风相引与诗情。

第一句集自李中【柳二首】之一:“**春来无树不青青**，似共东风别有情。闲忆旧居湓水畔，数枝烟雨属啼莺。”见《全唐诗》卷七四七。

第二句集自白居易【长洲苑】:“**春入长洲草又生**，鹧鸪飞起少人行。年深不辨娃宫处，夜夜苏台空月明。”见《全唐诗》卷四四七。

第三句集自和凝【宫词百首】之五十:“宫娥解禊艳阳时，鹢舸兰桡满凤池。**春水如蓝垂柳醉**，和风无力袅金丝。”见《全唐诗》卷七三五。

第四句集自皮日休【襄州春游】:“信马腾腾触处行，**春风相引与诗情**。等闲遇事成歌咏，取次冲筵隐姓名。映柳认人多错误，透花窥鸟最分明。岑牟单绞何曾着，莫道猖狂似祢衡。”见《全唐诗》卷六一三。

漓江春

六　首

万壑千岩暗绿苔，几多红艳浅深开。

水边韶景无穷柳，澹荡春风满眼来。

第一句集自李隆基【过大哥山池题石壁】："澄潭皎镜石崔巍，**万壑千岩暗绿苔**。林亭自有幽贞趣，况复秋深爽气来。"见《全唐诗》卷三。

第二句集自杜牧【酬王秀才桃花园见寄】："桃满西园淑景催，**几多红艳浅深开**。此花不逐溪流出，晋客无因入洞来。"见《全唐诗》卷五二四。

第三句集自皮日休【奉和鲁望寒日古人名一绝】："北顾欢游悲沈宋，南徐陵寝叹齐梁。**水边韶景无穷柳**，寒被江淹一半黄。"见《全唐诗》卷六一六。

第四句集自雍陶【美人春风怨】："**澹荡春风满眼来**，落花飞蝶共徘徊。偏能飘散同心蒂，无那愁眉吹不开。"见《全唐诗》卷五一八。

韶景：指春景。南朝・梁元帝《纂要》："春曰青阳……景曰媚景、和景、韶景。"

雨压残红一夜凋，青山隐隐水迢迢。

衔泥燕子争归舍，不觉春风换柳条。

第一句集自胡宿【残花】："**雨压残红一夜凋**，晓来帘外正飘摇。数枝翠叶空相对，万片香魂不可招。长乐梦回春寂寂，武陵人去水迢迢。愁将玉笛传遗恨，苦被芳风透绮寮。"见《全唐诗》卷七三一。

第二句集自杜牧【寄扬州韩绰判官】："**青山隐隐水迢迢**，秋尽江南草未凋。二十四桥明月夜，玉人何处教吹箫。"见《全唐诗》卷五二三。

第三句集自刘禹锡【杂曲歌辞·浪淘沙】之四:“鹦鹉洲头浪飐沙,青楼春望日将斜。**衔泥燕子争归舍**,独自狂夫不忆家。”见《全唐诗》卷二八。

第四句集自韩滉【晦日呈诸判官】:“晦日新晴春色娇,万家攀折渡长桥。年年老向江城寺,**不觉春风换柳条**。”见《全唐诗》卷二六二。

暖烟轻淡草霏霏,乱叠千峰掩翠微。

树影悠悠花悄悄,山光物态弄春晖。

第一句集自吴融【东归次灞上】:“**暖烟轻淡草霏霏**,一片晴山衬夕晖。水露浅沙无客泛,树连疏苑有莺飞。自从身与沧浪别,长被春教寂寞归。回首青门不知处,向人杨柳莫依依。”见《全唐诗》卷六八七。

第二句集自施肩吾【春日题罗处士山舍】:“**乱叠千峰掩翠微**,高人爱此自忘机。春风若扫阶前地,便是山花带锦飞。”见《全唐诗》卷四九四。

第三句集自曹唐【汉武帝将候西王母下降】:“昆仑凝想最高峰,王母来乘五色龙。歌听紫鸾犹缥缈,语来青鸟许从容。风回水落三清月,漏苦霜传五夜钟。**树影悠悠花悄悄**,若闻箫管是行踪。”见《全唐诗》卷六四〇。

第四句集自张旭【山行留客】:“**山光物态弄春晖**,莫为轻阴便拟归。纵使晴明无雨色,入云深处亦沾衣。”见《全唐诗》卷一一七。

绿野声声杜宇来,江花江草暖相偎。

水宽山远烟岚迥,无限春风吹不开。

第一句集自徐凝【玩花五首】之三:“朱霞焰焰山枝动,**绿野声声杜宇来**。谁为蜀王身作鸟,自啼还自有花开。”见《全唐诗》卷四七四。

第二句集自罗隐【春日叶秀才曲江】：“**江花江草暖相偎**，也向江边把酒杯。春色恼人遮不得，别愁如疟避还来。安排贱迹无良策，裨补明时望重才。一曲吴歌齐拍手，十年尘眼未曾开。”见《全唐诗》卷六五五。

第三句集自李绅【却望无锡芙蓉湖】：“**水宽山远烟岚迥**，柳岸萦回在碧流。清昼不风凫雁少，却疑初梦镜湖秋。”见《全唐诗》卷四八二。

第四句集自白居易【思妇眉】：“春风摇荡自东来，折尽樱桃绽尽梅。惟余思妇愁眉结，**无限春风吹不开**。”见《全唐诗》卷四四二。

杜宇：鸟名，即杜鹃，又名子规。相传为古蜀王杜宇之魂所化。**迥**：本指远的意思，如“迥远”，即遥远；也指高的意思，如“迥耸”，即高耸。

新竹翛翛韵晓风，濛濛柳絮舞晴空。

绿阴十里滩声里，处处山连水自通。

第一句集自刘禹锡【和宣武令狐相公郡斋对新竹】：“**新竹翛翛韵晓风**，隔窗依砌尚蒙笼。数间素壁初开后，一段清光入坐中。欹枕闲看知自适，含毫朗咏与谁同。此君若欲长相见，政事堂东有旧丛。”见《全唐诗》卷三六〇。

第二句集自无名氏【宫词】：“花萼楼前春正浓，**濛濛柳絮舞晴空**。金钱掷罢娇无力，笑倚栏干屈曲中。”见《全唐诗》卷七八六。

第三句集自李群玉【题王侍御宅】：“门向沧江碧岫开，地多鸥鹭少尘埃。**绿阴十里滩声里**，闲自王家看竹来。”见《全唐诗》卷五七〇。

第四句集自许浑【送杜秀才归桂林】：“桂州南去与谁同，**处处山连水自通**。两岸晓霞千里草，半帆斜日一江风。瘴雨欲来枫树黑，火云初起荔枝红。愁君路远销年月，莫滞三湘五岭中。”见《全唐诗》卷五三六。

翛翛（xiāoxiāo）：象声词。

花木无情只自红，参差撩乱妒春风。

连山翠霭笼沙溆，半缕轻烟柳影中。

第一句集自李咸用【春日喜逢乡人刘松】:“故人不见五春风，异地相逢岳影中。旧业久抛耕钓侣，新闻多说战争功。生民有恨将谁诉，**花木无情只自红**。莫把少年愁过日，一尊须对夕阳空。”见《全唐诗》卷六四六。

第二句集自顾况【王郎中妓席五咏·筝】:“秦声楚调怨无穷，陇水胡笳咽复通。莫遣黄莺花里啭，**参差撩乱妒春风**。”见《全唐诗》卷二六七。

第三句集自子兰【河梁晚望二首】之一:“水势滔滔不可量，渔舟容易泛沧浪。**连山翠霭笼沙溆**，白鸟翩翩下夕阳。”见《全唐诗》卷八二四。

第四句集自杜牧【齐安郡中偶题二首】之一:“两竿落日溪桥上，**半缕轻烟柳影中**。多少绿荷相倚恨，一时回首背西风。”见《全唐诗》卷五二二。

参差:不整齐，纷纭繁杂的样子。**翠霭**:绿色群山间弥漫的云气。**撩乱**:缤纷，即繁盛的样子。宋·王安石《渔家傲》词之一:“灯火已收正月半，山南山北花撩乱。”**沙溆**:亦作“沙漵”，沙滩临水处。南朝·梁·何逊《赠江长史别》诗:“长飙落江树，秋月照沙溆。”

漓江春雨
四首

阴云一布遍长空，梅子黄时雨意浓。

野水闲流春自碧，江明深翠引诸峰。

第一句集自吕岩【鄂渚悟道歌】:“纵横天际为闲客，时遇季秋重阳节。**阴云一布遍长**

空，膏泽连绵滋万物。因雨泥滑门不出，忽闻邻舍语丹术。试问邻公可相传，一言许肯更无难。数篇奇怪文入手，一夜挑灯读不了。晓来日早才看毕，不觉自醉如恍惚。恍惚之中见有物，状如日轮明突兀。自言便是丹砂精，宜向鼎中烹凡质。凡质本来不化真，化真须得真中物。不用铅，不用汞，还丹须向炉中种。玄中之玄号真铅，及至用铅还不用。或名龙，或名虎，或号婴儿并姹女。丹砂一粒名千般，一中有一为丹母。火莫燃，水莫冻，修之炼之须珍重。直待虎啸折巅峰，骊龙夺得玄珠弄。龙吞玄宝忽升飞，飞龙被我捉来骑。一翥上朝归碧落，碧落广阔无东西。无晓无夜无年月，无寒无暑无四时。自从修到无为地，始觉奇之又怪之。”见《全唐诗》卷八五九。

第二句集自无名氏【句】：“楝花开后风光好，**梅子黄时雨意浓**。（江南自初春至初夏，有二十四番花信风，最后为楝花风，故唐人有此句。见《东皋杂录》）”见《全唐诗》卷七九六。

第三句集自刘长卿【送郭六侍从之武陵郡】：“常爱武陵郡，羡君将远寻。空怜世界迫，孤负桃源心。洛阳遥想桃源隔，**野水闲流春自碧**。花下常迷楚客船，洞中时见秦人宅。落日相看斗酒前，送君南望但依然。河梁马首随春草，江路猿声愁暮天。丈人别乘佐分忧，才子趋庭兼胜游。澧浦荆门行可见，知君诗兴满沧洲。”见《全唐诗》卷一五一。

第四句集自王昌龄【宴春源】：“源向春城花几重，**江明深翠引诸峰**。与君醉失松溪路，山馆寥寥传暝钟。”见《全唐诗》卷一四三。

前峰后岭碧濛濛，草色青青柳色浓。

细雨满江春水涨，故山多在画屏中。

第一句集自卢纶【送韦判官得雨中山】：**“前峰后岭碧濛濛**，草拥惊泉树带风。人语马嘶听不得，更堪长路在云中。”见《全唐诗》卷二八〇。

第二句集自高骈【边方春兴】：**“草色青青柳色浓**，玉壶倾酒满金钟。笙歌嘹亮随风去，知尽关山第几重。”见《全唐诗》卷五九八。

第三句集自崔涂【江雨望花】：**“细雨满江春水涨**，好风留客野梅香。避秦不是无归意，一度逢花一断肠。”见《全唐诗》卷六七九。

第四句集自温庭筠【赠郑征君家匡山首春与丞相赞皇公游止】：“一抛兰棹逐燕鸿，曾向江湖识谢公。每到朱门还怅望，**故山多在画屏中**。”见《全唐诗》卷五七九。

故山：旧山，喻指家乡。

水光春色满江天，万叠青山但一川。

两岸人家微雨后，蕙风飘荡散轻烟。

第一句集自陈标【江南行】：“**水光春色满江天**，苹叶风吹荷叶钱。香蚁翠旗临岸市，艳娥红袖渡江船。晓惊白鹭联翩雪，浪蹙青荧潋滟烟。不怕江洲芳草暮，待将秋兴折湖莲。”见《全唐诗》卷五〇八。

第二句集自吴融【过九成宫】：“凤辇东归二百年，九成宫殿半荒阡。魏公碑字封苍藓，文帝泉声落野田。碧草断沾仙掌露，绿杨犹忆御炉烟。升平旧事无人说，**万叠青山但一川**。”见《全唐诗》卷六八四。

第三句集自欧阳炯【南乡子】之六：“路入南中，桄榔叶暗蓼花红。**两岸人家微雨后**，收红豆，树底纤纤抬素手。”见《全唐诗》卷八九六。

第四句集自毛熙震【浣溪沙】之一：“春暮黄莺下砌前，水精帘影露珠悬，绮霞低映晚晴天。弱柳万条垂翠带，残红满地碎香钿，**蕙风飘荡散轻烟**。”见《全唐诗》卷八九五。

山张屏障绿参差，浓似苔锦含碧滋。

万顷野烟春雨断，云生松壑有新诗。

第一句集自白居易【重题别东楼】：“东楼胜事我偏知，气象多随昏旦移。湖卷衣裳白重叠，**山张屏障绿参差**。海仙楼塔晴方出，江女笙箫夜始吹。春雨星攒寻蟹火，秋风霞飐弄涛旗。宴宜云髻新梳后，曲爱霓裳未拍时。太守三年嘲不尽，郡斋空作百篇诗。”见《全唐诗》卷四四六。

第二句集自李白【酬殷明佐见赠五云裘歌】：“我吟谢朓诗上语，朔风飒飒吹飞雨。谢朓已没青山空，后来继之有殷公。粉图珍裘五云色，晔如晴天散彩虹。文章彪炳光陆离，应是素娥玉女之所为。轻如松花落金粉，**浓似苔锦含碧滋**。远山积翠横海岛，残霞飞丹映江草。凝毫采掇花露容，几年功成夺天造。故人赠我我不违，着令山水含清晖。顿惊谢康乐，诗兴生我衣。襟前林壑敛暝色，袖上云霞收夕霏。群仙长叹惊此物，千崖万岭相萦郁。身骑白鹿行飘飖，手翳紫芝笑披拂。相如不足跨鹔鹴，王恭鹤氅安可方。瑶台雪花数千点，片片吹落春风香。为君持此凌苍苍，上朝三十六玉皇。下窥夫子不可及，矫首相思空断肠。”见《全唐诗》卷一六七。

第三句集自齐己【寄寻萍公】：“闻在湓城多寄住，随时谈笑浑尘埃。孤峰恐忆便归去，浮世要看还下来。**万顷野烟春雨断**，九条寒浪晚窗开。虎溪桥上龙潭寺，曾此相寻踏雪回。”见《全唐诗》卷八四六。

第四句集自贯休【陪冯使君游六首·锦沙墩】：“临水登山兴自奇，锦沙墩上最多时。虽云发白孤峰好，其奈名清圣主知。草媚莲塘资逸步，**云生松壑有新诗**。翛然别是神仙趣，岂羡东山妓乐随。”见《全唐诗》卷八三七。

苔锦：形容苔藓丛生如锦绣。**碧滋**：形容草木翠绿而润泽。

漓江雨霁

寒竹风摇远天碧，一川如画雨初晴。

扫开云雾呈光景，无数好山江上横。

第一句集自卢仝【赠徐希仁石砚别】："灵山一片不灵石，手斫成器心所惜。凤鸟不至池不成，蛟龙干蟠水空滴。青松火炼翠烟凝，**寒竹风摇远天碧**。今日赠君离别心，此中至浅造化深。用之可以过珪璧，弃置还为一片石。"见《全唐诗》卷三八八。

第二句集自卢延让【樊川寒食二首】之一："寒食权豪尽出行，**一川如画雨初晴**。谁家络络游春盛，担入花间轧轧声。"见《全唐诗》卷七一五。

第三句集自刘禹锡【酬皇甫十少尹暮秋久雨喜晴有怀见示】："雨余独坐卷帘帷，便得诗人喜霁诗。摇落从来长年感，惨舒偏是病身知。**扫开云雾呈光景**，流尽潢污见路岐。何况菊香新酒熟，神州司马好狂时。"见《全唐诗》卷三六一。

第四句集自殷尧藩【李舍人席上感遇】："微云敛雨天气清，松声出树秋泠泠。窗户长含碧萝色，溪流时带蛟龙腥。一官到手不可避，万事役我徒劳形。飘然曳杖出门去，**无数好山江上横**。"见《全唐诗》卷四九二。

漓江春霁

五 首

烟岭高翔碧鹧鸪，云横峭壁水平铺。

红霞嶂底潺潺色，春霁江山似画图。

第一句集自吴越僧【武肃王有旨，石桥设斋会，进一诗，共六首】之三："智泉福海莫能逾，亲自王恩运睿谟。感现尽冥心境界，资持全固道根株。石梁低翥红鹦鹉，**烟岭高翔碧鹧鸪**。胜妙重重惟祷祝，永资军庶息灾虞。"见《全唐诗》卷八五一。

第二句集自韩偓【商山道中】："**云横峭壁水平铺**，渡口人家日欲晡。却忆往年看粉本，始知名画有工夫。"见《全唐诗》卷六八二。

第三句集自齐己【忆东林因送二生归】："好向东林度此生，半天山脚寺门平。**红霞嶂底潺潺色**，清夜房前瑟瑟声。偶别十年成瞬息，欲来千里阻刀兵。可怜二子同归兴，南国烟花路好行。"见《全唐诗》卷八四六。

第四句集自刘兼【春霁】：“**春霁江山似画图**，醉垂鞭袂出康衢。猖狂乱打貔貅鼓，懒慢迟修鸳鹭书。老色渐来欺鬓发，闲情将欲傲簪裾。苔钱遍地知多少，买得花枝不落无。”见《全唐诗》卷七六六。

春霁：春雨初晴。**翠巘**：青翠的山峰。

时时微雨洗风光，林外遥山隔翠岚。

天地气和融霁色，乱云如絮满澄潭。

第一句集自和凝【小重山】之一：“春入神京万木芳，禁林莺语滑、蝶飞狂。晓花擎露妨啼妆，红日永、风和百花香。烟锁柳丝长，御沟澄碧水、转池塘。**时时微雨洗风光**，天衢远、到处引笙篁。”见《全唐诗》卷八九三。

第二句集自牟融【春游】：“锦袍日暖耀冰蚕，上客陪游酒半酣。笑拂吟鞭邀好兴，醉欹乌帽逞雄谈。楼前弱柳摇金缕，**林外遥山隔翠岚**。正是太平行乐处，春风花下且停骖。”见《全唐诗》卷四六七。

第三句集自李山甫【寒食二首】之二：“风烟放荡花披猖，秋千女儿飞短墙。绣袍驰马拾遗翠，锦袖斗鸡喧广场。**天地气和融霁色**，池台日暖烧春光。自怜尘土无他事，空脱荷衣泥醉乡。”见《全唐诗》卷六四三。

第四句集自韦庄【西塞山下作】：“西塞山前水似蓝，**乱云如絮满澄潭**。孤峰渐映湓城北，片月斜生梦泽南。爨动晓烟烹紫蕨，露和香蒂摘黄柑。他年却棹扁舟去，终傍芦花结一庵。”见《全唐诗》卷六九八。

霁色：霁，雨停止，雨后转晴。霁色指雨后天晴的景色。

江澄霁色雾霏微，万里春流绕钓矶。

半隔烟岚遥隐隐，碧峰斜见鹭鸶飞。

第一句集自徐铉【避难东归，依韵和黄秀才见寄】：“戚戚逢人问所之，东流相送向京畿。自甘逐客纫兰佩，不料平民著战衣。树带荒村春冷落，**江澄霁色雾霏微**。时危道丧无才术，空手徘徊不忍归。”见《全唐诗》卷七五四。

第二句集自赵嘏【曲江春望怀江南故人】：“杜若洲边人未归，水寒烟暖想柴扉。故园何处风吹柳，新雁南来雪满衣。目极思随原草遍，浪高书到海门稀。此时愁望情多少，**万里春流绕钓矶**。”见《全唐诗》卷五四九。

第三句集自徐铉【山路花】：“不共垂杨映绮寮，倚山临路自娇饶。游人过去知香远，谷鸟飞来见影摇。**半隔烟岚遥隐隐**，可堪风雨暮萧萧。城中春色还如此，几处笙歌按舞腰。”见《全唐诗》卷七五一。

第四句集自李绅【姑苏台杂句】：“越王巧破夫差国，来献黄金重雕刻。西施醉舞花艳倾，妒月娇娥恣妖惑。姑苏百尺晓铺开，楼楣尽化黄金台。歌清管咽欢未极，越师戈甲浮江来。伍胥抉目看吴灭，范蠡全身霸西越。寂寞千年尽古墟，萧条两地皆明月。灵岩香径掩禅扉，秋草荒凉遍落晖。江浦回看鸥鸟没，**碧峰斜见鹭鸶飞**。如今白发星星满，却作闲官不闲散。野寺经过惧悔尤，公程迫蹙悲秋馆。吴乡越国旧淹留，草树烟霞昔遍游。云木梦回多感叹，不惟惆怅至长洲。”见《全唐诗》卷四八二。

江流曲似九回肠，水绿山青春日长。

霁景露光明远岸，回崖沓嶂凌苍苍。

第一句集自柳宗元【登柳州城楼寄漳汀封连四州】：“城上高楼接大荒，海天愁思正茫茫。惊风乱飐芙蓉水，密雨斜侵薜荔墙。岭树重遮千里目，**江流曲似九回肠**。共来百越文身地，犹自音书滞一乡。”见《全唐诗》卷三五一。

第二句集自刘威【晚春陪王员外东塘游宴】：“**水绿山青春日长**，政成因暇泛回塘。初移柳岸笙歌合，欲过苹洲罗绮香。共济已惊依玉树，随流还许醉金觞。一声画角严城暮，云雨分时满路光。”见《全唐诗》卷五六二。

第三句集自刘沧【及第后宴曲江】：“及第新春选胜游，杏园初宴曲江头。紫毫粉壁题仙籍，柳色箫声拂御楼。**霁景露光明远岸**，晚空山翠坠芳洲。归时不省花间醉，绮陌香车似水流。”见《全唐诗》卷五八六。

第四句集自李白【庐山谣，寄卢侍御虚舟】：“我本楚狂人，凤歌笑孔丘。手持绿玉杖，朝别黄鹤楼。五岳寻仙不辞远，一生好入名山游。庐山秀出南斗傍，屏风九叠云锦张，影落明湖青黛光。金阙前开二峰长，银河倒挂三石梁。香炉瀑布遥相望，**回崖沓嶂凌苍苍**。翠影红霞映朝日，鸟飞不到吴天长。登高壮观天地间，大江茫茫去不还。黄云万里动风色，白波九道流雪山。好为庐山谣，兴因庐山发。闲窥石镜清我心，谢公行处苍苔没。早服还丹无世情，琴心三叠道初成。遥见仙人彩云里，手把芙蓉朝玉京。先期汗漫九垓上，愿接卢敖游太清。”见《全唐诗》卷一七三。

回崖：曲折的山崖。**沓嶂**：又作“沓障”，重重叠叠的山峰。**凌**：高过。**苍苍**：指天空。

万物鲜华雨乍晴，片帆香挂芰荷烟。

乱山重叠云相掩，花里间关百啭莺。

第一句集自温庭筠【寒食前有怀】：“**万物鲜华雨乍晴**，春寒寂历近清明。残芳荏苒双飞蝶，晓睡朦胧百啭莺。旧侣不归成独酌，故园虽在有谁耕。悠然更起严滩恨，一宿东风蕙草生。”见《全唐诗》卷五八二。

第二句集自谭用之【贻钓鱼李处士】：“罢吟鹦鹉草芊芊，又泛鸳鸯水上天。一棹冷涵杨柳雨，**片帆香挂芰荷烟**。绿摇江澹萍离岸，红点云疏橘满川。何处邀将归画府，数茎红蓼一渔船。”见《全唐诗》卷七六四。

第三句集自施肩吾【山中送友人】：“欲折杨枝别恨生，一重枝上一啼莺。**乱山重叠云相掩**，君向乱山何处行。”见《全唐诗》卷四九四。

第四句集自权德舆【自桐庐如兰溪有寄】：“东南江路旧知名，惆怅春深又独行。新妇山头云半敛，女儿滩上月初明。风前荡飏双飞蝶，**花里间关百啭莺**。满目归心何处说，欹眠搔首不胜情。”见《全唐诗》卷三二九。

间关：象声词。形容宛转的鸟鸣声。

漓江春晚

七 首

千里莺啼绿映红，半帆斜日一江风。

晚来春静更逶迤，天际霞光入水中。

第一句集自杜牧【江南春绝句】：“**千里莺啼绿映红**，水村山郭酒旗风。南朝四百八十寺，多少楼台烟雨中。”见《全唐诗》卷五二二。

第二句集自许浑【送杜秀才归桂林】：“桂州南去与谁同，处处山连水自通。两岸晓霞千里草，**半帆斜日一江风**。瘴雨欲来枫树黑，火云初起荔枝红。愁君路远销年月，莫滞三湘五岭中。”见《全唐诗》卷五三六。

第三句集自李建勋【春水】：“万派争流雨过时，**晚来春静更逶迤**。轻鸥散绕夫差国，远树微分夏禹祠。青岸渐平濡柳带，旧溪应暖负莼丝。风鬟倚楫谁家子，愁看鸳鸯望所之。”见《全唐诗》卷七三九。

第四句集自韩偓【晓日】：“**天际霞光入水中**，水中天际一时红。直须日观三更后，首送金乌上碧空。”见《全唐诗》卷六八〇。

碧水含光滟滟长，山川重叠远茫茫。

木兰船上游春子，惊起鹭鸶和夕阳。

第一句集自赵嘏【广陵答崔琛】：“棹倚隋家旧院墙，柳金梅雪扑檐香。朱楼映日重重晚，**碧水含光滟滟长**。八斗已闻传姓字，一枝何足计行藏。声名官职应前定，且把旌麾入醉乡。”见《全唐诗》卷五四九。

第二句集自姚合【欲别】：“**山川重叠远茫茫**，欲别先忧别恨长。红芍药花虽共醉，绿蘼芜影又分将。鸳鸯有路高低去，鸿雁南飞一两行。惆怅与君烟景迴，不知何日到潇湘。”见《全唐诗》卷四九六。

第三句集自王喦【贫女】：“难把菱花照素颜，试临春水插花看。**木兰船上游春子**，笑把荆钗下远滩。”见《全唐诗》卷七三一。

第四句集自陆龟蒙【新秋杂题六首·吟】：“忆山摇膝石上晚，怀古掉头溪畔凉。有时得句一声发，**惊起鹭鸶和夕阳**。”见《全唐诗》卷六二九。

云外岚峰半入天，空江浩荡景萧然。

斜辉更落西山影，光照晴霞破碧烟。

第一句集自韦庄【洛北村居】：“十亩松篁百亩田，归来方属大兵年。岩边石室低临水，**云外岚峰半入天**。鸟势去投金谷树，钟声遥出上阳烟。无人说得中兴事，独倚斜晖忆仲宣。”见《全唐诗》卷六九六。

第二句集自许棠【洞庭湖】：“**空江浩荡景萧然**，尽日菰蒲泊钓船。青草浪高三月渡，绿杨花扑一溪烟。情多莫举伤春目，愁极兼无买酒钱。犹有渔人数家住，不成村落夕阳边。”见《全唐诗》卷六〇四。

第三句集自杜牧【怀钟陵旧游四首】之三：“十顷平湖堤柳合，岸秋兰芷绿纤纤。一声明月采莲女，四面朱楼卷画帘。白鹭烟分光的的，微涟风定翠湉湉。**斜辉更落西山影**，千步虹桥气象兼。”见《全唐诗》卷五二三。

第四句集自李绅【新楼诗二十首·海榴亭】：“海榴亭早开繁蕊，**光照晴霞破碧烟**。高近紫霄疑菡萏，迴依江月半婵娟。怀芳不作翻风艳，别萼犹含泣露妍。摇落旧丛云水隔，不堪行坐数流年。”见《全唐诗》卷四八一。

萧然：空寂，幽静冷落。

烟收春色更冲融，两岸桃花正好风。

千里暮山重叠翠，半江瑟瑟半江红。

第一句集自李忱【幸华严寺】:“云散晴山几万重，**烟收春色更冲融**。帐殿出空登碧汉，遐川俯望色蓝笼。林光入户低韶景，岭气通宵展霁风。今日追游何所似，莫惭汉武赏汾中。”见《全唐诗》卷四。

第二句集自朱庆余【过耶溪】:“春溪缭绕出无穷，**两岸桃花正好风**。恰是扁舟堪入处，鸳鸯飞起碧流中。”见《全唐诗》卷五一五。

第三句集自杜牧【湖南正初招李郢秀才】:“行乐及时时已晚，对酒当歌歌不成。**千里暮山重叠翠**，一溪寒水浅深清。高人以饮为忙事，浮世除诗尽强名。看着白苹芽欲吐，雪舟相访胜闲行。”见《全唐诗》卷五二二。

第四句集自白居易【暮江吟】:“一道残阳铺水中，**半江瑟瑟半江红**。可怜九月初三夜，露似真珠月似弓。”见《全唐诗》卷四四二。

冲融：充溢弥漫的样子，也指水波荡漾的样子，还指冲和、恬适。**瑟瑟**：指碧绿色。

晚来林鸟语殷勤，窣翠抛青烂熳春。

何处画桡寻绿水，斜光偏照渡江人。

第一句集自白居易【三月晦日晚闻鸟声】:“**晚来林鸟语殷勤**，似惜风光说向人。遣脱破袍劳报暖，催沽美酒敢辞贫。声声劝醉应须醉，一岁唯残半日春。”见《全唐诗》卷四五四。

第二句集自孙鲂【柳】之十:“小池前后碧江滨，**窣翠抛青烂熳春**。不是和风为抬举，可能开眼向行人。”见《全唐诗》卷八八六。

第三句集自杜荀鹤【题开元寺门阁】:“一登高阁眺清秋，满目风光尽胜游。**何处画桡**

寻绿水，几家鸣笛咽红楼。云山已老应长在，岁月如波只暗流。唯有禅居离尘俗，了无荣辱挂心头。”见《全唐诗》卷六九二。

第四句集自李嘉祐【晚登江楼有怀】：“独坐南楼佳兴新，青山绿水共为邻。爽气遥分隔浦岫，**斜光偏照渡江人**。心闲鸥鸟时相近，事简鱼竿私自亲。只忆帝京不可到，秋琴一弄欲沾巾。”见《全唐诗》卷二〇七。

窣：拂动，下垂。

汀洲云树共茫茫，山吐晴岚水放光。

摇荡春风乱帆影，鹧鸪飞处又斜阳。

第一句集自李益【同崔邠登鹳雀楼】：“鹳雀楼西百尺樯，**汀洲云树共茫茫**。汉家萧鼓空流水，魏国山河半夕阳。事去千年犹恨速。愁来一日即为长。风烟并起思归望，远目非春亦自伤。”见《全唐诗》卷二八三。

第二句集自白居易【代春赠】：“**山吐晴岚水放光**，辛夷花白柳梢黄。但知莫作江西意，风景何曾异帝乡。”见《全唐诗》卷四三九。

第三句集自皎然【买药歌送杨山人】：“华阴少年何所希，欲饵丹砂化骨飞。江南药少淮南有，暂别胥门上京口。京口斜通江水流，徘徊应上青山头。夜惊潮没鸬鹚堰，朝看日出芙蓉楼。**摇荡春风乱帆影**，片云无数是扬州。扬州喧喧卖药市，浮俗无由识仙子。河间姹女直千金，紫阳夫人服不死。吾于此道复何如，昨朝新得蓬莱书。”见《全唐诗》卷八二一。

第四句集自常建【岭猿】：“杳杳袅袅清且切，**鹧鸪飞处又斜阳**。相思岭上相思泪，不到三声合断肠。”见《全唐诗》卷一四四。

霏霏雾雨杏花天，万里江山敛暮烟。

隔岸水牛浮鼻渡，数峰危翠滴渔船。

第一句集自温庭筠【阳春曲】：“云母空窗晓烟薄，香昏龙气凝晖阁。**霏霏雾雨杏花天**，帘外春威著罗幕。曲阑伏槛金麒麟，沙苑芳郊连翠茵。厩马何能啮芳草，路人不敢随流尘。”见《全唐诗》卷五七六。

第二句集自李中【秋江夜泊寄刘钧】：“**万里江山敛暮烟**，旅情当此独悠然。沙汀月冷帆初卸，苇岸风多人未眠。已听渔翁歌别浦，更堪边雁过遥天。与君共俟酬身了，结侣波中寄钓船。”见《全唐诗》卷七四九。

第三句集自郑遨【与罗隐之联句】：“**隔岸水牛浮鼻渡**，傍溪沙鸟点头行。（见《纪事》）”见《全唐诗》卷七九四。

第四句集自齐己【塘上闲作】：“闲行闲坐藉莎烟，此兴堪思二古贤。陶靖节居彭泽畔，贺知章在镜池边。鸳鸯著对能飞绣，菡萏成群不语仙。形影腾腾夕阳里，**数峰危翠滴渔船**。”见《全唐诗》卷八四五。

山村春景

三 首

野禽闲哢碧悠悠，篱外涓涓涧水流。

云锁嫩黄烟柳细，春来尽挂树梢头。

第一句集自崔橹【题山驿新桐花】：“雨余烟腻暖香浮，影暗斜阳古驿楼。丹凤总巢阿阁去，紫花空映楚云愁。堪怜翠盖奇于画，更惜芳庭冷似秋。长日老春看落尽，**野禽闲哢碧悠悠**。”见《全唐诗》卷八八四。

第二句集自窦巩【寻道者所隐不遇】：“**篱外涓涓涧水流**，槿花半点夕阳收。欲题名字知相访，又恐芭蕉不奈秋。”见《全唐诗》卷二七一。

第三句集自阎选【八拍蛮】：“**云锁嫩黄烟柳细**，风吹红蒂雪梅残。光影不胜闺阁恨，行行坐坐黛眉攒。”见《全唐诗》卷八九七。

第四句集自高骈【锦城写望】：“蜀江波影碧悠悠，四望烟花匝郡楼。不会人家多少锦，**春来尽挂树梢头**。”见《全唐诗》卷五九八。

桃花历乱李花香，兰在幽林亦自芳。

春水悠悠春草绿，池塘经雨更苍苍。

第一句集自贾至【春思二首】之一：“草色青青柳色黄，**桃花历乱李花香**。东风不为吹愁去，春日偏能惹恨长。”见《全唐诗》卷二三五。

第二句集自刘禹锡【衢州徐员外使君遗以缟纻兼竹书箱因成一篇用答佳贶】：“烂柯山下旧仙郎，列宿来添婺女光。远放歌声分白纻，知传家学与青箱。水朝沧海何时去，**兰在幽林亦自芳**。闻说天台有遗爱，人将琪树比甘棠。”见《全唐诗》卷三五九。

第三句集自姚月华【怨诗寄杨达】之一：“**春水悠悠春草绿**，对此思君泪相续。羞将离恨向东风，理尽秦筝不成曲。”见《全唐诗》卷八〇〇。

第四句集自温庭筠【薛氏池垂钓】：“**池塘经雨更苍苍**，万点荷珠晓气凉。朱瑀空偷御沟水，锦鳞红尾属严光。”见《全唐诗》卷五八三。

春至桃花亦满蹊，空山弱筱向云低。

清风借响松筠外，自在娇莺恰恰啼。

第一句集自贯休【山居诗二十四首】之十九：“露滴红兰玉满畦，闲拖象屐到峰西。

但令心似莲花洁，何必身将槁木齐。古堑细烟红树老，半岩残雪白猿啼。虽然不是桃源洞，**春至桃花亦满蹊**。”见《全唐诗》卷八三七。

第二句集自崔峒【越中送王使君赴江华】：“皂盖春风自越溪，独寻芳树桂阳西。远水浮云随马去，**空山弱筱向云低**。遥知异政荆门北，旧许新诗康乐齐。万里相思在何处，九疑残雪白猿啼。”见《全唐诗》卷二九四。

第三句集自朱景玄【远闻本郡行春到旧山二首】：“**清风借响松筠外**，画隼停晖水石间。定掩溪名在图传，共知轩盖此登攀。”见《全唐诗》卷五四七。

第四句集自杜甫【江畔独步寻花】之六：“黄四娘家花满蹊，千朵万朵压枝低。留连戏蝶时时舞，**自在娇莺恰恰啼**。”见《全唐诗》卷二二七。

漓江晨景

晴烟漠漠柳毵毵，诗手难题画手惭。

万仞千山鸟飞远，东风朝日破轻岚。

第一句集自韦庄【杂曲歌辞·古离别】：“**晴烟漠漠柳毵毵**，不那离情酒半酣。更把马鞭云外指，断肠春色在江南。”见《全唐诗》卷二六。

第二句集自崔橹【过南城县麻姑山】之二：“**诗手难题画手惭**，浅青浓碧叠东南。尘愁世界忙心在，霞伴神仙稳梦酣。雨涕自悲看雪鬓，星冠无计整云簪。家风负荷须名宦，可惜千峰绿似蓝。”见《全唐诗》卷八八四。

第三句集自护国【临川道中】：“出谷入谷路回转，秋风已至归期晚。举头何处望来踪，**万仞千山鸟飞远**。”见《全唐诗》卷八一一。

第四句集自羊士谔【泛舟入后溪】之一：“**东风朝日破轻岚**，仙棹初移酒未酣。玉笛闲吹折杨柳，春风无事傍鱼潭。”见《全唐诗》卷三三二。

毵毵（sānsān）：毛发、枝条等细长垂拂、纷披散乱的样子。

漓江夜雨

昨夜雨多春水阔，江平偏见竹簰多。

花明月暗笼轻雾，杨柳垂丝烟倒拖。

第一句集自施肩吾【春日钱塘杂兴二首】之二：“西邻年少问东邻，柳岸花堤几处新。**昨夜雨多春水阔**，隔江桃叶唤何人。”见《全唐诗》卷四九四。

第二句集自萧遘【成都】：“月晓已开花市合，**江平偏见竹簰多**。好教载取芳菲树，剩照岷天瑟瑟波。”见《全唐诗》卷六〇〇。

第三句集自李煜【菩萨蛮】：“**花明月暗笼轻雾**，今宵好向郎边去。刬袜步香阶，手提金缕鞋。画堂南畔见，一晌偎人颤。好为出来难，教君恣意怜。”见《全唐诗》卷八八九。

第四句集自唐彦谦【送许户曹】：“沙头小燕鸣春和，**杨柳垂丝烟倒拖**。将军楼船发浩歌，云樯高插天嵯峨。白虹走香倾翠壶，劝饮花前金叵罗。神鳌驾粟升天河，新承雨泽浮恩波。”见《全唐诗》卷六七一。

漓江晚景

二　首

一川如画雨初晴，澄滤颓波到底清。

落日青山江上看，数峰岚带夕阳明。

第一句集自卢延让【樊川寒食二首】之一："寒食权豪尽出行，**一川如画雨初晴**。谁家络络游春盛，担入花间轧轧声。"见《全唐诗》卷七一五。

第二句集自郑谷【兵部卢郎中光济借示诗集，以四韵谢之】："七子风骚寻失主，五君歌诵久无声。调和雅乐归时正，**澄滤颓波到底清**。才大始知寰宇窄，吟高何止鬼神惊。叶公好尚浑疏阔，忽见真龙几丧明。"见《全唐诗》卷六七六。

第三句集自刘长卿【使还七里濑上逢薛承规赴江西贬官】："迁客归人醉晚寒，孤舟暂泊子陵滩。怜君更去三千里，**落日青山江上看**。"见《全唐诗》卷一五〇。

第四句集自熊皎【九华望庐山】："九江山势尽峥嵘，惟有匡庐最得名。万叠影遮残雪在，**数峰岚带夕阳明**。冷侵醉榻铺秋色，高亚吟龙送水声。只待丹霄酬志了，白云深处是归程。"见《全唐诗》卷八八六。

澄滤：指漓江水像经过沉淀过滤一样清澈。颓波：向下流的水势。

青山簇簇水茫茫，落日飞凫趁远樯。

万顷涵虚寒潋滟，此中便是五云乡。

第一句集自白居易【登郢州白雪楼】："白雪楼中一望乡，青山**簇簇水茫茫**。朝来渡口逢京使，说道烟尘近洛阳。"见《全唐诗》卷四三八。

第二句集自李咸用【送黄宾于赴举】："秋风昨夜满潇湘，衰柳残蝉思客肠。早是乱来无胜事，更堪江上揖离觞。澄潭跃鲤摇轻浪，**落日飞凫趁远樯**。渔父不须探去意，一枝春裹月中央。"见《全唐诗》卷六四六。

第三句集自方干【叙龙瑞观胜异寄于尊师】："混元融结致功难，山下平湖湖上山。**万顷涵虚寒潋滟**，千寻耸翠秀孱颜。芰荷香入琴棋处，雷雨声离栋牖间。但有五云依鹤岭，曾无陆路向人寰。夜溪漱玉常堪听，仙树垂珠可要攀。若弃荣名便居此，自然浮浊不相关。"见《全唐诗》卷六五三。

第四句集自徐氏【丈人观】："获陪翠辇喜殊常，同涉仙坛岂厌长。不羡乘鸾入烟雾，**此中便是五云乡**。"见《全唐诗》卷九。

飞凫：本指飞翔的野鸭。此指轻舟。唐·王勃《三月上巳祓禊序》："或昂骐骥，或泛飞凫。"**趁**：追逐，追赶。**樯**：桅杆，借指船只。**远樯**：即远处的船只。**涵虚**：指水映天空。**潋滟**：水波荡漾的样子。**五云乡**：即神仙住的地方。世人将漓江喻为仙境，这里五云乡喻指阳朔美如仙境的漓江。

漓江夏景

好风飘树柳阴凉，倒影荡摇晴翠长。

山水颠狂应尽在，周回胜异似仙乡。

第一句集自元稹【清都春霁，寄胡三、吴十一】："蕊珠宫殿经微雨，草树无尘耀眼光。白日当空天气暖，**好风飘树柳阴凉**。蜂怜宿露攒芳久，燕得新泥拂户忙。时节催年春不住，武陵花谢忆诸郎。"见《全唐诗》卷四一一。

第二句集自温庭筠【太液池歌】："腥鲜龙气连清防，花风漾漾吹细光。叠澜不定照天井，**倒影荡摇晴翠长**。平碧浅春生绿塘，云容雨态连青苍。夜深银汉通柏梁，二十八宿朝玉堂。"见《全唐诗》卷五七五。

第三句集自齐己【寄顾蟾处士】："久闻为客过苍梧，休说携家归镜湖。**山水颠狂应尽在**，鬓毛凋落免贫无。和僧抢入云中峭，带鹤驱成涧底孤。春醉醒来有余兴，因人乞与武陵图。"见《全唐诗》卷八四四。

第四句集自李咸用【春日题陈正字林亭】："**周回胜异似仙乡**，稍减愁人日月长。幕绕虚檐高岫色，镜临危槛小池光。丝垂杨柳当风软，玉折含桃倚径香。南北近来多少事，数声横笛怨斜阳。"见《全唐诗》卷六四六。

周回：周围，环绕。**胜异**：奇妙出众。

漓江冬夜小景

绕竹清流浸骨清，萧萧犹起朔风声。

前峰月映半江水，野渡无人舟自横。

第一句集自吴融【闲居有作】：“依依芳树拂檐平，**绕竹清流浸骨清**。爱弄绿苔鱼自跃，惯偷红果鸟无声。踏青堤上烟多绿，拾翠江边月更明。只此超然长往是，几人能遂铸金成。”见《全唐诗》卷六八七。

第二句集自张贾【和裴司空答张秘书赠马诗】：“阁下从容旧客卿，寄来骏马赏高情。任追烟景骑仍醉，知有文章倚便成。步步自怜春日影，**萧萧犹起朔风声**。须知上宰吹嘘意，送入天门上路行。”见《全唐诗》卷三六六。

第三句集自任翻【宿巾子山禅寺】：“绝顶新秋生夜凉，鹤翻松露滴衣裳。**前峰月映半江水**，僧在翠微开竹房。”见《全唐诗》卷七二七。

第四句集自韦应物【滁州西涧】：“独怜幽草涧边生，上有黄鹂深树鸣。春潮带雨晚来急，**野渡无人舟自横**。”见《全唐诗》卷一九三。

莲池晚景

西日横山含碧空，采莲湖上红更红。

谁人更唱阳关曲，却是扁舟一钓翁。

第一句集自钱起【夜宿灵台寺寄郎士元】：“**西日横山含碧空**，东方吐月满禅宫。朝瞻双顶青冥上，夜宿诸天色界中。石潭倒献莲花水，塔院空闻松柏风。万里故人能尚尔，知君视听我心同。”见《全唐诗》卷二三九。

第二句集自闽后陈氏【乐游曲】:“龙舟摇曳东复东，**采莲湖上红更红**。波淡淡，水溶溶，奴隔荷花路不通。西湖南湖斗彩舟，青蒲紫蓼满中洲。波渺渺，水悠悠，长奉君王万岁游。”见《全唐诗》卷八九九。

第三句集自谭用之【江馆秋夕】:“耿耿银河雁半横，梦欹金碧辘轳轻。满窗谢练江风白，一枕齐纨海月明。杨柳败梢飞叶响，芰荷香柄折秋鸣。**谁人更唱阳关曲**，牢落烟霞梦不成。”见《全唐诗》卷七六四。

第四句集自罗邺【旧侯家】:“台阁层层倚半空，绕轩澄碧御沟通。金钿座上歌春酒，画蜡尊前滴晓风。岁月不知成隙地。子孙谁更系殊功。人间若算无荣辱，**却是扁舟一钓翁**。”见《全唐诗》卷六五四。

阳关曲：琴曲名，即《阳关三叠》，也指词牌名。因唐·王维《送元二使安西》诗“西出阳关无故人”句而得名。宋·苏轼有《阳关曲》词。此借指山歌。

漓江渔火

三　首

白沙渔火

白沙翠竹江村暮，踪迹浮沉水上鸥。

人影动摇绿波里，年年此地是瀛洲。

第一句集自杜甫【南邻】:“锦里先生乌角巾，园收芋粟不全贫。惯看宾客儿童喜，得食阶除鸟雀驯。秋水才深四五尺，野航恰受两三人。**白沙翠竹江村暮**，相对柴门月色新。”见《全唐诗》卷二二六。

第二句集自牟融【送徐浩】:“渡口潮平促去舟，莫辞尊酒暂相留。弟兄聚散云边雁，**踪迹浮沉水上鸥**。千里好山青入楚，几家深树碧藏楼。知君此去情偏切，堂上椿萱雪满头。”见《全唐诗》卷四六七。

第三句集自刘希夷【公子行】:“天津桥下阳春水，天津桥上繁华子。马声回合青云外，**人影动摇绿波里**。绿波荡漾玉为砂，青云离披锦作霞。可怜杨柳伤心树，可怜桃李断肠花。此日遨游邀美女，此时歌舞入娼家。娼家美女郁金香，飞来飞去公子傍。的的珠帘白日映，娥娥玉颜红粉妆。花际徘徊双蛱蝶，池边顾步两鸳鸯。倾国倾城汉武帝，为云为雨楚襄王。古来容光人所羡，况复今日遥相见。愿作轻罗著细腰，愿为明镜分娇面。与君相向转相亲，与君双栖共一身。愿作贞松千岁古，谁论芳槿一朝新。百年同谢西山日，千秋万古北邙尘。”见《全唐诗》卷八二。

第四句集自雍裕之【曲江池上】:“殷勤春在曲江头，全藉群仙占胜游。何必三山待鸾鹤，**年年此地是瀛洲**。”见《全唐诗》卷四七一。

瀛洲：传说中的仙山。

白沙渔火为阳朔老八景之一。夜暮来临，渔民乘竹筏，驱鱼鹰下深潭捕鱼。渔火闪耀，号声不绝，灯影波光，引人观望。现演变为阳朔渔火节。

伏波渔火

夜雨暗江渔火出，关河万里路悠悠。

英风豪气今何在，空有还珠烟水流。

第一句集自薛逢【送庆上人归湖州因寄道儒座主】:“上人今去白苹洲，霅水苕溪我旧游。**夜雨暗江渔火出**，夕阳沈浦雁花收。闲听别鸟啼红树，醉看归僧棹碧流。若见儒公凭寄语，数茎霜鬓已惊秋。”见《全唐诗》卷五四八。

第二句集自刘沧【寄远】:“西园杨柳暗惊秋，宝瑟朱弦结远愁。霜落雁声来紫塞，月明人梦在青楼。蕙心迢递湘云暮，兰思萦回楚水流。锦字织成添别恨，**关河万里路悠悠**。”见《全唐诗》卷五八六。

第三句集自李白【答王十二寒夜独酌有怀】:“昨夜吴中雪，子猷佳兴发。万里浮云卷碧山，青天中道流孤月。孤月沧浪河汉清，北斗错落长庚明。怀余对酒夜霜白，玉床金井水峥嵘。人生飘忽百年内，且须酣畅万古情。君不能狸膏金距学斗鸡，坐令鼻息吹虹霓。君不能学哥舒横行青海夜带刀，西屠石堡取紫袍。吟诗作赋北窗里，万言不直一杯水。世人闻此皆掉头，有如东风射马耳。鱼目亦笑我，请与明月同。骅骝拳跼不能食，蹇驴得志鸣春风。折杨皇华合流俗，晋君听琴枉清角。巴人谁肯和阳春。楚地由来贱奇璞。黄金散尽交不成，白首为儒身被轻。一谈一笑失颜色，苍蝇贝锦喧谤声。曾参岂是杀人者，谗言三及慈母惊。与君论心握君手，荣辱于余亦何有。孔圣犹闻伤凤麟，董龙更是何鸡狗。一生傲岸苦不谐，恩疏媒劳志多乖。严陵高揖汉天子，何必长剑拄颐事玉阶。达亦不足贵，穷亦不足悲。韩信羞将绛灌比，祢衡耻逐屠沽儿。君不见李北海，**英风豪气今何在**。君不见裴尚书，土坟三尺蒿棘居。少年早欲五湖去，见此弥将钟鼎疏。”见《全唐诗》卷一七八。

第四句集自黄滔【经安州感故郑郎中二首】之二：“锦帐先生作牧州，干戈缺后见荒丘。兼无姓贾儿童在，**空有还珠烟水流**。江句行人吟刻石，月肠是处象登楼。旅魂频此归来否，千载云山属一游。”见《全唐诗》卷七〇五。

关河：关山河川，泛指山河。**还珠**：伏波山下有“还珠洞”，有动听传说。

伏波山还珠洞有伏波将军试剑石，伏波将军可谓英风长在，豪气永存。

瀑水渡渔火

渡口月明渔火残，春风吹入钓鱼湾。

下头应是骊龙窟，鸥鸟浮沉一水间。

第一句集自刘沧【江行夜泊】：“白浪连空极渺漫，孤舟此夜泊中滩。岳阳秋霁寺钟远，**渡口月明渔火残**。绿绮韵高湘女怨，青葭色映水禽寒。乡遥楚国生归思，欲曙山光上木兰。”见《全唐诗》卷五八六。

第二句集自崔道融【溪居即事】：“篱外谁家不系船，**春风吹入钓鱼湾**。小童疑是有村客，急向柴门去却关。”见《全唐诗》卷七一四。

第三句集自齐己【观李琼处士画海涛】：“巨鳌转侧长鳍翻，狂涛颠浪高漫漫。李琼夺得造化本，都卢缩在秋毫端。一挥一画皆筋骨，滉漾崩腾大鲸臬。叶扑仙槎摆欲沉，**下头应是骊龙窟**。昔年曾要涉蓬瀛，唯闻撼动珊瑚声。今来正叹陆沉久，见君此画思前程。千寻万派功难测，海门山小涛头白。令人错认钱塘城，罗刹石底奔雷霆。”见《全唐诗》卷八四七。

第四句集自西施【西施诗】：“云霞出没群峰外，**鸥鸟浮沉一水间**。一自越兵齐振地，梦魂不到虎丘山。”见《全唐诗》卷八六六。

印象刘三姐

二 首

白鹤山边秋复春，人来人去唱歌行。

一声洞彻八音尽，从此风流别有名。

第一句集自张又新【游白鹤山】：“**白鹤山边秋复春**，张文宅畔少风尘。欲驱五马寻真隐，谁是当初□竹人。”见《全唐诗》卷四七九。

第二句集自刘禹锡【竹枝词九首】之三：“江上朱楼新雨晴，瀼西春水縠纹生。桥东桥西好杨柳，**人来人去唱歌行**。”见《全唐诗》卷二六五。

第三句集自窦庠【于阗钟歌送灵彻上人归越】：“海中有国倾神功，烹金化成九乳钟。精气激射声冲瀜，护持海底诸鱼龙。声有感，神无方，连天云水无津梁。不知飞在灵嘉寺，一国之人皆若狂。东南之美天下传，环文万象无雕镌。有灵飞动不敢悬，锁在危楼五百年。有时清秋日正中，繁霜满地天无风。**一声洞彻八音尽**，万籁悄然星汉空。徒言凡质千钧重，一夫之力能振动。大鸣小鸣须在君，不击不考终不闻。高僧访古稽山曲，终日当之言不足。手提文锋百炼成，恐刜此钟无一声。”见《全唐诗》卷二七一。

第四句集自李山甫【柳十首】之七：“也曾飞絮谢家庭，**从此风流别有名**。不是向人无用处，一枝愁杀别离情。”见《全唐诗》卷六四三。

洞彻：亦作“洞澈”。透明，清澈，也指虚空、通敞的样子，亦指通晓，透彻了解。**八音**：我国古代对乐器的统称，通常为金、石、丝、竹、匏、土、革、木八种不同质材所制。

山光水色共参差，便遣婵娟唱竹枝。
一曲四词歌八叠，犹堪弄影舞瑶池。

第一句集自皎然【法华寺上方题江上人禅空】：“路入松声远更奇，**山光水色共参差**。中峰禅寂一僧在，坐对梁朝老桂枝。”见《全唐诗》卷八一七。

第二句集自方干【赠赵崇侍御】：“贵达合逢明圣日，风流又及少年时。才因出众人皆嫉，势欲摩霄自不知。正直早年闻苦节，从容此日见清规。却教鹦鹉呼桃叶，**便遣婵娟唱竹枝**。闲话篇章停烛久，醉迷歌舞出花迟。云鸿别有回翔便，应笑啁啾燕雀卑。”见《全唐诗》卷六五三。

第三句集自白居易【杂曲歌辞·何满子】：“世传满子是人名，临就刑时曲始成。**一曲四词歌八叠**，从头便是断肠声。”见《全唐诗》卷二七。

第四句集自李白【天马歌】：“天马来出月支窟，背为虎文龙翼骨。嘶青云，振绿发，兰筋权奇走灭没。腾昆仑，历西极，四足无一蹶。鸡鸣刷燕晡秣越，神行电迈蹑慌惚。天马呼，飞龙趋，目明长庚臆双凫。尾如流星首渴乌，口喷红光汗沟朱。曾陪时龙蹑天衢，羁金络月照皇都。逸气棱棱凌九区，白璧如山谁敢沽。回头笑紫燕，但觉尔辈愚。天马奔，恋君轩，駷跃惊矫浮云翻。万里足踯躅，遥瞻阊阖门。不逢寒风子，谁采逸景孙。白云在青天，丘陵远崔嵬。盐车上峻坂，倒行逆施畏日晚。伯乐翦拂中道遗，少尽其力老弃之。愿逢田子方，恻然为我悲。虽有玉山禾，不能疗苦饥。严霜五月凋桂枝，伏枥衔冤摧两眉。请君赎献穆天子，**犹堪弄影舞瑶池**。”见《全唐诗》卷一六二。

婵娟：姿态美好，这里指美女。**竹枝**：见《山情水趣·春游渡头风光》注。**叠**：乐曲的重复演奏。如《阳关三叠》。

《印象刘三姐》是全球最大的山水实景剧，演出点在阳朔著名的书童山旁的田家洲，白鹤山边。以1.654平方公里漓江水域为舞台和漓江边12座著名山峰为背景。

阳朔西街狂欢节之夜

夜市千灯照碧云，风含和气满城春。

欢娱踊跃情无外，多少通宵不寐人。

第一句集自王建【夜看扬州市】："**夜市千灯照碧云**，高楼红袖客纷纷。如今不似时平日，犹自笙歌彻晓闻。"见《全唐诗》卷三〇一。

第二句集自贯休【上卢使君二首】之二："司马迁文亚圣人，三头九陌碾香尘。尽传棣萼麟兼凤，终作昌朝甫与申。楼耸娇歌疏雨过，**风含和气满城春**。因知寰海升平去，又见高宗梦里人。"见《全唐诗》卷八三七。

第三句集自吕岩【赠乔二郎】："与君相见皇都里，陶陶动便经年醉。醉中往往爱藏真，亦不为他名与利。劝君休恋浮华荣，直须奔走烟霞程。烟霞欲去如何去，先须肘后飞金晶。金晶飞到上宫里，上宫下宫通光明。当时玉汞涓涓生，奔归元海如雷声。从此夫妻相际会，**欢娱踊跃情无外**。水火都来两半间，卦候翻成地天泰。一浮一沈阳炼阴，阴尽方知此理深。到底根元是何物，分明只是水中金。乔公乔公急下手，莫逐乌飞兼兔走。何如修炼作真人，尘世浮生终不久。人道长生没得来，自古至今有有有。"见《全唐诗》卷八五九。

第四句集自唐彦谦【七夕】："露白风清夜向晨，小星垂佩月埋轮。绛河浪浅休相隔，沧海波深尚作尘。天外凤凰何寂寞，世间乌鹊漫辛勤。倚阑殿北斜楼上，**多少通宵不寐人**。"见《全唐诗》卷六七二。

无外：无穷，无所不包。

滨江路桂花

小树不禁攀折苦，更遭风雨损馨香。

几回掩泪看花落，此夜姮娥应断肠。

第一句集自白居易【杂曲歌辞·杨柳枝】之七：“叶含浓露如啼眼，枝袅轻风似舞腰。**小树不禁攀折苦**，乞君留取两三条。”见《全唐诗》卷二八。

第二句集自李群玉【人日梅花病中作】：“去年今日湘南寺，独把寒梅愁断肠。今年此日江边宅，卧见琼枝低压墙。半落半开临野岸，团情团思醉韶光。玉鳞寂寂飞斜月，素艳亭亭对夕阳。已被儿童苦攀折，**更遭风雨损馨香**。洛阳桃李渐撩乱，回首行宫春景长。”见《全唐诗》卷五六九。

第三句集自陈羽【古意】：“十三学绣罗衣裳，自怜红袖闻馨香。人言此是嫁时服，含笑不刺双鸳鸯。郎年十九髭未生，拜官天下闻郎名。车马骈阗贺门馆，自然不失为公卿。是时妾家犹未贫，兄弟出入双车轮。繁华全盛两相敌，与郎年少为婚姻。郎家居近御沟水，豪门客尽蹑珠履。雕盘酒器常不干，晓入中厨妾先起。姑嫜严肃有规矩，小姑娇憨意难取。朝参暮拜白玉堂，绣衣著尽黄金缕。妾貌渐衰郎渐薄，时时强笑意索寞。知郎本来无岁寒，**几回掩泪看花落**。妾年四十丝满头，郎年五十封公侯。男儿全盛日忘旧，银床羽帐空飕飗。庭花红遍蝴蝶飞，看郎佩玉下朝时。归来略略不相顾，却令侍婢生光辉。郎恨妇人易衰老，妾亦恨深不忍道。看郎强健能几时，年过六十还枯槁。”见《全唐诗》卷三四八。

第四句集自李商隐【月夕】：“草下阴虫叶上霜，朱栏迢递压湖光。兔寒蟾冷桂花白，**此夜姮娥应断肠**。”见《全唐诗》卷五三九。

姮娥：传说月亮上有桂花树，姮娥是传说中的月亮女神，即嫦娥。

第三句也可用“闲花落尽青苔地”，集自王涯【春闺思】：“愁见游空百尺丝，春风挽断更伤离。闲花落尽青苔地，尽日无人谁得知。”见《全唐诗》卷三四六。

辛卯中秋，阳朔县城漓江岸滨江路两侧桂花刚开放，即遭人大肆攀折采花，亦时遭风雨摧残，不数日花落尽。

江岸野梅

半落半开临野岸，从来只得影相亲。

夭桃莫倚东风势，羞共千花一样春。

第一句集自李群玉【人日梅花病中作】:“去年今日湘南寺，独把寒梅愁断肠。今年此日江边宅，卧见琼枝低压墙。**半落半开临野岸**，团情团思醉韶光。玉鳞寂寂飞斜月，素艳亭亭对夕阳。已被儿童苦攀折，更遭风雨损馨香。洛阳桃李渐撩乱，回首行宫春景长。”见《全唐诗》卷五六九。

第二句集自项斯【赠别】:“鱼在深泉鸟在云，**从来只得影相亲**。他时纵有逢君处，应作人间白发身。”见《全唐诗》卷五五四。

第三句集自韩偓【湖南梅花一冬再发偶题于花援】:“湘浦梅花两度开，直应天意别栽培。玉为通体依稀见，香号返魂容易回。寒气与君霜里退，阳和为尔腊前来。**夭桃莫倚东风势**，调鼎何曾用不材。”见《全唐诗》卷六八〇。

第四句集自陆希声【阳羡杂咏十九首·梅花坞】:“冻蕊凝香色艳新，小山深坞伴幽人。知君有意凌寒色，**羞共千花一样春**。”见《全唐诗》卷六八九。

漓江垂柳

绽黄摇绿嫩参差，陌上河边千万枝。

陶令门前四五树，不曾一度不低眉。

第一句集自顾云【咏柳二首】之一:“带露含烟处处垂，**绽黄摇绿嫩参差**。长堤未见风飘絮，广陌初怜日映丝。斜傍画筵偷舞态，低临妆阁学愁眉。离亭不放到春暮，折尽拂檐千万枝。”见《全唐诗》卷六三七。

第二句集自段成式【折杨柳七首】之七：“**陌上河边千万枝**，怕寒愁雨尽低垂。黄金毯短人多折，已恨东风不展眉。”见《全唐诗》卷五八四。

第三句集自白居易【杂曲歌辞·杨柳枝】：“六么水调家家唱，白雪梅花处处吹。古歌旧曲君休听，听取新翻杨柳枝。**陶令门前四五树**，亚夫营里百千条。何似东都正二月，黄金枝映洛阳桥。依依袅袅复青青，勾引清风无限情。白雪花繁空扑地，绿丝条弱不胜莺。红板江桥青酒旗，馆娃宫暖日斜时。可怜雨歇东风定，万树千条各自垂。苏州杨柳任君夸，更有钱塘胜馆娃。若解多情寻小小，绿杨深处是苏家。苏家小女旧知名，杨柳风前别有情。剥条盘作银环样，卷叶吹为玉笛声。叶含浓露如啼眼，枝袅轻风似舞腰。小树不禁攀折苦，乞君留取两三条。人言柳叶似愁眉，更有愁肠似柳丝。柳丝挽断肠牵断，彼此应无续得期。”见《全唐诗》卷二八。

第四句集自白居易【过裴令公宅】之一：“风吹杨柳出墙枝，忆得同欢共醉时。每到集贤坊地过，**不曾一度不低眉**。”见《全唐诗》卷四五八。

漓江竹

拂水藏村复间松，翠光横在暑天中。

风惊晓叶如闻雨，瑟瑟翛翛韵且同。

第一句集自郑谷【竹】：“宜烟宜雨又宜风，**拂水藏村复间松**。移得萧骚从远寺，洗来疏净见前峰。侵阶藓拆春芽迸，绕径莎微夏荫浓。无赖杏花多意绪，数枝穿翠好相容。”见《全唐诗》卷六七五。

第二句集自陆龟蒙【以竹夹膝寄赠袭美】：“截得筼筜冷似龙，**翠光横在暑天中**。堪临薤簟闲凭月，好向松窗卧跂风。持赠敢齐青玉案，醉吟偏称碧荷筒。添君雅具教多著，为着西斋谱一通。”见《全唐诗》卷六二五。

第三句集自令狐楚【郡斋左偏栽竹百余竿炎凉已周青翠不改而为墙垣所蔽有乘受赏假日命去斋居之东墙由是俯临轩街低映帷产日夕相对颇有翛然之趣】:“斋居栽竹北窗边，素壁新开映碧鲜。青蔼近当行药处，绿阴深到卧帷前。**风惊晓叶如闻雨**，月过春枝似带烟。老子忆山心暂缓，退公闲坐对婵娟。”见《全唐诗》卷三三四。

第四句集自齐己【庭际新移松竹】:“三茎瘦竹两株松，**瑟瑟翛翛韵且同**。抱节乍离新涧雪，盘根远别旧林风。岁寒相倚无尘地，荫影分明有月中。更待阳和信催促，碧梢青杪看凌空。”见《全唐诗》卷八四五。

瑟瑟翛翛：指风吹竹叶发出的响声。

题山水画

橘香深处钓船横，一道澄澜彻底清。

树影蒙茏鄣叠岫，花边白犬吠流莺。

第一句集自秦韬玉【长安书怀】:“凉风吹雨滴寒更，乡思欺人拨不平。长有归心悬马首，可堪无寐枕蛩声。岚收楚岫和空碧，秋染湘江到底清。早晚身闲著蓑去，**橘香深处钓船横**。”见《全唐诗》卷六七〇。

第二句集自杨夔【送杜郎中入茶山修贡】:“**一道澄澜彻底清**，仙郎轻棹出重城。采苹虚得当时称，述职那同此日荣。剑戟步经高障黑，绮罗光动百花明。谢公携妓东山去，何似乘春奉诏行。”见《全唐诗》卷七六三。

第三句集自李旦【石淙】:“奇峰嶾嶙箕山北，秀崿岧峣嵩镇南。地首地肺何曾拟，天目天台倍觉惭。**树影蒙茏鄣叠岫**，波深汹涌落悬潭。□愿紫宸居得一，永欣丹扆御通三。”见《全唐诗》卷二。

第四句集自方干【题陶详校书阳羡隐居】:“芸香署里从容步，阳羡山中啸傲情。竿底紫鳞输钓伴，**花边白犬吠流莺**。长潭五月含冰气，孤桧中宵学雨声。便泛扁舟应未得，鸱夷弃相始垂名。”见《全唐诗》卷六五一。

澄澜：清波。有轻微波纹的江水。**彻底：**形容水清见底。**鄣：**阻塞、阻隔。**叠岫：**重重叠叠的山峰。

题牡丹图

千娇万态破朝霞，看遍花无胜此花。

唯有牡丹真国色，出栏呈艳自应夸。

第一句集自徐凝【牡丹】：“何人不爱牡丹花，占断城中好物华。疑是洛川神女作，**千娇万态破朝霞**。”见《全唐诗》卷四七四。

第二句集自徐夤【牡丹花二首】之一：“**看遍花无胜此花**，剪云披雪蘸丹砂。开当青律二三月，破却长安千万家。天纵秾华刳鄙吝，春教妖艳毒豪奢。不随寒令同时放，倍种双松与辟邪。”见《全唐诗》卷七〇八。

第三句集自刘禹锡【赏牡丹】：“庭前芍药妖无格，池上芙蕖净少情。**唯有牡丹真国色**，花开时节动京城。”见《全唐诗》卷三六五。

第四句集自孙鲂【看牡丹二首】之一：“莫将红粉比秾华，红粉那堪比此花。隔院闻香谁不惜，**出栏呈艳自应夸**。北方有态须倾国，西子能言亦丧家。输我一枝和晓露，真珠帘外向人斜。”见《全唐诗》卷八八六。

题吴建华国画
二首

山东画家吴建华先生擅国画，油画，最擅长素描。我亲听王琦、线绍武两位艺术大师对他的素描的极力称赞。他多次到阳朔，与我深交，曾送我《秋山隐居图》和《吹笛浴牛图》。

题《秋山隐居图》

绕舍烟霞为四邻，秋山行尽路无尘。

陶潜旧隐依稀在，闻道桃源堪避秦。

第一句集自张祜【别玉华仙侣】：“**绕舍烟霞为四邻**，寒泉白石日相亲。尘机不尽住不得，珍重玉山山上人。”见《全唐诗》卷五一一。

第二句集自杨凭【秋日独游曲江】：“信马闲过忆所亲，**秋山行尽路无尘**。主人莫惜松阴醉，还有千钱沽酒人。”见《全唐诗》卷二八九。

第三句集自杜荀鹤【送友人宰浔阳】：“高兴那言去路长，非君不解爱浔阳。有时猿鸟来公署，到处烟霞是道乡。钓艇满江鱼贱菜，纸窑连岳楮多桑。**陶潜旧隐依稀在**，好继高踪结草堂。”见《全唐诗》卷六九二。

第四句集自苏广文【自商山宿隐居】：“**闻道桃源堪避秦**，寻幽数日不逢人。烟霞洞里无鸡犬，风雨林中有鬼神。黄公石上三芝秀，陶令门前五柳春。醉卧白云闲入梦，不知何物是吾身。”见《全唐诗》卷七八三。

避秦：晋·陶潜《桃花源记》：“自云先世避秦时乱，率妻子邑人，来此绝境，不复出焉。”后以“避秦”指避世隐居。

题《吹笛浴牛图》

信是南方最胜游，不须辛苦画双牛。

牧童吹笛和衣浴，水物轻明淡似秋。

第一句集自陆弘休【和訾家洲宴游】："新春蕊绽訾家洲，**信是南方最胜游**。酒满百分殊不怕，人添一岁更堪愁。莺声暗逐歌声艳，花态还随舞态羞。莫惜今朝同酩酊，任他龟鹤与蜉蝣。"见《全唐诗》卷七六八。

第二句集自徐铉【和陈赞善致仕还京口】："海门山下一渔舟，中有高人未白头。已驾安车归故里，尚通闺籍在龙楼。泉声漱玉窗前落，江色和烟槛外流。今日君臣厚终始，**不须辛苦画双牛**。"见《全唐诗》卷七五五。

第三句集自贯休【春晚书山家屋壁二首】之二："蚕娘洗茧前溪渌，**牧童吹笛和衣浴**。山翁留我宿又宿，笑指西坡瓜豆熟。"见《全唐诗》卷八二六。

第四句集自皮日休【奉和鲁望新夏东郊闲泛】："**水物轻明淡似秋**，多情才子倚兰舟。碧莎裳下携诗草，黄篾楼中挂酒篘。莲叶蘸波初转棹，鱼儿簇饵未谙钩。共君莫问当时事，一点沙禽胜五侯。"见《全唐诗》卷六一三。

水物：水中生物，水产。《南史·徐羡之传》："城北有陂泽，水物丰盛。"

题并蒂莲照片

庚戌年端午在阳朔公园莲花池拍得并蒂莲照片。

一本双花出碧泉，登祥荐祉启丰年。

偶逢佳节牵诗兴，亦作歌词乞采莲。

第一句集自姚合【咏南池嘉莲】:“芙蓉池里叶田田，**一本双花出碧泉**。浓淡共妍香各散，东西分艳蒂相连。自知政术无他异，纵是祯祥亦偶然。四野人闻皆尽喜，争来入郭看嘉莲。”见《全唐诗》卷五〇二。

第二句集自佚名【郊庙歌辞·祭太社乐章·舒和】:“神道发生敷九稼，阴极乘仁畅八埏。纬武经文隆景化，**登祥荐祉启丰年**。”见《全唐诗》卷一二。

第三句集自唐彦谦【高平九日】:“云净南山紫翠浮，凭陵绝顶望悠悠。**偶逢佳节牵诗兴**，漫把芳尊遣客愁。霜染鸦枫迎日醉，寒冲泾水带冰流。乌纱频岸西风里，笑插黄花满鬓秋。”见《全唐诗》卷六七一。

第四句集自薛能【平阳寓怀】:“晋国风流阻洳川，家家弦管路岐边。曾为郡职随分竹，**亦作歌词乞采莲**。北榭远峰闲即望，西湖残景醉常眠。墙花此日休回避，不是当时恶少年。”见《全唐诗》卷五五九。

登祥荐祉：吉祥福祉的征兆出现。**采莲**：乐府清商曲名，本于“江南可采莲，莲叶何田田”的《江南曲》。南朝·梁武帝《江南弄》七曲，《采莲曲》为其一。

题马新华虎画
二首

著名画家马新华先生与我分别18年后，于2009年8月27日在阳朔再相聚，马先生已是“中国虎王”矣。蒙赠虎画《步步高》和《中国艺术》2009年第1期。马先生是此期封面人物，刊马先生虎画多幅，其中有《龙腾虎跃》和《醉里得真如》。

龙腾虎跃

真元浩浩理无穷，运思潜通造化工。

虎啸一声龙出窟，宽浮云岫动虚空。

第一句集自应物【题化城寺】:“平高选处创莲宫，一水萦流处处通。画阁昼开迟日畔，禅房夜掩碧云中。平川不见龙行雨，幽谷遥闻虎啸风。偶与游人论法要，**真元浩浩理无穷**。”见《全唐诗》卷八二三。

第二句集自徐光溥【题黄居宷秋山图】:“天与黄筌艺奇绝，笔精回感重瞳悦。**运思潜通造化工**，挥毫定得神仙诀。秋来奉诏写秋山，写在轻绡数幅间。高低向背无遗势，重峦叠嶂何孱颜。目想心存妙尤极，研巧核能状不得。珍禽异兽皆自驯，奇花怪木非因植。崎岖石磴绝游踪，薄雾冥冥藏半峰。娑萝掩映迷仙洞，薜荔累垂缴古松。月槛参桥□，僧老坐支筇。屈原江上婵娟竹，陶潜篱下芳菲菊。良宵只恐鹧鸪啼，晴波但见鸳鸯浴。暮烟幂幂锁村坞，一叶扁舟横野渡。飒飒白苹欲起风，黯黯红蕉犹带雨。曲沼芙蓉香馥郁，长汀芦荻花□□。雁过孤峰帖远青，鹿傍小溪饮残绿。秋山秀兮秋江静，江光山色相辉映。雪迸飞泉溅钓矶，云分落叶拥樵径。张璪松石徒称奇，边鸾花鸟何足窥。白旻鹰逞凌风势，薛稷鹤夸警露姿。方原画山空巉岩，峭壁枯槎人见嫌。孙位画水多汹涌，惊湍怒涛人见恐。若教对此定妍媸，必定伏膺怀愧悚。再三展向冕旒侧。便是移山回涧力。大李小李灭声华，献之恺之无颜色。仿佛垂纶渭水滨，吾皇睹之思良臣。依稀荷锸傅岩野，吾皇睹之求贤者。从兹仄展复悬旌，宵衣旰食安天下。才当老人星应候，愿与南山俱献寿。微臣稽首贡长歌，丹青景化同天和。”见《全唐诗》卷七六一。

第三句集自吕岩【敲爻歌】:“……天神佑，地祇迎，混合乾坤日月精。**虎啸一声龙出窟**，鸾飞凤舞出金城。……”见《全唐诗》卷八五九。

第四句集自李频【镜湖夜泊有怀】:“广水遥堤利物功，因思太守惠无穷。自从版筑兴农隙，长与耕耘致岁丰。涨接星津流荡漾，**宽浮云岫动虚空**。想当战国开时有，范蠡扁舟祗此中。”见《全唐诗》卷五八七。

真元：谓玄妙。**浩浩**：广大无际的样子，喻胸怀开阔坦荡。**运思**：运用心思，构思。**潜通**：暗通。**造化**：自然。“运思潜通造化工”指画作构思自然。**云岫**：语出晋·陶潜《归去来辞》:“云无心以出岫。”后用“云岫”指云雾缭绕的峰峦。

醉里得真如

踪迹尚空虚，从风恣卷舒。

自矜无当对，醉里得真如。

第一句集自裴迪【西塔寺陆羽茶泉】："竟陵西塔寺，**踪迹尚空虚**。不独支公住，曾经陆羽居。草堂荒产蛤，茶井冷生鱼。一汲清泠水，高风味有余。"见《全唐诗》卷一二九。

第二句集自齐己【金江寓居】："考槃应未永，聊此养闲疏。野趣今何似，诗题旧不如。春篁离箨尽，陂藕折花初。终要秋云是，**从风恣卷舒**"见《全唐诗》卷八四〇。

第三句集自韩愈【相和歌辞·猛虎行】："猛虎虽云恶，亦各有匹侪。群行深谷间，百兽望风低。身食黄熊父，子食赤豹麛。择肉于熊罴，肯视兔与狸。正昼当谷眠，眼有百步威。**自矜无当对**，气性纵以乖。朝怒杀其子，暮还飧其妃。匹侪四散走，猛虎还孤栖。狐鸣门四旁，乌鹊从噪之。出逐猴入居，虎不知所归。谁云猛虎恶，中路正悲啼。豹来衔其尾，熊来攫其颐。猛虎死不辞，但惭前所为。虎坐无助死，况如汝细微。故当结以信，亲当结以私。亲故且不保，人谁信汝为。"见《全唐诗》卷一九。

第四句集自钱起【送外甥怀素上人归乡侍奉】："释子吾家宝，神清慧有余。能翻梵王字，妙尽伯英书。远鹤无前侣，孤云寄太虚。狂来轻世界，**醉里得真如**。飞锡离乡久，宁亲喜腊初。故池残雪满，寒柳霁烟疏。寿酒还尝药，晨餐不荐鱼。遥知禅诵外，健笔赋闲居。"见《全唐诗》卷二三八。

自矜：自负，自夸。**当对**：对等，匹敌。**真如**：佛教术语。一般解释为不变的最高真理或本体。

题胡秀珠山水画

烟霞翰墨新，造化笔通神。

不负佳山水，禅机入妙深。

第一句集自韦夏卿【送顾况归茅山】："圣代为迁客，虚皇作近臣。法尊称大洞，学浅忝初真。鸾凤文章丽，**烟霞翰墨新**。羡君寻句曲，白鹄是三神。"见《全唐诗》卷二七二。

第二句集自姚合【和座主相公雨中作】："清气润华屋，东风吹雨匀。花低惊艳重，竹净觉声真。山际凝如雾，云中散似尘。萧萧下碧落，点点救生民。缓洒雷霆细，微沾瓦砾新。诗成难继和，**造化笔通神**。"见《全唐诗》卷四九八。

第三句集自钱珝【江行无题一百首】之八十五："兴闲停桂楫，路好过松门。**不负佳山水**，还开酒一樽。"见《全唐诗》卷七一二。

第四句集自牟融【题山房壁】："珠林春寂寂，宝地夜沉沉。玄奥凝神久，**禅机入妙深**。参同大块理，窥测至人心。定处波罗蜜，须从物外寻。"见《全唐诗》卷四六七。

胡秀珠（阿珠）：出生于广西百色，在阳朔生活工作近50年。2012~2014年，就读北京台湖国画院画八贤创作精英班，清华大学美术学院山水画高级研修班，师从中央美术学院博士生导师陈平、何加林、唐力、张立晨、何家英、田黎明、史国良、郝邦义、周逢俊。擅国画山水、人物。现任广西阳朔画院院长，阳朔县美术家协会主席、广西桂林市美术家协会理事，桂林市工艺美术协会副理事长、广西美术家协会会员。作品多次在国内外展出并获奖，2014年8月作品《新路》入选金陵文脉——2014年全国中国画展。

漓江风光

桂水净和天，浮云卷碧山。

参差凌倒影，空翠落澄湾。

第一句集自李洞【送曹郎中南归，时南中用军】：“**桂水净和天**，南归似谪仙。系絺轻象笏，买布接蛮船。海气蒸鼙软，江风激箭偏。罢郎吟乱里，帝远岂知贤。”见《全唐诗》卷七二一。

第二句集自李白【答王十二寒夜独酌有怀】：“昨夜吴中雪，子猷佳兴发。万里**浮云卷碧山**，青天中道流孤月。孤月沧浪河汉清，北斗错落长庚明。怀余对酒夜霜白，玉床金井水峥嵘。人生飘忽百年内，且须酣畅万古情。君不能狸膏金距学斗鸡，坐令鼻息吹虹霓。君不能学哥舒横行青海夜带刀，西屠石堡取紫袍。吟诗作赋北窗里，万言不直一杯水。世人闻此皆掉头，有如东风射马耳。鱼目亦笑我，请与明月同。骅骝拳跼不能食，蹇驴得志鸣春风。折杨皇华合流俗，晋君听琴枉清角。巴人谁肯和阳春。楚地由来贱奇璞。黄金散尽交不成，白首为儒身被轻。一谈一笑失颜色，苍蝇贝锦喧谤声。曾参岂是杀人者，谗言三及慈母惊。与君论心握君手，荣辱于余亦何有。孔圣犹闻伤凤麟，董龙更是何鸡狗。一生傲岸苦不谐，恩疏媒劳志多乖。严陵高揖汉天子，何必长剑拄颐事玉阶。达亦不足贵，穷亦不足悲。韩信羞将绛灌比，祢衡耻逐屠沽儿。君不见李北海，英风豪气今何在。君不见裴尚书，土坟三尺蒿棘居。少年早欲五湖去，见此弥将钟鼎疏。”见《全唐诗》卷一七八。

第三句集自杨炯【和刘侍郎入隆唐观】：“福地阴阳合，仙都日月开。山川临四险，城树隐三台。伏槛排云出，飞轩绕涧回。**参差凌倒影**，潇洒轶浮埃。百果珠为实，群峰锦作苔。悬萝暗疑雾，瀑布响成雷。方士烧丹液，真人泛玉杯。还如问桃水，更似得蓬莱。汉帝求仙日，相如作赋才。自然金石奏，何必上天台。”见《全唐诗》卷五〇。

第四句集自费冠卿【秋日与冷然上人寺庄观稼】：“世人从扰扰，独自爱身闲。美景当新霁，随僧过远山。村桥出秋稼，**空翠落澄湾**。唯有中林犬，犹应望我还。”见《全唐诗》卷四九五。

漓江即景

桂楫满中川，微风起细涟。

烟霞交隐映，碧嶂插遥天。

第一句集自李世民【帝京篇十首】之六："飞盖去芳园，兰桡游翠渚。萍间日彩乱，荷处香风举。**桂楫满中川**，弦歌振长屿。岂必汾河曲，方为欢宴所。"见《全唐诗》卷一。

第二句集自徐铉【临石步港】："埼岸堕萦带，**微风起细涟**。绿阴三月后，倒影乱峰前。吹浪游鳞小，黏苔碎石圆。会将腰下组，换取钓鱼船。"见《全唐诗》卷七五二。

第三句集自李世民【帝京篇十首】之五："芳辰追逸趣，禁苑信多奇。桥形通汉上，峰势接云危。**烟霞交隐映**，花鸟自参差。何如肆辙迹，万里赏瑶池。"见《全唐诗》卷一。

第四句集自李世民【望终南山】："重峦俯渭水，**碧嶂插遥天**。出红扶岭日，入翠贮岩烟。叠松朝若夜，复岫阙疑全。对此恬千虑，无劳访九仙。"见《全唐诗》卷一。

桂楫：桂木船桨，亦泛指桨，指华丽的船。此指每日漓江众多的华丽的游船。**碧嶂**：青绿色如屏障的山峰。**隐映**：掩映，也指隐隐地显现出。

漓江小景

春洲惊翡翠，江静碧云天。

潭影竹间动，千山境悄然。

第一句集自刘希夷【相和歌辞·江南曲八首】之二："艳唱潮初落，江花露未晞。**春洲惊翡翠**，朱服弄芳菲。画舫烟中浅，青阳日际微。锦帆冲浪湿，罗袖拂行衣。含情罢所采，相叹惜流晖。”见《全唐诗》卷一九。

第二句集自张祜【送杨秀才游蜀】:“鄂渚逢游客，瞿塘上去船。峡深明月夜，**江静碧云天**。旧俗巴渝舞，新声蜀国弦。不堪挥惨恨，一涕自潸然。”见《全唐诗》卷五一〇。

第三句集自綦毋潜【若耶溪逢孔九】:“相逢此溪曲，胜托在烟霞。**潭影竹间动**，岩阴檐外斜。人言上皇代，犬吠武陵家。借问淹留日，春风满若耶。”见《全唐诗》卷一三五。

第四句集自贯休【三峡闻猿】:“历历数声猿，寥寥渡白烟。应栖多月树，况是下霜天。万里客危坐，**千山境悄然**。更深仍不住，使我欲移船。”见《全唐诗》卷八三二。

漓江春雨

雾暗长川景，轻纱笼翠烟。

青山将绿水，素影动沦涟。

第一句集自李义府【和边城秋气早】:“金微凝素节，玉律应清葭。边马秋声急，征鸿晓阵斜。关树凋凉叶，塞草落寒花。**雾暗长川景**，云昏大漠沙。溪深路难越，川平望超忽。极望断烟飘，遥落惊蓬没。霜结龙城吹，水照龟林月。日色夏犹冷，霜华春未歇。睿作高紫宸，分明映玄阙。”见《全唐诗》卷三七。

第二句集自李颀【送綦毋三寺中赋得纱灯】:“禅室吐香烬，**轻纱笼翠烟**。长绳挂青竹，百尺垂红莲。熠爚众星下，玲珑双塔前。含光待明发，此别岂徒然。”见《全唐诗》卷一三四。

第三句集自刘长卿【更被奏留淮南，送从弟罢使江东】:“又作淮南客，还悲木叶声。寒潮落瓜步，秋色上芜城。王事何时尽，沧洲羡尔行。**青山将绿水**，惆怅不胜情。”见《全唐诗》卷一四七。

第四句集自皎然【溪上月】:“秋水月娟娟，初生色界天。蟾光散浦溆，**素影动沦涟**。何事无心见，亏盈向夜禅。”见《全唐诗》卷八二〇。

长川：长的河流。指漓江。**青山将绿山**：将，连词。连接意思平等的词或词组，表示并列关系，相当于“同”，“跟”，青山将绿山指漓江山水之所以甲天下，就是青山和绿水自然融合为不可分割和整体，即后人所描绘的“群峰倒景山浮水，无水无山不入神”。**素影**：月影。这里借指春雨中漓江两岸暗淡的山影。**沦涟**：水波，微波。

漓江雨景

悬岩冒夕烟，缥缈皆自然。

帆影清江水，峰明雨外巅。

第一句集自李隆基【途经华岳】：“饬驾去京邑，鸣鸾指洛川。循途经太华，回跸暂周旋。翠崿留斜影，**悬岩冒夕烟**。四方皆石壁，五位配金天。仿佛看高掌，依稀听子先。终当铭岁月，从此记灵仙。”见《全唐诗》卷三。

第二句集自权德舆【奉送韦起居老舅百日假满归嵩阳旧居】：“威凤翔紫气，孤云出寥天。奇采与幽姿，**缥缈皆自然**。尝闻陶唐氏，亦有巢由全。以此耸风俗，岂必效羁牵。大君遂群方，左史蹈前贤。振衣去朝市，赐告归林泉。滑和固难久，循性得所便。有名皆畏途，无事乃真筌。旧壑穷杳窕，新潭漾沦涟。岩花落又开，山月缺复圆。轻策逗萝径，幅巾凌翠烟。机闲鱼鸟狎，体和芝术鲜。四皓本违难，二疏犹待年。况今寰海清，复此鬓发玄。顾惭缨上尘，未绝区中缘。齐竽终自退，心寄嵩峰巅。”见《全唐诗》卷三二三。

第三句集自于武陵【过百牢关贻舟中者】：“蜀国少平地，方思京洛间。远为千里客，来度百牢关。**帆影清江水**，铃声碧草山。不因名与利，尔我各应闲。”见《全唐诗》卷五九五。

第四句集自贾岛【送僧归太白山】：“坚冰连夏处，太白接青天。云塞石房路，**峰明雨外巅**。夜禅临虎穴，寒漱撇龙泉。后会不期日，相逢应信缘。”见《全唐诗》卷五七三。

漓江春

三 首

春情何处寻，香径白云深。

碧水遗幽抱，青山寄远心。

第一句集自刘禹锡【春有情篇】："为问游春侣，**春情何处寻**。花含欲语意，草有斗生心。雨频催发色，云轻不作阴。纵令无月夜，芳兴暗中深。"见《全唐诗》卷三五七。

第二句集自戴叔伦【游少林寺】："步入招提路，因之访道林。石龛苔藓积，**香径白云深**。双树含秋色，孤峰起夕阴。屧廊行欲遍，回首一长吟。"见《全唐诗》卷二七三。

第三句集自李洞【述怀二十韵献覃怀相公】："帝梦求良弼，生申属圣明。青云县器业，白日贯忠贞。霭霭随春动，忻忻共物荣。静宜浮竞息，坐觉好风生。万国闻应跃，千门望尽倾。瑞含杨柳色，气变管弦声。百辟寻知度，三阶正有程。鲁儒规蕴藉，周诰美和平。**碧水遗幽抱**，朱丝寄远情。风流秦印绶，仪表汉公卿。忠谠期登用，回邪自震惊。云开长剑倚，路绝一峰横。九野方无事，沧溟本不争。国将身共计，心与众为城。早晚中条下，红尘一顾清。南潭容伴鹤，西笑忽迁莺。折树恩难报，怀仁命甚轻。二年犹困辱，百口望经营。未在英侯选，空劳短羽征。知音初相国，从此免长鸣。"见《全唐诗》卷七二三。

第四句集自常衮【逢南中使寄岭外故人】："见说南来处，苍梧指桂林。过秋天更暖，边海日长阴。巴路缘云出，蛮乡入洞深。信回人自老，梦到月应沈。碧水通春色，**青山寄远心**。炎方难久客，为尔一沾襟。"见《全唐诗》卷二五四。

春碧弄潺潺，云横积翠间。

寄怀因桂水，入眼只青山。

第一句集自吴融【新安道中玩流水】:“一渠**春碧弄潺潺**，密竹繁花掩映间。看处便须终日住，算来争得此身闲。萦纡似接迷春洞，清冷应连有雪山。上却征车再回首，了然尘土不相关。”见《全唐诗》卷六八四。

第二句集自徐氏【丈人观谒先帝御容】:“圣帝归梧野，躬来谒圣颜。旋登三径路，似陟九嶷山。日照堆岚迥，**云横积翠间**。期修封禅礼，方俟再跻攀。”见《全唐诗》卷九。

第三句集自许浑【喜远书】:“端居换时节，离恨隔龙泷。苔色上春阁，柳阴移晚窗。**寄怀因桂水**，流泪极枫江。此日南来使，金盘鱼一双。”见《全唐诗》卷五三〇。

第四句集自李咸用【酬蕴微】:“白衣经乱世，相遇一开颜。得句禅思外，论交野步间。举朝无旧识，**入眼只青山**。几度斜阳寺，访君还独还。”见《全唐诗》卷六四五。

春碧：春日碧绿色的景物。指春山、春水或春草等。**潺潺**：水缓缓流动的样子。**积翠**：翠色重叠、草木繁茂，又指青山，也指春季。**寄怀**：抒发、寄托情怀。**桂水**：即漓江。**入眼**：看着舒服，顺眼，中看。

长流萦似带，风景一时新。

山水含春动，回峦绝四邻。

第一句集自李世民【于北平作】:“翠野驻戎轩，卢龙转征旆。遥山丽如绮，**长流萦似带**。海气百重楼，岩松千丈盖。兹焉可游赏，何必襄城外。”见《全唐诗》卷一。

第二句集自白居易【岁夜咏怀，兼寄思黯】:“遍数故交亲，何人得六旬。今年已入手，余事岂关身。老自无多兴，春应不拣人。陶窗与弘阁，**风景一时新**。”见《全唐诗》卷四六二。

第三句集自李峤【屏】:“洞彻琉璃蔽，威纡屈膝回。锦中云母列，霞上织成开。**山水含春动**，神仙倒景来。修身兼竭节，谁识作铭才”见《全唐诗》卷六〇。

第四句集自颜真卿【刻清远道士诗，因而继作】:“不到东西寺，于今五十春。揭来从旧赏，林壑宛相亲。吴子多藏日，秦王厌胜辰。剑池穿万仞，盘石坐千人。金气腾为虎，琴台化若神。登坛仰生一，舍宅叹珣珉。中岭分双树，**回峦绝四邻**。窥临江海接，崇饰四时新。客有神仙者，于兹雅丽陈。名高清远峡，文聚斗牛津。迹异心宁间，声同质岂均。悠然千载后，知我揖光尘。”见《全唐诗》卷一五二。

回峦：环绕的山峦。**绝**：独特的，少有的。**四邻**：四方，周围，周边地方。

漓江晚景

一点山光净，千峰共夕阳。

晚烟含树色，流水带花香。

第一句集自张祜【鹭鸶】：“深窥思不穷，揭趾浅沙中。**一点山光净**，孤飞潭影空。暗栖松叶露，双下蓼花风。好是沧波侣，垂丝趣亦同。”见《全唐诗》卷五一〇。

第二句集自刘长卿【移使鄂州，次岘阳馆怀旧居】：“多惭恩未报，敢问路何长。万里通秋雁，**千峰共夕阳**。旧游成远道，此去更违乡。草露深山里，朝朝落客裳。”见《全唐诗》卷一四七。

第三句集自李世民【赋得白日半西山】：“红轮不暂驻，乌飞岂复停。岑霞渐渐落，溪阴寸寸生。藿叶随光转，葵心逐照倾。**晚烟含树色**，栖鸟杂流声。”见《全唐诗》卷一。

第四句集自戴叔伦【春江独钓】：“独钓春江上，春江引趣长。断烟栖草碧，**流水带花香**。心事同沙鸟，浮生寄野航。荷衣尘不染，何用濯沧浪。”见《全唐诗》卷二七三。

漓江春夜

苍苍横翠微，光带落星飞。

明月松间照，春风柳上归。

第一句集自李白【下终南山过斛斯山人宿置酒】："暮从碧山下，山月随人归。却顾所来径，**苍苍横翠微**。相携及田家，童稚开荆扉。绿竹入幽径，青萝拂行衣。欢言得所憩，美酒聊共挥。长歌吟松风，曲尽河星稀。我醉君复乐，陶然共忘机。"见《全唐诗》卷一七九。

第二句集自李峤【箭】："汉甸初收羽，燕城忽解围。影随流水急，**光带落星飞**。夏列三成范，尧沉九日辉。断蛟云梦泽，希为识忘归。"见《全唐诗》卷五九。

第三句集自王维【山居秋暝】："空山新雨后，天气晚来秋。**明月松间照**，清泉石上流。竹喧归浣女，莲动下渔舟。随意春芳歇，王孙自可留。"见《全唐诗》卷一二六。

第四句集自李白【宫中行乐词八首】之七："寒雪梅中尽，**春风柳上归**。宫莺娇欲醉，檐燕语还飞。迟日明歌席，新花艳舞衣。晚来移彩仗，行乐泥光辉。"见《全唐诗》卷一六四。

苍苍：迷茫。**翠微**：泛指青山，也用以形容山光水色青翠缥缈。

翠屏九塘幽境

下有碧流水，依依自往还。

潺潺青嶂底，洑岨洊成湾。

第一句集自乔知之【定情篇】:“共君结新婚，岁寒心未卜。相与游春园，各随情所逐。君爱菖蒲花，妾感苦寒竹。菖花多艳姿，寒竹有贞叶。此时妾比君，君心不如妾。簪玉步河堤，妖韶援绿荑。凫雁将子游，莺燕从双栖。君念春光好，妾向春光啼。君时不得意，弃妾还金闺。结言本同心，悲欢何未齐。怨咽前致辞，愿得申所悲。人间丈夫易，世路妇难为。始如经天月，终若流星驰。天月相终始，流星无定期。长信佳丽人，失意非蛾眉。庐江小吏妇，非关织作迟。本愿长相对，今已长相思。复有游宦子，结援从梁陈。燕居崇三朝，去来历九春。誓心妾终始，蚕桑奉所亲。归愿未克从，黄金赠路人。洁妇怀明义，从泛河之津。于今千万年，谁当问水滨。更忆娼家楼，夫婿事封侯。去时恩灼灼，去罢心悠悠。不怜妾岁晏，十载陇西头。以兹常惕惕，百虑恒盈积。由来共结褵，几人同匪石。故岁雕梁燕，双去今来只。今日玉庭梅，朝红暮成碧。碧荣始芬敷，黄叶已淅沥。何用念芳春，芳春有流易。何用重欢娱，欢娱俄戚戚。家本巫山阳，归去路何长。叙言情未尽，采菉已盈筐。桑榆日及景，物色盈高冈。**下有碧流水**，上有丹桂香。桂花不须折，碧流清且洁。赠君比芳菲，爱惠常不歇。赠君比潺湲，相思无断绝。妾有秦家镜，宝匣装珠玑。鉴来年二八，不记易阴晖。妾无光寂寂，委照影依依。今日持为赠，相识莫相违。”见《全唐诗》卷八一。

第二句集自李频【鄂渚湖上即事】:“杜门聊自适，湖水在窗间。纵得沧洲去，无过白日闲。多慵空好道，少贱早凋颜。独有东山月，**依依自往还**。”见《全唐诗》卷五八八。

第三句集自李中【泉】:“**潺潺青嶂底**，来处一何长。漱石苔痕滑，侵松鹤梦凉。泛花穿竹坞，泻月下莲塘。想得归何处，天涯助渺茫。”见《全唐诗》卷七五〇。

第四句集自徐彦伯【石淙】:“碧淀红涔嵚嶂间，淙嵌**洑岨洊成湾**。琪树璿娟花未落，银芝窋咤露初还。八风行殿开仙榜，七景飞舆下石关。张茑席云平圃宴，焜煌金记蕴名山。”见《全唐诗》卷七六。

洑岨fújǔ：洑，水潜流地下。岨，古同“砠”，山顶有土的石山。洑岨，即水在山下潜行。**洊**jiàn：古同“荐”，接连。

阳朔葡萄镇翠屏村地貌奇特，地下水从地下冒出成潭又入地下流向另一水潭，连成串，形成9个水潭。2008年9月6日，与诗友同游翠屏九潭奇景。

莲池雨景

荷喧雨到时，红粉坠莲枝。

照水寒澹荡，微风动涟漪。

第一句集自温庭筠【卢氏池上遇雨赠同游者】：“簟翻凉气集，溪上润残棋。萍皱风来后，**荷喧雨到时**。寂寥闲望久，飘洒独归迟。无限松江恨，烦君解钓丝。”见《全唐诗》卷五八二。

第二句集自张祜【题程氏书斋】：“僻巷难通马，深园不藉篱。青萝缠柏叶，**红粉坠莲枝**。雨燕衔泥近，风鱼咂网迟。缘君寻小阮，好是更题诗。”见《全唐诗》卷五一〇。

第三句集自鲍溶【云溪竹园翁】：“硠硠云溪里，翠竹和云生。古泉积涧深，竦竦如刻成。楚客卧云老，世间无姓名。因兹千亩业，以代双牛耕。乱林不可留，寸茎不可轻。风暖斗出地，仰齐故年茎。幽室结白茅，密叶罗众清。**照水寒澹荡**，对山绿峥嵘。苍松含古貌，秋桂俨白英。相看受天风，深夜戛击声。”见《全唐诗》卷四八六。

第四句集自白居易【草堂前新开一池，养鱼种荷，日有幽趣】：“淙淙三峡水，浩浩万顷陂。未如新塘上，**微风动涟漪**。小萍加泛泛，初蒲正离离。红鲤二三寸，白莲八九枝。绕水欲成径，护堤方插篱。已被山中客，呼作白家池。”见《全唐诗》卷四三〇。

莲池月夜

春郊古陌旁，露重觉荷香。

月彩散瑶碧，菱歌不厌长。

第一句集自徐铉【赋得风光草际浮】：“宿露依芳草，**春郊古陌旁**。风轻不尽偃，日早未晞阳。耿耿依平远，离离入望长。映空无定彩，飘径有余光。贴若荷珠乱，纷如爝火飏。诗人多感物，凝思绕池塘。”见《全唐诗》卷七五三。

第二句集自韦庄【夏夜】：“傍水迁书榻，开襟纳夜凉。星繁愁昼热，**露重觉荷香**。蛙吹鸣还息，蛛罗灭又光。正吟秋兴赋，桐景下西墙。”见《全唐诗》卷六九五。

第三句集自皎然【答俞校书冬夜】：“夜闲禅用精，空界亦清迥。子真仙曹吏，好我如宗炳。一宿觌幽胜，形清烦虑屏。新声殊激楚，丽句同歌郢。遗此感予怀，沉吟忘夕永。**月彩散瑶碧**，示君禅中境。真思在杳冥，浮念寄形影。遥得四明心，何须蹈岑岭。诗情聊作用，空性惟寂静。若许林下期，看君辞簿领。”见《全唐诗》卷八一五。

第四句集自张九龄【东湖临泛饯王司马】：“南土秋虽半，东湖草未黄。聊乘风日好，来泛芰荷香。兰棹无劳速，**菱歌不厌长**。忽怀京洛去，难与共清光。”见《全唐诗》卷四八。

陌：田间东西方向的小路，也指田间小路，泛指道路。月彩：月亮的光泽。**瑶碧**：比喻清澈的水。**菱歌**：采菱之歌。这里指山歌或歌曲。

渔歌子·漓江晚霞

天地氤氲瑞气浮，青青草色满江洲。

红霭霭，绿悠悠，夕阳浮水共东流。

第一句集自徐夤【府主仆射王抟生日】：“熊罴先兆庆垂休，**天地氤氲瑞气浮**。李树影笼周柱史，昴星光照汉酂侯。数钟龟鹤千年算，律正乾坤八月秋。勋业定应归鼎鼐，生灵岂独化东瓯。”见《全唐诗》卷七〇九。

第二句集自刘长卿【初闻贬谪，续喜量移，登干越亭赠郑校书】：“**青青草色满江洲**，万里伤心水自流。越鸟岂知南国远，江花独向北人愁。生涯已逐沧浪去，冤气初逢涣汗收。何事还邀迁客醉，春风日夜待归舟。”见《全唐诗》卷一五一。

第三句集自徐夤【回文诗二首】之二："轻帆数点千峰碧，水接云山四望遥。晴日海霞**红霭霭**，晓天江树绿迢迢。清波石眼泉当槛，小径松门寺对桥。明月钓舟渔浦远，倾山雪浪暗随潮。"见《全唐诗》卷七〇八。

第四句集自王之涣【宴词】："长堤春水**绿悠悠**，畎入漳河一道流。莫听声声催去棹，桃溪浅处不胜舟。"见《全唐诗》卷二五三。

第五句集自刘长卿【和樊使君登润州城楼】："山城迢递敞高楼，露冕吹铙居上头。春草连天随北望，**夕阳浮水共东流**。江田漠漠全吴地，野树苍苍故蒋州。王粲尚为南郡客，别来何处更销忧。"见《全唐诗》卷一五一。

渔歌子·莲塘月夜

碧玉盘中弄水晶，水烟疏碧月胧明。

荷露坠，翠烟轻，可怜光影最团圆。

第一句集自郭震【莲花】："脸腻香薰似有情，世间何物比轻盈。湘妃雨后来池看，**碧玉盘中弄水晶**。"见《全唐诗》卷六六。

第二句集自李九龄【荆溪夜泊】："点点渔灯照浪清，**水烟疏碧月胧明**。小滩惊起鸳鸯处，一双采莲船过声。"见《全唐诗》卷七三〇。

第三句集自欧阳炯【杂歌谣辞·渔父歌】："风浩寒溪照胆明，小君山上玉蟾生。**荷露坠，翠烟轻**，拨刺游鱼几处惊。"见《全唐诗》卷二九。

第四句集自张籍【题方睦上人月台观】："一身清净无童子，独坐空堂得几年。每夜焚香通月观，**可怜光影最团圆**。"见《全唐诗》卷三八六。

可怜：可爱、可喜、可羡。

渔歌子·题渔归照片

宿雨朝暾和翠微，桃花流水鳜鱼肥。

风飒飒，霭霏霏，渔歌得意扣舷归。

第一句集自庾光先【奉和刘采访缙云南岭作】："百越城池枕海圻，永嘉山水复相依。悬萝弱筱垂清浅，**宿雨朝暾和翠微**。鸟讶山经传不尽，花随月令数仍稀。幸陪谢客题诗句，谁与王孙此地归。"见《全唐诗》卷一五八。

第二句集自张志和【杂歌谣辞·渔父歌】之一："西塞山前白鹭飞，**桃花流水鳜鱼肥**。青箬笠，绿蓑衣，斜风细雨不须归。"见《全唐诗》卷二九。

第三句集自罗邺【长安春雨】："兼**风飒飒**洒皇州，能滞轻寒阻胜游。半夜五侯池馆里，美人惊起为花愁。"见《全唐诗》卷六五四。

第四句集自元稹【月三十韵】："蓂叶标新朔，霜豪引细辉。白眉惊半隐，虹势讶全微。凉魄潭空洞，虚弓雁畏威。上弦何汲汲，佳色转依依。绮幕残灯敛，妆楼破镜飞。玲珑穿竹树，岑寂思屏帏。坐爱规将合，行看望已几。绛河冰鉴朗，黄道玉轮巍。迥照偏琼砌，余光借粉闱。泛池相皎洁，压桂共芳菲。的的当歌扇，娟娟透舞衣。殷勤入怀什，恳款堕云圻。素液传烘盏，鸣琴荐碧徽。椒房深肃肃，兰路**霭霏霏**。翡翠通帘影，琉璃莹殿扉。西园筵玳瑁，东壁射蛜蝛。老将占天阵，幽人钓石矶。荷锄元亮息，回棹子猷归。迢递同千里，孤高净九围。从星作风雨，配日丽旌旗。麟斗宁徒设，蝇声岂浪讥。司存委卿士，新拜出郊畿。今古虽云极，亏盈不易违。珠胎方夜满，清露忍朝晞。渐减姮娥面，徐收楚练机。卞疑雕璧碎，潘感竟床稀。捐箧辞班女，潜波蔽虑妃。氛埃谁定灭，蟾兔杳难希。须遣圆明尽，良嗟造化非。如能付刀尺，别为创璿玑。"见《全唐诗》卷四〇八。

第五句集自韩偓【汉江行次】："村寺虽深已暗知，幡竿残日迥依依。沙头有庙青林合，驿步无人白鸟飞。牧笛自由随草远，**渔歌得意扣舷归**。竹园相接春波暖，痛忆家乡旧钓矶。"见《全唐诗》卷六八一。

朝暾zhāotūn：初升的太阳，亦指早晨的阳光。**扣舷**：又作"叩舷"，手击船边，多用为歌吟的节拍。

望江南·七仙峰茶场风情

饶翠羽，茶对石泉清。千树梨花百壶酒，一方风景万家情。吟觉古风生。

第一句集自李嘉祐【送上官侍御赴黔中】："莫向黔中路，令人到欲迷。水声巫峡里，山色夜郎西。树隔朝云合，猿窥晓月啼。南方**饶翠羽**，知尔饮清溪。"见《全唐诗》卷二〇六。

第二句集自羊士谔【南池晨望】："起来林上月，潇洒故人情。铃阁人何事，莲塘晓独行。衣沾竹露爽，**茶对石泉清**。鼓吹前贤薄，群蛙试一鸣。"见《全唐诗》卷三三二。

第三句集自曹唐【小游仙诗九十八首】之八十九："东溟两度作尘飞，一万年来会面稀。**千树梨花百壶酒**，共君论饮莫论诗。"见《全唐诗》卷六四一。

第四句集自徐铉【和王庶子寄题兄长建州廉使新亭】："谢守高斋结构新，**一方风景万家情**。群贤讵减山阴会，远俗初闻正始声。水槛片云长不去，讼庭纤草转应生。阿连诗句偏多思，遥想池塘昼梦成。"见《全唐诗》卷七五一。

第五句集自杜荀鹤【读友人诗】："君诗通大雅，**吟觉古风生**。外却浮华景，中含教化情。名应高日月，道可润公卿。莫以孤寒耻，孤寒达更荣。"见《全唐诗》卷六九一。

乙酉春应邀游白沙镇七仙峰茶场，走绿色茶山，览秀丽风光，品翠羽香茶，观千树梨花，赏一方风情。特集此词追忆当年之情景。

望江南·漓江形胜

阳朔好，蔼蔼复悠悠。两岸青山相对出，一江春水向东流。形胜总神州。

第一句集自沈彬【阳朔碧莲峰】:“陶潜彭泽五株柳，潘岳河阳一县花。两处争如**阳朔好**，碧莲峰里住人家。”见《全唐诗》卷七四三。

第二句集自薛能【春色满皇州】:**“蔼蔼复悠悠**，春归十二楼。最明云里阙，先满日边州。色媚青门外，光摇紫陌头。上林荣旧树，太液镜新流。暖带祥烟起，清添瑞景浮。阳和如启蛰，从此事芳游。”见《全唐诗》卷五五八。

第三句集自李白【望天门山】:“天门中断楚江开，碧水东流至北回。**两岸青山相对出**，孤帆一片日边来。”见《全唐诗》卷一八〇。

第四句集自李煜【虞美人】:“风回小院庭芜绿，柳眼春相续。凭阑半日独无言，依旧竹声新月，似当年。笙歌未散尊罍在，池面冰初解。烛明香暗画楼深，满鬓清霜残雪，思难禁。春花秋月何时了，往事知多少。小楼昨夜又东风，故国不堪回首月明中。雕阑玉砌应犹在，只是朱颜改。问君能有几多愁，恰似**一江春水向东流**。”见《全唐诗》卷八八九。

第五句集自许敬宗【奉和圣制登三台言志应制】:“中天表云榭，载极耸昆楼。圣作规玄造，轩阿复聿修。高门符令节，**形胜总神州**。企翼抟禽萃，飞甍燕雀游。缀星罗百拱，缘汉转三休。旦云生玉舄，初月上银钩。妙管含秦凤，仙姿丽斗牛。形言防处逸，粹藻发嘉猷。荷生无以谢，尽瘁竟何酬。”见《全唐诗》卷三五。

形胜：形容山川壮美，也指山川壮美之地。**总**：会合、聚集、归总、汇总。

忆王孙·漓江小景

远山如画雨新晴，杨柳青青江水平。竹树萧萧画不成。一声声，上有黄鹂深树鸣。

第一句集自李中【江边吟】:“风暖汀洲吟兴生，**远山如画雨新晴**。残阳影里水东注，芳草烟中人独行。闪闪酒帘招醉客，深深绿树隐啼莺。盘桓渔舍忘归去，云静高空月又明。”见《全唐诗》卷七四七。

第二句集自刘禹锡【竹枝词二首】之一：“**杨柳青青江水平**，闻郎江上唱歌声。东边日出西边雨，道是无情还有情。”见《全唐诗》卷三六五。

第三句集自苏颋【扈从鄠杜间奉呈刑部尚书舅崔黄门马常侍】：“翠辇红旗出帝京，长杨鄠杜昔知名。云山一一看皆美，**竹树萧萧画不成**。羽骑将过持袂拂，香车欲度卷帘行。汉家曾草巡游赋，何似今来应圣明。”见《全唐诗》卷七三。

第四句集自温庭筠【更漏子】之六：“玉炉香，红蜡泪，偏照画堂秋思。眉翠薄，鬓云残，夜长衾枕寒。　梧桐树，三更雨，不道离情正苦。一叶叶，**一声声**，空阶滴到明。”见《全唐诗》卷八九一。

第五句集自韦应物【滁州西涧】：“独怜幽草涧边生，**上有黄鹂深树鸣**。春潮带雨晚来急，野渡无人舟自横。”见《全唐诗》卷一九三。

浣溪沙·江畔小景

古岸平江浸远天，苍苍楚色水云间。风微烟淡雨萧然。　蜀魄叫回芳草色，鹭鸶飞破竹林烟。玉池荷叶正田田。

第一句集自熊皎【湘江晓望】：“笙歌欢罢散离筵，水色朦胧蘸宿烟。山响疏钟何处寺，火光收钓下滩船。微云过岛侵微月，**古岸平江浸远天**。归梦已阑风色动，孤帆仍要住无缘。”见《全唐诗》卷八八六。

第二句集自司空曙【送郑佶归洛阳】：“**苍苍楚色水云间**，一醉春风送尔还。何处乡心最堪羡，汝南初见洛阳山。”见《全唐诗》卷二九三。

第三句集自冯延巳【酒泉子】：“芳草长川。柳映危桥桥下路，归鸿飞，行人去，碧山边。　**风微烟淡雨萧然**。隔岸马嘶何处？九回肠，双脸泪，夕阳天。”见《全唐诗》卷八九八。

第四句集自李咸用【题王处士山居】:“云木沉沉夏亦寒，此中幽隐几经年。无多别业供王税，大半生涯在钓船。**蜀魄叫回芳草色**，鹭鸶飞破夕阳烟。干戈猬起能高卧，只个逍遥是谪仙。”见《全唐诗》卷六四六。

第五句集自梁藻【南山池】:“翡翠戏翻荷叶雨，**鹭鸶飞破竹林烟**。时沽村酒临轩酌，拟摘新茶靠石煎。”见《全唐诗》卷七五七。

第六句集自李商隐【碧城三首】之二:“对影闻声已可怜，**玉池荷叶正田田**。不逢萧史休回首，莫见洪崖又拍肩。紫凤放娇衔楚佩，赤鳞狂舞拨湘弦。鄂君怅望舟中夜，绣被焚香独自眠。”见《全唐诗》卷五三九。

楚色：楚地的景色。古代楚国在今长江中下游一带，位居南方，所以泛指南方的景色为楚色。这里借指漓江风光。**蜀魄**：也叫蜀魂，鸟名，即杜鹃。相传蜀主名杜宇，号望帝，死后化为杜鹃。春月昼夜悲鸣，蜀人闻之，曰：“我望帝魂也。”故称。**玉池**：仙池。这里借指渡头村众多的池塘。**田田**：莲叶盛密的样子，也指莲叶。

浣溪沙·题凤翥龙骧照片

曲渚回湾锁钓舟，千竿交映近清流。斜晖脉脉水悠悠。 白兔赤乌相趁走，龙骧凤翥势难收。晚空山翠坠芳洲。

第一句集自周朴【句】:“古陵寒雨集，高鸟夕阳明。高情千里外，长啸一声初。（以上见张为《主客图》）月离山一丈，风吹花数苞。（见《吟窗杂录》）晓来山鸟闹，雨过杏花稀。（见《优古堂诗话》）**曲渚回湾锁钓舟**。平潮晚影沈清底，远岳危栏等翠尖。（上见《海录碎事》）”见《全唐诗》卷六七三。

第二句集自韦遵【题施璘画竹图】:“枯簳危根缴石头，**千竿交映近清流**。堪珍仲宝穷幽笔，留得荆湘一片秋。”见《全唐诗》卷七三七。

第三句集自温庭筠【忆江南】：“梳洗罢，独倚望江楼。过尽千帆皆不是，**斜晖脉脉水悠悠**。肠断白苹洲。”见《全唐诗》卷八九一。

第四句集自白居易【劝酒】：“劝君一醆君莫辞，劝君两醆君莫疑，劝君三醆君始知。面上今日老昨日，心中醉时胜醒时。天地迢遥自长久，**白兔赤乌相趁走**。身后堆金拄北斗，不如生前一樽酒。君不见春明门外天欲明，喧喧歌哭半死生。游人驻马出不得，白舆素车争路行。归去来，头已白，典钱将用买酒吃。”见《全唐诗》卷四四四。

第五句集自贯休【献钱尚父】：“贵逼人来不自由，**龙骧凤翥势难收**。满堂花醉三千客，一剑霜寒十四州。鼓角揭天嘉气冷，风涛动地海山秋。东南永作金天柱，谁羡当时万户侯。”见《全唐诗》卷八三七。

第六句集自刘沧【及第后宴曲江】：“及第新春选胜游，杏园初宴曲江头。紫毫粉壁题仙籍，柳色箫声拂御楼。霁景露光明远岸，**晚空山翠坠芳洲**。归时不省花间醉，绮陌香车似水流。”见《全唐诗》卷五八六。

白兔：传说月中有白兔，故白兔为月亮的代称。**赤乌**：古代神话传说太阳中有三足赤乌，因用赤乌为太阳的代称。**相趁**：跟随，交替。**龙骧**：亦作“龙襄”，昂举腾跃的样子。**凤翥**：指凤凰振翼高飞。

“凤翥龙骧”照片为笔者所摄，漓江边飞凤山似凤凰展翅欲飞，山头晚云形如巨龙飞舞。

鹧鸪天・漓水歌洲

郁郁葱葱佳气浮，青山历历水悠悠。不知何人吹夜笛，更有澄江销客愁。 相共舞，约同游。何曾得见此风流。吟山歌水嘲风月，谁共芳尊话唱酬。

第一句集自赵氏【闻夫杜羔登第】:“长安此去无多地，**郁郁葱葱佳气浮**。良人得意正年少，今夜醉眠何处楼。”见《全唐诗》卷七九九。

第二句集自张籍【别客】:“**青山历历水悠悠**，今日相逢明日秋。系马城边杨柳树，为君沽酒暂淹留。”见《全唐诗》卷三八六。

第三句集自岑参【秋夜闻笛】:“天门街西闻捣帛，一夜愁杀湘南客。长安城中百万家，**不知何人吹夜笛**。”见《全唐诗》卷二〇一。

第四句集自杜甫【卜居】:“浣花流水水西头，主人为卜林塘幽。已知出郭少尘事，**更有澄江销客愁**。无数蜻蜓齐上下，一双鸂鶒对沉浮。东行万里堪乘兴，须向山阴上小舟。”见《全唐诗》卷二二六。

第五句集自佚名【郊庙歌辞·享节愍太子庙乐章·武舞作】:“武德谅雍雍，由来扫寇戎。剑光挥作电，旗影列成虹。雾廓三边静，波澄四海同。睿图今已盛，**相共舞**皇风。”见《全唐诗》一五。

第六句集自司空图【寄王十四舍人】:“几年汶上**约同游**，拟为莲峰别置楼。今日凤凰池畔客，五千仞雪不回头。”见《全唐诗》六三三。

第七句集自王昌龄【九日登高】:“青山远近带皇州，霁景重阳上北楼。雨歇亭皋仙菊润，霜飞天苑御梨秋。茱萸插鬓花宜寿，翡翠横钗舞作愁。谩说陶潜篱下醉，**何曾得见此风流**。”见《全唐诗》卷一四二。

第八句集自白居易【留题郡斋】:“**吟山歌水嘲风月**，便是三年官满时。春为醉眠多闭阁，秋因晴望暂褰帷。更无一事移风俗，唯化州民解咏诗。”见《全唐诗》卷四四六。

第九句集自姚揆【颍川客舍】:“素琴孤剑尚闲游，**谁共芳尊话唱酬**。乡梦有时生枕上，客情终日在眉头。云拖雨脚连天去，树夹河声绕郡流。回首帝京归未得，不堪吟倚夕阳楼。”见《全唐诗》卷七七四。

漓水歌洲：即“印象刘三姐”大型山水实景剧演出地。

菩萨蛮·兴坪漓江风光

云藏山色晴还媚，此中即是神仙地。细草绿汀洲，潺湲江水流。 动摇山水影，佳气含风景。到处有人传，且知皆自然。

第一句集自李咸用【题陈将军别墅】:“明王猎士犹疏在，岩谷安居最有才。高虎壮言知鬼伏，葛龙闲卧待时来。**云藏山色晴还媚**，风约溪声静又回。不独春光堪醉客，庭除长见好花开。”见《全唐诗》卷六四六。

第二句集自李咸用【陈正字山居】:“一叶闲飞斜照里，江南仲蔚在蓬蒿。天衢云险驽骀蹇，月桂风和梦想劳。绕枕泉声秋雨细，对门山色古屏高。**此中即是神仙地**，引手何妨一钓鳌。”见《全唐诗》卷六四六。

第三句集自李嘉祐【送王牧往吉州谒王使君叔】:“**细草绿汀洲**，王孙耐薄游。年华初冠带，文体旧弓裘。野渡花争发，春塘水乱流。使君怜小阮，应念倚门愁。”见《全唐诗》卷二〇六。

第四句集自李颀【湘夫人】:“九嶷日已暮，三湘云复愁。窅霭罗袂色，**潺湲江水流**。佳期来北渚，捐佩在芳洲。”见《全唐诗》卷一三二。

第五句集自王维【奉和圣制登降圣观与宰臣等同望应制】:“轻舟去何疾，已到云林境。起坐鱼鸟间，**动摇山水影**。岩中响自答，溪里言弥静。事事令人幽，停桡向余景。”见《全唐诗》卷一三〇。

第六句集自韦处厚【盛山十二诗·桃坞】:“凤扆朝碧落，龙图耀金镜。维岳降二臣，戴天临万姓。山川八校满，井邑三农竟。比屋皆可封，谁家不相庆。林疏远村出，野旷寒山静。帝城云里深，渭水天边映。**佳气含风景**，颂声溢歌咏。端拱能任贤，弥彰圣君圣。”见《全唐诗》卷一二五。

第七句集自裴说【送人宰邑】:“官小任还重，命官难偶然。皇恩轻一邑，赤子病三年。瘦马稀餐粟，羸童不识钱。如君清苦节，**到处有人传**。”见《全唐诗》卷七二〇。

第八句集自张九龄【彭蠡湖上】:“沿涉经大湖，湖流多行泆。决晨趋北渚，逗浦已西日。所适虽淹旷，中流且闲逸。瑰诡良复多，感见乃非一。庐山直阳浒，孤石当阴术。一水云际飞，数峰湖心出。象类何交纠，形言岂深悉。**且知皆自然**，高下无相恤。”见《全唐诗》卷四七。

菩萨蛮·莲塘月夜

水文细起春池碧，无言领得春风意。万顷稻苗新，菱歌处处闻。绮峰含翠雾，诗兴生何处？泻月下莲塘，新荷清露香。

第一句集自温庭筠【菩萨蛮】之四：“翠翘金缕双鸂鶒，**水文细起春池碧**。池上海棠梨，雨晴红满枝。绣衫遮笑靥，烟草黏飞蝶。青琐对芳菲，玉关音信稀。”见《全唐诗》卷八九一。

第二句集自庄南杰【春草歌】：“漠漠绵绵几多思，**无言领得春风意**。花裁小锦绣晴空，叶抽碧簟铺平地。含芳吊影争芬敷，绕云恨起山蘼芜。离人不忍到此处，泪娥滴尽双真珠。”见《全唐诗》卷八八四。

第三句集自李华【咏史十一首】之十：“六国韩最弱，末年尤畏秦。郑生为韩计，且欲疲秦人。利物可分社，原情堪灭身。咸阳古城下，**万顷稻苗新**。”见《全唐诗》卷一五三。

第四句集自郑愔【采莲曲】：“锦楫沙棠舰，罗带石榴裙。绿潭采荷芰，清江日稍曛。鱼鸟争唼喋，花叶相芬氲。不觉芳洲暮，**菱歌处处闻**。”见《全唐诗》卷一〇六。

第五句集自李世民【初春登楼即目观作述怀】：“凭轩俯兰阁，眺瞩散灵襟。**绮峰含翠雾**，照日蕊红林。镂丹霞锦岫，残素雪斑岑。拂浪堤垂柳，娇花鸟续吟。连甍岂一拱，众干如千寻。明非独材力，终藉栋梁深。弥怀矜乐志，更惧戒盈心。愧制劳居逸，方规十产金。”见《全唐诗》卷一。

第六句集自耿湋【送苗赟赴阳翟丞】:“夕阳秋草上，去马弟兄看。年少初辞阙，时危远效官。山行独夜雨，旅宿二陵寒。**诗兴生何处**，嵩阳羽客坛。”见《全唐诗》卷二六八。

第七句集自李中【泉】:“潺潺青嶂底，来处一何长。漱石苔痕滑，侵松鹤梦凉。泛花穿竹坞，**泻月下莲塘**。想得归何处，天涯助渺茫。”见《全唐诗》卷七五〇。

第八句集自元稹【落月】:“落月沉余影，阴渠流暗光。蚊声霭窗户，萤火绕屋梁。飞幌翠云薄，**新荷清露香**。不吟复不寐，竟夕池水傍。”见《全唐诗》卷四〇三。

菱歌：采菱之歌。南朝·宋·鲍照《采菱歌》之一：“箫弄澄湘北，菱歌清汉南。”

漓水吟怀

寄怀因桂水
朗咏豁心胸

——许浑、刘叉诗句

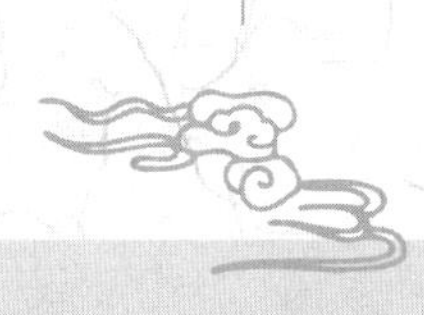

怀　乡

江边一望楚天长，云鹤沉沉思渺茫。

圣世科名酬志业，人间声价是文章。

秦家故事随流水，古渡寒花倚夕阳。

昼梦不成吟有兴，竹风松韵漫凄锵。

第一句集自孙光宪【浣溪沙】之一：“蓼岸风多橘柚香，**江边一望楚天长**，片帆烟际闪孤光。目送征鸿飞杳杳，思随流水去茫茫，兰红波碧忆潇湘。”见《全唐诗》卷八九七。

第二句集自李建勋【题魏坛二首】之二：“一寻遗迹到仙乡，**云鹤沉沉思渺茫**。丹井岁深生草木，芝田春废卧牛羊。雨淋残画摧荒壁，鼠引饥蛇落坏梁。薄暮欲归仍伫立，菖蒲风起水泱泱。”见《全唐诗》卷七三九。

第三句集自方干【寄台州孙从事百篇（登第初授华亭尉）】：“**圣世科名酬志业**，仙州秀色助神机。梅真入仕提雄笔，阮瑀从军着彩衣。昼寝不知山雪积，春游应趁夜潮归。相思莫讶音书晚，鸟去犹须叠日飞。”见《全唐诗》卷六五二。

第四句集自刘禹锡【同乐天送令狐相公赴东都留守】：“尚书剑履出明光，居守旌旗赴洛阳。世上功名兼将相，**人间声价是文章**。衙门晓辟分天仗，宾幕初开辟省郎。从发坡头向东望，春风处处有甘棠。”见《全唐诗》卷三六〇。

第五句集自李嘉佑【晚发咸阳，寄同院遗补】：“征战初休草又衰，咸阳晚眺泪堪垂。去路全无千里客，秋田不见五陵儿。**秦家故事随流水**，汉代高坟对石碑。回首青山独不语，羡君谈笑万年枝。”见《全唐诗》卷二〇七。

第六句集自李咸用【湘浦有怀】："鸿雁哀哀背朔方，余霞倒影画潇湘。长汀细草愁春浪，**古渡寒花倚夕阳**。鬼树夜分千炬火，渔舟朝卷一蓬霜。依家本是持竿者，为爱明时入帝乡。"见《全唐诗》卷六四六。

第七句集自李中【和夏侯秀才春日见寄】："绵蛮黄鸟不堪听，触目离愁怕酒醒。云散碧山当晚槛，雨催青藓匝春庭。寻芳懒向桃花坞，垂钓空思杜若汀。**昼梦不成吟有兴**，挥毫书在枕边屏。"见《全唐诗》卷七四八。

第八句集自黄滔【奉和翁文尧员外经过七林书堂见寄之什】："朱旗引入昔茆堂，半日从容尽日忙。驷马宝车行锡礼，金章紫绶带天香。山从南国添烟翠，龙起东溟认夜光。定恐故园留不住，**竹风松韵漫凄锵**。"见《全唐诗》卷七〇五。

楚天：古代楚国位居南方，所以泛指南方的天空为楚天。**云鹤**：常用以喻清奇的骨格、气质，又指闲云野鹤，比喻远离尘世、隐居不仕的人。**科名**：科举功名。渡头村秦氏海亮公家族历代得科名者甚众。**竹风松韵**：竹风指竹间之风。松韵指松风、松涛。竹风松韵即指吟诵的诗词似竹风松韵，音调铿锵有韵。**凄锵**：象声词。多形容有节奏的声响。

老来学诗
四首

岂容华发待流年，手札八行诗一篇。
对酒鸣琴追野趣，持花歌咏似狂颠。
已知世路皆虚幻，欲共怡神契自然。
无宦无名拘逸兴，莎阶吟步想前贤。

第一句集自柳宗元【岭南江行】："瘴江南去入云烟，望尽黄茆是海边。山腹雨晴添象迹，潭心日暖长蛟涎。射工巧伺游人影，飓母偏惊旅客船。从此忧来非一事，**岂容华发待流年**。”见《全唐诗》卷三五二。

第二句集自白居易【宿香山寺酬广陵牛相公见寄】：“**手札八行诗一篇**，无由相见但依然。君匡圣主方行道，我事空王正坐禅。支许徒思游白月，夔龙未放下青天。”见《全唐诗》卷四五六。

第三句集自武三思【奉和圣制夏日游石淙山】：“此地岩壑数千重，吾君驾鹤□乘龙。掩映叶光含翡翠，参差石影带芙蓉。白日将移冲叠巘，玄云欲度碍高峰。**对酒鸣琴追野趣**，时闻清吹入长松。”见《全唐诗》卷八〇。

第四句集自张籍【罗道士】：“城里无人得实年，衣襟常带臭黄烟。楼中赊酒唯留药，洞里争棋不赌钱。闻客语声知贵贱，**持花歌咏似狂颠**。寻常行处皆逢见，世上多疑是谪仙。”见《全唐诗》卷三八五。

第五句集自张乔【赠头陀僧】：“自说年深别石桥，遍游灵迹熟南朝。**已知世路皆虚幻**，不觉空门是寂寥。沧海附船浮浪久，碧山寻塔上云遥。如今竹院藏衰老，一点寒灯弟子烧。”见《全唐诗》卷六三九。

第六句集自沈彬【麻姑山】：“绀殿松萝太古山，仙人曾此话桑田。闲倾云液十分日，已过浮生一万年。花洞路中逢鹤信，水帘岩底见龙眠。我来游礼酬心愿，**欲共怡神契自然**。”见《全唐诗》卷七四三。

第七句集自司空图【漫题】：“**无官无名拘逸兴**，有歌有酒任他乡。看看万里休征戍，莫向新词寄断肠。”见《全唐诗》卷六三三。

第八句集自张乔【省中偶作】：“二转郎曹自勉旃，**莎阶吟步想前贤**。不如何逊无佳句，若比冯唐是壮年。捧制名题黄纸尾，约僧心在白云边。乳毛松雪春来好，直夜清闲且学禅。”见《全唐诗》卷六三九。

流年：流逝的岁月，年华。**手札**：亦作“手劄”、“手扎”，犹手书，指亲笔信，一般指他人寄来的亲笔信。“手札八行诗一篇”此指亲笔书写（或创作）一首诗。**虚幻**：虚假而不真实的，虚无缥缈的。**怡神**：怡养或怡悦心神。**息机**：息灭心计、机谋。

不把渔竿不灌园，春花秋月入诗篇。
自知清兴来无尽，老去何曾更酒颠。

第一句集自徐夤【不把渔竿】：“**不把渔竿不灌园**，策筇吟绕绿芜村。得争野老眠云乐，倍感闽王与善恩。鸟趁竹风穿静户，鱼吹烟浪喷晴轩。何人买我安贫趣，百万黄金未可论。”见《全唐诗》卷七〇八。

第二句集自鱼玄机【题隐雾亭】：“**春花秋月入诗篇**，白日清宵是散仙。空卷珠帘不曾下，长移一榻对山眠。”见《全唐诗》卷八〇四。

第三句集自齐己【咏怀寄知己】：“已得浮生到老闲，且将新句拟玄关。**自知清兴来无尽**，谁道淳风去不还。三百正声传世后，五千真理在人间。此心终待相逢说，时复登楼看暮山。”见《全唐诗》卷八四五。

第四句集自白居易【十年三月三十日别微之于沣上十四年三月十一日夜遇微之于峡中停舟夷陵三宿而别言不尽者以诗之因赋七言十七韵以赠且欲记所遇之地与相见之时为他年会话张本也】：“沣水店头春尽日，送君上马谪通川。夷陵峡口明月夜，此处逢君是偶然。一别五年方见面，相携三宿未回船。坐从日暮唯长叹，语到天明竟未眠。齿发蹉跎将五十，关河迢递过三千。生涯共寄沧江上，乡国俱抛白日边。往事渺茫都似梦，旧游流落半归泉。醉悲洒泪春杯里，吟苦支颐晓烛前。莫问龙钟恶官职，且听清脆好文篇。别来只是成诗癖，**老去何曾更酒颠**。各限王程须去住，重开离宴贵留连。黄牛渡北移征棹，白狗崖东卷别筵。神女台云闲缭绕，使君滩水急潺湲。风凄暝色愁杨柳，月吊宵声哭杜鹃。万丈赤幢潭底日，一条白练峡中天。君还秦地辞炎徼，我向忠州入瘴烟。未死会应相见在，又知何地复何年。”见《全唐诗》卷四四〇。

灌园：典出晋·皇甫谧《高士传》：楚王派使者带重金欲聘陈仲子为相，陈仲子在妻子劝说下，辞谢使者后，两人出逃，为人打工灌园。后人用“灌园翁”、“灌园人”、“灌园仲子”、“灌园”等形容隐士坚守节操。

犹爱明窗好读书，厌闻趋竞喜闲居。作诗调我惊逸兴，五字新题思有余。

第一句集自薛能【僧窗】:“不悟时机滞有余，近来为事更乖疏。朱轮皂盖蹉跎尽，**犹爱明窗好读书**。”见《全唐诗》卷五六一。

第二句集自韩偓【闲居】:“**厌闻趋竞喜闲居**，自种芜菁亦自锄。麋鹿跳梁忧触拨，鹰鹯搏击恐粗疏。拙谋却为多循理，所短深惭尽信书。刀尺不亏绳墨在，莫疑张翰恋鲈鱼。”见《全唐诗》卷六八一。

第三句集自李白【醉后答丁十八以诗讥余捶碎黄鹤楼】:“黄鹤高楼已捶碎，黄鹤仙人无所依。黄鹤上天诉玉帝，却放黄鹤江南归。神明太守再雕饰，新图粉壁还芳菲。一州笑我为狂客，少年往往来相讥。君平帘下谁家子，云是辽东丁令威。**作诗调我惊逸兴**，白云绕笔窗前飞。待取明朝酒醒罢，与君烂漫寻春晖。”见《全唐诗》卷一七八。

第四句集自白居易【岁暮枉衢州张使君书并诗，因以长句报之】:“西州彼此意何如，官职蹉跎岁欲除。浮石潭边停五马，望涛楼上得双鱼。万言旧手才难敌，**五字新题思有余**。贫薄诗家无好物，反投桃李报琼琚。”见《全唐诗》卷四四三。

趋竞：奔走钻营，争名夺利。**五字**：五个字，多指诗文中五字句，泛指诗句。

白头犹自学诗狂，身外浮名不足忙。秋爱冷吟春爱醉，卧吹三弄送残阳。

第一句集自韦庄【王道者】:“五云遥指海中央，金鼎曾传肘后方。三岛路岐空有月，十洲花木不知霜。因携竹杖闻龙气，为使仙童带橘香。应笑我曹身是梦，**白头犹自学诗狂**。”见《全唐诗》卷六九七。

第二句集自李中【秋夜吟寄左偃】:“与君诗兴素来狂，况入清秋夜景长。溪阁共谁看好月，莎阶应独听寒螀。卷中新句诚堪喜，**身外浮名不足忙**。会约垂名继前哲，任他玄发尽如霜。”见《全唐诗》卷七四七。

第三句集自白居易【重酬周判官】：“**秋爱冷吟春爱醉**，诗家眷属酒家仙。若教早被浮名系，可得闲游三十年。”见《全唐诗》卷二六一。

第四句集自李郢【赠羽林将军】：“虬须憔悴羽林郎，曾入甘泉侍武皇。雕没夜云知御苑，马随仙仗识天香。五湖归去孤舟月，六国平来两鬓霜。唯有桓伊江上笛，**卧吹三弄送残阳**。”见《全唐诗》卷五九〇。

冷吟：闲吟。唐·白居易《舟中晚起》诗：“退身江海应无用，忧国朝廷自有贤。且向 钱塘湖上去，冷吟闲醉二三年。”**三弄**：古曲名，即梅花三弄。据明·朱权《神奇秘谱》称，此曲是由晋桓伊所作的笛曲改编而成。内容写傲霜斗雪的梅花，全曲主调出现三次，故称“梅花三弄”。

戊子清明怀树松公
二 首

排比椒浆奠楚魂，得无余庆及儿孙？

弄璋诗句多才思，文采风流犹尚存。

第一句集自吴融【南迁途中作七首·溪翁】：“饭稻羹菰晓复昏，碧滩声里长诸孙。应嗟独上涔阳客，**排比椒浆奠楚魂**。”见《全唐诗》卷六八六。

第二句集自杜荀鹤【哭方干】：“何言寸禄不沾身，身没诗名万古存。况有数篇关教化，**得无余庆及儿孙**。渔樵共垒坟三尺，猿鹤同栖月一村。天下未宁吾道丧，更谁将酒酹吟魂。”见《全唐诗》卷六九二。

第三句集自白居易【崔侍御以孩子三日示其所生诗见示因以二绝句和之】：“洞房门上挂桑弧，香水盆中浴凤雏。还似初生三日魄，嫦娥满月即成珠。爱惜肯将同宝玉，喜欢应胜得王侯。**弄璋诗句多才思**，愁杀无儿老邓攸。”见《全唐诗》卷四四六。

第四句集自杜甫【丹青引，赠曹将军霸】："将军魏武之子孙，于今为庶为清门。英雄割据虽已矣，**文采风流犹尚存**。学书初学卫夫人，但恨无过王右军。丹青不知老将至，富贵于我如浮云。开元之中常引见，承恩数上南熏殿。凌烟功臣少颜色，将军下笔开生面。良相头上进贤冠，猛将腰间大羽箭。褒公鄂公毛发动，英姿飒爽来酣战。先帝天马玉花骢，画工如山貌不同。是日牵来赤墀下，迥立阊阖生长风。诏谓将军拂绢素，意匠惨澹经营中。斯须九重真龙出，一洗万古凡马空。玉花却在御榻上，榻上庭前屹相向。至尊含笑催赐金，圉人太仆皆惆怅。弟子韩干早入室，亦能画马穷殊相。干惟画肉不画骨，忍使骅骝气凋丧。将军画善盖有神，必逢佳士亦写真。即今漂泊干戈际，屡貌寻常行路人。途穷反遭俗眼白，世上未有如公贫。但看古来盛名下，终日坎壈缠其身。"见《全唐诗》卷二二〇。

排比：安排，准备。**椒浆**：以椒浸制的酒浆，古代多用以祭神。**楚魂**：古诗中言"楚魂"，多有追吊楚人之意。常指楚王梦遇巫山神女，又多指楚屈原。这里借指多年在楚地为官的秦树松。**余庆**：指留给子孙后辈的恩德，恩惠。**弄璋**：《诗·小雅·斯干》："乃生男子，载寝之床，载衣之裳，载弄之璋。"祝所生男子成长后为王侯，执圭璧，后因称生男为"弄璋"。这里指还是小孩的时候。

折桂早闻推独步，更携书剑客天涯。

高歌犹爱思归引，诗意留连重物华。

第一句集自方干【上越州杨严中丞】："连枝棣萼世无双，未秉鸿钧拥大邦。**折桂早闻推独步**，分忧暂辍过重江。晴寻凤沼云中树，思绕稽山枕上窗。试把十年辛苦志，问津求拜碧油幢。"见《全唐诗》卷六五二。

第二句集自许浑【别刘秀才】："三献无功玉有瑕，**更携书剑客天涯**。孤帆夜别潇湘雨，广陌春期鄠杜花。灯照水萤千点灭，棹惊滩雁一行斜。关河万里秋风急，望见乡山不到家。"见《全唐诗》卷五三三。

第三句集自卢纶【无题】："耻将名利托交亲，只向尊前乐此身。才大不应成滞客，时危且喜是闲人。**高歌犹爱思归引**，醉语惟夸漉酒巾。□□□□□□□，岂能偏遣老风尘。”见《全唐诗》卷二七六。

第四句集自刘禹锡【鱼复江中】:“扁舟尽室贫相逐，白发藏冠镊更加。远水自澄终日绿，晴林长落过春花。客情浩荡逢乡语，**诗意留连重物华**。风樯好住贪程去，斜日青帘背酒家。”见《全唐诗》卷三六一。

折桂:《晋书·郄诜传》:“武帝于东堂会送，问诜曰:‘卿自以为何如?’诜对曰:‘臣举贤良对策，为天下第一，犹桂林之一枝，昆山之片玉。’”后因以“折桂”谓科举及第。**独步**:比喻独一无二，无与伦比。**思归引**:又叫【离拘操】，琴曲名。相传春秋时，邵王聘卫侯女，未至而王死。太子留之，不听，拘于深宫，思归不得，遂援琴而歌，曲终自缢而死。见汉·蔡邕《琴操·思归引》。**物华**:自然景物，亦指事物的精华。

秦树松:字作舟，号巨川，渡头村人。生于清乾隆三十年(公元1765年),《阳朔县志》称其“性聪慧，好读书，童试辄冠”。乾隆五十四(公元1789年)年己酉恩科乡试解元(即广西省考第一名),是清代290多年阳朔唯一解元，时人称“莲峰独步”,其墓碑亦镌有“莲峰独步”四字。其考题为:“‘三年学不’全章，‘舜好问而’二句，‘学问之道’二句。赋得‘冷露无声湿桂花’得‘香’字”。先后任湖北公安、枝江、通山、京山、兴山、石首县知县和鹤峰州知州。嘉庆二十年(公元1815年)辞官归家。渡头村解元峰下有思归岩，相传树松公赴任经此有未离家乡便思归的故事。

六十一初度怀古

宁戚谁怜叩角哀，贾生无罪直为灾。

不堪孙盛嘲时笑，转忆陶潜归去来。

第一句集自李郢【重阳日寄浙东诸从事】:“野人多病门长掩，荒圃重阳菊自开。愁里又闻清笛怨，望中难见白衣来。元瑜正及从军乐，**宁戚谁怜叩角哀**。红旆纷纷碧江暮，知君醉下望乡台。”见《全唐诗》卷五九〇。

第二句集自杜牧【闻开江相国宋下世二首】之一："权门阴进夺移才，驿骑如星堕峡来。晁氏有恩忠作祸，**贾生无罪直为灾**。贞魂误向崇山没，冤气疑从湘水回。毕竟成功何处是，五湖云月一帆开。"见《全唐诗》卷五二六。

第三句集自张祜【和杜牧之齐山登高】："秋溪南岸菊霏霏，急管烦弦对落晖。红叶树深山径断，碧云江静浦帆稀。**不堪孙盛嘲时笑**，愿送王弘醉夜归。流落正怜芳意在，砧声徒促授寒衣。"见《全唐诗》卷五一一。

第四句集自高适【封丘作】："我本渔樵孟诸野，一生自是悠悠者。乍可狂歌草泽中，宁堪作吏风尘下。只言小邑无所为，公门百事皆有期。拜迎官长心欲碎，鞭挞黎庶令人悲。归来向家问妻子，举家尽笑今如此。生事应须南亩田，世情付与东流水。梦想旧山安在哉，为衔君命且迟回。乃知梅福徒为尔，**转忆陶潜归去来**。"见《全唐诗》卷二一三。

宁戚：春秋时卫人。宁戚在齐国东门外喂牛，待桓公出，扣牛角而唱饭牛歌。后遂用作寒士自求为世所用的典故。**贾生**：即贾谊，西汉著名的大儒，人称贾生、贾子，由于曾被贬长沙，故又称贾长沙。贾谊对政事十分关注，而且敢于发表自己的见解，写下了如《治安策》《论积贮疏》等名篇。贾谊对政事直谏，常遭权贵毁谤以至被贬。**孙盛**：字安国，晋代太原中都人。著名的东晋史学家，出身仕宦家庭，曾任多种官职，最高至长沙太守、秘书监加给事中。一生著述颇丰。后人借"孙盛"以指位高且有成就之人。**陶潜**：字元亮，一字渊明。自号五柳先生。东晋诗人、辞赋家、散文家。曾任彭泽县令，到任81天，碰到浔阳郡派遣督邮至，属吏说："当束带迎之。"他叹道："我岂能为五斗米向乡里小儿折腰。"遂去职。有《归去来兮辞》等。

笔者集这首诗时，已满六十岁，"转忆陶潜归去来"，该退休了，单位正在帮办退休手续。

此集句诗四句皆用古人典故。

六十五初度怀古

若比冯唐是壮年，每嫌伊霍少诗篇。

好同范蠡扁舟兴，还似襄阳孟浩然。

第一句集自张乔【省中偶作】:“二转郎曹自勉旃，莎阶吟步想前贤。不如何逊无佳句，**若比冯唐是壮年**。捧制名题黄纸尾，约僧心在白云边。乳毛松雪春来好，直夜清闲且学禅。”见《全唐诗》卷六三九。

第二句集自罗隐【寄酬邺王罗令公五首】之五：“锦笈朱囊连复连，紫鸾飞下浙江边。绡从海室夺烟雾，乐奏帝宫胜管弦。长笑应刘悲显达，**每嫌伊霍少诗篇**。戴湾老圃根基薄，虚费工夫八十年。”见《全唐诗》卷六六一。

第三句集自吴商浩【宿山驿】:“文战何堪功未图，又驱羸马指天衢。露华凝夜渚莲尽，月彩满轮山驿孤。岐路辛勤终日有，乡关音信来年无。**好同范蠡扁舟兴**，高挂一帆归五湖。”见《全唐诗》卷七七四。

第四句集自张祜【感归】:“行却江南路几千，归来不把一文钱。乡人笑我穷寒鬼，**还似襄阳孟浩然**。”见《全唐诗》卷五一一。

冯唐：冯唐虽有能力，在汉文帝、汉景帝时期却一直是郎官，直到汉武帝即位后，为打匈奴做准备征求贤良之士，众人举荐冯唐。冯唐已90多岁，老了，不能为国家出力了。**伊霍**：指商代伊尹和汉代霍光。伊尹放太甲于桐，霍光废昌邑王，立宣帝。后常二人并称，泛指能左右朝政的重臣。**范蠡**：春秋末年政治家、军事家。出身微贱。仕越为大夫，擢上将军。他与文种协助勾践着手重建国家。后游齐国，至陶，改名陶朱公，经商致富。晚年放情太湖山水，爱好养鱼。**孟浩然**：公元689—740年，襄州襄阳（今湖北襄阳）人，世称“孟襄阳”。工于诗。年四十游京师，唐玄宗诏咏其诗，至“不才明主弃”之语，玄宗谓：“卿自不求仕，朕未尝弃卿，奈何诬我?”因放还未仕，后隐居鹿门山，著诗200余首。孟浩然与另一位山水田园诗人王维合称为“王孟”。

此集句诗四句皆用古人典故，也可用作赠德高望重者。

甲申怀古

庄叟泥龟意已坚，燕昭市骏岂徒然。

且从康乐寻山水，勿学灵均远问天。

第一句集自李咸用【物情】:“谁分万类二仪间，禀性高卑各自然。野鹤不栖葱茜树，流莺长喜艳阳天。李斯溷鼠心应动，**庄叟泥龟意已坚**。成是败非如赋命，更教何处认愚贤。”见《全唐诗》卷六四六。

第二句集自高适【同鲜于洛阳于毕员外宅观画马歌】:“知君爱鸣琴，仍好千里马。永日恒思单父中，有时心到宛城下。遇客丹青天下才，白生胡雏控龙媒。主人娱宾画障开，只言骐骥西极来。半壁趁趄势不住，满堂风飘飒然度。家僮愕视欲先鞭，枥马惊嘶还屡顾。始知物妙皆可怜，**燕昭市骏岂徒然**。纵令剪拂无所用，犹胜驽骀在眼前。”见《全唐诗》卷二一三。

第三句集自李白【与谢良辅游泾川陵岩寺】:“乘君素舸泛泾西，宛似云门对若溪。**且从康乐寻山水**，何必东游入会稽。”见《全唐诗》卷一七九。

第四句集自赵冬曦【灉湖作】:“三湖返入两山间，畜作灉湖弯复弯。暑雨奔流潭正满，微霜及潦水初还。水还波卷溪潭涸，绿草芊芊岸崭岸。适来飞棹共回旋，已复扬鞭恣行乐。道旁耆老步跹跹，楚言兹事不知年。试就湖边披草径，莫疑东海变桑田。君讶今时尽陵陆，我看明岁更沦涟。来今自昔无终始，人事回环常若是。应思阙下声华日，谁谓江潭旅游子。初贞正喜固当然，往蹇来誉宜可俟。盈虚用舍轮舆旋，**勿学灵均远问天**。”见《全唐诗》卷九八。

庄叟泥龟:《庄子·秋水》:“庄子钓于濮水，楚王使大夫二人往先焉，曰:‘愿以境内累矣!’庄子持竿不顾，曰:‘吾闻楚有神龟，死已三千岁矣，王巾笥而藏之庙堂之上。此龟者，宁其死为留骨而贵，宁其生而曳尾涂中乎?’”原意是与其位列卿相，受爵禄、刑罚的管束，不如隐居而安于贫贱。**燕昭市骏**:指战国时郭隗以古代君王悬赏千金买千里马为喻，劝说燕昭王真心求贤的事。**康乐**:即南朝·宋·诗人谢灵运，袭封康乐公，称谢康乐。曾任永嘉（现在浙江省永嘉县）太守，喜欢游山玩水，擅长写山水诗，有《谢康乐集》。**灵均**:即战国·楚文学家屈原。屈原《楚辞·离骚》:“名余曰正则兮，字余曰灵均。”主要代表作品有《离骚》、《九章》、《九歌》、《天问》等。**问天**:谓心有委屈而诉问于天。汉·王逸《〈楚辞·天问〉序》:“《天问》者，屈原之所作也。何不言问天?天尊不可问，故曰天问也。”

集此诗追忆2003年5月至2004年3月以身体欠佳为由三次写《要求辞去单位领导职务的报告》。2004年（甲申年）获批。此集句诗四句皆用古人典故。

辛卯秋日怀古

有诗曾上仲宣楼，宋玉亭前悲暮秋。

谩说陶潜篱下醉，莫将烦恼问汤休。

第一句集自罗隐【寄张侍郎】:“衰羸岂合话荆州，争奈思多不自由。无路重趋桓典马，**有诗曾上仲宣楼**。尘销别迹堪垂泪，树拂他门懒举头。一种人间太平日，独教零落忆沧洲。”见《全唐诗》卷六五八。

第二句集自戎昱【题宋玉亭】:“**宋玉亭前悲暮秋**，阳台路上雨初收。应缘此处人多别，松竹萧萧也带愁。”见《全唐诗》卷二七〇。

第三句集自王昌龄【九日登高】:“青山远近带皇州，霁景重阳上北楼。雨歇亭皋仙菊润，霜飞天苑御梨秋。茱萸插鬓花宜寿，翡翠横钗舞作愁。**谩说陶潜篱下醉**，何曾得见此风流。”见《全唐诗》卷一四二。

第四句集自罗隐【秦望山僧院】:“巉巉危岫倚沧洲，闻说秦皇亦此游。霸主卷衣才二世，老僧传锡已千秋。阴崖水赖松梢直，藓壁苔侵画像愁。各是病来俱未了，**莫将烦恼问汤休**。”见《全唐诗》卷六六三。

仲宣楼：湖北省当阳县城楼又叫仲宣楼，汉代王粲(字仲宣)于此楼作《登楼赋》，故称。后遂用仲宣楼借指诗人登临抒怀之处。王粲博学多识，文思敏捷，为“建安七子之冠冕”，文学成就最高。他以诗赋见长，《初征》、《登楼赋》、《槐赋》、《七哀诗》等是其的精华。其名篇《登楼赋》抒写生逢乱世，客居他乡，才能不能得以施展而产生思乡、怀国之情和怀才不遇之忧。《七哀诗》也表露其思乡情结。**宋玉亭**：宋玉，战国时楚人，辞赋家。据称是屈原弟子，曾为楚襄王大夫。其流传作品，以《九辩》最为可信。《九辩》首句为“悲哉秋之为气也”，故后人常以宋玉为悲秋悯志的代表人物并建宋玉亭。**悲暮秋**：对萧瑟秋景而伤感。语出《楚辞·九辩》:“悲哉！秋之为气也。萧瑟兮，草木摇落而变衰。”**陶潜**：即陶渊明，东晋文学家、诗人。一名潜，字元亮，私谥靖节。浔阳柴桑（今江西九江市西南）人，曾为江州祭酒、镇江参军，后任彭泽令。因不满当时官员的腐败而去职，归隐田园，至死不仕。其诗以《归去来兮辞》《饮酒》《桃花源诗》《咏荆轲》《读山海经·精卫衔微木》等为代表，今存《陶渊明集》。**汤休**：

即汤惠休，南朝·宋诗人。早年为僧，称“惠休上人”，南朝宋世祖刘骏命使还俗，位至扬州从事。其诗风华美流畅，在南朝宋齐间颇有影响，甚至和鲍照并称“休鲍”，诗仅存11首，多写儿女之情。其最为著名的《怨诗行》流露悲秋情绪。

乙未怀古

惟笑商山有姓名，且来同作醉先生。

孤高堪弄桓伊笛，莫道猖狂似祢衡。

第一句集自薛涛【酬杨供奉法师见招】：“远水长流洁复清，雪窗高卧与云平。不嫌袁室无烟火，**惟笑商山有姓名**。”见《全唐诗》卷八〇三。

第二句集自白居易【题酒瓮呈梦得】：“若无清酒两三瓮，争向白须千万茎。麹糵销愁真得力，光阴催老苦无情。凌烟阁上功无分，伏火炉中药未成。更拟共君何处去，**且来同作醉先生**。”见《全唐诗》卷四五六。

第三句集自杜牧【寄题甘露寺北轩】：“曾向蓬莱宫里行，北轩阑槛最留情。**孤高堪弄桓伊笛**，缥缈宜闻子晋笙。天接海门秋水色，烟笼隋苑暮钟声。他年会著荷衣去，不向山僧说姓名。”见《全唐诗》卷五二三。

第四句集自皮日休【襄州春游】：“信马腾腾触处行，春风相引与诗情。等闲遇事成歌咏，取次冲筵隐姓名。映柳认人多错误，透花窥鸟最分明。今年群校何曾著，**莫道猖狂似祢衡**。”见《全唐诗》卷六一三。

商山有姓名：指“商山四皓”。秦末，东园公、绮里季、夏黄公、甪里先生避秦乱，隐于商山，年皆八十有余，须眉皓白，时称商山四皓。汉高祖召，不应。后高祖欲废太子，吕后用留侯张良之计，迎四皓，辅太子，遂使高祖辍废太子之议。见《史记·留侯世家》。**醉**：参考《楚辞·渔父》：屈原曰：“举世皆浊我独清，众人皆醉我独醒，是以见放。”**桓伊笛**：《晋书·桓伊传》载，桓伊为江州刺史，善吹笛，独擅江左。谢安位显功盛，为人所谗，孝武帝疑之。会帝召伊饮宴，安侍坐。帝命伊吹笛，吹一弄后，伊请弹筝，而歌《怨诗》曰："为君既不易，为臣良独难，忠信事不显，乃有见疑患。"声节慷慨。安泣下沾衿，乃越席捋其须曰："使君于此不凡!"帝甚有愧色。后因以"桓伊笛"为巧用乐曲传达心曲的典故。**祢衡**：公元173—198年，字正平，平原郡（今山东德州临邑德平镇）人。个性恃才傲物，和孔融交好。孔融著有《荐祢衡表》，向曹操推荐祢衡，但是祢衡称病不肯去，曹操封他为鼓手，想要羞辱祢衡，却反而被祢衡裸身击鼓而羞辱。后来祢衡骂曹操，曹操就把他遣送给刘表，祢衡对刘表也很轻慢，刘表又把他送去给江夏太守黄祖，最后因为和黄祖言语冲突而被杀，时年26岁。

退休感怀

二　首

欲谋休退尚因循，笑说浮生老此身。

无事有杯持永日，诗成长作独吟人。

第一句集自李建勋【和致仕沈郎中】："**欲谋休退尚因循**，且向东溪种白苹。谬应星辰居四辅，终期冠褐作闲人。城中隔日趋朝懒，楚外千峰入梦频。残照晚庭沈醉醒，静吟斜倚老松身。"见《全唐诗》卷七三九。

第二句集自李宗闵【赠毛仙翁】："不知仙客占青春，肌骨才教称两旬。俗眼暂惊相见日，疑心未测几时人。闲推甲子经何代，**笑说浮生老此身**。残药倘能沾朽质，愿将霄汉永为邻。"见《全唐诗》卷四七三。

第三句集自皮日休【奉和鲁望晓起回文】："孤烟晓起初原曲，碎树微分半浪中。湖后钓筒移夜雨，竹傍眠几侧晨风。图梅带润轻沾墨，画藓经蒸半失红。**无事有杯持永日**，共君惟好隐墙东。"见《全唐诗》卷六一六。

第四句集自白居易【郡中闲独，寄微之及崔湖州】："少年宾旅非吾辈，晚岁簪缨束我身。酒散更无同宿客，**诗成长作独吟人**。苹洲会面知何日，镜水离心又一春。两处也应相忆在，官高年长少情亲。"见《全唐诗》卷四四七。

因循：道家谓顺应自然。

忙人应未胜闲人，载酒寻花共赏春。

世事浮云何足问，莫将时态破天真。

第一句集自白居易【闲行】：“五十年来思虑熟，**忙人应未胜闲人**。林园傲逸真成贵，衣食单疏不是贫。专掌图书无过地，遍寻山水自由身。傥年七十犹强健，尚得闲行十五春。”见《全唐诗》卷四四八。

第二句集自刘兼【春游】：“柳成金穗草如茵，**载酒寻花共赏**春。先入醉乡君莫问，十年风景在三秦。摇摇离绪不能持，满郡花开酒熟时。羞听黄莺求善友，强随绿柳展愁眉。隔云故国山千叠，傍水芳林锦万枝。圣主未容归北阙，且将勤俭抚南夷。”见《全唐诗》卷七六六。

第三句集自王维【酌酒与裴迪】：“酌酒与君君自宽，人情翻覆似波澜。白首相知犹按剑，朱门先达笑弹冠。草色全经细雨湿，花枝欲动春风寒。**世事浮云何足问**，不如高卧且加餐。”见《全唐诗》卷一二八。

第四句集自杜荀鹤【晚春寄同年张曙先辈】：“**莫将时态破天真**，只合高歌醉过春。易落好花三个月，难留浮世百年身。无金润屋浑闲事，有酒扶头是了人。恩地未酬闲未得，一回醒话一沾巾。”见《全唐诗》卷六九二。

六十六初度感怀

刮骨清吟得似无，耻将官业竞前途。

关情命曲寄惆怅，欲老始知吾负吾。

第一句集自白居易【戏和贾常州醉中二绝句】之一：“闻道毗陵诗酒兴，近来积渐学姑苏。罨头新令从偷去，**刮骨清吟得似无**。”见《全唐诗》卷四四七。

第二句集自郑谷【献大京兆薛常侍能】：“**耻将官业竞前途**，自爱篇章古不如。一炷香新开道院，数坊人聚避朝车。纵游藉草花垂酒，闲卧临窗燕拂书。唯有明公赏新句，秋风不敢忆鲈鱼。”见《全唐诗》卷六七六。

第三句集自顾况【琴曲歌辞·蔡氏五弄·幽居弄】：“苔衣生，花露滴，月入西林荡东壁。扣商占角两三声，洞户溪窗一冥寂。独去沧洲无四邻，身婴世网此何身。**关情命曲寄惆怅**，久别江南山里人。”见《全唐诗》卷二三。

第四句集自刘威【遣怀寄欧阳秀才】：“地上江河天上乌，百年流转只须臾。平生闲过日将日，**欲老始知吾负吾**。似豹一班时或有，如龟三顾岂全无。古来晚达人何限，莫笑空枝犹望苏。”见《全唐诗》卷五六二。

刮骨：本指三国关羽刮骨疗伤事，后用为形容精神坚强的典实。

六十九初度自吟

路人应恐笑龙钟，却欲躬耕学老农。

三径荒芜羞对客，尊前劝酒是春风。

第一句集自于鹄【醉后寄山中友人】：“昨日山家春酒浓，野人相劝久从容。独忆卸冠眠细草，不知谁送出深松。都忘醉后逢廉度，不省归时见鲁恭。知己尚嫌身酩酊，**路人应恐笑龙钟**。”见《全唐诗》卷三一〇。

第二句集自卢纶【与从弟瑾同下第后出关言别】之四：“谁怜苦志已三冬，**却欲躬耕学老农**。流水白云寻不尽，期君何处得相逢。”见《全唐诗》卷二七六。

第三句集自皇甫曾【张芬见访郊居作】：“林中雨散早凉生，已有迎秋促织声。**三径荒芜羞对客**，十年衰老愧称兄。愁心自惜江蓠晚，世事方看木槿荣。君若罢官携手日，寻山莫算白云程。"见《全唐诗》卷二一〇。

第四句集自白居易【酬哥舒大见赠】:"去岁欢游何处去，曲江西岸杏园东。花下忘归因美景，**尊前劝酒是春风**。各从微宦风尘里，共度流年离别中。今日相逢愁又喜，八人分散两人同。"见《全唐诗》卷四三六。

龙钟：年老体衰、行动不便的样子，也指潦倒不得志的样子。**三径**：晋·赵岐《三辅决录·逃名》:"蒋诩归乡里，荆棘塞门，舍中有三径，不出，唯求仲、羊仲从之游。"后因以"三径"指归隐者的家园。晋·陶潜《归去来辞》:"三径就荒，松竹犹存。"

2015年春于渡头村。时年满68，跨入69虚岁，已乡居4个多月矣。

漓江水滨闲思

三 首

日永孤吟野水滨，终身不拟作忙人。

细推物理须行乐，郢曲偏宜讽咏频。

第一句集自李中【春日书怀】:"千峰雪尽鸟声春，**日永孤吟野水滨**。霄汉路岐升未得，花时空拂满衣尘。"见《全唐诗》卷七四七。

第二句集自白居易【闲意】:"不争荣耀任沉沦，日与时疏共道亲。北省朋僚音信断，东林长老往还频。病停夜食闲如社，慵拥朝裘暖似春。渐老渐谙闲气味，**终身不拟作忙人**。"见《全唐诗》卷四四〇。

第三句集自杜甫【曲江二首】之一:"一片花飞减却春，风飘万点正愁人。且看欲尽花经眼，莫厌伤多酒入唇。江上小堂巢翡翠，花边高冢卧麒麟。**细推物理须行乐**，何用浮名绊此身。"见《全唐诗》卷二二五。

第四句集自权德舆【酬主客仲员外见贺正除】:"五年承乏奉如纶，才薄那堪侍从臣。禁署独闻清漏晓，命书惭对紫泥新。周班每喜簪裾接，**郢曲偏宜讽咏频**。忆昔曲台尝议礼，见君论著最相亲。”见《全唐诗》卷三二一。

物理：事物的道理、规律。《周书·明帝纪》：“天地有穷已，五常有推移，人安得常在，是以生而有死者，物理之必然。”**郢曲**：战国·楚·宋玉《对楚王问》：“客有歌于郢中者，其始曰《下里巴人》，国中属而和者数千人；其为《阳阿》《薤露》，国中属而和者数百人；其为《阳春白雪》，国中属而和者不过数十人；引商刻羽，杂以流征，而和者数人而已。”后以“郢曲”泛指乐曲。**讽咏**：朗读吟咏。

把得闲书坐水滨，不忧家国不忧贫。只将波上鸥为侣，节概犹夸似古人。

第一句集自罗隐【王夷甫】：“**把得闲书坐水滨**，读来前事亦酸辛。莫言麈尾清谭柄，坏却淳风是此人。”见《全唐诗》卷六六四。

第二句集自杜光庭【偶题】：“似鹤如云一个身，**不忧家国不忧贫**。拟将枕上日高睡，卖与世间荣贵人。”见《全唐诗》卷八五四。

第三句集自杜荀鹤【赠彭蠡钓者】：“偏坐渔舟出苇林，苇花零落向秋深。**只将波上鸥为侣**，不把人间事系心。傍岸歌来风欲起，卷丝眠去月初沈。若教我似君闲放，赢得湖山到老吟。”见《全唐诗》卷六九二。

第四句集自高骈【留别彰德军从事范校书】：“无金寄与白头亲，**节概犹夸似古人**。未出尘埃真落魄，不趋权势正因循。桂攀明月曾观国，蓬转西风却问津。匹马东归羡知己，燕王台上结交新。”见《全唐诗》卷五九八。

侣：伴，伙伴。**节概**：操守和气概。

寂寞持竿一水滨，古来闲散有谁邻。

醉吟雪月思深苦，人是人非不欲闻。

第一句集自高骈【太公庙】：“青山长在境长新，**寂寞持竿一水滨**。及得王师身已老，不知辛苦为何人。”见《全唐诗》卷五九八。

第二句集自姚合【和李十二舍人、裴四二舍人两阁老酬白少傅见寄】：“罢草王言星岁久，嵩高山色日相亲。萧条雨夜吟连晓，撩乱花时看尽春。此世逍遥应独得，**古来闲散有谁邻**。林中长老呼居士，天下书生仰达人。酒挈数瓶杯亦阔，诗成千首语皆新。纶闱并命诚宜贺，不念衰年寄上频。”见《全唐诗》卷五〇一。

第三句集自方干【书桃花坞周处士壁】：“**醉吟雪月思深苦**，思苦神劳华发生。自学古贤修静节，唯应野鹤识高情。细泉出石飞难尽，孤烛和云湿不明。何事懒于嵇叔夜，更无书札答公卿。”见《全唐诗》卷六五〇。

第四句集自李廓【赠商山东于岭僧】：“商岭东西路欲分，两间茅屋一溪云。师言耳重知师意，**人是人非不欲闻**。”见《全唐诗》卷四七九。

漓水闲吟笑尘心

一江风雨好闲吟，烟水悠悠痛古今。

鉴已每将天作镜，自怜清格笑尘心。

第一句集自罗隐【渚宫秋思】：“楚城日暮烟霭深，楚人驻马还登临。襄王台下水无赖，神女庙前云有心。千载是非难重问，**一江风雨好闲吟**。欲招屈宋当时魄，兰败荷枯不可寻。”见《全唐诗》卷六五八。

第二句集自刘威【三闾大夫】：“三闾一去湘山老，**烟水悠悠痛古今**。青史已书殷鉴在，词人劳咏楚江深。竹移低影潜贞节，月入中流洗恨心。再引离骚见微旨，肯教渔父会升沈。”见《全唐诗》卷五六二。

第三句集自杜荀鹤【和友人见题山居水阁八韵】：“池阁初成眼豁开，眼前霁景属微才。试攀檐果猿先见，才把渔竿鹤即来。修竹已多犹可种，艳花虽少不劳栽。南昌一榻延徐孺，楚国千钟逼老莱。未称执鞭奔紫陌，惟宜策杖步苍苔。笼禽岂是摩霄翼，涧木元非涧下材。**鉴己每将天作镜**，陶情常以海为杯。和君诗句吟声大，虫豸闻之谓蛰雷。”见《全唐诗》卷六九二。

第四句集自司空图【杂题二首】之二：“晓镜高窗气象深，**自怜清格笑尘心**。世间不为蛾眉误，海上方应鹤背吟。”见《全唐诗》卷六三四。

烟水：雾霭迷蒙的水面。**怜**：爱。**清格**：高洁的品格。**尘心**：指凡俗之心，名利之念。

啸志歌怀

白发满头犹著书，诗新得意恣狂疏。

从来只有情难尽，啸志歌怀亦自如。

第一句集自徐夤【赠黄校书先辈璞闲居】：“驭得骊龙第四珠，退依僧寺卜贫居。青山入眼不干禄，**白发满头犹著书**。东涧野香添碧沼，南园夜雨长秋蔬。月明扫石吟诗坐，讳却全无儋石储。”见《全唐诗》卷七〇九。

第二句集自姚合【寄酬卢侍御】：“**诗新得意恣狂疏**，挥手终朝力有余。今到诗家浑手战，欲题名字倩人书。”见《全唐诗》卷四九七。

第三句集自雍陶【题情尽桥】：“**从来只有情难尽**，何事名为情尽桥。自此改名为折柳，任他离恨一条条。”见《全唐诗》卷五一八。

第四句集自杜牧【齐安郡晚秋】：“柳岸风来影渐疏，使君家似野人居。云容水态还堪赏，**啸志歌怀亦自如**。雨暗残灯棋散后，酒醒孤枕雁来初。可怜赤壁争雄渡，唯有蓑翁坐钓鱼。”见《全唐诗》卷五二二。

恣：放纵、肆意、尽情。**狂疏**：放荡不检、狂放不羁。**啸志歌怀**：用长啸吟咏以言志抒怀。

清　吟

除却清吟何所为，感人情思欲题诗。

卷中新句诚堪喜，宠辱斯须自不知。

第一句集自林宽【酬陈樵见寄】：“失意闲眠起更迟，又将羁薄谢深知。囊书旋入酒家尽，纱帽长依僧壁垂。待月句新遭鬼哭，寻山貌古被猿窥。元和才子多如此，**除却清吟何所为**。”见《全唐诗》卷六〇六。

第二句集自段弘古【奉陪吕使君楼上夜看花】：“城上芳园花满枝，城头太守夜看时。为报林中高举烛，**感人情思欲题诗**。”见《全唐诗》卷四七二。

第三句集自李中【秋夜吟寄左偃】：“与君诗兴素来狂，况入清秋夜景长。溪阁共谁看好月，莎阶应独听寒螀。**卷中新句诚堪喜**，身外浮名不足忙。会约垂名继前哲，任他玄发尽如霜。”见《全唐诗》卷七四七。

第四句集自白居易【自题】：“功名宿昔人多许，**宠辱斯须自不知**。一旦失恩先左降，三年随例未量移。马头觅角生何日，石火敲光住几时。前事是身俱若此，空门不去欲何之。”见《全唐诗》卷四四〇。

清吟：清美、清雅地有节奏地诵读。**宠辱**：荣宠与耻辱。**斯须**：一会儿功夫，片刻。

寒江苦吟

坐对寒江独苦吟，清风才动是知音。

我来拟学磻溪叟，休说人间有陆沈。

第一句集自韦庄【钟陵夜阑作】:“钟陵风雪夜将深，**坐对寒江独苦吟**。流落天涯谁见问，少卿应识子卿心。”见《全唐诗》卷七〇〇。

第二句集自杨行敏【失题二首】之一:“驽骀嘶叫知无定，骐骥低垂自有心。山上高松溪畔竹，**清风才动是知音**。”见《全唐诗》卷七七五。

第三句集自方干【陆山人画水】:“毫末用功成一水，水源山脉固难寻。逡巡便可见波浪，咫尺不能知浅深。但有片云生海口，终无明月在潭心。**我来拟学磻溪叟**，白首钓璜非陆沈。”见《全唐诗》卷六五二。

第四句集自徐夤【休说】:“**休说人间有陆沈**，一樽闲待月明斟。时来不怕沧溟阔，道大却忧潢潦深。白首钓鱼应是分，青云干禄已无心。梓桐赋罢相如隐，谁为君前永夜吟。”见《全唐诗》卷七〇八。

磻溪：水名。在今陕西省宝鸡市东南，传说为周·吕尚未遇文王时垂钓处。**陆沉**：原指陆地无水而沉，此处比喻隐居或指隐逸之士，又比喻埋没，不为人知，还指愚昧迂执，不合时宜。

穷　吟

强随绿柳展愁眉，贫守蓬茅但赋诗。

穷达尽为身外事，醉饶言语觅花知。

第一句集自刘兼【春游】:“柳成金穗草如茵，载酒寻花共赏春。先入醉乡君莫问，十年风景在三秦。摇摇离绪不能持，满郡花开酒熟时。羞听黄莺求善友，**强随绿柳展愁眉**。隔云故国山千叠，傍水芳林锦万枝。圣主未容归北阙，且将勤俭抚南夷。”见《全唐诗》卷七六六。

第二句集自黄崇嘏【辞蜀相妻女诗】:“一辞拾翠碧江湄，**贫守蓬茅但赋诗**。自服蓝衫居郡掾，永抛鸾镜画蛾眉。立身卓尔青松操，挺志铿然白璧姿。幕府若容为坦腹，愿天速变作男儿。”见《全唐诗》卷七九九。

第三句集自刘沧【题桃源处士山居留寄】:“白云深处葺茅庐，退隐衡门与俗疏。一洞晓烟留水上，满庭春露落花初。闲看竹屿吟新月，特酌山醪读古书。**穷达尽为身外事**，浩然元气乐樵渔。”见《全唐诗》卷五八六。

第四句集自王建【寒食日看花】:“早入公门到夜归，不因寒食少闲时。颠狂绕树猿离锁，跳踯缘冈马断羁。酒污衣裳从客笑，**醉饶言语觅花知**。老来自喜身无事，仰面西园得咏诗。”见《全唐诗》卷三〇〇。

无　愁

百岁无愁即是仙，长移一榻对山眠。

时沽村酒临轩酌，颇觉生涯异俗缘。

第一句集自杜荀鹤【乱后山居】:“从乱移家拟傍山，今来方办买山钱。九州有路休为客，**百岁无愁即是仙**。野叟并田锄暮雨，溪禽同石立寒烟。他人似我还应少，如此安贫亦荷天。”见《全唐诗》卷六九二。

第二句集自鱼玄机【题隐雾亭】:“春花秋月入诗篇，白日清宵是散仙。空卷珠帘不曾下，**长移一榻对山眠**。”见《全唐诗》卷八〇四。

第三句集自梁藻【南山池】:“翡翠戏翻荷叶雨，鹭鸶飞破竹林烟。**时沽村酒临轩酌**，拟摘新茶靠石煎。”见《全唐诗》卷七五七。

第四句集自齐己【溪居寓言】："秋蔬数垄傍潺湲，**颇觉生涯异俗缘**。诗兴难穷花草外，野情何限水云边。虫声绕屋无人语，月影当松有鹤眠。寄向东溪老樵道，莫催丹桂博青钱。"见《全唐诗》卷八四六。

生涯：见本篇《老来学诗》第三首注。**俗缘**：佛教以因缘解释人事，称尘世之事为俗缘。

散　愁

老去将何散老愁，便随云水一生休。

从今有计消闲日，谢朓青山李白楼。

第一句集自白居易【伊州】："**老去将何散老愁**，新教小玉唱伊州。亦应不得多年听，未教成时已白头。"见《全唐诗》卷四四八。

第二句集自李涉【偶怀】："转知名宦是悠悠，分付空源始到头。待送妻儿下山了，**便随云水一生休**。"见《全唐诗》卷四七七。

第三句集自皮日休【夏景无事因怀章来二上人二首】之二："佳树盘珊枕草堂，此中随分亦闲忙。平铺风簟寻琴谱，静扫烟窗著药方。幽鸟见贫留好语，白莲知卧送清香。**从今有计消闲日**，更为支公置一床。"见《全唐诗》卷六一四。

第四句集自陆龟蒙【怀宛陵旧游】："陵阳佳地昔年游，**谢朓青山李白楼**。唯有日斜溪上思，酒旗风影落春流。"见《全唐诗》卷六二九。

云水：云与水，或指有云有水的景观，又指漫游，漫游如行云流水，漂泊无定，故称。**谢朓**：南齐代表作家。诗多描写山水景色，风格清逸秀丽，完全摆脱了玄言诗的影响，为当时人所爱重。**李白楼**：酒楼多悬"太白遗风"酒幌。李白楼即指酒楼。

心 足

长醉如今敩伯伦，何因得作自由身。

始知天造空闲境，心足虽贫不道贫。

第一句集自白居易【咏家酝十韵】："独醒从古笑灵均，**长醉如今敩伯伦**。旧法依稀传自杜，新方要妙得于陈。井泉王相资重九，麴糵精灵用上寅。酿糯岂劳炊范黍，撇篘何假漉陶巾。常嫌竹叶犹凡浊，始觉榴花不正真。瓮揭开时香酷烈，瓶封贮后味甘辛。捧疑明水从空化，饮似阳和满腹春。色洞玉壶无表里，光摇金醆有精神。能销忙事成闲事，转得忧人作乐人。应是世间贤圣物，与君还往拟终身。"见《全唐诗》卷四四九。

第二句集自白居易【和裴令公一日日一年年杂言见赠】："一日日，作老翁。一年年，过春风。公心不以贵隔我，我散唯将闲伴公。我无才能忝高秩，合是人间闲散物。公有功德在生民，**何因得作自由身**。前日魏王潭上宴连夜，今日午桥池头游拂晨。山客砚前吟待月，野人尊前醉送春。不敢与公闲中争第一，亦应占得第二第三人。"见《全唐诗》卷四五二。

第三句集自白居易【春日题乾元寺上方最高峰亭】："危亭绝顶四无邻，见尽三千世界春。但觉虚空无障碍，不知高下几由旬。回看官路三条线，却望都城一片尘。宾客暂游无半日，王侯不到便终身。**始知天造空闲境**，不为忙人富贵人。"见《全唐诗》卷四五七。

第四句集自白居易【酬皇甫宾客】："玄晏家风黄绮身，深居高卧养精神。性慵无病常称病，**心足虽贫不道贫**。竹院君闲销永日，花亭我醉送残春。自嫌诗酒犹多兴，若比先生是俗人。"见《全唐诗》卷四五一。

伯伦：即刘伶。刘伶性豪迈，胸襟开阔不拘小节。他嗜酒如命，作有《酒德颂》。

闲　居

钓渚归来一径斜，读书声里是吾家。

游人过尽衡门掩，独试新炉自煮茶。

第一句集自温庭筠【郊居秋日有怀一二知己】："稻田凫雁满晴沙，**钓渚归来一径斜**。门带果林招邑吏，井分蔬圃属邻家。皋原寂历垂禾穗，桑竹参差映豆花。自笑谩怀经济策，不将心事许烟霞。"见《全唐诗》卷五七八。

第二句集自翁承赞【书斋谩兴二首】之一："池塘四五尺深水，篱落两三般样花。过客不须频问姓，**读书声里是吾家**。"见《全唐诗》卷七〇三。

第三句集自刘得仁【上巳日】："未敢分明赏物华，十年如见梦中花。**游人过尽衡门掩**，独自凭栏到日斜。"见《全唐诗》卷五四五。

第四句集自徐铉【和萧郎中小雪日作】："征西府里日西斜，**独试新炉自煮茶**。篱菊尽来低覆水，塞鸿飞去远连霞。寂寥小雪闲中过，斑驳轻霜鬓上加。算得流年无奈处，莫将诗句祝苍华。"见《全唐诗》卷七五二。

吾阳朔居家傍漓江，离旅游码头数十米，每日门前游人如织。

咏　茶

万倍馨香胜玉蕊，云头翻液乍烹时。

不将钱买将诗乞，此物清高世莫知。

第一句集自李建勋【蔷薇二首】之二："拂檐拖地对前墀，蝶影蜂声烂熳时。**万倍馨**

香胜玉蕊，一生颜色笑西施。忘归醉客临高架，恃宠佳人索好枝。将并舞腰谁得及，惹衣伤手尽从伊。”见《全唐诗》卷七三九。

第二句集自刘兼【从弟舍人惠茶】：“曾求芳茗贡芜词，果沐颁沾味甚奇。龟背起纹轻炙处，**云头翻液乍烹时**。老丞倦闷偏宜矣，旧客过从别有之。珍重宗亲相寄惠，水亭山阁自携持。”见《全唐诗》卷七六六。

第三句集自姚合【乞新茶】：“嫩绿微黄碧涧春，采时闻道断荤辛。**不将钱买将诗乞**，借问山翁有几人。”见《全唐诗》卷五〇〇。

第四句集自皎然【饮茶歌诮崔石使君】：“越人遗我剡溪茗，采得金牙爨金鼎。素瓷雪色缥沫香，何似诸仙琼蕊浆。一饮涤昏寐，情来朗爽满天地。再饮清我神，忽如飞雨洒轻尘。三饮便得道，何须苦心破烦恼。**此物清高世莫知**，世人饮酒多自欺。愁看毕卓瓮间夜，笑向陶潜篱下时。崔侯啜之意不已，狂歌一曲惊人耳。孰知茶道全尔真，唯有丹丘得如此。”见《全唐诗》卷八二一。

玉蕊：玉蕊花，即琼花。**云头翻液**：指烹茶时茶水翻滚气泡状似云头。

品　茶

将名将利已无缘，须信华枯是偶然。

新试茶经煎有兴，一生心地亦应平。

第一句集自徐夤【溪隐】：“**将名将利已无缘**，深隐清溪拟学仙。绝却腥膻胜服药，断除杯酒合延年。蜗牛壳漏宁同舍，榆荚花开不是钱。鸾鹤久从笼槛闭，春风却放纸为鸢。”见《全唐诗》卷七〇八。

第二句集自徐铉【寄外甥苗武仲】：“放逐今来涨海边，亲情多在凤台前。且将聚散为闲事，**须信华枯是偶然**。蝉噪疏林村倚郭，鸟飞残照水连天。此中唯欠韩康伯，共对秋风咏数篇。”见《全唐诗》卷七五三。

第三句集自李中【赠谦明上人】:“虽寄上都眠竹寺，逸情终忆白云端。闲登钟阜林泉晚，梦去沃洲风雨寒。**新试茶经煎有兴**，旧婴诗病舍终难。常闻秋夕多无寐，月在高台独凭栏。”见《全唐诗》卷七四七。

第四句集自司空图【偶诗五首】之五:“中宵茶鼎沸时惊，正是寒窗竹雪明。甘得寂寥能到老，**一生心地亦应平**。”见《全唐诗》卷六三四。

华枯:即荣枯。比喻盛衰，得失。**茶经**:是中国乃至世界现存最早、最完整、最全面介绍茶的第一部专著，被誉为“茶叶百科全书”，由中国茶道的奠基人陆羽所著。此书是一部关于茶叶生产的历史、源流、现状、生产技术以及饮茶技艺、茶道原理的综合性论著。**心地**:心情、心境。

漓水吟思

琴诗酒里到家乡，无限尘心暂免忙。

草树云山如锦绣，不妨吟咏入篇章。

第一句集自白居易【吾土】:“身心安处为吾土，岂限长安与洛阳。水竹花前谋活计，**琴诗酒里到家乡**。荣先生老何妨乐，楚接舆歌未必狂。不用将金买庄宅，城东无主是春光。”见《全唐诗》卷四五一。

第二句集自司空图【杨柳枝二首】之二:“数枝珍重蘸沧浪，**无限尘心暂免忙**。烦暑若和烟露裛，便同佛手洒清凉。”见《全唐诗》卷六三四。

第三句集自李白【上皇西巡南京歌】之二:“九天开出一成都，万户千门入画图。**草树云山如锦绣**，秦川得及此间无。”见《全唐诗》卷一六七。

第四句集自刘禹锡【秘书崔少监见示坠马长句，因而和之】:“麟台少监旧仙郎，洛水桥边坠马伤。尘污腰间青襞绶，风飘掌下紫游缰。上车著作应来问，折臂三公定送方。犹赖德全如醉者，**不妨吟咏入篇章**。”见《全唐诗》卷三五九。

读 书

四 首

修心读书

饱暖安闲即有余，不如禅定更清虚。

眼前俗物关情少，半学修心半读书。

第一句集自白居易【履道西门二首】之一：“履道西门有弊居，池塘竹树绕吾庐。豪华肥壮虽无分，**饱暖安闲即有余**。行灶朝香炊早饭，小园春暖掇新蔬。夷齐黄绮夸芝蕨，比我盘飧恐不如。”见《全唐诗》卷四五九。

第二句集自白居易【改业】：“先生老去饮无兴，居士病来闲有余。犹觉醉吟多放逸，**不如禅定更清虚**。柘枝紫袖教丸药，羯鼓苍头遣种蔬。却被山僧戏相问，一时改业意何如。”见《全唐诗》卷四五八。

第三句集自姚岩杰【报颜标】：“为报颜公识我么，我心唯只与天和。**眼前俗物关情少**，醉后青山入意多。田子莫嫌弹铗恨，宁生休唱饭牛歌。圣朝若为苍生计，也合公车到薜萝。”见《全唐诗》卷六六七。

第四句集自王建【寄旧山僧】：“因依老宿发心初，**半学修心半读书**。雪后每常同席卧，花时未省两山居。猎人箭底求伤雁，钓户竿头乞活鱼。一向风尘取烦恼，不知衰病日难除。”见《全唐诗》卷三〇〇。

禅定：佛教禅宗修行方法之一。一心审考为禅，息虑凝心为定。佛教修行者以为静坐敛心，专注一境，久之达到身心安稳、观照明净的境地，即为禅定，也指坐禅习定。**清虚**：清净虚无，又指清洁虚空。**俗物**：对世俗庸人的鄙称，又指不高雅的物品和通俗的东西。**关情**：动心，牵动情怀，又指谓对人或事物注意、重视。**修心**：修养心性。

夜　读

百氏典坟空自苦，月移花影过庭除。

能销忙事成闲事，一盏秋灯夜读书。

第一句集自刘兼【倦学】："乐广亡来冰镜稀，宓妃嫫母混妍媸。且于雾里藏玄豹，休向窗中问碧鸡。**百氏典坟空自苦**，一堆萤雪竟谁知。门前春色芳如画，好掩书斋任所之。"见《全唐诗》卷七六六。

第二句集自刘兼【对镜】："青镜重磨照白须，白须捻闲意何如。故园迢递千山外，荒郡淹留四载余。风送竹声侵枕簟，**月移花影过庭除**。秋霜满领难消释，莫读离骚失意书。"见《全唐诗》卷七六六。

第三句集自白居易【咏家酝十韵】："独醒从古笑灵均，长醉如今斅伯伦。旧法依稀传自杜，新方要妙得于陈。井泉王相资重九，麹蘖精灵用上寅。酿糯岂劳炊范黍，撇篘何假漉陶巾。常嫌竹叶犹凡浊，始觉榴花不正真。瓮揭开时香酷烈，瓶封贮后味甘辛。捧疑明水从空化，饮似阳和满腹春。色洞玉壶无表里，光摇金醆有精神。**能销忙事成闲事**，转得忧人作乐人。应是世间贤圣物，与君还往拟终身。"见《全唐诗》卷四四九。

第四句集自刘禹锡【送曹璩归越中旧隐诗】："行尽潇湘万里余，少逢知己忆吾庐。数间茅屋闲临水，**一盏秋灯夜读书**。地远何当随计吏，策成终自诣公车。剡中若问连州事，唯有千山画不如。"见《全唐诗》卷三六一。

百氏：犹言诸子百家。**典坟**：三坟五典的略语，泛指各种书籍。

读书感怀

长笑人生能几何，醉来无计但悲歌。

静披典籍堪师古，此夕襟怀深自多。

第一句集自韦庄【天仙子】之二：“深夜归来长酩酊，扶入流苏犹未醒。醺醺酒气麝兰和，惊睡觉，笑呵呵，**长笑人生能几何**。”见《全唐诗》卷八九二。

第二句集自白居易【悲歌】：“白头新洗镜新磨，老逼身来不奈何。耳里频闻故人死，眼前唯觉少年多。塞鸿遇暖犹回翅，江水因潮亦反波。独有衰颜留不得，**醉来无计但悲歌**。”见《全唐诗》卷四四三。

第三句集自李中【海上太守新创东亭】：“使君心智杳难同，选胜开亭景莫穷。高敞轩窗迎海月，预栽花木待春风。**静披典籍堪师古**，醉拥笙歌不碍公。满径苔纹疏雨后，入檐山色夕阳中。偏宜下榻延徐孺，最称登门礼孔融。事简岂妨频赏玩，况当为政有余功。”见《全唐诗》卷七四八。

第四句集自韩偓【夜坐】：“天似空江星似波，时时珠露滴圆荷。平生踪迹慕真隐，**此夕襟怀深自多**。格是厌厌饶酒病，终须的的学渔歌。无名无位堪休去，犹拟朝衣换钓蓑。”见《全唐诗》卷六八二。

读死书

遥向青云泥子虚，不知通塞竟何如？

光阴老去无成事，所短深惭尽信书。

第一句集自李山甫【贺友人及第】：“得水蛟龙失水鱼，此心相对两何如。敢辞今日须行卷，犹喜他年待荐书。松桂也应情未改，萍蓬争奈迹还疏。春风不见寻花伴，**遥向青云泥子虚**。”见《全唐诗》卷六四三。

第二句集自皮日休【宏词下第感恩献兵部侍郎】："分明仙籍列清虚，自是还丹九转疏。画虎已成翻类狗，登龙才变即为鱼。空惭季布千金诺，但负刘弘一纸书。犹有报恩方寸在，**不知通塞竟何如**。"见《全唐诗》卷六一三。

第三句集自谭用之【句】："**光阴老去无成事**，富贵不来争奈何。(《途中》)"见《全唐诗》卷七六四。

第四句集自韩偓【闲居】："厌闻趋竞喜闲居，自种芜菁亦自锄。麋鹿跳梁忧触拨，鹰鹯搏击恐粗疏。拙谋却为多循理，**所短深惭尽信书**。刀尺不亏绳墨在，莫疑张翰恋鲈鱼。"见《全唐诗》卷六八一。

泥：固执，死板，如拘泥，泥古，即拘泥古代的制度和说法，不根据具体情况加以变通。**子虚**：汉·司马相如所著《子虚赋》中的虚构代言人之一，他与另两位代言人乌有和亡是公以问答形式叙述全书内容。后来以此形容虚无或毫无根据的事。**通塞**：指境遇之顺逆，也指诗文的通顺与艰涩。**尽信书**：《孟子·尽心下》："尽信书，则不如无书。吾于武成，取二三策而已矣。"指读书时应该加以分析，不能盲目地迷信书本，要懂得灵活变通。

读《陶渊明集》有感

三　首

五斗徒劳谩折腰，知将丝组系兰桡。

陶潜何处登高醉，彭泽初归酒一瓢。

第一句集自廖凝【彭泽解印】："**五斗徒劳谩折腰**，三年两鬓为谁焦。今朝官满重归去，还挈来时旧酒瓢。"见《全唐诗》卷七四〇。

第二句集自李端【送周长史】："青枫树里宣城郡，独佐诸侯上板桥。江客亦能传好信，山僧多解说南朝。云阴出浦看帆小，草色连天见雁遥。别有空园落桃杏，**知将丝组系兰桡**。"见《全唐诗》卷二八六。

第三句集自刘商【重阳日寄上饶李明府】:“重阳秋雁未衔芦，始觉他乡节候殊。旅馆但知闻蟋蟀，邮童不解献茱萸。**陶潜何处登高醉**，倦客停桡一事无。来岁公田多种黍，莫教黄菊笑杨朱。”见《全唐诗》卷三〇三。

第四句集自许浑【送前东阳于明府由鄂渚归故林】:“结束征东换黑貂，灞西风雨正潇潇。茂陵久病书千卷，**彭泽初归酒一瓢**。帆背夕阳湓水阔，棹经沧海甑山遥。殷勤为谢南溪客，白首萤窗未见招。”见《全唐诗》卷五三四。

五斗:《晋书陶潜传》: 陶渊明在彭泽县任县令81天，郡里派了个督邮（郡里的代表太守督察县乡，宣达教令的属吏）来，别人就劝他穿戴整齐去迎接那个官，他就说“吾不能为五斗米折腰，拳拳事乡里小人邪。”就辞官隐居山林。**谩**：不要。**丝组**：系官印的有文采的丝带。**兰桡**：小舟的美称。

独归何处是桃源，素业清风及子孙。

陶亮横琴空有意，更谁将酒酹吟魂。

第一句集自施肩吾【送绝尘子归旧隐】之一：“云水千重绕洞门，**独归何处是桃源**。仙方不用随身去，留与人间老子孙。”见《全唐诗》卷四九四。

第二句集自刘长卿【哭陈歙州】:“千秋万古葬平原，**素业清风及子孙**。旅榇归程伤道路，举家行哭向田园。空山寂寂开新垄，乔木苍苍掩旧门。儒行公才竟何在，独怜棠树一枝存。”见《全唐诗》卷一五一。

第三句集自吕温【道州夏日早访荀参军林园敬酬见赠】:“高眠日出始开门，竹径旁通到后园。**陶亮横琴空有意**，任棠置水竟无言。松窗宿翠含风薄，槿援朝花带露繁。山郡本来车马少,更容相访莫辞喧。”见《全唐诗》卷三七〇。

第四句集自杜荀鹤【哭方干】:“何言寸禄不沾身，身没诗名万古存。况有数篇关教化，得无余庆及儿孙。渔樵共垒坟三尺，猿鹤同栖月一村。天下未宁吾道丧，**更谁将酒酹吟魂**。”见《全唐诗》卷六九二。

独归：陶渊明《桃花源记》记载，捕鱼者访桃花源独归后，南阳刘子骥欲访，因病未果，后遂无问津者。后人不知陶渊明所描绘的桃花源究竟在何处。**素业**：清白的操守，也指先世所遗之业，多指儒业。**清风**：高洁的品格。**及**：通“给”，留给的意思。**陶亮横琴**：陶亮，即陶渊明，字元亮。南朝·梁·萧统《陶靖节传》：“渊明不解音律，而蓄无弦琴一张，每酒适，辄抚弄以寄其意。”后用以为典，有闲适归隐之意。陶亮横琴，即陶渊明酒后抚无弦琴寄意。

白云青嶂一相招，莫怪先生懒折腰。

高才脱略名与利，独能无意向渔樵。

第一句集自许浑【送薛秀才南游】：“姑苏城外柳初凋，同上江楼更寂寥。绕壁旧诗尘漠漠，对窗寒竹雨潇潇。怜君别路随秋雁，尽我离觞任晚潮。从此草玄应有处，**白云青嶂一相招**。”见《全唐诗》卷五三六。

第二句集自胡曾【咏史诗·彭泽】：“英杰那堪屈下僚，便栽门柳事萧条。凤凰不共鸡争食，**莫怪先生懒折腰**。”见《全唐诗》卷六四七。

第三句集自李颀【听董大弹胡笳声兼寄语弄房给事】：“蔡女昔造胡笳声，一弹一十有八拍。胡人落泪沾边草，汉使断肠对归客。古戍苍苍烽火寒，大荒沉沉飞雪白。先拂商弦后角羽，四郊秋叶惊摵摵。董夫子，通神明，深山窃听来妖精。言迟更速皆应手，将往复旋如有情。空山百鸟散还合，万里浮云阴且晴。嘶酸雏雁失群夜，断绝胡儿恋母声。川为净其波，鸟亦罢其鸣。乌孙部落家乡远，逻娑沙尘哀怨生。幽音变调忽飘洒，长风吹林雨堕瓦。迸泉飒飒飞木末，野鹿呦呦走堂下。长安城连东掖垣，凤凰池对青琐门。**高才脱略名与利**，日夕望君抱琴至。”见《全唐诗》卷一三三。

第四句集自杜甫【赠田九判官】：“崆峒使节上青霄，河陇降王款圣朝。宛马总肥春苜蓿，将军只数汉嫖姚。陈留阮瑀谁争长，京兆田郎早见招。麾下赖君才并入，**独能无意向渔樵**。”见《全唐诗》卷二二四。

青嶂：青山。《陶渊明集》之《归去来兮辞》有“云无心以出岫〔xiù：峰峦，山或山峰顶〕，鸟倦飞而知还。”句。**折腰**：见第一首“五斗”注。**脱略**：轻慢，不以为意。**无意**：泯灭意虑，没有意念。引申指无心，非故意的。**渔樵**：《陶渊明集》之《归去来兮辞》有“怀良辰以孤往，或植杖而耘耔。登东皋以舒啸，临清流而赋诗”句。

读《楚辞·渔父》感怀

六 首

且随鱼鸟泛烟波，因便何妨吊汨罗。

渔父置词相借问，时时一唱濯缨歌。

第一句集自刘禹锡【和乐天耳顺吟兼寄敦诗】：“吟君新什慰蹉跎，屈指同登耳顺科。邓禹功成三纪事，孔融书就八年多。已经将相谁能尔，抛却丞郎争奈何。独恨长洲数千里，**且随鱼鸟泛烟波**。”见《全唐诗》卷三六〇。

第二句集自韦庄【湘中作】：“千重烟树万重波，**因便何妨吊汨罗**。楚地不知秦地乱，南人空怪北人多。臣心未肯教迁鼎，天道还应欲止戈。否去泰来终可待，夜寒休唱饭牛歌。”见《全唐诗》卷六九八。

第三句集自皇甫冉【酬张二仓曹扬子所居见寄兼呈韩郎中】：“孤云独鹤自悠悠，别后经年尚泊舟。**渔父置词相借问**，郎官能赋许依投。折芳远寄三春草，乘兴闲看万里流。莫怪杜门频乞假，不堪扶病拜龙楼。”见《全唐诗》卷二四九。

第四句集自白居易【得微之到官后书备知通州之事怅然有感因成四章】：“来书子细说通州，州在山根峡岸头。四面千重火云合，中心一道瘴江流。虫蛇白昼拦官道，蚊蚋黄昏扑郡楼。何罪遣君居此地，天高无处问来由。匼匝巅山万仞余，人家应似甑中居。寅年篱下多逢虎，亥日沙头始卖鱼。衣斑梅雨长须熨，米涩畬田不解锄。努力安心过三考，已曾愁杀李尚书。人稀地僻医巫少，夏旱秋霖瘴疟多。老去一身须爱惜，别来四体得如何。侏儒饱笑东方朔，薏苡谗忧马伏波。莫遣沉愁结成病，**时时一唱濯缨歌**。通州海内恓惶地，司马人间冗长官。伤鸟有弦惊不定，卧龙无水动应难。剑埋狱底谁深掘，松偃霜中尽冷看。举目争能不惆怅，高车大马满长安。”见《全唐诗》卷四三八。

汨罗：江名。湘江支流。在湖南省东北部。战国时楚诗人屈原忧愤国事，投此江而死。后常借“汨罗”指屈原。屈原即屈平，字原，号灵均。屈原虽忠事楚怀王，却屡遭排挤，被免去左徒之职后，转任三闾大夫。最终投汨罗江而死。屈原是中国最伟大的浪漫主义诗人之一，也是我国已知最早的著名诗人，世界文化名人。他创立了“楚辞”这种文体，代表作品有《离骚》《九歌》等。**渔父**：即《楚辞·渔父》中劝屈原审时度势的渔父。**濯缨歌**：又叫沧浪歌，即《楚辞·渔父》。全文录如下：

屈原既放，游于江潭，行吟泽畔，颜色憔悴，形容枯槁。渔父见而问之曰：“子非三闾大夫与？何故至于斯?”屈原曰：“举世皆浊我独清，众人皆醉我独醒，是以见放。”渔父曰：“圣人不凝滞于物，而能与世推移。世人皆浊，何不淈其泥而扬其波？众人皆醉，何不哺其糟而歠其醨？何故深思高举，自令放为?”屈原曰：“吾闻之，新沐者必弹冠，新浴者必振衣。安能以身之察察，受物之汶汶者乎？宁赴湘流，葬于江鱼之腹中，安能以皓皓之白，而蒙世俗之尘埃乎!”渔父莞尔而笑，鼓枻而去，乃歌曰：“沧浪之水清兮，可以濯吾缨；沧浪之水浊兮，可以濯吾足。”遂去，不复与言。

屈原憔悴滞江潭，顾影看身又自惭。

渔父不须探去意，思乡望国意难堪。

第一句集自李白【单父东楼秋夜送族弟沈之秦】:“尔从咸阳来，问我何劳苦。沐猴而冠不足言，身骑土牛滞东鲁。沈弟欲行凝弟留，孤飞一雁秦云秋。坐来黄叶落四五，北斗已挂西城楼。丝桐感人弦亦绝，满堂送君皆惜别。卷帘见月清兴来，疑是山阴夜中雪。明日斗酒别，惆怅清路尘。遥望长安日，不见长安人。长安宫阙九天上，此地曾经为近臣。一朝复一朝，发白心不改。**屈原憔悴滞江潭**，亭伯流离放辽海。折翮翻飞随转蓬，闻弦坠虚下霜空。圣朝久弃青云士，他日谁怜张长公。”见《全唐诗》卷一七五。

第二句集自杜牧【寓言】:“暖风迟日柳初含，**顾影看身又自惭**。何事明朝独惆怅，杏花时节在江南。”见《全唐诗》卷五二五。

第三句集自李咸用【送黄宾于赴举】:“秋风昨夜满潇湘，衰柳残蝉思客肠。早是乱来无胜事，更堪江上揖离觞。澄潭跃鲤摇轻浪，落日飞凫趁远樯。**渔父不须探去意**，一枝春褭月中央。”见《全唐诗》卷六四六。

第四句集自郎士元【盖少府新除江南尉问风俗】:“闻君作尉向江潭，吴越风烟到自谙。客路寻常随竹影，人家大底傍山岚。缘溪花木偏宜远，避地衣冠尽向南。惟有夜猿啼海树，**思乡望国意难堪**。”见《全唐诗》卷二四八。

品韵由来莫与争，百千万里尽传名。

楚怀邪乱灵均直，众浊如何拟独清。

第一句集自司空图【杏花】:“诗家偏为此伤情，**品韵由来莫与争**。解笑亦应兼解语，只应慵语倩莺声。”见《全唐诗》卷六三四。

第二句集自张籍【喜王起侍郎放牒】:“东风节气近清明，车马争来满禁城。二十八人初上牒，**百千万里尽传名**。谁家不借花园看，在处多将酒器行。共贺春司能鉴识，今年定合有公卿。”见《全唐诗》卷三八五。

第三句集自白居易【偶然二首】之一:“**楚怀邪乱灵均直**，放弃合宜何恻恻。汉文明圣贾生贤，谪向长沙堪叹息。人事多端何足怪，天文至信犹差忒。月离于毕合滂沱，有时不雨何能测。”见《全唐诗》卷四三九。

第四句集自周昙【春秋战国门·屈原】:“满朝皆醉不容醒，**众浊如何拟独清**。江上流人真浪死，谁知浸润误深诚。”见《全唐诗》卷七二八。

品韵：品格、格调。**由来**：自始以来，历来。

莫问灵均昔日游，临风搔首不胜愁。

登高欲继离骚咏，吟对远山堪白头。

第一句集自黄滔【灵均】：“**莫问灵均昔日游**，江篱春尽岸枫秋。至今此事何人雪，月照楚山湘水流。”见《全唐诗》卷七〇六。

第二句集自牟融【寄范使君】：“未秋为别已终秋，咫尺娄江路阻修。心上惟君知委曲，眼前独我逐漂流。从来姑息难为好，到底依栖总是诹。望家山成浩叹，**临风搔首不胜愁**。”见《全唐诗》卷四六七。

第三句集自刘兼【登郡楼书怀】：“烟雨楼台渐晦冥，锦江澄碧浪花平。卞和未雪荆山耻，庄舄空伤越国情。天际寂寥无雁下，云端依约有僧行。**登高欲继离骚咏**，魂断愁深写不成。”见《全唐诗》卷七六六。

第四句集自陈季卿【江亭晚望题书斋】：“立向江亭满目愁，十年前事信悠悠。田园已逐浮云散，乡里半随逝水流。川上莫逢诸钓叟，浦边难得旧沙鸥。不缘齿发未迟暮，**吟对远山堪白头**。”见《全唐诗》卷八六八。

灵均：即屈原。**离骚**：是战国时期著名诗人屈原的代表作，是中国古代诗歌史上最长的一首浪漫主义的政治抒情诗。诗人从自叙身世、品德、理想写起，抒发了自己遭谗言被害的苦闷与矛盾，斥责了楚王昏庸、群小猖獗与朝政日非，表现了诗人坚持“美政”理想，抨击黑暗现实，不与邪恶势力同流合污的斗争精神和至死不渝的爱国热情。

大夫七事只须三，谪过灵均恨不堪。

憔悴莫酬渔父笑，成家报国亦何惭。

第一句集自贯休【读《吴越春秋》】：“犹来吴越尽须惭，背德违盟又信谗。宰嚭一言终杀伍，**大夫七事只须三**。功成献寿歌飘雪，谁爱扁舟水似蓝。今日雄图又何在，野花香径鸟喃喃。”见《全唐诗》卷八三五。

第二句集自齐己【潇湘】：“寒清健碧远相含，珠媚根源在极南。流古递今空作岛，逗山冲壁自为潭。迁来贾谊愁无限，**谪过灵均恨不堪**。毕竟输他老渔叟，绿蓑青竹钓浓蓝。”见《全唐诗》卷八四五。

第三句集自汪遵【三闾庙】：“为嫌朝野尽陶陶，不觉官高怨亦高。**憔悴莫酬渔父笑**，浪交千载咏离骚。”见《全唐诗》卷六〇二。

第四句集自司空图【漫书】：“ 乐退安贫知是分，**成家报国亦何惭**。到还僧院心期在，瑟瑟澄鲜百丈潭。”见《全唐诗》卷六三四。

大夫：古代官名。西周以后的诸侯国中，国君下有卿、大夫十三级，“大夫”世袭，且有封地。屈原为“三闾大夫”。**七事**：古代治国的七件大事。指祭祀、朝觐、会同、宾客、军旅、田役、丧荒。《周礼·天官·小宰》：“以法掌祭祀、朝觐、会同、宾客之戒具，军旅、田役、丧荒亦如之。七事者令百官府共其财用，治其施舍，听其治讼。”郑玄注：“七事，谓先四，如之者三也。”**谪过**：因过失而被贬谪。

谁教离骚更问天，楚魂寻梦风飔然。

灵均说尽孤高事，辜负南华第一篇。

第一句集自齐己【荆门勉怀寄道林寺诸友】：“荣枯得失理昭然，**谁学离骚更问天**。生下便知真梦幻，老来何必叹流年。清风不变诗应在，明月无踪道可传。珍重匡庐沃洲土，拂衣抛却好林泉。”见《全唐诗》卷八四四。

第二句集自李贺【乐府杂曲·鼓吹曲辞·巫山高】：“碧丛丛，高插天，大江翻澜神曳烟。**楚魂寻梦风飔然**，晓风飞雨生苔钱。瑶姬一去一千年，丁香筇竹啼老猿。古祠近月蟾桂寒，椒花坠红湿云间。”见《全唐诗》卷一七。

第三句集自汪遵【渔父】：“棹月眠流处处通，绿蓑苇带混元风。**灵均说尽孤高事**，全与逍遥意不同。”见《全唐诗》卷六〇二。

第四句集自温庭筠【李羽处士故里】:“柳不成丝草带烟，海槎东去鹤归天。愁肠断处春何限，病眼开时月正圆。花若有情还怅望，水应无事莫潺湲。终知此恨销难尽，**辜负南华第一篇**。”见《全唐诗》卷五七八。

斅：学，效法。后作“学”。**楚魂**：古诗“楚魂”常指屈原。**孤高**：参见上一首“濯缨歌”注的“……屈原曰：‘举世皆浊我独清，众人皆醉我独醒，是以见放！’”**南华第一篇**：即《庄子》第一篇《逍遥游》。

十年感怀

四 首

十年前，辞去单位负责人职务，即置身于漓江山水间，沉溺于唐诗集句的创作。

甘得贫闲味甚长，十年踪迹委沧浪。

情怀放荡无羁束，自笑狂夫老更狂。

第一句集自韩偓【秋深闲兴】:“此心兼笑野云忙，**甘得贫闲味甚长**。病起乍尝新橘柚，秋深初换旧衣裳。晴来喜鹊无穷语，雨后寒花特地香。把钓覆棋兼举白，不离名教可颠狂。”见《全唐诗》卷六八〇。

第二句集自黄滔【寄越从事林嵩侍御】:“子虚词赋动君王，谁不期君入对扬。莫恋兔园留看雪，已乘骢马合凌霜。路归天上行方别，道在人间久便香。应念都城旧吟客，**十年踪迹委沧浪**。”见《全唐诗》卷七〇五。

第三句集自刘兼【郡斋寓兴】:“依约樊川似旭川，郡斋风物尽萧然。秋庭碧藓铺云锦，晚阁红蕖簇水仙。醉笔语狂挥粉壁，歌梁尘乱拂花钿。**情怀放荡无羁束**，地角天涯亦信缘。”见《全唐诗》卷七六六。

第四句集自杜甫【狂夫】:“万里桥西一草堂，百花潭水即沧浪。风含翠筱娟娟静，雨裛红蕖冉冉香。厚禄故人书断绝，恒饥稚子色凄凉。欲填沟壑唯疏放，**自笑狂夫老更狂**。”见《全唐诗》卷二二六。

委：置身于。**沧浪**：指青苍色的水，借指漓江。

十载逍遥物外居，道缘俗累两何如。

不随喧滑迷真性，小碎诗篇取次书。

第一句集自李珣【定风波】之二：“**十载逍遥物外居**，白云流水似相于。乘兴有时携短棹，江岛，谁知求道不求鱼。到处等闲邀鹤伴，春岸，野花香气扑琴书。更饮一杯红霞酒，回首，半钩新月贴清虚。”见《全唐诗》卷八九六。

第二句集自白居易【刑部尚书致仕】:“十五年来洛下居，**道缘俗累两何如**。迷路心回因向佛，宦途事了是悬车。全家遁世曾无闷，半俸资身亦有余。唯是名衔人不会，毗耶长者白尚书。”见《全唐诗》卷四六〇。

第三句集自齐己【答崔校书】:“雪色衫衣绝点尘，明知富贵是浮云。**不随喧滑迷真性**，何用潺湲洗污闻。北阙会抛红駊騀，东林社忆白氛氲。清吟有兴频相示，欲得多惭蠹蚀文。”见《全唐诗》卷八四四。

第四句集自元稹【小碎】:“**小碎诗篇取次书**，等闲题柱意何如。诸郎到处应相问，留取三行代鲤鱼。”见《全唐诗》卷四一四。

物外：世外，世俗之外，借指风景如画的阳朔。**道缘**：与道家或佛家的因缘。**俗累**：世俗的牵累，烦冗的杂务。**喧滑**：喧闹，喧哗吵闹，与“喧哗”同。**真性**：天性、本性。佛教指人本具的不妄不变的心体。**小碎**：短小零碎。**取次**：随便任意，或指草草、仓促，也指次序或次第，一个挨一个地。

一片心闲不那高，只将清韵敌春醪。

十年惟悟吟诗句，沙恨无金尽日淘。

第一句集自齐己【逢进士沈彬】:“欲话趋时首重骚，因君倍惜剃头刀。千般贵在能过达，**一片心闲不那高**。山叠好云藏玉鸟，海翻狂浪隔金鳌。时应记得长安事，曾向文场属思劳”见《全唐诗》卷八四六。

第二句集自裴夷直【和邢郎中病中重阳强游乐游原】:“嘉晨令节共陶陶，风景牵情并不劳。晓日整冠兰室静，秋原骑马菊花高。晴光一一呈金刹，诗思浸浸逼水曹。何必销忧凭外物，**只将清韵敌春醪**。”见《全唐诗》卷五一三。

第三句集自崔涂【夏日书怀寄道友】:“达即匡邦退即耕，是非何足挠平生。终期道向希夷得，未省心因宠辱惊。峰转暂无当户影，雉飞时有隔林声。**十年惟悟吟诗句**，待得中原欲铸兵。”见《全唐诗》卷六七九。

第四句集自殷文圭【次韵九华杜先辈重阳寄投宛陵丞相】:“日下飞声彻不毛，酒醒时得广离骚。先生鬓为吟诗白，上相心因治国劳。千乘信回鱼榼重，九华秋迥凤巢高。强酬小谢重阳句，**沙恨无金尽日淘**。”见《全唐诗》卷七〇七。

不那：无奈。**一片心闲不那高**：十年来进行集句诗词创作的闲心是出于无奈的。**清韵**：清雅和谐的声音或韵味。指优美的诗文。**敌**：抵挡，相当。**春醪**：即春酒，泛指酒。**沙恨无金尽日淘**：诗词创作尤其是集句诗词创作，只能陶冶情操和消磨时日，书成后还难以面世，犹淘无金之沙。余近十年来却乐此不疲。

十年前事已悠哉，欲写愁肠愧不才。

高逸诗情无别怨，一生襟抱未曾开。

第一句集自徐夤【题泗洲塔】:“**十年前事已悠哉**，旋被钟声早暮催。明月似师生又没，白云如客去还来。烟笼瑞阁僧经静，风打虚窗佛幌开。惟有南边山色在，重重依旧上高台。”见《全唐诗》卷七〇九。

第二句集自唐彦谦【韦曲】：“**欲写愁肠愧不才**，多情练漉已低摧。穷郊二月初离别，独傍寒村嗅野梅。”见《全唐诗》卷六七二。

第三句集自皎然【送如献上人游长安】：“关中四子教犹存，见说新经待尔翻。为法应过七祖寺，忘名不到五侯门。闲寻鄠杜看修竹，独上风凉望古原。**高逸诗情无别怨**，春游从遣落花繁。”见《全唐诗》卷八一九。

第四句集自崔珏【哭李商隐】：“成纪星郎字义山，适归高壤抱长叹。词林枝叶三春尽，学海波澜一夜干。风雨已吹灯烛灭，姓名长在齿牙寒。只应物外攀琪树，便著霓裳上绛坛。虚负凌云万丈才，**一生襟抱未曾开**。鸟啼花落人何在，竹死桐枯凤不来。良马足因无主踠，旧交心为绝弦哀。九泉莫叹三光隔，又送文星入夜台。”见《全唐诗》卷五九一。

诗无味

二 首

年年岁岁一床书，长傍青山碧水居。

今我题诗亦无味，便堪从此玩清虚。

第一句集自卢照邻【长安古意】：“长安大道连狭斜，青牛白马七香车。玉辇纵横过主第，金鞭络绎向侯家。龙衔宝盖承朝日，凤吐流苏带晚霞。百丈游丝争绕树，一群娇鸟共啼花。啼花戏蝶千门侧，碧树银台万种色。复道交窗作合欢，双阙连甍垂凤翼。梁家画阁天中起，汉帝金茎云外直。楼前相望不相知，陌上相逢讵相识。借问吹箫向紫烟，曾经学舞度芳年。得成比目何辞死，愿作鸳鸯不羡仙。比目鸳鸯真可羡，双去双来君不见。生憎帐额绣孤鸾，好取门帘帖双燕。双燕双飞绕画梁，罗纬翠被郁金香。片片行云著蝉鬓，纤纤初月上鸦黄。鸦黄粉白车中出，含娇含态情非一。妖童宝马铁连钱，娼妇盘龙金屈膝。

御史府中乌夜啼，廷尉门前雀欲栖。隐隐朱城临玉道，遥遥翠幰没金堤。挟弹飞鹰杜陵北，探丸借客渭桥西。俱邀侠客芙蓉剑，共宿娼家桃李蹊。娼家日暮紫罗裙，清歌一啭口氛氲。北堂夜夜人如月，南陌朝朝骑似云。南陌北堂连北里，五剧三条控三市。弱柳青槐拂地垂，佳气红尘暗天起。汉代金吾千骑来，翡翠屠苏鹦鹉杯。罗襦宝带为君解，燕歌赵舞为君开。别有豪华称将相，转日回天不相让。意气由来排灌夫，专权判不容萧相。专权意气本豪雄，青虬紫燕坐春风。自言歌舞长千载，自谓骄奢凌五公。节物风光不相待，桑田碧海须臾改。昔时金阶白玉堂，即今唯见青松在。寂寂寥寥扬子居，**年年岁岁一床书**。独有南山桂花发，飞来飞去袭人裾。”见《全唐诗》卷四一。

第二句集自李群玉【送陶少府赴选】：“陶君官兴本萧疏，**长傍青山碧水居**。久向三茅穷艺术，仍传五柳旧琴书。迹同飞鸟栖高树，心似闲云在太虚。自是葛洪求药价，不关梅福恋簪裾。”见《全唐诗》卷五六九。

第三句集自崔珏【道林寺】：“临湘之滨麓之隅，西有松寺东岸无。松风千里摆不断，竹泉泻入于僧厨。宏梁大栋何足贵，山寺难有山泉俱。四时唯夏不敢入，烛龙安敢停斯须？远公池上种何物，碧罗扇底红鳞鱼。香阁朝鸣大法鼓，天宫夜转三乘书。野花市井栽不著，山鸡饮啄声相呼。金槛僧回步步影，石盆水溅联联珠。北临高处日正午，举手欲摸黄金乌。遥江大船小于叶，远村杂树齐如蔬。潭州城郭在何处，东边一片青模糊。今来古往人满地，劳生未了归丘墟。长卿之门久寂寞，五言七字夸规模。我吟杜诗清入骨，灌顶何必须醍醐。白日不照耒阳县，皇天厄死饥寒躯。明珠大贝采欲尽，蚌蛤空满赤沙湖。**今我题诗亦无味**，怀贤览古成长吁。不如兴罢过江去，已有好月明归途。”见《全唐诗》卷五九一。

第四句集自卢士衡【游灵溪观】：“云藏宝殿风尘外，粉壁松轩入看初。话久仙童颜色老，病来玄鹤羽毛疏。樵翁接引寻红术，道士留连说紫书。不为壮心降未得，**便堪从此玩清虚**。”见《全唐诗》卷七三七。

清虚：清净虚无。

两鬓不堪悲岁月，酒浓花暖且闲吟。

寻常自怪诗无味，先赐巫山一片云。

第一句集自罗隐【送裴饶归会稽】:“金庭路指剡川隈，珍重良朋自此来。**两鬓不堪悲岁月**，一卮犹得话尘埃。家通曩分心空在，世逼横流眼未开。笑杀山阴雪中客，等闲乘兴又须回。”见《全唐诗》卷六六三。

第二句集自罗隐【寄前户部陆郎中】:“出驯桑雉入朝簪，箫洒清名映士林。近日篇章欺白雪，早年词赋得黄金。桂堂纵道探龙颔，兰省何曾驻鹤心。离乱事多人不会，**酒浓花暖且闲吟**。”见《全唐诗》卷六五七。

第三句集自姚合【寄李干】:“**寻常自怪诗无味**，虽被人吟不喜闻。见说与君同一格，数篇到火却休焚。”见《全唐诗》卷四九七。

第四句集自薛昚【敕赠康尚书美人】:“天门喜气晓氛氲，圣主临轩召冠军。欲令从此行霖雨，**先赐巫山一片云**。”见《全唐诗》卷四九二。

巫山一片云：词牌“菩萨蛮”又名为“重叠金”“子夜歌”“巫山一片云”等。“子夜歌”另有正调，而“巫山一片云”更易与别调“巫山一段云”相混。

病中吟

二首

坐见落花长叹息，春山杳杳日迟迟。

老夫多病无风味，更有愁肠似柳丝。

第一句集自贾曾【送隐者归罗浮】:“洛阳城东桃李花，飞来飞去落谁家。幽闺女儿爱颜色，**坐见落花长叹息**。今岁花开君不待。明年花开复谁在。故人不共洛阳东，今来空对落花风。年年岁岁花相似，岁岁年年人不同。”见《全唐诗》卷六七。

第二句集自李群玉【送皋法师】:“**春山杳杳日迟迟**，路入云峰白犬随。两卷素书留贳酒，一柯樵斧坐看棋。蓬莱道士飞霞履，清远仙人寄好诗。自此尘寰音信断，山川风月永相思。”见《全唐诗》卷五六九。

第三句集自李建勋【梅花寄所亲】:“一气才新物未知，每惭青律与先吹。雪霜迷素犹嫌早，桃杏虽红且后时。云鬓自黏飘处粉，玉鞭谁指出墙枝。**老夫多病无风味**，只向尊前咏旧诗。”见《全唐诗》卷七三九。

第四句集自白居易【杂曲歌辞·杨柳枝】之八:“人言柳叶似愁眉，**更有愁肠似柳丝**。柳丝挽断肠牵断，彼此应无续得期。”见《全唐诗》卷二八。

杳杳：昏暗、幽远、渺茫、隐约依稀的样子。**风味**：原指美味，此处指人的风度、风采。

淡烟疏雨落花天，忍使孤窗枕泪眠。

多病独愁常阒寂，莫随骚客醉林泉。

第一句集自牟融【寄山僧】:“新卜幽居地自偏，士林争羡使君贤。数椽潇洒临溪屋，十亩膏腴附郭田。流水断桥芳草路，**淡烟疏雨落花天**。秋成准拟重来此，沉醉何妨一榻眠。”见《全唐诗》卷四六七。

第二句集自李洞【春日即事寄一二知己】:“浴马池西一带泉，开门景物似樊川。朱衣映水人归县，白羽遗泥鹤上天。索米夜烧风折木，无车春养雪藏鞭。缙绅处士知章句，**忍使孤窗枕泪眠**。”见《全唐诗》卷七二三。

第三句集自杜甫【暮登四安寺钟楼寄裴十（迪）】:“暮倚高楼对雪峰，僧来不语自鸣钟。孤城返照红将敛，近市浮烟翠且重。**多病独愁常阒寂**，故人相见未从容。知君苦思缘诗瘦，大向交游万事慵。”见《全唐诗》卷二二六。

第四句集自徐铉【送彭秀才】:“贾生去国已三年，短褐闲行皖水边。尽日野云生舍下，有时京信到门前。无人与和投湘赋，愧子来浮访戴船。满袖新诗好回去，**莫随骚客醉林泉**。”见《全唐诗》卷七五四。

阒寂（qùjì）：静寂、宁静之意。

虚度光阴
四首

身名身事两蹉跎，看着闲书睡更多。

始信人生如一梦，夜寒休唱饭牛歌。

第一句集自白居易【问韦山人山甫】：“**身名身事两蹉跎**，试就先生问若何。从此神仙学得否，白须虽有未为多。”见《全唐诗》卷四四〇。

第二句集自王建【江楼对雨寄杜书记】：“竹烟花雨细相和，**看着闲书睡更多**。好是主人无事日，应持小酒按新歌。”见《全唐诗》卷三〇一。

第三句集自殷尧藩【登凤凰台二首】之一：“凤凰台上望长安，五色宫袍照水寒。彩笔十年留翰墨，银河一夜卧阑干。三山飞鸟江天暮，六代离宫草树残。**始信人生如一梦**，壮怀莫使酒杯干。”见《全唐诗》卷四九二。

第四句集自韦庄【湘中作】：“千重烟树万重波，因便何妨吊汨罗。楚地不知秦地乱，南人空怪北人多。臣心未肯教迁鼎，天道还应欲止戈。否去泰来终可待，**夜寒休唱饭牛歌**。”见《全唐诗》卷六九八。

蹉跎：失意，虚度光阴。**饭牛歌**：又名《扣角歌》《牛角歌》和《商歌》，古歌名，相传有三首歌辞，内容大致相似，其一为：“南山矸，白石烂，生不遭尧与舜禅，短布单衣适至骭，从昏饭牛薄夜半，长夜漫漫何时旦。”相传春秋时卫人宁戚在齐国东门外喂牛，待桓公出，扣牛角而唱此歌。后遂用作寒士自求为世所用的典故。

从来系日乏长绳，闲爱孤云静爱僧。

只向空山自怡悦，性灵慵懒百无能。

第一句集自李商隐【谒山】："**从来系日乏长绳**，水去云回恨不胜。欲就麻姑买沧海，一杯春露冷如冰。"见《全唐诗》卷五四〇。

第二句集自杜牧【将赴吴兴登乐游原一绝】："清时有味是无能，**闲爱孤云静爱僧**。欲把一麾江海去，乐游原上望昭陵。"见《全唐诗》卷五二一。

第三句集自皎然【白云歌寄陆中丞使君长源】："一见西山云，使人情意远。凭高发咏何超遥，道妙如君有舒卷。萦空叠景多丽容，众峰峰上自为峰。洁白不由阴雨积，高明肯共杂烟重。万物有形皆有著，白云有形无系缚。黄金被烁玉亦瑕，一片飘然污不著。或逢天上或人间，人自营营云自闲。忽尔飞来暂为侣，忽然飞去莫能攀。逸民对云效高致，禅子逢云增道意。白云遇物无偏颇，自是人心见同异。阊阖天门宜曙看，为缨作盖拥千官。从龙合沓临清暑，就日逶迤绕露寒。谁怜西山云，亭亭处幽绝。坐石长看非我羁，手中欲揽待君说。贞白先生那得知，**只向空山自怡悦**。"见《全唐诗》卷八二一。

第四句集自徐铉【病题二首】之一："**性灵慵懒百无能**，唯被朝参遣夙兴。圣主优容恩未答，丹经疏阔病相陵。脾伤对客偏愁酒，眼暗看书每愧灯。进与时乖不知退，可怜身计谩腾腾。"见《全唐诗》卷七五二。

系日乏长绳：系日，用长绳子把太阳拴住，不让太阳西落，比喻想留住时光。系日乏长绳指没有长绳将太阳拴住，即虚度光阴。

愁来怳近落花天，头白昏昏只醉眠。

渐老渐谙闲气味，不堪行坐数流年。

第一句集自殷尧藩【暮春述怀】："为客山南二十年，**愁来怳近落花天**。阴云带雨连山脊，湿气成岚滴树巅。邻屋有声敲石火，野禽无语避茶烟。此时若遇孙阳顾，肯服盐车不受鞭。"见《全唐诗》卷四九二。

第二句集自杜甫【因许八奉寄江宁旻上人】："不见旻公三十年，封书寄与泪潺湲。旧来好事今能否，老去新诗谁与传。棋局动随寻涧竹，袈裟忆上泛湖船。闻君话我为官在，**头白昏昏只醉眠**。"见《全唐诗》卷二二五。

第三句集自白居易【闲意】:“不争荣耀任沉沦，日与时疏共道亲。北省朋僚音信断，东林长老往还频。病停夜食闲如社，慵拥朝裘暖似春。**渐老渐谙闲气味**，终身不拟作忙人。”见《全唐诗》卷四四〇。

第四句集自李绅【新楼诗二十首·海榴亭】:“海榴亭早开繁蕊，光照晴霞破碧烟。高近紫霄疑菡萏，迥依江月半婵娟。怀芳不作翻风艳，别萼犹含泣露妍。摇落旧从云水隔，**不堪行坐数流年**。”见《全唐诗》卷四八一。

怳：古同“恍”。忽然，仿佛。**不堪**：不能胜任，不能承当，忍受不了。**行坐**：行走或坐定，指人的一举一动。**流年**：如水般流逝的光阴、年华。

南家饮酒北家眠，空向秋波哭逝川。

莫怪临风惆怅久，流年不觉已皤然。

第一句集自白居易【赠邻里往还】:“问予何故独安然，免被饥寒婚嫁牵。骨肉都卢无十口，粮储依约有三年。但能斗薮人间事，便是逍遥地上仙。唯恐往还相厌贱，**南家饮酒北家眠**。”见《全唐诗》卷四五一。

第二句集自温庭筠【苏武庙】:“苏武魂销汉使前，古祠高树两茫然。云边雁断胡天月，陇上羊归塞草烟。回日楼台非甲帐，去时冠剑是丁年。茂陵不见封侯印，**空向秋波哭逝川**。”见《全唐诗》卷五八二。

第三句集自徐铉【赠维扬故人】:“东京少长认维桑，书剑谁教入帝乡。一事无成空放逐，故人相见重凄凉。楼台寂寞官河晚，人物稀疏驿路长。**莫怪临风惆怅久**，十年春色忆维扬。”见《全唐诗》卷七五三。

第四句集自齐己【江居寄关中知己】:“多病多慵汉水边，**流年不觉已皤然**。旧栽花地添黄竹，新陷盆池换白莲。雪月未忘招远客，云山终待去安禅。八行书札君休问，不似风骚寄一篇。”见《全唐诗》卷八四六。

秋波：秋天的水波。唐·李白《鲁郡东石门送杜二甫》诗：“秋波泗水，海色明徂徕。”**皤然**：花白的样子，多指须发。

蹉跎岁月

古人成败子如何？叩角谁怜宁戚歌。

把钓覆棋兼举白，空令岁月易蹉跎。

第一句集自杜甫【寄柏学士林居】：“自胡之反持干戈，天下学士亦奔波。叹彼幽栖载典籍，萧然暴露依山阿。青山万里静散地，白雨一洗空垂萝。乱代飘零余到此，**古人成败子如何**。荆扬春冬异风土，巫峡日夜多云雨。赤叶枫林百舌鸣，黄泥野岸天鸡舞。盗贼纵横甚密迩，形神寂寞甘辛苦。几时高议排金门，各使苍生有环堵”见《全唐诗》卷二二二。

第二句集自李中【投所知】：“孤琴尘翳剑慵磨，自顾泥蟠欲奈何。千里交亲消息断，一庭风雨梦魂多。题桥未展相如志，**叩角谁怜宁戚歌**。唯赖明公怜道在，敢携蓑笠钓烟波。”见《全唐诗》卷七四七。

第三句集自韩偓【秋深闲兴】：“此心兼笑野云忙，甘得贫闲味甚长。病起乍尝新橘柚，秋深初换旧衣裳。晴来喜鹊无穷语，雨后寒花特地香。**把钓覆棋兼举白**，不离名教可颠狂。”见《全唐诗》卷六八〇。

第四句集自李颀【送魏万之京】：“朝闻游子唱离歌，昨夜微霜初渡河。鸿雁不堪愁里听，云山况是客中过。关城树色催寒近，御苑砧声向晚多。莫见长安行乐处，**空令岁月易蹉跎**。”见《全唐诗》卷一三四。

子：你。尊称对方，通常为男性。**宁戚**：见本书260页注。**覆棋**：指棋下过后，重新按原来下的顺序逐步演布，以验得失。泛称下棋。**举白**：举杯告尽。犹干杯。**蹉跎**：失意，虚度光阴。

无　题
二　首

爱咏闲诗好听琴，庾楼柳寺共开襟。

世间尽不关吾事，荣宠从来非我心。

第一句集自白居易【味道】:“叩齿晨兴秋院静，焚香冥坐晚窗深。七篇真诰论仙事，一卷檀经说佛心。此日尽知前境妄，多生曾被外尘侵。自嫌习性犹残处，**爱咏闲诗好听琴**。”见《全唐诗》卷四四六。

第二句集自权德舆【省中春晚忽忆江南旧居戏书所怀因寄两浙亲故杂言】:“前年冠獬豸，戎府随宾介。去年簪进贤，赞导法宫前。今兹戴武弁，谬列金门彦。问我何所能，头冠忽三变。野性惯疏闲，晨趋兴暮还。花时限清禁，霁后爱南山。晚景支颐对尊酒，旧游忆在江湖久。**庾楼柳寺共开襟**，枫岸烟塘几携手。结庐常占练湖春，犹寄藜床与幅巾。疲羸只欲思三径，戆直那堪备七人。更想东南多竹箭，悬圃琅玕共葱茜。裁书且附双鲤鱼，偏恨相思未相见。”见《全唐诗》卷三二二。

第三句集自白居易【读道德经】:“玄元皇帝著遗文，乌角先生仰后尘。金玉满堂非己物，子孙委蜕是他人。**世间尽不关吾事**，天下无亲于我身。只有一身宜爱护，少教冰炭逼心神。”见《全唐诗》卷四六〇。

第四句集自裴迪【与卢员外象过崔处士兴宗林亭】:“乔柯门里自成阴，散发窗中曾不簪。逍遥且喜从吾事，**荣宠从来非我心**。”见《全唐诗》卷一二九。

庾楼：一名庾公楼，在江西九江。传说为晋代庾亮镇江州时所建，泛指楼阁。**柳寺**：泛指寺院。**开襟**：敞开衣襟，也指开阔心胸，敞开胸怀。**荣宠**：本指君王的恩宠，泛指荣耀。

含毫朗咏与谁同，过后思量尽是空。

莫叹屈声犹未展，可怜诗句落春风。

第一句集自刘禹锡【和宣武令狐相公郡斋对新竹】:“新竹翛翛韵晓风，隔窗依砌尚蒙笼。数间素壁初开后，一段清光入坐中。欹枕闲看知自适，**含毫朗咏与谁同**。此君若欲长相见，政事堂东有旧丛。”见《全唐诗》卷三六〇。

第二句集自刘禹锡【重寄表臣二首】之二:“世间人事有何穷，**过后思量尽是空**。早晚同归洛阳陌，卜邻须近祝鸡翁。”见《全唐诗》卷三六五。

第三句集自李涉【酬彭伉】:“公孙阁里见君初，衣锦南归二十余。**莫叹屈声犹未展**，同年今日在中书。”见《全唐诗》卷四七七。

第四句集自赵嘏【三像寺酬元秘书】:“官总芸香阁署崇，**可怜诗句落春风**。偶然侍坐水声里，还许醉吟松影中。车马照来红树合，烟霞咏尽翠微空。不因高寺闲回首，谁识飘飘一寒翁。”见《全唐诗》卷五四九。

含毫：含笔于口中。比喻构思为文或作画。晋·陆机《文赋》:“或操觚以率尔，或含毫而邈然。”**朗咏**：高声吟诵。《文选·孙绰〈游天台山赋〉》:“凝思幽岩，朗咏长川。”李周翰注:“朗，高也。凝思坐于幽岩，高咏临于长川。”**屈声**：指因受屈而形成的声誉。唐·无名氏《玉泉子》:“此人调举久不第，亦颇有屈声。”

自　乐

二　首

近日，北京大学骈宇骞学长发来人生感悟的《演示文稿》资料说：我们“要活得精彩，不要死得隆重”。

岁华频度想堪惊，来共腾腾过此生。

纵酒放歌聊自乐，何须身后千载名。

第一句集自孙光宪【浣溪沙】之十三："落絮飞花满帝城，看看春尽又伤情，**岁华频度想堪惊**。风月岂惟今日恨，烟霄终待此身荣，未甘虚老负平生。"见《全唐诗》卷八九七。

第二句集自白居易【答元八郎中、杨十二博士】："身觉浮云无所著，心同止水有何情。但知潇洒疏朝市，不要崎岖隐姓名。尽日观鱼临涧坐，有时随鹿上山行。谁能抛得人间事，**来共腾腾过此生**。"见《全唐诗》卷四四〇。

第三句集自白居易【又戏答绝句】："狂夫与我两相忘，故态些些亦不妨。**纵酒放歌聊自乐**，接舆争解教人狂。"见《全唐诗》卷四五七。

第四句集自李白【行路难三首】之三："有耳莫洗颍川水，有口莫食首阳蕨。含光混世贵无名，何用孤高比云月。吾观自古贤达人，功成不退皆殒身。子胥既弃吴江上，屈原终投湘水滨。陆机雄才岂自保，李斯税驾苦不早。华亭鹤唳讵可闻，上蔡苍鹰何足道。君不见吴中张翰称达生，秋风忽忆江东行。且乐生前一杯酒，**何须身后千载名**。"见《全唐诗》卷一六二。

已是人间半世人，无求于物长精神。

一生有酒唯知醉，自乐清虚不厌贫。

第一句集自杜荀鹤【感春】："无况青云有恨身，眼前花似梦中春。浮生七十今三十，**已是人间半世人**。"见《全唐诗》卷六九三。

第二句集自白居易【不出门】："不出门来又数旬，将何销日与谁亲。鹤笼开处见君子，书卷展时逢古人。自静其心延寿命，**无求于物长精神**。能行便是真修道，何必降魔调伏身。"见《全唐诗》卷四五〇。

第三句集自徐夤【闭门】："闭却闲门卧小窗，更何人与疗膏肓。**一生有酒唯知醉**，四大无根可预量。骨冷欲针先觉痛，肉顽频灸不成疮。漳滨伏枕文园渴，盗跖纵横似虎狼。"见《全唐诗》卷七〇八。

第四句集自牟融【春晚过明氏闲居】："寥寥陋巷独扃门，**自乐清虚不厌贫**。数局棋中消永日，一樽酒里送残春。雨催绿藓铺三径，风送飞花入四邻。羡尔朗吟无外事，沧洲何必去垂纶。”见《全唐诗》卷七四七。

辛卯感怀

辘轳体四首

暗锄心地种闲情，未肯徒然过一生。

处处回头尽堪恋，愁牵时有小诗成。

第一句集自杜荀鹤【赠老僧】：“童子为僧今白首，**暗锄心地种闲情**。时将旧衲添新线，披坐披行过一生。”见《全唐诗》卷六九三。

第二句集自杜荀鹤【乱后宿南陵废寺寄沈明府】：“只共寒灯坐到明，塞鸿冲雪一声声。乱时为客无人识，废寺吟诗有鬼惊。且把酒杯添志气，已将身事托公卿。男儿仗剑酬恩在，**未肯徒然过一生**。”见《全唐诗》卷六九二。

第三句集自白居易【西湖留别】：“征途行色惨风烟，祖帐离声咽管弦。翠黛不须留五马，皇恩只许住三年。绿藤阴下铺歌席，红藕花中泊妓船。**处处回头尽堪恋**，就中难别是湖边。”见《全唐诗》卷四四六。

第四句集自顾甄远【惆怅诗九首】之九：“横泥杯觞醉复醒，**愁牵时有小诗成**。早知惹得千般恨，悔不天生解薄情。”见《全唐诗》卷七七八。

心地：佛教语，指心，即思想、意念等。佛教认为三界唯心，心如滋生万物的大地，能随缘生一切诸法，故称。**徒然**：枉然。白白地，不起作用。**时有小诗成**：《唐诗集句诗词 漓水吟怀》虽已出版，为消磨时间，平时仍以集句为乐，时有集句诗成。

愁牵时有小诗成，临水登山四体轻。

酒是良朋花是伴，醉来一曲放歌行。

第一句见上一首第四句的引诗。

第二句集自刘禹锡【酬马大夫登涯口戍见寄】(一作酬海南马大夫)：“新辞将印拂朝缨，**临水登山四体轻**。犹念天涯未归客，瘴云深处守孤城。”见《全唐诗》卷三六五。

第三句集自吕岩【敲爻歌】：“……道力人，真散汉，**酒是良朋花是伴**。花街柳巷觅真人，真人只在花街玩。摘花戴饮长生酒，景里无为道自昌。一任群迷多笑怪，仙花仙酒是仙乡。……”见《全唐诗》卷八五九。

第四句集自白居易【答微之咏怀见寄】：“合中同直前春事，船里相逢昨日情。分袂二年劳梦寐，并床三宿话平生。紫微北畔辞宫阙，沧海西头对郡城。聚散穷通何足道，**醉来一曲放歌行**。”见《全唐诗》卷四四六。

四体：四肢。《论语·微子》：“四体不勤，五谷不分。”晋·陶潜《庚戌岁九月中于西田获早稻》诗：“四体诚已疲，庶无异患干。”也指整个身体，身躯。

醉来一曲放歌行，诗句闲搜寂有声。

往事悠悠添浩叹，流年堪惜又堪惊。

第一句见上一首第四句的引诗。

第二句集自齐己【寄蜀国广济大师】：“冰压霜坛律格清，三千传授尽门生。禅心尽入空无迹，**诗句闲搜寂有声**。满国繁华徒自乐，两朝更变未曾惊。终思相约岷峨去，不得携筇一路行。”见《全唐诗》卷八四六。

第三句集自郑谷【慈恩寺偶题】：“**往事悠悠添浩叹**，劳生扰扰竟何能。故山岁晚不归去，高塔晴来独自登。林下听经秋苑鹿，江边扫叶夕阳僧。吟余却起双峰念，曾看庵西瀑布冰。”见《全唐诗》卷六七六。

第四句集自赵嘏【齐安早秋】：“**流年堪惜又堪惊**，砧杵风来满郡城。高鸟过时秋色动，征帆落处暮云平。思家正叹江南景，听角仍含塞北情。此日沾襟念岐路，不知何处是前程。”见《全唐诗》卷五四九。

浩叹：长叹，大声叹息。

流年堪惜又堪惊，莫向诗中著不平。

碧水青山无限思，暗锄心地种闲情。

第一句见上一首第四句的引诗。

第二句集自司空图【白菊三首】之二：“自古诗人少显荣，逃名何用更题名。诗中有虑犹须戒，**莫向诗中著不平**。”见《全唐诗》卷六三四。

第三句集自元稹【寒食日】：“今年寒食好风流，此日一家同出游。**碧水青山无限思**，莫将心道是涪州。”见《全唐诗》卷四一五。

第四句见第一首第一句的引诗。

任性一生

一个有趣的故事，使“有钱就是任性”成2014年流行的网络用语。我无钱，却任性一生。

陶陶任性一生间，要路豪家非往还。

从此逍遥知有地，行寻春水坐看山。

第一句集自白居易【琴茶】:“兀兀寄形群动内，**陶陶任性一生间**。自抛官后春多醉，不读书来老更闲。琴里知闻唯渌水，茶中故旧是蒙山。穷通行止长相伴，谁道吾今无往还。”见《全唐诗》卷四四八。

第二句集自曹松【山中】:“**要路豪家非往还**，岩门先有不曾关。众心惟恐地无剩，吾意亦忧天惜闲。白练曳泉窗下石，绛罗垂果枕前山。樵夫岂解营生业，贵欲自安麋鹿间。”见《全唐诗》卷七一七。

第三句集自陆龟蒙【和袭美冬晓章上人院】:“山寒偏是晓来多，况值禅窗雪气和。病客功夫经未演，故人书信纳新磨。闲临静案修茶品，独旁深溪记药科。**从此逍遥知有地**，更乘清月伴君过。”见《全唐诗》卷六二六。

第四句集自白居易【和裴相公傍水闲行绝句】:“**行寻春水坐看山**，早出中书晚未还。为报野僧岩客道，偷闲气味胜长闲。”见《全唐诗》卷四六二。

陶陶：和乐的样子，又指陶醉的样子。**任性**：听凭秉性行事，率真不做作，也指执拗使性，无所顾忌，必欲按自己的愿望或想法行事。**要路**：重要、主要的道路，也指显要的地位。**豪家**：地位高、权势大的人家。**往还**：交游；交往。

人生感悟

此世荣枯岂足惊，一生长共月亏盈。

不能尘土争闲事，自与烟萝结野情。

第一句集自刘得仁【赠从弟谷】:“**此世荣枯岂足惊**，相逢惟要眼长青。从来不爱三闾死，今日凭君莫独醒。”见《全唐诗》卷五四五。

第二句集自李商隐【城外】:“露寒风定不无情，临水当山又隔城。未必明时胜蚌蛤，**一生长共月亏盈**。”见《全唐诗》卷五四一。

第三句集自吴融【谷口寓居偶题】:“涔涔病骨怯朝天，谷口归来取性眠。峭壁削成开画障，急溪飞下咽繁弦。**不能尘土争闲事**，且放形神学散仙。已熟前峰采芝径，更于何处养残年。”见《全唐诗》卷六八四。

第四句集自杜荀鹤【送项山人归天台】:“因话天台归思生，布囊藤杖笑离城。不教日月拘身事，**自与烟萝结野情**。龙镇古潭云色黑，露淋秋桧鹤声清。此中是处堪终隐，何要世人知姓名。”见《全唐诗》卷六九二。

荣枯：草木茂盛与枯萎。比喻人世的盛衰、穷达。**亏盈**：减损盈满者，引申为消长、盛衰，也指输赢。**尘土**：细小的灰土，喻指尘世、尘事，喻庸俗肮脏或指庸俗肮脏的事物。**烟萝**：草树茂密，烟聚萝缠，谓之“烟萝”，借指幽居或修真之处。

辛卯赠友并自警

二首

乐天知命了无忧，七十老翁何所求。

流水物情谙世态，差池一步一生休。

第一句集自白居易【病中诗十五首·枕上作】:“风疾侵凌临老头，血凝筋滞不调柔。甘从此后支离卧，赖是从前烂漫游。回思往事纷如梦，转觉余生杳若浮。浩气自能充静室，惊飙何必荡虚舟。腹空先进松花酒，膝冷重装桂布裘。若问乐天忧病否，**乐天知命了无忧**。”见《全唐诗》卷四五八。

第二句集自王维【夷门歌】:“七雄雄雌犹未分，攻城杀将何纷纷。秦兵益围邯郸急，魏王不救平原君。公子为嬴停驷马，执辔愈恭意愈下。亥为屠肆鼓刀人，嬴乃夷门抱关者。非但慷慨献良谋，意气兼将身命酬。向风刎颈送公子，**七十老翁何所求**。”见《全唐诗》卷一二五。

第三句集自谭用之【句】:“**流水物情谙世态**，落花春梦厌尘劳。(《贻僧》)织槛锦纹苔乍结，堕书花印菊初残。(《宿西溪隐士》)光阴老去无成事，富贵不来争奈何。(《途中》)眠云无限好知己，应笑不归花满樽。(《入关》，以上并《吟窗杂录》)”见《全唐诗》卷七六四。

第四句集自元稹【酬乐天雨后见忆】：“雨滑危梁性命愁，**差池一步一生休**。黄泉便是通州郡，渐入深泥渐到州。”见《全唐诗》卷四一五。

物情：物理人情，世情，又指众情、民心。**世态**：世俗的情态，多指人情淡薄而言。

座右题铭律后生，古人多重晚年荣。

百川未有回流水，君子行心要自明。

第一句集自高骈【寄鄠杜李遂良处士】：“小隐堪忘世上情，可能休梦入重城。池边写字师前辈，**座右题铭律后生**。吟社客归秦渡晚，醉乡渔去渼陂晴。春来不得山中信，尽日无人傍水行。”见《全唐诗》卷五九八。

第二句集自杜荀鹤【送韦书记归京】：“韦杜相逢眼自明，事连恩地倍牵情。闻归帝里愁攀送，知到师门话姓名。朝客半修前辈礼，**古人多重晚年荣**。从来有泪非无泪，未似今朝泪满缨。”见《全唐诗》卷六九二。

第三句集自白居易【浔阳春三首·春去】：“一从泽畔为迁客，两度江头送暮春。白发更添今日鬓，青衫不改去年身。**百川未有回流水**，一老终无却少人。四十六时三月尽，送春争得不殷勤。”见《全唐诗》卷四四〇。

第四句集自周昙【春秋战国门·颜叔子】：“夜雨邻娃告屋倾，一宵从寄念悲惊。诚知独处从烧烛，**君子行心要自明**。”见《全唐诗》卷七二八。

荣：荣誉。良好的名声或社会名望。**晚年荣**：即指晚节，晚年的节操。**行心**：谓修养心性。**自明**：自我表白，又指自然明白。

前贤未必全堪学

抱负太高，会常失意。心性疏慵的我平庸一生，素无大志，不学前贤司马相如题柱立志，虽常徘徊漓江畔闲吟，然不似灵均因忧国忧民而江潭失意。

心性疏慵是野夫，等闲题柱意何如。

前贤未必全堪学，莫读离骚失意书。

第一句集自白居易【闲夜咏怀，因招周协律，刘、薛二秀才】："世名检束为朝士，**心性疏慵是野夫**。高置寒灯如客店，深藏夜火似僧炉。香浓酒熟能尝否，冷淡诗成肯和无。若厌雅吟须俗饮，妓筵勉力为君铺。"见《全唐诗》卷四四三。

第二句集自元稹【小碎】："小碎诗篇取次书，**等闲题柱意何如**。诸郎到处应相问，留取三行代鲤鱼。"见《全唐诗》卷四一四。

第三句集自方干【送永嘉王令之任二首】之一："定拟孜孜化海边，须判素发侮流年。波涛不应双溪水，分野长如二月天。浮客若容开荻地，钓翁应免税苔田。**前贤未必全堪学**，莫读当时归去篇。"见《全唐诗》卷六五一。

第四句集自刘兼【对镜】："青镜重磨照白须，白须捻闲意何如。故园迢递千山外，荒郡淹留四载余。风送竹声侵枕簟，月移花影过庭除。秋霜满领难消释，**莫读离骚失意书**。"见《全唐诗》卷七六六。

心性：性情；性格。**疏慵**：疏懒；懒散。**野夫**：草野之人，农夫。也用作自己的谦称或指隐者。**题柱**：汉·司马相如初离蜀赴长安，曾于成都城北升仙桥题句于桥柱，自述致身通显之志，曰："不乘赤车驷马，不过汝下也！"后以"题桥柱"比喻对功名有所抱负。

为得意者写照
二　首

与友闲聊，屡谈及一些春风得意者回乡时骄横跋扈模样，特集唐人诗句为之写真。

意气横鞭归故乡，才情百巧斗风光。
心神用尽为名利，未解知羞最爱狂。

第一句集自杜牧【郡斋独酌】：“前年鬓生雪，今年须带霜。时节序鳞次，古今同雁行。甘英穷西海，四万到洛阳。东南我所见，北可计幽荒。中画一万国，角角棋布方。地顽压不穴，天迥老不僵。屈指百万世，过如霹雳忙。人生落其内，何者为彭殇？促束自系缚，儒衣宽且长。旗亭雪中过，敢问当垆娘。我爱李侍中，标标七尺强。白羽八扎弓，髀压绿檀枪。风前略横阵，紫髯分两旁。淮西万虎士，怒目不敢当。功成赐宴麟德殿，猿超鹘掠广球场。三千宫女侧头看，相排踏碎双明珰。旌竿幖幖旗爠爠，**意气横鞭归故乡**。我爱朱处士，三吴当中央。罢亚百顷稻，西风吹半黄。尚可活乡里，岂唯满囷仓？后岭翠扑扑，前溪碧泱泱。雾晓起凫雁，日晚下牛羊。叔舅欲饮我，社瓮尔来尝。伯姊子欲归，彼亦有壶浆。西阡下柳坞，东陌绕荷塘。姻亲骨肉舍，烟火遥相望。太守政如水，长官贪似狼。征输一云毕，任尔自存亡。我昔造其室，羽仪鸾鹤翔。交横碧流上，竹映琴书床。出语无近俗，尧舜禹武汤。问今天子少，谁人为栋梁？我曰天子圣，晋公提纪纲。联兵数十万，附海正诛沱。谓言人义小不义，取易卷席如探囊。犀甲吴兵斗弓弩，蛇矛燕戟驰锋芒。岂知三载几百战，钩车不得望其墙！答云此山外，有事同胡羌。谁将国伐叛，话与钓鱼郎？溪南重回首，一径出修篁。尔来十三岁，斯人未曾忘。往往自抚己，泪下神苍茫。御史诏分洛，举趾何猖狂！阙下谏官业，拜疏无文章。寻僧解忧梦，乞酒缓愁肠。岂为妻子计，未去山林藏。平生五色线，愿补舜衣裳。弦歌教燕赵，兰芷浴河湟。腥膻一扫洒，凶狠皆披攘。生人但眠食，寿域富农桑。孤吟志在此，自亦笑荒唐。江郡雨初霁，刀好截秋光。池边成独酌，拥鼻菊枝香。醺酣更唱太平曲，仁圣天子寿无疆。”见《全唐诗》卷五二〇。

第二句集自司空图【力疾山下吴村看杏花十九首】之五："**才情百巧斗风光**，却笑雕花刻叶忙。熨帖新巾来与裹，犹看腾踏少年场。"见《全唐诗》卷六三四。

第三句集自寒山【诗三百三首】之一九六："老病残年百有余，面黄头白好山居。布裘拥质随缘过，岂羡人间巧样模。**心神用尽为名利**，百种贪婪进己躯。浮生幻化如灯烬，冢内埋身是有无。"见《全唐诗》卷八〇六。

第四句集自元稹【酬哥舒大少府寄同年科第】："前年科第偏年少，**未解知羞最爱狂**。九陌争驰好鞍马，八人同著彩衣裳。自言行乐朝朝是，岂料浮生渐渐忙。赖得官闲且疏散，到君花下忆诸郎。"见《全唐诗》卷四一一。

斗：比赛争胜负，争体面。**风光**：光彩，体面。**心神**：心思精力。

自爱垂名野史中，飞扬跋扈为谁雄。

娄公不语宋公语，终向溪头伴钓翁。

第一句集自陆龟蒙【奉酬袭美苦雨见寄】："松篁交加午阴黑，别是江南烟霭国。顽云猛雨更相欺，声似虓号色如墨。茅茨裛烂檐生衣，夜夜化为萤火飞。萤飞渐多屋渐薄，一注愁霖当面落。愁霖愁霖尔何错，灭顶于余奚所作。既不能赋似陈思王，又不能诗似谢康乐。昔年尝过杜子美，亦得高歌破印纸。惯曾掀搅大笔多，为我才情也如此。高揖愁霖词未已，披文忽自皮夫子。哀弦怨柱合为吟，忔我穷栖蓬藋里。初悲湿翼何由起，末欲笺天叩天耳。其如玉女正投壶，笑电霏霏作天喜。我本曾无一棱田，平生啸傲空渔船。有时赤脚弄明月，踏破五湖光底天。去岁王师东下急，输兵粟尽民相泣。伊予不战不耕人，敢怨烝黎无糁粒。不然受性圆如规，千姿万态分毫厘。唾壶虎子尽能执，舐痔折枝无所辞。有头强方心强直，撑拄颓风不量力。**自爱垂名野史中**，宁论抱困荒城侧。唯君浩叹非庸人，分衣辍饮来相亲。横眠木榻忘华荐，对食露葵轻八珍。欲穷玄，凤未白。欲怀仙，鲸尚隔。不如驱入醉乡中，只恐醉乡田地窄。"见《全唐诗》卷六三〇。

第二句集自杜甫【赠李白】："秋来相顾尚飘蓬，未就丹砂愧葛洪。痛饮狂歌空度日，

飞扬跋扈为谁雄。”见《全唐诗》卷二二四。

第三句集自杜甫【折槛行】:“呜呼房魏不复见，秦王学士时难羡。青衿胄子困泥涂，白马将军若雷电。千载少似朱云人，至今折槛空嶙峋。**娄公不语宋公语**，尚忆先皇容直臣。”见《全唐诗》卷二二一。

第四句集自司马扎【白马津阻雨】:“津树萧萧旅馆空，坐看疏叶绕阶红。故乡千里楚云外，归雁一声烟雨中。漳浦病多愁易老，茂陵书在信难通。功名倘遂身无事，**终向溪头伴钓翁。**”见《全唐诗》卷五九六。

飞扬：放纵。**跋扈**：蛮横。**飞扬跋扈**：原指意态狂豪，不爱约束。现多形容骄横放肆，目中无人。**娄公**:《新唐书·娄师德传》:“其弟守代州，辞之官，教之耐事。弟曰：‘有人唾面，洁之乃已。’师德曰：‘未也，洁之，是违其怒，正使自干耳。’”娄师德的意思是别人往自己脸上吐唾沫，不能擦掉，擦掉了是对别人往你脸上吐唾沫还有意见。唾沫不能擦掉而让它自干。后人用“娄公唾”、“师德量”、“唾面自干”形容受了污辱也极度容忍，宽忍慎处，居卑不争。**宋公**：宋公萧禹，唐凌烟阁二十四功臣中排第九。是隋炀帝萧后之弟，以外戚为隋炀帝重臣。性情骨梗，因反对出征高丽而被贬为河池郡守，到任后受薛举进攻，奋力抵御。后归附唐朝，因善行政，终生为李渊重用，封宋国公，拜民部尚书。李世民即位后，因与房玄龄、杜如晦不和，多次得罪李世民，仕途沉浮，但从不“改过自新”。后来李世民有【赠萧禹】诗一首，诗中评价其为“疾风知劲草，板荡识诚臣”。

清明遐思

步杜牧《清明》原韵

清明时节雨纷纷，独坐愁吟暗断魂。

酒债寻常行处有，最思共醉落花村。

第一句集自杜牧【清明】：“**清明时节雨纷纷**，路上行人欲断魂。借问酒家何处有，牧童遥指杏花村。”见《千家诗》。

第二句集自顾甄远【惆怅诗九首】之二：“禁漏声稀蟾魄冷，纱橱筠簟波光净。**独坐愁吟暗断魂**，满窗风动芭蕉影。”见《全唐诗》卷七七八。

第三句集自杜甫【曲江二首】之二：“朝回日日典春衣，每日江头尽醉归。**酒债寻常行处有**，人生七十古来稀。穿花蛱蝶深深见，点水蜻蜓款款飞。传语风光共流转，暂时相赏莫相违。”见《全唐诗》卷二二五。

第四句集自谭用之【忆南中】：“碧江头与白云门，别后秋霜点鬓根。长记学禅青石寺，**最思共醉落花村**。林间竹有湘妃泪，窗外禽多杜宇魂。未棹扁舟重回首，采薇收橘不堪论。”见《全唐诗》卷七六四。

《全唐诗》中找不到这首脍炙人口的杜牧的《清明》诗。据查，《清明》诗其实并非杜牧所作。此诗最早出现在宋代无名氏类书《锦绣万花谷后集》卷二六，仅称唐诗；再见于宋末类书《合璧事类别集》卷二八，作《古选诗》；南宋末年，谢枋得编选《重定千家诗》（皆七言律诗）时，竟然收入这首绝句，并署名杜牧。《复位千家诗》与明代王相所选《五言千家诗》合并而成《千家诗》，使这首《清明》诗在民间流传非常广泛，影响也非常深远。

乞放闲

纵有心期亦偶然，病容愁思苦相兼。

荣枯事过都成梦，四海无波乞放闲。

第一句集自罗隐【广陵秋日酬进士臧濆见寄】：“驿西斜日满窗前，独凭秋栏思渺绵。数尺断蓬惭故国，一轮清镜泣流年。已知世事真徒尔，**纵有心期亦偶然**。空愧荀家好兄弟，雁来鱼去是因缘。”见《全唐诗》卷六五六。

第二句集自陆龟蒙【病中秋怀寄袭美】:“**病容愁思苦相兼**，清镜无形未我嫌。贪广异蔬行径窄。故求偏药出钱添。同人散后休赊酒，双燕辞来始下帘。更有是非齐未得，重凭詹尹拂龟占。”见《全唐诗》卷六二六。

第三句集自白居易【寄李相公崔侍郎钱舍人】:“曾陪鹤驭两三仙，亲侍龙舆四五年。天上欢华春有限，世间漂泊海无边。**荣枯事过都成梦**，忧喜心忘便是禅。官满更归何处去，香炉峰在宅门前。”见《全唐诗》卷四三九。

第四句集自王建【朝天词十首寄上魏博田侍中】之七:“**四海无波乞放闲**，三封手疏犯龙颜。他时若有边尘动，不待天书自出山。”见《全唐诗》卷三〇一。

心期：即心里期望做的事。

集此诗追忆2003年5月至2004年3月以身体欠佳为由三次写《要求辞去单位领导职务的报告》。此集句诗押新韵。

整理《还珠洞的故事》有感

骊龙春暖抱珠眠，佳气休光镇在天。

故事悠悠不可问，只疑尘世是虚传。

第一句集自谭用之【赠索处士】:“不将桂子种诸天，长得寻君水石边。玄豹夜寒和雾隐，**骊龙春暖抱珠眠**。山中宰相陶弘景，洞里真人葛稚川。一度相思一惆怅，水寒烟澹落花前。”见《全唐诗》卷七六四。

第二句集自苏颋【郊庙歌辞·享龙池乐章·第七章】:“西京凤邸跃龙泉，**佳气休光镇在天**。轩后雾图今已得，秦王水剑昔常传。恩鱼不似昆明钓，瑞鹤长如太液仙。愿侍巡游同旧里，更闻箫鼓济楼船。”见《全唐诗》卷一二。

第三句集自司空曙【南原望汉宫】:“荒原空有汉宫名，衰草茫茫雉堞平。连雁下时秋水在，行人过尽暮烟生。西陵歌吹何年绝，南陌登临此日情。**故事悠悠不可问**，寒禽野水自纵横。”见《全唐诗》卷二九二。

第四句集自罗虬【比红儿诗】之七十五：“化羽尝闻赴九天，**只疑尘世是虚传**。自从一见红儿貌，始信人间有谪仙。”见《全唐诗》卷六六六。

佳气：美好的云气。古代以为是吉祥、兴隆的象征。汉·班固《白虎通·封禅》：“德至八方则祥风至，佳气时喜。”**休光**：盛美的光华。三国·魏·嵇康《琴赋》：“含天地之醇和兮，吸日月之休光。”

桂林伏波山还珠洞前有深潭，传说深潭下有龙宫还有龙王，并有少年取龙珠、还龙珠故事。

整理《阳朔风物传说》有感

往哲搜罗妙入神，骊珠美玉未为珍。

经今三十余年事，吾道从容不厌贫。

第一句集自李中【叙吟二首】之一：“**往哲搜罗妙入神**，隋珠和璧未为珍。而今所得惭难继，谬向平生著苦辛。”见《全唐诗》卷七五〇。

第二句集自孙光宪【南歌子】之一：“艳冶青楼女，风流似楚真。**骊珠美玉未为珍**，窈窕一枝芳柳，入腰身。舞袖频回雪，歌声几动尘。慢凝秋水顾情人，只缘倾国，著处觉生春。”见《全唐诗》卷八九七。

第三句集自张籍【逢王建有赠】：“年状皆齐初有髭，鹊山漳水每追随。使君座下朝听易，处士庭中夜会诗。新作句成相借问，闲求义尽共寻思。**经今三十余年事**，却说还同昨日时。”见《全唐诗》卷三八五。

第四句集自牟融【赠杨处厚】：“十年学道苦劳神，赢得尊前一病身。天上故人皆自贵，山中明月独相亲。客心淡泊偏宜静，**吾道从容不厌贫**。几度临风一回首，笑看华发及时新。”见《全唐诗》卷四六七。

往哲搜罗：搜集整理先哲前贤的文化遗产。

平时下乡进行野外文物工作时注意搜集民间文学素材，辞去单位负责人职务后才有时间整理成篇，前后竟历30年才完成6个栏目100则故事的《阳朔风物传说》。

《漓水流韵》创作有感
五 首

不薄今人爱古人，每寻诗卷似情亲。

近来时辈都无兴，入室方知颜子贫。

第一句集自杜甫【戏为六绝句】之五：“**不薄今人爱古人**，清词丽句必为邻。窃攀屈宋宜方驾，恐与齐梁作后尘。”见《全唐诗》卷二二七。

第二句集自元稹【酬孝甫见赠十首】之二：“杜甫天材颇绝伦，**每寻诗卷似情亲**。怜渠直道当时语，不著心源傍古人。”见《全唐诗》卷四一三。

第三句集自杨巨源【答振武李逢吉判官】：“**近来时刊辈都无兴**，把酒皆言肺病同。唯有单于李评事，不将华发负春风。”见《全唐诗》卷三三三。

第四句集自钱起【过张成侍御宅】：“丞相幕中题凤人，文章心事每相亲。从军谁谓仲宣乐，**入室方知颜子贫**。杯里紫茶香代酒，琴中绿水静留宾。欲知别后相思意，唯愿琼枝入梦频。”见《全唐诗》卷二三九。

近来时辈都无兴：时辈，当时有名的人物。此句指近代现代有名气的诗人是不屑集句创作的。**入室**：比喻学问或技能已达到深奥的境界。**入室方知颜子贫**：颜子指孔子的弟子颜回。《孟子·离娄下》：“颜子当乱世，居于陋巷，一箪食、一瓢饮；人不堪其忧，颜子不改其乐，孔子贤之。”后常以“颜子”借指安贫乐道之士。此句指在创作《漓水流韵》过程中才知道要有安贫乐道的精神和信念。

谬向平生著苦辛，终无形状始无因。
谁能来此寻真谛，举世滔滔莫问津。

第一句集自李中【叙吟二首】之一：“往哲搜罗妙入神，隋珠和璧未为珍。而今所得惭难继，**谬向平生著苦辛**。”见《全唐诗》卷七五〇。

第二句集自李山甫【风】：“喜怒寒暄直不匀，**终无形状始无因**。能将尘土平欺客，爱把波澜枉陷人。飘乐递香随日在，绽花开柳逐年新。深知造化由君力，试为吹嘘借与春。”见《全唐诗》卷六四三。

第三句集自白居易【题香山新经堂招僧】：“烟满秋堂月满庭，香花漠漠磬泠泠。**谁能来此寻真谛**，白老新开一藏经。”见《全唐诗》卷四五八。

第四句集自徐铉【临石步港】之三：“人间多事本难论，况是人间懒慢人。不解养生何怪病，已能知命敢辞贫。向空咄咄烦书字，**举世滔滔莫问津**。金马门前君识否，东方曼倩是前身。”见《全唐诗》卷七五二。

形状：本指特定事物或物质的一种存在或表现形式，又指实绩、成果。**滔滔**：大水奔流的样子，比喻言行或其他事物连续不断。

寻章摘句老雕虫，欲把风骚继古风。
愁极本凭诗遣兴，且陶真性一杯中。

第一句集自李贺【南园十三首】之六：“**寻章摘句老雕虫**，晓月当帘挂玉弓。不见年年辽海上，文章何处哭秋风。”见《全唐诗》卷三九〇。

第二句集自李中【叙吟二首】之二：“成僻成魔二雅中，每逢知己是亨通。言之无罪终难厌，**欲把风骚继古风**。”见《全唐诗》卷七五〇。

第三句集自杜甫【至后】：“冬至至后日初长，远在剑南思洛阳。青袍白马有何意，金谷铜驼非故乡。梅花欲开不自觉，棣萼一别永相望。**愁极本凭诗遣兴**，诗成吟咏转凄凉。”见《全唐诗》卷二二八。

第四句集自李咸用【冬日喜逢吴价】：“垂杨烟薄井梧空，千里游人驻断蓬。志意不因多事改，鬓毛难与别时同。莺迁犹待销冰日，鹏起还思动海风。穷达他年如赋命，**且陶真性一杯中**。”见《全唐诗》卷六四六。

雕虫：比喻从事不足道的小技艺。常指写作诗文辞赋，也指诗文词赋。**风骚**：指《诗》中的《国风》和《楚辞》中的《离骚》，借指诗文，或指文采、才情。**陶**：陶冶，化育。**真性**：天性，本性，真淳的性情。

闭户息机搔白首，渚烟溪月共忘机。

诗情冷淡知音少，留与闲人作是非。

第一句集自贾岛【投庞少尹】：“**闭户息机搔白首**，中庭一树有清阴。年年不改风尘趣，日日转多泉石心。病起望山台上立，觉来听雨烛前吟。庞公相识元和岁，眷分依依直至今。”见《全唐诗》卷五七四。

第二句集自权德舆【田家即事】：“闲卧藜床对落晖，翛然便觉世情非。漠漠稻花资旅食，青青荷叶制儒衣。山僧相访期中饭，渔父同游或夜归。待学尚平婚嫁毕，**渚烟溪月共忘机**。”见《全唐诗》卷三二〇。

第三句集自李中【吉水县依韵酬华松秀才见寄】：“官况萧条在水村，吏归无事好论文。枕欹独听残春雨，梦去空寻五老云。竹径每怜和藓步，禽声偏爱隔花闻。**诗情冷淡知音少**，独喜江皋得见君。”见《全唐诗》卷七四九。

第四句集自罗隐【望思台】："芳草台边魂不归，野烟乔木弄残晖。可怜高祖清平业，**留与闲人作是非。**"见《全唐诗》卷六六四。

渚烟：笼罩在小洲上的烟雾。**渚烟溪月**：借指笔者家乡漓江两岸的山光水色、人情风物等。**忘机**：消除机巧之心。常用以指甘于淡泊，与世无争。**冷淡**：不浓艳，素净淡雅。

国风长在见遗篇，胜境由来人共传。
直候九年功满日，知音不见思怆然。

第一句集自曹松【吊李翰林】："李白虽然成异物，逸名犹与万方传。昔朝曾侍玄宗侧，大夜应归贺监边。山木易高迷故垄，**国风长在见遗篇**。投金渚畔春杨柳，自此何人系酒船。"见《全唐诗》卷七一七。

第二句集自李白【送别】："寻阳五溪水，沿洄直入巫山里。**胜境由来人共传**，君到南中自称美。送君别有八月秋，飒飒芦花复益愁。云帆望远不相见，日暮长江空自流。"见《全唐诗》卷一七六。

第三句集自吕岩【七言】之十五："我家勤种我家田，内有灵苗活万年。花似黄金苞不大，子如白玉颗皆圆。栽培全赖中宫土，灌溉须凭上谷泉。**直候九年功满日**，和根拔入大罗天。"见《全唐诗》卷八五六。

第四句集自刘禹锡【张郎中籍远寄长句开缄之日已及新秋因举目前仰酬高韵】："南宫词客寄新篇，清似湘灵促柱弦。京邑旧游劳梦想，历阳秋色正澄鲜。云衔日脚成山雨，风驾潮头入渚田。对此独吟还独酌，**知音不见思怆然**。"见《全唐诗》卷三六一。

由来：自始以来，历来。**九年**：指多年。

历时10年，用3000多个日日夜夜，从浩瀚的《全唐诗》中裁霞曳绣，引取恰当的诗句，组成一首首赞美漓江胜境的集句诗词，终于完成了六百首的《唐诗集句　漓水流韵》一书。但担心难与读者（知音）见面，思之怆然。

《漓水流韵》编后感

辘轳体四首

剪裁千古献当今，不合于名不苦心。

好句未停无暇日，情知此事少知音。

第一句集自周昙【闲吟】：“考摭妍媸用破心，**剪裁千古献当今**。闲吟不是闲吟事，事有闲思闲要吟。”见《全唐诗》卷七二八。

第二句集自张蠙【赠郑司业】：“晚学更求来世达，正怀非与百邪侵。古人名在今人口，**不合于名不苦心**。”见《全唐诗》卷七〇二。

第三句集自郑谷【寄题诗僧秀公】：“灵一心传清塞心，可公吟后楚公吟。近来雅道相亲少，唯仰吾师所得深。**好句未停无暇日**，旧山归老有东林。冷曹孤宦甘寥落，多谢携筇数访寻。”见《全唐诗》卷六七六。

第四句集自李山甫【赠弹琴李处士】：“**情知此事少知音**，自是先生枉用心。世上几时曾好古，人前何必更沾襟。致身不似笙竽巧，悦耳宁如郑卫淫。三尺焦桐七条线，子期师旷两沉沉。”见《全唐诗》卷六四三。

剪裁千古献当今：千古指久远的年代。引申为具有长远存在价值的历史文化遗产。**当今：**现在，目前。旧时又称在位的皇帝。在此，“当今”特指本书读者，因作品得靠读者青睐，笔者应将读者当皇上，作知音。剪裁千古献当今指从《全唐诗》里裁取诗句集成集句诗词与读者共享，即进行唐诗集句诗词的创作。

好句无人堪共咏，剪裁千古献当今。

书中不尽心中事，未上亨衢独醉吟。

第一句集自白居易【雨中携元九诗访元八侍御】:“微之诗卷忆同开，假日多应不入台。**好句无人堪共咏**，冲泥蹋水就君来。”见《全唐诗》卷四三八。

第二句见第一首第一句引诗。

第三句集自裴说【闻砧】:“深闺乍冷鉴开箧，玉箸微微湿红颊。一阵霜风杀柳条，浓烟半夜成黄叶。垂垂白练明如雪，独下闲阶转凄切。只知抱杵捣秋砧，不觉高楼已无月。时闻寒雁声相唤，纱窗只有灯相伴。几展齐纨又懒裁，离肠恐逐金刀断。细想仪形执牙尺，回刀剪破澄江色。愁捻银针信手缝，惆怅无人试宽窄。时时举袖匀红泪，红笺谩有千行字。**书中不尽心中事**，一片殷勤寄边使。”见《全唐诗》卷七二〇。

第四句集自刘兼【自遣】:“**未上亨衢独醉吟**，赋成无处博黄金。家人莫问张仪舌，国士须知豫让心。照乘始堪沽善价，阳春争忍混凡音。鹍鹏鳞翼途程在，九万风云海浪深。”见《全唐诗》卷七六六。

亨衢：四通八达的大道。

此际自然无限趣，寒窗呵笔寻诗句。

剪裁千古献当今，天爵竟为人爵误。

第一句集自杨奇鲲【途中诗】:“□□□□□□□，□□□□□□□。风里浪花吹更白，雨中山色洗还青。海鸥聚处窗前见，林狖啼时枕上听。**此际自然无限趣**，王程不敢暂留停。”见《全唐诗》卷七三二。

第二句集自罗隐【雪】:“细玉罗纹下碧霄，杜门颜巷落偏饶。巢居只恐高柯折，旅客愁闻去路遥。撅冻野蔬和粉重，扫庭松叶带酥烧。**寒窗呵笔寻诗句**，一片飞来纸上销。”见《全唐诗》卷六五五。

第三句见第一首第一句引诗。

第四句集自李玖【喷玉泉冥会诗八首·四丈夫同赋】之二:“桃蹊李径尽荒凉,访旧寻新益自伤。虽有衣衾藏李固,终无表疏雪王章。羁魂尚觉霜风冷,朽骨徒惊月桂香。**天爵竟为人爵误**,谁能高叫问苍苍。”见《全唐诗》卷五六二。

此际：此时，这时候。**天爵**：天然的爵位。指高尚的道德修养。因德高则受人尊敬，胜于有爵位，故称。**人爵**：爵禄，指人所授予的爵位。

为人性僻耽佳句，近得幽奇物外心。

终日忘情能自乐，剪裁千古献当今。

第一句集自杜甫【江上值水如海势，聊短述】：“**为人性僻耽佳句**，语不惊人死不休。老去诗篇浑漫兴，春来花鸟莫深愁。新添水槛供垂钓，故著浮槎替入舟。焉得思如陶谢手，令渠述作与同游。”见《全唐诗》卷二二六。

第二句集自刘沧【题马太尉华山庄】：“别开池馆背山阴，**近得幽奇物外心**。竹色拂云连岳寺，泉声带雨出溪林。一庭杨柳春光暖，三径烟萝晚翠深。自是功成闲剑履，西斋长卧对瑶琴。”见《全唐诗》卷五八六。

第三句集自牟融【沈存尚林亭夜宴】：“草堂寂寂景偏幽，到此令人一纵眸。松菊寒香三径晚，桑榆烟景两淮秋。近山红叶堆林屋，隔浦青帘拂画楼。**终日忘情能自乐**，清尊应得遣闲愁。”见《全唐诗》卷四六七。

第四句见第一首第一句引诗。

幽奇：指玄妙的哲理，又指幽雅奇妙。**物外**：世外，超脱于尘世之外。

孤　高

辘轳体四首

2009年国庆，阳朔举办《新中国成立六十周年文艺创作成果》展览。一天，我在诗词馆值班时，有人对我说：“你是阳朔最孤傲的人，很多‘长’字号的人都说你太傲了！”

性格孤高世所稀，野人心地本无机。

回思往事纷如梦，争奈时情贱布衣。

第一句集自李中【献张拾遗】："官资清贵近丹墀，**性格孤高世所稀**。金殿日开亲凤扆，古屏时展看渔矶。酒醒虚阁秋帘卷，吟对疏篁夕鸟归。献替频陈忠謇播，鹏霄万里展雄飞。"见《全唐诗》卷七四八。

第二句集自陆希声【阳羡杂咏十九首·清辉堂】："**野人心地本无机**，为爱茅檐倚翠微。尽日尊前谁是客，秋山含水有清辉。"见《全唐诗》卷六八九。

第三句集自白居易【病中诗十五首·枕上作】："风疾侵凌临老头，血凝筋滞不调柔。甘从此后支离卧，赖是从前烂漫游。**回思往事纷如梦**，转觉余生杳若浮。浩气自能充静室，惊飙何必荡虚舟。腹空先进松花酒，膝冷重装桂布裘。若问乐天忧病否，乐天知命了无忧。"见《全唐诗》卷四五八。

第四句集自杜荀鹤【乱后逢李昭象叙别】："李生李生何所之，家山窣云胡不归。兵戈到处弄性命，礼乐向人生是非。却与野猿同橡坞，还将溪鸟共渔矶。也知不是男儿事，**争奈时情贱布衣**。"见《全唐诗》卷六九二。

孤高：孤特高洁，孤傲自许。**野人**：上古谓居国城之郊野的人，也是士人自谦之称，借指隐逸者。**心地**：宋后儒家用以称心性存养，也指人的器量、胸襟、心情、心境。**无机**：任其自然，没有心计。

闲云远水自相宜，性格孤高世所稀。

老去何妨从笑傲，此心能有几人知。

第一句集自罗邺【凤州北楼】："城上层楼北望时，**闲云远水自相宜**。人人尽道堪图画，枉遣山翁醉习池。"见《全唐诗》卷六五四。

第二句见第一首第一句引诗。

第三句集自徐铉【和江西萧少卿见寄】之一："亡羊岐路愧司南，二纪穷通聚散三。**老去何妨从笑傲**，病来看欲懒朝参。离肠似线常忧断，世态如汤不可探。珍重加餐省思虑，时时斟酒压山岚。"见《全唐诗》卷七五五。

第四句集自贯休【书石壁禅居屋壁】："赤旃檀塔六七级，白菡萏花三四枝。禅客相逢只弹指，**此心能有几人知**。"见《全唐诗》卷八三七。

笑傲：谓戏谑不敬。

宦情牢落年将暮，处处伤心心始悟。

性格孤高世所稀，自吟白雪诠词赋。

第一句集自白居易【病假中庞少尹携鱼酒相过】："**宦情牢落年将暮**，病假联绵日渐深。被老相催虽白首，与春无分未甘心。闲停茶碗从容语，醉把花枝取次吟。劳动故人庞阁老，提鱼携酒远相寻。"见《全唐诗》卷四四九。

第二句集自白居易【重到城七绝句·刘家花】："刘家墙上花还发，李十门前草又春。**处处伤心心始悟**，多情不及少情人。"见《全唐诗》卷四三八。

第三句见第一首第一句引诗。

第四句集自刘禹锡【宣上人远寄和礼部王侍郎发榜后诗，因而继和】："礼闱新榜动长安，九陌人人走马看。一日声名遍天下，满城桃李属春官。**自吟白雪诠词赋**，指示青云借羽翰。借问至公谁印可，支郎天眼定中观。"见《全唐诗》卷三五九。

宦情：做官的志趣、意愿。**牢落**：孤寂无聊。**诠**：详细解释，阐明事理。

自古经纶足是非，常嗟时命与心违。

不将冠剑为荣事，性格孤高世所稀。

第一句集自司空图【有感二首】之一：“**自古经纶足是非**，阴谋最忌夺天机。留侯却粒商翁去，甲第何人意气归。”见《全唐诗》卷六三三。

第二句集自钱起【送邬三落第还乡】：“郢客文章绝世稀，**常嗟时命与心违**。十年失路谁知己，千里思亲独远归。云帆春水将何适，日爱东南暮山碧。关中新月对离尊，江上残花待归客。名宦无媒自古迟，穷途此别不堪悲。荷衣垂钓且安命，金马招贤会有时。”见《全唐诗》卷二三六。

第三句集自胡骈【经费拾遗旧隐】：“林下茅斋已半倾，九华幽径少人行。**不将冠剑为荣事**，只向烟萝寄此生。松竹渐荒池上色，琴书徒立世间名。白杨风起秋山暮，时复哀猿啼一声。”见《全唐诗》卷七一九。

第四句见第一首第一句引诗。

经纶：整理过的蚕丝，比喻筹划治理国家大事，借指抱负与才干。**时命**：指命运。**冠剑**：古代官员戴冠佩剑，因以“冠剑”指官职或官吏。

竹林七贤叹

“竹林七贤”在政治斗争缓和时，一起聚会、清谈、饮酒、赋诗。后政治斗争日益尖锐时逐渐分化，每个人的操守品行就完全表露出来，山涛（字巨源）和王戎原与嵇康是好朋友，后来两人依附了司马氏。山涛想说服嵇康为司马氏效劳。嵇康写了一封《与山巨源绝交书》，嵇康即被下狱，并很快被杀。嵇康被杀前要求弹一曲《广陵散》。一曲终了，嵇康无限惋惜地感叹：“《广陵散》于今绝矣！”览古观今，此等“咄咄怪事”多矣，有感而书空叹之。

竹林明月七人同，潇洒名儒振古风。

怀旧空吟闻笛赋，水边箕踞静书空。

第一句集自武元衡【闻严秘书与正字及诸客夜会因寄】:“衡门寥落岁阴穷,露湿莓苔叶厌风。闻道今宵阮家会,**竹林明月七人同**。”见《全唐诗》卷三一七。

第二句集自杜牧【寄宣州郑谏议】:“大夫官重醉江东,**潇洒名儒振古风**。文石陛前辞圣主。碧云天外作冥鸿。五言宁谢颜光禄,百岁须齐卫武公。再拜宜同丈人行,过庭交分有无同。”见《全唐诗》卷五二三。

第三句集自刘禹锡【酬乐天扬州初逢席上见赠】:“巴山楚水凄凉地,二十三年弃置身。**怀旧空吟闻笛赋**,到乡翻似烂柯人。沉舟侧畔千帆过,病树前头万木春。今日听君歌一曲,暂凭杯酒长精神。”见《全唐诗》卷三六〇。

第四句集自来鹄【偶题二首】之二:“**水边箕踞静书空**,欲解愁肠酒不浓。可惜青天好雷雹,只能驱趁懒蛟龙。”见《全唐诗》卷六四二。

闻笛赋:指西晋“竹林七贤”之一的向秀所作的《思旧赋》。一次向秀经过嵇康的旧居,听见邻人吹笛,不胜感慨,于是写了《思旧赋》怀念嵇康,揭示了嵇康蒙冤而死的真相,充分地表达了向秀怀念嵇康的真实思想情感。**箕踞**:一种轻慢、不拘礼节的坐的姿态,即随意张开两腿坐着,形似簸箕。《庄子·至乐》:“庄子妻死,惠子吊之,庄子则方箕踞鼓盆而歌。”成玄英疏:“箕踞者,垂两脚如簸箕形也。”**书空**:语本南朝·宋·刘义庆《世说新语·黜免》:“殷中军被废,在信安,终日恒书空作字。扬州吏民寻义逐之,窃视,唯作‘咄咄怪事’四字而已。”后因以“书空咄咄”为叹息、愤慨、惊诧的典实。

老叟叹

身似浮云鬓似霜,那堪呜咽吊残阳。

儿孙满眼无归处,不到三声合断肠。

第一句集自白居易【送萧处士游黔南】:“能文好饮老萧郎,**身似浮云鬓似霜**。生计抛来诗是业，家园忘却酒为乡。江从巴峡初成字，猿过巫阳始断肠。不醉黔中争去得，磨围山月正苍苍。”见《全唐诗》卷四四一。

第二句集自储嗣宗【哭彭先生】:“谷口溪声客自伤，**那堪呜咽吊残阳**。空阶鹤恋丹青影，秋雨苔封白石床。主祭孤儿初学语，无媒旅榇未还乡。门人远赴心丧夜，月满千山旧草堂。”见《全唐诗》卷五九四。

第三句集自卢纶【赠别李纷】:“头白乘驴悬布囊，一回言别泪千行。**儿孙满眼无归处**，唯到尊前似故乡。”见《全唐诗》卷二八〇。

第四句集自常建【岭猿】:“杳杳袅袅清且切，鹧鸪飞处又斜阳。相思岭上相思泪，**不到三声合断肠**。”见《全唐诗》卷一四四。

在乡下听一老者哭诉，使人断肠。“儿孙满眼无归处”的情景不仅乡下有，绝非个别现象，特集此诗记之。

贪官狱中叹

贪财败阵谁相悉，半是悲哀半是愁。

名利到身无了日，他生未卜此生休。

第一句集自罗隐【归梦】:“陆海波涛渐渐深，一回归梦抵千金。路旁草色休多事，墙外莺声肯有心。日晚向隅悲断梗，夜阑浇酒哭知音。**贪财败阵谁相悉**，鲍叔如今不可寻。”见《全唐诗》卷六六二。

第二句集自杜牧【寓题】:“把酒直须判酩酊，逢花莫惜暂淹留。假如三万六千日，**半是悲哀半是愁**。”见《全唐诗》卷五二五。

第三句集自薛逢【六街尘】:“六街尘起鼓冬冬，马足车轮在处通。百役并驱衣食内，四民长走路岐中。年光与物随流水，世事如花落晓风。**名利到身无了日**，不知今古旋成空。”见《全唐诗》卷五四八。

第四句集自李商隐【马嵬二首】之二：“海外徒闻更九州，**他生未卜此生休**。空闻虎旅传宵柝，无复鸡人报晓筹。此日六军同驻马，当时七夕笑牵牛。如何四纪为天子，不及卢家有莫愁。”见《全唐诗》卷五三九。

了日：完毕的时候。

名利叹

浮名浮利信悠悠，万种千般逐水流。

闲把史书眠一觉，古来能有几人休。

第一句集自徐铉【贬官泰州出城作】：“**浮名浮利信悠悠**，四海干戈痛主忧。三谏不从为逐客，一身无累似虚舟。满朝权贵皆曾忤，绕郭林泉已遍游。惟有恋恩终不改，半程犹自望城楼。”见《全唐诗》卷七五二。

第二句集自贯休【山居诗二十四首】之二：“难是言休即便休，清吟孤坐碧溪头。三间茆屋无人到，十里松阴独自游。明月清风宗炳社，夕阳秋色庾公楼。修心未到无心地，**万种千般逐水流**。”见《全唐诗》卷八三七。

第三句集自处默【山中作】：“席帘高卷枕高欹，门掩垂萝蘸碧溪。**闲把史书眠一觉**，起来山日过松西。”见《全唐诗》卷八四九。

第四句集自黄滔【奉酬翁文尧员外神泉之游见寄嘉什】：“含鸡假豸喜同游，野外嘶风并紫骝。松竹迥寻青障寺，姓名题向白云楼。泉源出石清消暑，僧语离经妙破愁。争奈爱山尤恋阙，**古来能有几人休**。”见《全唐诗》卷七〇五。

时情叹

三　首

六月门前也似冰，更将何事结良朋。

水能性淡为吾友，心共寒潭一片澄。

第一句集自徐夤【依韵赠南安方处士】之三："百万僧中不为僧，比君知道仅谁能。无家寄泊南安县，**六月门前也似冰**。"见《全唐诗》卷七一一。

第二句集自陆龟蒙【奉和袭美卧疾感春见寄次韵】："共寻花思极飞腾，疾带春寒去未能。烟径水涯多好鸟，竹床蒲椅但高僧。须知日富为神授，只有家贫免盗憎。除却数函图籍外，**更将何事结良朋**。"见《全唐诗》卷六二四。

第三句集自白居易【池上竹下作】："穿篱绕舍碧逶迤，十亩闲居半是池。食饱窗间新睡后，脚轻林下独行时。**水能性淡为吾友**，竹解心虚即我师。何必悠悠人世上，劳心费目觅亲知。"见《全唐诗》卷四四六。

第四句集自徐夤【忆长安行】："旧历关中忆废兴，僭奢须戒俭须凭。火光只是烧秦冢，贼眼何曾视灞陵。钟鼓煎催人自急，侯王更换恨难胜。不如坐钓清溪月，**心共寒潭一片澄**。"见《全唐诗》卷七〇九。

人情翻覆似波澜，楚接舆歌未必狂。

世事日随流水去，直教愁色对愁肠。

第一句集自王维【酌酒与裴迪】："酌酒与君君自宽，**人情翻覆似波澜**。白首相知犹按剑，朱门先达笑弹冠。草色全经细雨湿，花枝欲动春风寒。世事浮云何足问，不如高卧且加餐。"见《全唐诗》卷一二八。

第二句集自白居易【吾土】："身心安处为吾土，岂限长安与洛阳。水竹花前谋活计，琴诗酒里到家乡。荣先生老何妨乐，**楚接舆歌未必狂**。不用将金买庄宅，城东无主是春光。”见《全唐诗》卷四五一。

第三句集自章孝标【题杭州樟亭驿】：“樟亭驿上题诗客，一半寻为山下尘。**世事日随流水去**，红花还似白头人。”见《全唐诗》卷五〇六。

第四句集自杜牧【洛中二首】之二：“风吹柳带摇晴绿，蝶绕花枝恋暖香。多把芳菲泛春酒，**直教愁色对愁肠**。”见《全唐诗》卷五二五。

人情：情面，人与人之间的社会关系。**楚接舆歌**：《论语·微子》：“楚狂接舆歌而过孔子曰：‘凤兮凤兮！何德之衰？往者不可谏，来者犹可追……’孔子下，欲与之言。趋而辟之，不得与之言。”邢昺疏：“接舆，楚人，姓陆名通，字接舆也。昭王时，政令无常，乃披发佯狂不仕，时人谓之楚狂也。”**世事**：时事，世上的事；也指世务，尘俗之事；泛指社交应酬、人情世故；还指大势、局面。

时情深付碧波流，身外无机任白头。

欲吊灵均能赋否？天人不可怨而尤。

第一句集自李群玉【江楼闲望怀关中亲故】：“摇落江天欲尽秋，远鸿高送一行愁。音书寂绝秦云外，身世蹉跎楚水头。年貌暗随黄叶去，**时情深付碧波流**。风凄日冷江湖晚，驻目寒空独倚楼。”见《全唐诗》卷五六九。

第二句集自胡曾【赠渔者】：“不愧人间万户侯，子孙相继老扁舟。往来南越谙鲛室，生长东吴识蜃楼。自为钓竿能遣闷，不因萱草解销忧。羡君独得逃名趣，**身外无机任白头**。”见《全唐诗》卷六四七。

第三句集自许浑【晨起白云楼寄龙兴江准上人兼呈窦秀才】：“兹楼今是望乡台，乡信全稀晓雁哀。山翠万重当槛出，水华千里抱城来。东岩月在僧初定，南浦花残客未回。**欲吊灵均能赋否**，秋风还有木兰开。”见《全唐诗》卷四七七。

第四句集自贾岛【早蝉】：“早蝉孤抱芳槐叶，噪向残阳意度秋。也任一声催我老，堪听两耳畏吟休。得非下第无高韵，须是青山隐白头。若问此心嗟叹否，**天人不可怨而尤**。”见《全唐诗》卷五七四。

时情：世情，指时代风气、世俗之情和世态人情。**无机**：任其自然，没有心计，也指没有机会和机遇。**灵均**：即战国·楚文学家屈原。主要代表作品有《离骚》、《九章》、《九歌》、《天问》等。天问即问天，谓心有委屈而诉问于天。**天人**：天和人，天象和人事。**尤**：怨恨、责备、怪罪。

世情叹

二 首

世间宜假不宜真，要似观心有几人。

竟日倚阑空叹息，今时谁与德为邻。

第一句集自吕岩【宋朝张天觉为相之日有褴褛道人及门求施公不知礼敬因戏问道人有何仙术答以能捏土为香公请试为之须臾烟罢道人不见但留诗于案上云】：“捏土为香事有因，**世间宜假不宜真**。皇朝宰相张天觉，天下云游吕洞宾。”见《全唐诗》卷八五八。

第二句集自元稹【观心处】：“满坐喧喧笑语频，独怜方丈了无尘。灯前便是观心处，**要似观心有几人**。”见《全唐诗》卷四一一。

第三句集自李涉【六叹】之二：“深院梧桐夹金井，上有辘轳青丝索。美人清昼汲寒泉，寒泉欲上银瓶落。迢迢碧甃千余尺，**竟日倚阑空叹息**。惆怅不来照明镜，却掩洞房抱寂寂。”见《全唐诗》卷四七七。

第四句集自欧阳詹【秋夜寄僧】：“尚被浮名诱此身，**今时谁与德为邻**。遥知是夜檀溪上，月照千峰为一人。”见《全唐诗》卷三四九。

世情：世态人情，也指势利（指以地位、财产等分别对待人的恶劣表现或作风）。**观心**：观察心性。佛教以心为万法的主体，无一事在心外，故观心即能究明一切事（现象）理（本体）。

世情已逐浮云散，毁誉无恒却要聋。

今日惭知也惭命，茫茫万事坐成空。

第一句集自萧静【三湘有怀】："柳絮飞来别洛阳，梅花落后到三湘。**世情已逐浮云散**，离恨空随江水长。"见《全唐诗》卷七七四。

第二句集自韩偓【味道】："如含瓦砾竟何功，痴黠相兼似得中。心系是非徒怅望，事须光景旋虚空。升沉不定都如梦，**毁誉无恒却要聋**。弋者甚多应扼腕，任他闲处指冥鸿。"见《全唐诗》卷六八一。

第三句集自李山甫【下第献所知三首】之三："十年磨镞事锋芒，始逐朱旗入战场。四海风云难际会，一生肝胆易开张。退飞莺谷春零落，倒卓龙门路渺茫。**今日惭知也惭命**，笑余歌罢忽凄凉。"见《全唐诗》卷六四三。

第四句集自白居易【风雨晚泊】："苦竹林边芦苇丛，停舟一望思无穷。青苔扑地连春雨，白浪掀天尽日风。忽忽百年行欲半，**茫茫万事坐成空**。此生飘荡何时定，一缕鸿毛天地中。"见《全唐诗》卷四四〇。

世情：世上的种种情形，如时代风气。世俗之情。世态人情。**无恒**：不正常。

自　叹

老去唯知觅醉乡，可怜神采吊残阳。

自嗟落魄无成事，三十年来梦一场。

第一句集自罗隐【经故友所居】:“槐花漠漠向人黄，此地追游迹已荒。清论不知庄叟达，死交空叹赵岐忙。病来未忍言闲事，**老去唯知觅醉乡**。日暮街东策羸马，一声横笛似山阳。”见《全唐诗》卷六六一。

第二句集自温庭筠【秘书省有贺监知章草题诗笔力遒健风尚高远拂尘寻玩因有此作】:“越溪渔客贺知章，任达怜才爱酒狂。鸂鶒苇花随钓艇，蛤蜊菰菜梦横塘。几年凉月拘华省，一宿秋风忆故乡。荣路脱身终自得，福庭回首莫相忘。出笼鸾鹤归辽海，落笔龙蛇满坏墙。李白死来无醉客，**可怜神采吊残阳**。”见《全唐诗》卷五七八。

第三句集自来鹄【鄂渚除夜书怀】:“鹦鹉洲头夜泊船，此时形影共凄然。难归故国干戈后，欲告何人雨雪天。箸拨冷灰书闷字，枕陪寒席带愁眠。**自嗟落魄无成事**，明日春风又一年。”见《全唐诗》卷六四二。

第四句集自李煜【渡中江望石城泣下】:“江南江北旧家乡，**三十年来梦一场**。吴苑宫闱今冷落，广陵台殿已荒凉。云笼远岫愁千片，雨打归舟泪万行。兄弟四人三百口，不堪闲坐细思量。”见《全唐诗》卷八。

神采：精神和风采,表现出来的精神面貌，也指景物或艺术作品的神韵风采。**落魄**：穷困失意。

浮生叹

二 首

虽把鱼竿醉未醒，水流花落叹浮生。

因思往事成惆怅，休向南柯与梦争。

第一句集自方干【路支使小池】:“广狭偶然非制定，犹将方寸像沧溟。一泓春水无多浪，数尺晴天几个星。露满玉盘当半夜，匣开金镜在中庭。主人垂钓常来此，**虽把鱼竿醉未醒**。”见《全唐诗》卷六五一。

第二句集自温庭筠【宿城南亡友别墅】:“**水流花落叹浮生**,又伴游人宿杜城。还似昔年残梦里,透帘斜月独闻莺。”见《全唐诗》卷五七九。

第三句集自卓英英【理笙】:“频倚银屏理凤笙,调中幽意起春情。**因思往事成惆怅**,不得缑山和一声。”见《全唐诗》卷八六三。

第四句集自刘兼【江岸独步】:“醉卓寒筇傍水行,渔翁不会独吟情。龟能顾印谁相重,鹤偶乘轩自可轻。簪组百年终长物,文章千古亦虚名。是非得丧皆闲事,**休向南柯与梦争**。”见《全唐诗》卷七六六。

惆怅:因失意或失望而伤感、懊恼。晋·陶潜《归去来兮辞》:“既自以心为形役,奚惆怅而独悲。”**南柯**:唐·李公佐作《南柯太守传》,叙述淳于棼梦至槐安国,娶公主,封南柯太守,荣华富贵,显赫一时。醒后,在庭前槐树下掘得蚁穴,即梦中之槐安国。后因以比喻空幻。

漫向江头把钓竿,男儿酬志在当年。

河边不语伤流水,回首浮生泪泫然。

第一句集自严武【寄题杜拾遗锦江野亭】:“**漫向江头把钓竿**,懒眠沙草爱风湍。莫倚善题鹦鹉赋,何须不着鵕鸃冠。腹中书籍幽时晒,肘后医方静处看。兴发会能驰骏马,应须直到使君滩。”见《全唐诗》卷二六一。

第二句集自伍乔【庐山书堂送祝秀才还乡】:“束书辞我下重巅,相送同临楚岸边。归思几随千里水,离情空寄一枝蝉。园林到日酒初熟,庭户开时月正圆。莫使蹉跎恋疏野,**男儿酬志在当年**。”见《全唐诗》卷七四四。

第三句集自薛奇童【云中行】:“云中小儿吹金管,向晚因风一川满。塞北云高心已悲,城南木落肠堪断。忆昔魏家都此方,凉风观前朝百王。千门晓映山川色,双阙遥连日月光。举杯称寿永相保,日夕歌钟彻清昊。将军汗马百战场,天子射兽五原草。寂寞金舆去不归,陵上黄尘满路飞。**河边不语伤流水**,川上含情叹落晖。此时独立无所见,日暮寒风吹客衣。”见《全唐诗》卷二〇二。

第四句集自罗隐【病中上钱尚父】:“左脚方行右臂挛，每惭名迹污宾筵。纵饶吴土容衰病，争奈燕台费料钱。藜杖已干难更把，竹舆虽在不堪悬。深恩重德无言处，**回首浮生泪泫然**。”见《全唐诗》卷六六〇。

浮生：语本《庄子·刻意》：“其生若浮，其死若休。”以人生在世，虚浮不定，因称人生为“浮生”。南朝·宋·鲍照《答客》诗：“浮生急驰电，物道险弦丝。”

蹉跎人生叹

辘轳体三首

惆怅忠贞徒自持，穷愁似影每相随。

潸然四顾难消遣，叶上题诗寄与谁。

第一句集自李绅【过荆门】:“荆江水阔烟波转，荆门路绕山葱茜。帆势侵云灭又明，山程背日昏还见。青青麦陇啼飞鸦，寂寞野径棠梨花。行行驱马万里远，渐入烟岚危栈赊。林中有鸟飞出谷，月上千岩一声哭。肠断思归不可闻，人言恨魄来巴蜀。我听此鸟祝我魂，魂死莫学声衔冤。纵为羽族莫栖息，直上青云呼帝阍。此时山月如衔镜，岩树参差互辉映。皎洁深看入涧泉，分明细见樵人径。阴森鬼庙当邮亭，鸡豚日宰闻膻腥。愚夫祸福自迷惑，魍魉凭何通百灵。月低山晓问行客，已酹椒浆拜荒陌。**惆怅忠贞徒自持**，谁祭山头望夫石。”见《全唐诗》卷四八〇。

第二句集自姚合【独居】:“深闭柴门长不出，功夫自课少闲时。翻音免问他人字，覆局何劳对手棋。生计如云无定所，**穷愁似影每相随**。到头归向青山是，尘路茫茫欲告谁。”见《全唐诗》卷四九八。

第三句集自郑谷【渼陂】:“昔事东流共不回，春深独向渼陂来。乱前别业依稀在，雨里繁花寂寞开。却展渔丝无野艇，旧题诗句没苍苔。**潸然四顾难消遣**，只有佯狂泥酒杯。”见《全唐诗》卷六七六。

第四句集自顾况【叶上题诗从苑中流出】:“花落深宫莺亦悲，上阳宫女断肠时。君恩不闭东流水，**叶上题诗寄与谁**。”见《全唐诗》卷二六七。

忠贞：真心诚意，无二心。节操坚定不变。**消遣**：寻找感兴趣的事来打发空闲，消闲解闷。

叶上题诗寄与谁，欲封重读意迟迟。

回头因叹浮生事，手把花枝唱竹枝。

第一句见上首第四句引诗。

第二句集自白居易【禁中夜作，书与元九】:“心绪万端书两纸，**欲封重读意迟迟**。五声宫漏初鸣夜，一点窗灯欲灭时。”见《全唐诗》卷四三七。

第三句集自李中【经古观有感】:“古观寥寥枕碧溪，偶思前事立残晖。漆园化蝶名空在，柱史犹龙去不归。丹井泉枯苔锁合，醮坛松折鹤来稀。**回头因叹浮生事**，梦里光阴疾若飞。”见《全唐诗》卷七四八。

第四句集自薛能【春咏】:“春来还似去年时，**手把花枝唱竹枝**。狂瘦未曾餐有味，不缘中酒却缘诗。”见《全唐诗》卷五六一。

手把花枝唱竹枝，水边松下独寻思。

蹉跎岁月心仍切，惆怅忠贞徒自持。

第一句见上首第四句引诗。

第二句集自齐己【寄郑谷郎中】:“人间近遇风骚匠，鸟外曾逢心印师。除此二门无别妙，**水边松下独寻思**。"见《全唐诗》卷八四七。

第三句集自罗隐【魏博罗令公附卷有回】："寒门虽得在诸宗，栖北巢南恨不同。马上固惭消髀肉，幄中由羡愈头风。**蹉跎岁月心仍切**，迢递江山梦未通。深荷吾宗有知己，好将刀笔为英雄。"见《全唐诗》卷六六〇。

第四句见第一首第一句引诗。

文人自叹

吟友梁桂传赠诗："从容淡定得高眠，不嗜权名省酒钱。缀玉连珠情自逸，诗多雅趣惹人怜。"集唐人句反其意和之。

日高窗下枕书眠，愁极兼无买酒钱。

役尽心神销尽骨，自多情态竟谁怜。

第一句集自杜荀鹤【赠溧水崔少府】："庭户萧条燕雀喧，**日高窗下枕书眠**。只闻留客教沽酒，未省逢人说料钱。洞口礼星披鹤氅，溪头吟月上渔船。九华山叟心相许，不计官卑赠一篇。"见《全唐诗》卷六九二。

第二句集自许棠【洞庭湖】："空江浩荡景萧然，尽日菰蒲泊钓船。青草浪高三月渡，绿杨花扑一溪烟。情多莫举伤春目，**愁极兼无买酒钱**。犹有渔人数家住，不成村落夕阳边。"见《全唐诗》卷六〇四。

第三句集自顾甄远【惆怅诗九首】之六："**役尽心神销尽骨**，恩情未断忽分离。平生此恨无言处，只有衣襟泪得知。"见《全唐诗》卷七七八。

第四句集自薛能【柳枝四首】之四："狂似纤腰嫩胜绵，**自多情态竟谁怜**。游人不折还堪恨，抛向桥边与路边。"见《全唐诗》卷五六一。

役：役使，驱使。**心神**：心思精力。**销**：消耗，耗尽。**骨**：躯干，喻体力。**情态**：人情和态度。自多情态犹“自作多情”。

父灵前悲吟

泪如泉滴亦须干，亲故皆来劝自宽。

尘世难逢开口笑，吾心已出第三禅。

第一句集自刘损【愤惋诗三首】之三：“旧尝游处遍寻看，睹物伤情死一般。买笑楼前花已谢，画眉窗下月空残。云归巫峡音容断，路隔星河去住难。莫道诗成无泪下，**泪如泉滴亦须干**。”见《全唐诗》卷五九七。

第二句集自王建【送从侄拟赴江陵少尹】：“江陵少尹好闲官，**亲故皆来劝自宽**。无事日长贫不易，有才年少屈终难。沙头欲买红螺盏，渡口多呈白角盘。应向章华台下醉，莫冲云雨夜深寒。”见《全唐诗》卷三〇〇。

第三句集自杜牧【九日齐安登高】：“江涵秋影雁初飞，与客携壶上翠微。**尘世难逢开口笑**，菊花须插满头归。但将酩酊酬佳节，不用登临叹落晖。古往今来只如此，牛山何必泪沾衣。”见《全唐诗》卷五二二。

第四句集自皎然【答李侍御问】：“入道曾经离乱前，长干古寺住多年。爱贫唯制莲花足，取性闲书柳叶篇。自笑不归看石榜，谁高无事弄苔泉。身外空名何足问，**吾心已出第三禅**。”见《全唐诗》卷八一六。

尘世：佛教、道教指人世间，现实世界。**第三禅**：佛教修行禅定之静虑有四禅：初禅离生喜乐，第二禅定生喜乐，第三禅离喜妙乐，第四禅舍念清净。此指父母均已辞世而心灰意冷，欲出第三禅进入第四禅“舍念清净”之境界。笔者一凡夫俗子，岂能达此境界！

此诗集于2006年1月。用新韵。

何堪名利

浮名浮利两何堪，心地忘机酒半酣。

且向白云求一醉，春风无事傍鱼潭。

第一句集自吕岩【七言】之二十一：“**浮名浮利两何堪**，回首归山味转甘。举世算无心可契，谁人更与道相参。寸犹未到甘谈尺，一尚难明强说三。经卷葫芦并拄杖，依前担入旧江南。”见《全唐诗》卷八五六。

第二句集自白居易【琴酒】：“耳根得听琴初畅，**心地忘机酒半酣**。若使启期兼解醉，应言四乐不言三。”见《全唐诗》卷四四九。

第三句集自戴叔伦【对酒示申屠学士】：“三重江水万重山，山里春风度日闲。**且向白云求一醉**，莫教愁梦到乡关。”见《全唐诗》卷二七四。

第四句集自羊士谔【泛舟入后溪】之一：“ 东风朝日破轻岚，仙棹初移酒未酣。玉笛闲吹折杨柳，**春风无事傍鱼潭**。”见《全唐诗》卷三三二。

何堪:怎能忍受。**心地**：心情，心境。**忘机**：消除机巧之心。常指甘于淡泊，与世无争。**白云**：喻归隐。晋·左思《招隐诗》之一：“白云停阴冈，丹葩曜阳林。”

无　成

二　首

早年师友教为文，又欲囊萤就典坟。

万事无成新白首，依山寄水似浮云。

第一句集自徐夤【温陵即事】:“**早年师友教为文**，卖却鱼舟网典坟。国有安危期日谏，家无担石暂从军。非才岂合攀丹桂，多病犹堪伴白云。争得千钟季孙粟，沧洲归与故人分。”见《全唐诗》卷七〇九。

第二句集自李中【送相里秀才之匡山国子监】:“气秀情闲杳莫群，庐山游去志求文。已能探虎穷骚雅，**又欲囊萤就典坟**。目豁乍窥千里浪，梦寒初宿五峰云。业成早赴春闱约，要使嘉名海内闻。”见《全唐诗》卷七五〇。

第三句集自严维【余姚祗役奉简鲍参军】:“童年献赋在皇州，方寸思量君与侯。**万事无成新白首**，两春虚掷对沧流。歌诗盛赋文星动，箫管新亭晦日游。知己欲依何水部，乡人今正贱东丘。”见《全唐诗》卷二六三。

第四句集自皎然【述祖德赠湖上诸沈】:“我祖文章有盛名，千年海内重嘉声。雪飞梁苑操奇赋，春发池塘得佳句。世业相承及我身，风流自谓过时人。初看甲乙矜言语，对客偏能鸲鹆舞。饱用黄金无所求，长裾曳地干王侯。一朝金尽长裾裂，吾道不行计亦拙。岁晚高歌悲苦寒，空堂危坐百忧攒。昔时轩盖金陵下，何处不传沈与谢。绵绵芳籍至今闻，眷眷通宗有数君。谁见予心独漂泊，**依山寄水似浮云**。”见《全唐诗》卷八一六。

囊萤:《晋书·车胤传》:“胤恭勤不倦，博学多通。家贫不常得油，夏月则练囊盛数十萤火以照书，以夜继日焉。”后以“囊萤”为勤苦攻读之典。**典坟**:三坟五典的省称，泛指各种古代文籍。

未辨东西过一生，谋身谋隐两无成。

如今老病须知分，诗债填还亦欲平。

第一句集自白居易【重伤小女子】:“学人言语凭床行，嫩似花房脆似琼。才知恩爱迎三岁，**未辨东西过一生**。汝异下殇应杀礼，吾非上圣讵忘情。伤心自叹鸠巢拙，长堕春雏养不成。”见《全唐诗》卷四三八。

第二句集自左偃【寄韩侍郎】:“**谋身谋隐两无成**，拙计深惭负耦耕。渐老可堪怀故国，多愁翻觉厌浮生。言诗幸遇明公许，守朴甘遭俗者轻。今日况闻搜草泽，独悲憔悴卧升平。”见《全唐诗》卷七四〇。

第三句集自白居易【老病】：“听笙歌夜醉眠，若非月下即花前。**如今老病须知分**，不负春来二十年。”见《全唐诗》卷四四九。

第四句集自白居易【斋戒】：“每因斋戒断荤腥，渐觉尘劳染爱轻。六贼定知无气色，三尸应恨少恩情。酒魔降伏终须尽，**诗债填还亦欲平**。从此始堪为弟子，竺乾师是古先生。”见《全唐诗》卷四五八。

未辨东西过一生：不辨方向，一生没有奋斗目标。**谋身**：为自身打算。唐·卢纶《春日书情赠别司空曙》诗：“壮志随年尽，谋身意未安。”**谋隐**：避世隐居的打算。“**谋身谋隐两无成**”指一辈子一事无成。

无　能

清时有味是无能，唯学雕虫谬见称。

山水不移人自老，裁诗乞与涤烦襟。

第一句集自杜牧【将赴吴兴登乐游原一绝】：“**清时有味是无能**，闲爱孤云静爱僧。欲把一麾江海去，乐游原上望昭陵。”见《全唐诗》卷五二一。

第二句集自杨巨源【酬崔博士】：“自知顽叟更何能，**唯学雕虫谬见称**。长被有情邀唱和，近来无力更祇承。青松树杪三千鹤，白玉壶中一片冰。今日为君书壁右，孤城莫怕世人憎。”见《全唐诗》卷三三三。

第三句集自寒山【诗三百三首】之一一四：“自从到此天台境，经今早度几冬春。**山水不移人自老**，见却多少后生人。”见《全唐诗》卷八〇六。

第四句集自崔珏【水晶枕】：“千年积雪万年冰，掌上初擎力不胜。南国旧知何处得，北方寒气此中凝。黄昏转烛萤飞沼，白日褰帘水在簪。蕲簟蜀琴相对好，**裁诗乞与涤烦襟**。”见《全唐诗》卷五九一。

清时：清平之时；太平盛世。**有味**：有意味；有情趣。指对诗词创作感兴趣。**雕虫**：比喻从事不足道的小技艺。常指写作诗文辞赋。**见称**：受到人们的称赞。**裁诗**：作诗。**乞与**：给与，用来。**烦襟**：烦闷的心怀。

闲　聊

清论闲阶坐夕阳，半醒半醉引愁长。

邻翁莫问伤时事，尽日无人识楚狂。

第一句集自韩翃【题张逸人园林】："花源一曲映茅堂，**清论闲阶坐夕阳**。麈尾手中毛已脱，蟹螯尊上味初香。春深黄口传窥树，雨后青苔散点墙。更道小山宜助赏，呼儿舒簟醉岩芳。"见《全唐诗》卷二四五。

第二句集自李群玉【醴陵道中】："别酒离亭十里强，**半醒半醉引愁长**。无端寂寂春山路，雪打溪梅狼藉香。"见《全唐诗》卷五七〇。

第三句集自韦庄【河内别村业闲题】："阮氏清风竹巷深，满溪松竹似山阴。门当谷路多樵客，地带河声足水禽。闲伴尔曹虽适意，静思吾道好沾襟。**邻翁莫问伤时事**，一曲高歌夕照沈。"见《全唐诗》卷六九六。

第四句集自吴融【灵宝县西侧津】："碧溪激激流残阳，晴沙两两眠鸳鸯。柳花无赖苦多暇，蛱蝶有情长自忙。十里宦游成底事，每年风景是他乡。高歌一曲垂鞭去，**尽日无人识楚狂**。"见《全唐诗》卷六八四。

清论：清雅的言谈，也指闲谈、谈天。**伤时**：因时世不如所愿而哀伤。**楚狂**：见《时情叹》第三首的"楚接舆歌"注。

悟　禅

二　首

算来何事不成空，莫学休公学远公。

乘醉吟诗问禅理，荣枯尽在是非中。

第一句集自杜荀鹤【赠题兜率寺闲上人院】："人间寺应诸天号，真行僧禅此寺中。百岁有涯头上雪，万般无染耳边风。挂帆波浪惊心白，上马尘埃翳眼红。毕竟浮生谩劳役，**算来何事不成空**。"见《全唐诗》卷六九二。

第二句集自皎然【送辨聪上人还广陵】："**莫学休公学远公**，了心须与我心同。隋家古柳数株在，看取人间万事空。"见《全唐诗》卷八一八。

第三句集自杜荀鹤【赠祖肩和尚】："山衣草屐染莓苔，双眼犹慵向俗开。若比吾师居世上，何如野客卧岩隈。才闻锡杖离三楚，又说随缘向五台。**乘醉吟诗问禅理**，为谁须去为谁来。"见《全唐诗》卷六九二。

第四句集自方干【感时三首】之三："世途扰扰复憧憧，真恐华夷事亦同。岁月自消寒暑内，**荣枯尽在是非中**。今朝犹作青襟子，明日还成白首翁。堪笑愚夫足纷竞，不知流水去无穷。"见《全唐诗》卷六五二。

休公：即汤惠休，南朝·宋诗人。早年为僧，称"惠休上人"，南朝宋世祖刘骏命使还俗，位至扬州从事。其诗风华美流畅，在南朝宋齐间颇有影响，其诗仅存11首，多写儿女之情。在其最为著名的《怨诗行》流露悲秋情绪。**远公**：晋高僧慧远，居庐山东林寺，世人称为远公。他的《庐山诸道人游石门诗序》被史学界定为我国文学史上最早的一篇山水游记名篇。唐·孟浩然《晚泊浔阳望庐山》诗："尝读远公传，永怀尘外踪。"

春往秋来不记年，立身何必恋林泉。

荣枯尽寄浮云外，忧喜心忘便是禅。

第一句集自白居易【上阳白发人　愍怨旷也】:“上阳人，红颜暗老白发新。绿衣监使守宫门，一闭上阳多少春。玄宗末岁初选入，入时十六今六十。同时采择百余人，零落年深残此身。忆昔吞悲别亲族，扶入车中不教哭。皆云入内便承恩，脸似芙蓉胸似玉。未容君王得见面，已被杨妃遥侧目。妒令潜配上阳宫，一生遂向空房宿。宿空房，秋夜长，夜长无寐天不明。耿耿残灯背壁影，萧萧暗雨打窗声。春日迟，日迟独坐天难暮。宫莺百啭愁厌闻，梁燕双栖老休妒。莺归燕去长悄然，**春往秋来不记年**。唯向深宫望明月，东西四五百回圆。今日宫中年最老，大家遥赐尚书号。小头鞋履窄衣裳，青黛点眉眉细长。外人不见见应笑，天宝末年时世妆。上阳人，苦最多。少亦苦，老亦苦，少苦老苦两如何。君不见昔时吕向美人赋，又不见今日上阳白发歌。”见《全唐诗》卷四二六。

第二句集自翁承赞【寄示儿孙】:“力学烧丹二十年，辛勤方得遇真仙。便随羽客归三岛，旋听霓裳适九天。得路自能酬造化，**立身何必恋林泉**。予家药鼎分明在，好把仙方次第传。”见《全唐诗》卷七〇三。

第三句集自许浑【重游练湖怀旧】:“西风渺渺月连天，同醉兰舟未十年。鹏鸟赋成人已没，嘉鱼诗在世空传。**荣枯尽寄浮云外**，哀乐犹惊逝水前。日暮长堤更回首，一声邻笛旧山川。”见《全唐诗》卷五三四。

第四句集自白居易【寄李相公崔侍郎钱舍人】:“曾陪鹤驭两三仙，亲侍龙舆四五年。天上欢华春有限，世间漂泊海无边。荣枯事过都成梦，**忧喜心忘便是禅**。官满更归何处去，香炉峰在宅门前。”见《全唐诗》卷四三九。

林泉：山林与泉石，即指山水风光。

桂林中学老三届同学联谊会有感

2011年10月23日，桂林中学老三届同学联谊会。40多年后重相聚，并观看老三届同学以“友谊地久天长”为主题的文艺演出。

感旧重怀四十年，相逢遽叹别离牵。

天长地久无终毕，两鬓苍然心浩然。

第一句集自徐铉【奉和宫傅相公怀旧见寄四十韵】："谢傅功成德望全，鸾台初下正萧然。抟风乍息三千里，**感旧重怀四十年**。西掖新官同贾马，南朝兴运似开天。文辞职业分工拙，流辈班资让后先。每愧陋容劳刻画，长惭顽石费雕镌。晨趋纶掖吟春永，夕会精庐待月圆。立马有时同草诏，联镳几处共成篇。闲歌柳叶翻新曲，醉咏桃花促绮筵。少壮况逢时世好，经过宁虑岁华迁。云龙得路须腾跃，社栎非材合弃捐。再谒湘江犹是幸，两还宣室竟何缘。已知瑕玷劳磨莹，又得官司重接连。听漏分宵趋建礼，从游同召赴甘泉。云开阊阖分台殿，风过华林度管弦。行止不离宫仗影，衣裾尝惹御炉烟。师资稷契论中礼，依止山公典小铨。多谢天波垂赤管，敢教晨景过华砖。翾飞附骥方经远，巨楫垂风遂济川。玉烛调时钧轴正，台阶平处德星悬。岩廊礼绝威容肃，布素情深友好偏。长拟营巢安大厦，忽惊操钺领中权。吴门日丽龙衔节，京口沙晴鹢画船。盖代名高方赫赫，恋恩心切更乾乾。袁安辞气忠仍恳，吴汉精诚直且专。却许丘明师纪传，更容疏广奉周旋。朱门自得施行马，厚禄何妨食万钱。密疏尚应劳献替，清谈唯见论空玄。东山妓乐供闲步，北牖风凉足晏眠。玄武湖边林隐见，五城桥下棹洄沿。曾移苑树开红药，新凿家池种白莲。不遣前驺妨野逸，别寻逋客互招延。棋枰寂静陈虚阁，诗笔沉吟劈彩笺。往事偶来春梦里，闲愁因动落花前。青云旧侣嗟谁在，白首亲情倍见怜。尽日凝思殊怅望，一章追叙信精研。韶颜莫与年争竞，世虑须凭道节宣。幸喜书生为将相，定由阴德致神仙。羊公剩有登临兴，尚子都无嫁娶牵。退象天山镇浮竞，起为霖雨润原田。从容自保君臣契，何必扁舟始是贤。"见《全唐诗》卷七五六。

第二句集自独孤及【答李滁州见寄】："**相逢遽叹别离牵**，三见江皋蕙草鲜。白发俱生欢未再，沧洲独往意何坚。愁看郡内花将歇，忍过山中月屡圆。终日望君休汝骑，愧无堪报起予篇。"见《全唐诗》卷二四七。

第三句集自白居易【浩歌行】："**天长地久无终毕**，昨夜今朝又明日。鬓发苍浪牙齿疏，不觉身年四十七。前去五十有几年，把镜照面心茫然。既无长绳系白日，又无大药驻朱颜。朱颜日渐不如故，青史功名在何处。欲留年少待富贵，富贵不来年少去。去复去兮如长河，东流赴海无回波。贤愚贵贱同归尽，北邙冢墓高嵯峨。古来如此非独我，未死有酒且高歌。颜回短命伯夷饿，我今所得亦已多。功名富贵须待命，命若不来知奈何。”见《全唐诗》卷四七五。

第四句集自白居易【赠苏炼师】：“**两鬓苍然心浩然**，松窗深处药炉前。携将道士通宵语，忘却花时尽日眠。明镜懒开长在匣，素琴欲弄半无弦。犹嫌庄子多词句，只读逍遥六七篇。”见《全唐诗》卷四四三。

高中同学灵川聚会

桂林中学高九十班部分同学2009年7月25日于灵川灵田相聚。为高中毕业四十余年第一次规模较大的聚会。

风流樽俎见无期，何用伤时叹凤兮。

此日相逢思旧日，一声歌尽各东西。

第一句集自罗隐【升平公主旧第】：“乘凤仙人降此时，玉篇才罢到文词。两轮水硙光明照，百尺鲛绡换好诗。带砺山河今尽在，**风流樽俎见无期**。坛场客散香街暝，惆怅齐竽取次吹。”见《全唐诗》卷六六二。

第二句集自韦庄【鄠杜旧居二首】之二：“一径寻村渡碧溪，稻花香泽水千畦。云中寺远磬难识，竹里巢深鸟易迷。紫菊乱开连井合，红榴初绽拂檐低。归来满把如渑酒，**何用伤时叹凤兮**。”见《全唐诗》卷六九八。

第三句集自韦应物【燕李录事】：“与君十五侍皇闱，晓拂炉烟上赤墀。花开汉苑经过处，雪下骊山沐浴时。近臣零落今犹在，仙驾飘飖不可期。**此日相逢思旧日**，一杯成喜亦成悲。”见《全唐诗》卷一八六。

第四句集自赵嘏【赠别】：“水边秋草暮萋萋，欲驻残阳恨马蹄。曾是管弦同醉伴，**一声歌尽各东西**。”见《全唐诗》卷五五〇。

樽俎zūnzǔ：古代盛酒食的器皿。樽以盛酒，俎以盛肉，也指宴席。**伤时**：因时世不如所愿而哀伤。**凤兮**：见本书《时情叹》之二“楚接舆歌”注。

阳朔遇旧友

年深记得姓名无？范子何曾爱五湖。

正是澄江如练处，尊中有酒且欢娱。

第一句集自白居易【初到江州寄翰林张、李、杜三学士】：“早攀霄汉上天衢，晚落风波委世途。雨露施恩无厚薄，蓬蒿随分有荣枯。伤禽侧翅惊弓箭，老妇低颜事舅姑。碧落三仙曾识面，**年深记得姓名无**。”见《全唐诗》卷四三九。

第二句集自李白【悲歌行】：“悲来乎，悲来乎。主人有酒且莫斟，听我一曲悲来吟。悲来不吟还不笑，天下无人知我心。君有数斗酒，我有三尺琴。琴鸣酒乐两相得，一杯不啻千钧金。悲来乎，悲来乎。天虽长，地虽久，金玉满堂应不守。富贵百年能几何，死生一度人皆有。孤猿坐啼坟上月，且须一尽杯中酒。悲来乎，悲来乎。凤凰不至河无图，微子去之箕子奴。汉帝不忆李将军，楚王放却屈大夫。悲来乎，悲来乎。秦家李斯早追悔，虚名拨向身之外。**范子何曾爱五湖**，功成名遂身自退。剑是一夫用，书能知姓名。惠施不肯干万乘，卜式未必穷一经。还须黑头取方伯，莫谩白首为儒生。”见《全唐诗》卷一六六。

第三句集自李商隐【和韦潘前辈七月十二日夜泊池州城下先寄上李使君】：“桂含爽气三秋首，蓂吐中旬二叶新。**正是澄江如练处**，玄晖应喜见诗人。”见《全唐诗》卷五四〇。

第四句集自白居易【胡吉郑刘卢张等六贤皆多年寿予亦次焉偶于弊居合成尚齿之会七老相顾既醉且欢静而思之此会稀有因成七言六韵纪之传好事者】：“七人五百七十岁，拖紫纡朱垂白须。手里无金莫嗟叹，**尊中有酒且欢娱**。诗吟两句神还王，酒饮三杯气尚粗。嵬峨狂歌教婢拍，婆娑醉舞遣孙扶。天年高过二疏傅，人数多于四皓图。除却三山五天竺，人间此会更应无。”见《全唐诗》卷四六〇。

无：语气词，用在句末，表示疑问语气，可译为“吗”。**范蠡**：春秋末年政治家、军事家，出身微贱。仕越为大夫，擢上将军。后游齐国。至陶，改名陶朱公，经商致富。晚年放情太湖山水。**五湖**：古代吴越地区湖泊。近代称华中、华东五大著名湖泊，即洞庭湖、鄱阳湖、巢湖、洪泽湖和太湖。春秋末越国大夫范蠡，辅佐越王勾践灭亡吴国，功成身退，乘轻舟以隐于五湖。见《国语·越语下》。后以“五湖”指隐遁之所。**澄江**：清澈的江水。南朝齐·谢朓《晚登三山还望京邑诗》：“余霞散成绮，澄江静如练。”**练**：洁白的熟绢。**澄江如练**：形容江水澄澈的波纹，有如柔软洁白的生丝一般。**澄江如练处**：借指阳朔澄澈的漓江。

知　分

事业无成耻艺成，休将文字占时名。

如今老病须知分，免恃雕虫误此生。

第一句集自柳宗元【叠后】：“**事业无成耻艺成**，南宫起草旧连名。劝君火急添功用，趁取当时二妙声。”见《全唐诗》卷三五二。

第二句集自柳宗元【衡阳与梦得分路赠别】：“十年憔悴到秦京，谁料翻为岭外行。伏波故道风烟在，翁仲遗墟草树平。直以慵疏招物议，**休将文字占时名**。今朝不用临河别，垂泪千行便濯缨。”见《全唐诗》卷三五一。

第三句集自白居易【老病】：“昼听笙歌夜醉眠，若非月下即花前。**如今老病须知分**，不负春来二十年。”见《全唐诗》卷四四九。

第四句集自卢群玉【投卢尚书】：“无力不任为走役，有文安敢滞清平。从来若把耕桑定，**免恃雕虫误此生**。”见《全唐诗》卷七七五。

时名：指当时的声名或声望。**知分**：知道自己应尽的责任和义务，自己所处的地位和环境。**雕虫**：比喻从事不足道的小技艺，常指写作诗文辞赋，也指诗文词赋。

四十年感赋
二首

检束酬知四十年，若方陶令愧前贤。

人间荣耀因缘浅，为爱逍遥第一篇。

第一句集自司空图【修史亭三首】之三："乌纱巾上是青天，**检束酬知四十年**。谁料平生臂鹰手，挑灯自送佛前钱。"见《全唐诗》卷六三四。

第二句集自徐铉【和尉迟赞善秋暮僻居】："登高节物最堪怜，小岭疏林对槛前。轻吹断时云缥缈，夕阳明处水澄鲜。江城秋早催寒事，望苑朝稀足晏眠。庭有菊花尊有酒，**若方陶令愧前贤**。"见《全唐诗》卷七五五。

第三句集自白居易【老来生计】："老来生计君看取，白日游行夜醉吟。陶令有田唯种黍，邓家无子不留金。**人间荣耀因缘浅**，林下幽闲气味深。烦虑渐消虚白长，一年心胜一年心。"见《全唐诗》卷四五六。

第四句集自刘禹锡【和裴相公傍水闲行】："**为爱逍遥第一篇**，时时闲步赏风烟。看花临水心无事，功业成来二十年。"见《全唐诗》卷三六五。

检束：检点约束。**酬知**：酬谢知己。**方**：通"仿"。模拟，仿效。**陶令**：即陶渊明。见《辛卯秋日怀古》陶渊明注。

此诗原为北京大学入学四十周年而集，原题为《北京大学入学四十周年》，第二句原用李中的"**离家都为利句牵**"，第四句原用戴叔伦的"**却忆当时思眇然**"。诸学长曾有"入学北京大学四十周年聚会"之议，终未果。后改成现诗。

年深兼欲忘京华，身不出家心出家。

风月谩劳酬逸兴，莫将文誉作生涯。

第一句集自白居易【种桃杏】:“无论海角与天涯，大抵心安即是家。路远谁能念乡曲，**年深兼欲忘京华**。忠州且作三年计，种杏栽桃拟待花。”见《全唐诗》卷四四一。

第二句集自白居易【早服云母散】:“晓服云英漱井华，寥然身若在烟霞。药销日晏三匙饭，酒渴春深一碗茶。每夜坐禅观水月，有时行醉玩风花。净名事理人难解，**身不出家心出家**。”见《全唐诗》卷四五四。

第三句集自牟融【题李昭训山水】:“卜筑藏修地自偏，尊前诗酒集群贤。半岩松暝时藏鹤，一枕秋声夜听泉。**风月谩劳酬逸兴**，渔樵随处度流年。南州人物依然在，山水幽居胜辋川。”见《全唐诗》卷四六七。

第四句集自皮日休【鲁望悯承吉之孤为诗序邀予属和欲用予道振其孤而利之噫承吉之困身后乎鲁望视予困与承吉生前孰若哉未有已困而能振人者抑为之辞用塞良友】:“先生清骨葬烟霞，业破孤存孰为嗟。几箧诗编分贵位，一林石笋散豪家。儿过旧宅啼枫影，姬绕荒田泣稗花。唯我共君堪便戒，**莫将文誉作生涯**。”见《全唐诗》卷六一四。

京华：国都、首都，即北京。40年前，笔者在北大读书。**出家**: 弃舍俗家去做僧尼或道士。**心出家**：指心里有出家避世的思想。**风月**：清风明月，泛指美好的景色，也指闲适之事或诗文。**谩**：莫,不要。**文誉**：工于为文的声誉。**生涯**：指从事某种活动或职业的生活。

春日偶得

谩将闲泪对春风，禅坐吟行谁与同。

自静其心延寿命，千愁万念一时空。

第一句集自罗隐【金陵寄窦尚书】:“二年岐路有西东，长忆优游楚驿中。虎帐谈高无客继，马卿官傲少人同。世危肯使依刘表，山好犹能忆谢公。此去此恩言不得，**谩将闲泪对春风**。”见《全唐诗》卷六五六。

第二句集自贯休【上新定宋使君】:“**禅坐吟行谁与同**，杉松共在寂寥中。碧云诗里终难到，白藕花经讲始终。水叠山层擎草疏，砧清月苦立霜风。十年勤苦今酬了，得句桐江识谢公。”见《全唐诗》卷八三五。

第三句集自白居易【不出门】：“不出门来又数旬，将何销日与谁亲。鹤笼开处见君子，书卷展时逢古人。**自静其心延寿命**，无求于物长精神。能行便是真修道，何必降魔调伏身。”见《全唐诗》卷四五〇。

第四句集自白居易【晏坐闲吟】：“昔为京洛声华客，今作江湖潦倒翁。意气销磨群动里，形骸变化百年中。霜侵残鬓无多黑，酒伴衰颜只暂红。愿学禅门非想定，**千愁万念一时空**。”见《全唐诗》卷四三八。

谩：莫，不要。金·董解元《西厢记诸宫调》：“谩叹息，谩悒怏。”**禅坐**：谓僧侣端坐静修。唐·王维《过福禅师兰若》诗：“欲知禅坐久，行路长春芳。”

养生延年

九春风景足林泉，闲事听吟一两篇。

自是禅心无滞境，断除杯酒合延年。

第一句集自薛稷【奉和圣制春日幸望春宫应制】：“**九春风景足林泉**，四面云霞敞御筵。花镂黄山绣作苑，草图玄灞锦为川。飞觞竞醉心回日，走马争先眼著鞭。喜奉仙游归路远，直言行乐不言旋。”见《全唐诗》卷九三。

第二句集自薛能【春日重游平湖】：“湖上春风发管弦，须临三十此离筵。离人忽有重来日，游女初非旧少年。官职已辜疲瘵望，诗名空被后生传。啼莺莫惜蹉跎恨，**闲事听吟一两篇**。”见《全唐诗》卷五五九。

第三句集自吕温【戏赠灵澈上人】：“僧家亦有芳春兴，**自是禅心无滞境**。君看池水湛然时，何曾不受花枝影。”见《全唐诗》卷三七〇。

第四句集自徐夤【溪隐】：“将名将利已无缘，深隐清溪拟学仙。绝却腥膻胜服药，

断除杯酒合延年。蜗牛壳漏宁同舍，榆荚花开不是钱。鸾鹤久从笼槛闭，春风却放纸为鸢。”见《全唐诗》卷七〇八。

九春：指春天。**禅心**：佛教谓清静寂定的心境，即常说的心境平和，无杂念。**无滞境**：即无止境。

卧　云

求荣争宠任纷纷，流辈干时独卧云。

更乞大贤容小隐，重论前事不堪闻。

第一句集自白居易【题崔常侍济上别墅】：“**求荣争宠任纷纷**，脱叶金貂只有君。散员疏去未为贵，小邑陶休何足云。山色好当晴后见，泉声宜向醉中闻。主人忆尔尔知否，抛却青云归白云。”见《全唐诗》卷四五〇。

第二句集自崔峒【送贺兰广赴选】：“而今用武尔攻文，**流辈干时独卧云**。白发青袍趋会府，定应衡镜却惭君。”见《全唐诗》卷二九四。

第三句集自秦系【献薛仆射】：“由来那敢议轻肥，散发行歌自采薇。逋客未能忘野兴，辟书翻遣脱荷衣。家中匹妇空相笑，池上群鸥尽欲飞。**更乞大贤容小隐**，益看愚谷有光辉。”见《全唐诗》卷二六〇。

第四句集自徐铉【送萧尚书致仕归庐陵】：“江海分飞二十春，**重论前事不堪闻**。主忧臣辱谁非我，曲突徙薪唯有君。金紫满身皆外物，雪霜垂领便离群。鹤归华表望不尽，玉笥山头多白云。”见《全唐诗》卷七五六。

流辈：同辈；同一流的人。**干时**：治世，为世所用，也指求合于当时。**卧云**：喻指隐居。**大贤**：才德超群的人。**小隐**：谓隐居山林。晋·王康琚《反招隐》诗：“小隐隐陵薮，大隐隐朝市。”

感　怀

三　首

忘却愁来鬓发斑，我来诗境强相关。

平生自有烟霞志，住僻家贫少往还。

第一句集自唐彦谦【兴元沈氏庄】：“清浅萦纡一水间，竹冈藤树小跻攀。露沾荒草行人过，月上高林宿鸟还。江绕武侯筹笔地，雨昏张载勒铭山。异乡一笑因酣醉，**忘却愁来鬓发斑**。”见《全唐诗》卷六七二。

第二句集自泠然【宿九华化成寺庄】：“佛寺孤庄千嶂间，**我来诗境强相关**。岩边树动猿下涧，云里锡鸣僧上山。松月影寒生碧落，石泉声乱喷潺湲。明朝更蹑层霄去，誓共烟霞到老闲。”见《全唐诗》卷八二五。

第三句集自李群玉【送人隐居】：“棋局茅亭幽涧滨，竹寒江静远无人。村梅尚敛风前笑，沙草初偷雪后春。鹏鷃喻中消日月，沧浪歌里放心神。**平生自有烟霞志**，久欲抛身狎隐沦。”见《全唐诗》卷五六九。

第四句集自伍唐珪【山中卧病寄卢郎中】：“十年耕钓水云间，**住僻家贫少往还**。一径绿苔凝晓露，满头白发对青山。野僧采药来医病，樵客携觞为解颜。空恋旧时恩奖地，无因匍匐出柴关。”见《全唐诗》卷七二七。

烟霞：烟雾和云霞,也指“山水胜景”。**往还**：交游；交往。

世事生疏欲面墙，遥遥永夜思茫茫。

吟中景象千般有，莫向新词寄断肠。

第一句集自唐彦谦【寄蒋二十四】：“鸟啭蜂飞日渐长，旅人情味悔思量。禅门澹薄无心地，**世事生疏欲面墙**。二月云烟迷柳色，九衢风土带花香。大知高士禁愁寂，试倚阑干莫断肠。”见《全唐诗》卷六七二。

第二句集自李如璧【明月】：“三五月华流炯光，可怜怀归郢路长。逾江越汉津无梁，**遥遥永夜思茫茫**。昭君失宠辞上宫，蛾眉婵娟卧毡穹。胡人琵琶弹北风，汉家音信绝南鸿。昭君此时怨画工，可怜明月光朣胧。节既秋兮天向寒，沅有漪兮湘有澜，沅湘纠合淼漫漫。洛阳才子忆长安，可怜明月复团团。逐臣恋主心愈恪，弃妻思君情不薄。已悲芳岁徒沦落，复恐红颜坐销铄。可怜明月方照灼，向影倾身比葵藿。”见《全唐诗》卷一〇一。

第三句集自李咸用【和友人喜相遇十首】之六：“已向丘门老此躯，可堪空作小人儒。**吟中景象千般有**，书外囊装一物无。润屋必能知早散，辉山应是不轻沽。短衣宁倦重修谒，谁识高阳旧酒徒。”见《全唐诗》卷六四六。

第四句集自司空图【漫题】：“无宦无名拘逸兴，有歌有酒任他乡。看看万里休征戍，**莫向新词寄断肠**。”见《全唐诗》卷六三三。

面墙：静心修养。**景象**：景色、现象、状况。

应看名利似浮萍，心会真如不读经。
世事蹉跎成白首，三生尘梦一时醒。

第一句集自谭用之【闲居寄陈山人】：“闲居何处得闲名，坐掩衡茅损性灵。破梦晓钟闻竹寺，沁心秋雨浸莎庭。岂边难负千杯绿，海上终眠万仞青。珍重先生全太古，**应看名利似浮萍**。”见《全唐诗》卷七六四。

第二句集自刘禹锡【赠日本僧智藏】：“浮杯万里过沧溟，遍礼名山适性灵。深夜降龙潭水黑，新秋放鹤野田青。身无彼我那怀土，**心会真如不读经**。为问中华学道者，几人雄猛得宁馨。”见《全唐诗》卷三五九。

第三句集自王维【老将行】：“少年十五二十时，步行夺得胡马骑。射杀中山白额虎，肯数邺下黄须儿。一身转战三千里，一剑曾当百万师。汉兵奋迅如霹雳，虏骑崩腾畏蒺藜。卫青不败由天幸，李广无功缘数奇。自从弃置便衰朽，**世事蹉跎成白首**。昔时飞箭无全目，今日垂杨生左肘。路旁时卖故侯瓜，门前学种先生柳。苍茫古木连穷巷，寥落寒山对虚牖。誓令疏勒出飞泉，不似颍川空使酒。贺兰山下阵如云，羽檄交驰日夕闻。节使三河募年少，诏书五道出将军。试拂铁衣如雪色，聊持宝剑动星文。愿得燕弓射天将，耻令越甲鸣吴军。莫嫌旧日云中守，犹堪一战取功勋。”见《全唐诗》卷一二五。

第四句集自徐夤【赠月君】：“出水莲花比性灵，**三生尘梦一时醒**。神传尊胜陀罗咒，佛授金刚般若经。懿德好书添女诫，素容堪画上银屏。鸣梭轧轧纤纤手，窗户流光织女星。”见《全唐诗》卷七〇九。

看：读平声。**真如**：佛教语。指永恒存在的实体、实性，亦即宇宙万有的本体。与实相、法界等同义。《成唯识论》卷九：“真谓真实，显非虚妄；如谓如常，表无变易。谓此真实，于一切位，常如其性，故曰真如。”**三生**：佛家所说的三世转生,即前生、今生和来生。**尘梦**：人间、俗世间的梦幻。

回首浮生

二　首

少年心在青云端，今日方知行路难。

回首浮生真幻梦，钓舟闲系夕阳滩。

第一句集自贯休【别杜将军】：“伊余本是胡为者，采蕈锄茶在穷野。偶披蓑笠事空王，于力为文拟何谢。**少年心在青云端**，知音满地皆龙鸾。遽逢天步艰难日，深藏溪谷空长叹。偶出重围遇英哲，留我江楼经岁月。身隈玉帐香满衣，梦历金盆雨和雪。东风来兮歌式微，深云道人召来归。燕辞大厦兮将何为，蒙蒙花雨兮莺飞飞，一汀杨柳同依依。”见《全唐诗》卷八二八。

第二句集自骆宾王【从军中行路难二首】:“君不见封狐雄虺自成群，冯深负固结妖氛。玉玺分兵征恶少，金坛受律动将军。将军拥旄宣庙略，战士横行静夷落。长驱一息背铜梁，直指三巴登剑阁。阁道岩峣起戍楼，剑门遥裔俯灵丘。邛关九折无平路，江水双源有急流。征役无期返，他乡岁华晚。杳杳丘陵出，苍苍林薄远。途危紫盖峰，路涩青泥坂。去去指哀牢，行行入不毛。绝壁千里险，连山四望高。中外分区宇，夷夏殊风土。交趾枕南荒，昆弥临北户。川原绕毒雾，溪谷多淫雨。行潦四时流，崩查千岁古。漂梗飞蓬不自安，扪藤引葛度危峦。昔时闻道从军乐，**今日方知行路难**。沧江绿水东流驶，炎洲丹徼南中地。南中南斗映星河，秦川秦塞阻烟波。三春边地风光少，五月泸中瘴疠多。朝驱疲斥候,夕息倦樵歌。向月弯繁弱，连星转太阿。重义轻生怀一顾，东伐西征凡几度。夜夜朝朝斑鬓新，年年岁岁戎衣故。灞城隅，滇池水，天涯望转积，地际行无已。徒觉炎凉节物非，不知关山千万里。弃置勿重陈，征行多苦辛。且悦清笳杨柳曲,讵忆芳园桃李人。绛节朱旗分白羽，丹心白刃酬明主。但令一被君王知，谁惮三边征战苦。行路难,几千端，无复归云凭短翰，空余望日想长安。”见《全唐诗》卷七七。

第三句集自徐夤【春入鲤湖】:“到来峭壁白云齐，载酒春游渡九溪。铁嶂有楼霾欲堕，石门无锁路还迷。湖头鲤去轰雷在，树杪猿啼落日低。**回首浮生真幻梦**，何如斯地傍幽栖。”见《全唐诗》卷七一〇。

第四句集自韦庄【登汉高庙闲眺】:“独寻仙境上高原，云雨深藏古帝坛。天畔晚峰青簇簇，槛前春树碧团团。参差郭外楼台小，断续风中鼓角残。一带远光何处水，**钓舟闲系夕阳滩**。”见《全唐诗》卷六九五。

不傍江烟访所思，不多饮酒懒吟诗。

不堪回首崎岖路，不觉潸然泪眼低。

第一句集自李咸用【和友人喜相遇十首】之四:“**不傍江烟访所思**，更应无处展愁眉。数杯竹阁花残酒，一局松窗日午棋。多病却疑天与便，自愚潜喜众相欺。非穷非达非高尚，冷笑行藏只独知。”见《全唐诗》卷六四六。

第二句集自白居易【杭州回舫】:“自别钱塘山水后，**不多饮酒懒吟诗**。欲将此意凭回棹，报与西湖风月知。”见《全唐诗》卷四四六。

第三句集自贯休【送罗邺赴许昌辟】:“方得论心又别离，黯然江上步迟迟。**不堪回首崎岖路**，正是寒风皴错时。美似郤超终有日，去依刘表更何疑。前程不少南飞雁，聊寄新诗慰所思。”见《全唐诗》卷八三五。

第四句集自李煜【感怀】:“又见桐花发旧枝，一楼烟雨暮凄凄。凭栏惆怅人谁会，**不觉潸然泪眼低**。”见《全唐诗》卷八。

醉伴浮生

贵贱贤愚尽往还，喧喧共在是非间。

才微分薄忧何益，醉伴浮生一片闲。

第一句集自白居易【题石山人】:“腾腾兀兀在人间，**贵贱贤愚尽往还**。膻腻筵中唯饮酒，歌钟会处独思山。存神不许三尸住，混俗无妨两鬓斑。除却余杭白太守，何人更解爱君闲。”见《全唐诗》卷四四六。

第二句集自皎然【戏题二首】之二:“**喧喧共在是非间**，终日谁知我自闲。偶客狂歌何所为，欲于人事强相关。”见《全唐诗》卷八二〇。

第三句集自杜牧【题白云楼】:“西北楼开四望通，残霞成绮月悬弓。江村夜涨浮天水，泽国秋生动地风。高下绿苗千顷尽，新陈红粟万箱空。**才微分薄忧何益**，却欲回心学塞翁。”见《全唐诗》卷五二六。

第四句集自司空图【重阳山居】:“此身逃难入乡关，八度重阳在旧山。篱菊乱来成烂熳，家僮常得解登攀。年随历日三分尽，**醉伴浮生一片闲**。满目秋光还似镜，殷勤为我照衰颜。”见《全唐诗》卷八八五。

往还：交游、交往。**喧喧**：形容声音喧闹、扰攘纷杂。

壬辰清明忆黄木森故友

风光烟火清明日，愁听黄莺唤友声。

一度相思一惆怅，山阳笛里写难成。

第一句集自白居易【清明日登老君阁望洛城，赠韩道士】：“**风光烟火清明日**，歌哭悲欢城市间。何事不随东洛水，谁家又葬北邙山。中桥车马长无已，下渡舟航亦不闲。冢墓累累人扰扰，辽东怅望鹤飞还。”见《全唐诗》卷四五六。

第二句集自无名氏【凤凰台怪和歌四首】之二：“**愁听黄莺唤友声**，空闺曙色梦初成。窗间总有花笺纸，难寄妾心字字明。”见《全唐诗》卷八六七。

第三句集自谭用之【赠索处士】：“不将桂子种诸天，长得寻君水石边。玄豹夜寒和雾隐，骊龙春暖抱珠眠。山中宰相陶弘景，洞里真人葛稚川。**一度相思一惆怅**，水寒烟澹落花前。”见《全唐诗》卷七六四。

第四句集自司空曙【残莺百啭歌同王员外耿拾遗吉中孚李端游慈恩各赋一物】：“残莺一何怨，百啭相寻续。始辨下将高，稍分长复促。绵蛮巧状语，机节终如曲。野客赏应迟，幽僧闻讵足。禅斋深树夏阴清，零落空余三两声。金谷筝中传不似，**山阳笛里写难成**。忆昨乱啼无远近，晴宫晓色偏相引。送暖初随柳色来，辞芳暗逐花枝尽。歌残莺，歌残莺，悠然万感生。谢脁羁怀方一听，何郎闲吟本多情。乃知众鸟非俦比，暮噪晨鸣倦人耳。共爱奇音那可亲，年年出谷待新春。此时断绝为君惜，明日玄蝉催发白。”见《全唐诗》卷二九三。

山阳笛：晋·向秀经山阳旧居，听到邻人吹笛，不禁追念亡友嵇康、吕安，因作《思旧赋》。后因以“山阳笛”为怀念故友的典实。

原渡头村支部书记黄木森，为家乡渡头村做了很多事，特别是1971年在极其困难的条件下，带领村民克服重重困难，修建成漓江五塔连滩水轮泵站，至今仍发挥效益。不幸于2011年7月因病去世，村人未告知，未能灵前祭奠。谨集此诗怀之。

悼燿山兄

老来朋友半凋伤，可便彭殇有短长。

惆怅恨君先我去，泉台杳隔路茫茫。

第一句集自昙域【怀齐己】："鬓髯秋景两苍苍，静对茅斋一炷香。病后身心俱澹泊，**老来朋友半凋伤**。峨眉山色侵云直，巫峡滩声入夜长。犹喜深交有支遁，时时音信到松房。"见《全唐诗》卷八四九。

第二句集自吴融【过邓城县作】："不用登临足感伤，古来今往尽茫茫。未知尧桀谁臧否，**可便彭殇有短长**。楚垒万重多故事，汉波千叠更残阳。到头一切皆身外，只觉关身是醉乡。"见《全唐诗》卷六八六。

第三句集自刘长卿【闻虞沔州有替，将归上都，登汉东城寄赠】："淮南摇落客心悲，涢水悠悠怨别离。早雁初辞旧关塞，秋风先入古城池。腰章建隼皇恩赐，露冕临人白发垂。**惆怅恨君先我去**，汉阳耆老忆旌麾。"见《全唐诗》卷一五一。

第四句集自戴叔伦【哭朱放】："几年湖海挹余芳，岂料兰摧一夜霜。人世空传名耿耿，**泉台杳隔路茫茫**。碧窗月落琴声断，华表云深鹤梦长。最是不堪回首处，九泉烟冷树苍苍。"见《全唐诗》卷二七三。

可便：便，就。可，助词，无义，又指岂能。另为戏曲衬字，无义。**彭殇**：犹言寿夭。彭，彭祖，指高寿；殇，未成年而死。**泉台**：墓穴。指阴间。**杳隔**：遥远阻隔。

堂兄燿山不幸于2014年4月3日因病辞世。笔者与燿山兄情深，悲痛之余，集唐人句悼之。

解　嘲

莫夸恬淡胜荣禄，肯学扬雄赋解嘲。

举世都为名利醉，古今能有几人抛。

第一句集自李昭象【题顾正字溪居】:“高敞吟轩近钓湾，尘中来似出人间。若教明月休生桂，应得危时共掩关。春酒夜棋难放客，短篱疏竹不遮山。**莫夸恬淡胜荣禄**，雁引行高未许闲。”见《全唐诗》卷六八九。

第二句集自牟融【题赵支】:“林间曲径掩衡茅，绕屋青青翡翠梢。一枕秋声鸾舞月，半窗云影鹤归巢。曾闻贾谊陈奇策，**肯学扬雄赋解嘲**。我有清风高节在，知君不负岁寒交。”见《全唐诗》卷四六七。

第三句集自韩湘【答从叔愈】:“**举世都为名利醉**，伊予独向道中醒。他时定是飞升去，冲破秋空一点青。”见《全唐诗》卷八六〇。

第四句集自廖匡图【和人赠沈彬】:“冥鸿迹在烟霞上，燕雀休夸大厦巢。名利最为浮世重，**古今能有几人抛**。逼真但使心无著，混俗何妨手强抄。深喜卜居连岳色，水边竹下得论交。”见《全唐诗》卷七四〇。

恬淡：指人的性格恬静、淡泊。多用以指不热衷于名利。**荣禄**：谓功名利禄。**扬雄赋解嘲**：西汉后期著名学者，哲学家、文学家、语言学家扬雄在《解嘲》这首咏志抒怀之哲理赋中，通过感叹贪富贵将致丧身危族、积财名将致祸怨缠绕，并以典故强调自己独执《太玄》以荡然肆志。

自　宽

空劳万卷是无端，余亦何人不自宽？

长拟醺酣遗世事，种千茎竹作渔竿。

第一句集自齐己【读《阴符经》】:“绕窗风竹骨轻安，闲借阴符仰卧看。绝利一源真有谓，**空劳万卷是无端**。清虚可保升云易，嗜欲终知入圣难。三要洞开何用闭，高台时去凭栏干。”见《全唐诗》卷八四五。

第二句集自鲍溶【始见二毛】:“玄发迎忧光色阑，衰华因镜强相看。百川赴海返潮易，一叶报秋归树难。初弄藕丝牵欲断，又惊机素翦仍残。颜生岂是光阴晚，**余亦何人不自宽**。”见《全唐诗》卷四八六。

第三句集自韩偓【寄友人】:“伤时惜别心交加，支颐一向千咨嗟。旷野风吹寒食月，广庭烟著黄昏花。**长拟醺酣遗世事**，若为局促问生涯。夫君亦是多情者，几处将愁殢酒家。”见《全唐诗》卷六八一。

第四句集自杜荀鹤【戏赠渔家】:“见君生计羡君闲，求食求衣有底难。养一箔蚕供钓线，**种千茎竹作渔竿**。葫芦杓酌春浓酒，舴艋舟流夜涨滩。却笑侬家最辛苦，听蝉鞭马入长安。”见《全唐诗》卷六九二。

空劳：徒劳；白费。**无端**：没来由，没道理，无缘无故。**遗**：遗忘，忘却。**世事**：世上的事，尘俗之事，或社交应酬、人情世故。**醺酣**：酣醉的样子。唐·杜牧《郡斋独酌》诗：“醺酣更唱太平曲，仁圣天子寿无疆。”也指天气温暖困人。宋·黄庭坚《诉衷情》词：“雨晴风暖烟淡，天气正醺酣。”

春　愁

旧时心事已徒然，避世垂纶不记年。

早晚休歌白石烂，春愁黯黯独成眠。

第一句集自高适【送杨山人归嵩阳】:“不到嵩阳动十年，**旧时心事已徒然**。一二故人不复见，三十六峰犹眼前。夷门二月柳条色，流莺数声泪沾臆。凿井耕田不我招，知君以此忘帝力。山人好去嵩阳路，惟余眷眷长相忆。”见《全唐诗》卷二一三。

第二句集自李珣【渔父歌三首】之二：“**避世垂纶不记年**，官高争得似君闲。倾白酒，对青山，笑指柴门待月还。”见《全唐诗》卷七六〇。

第三句集自谭用之【感怀呈所知】：“十年流落赋归鸿，谁傍昏衢驾烛龙。竹屋乱烟思梓泽，酒家疏雨梦临邛。千年别恨调琴懒，一片年光览镜慵。**早晚休歌白石烂**，放教归去卧群峰。”见《全唐诗》卷七六四。

第四句集自韦应物【寄李儋、元锡】：“去年花里逢君别，今日花开已一年。世事茫茫难自料，**春愁黯黯独成眠**。身多疾病思田里，邑有流亡愧俸钱。闻道欲来相问讯，西楼望月几回圆。”见《全唐诗》卷一八八。

心事：志向、志趣。**徒然**：犹枉然。白白地，不起作用。**白石烂**：春秋时卫人宁戚于齐国东门外，待桓公出，扣牛角而歌：“南山矸，白石烂，生不遭尧与舜禅。”公召与语，说（悦）之，以为大夫。后遂用作寒士自求为世所用的典故。

失　落

满头白发对青山，世路升沉合自安。

寂寞无人还独语，不如眠去梦中看。

第一句集自伍唐珪【山中卧病寄卢郎中】：“十年耕钓水云间，任僻家贫少往还。一径绿苔凝晓露，**满头白发对青山**。野僧采药来医病，樵客携觞为解颜。空恋旧时恩奖地，无因匍匐出柴关。”见《全唐诗》卷七二七。

第二句集自吴融【自讽】：“**世路升沉合自安**，故人何必苦相干。涂穷始解东归去，莫过严光七里滩。”见《全唐诗》卷二六〇。

第三句集自顾敻【酒泉子】之七：“黛怨红羞，掩映画堂春欲暮。残花微雨隔青楼，思悠悠。芳菲时节看将度，**寂寞无人还独语**。画罗襦，香粉污，不胜愁。”见《全唐诗》卷八九四。

第四句集自徐安贞【闻邻家理筝】:“北斗横天夜欲阑，愁人倚月思无端。忽闻画阁秦筝逸，知是邻家赵女弹。曲成虚忆青蛾敛，调急遥怜玉指寒。银锁重关听未辟，**不如眠去梦中看**。”（“看”读平声kān。）见《全唐诗》卷一二四。

回心学钓翁

忙少闲多谁与同，茫茫万事坐成空。

平生意气消磨尽，却欲回心学钓翁。

第一句集自白居易【新昌闲居，招杨郎中兄弟】:“纱巾角枕病眠翁，**忙少闲多谁与同**。但有双松当砌下，更无一事到心中。金章紫绶堪如梦，皂盖朱轮别似空。暑月贫家何所有，客来唯赠北窗风。”见《全唐诗》卷四四八。

第二句集自白居易【风雨晚泊】:“苦竹林边芦苇丛，停舟一望思无穷。青苔扑地连春雨，白浪掀天尽日风。忽忽百年行欲半，**茫茫万事坐成空**。此生飘荡何时定，一缕鸿毛天地中。”见《全唐诗》卷四四〇。

第三句集自罗隐【秋日酬张特玄】:“病寄南徐两度秋，故人依约亦扬州。偶因雁足思闲事，拟棹孤舟访旧游。风急几闻江上笛，月高谁共酒家楼。**平生意气消磨尽**，甘露轩前看水流。”见《全唐诗》卷六五七。

第四句集自许浑【汉水伤稼】:“西北楼开四望通，残霞成绮月悬弓。江村夜涨浮天水，泽国秋生动地风。高下绿苗千顷尽，新陈红粟万廒空。才微分薄忧何益，**却欲回心学钓翁**。”见《全唐诗》卷五三五。

意气：志向与气概。**回心**：改变心意，改变主意。

思　鲈

自嫌野性共人疏，事事颠狂老渐无。

进退是非俱是梦，西风张翰苦思鲈。

第一句集自李端【忆友怀野寺旧居】：“**自嫌野性共人疏**，忆向西林更结庐。寄谢山阴许都讲，昨来频得远公书。”见《全唐诗》卷二八六。

第二句集自元稹【赠崔元儒】：“殷勤夏口阮元瑜，二十年前旧饮徒。最爱轻欺杏园客，也曾辜负酒家胡。些些风景闲犹在，**事事颠狂老渐无**。今日头盘三两掷，翠娥潜笑白髭须。”见《全唐诗》卷四一四。

第三句集自白居易【杨六尚书频寄新诗诗中多有思闲相就之志…报而谕之】：“君年殊未及悬车，未合将闲逐老夫。身健正宜金印绶，位高方称白髭须。若论尘事何由了，但问云心自在无。**进退是非俱是梦**，丘中阙下亦何殊。”见《全唐诗》卷四五八。

第四句集自彦谦【蟹】：“……岸头沽得泥封酒，细嚼频斟弗停手。**西风张翰苦思鲈**，如斯丰味能知否？物之可爱尤可憎，尝闻取刺于青蝇。无肠公子固称美，弗使当道禁横行。”见《全唐诗》卷六七一。

西风张翰：西风，指秋风。张翰，西晋文学家，吴郡吴县（今江苏苏州）人。为人落拓不羁，有才名。一日见秋风起，想到故乡吴郡用莼菜做的莼羹以及鲈鱼脍味极佳，便弃官还乡。白居易【端居咏怀】有“贾生俟罪心相似，张翰思归事不如。斜日早知惊鹏鸟，秋风悔不忆鲈鱼。……”可作参考。

秋思怀乡

旅怀秋兴正无涯，堪笑时人问我家。

吟寄短篇追往事，几行衰泪落烟霞。

第一句集自李九龄【登昭福寺楼】：“**旅怀秋兴正无涯**，独倚危楼四望赊。谷变陵迁何处问，满川空有旧烟霞。”见《全唐诗》卷七三〇。

第二句集自吕岩【七言】之十二：“**堪笑时人问我家**，杖担云物惹烟霞。眉藏火电非他说，手种金莲不自夸。三尺焦桐为活计，一壶美酒是生涯。骑龙远出游三岛，夜久无人玩月华。”见《全唐诗》卷八五七。

第三句集自翁承赞【文明殿受册封闽王】：“龙墀班听漏声长，竹帛昭勋扑御香。鸣佩洞庭辞帝主，登车故里册闽王。一千年改江山瑞，十万军蒙雨露光。**吟寄短篇追往事**，留文功业不寻常。”见《全唐诗》卷七〇三。

第四句集自韩愈【游西林寺题萧二兄郎中旧堂】：“中郎有女能传业，伯道无儿可保家。偶到匡山曾住处，**几行衰泪落烟霞**。”见《全唐诗》卷三四四。

烟霞：本指烟雾云霞，泛指山水山林，也指红尘俗世。

归　梦

白首还家有几人，我生长日自因循。

只寻隐迹归何处，楚外千峰入梦频。

第一句集自刘长卿【疲兵篇】：“骄虏乘秋下蓟门，阴山日夕烟尘昏。三军疲马力已尽，百战残兵功未论。阵云泱漭屯塞北，羽书纷纷来不息。孤城望处增断肠，折剑看时可沾臆。元戎日夕且歌舞，不念关山久辛苦。自矜倚剑气凌云，却笑闻笳泪如雨。万里飘飖空此身，十年征战老胡尘。赤心报国无片赏，**白首还家有几人**。朔风萧萧动枯草，旌旗猎猎榆关道。汉月何曾照客心，胡笳只解催人老。军前仍欲破重围，闺里犹应愁未归。小妇十年啼夜织，行人九月忆寒衣。饮马滹河晚更清，行吹羌笛远归营。只恨汉家多苦战，徒遗金镞满长城。”见《全唐诗》卷一五一。

第二句集自张祜【招徐宗偃画松石】："咫尺云山便出尘，**我生长日自因循**。凭君画取江南胜，留向东斋伴老身。因循。桂攀明月曾观国，蓬转西风却问津。匹马东归羡知己，燕王台上结交新。"见《全唐诗》卷五一一。

第三句集自张蠙【逢道者】："纵意出山无远近，还如孤鹤在空虚。昔年亲种树皆老，此世相逢人自疏。野叶细苞深洞药，岩萝闲束古仙书。**只寻隐迹归何处**，方说烟霞不定居。"见《全唐诗》卷七〇二。

第四句集自李建勋【和致仕沈郎中】："欲谋休退尚因循，且向东溪种白苹。谬应星辰居四辅，终期冠褐作闲人。城中隔日趋朝懒，**楚外千峰入梦频**。残照晚庭沈醉醒，静吟斜倚老松身。"见《全唐诗》卷七三九。

因循：道家谓顺应自然。**楚外千峰**：楚地即湖南、湖北一带。楚外指楚地以外即湖南以南的地域。楚外千峰借指笔者家乡漓江两岸群峰。

归　心

张翰思归事不如，此心争肯为鲈鱼。

谁听宁戚敲牛角，终向烟霞作野夫。

第一句集自白居易【端居咏怀】："贾生俟罪心相似，**张翰思归事不如**。斜日早知惊鹏鸟，秋风悔不忆鲈鱼。胸襟曾贮匡时策，怀袖犹残谏猎书。从此万缘都摆落，欲携妻子买山居。"见《全唐诗》卷四三九。

第二句集自罗隐【新安投所知】："少年容易舍樵渔，曾辱明公荐子虚。汉殿夜寒时不食，宋都风急命何疏。云埋野艇吟归去，草没山田赋遂初。长剑一寻歌一奏，**此心争肯为鲈鱼**。"见《全唐诗》卷六五八。

第三句集自李咸用【秋日送严湘侍御归京】："蟾影珪圆湖始波，楚人相别恨偏多。知君有路升霄汉，独我无由出薜萝。虽道危时难进取，到逢清世又如何。**谁听宁戚敲牛角，**月落星稀一曲歌。”见《全唐诗》卷六四六。

第四句集自黄滔【严陵钓台】：“**终向烟霞作野夫**，一竿竹不换簪裾。直钩犹逐熊罴起，独是先生真钓鱼。”见《全唐诗》卷七〇六。

张翰：西晋文学家，一日见秋风起，想到故乡吴郡用莼菜做的莼羹以及鲈鱼脍味极佳，便弃官还乡。**争**：怎么，如何（多见于诗、词、曲）：如争不、争知、争奈。**宁戚**：春秋时卫人。宁戚在齐国东门外喂牛，待桓公出，扣牛角而唱饭牛歌。后遂用作寒士自求为世所用的典故。**烟霞**：泛指山水、山林。**野夫**：草野之人，农夫，也指隐者。

乡　思

二　首

乡思遥闻一曲歌，我心唯只与天和。

病添庄舄吟声苦，白首无尘归去么？

第一句集自徐铉【和钟郎中送朱先辈还京垂寄】：“分司洗马无人问，辞客殷勤辍棹歌。苍藓满庭行径小，高梧临槛雨声多。春愁尽付千杯酒，**乡思遥闻一曲歌**。且共胜游消永日，西冈风物近如何。”见《全唐诗》卷七五二。

第二句集自姚岩杰【报颜标】：“为报颜公识我么，**我心唯只与天和**。眼前俗物关情少，醉后青山入意多。田子莫嫌弹铗恨，宁生休唱饭牛歌。圣朝若为苍生计，也合公车到薜萝。”见《全唐诗》卷六六七。

第三句集自白居易【酬梦得贫居咏怀见赠】：“岁阴生计两蹉跎，相顾悠悠醉且歌。厨冷难留乌止屋，门闲可与雀张罗。**病添庄舄吟声苦**，贫欠韩康药债多。日望挥金贺新命，俸钱依旧又如何。”见《全唐诗》卷四五八。

第四句集自刘兼【登郡楼书怀】:“烟雨楼台渐晦冥,锦江澄碧浪花平。卞和未雪荆山耻,庄舄空伤越国情。天际寂寥无雁下,云端依约有僧行。登高欲继离骚咏,魂断愁深写不成。边郡荒凉悲且歌,故园迢递隔烟波。琴声背俗终如是,剑气冲星又若何。朝客渐通书信少,钓舟频引梦魂多。北山更有移文者,**白首无尘归去么**。莫嗔阮氏哭途穷,万代深沉恨亦同。瑞玉岂知将抵鹊,铅刀何事却屠龙。九夷欲适嗟吾道,五柳终归效古风。独倚郡楼无限意,满江烟雨正冥蒙。”见《全唐诗》卷七六六。

天和:指自然和顺之理,天地之和气。**庄舄**:《史记·张仪列传》:越人庄舄仕楚犹越声。后人用“舄吟”、“庄舄吟”等喻思乡恋土。**无尘**:不着尘埃,常表示超尘脱俗。

几生愁绪溺风光,独上江楼望故乡。
笔拙纸穷情未尽,只思归去泛沧浪。

第一句集自韩偓【即目二首】之一:“万古离怀憎物色,**几生愁绪溺风光**。废城沃土肥春草,野渡空船荡夕阳。倚道向人多脉脉,为情因酒易伥伥。宦途弃掷须甘分,回避红尘是所长。”见《全唐诗》卷六八〇。

第二句集自刘兼【江楼望乡寄内】:“**独上江楼望故乡**,泪襟霜笛共凄凉。云生陇首秋虽早,月在天心夜已长。魂梦只能随蛱蝶,烟波无计学鸳鸯。蜀笺都有三千幅,总写离情寄孟光。”见《全唐诗》卷七六六。

第三句集自徐铉【亚元舍人不替深知猥贻佳作三篇清绝不敢轻酬因为长歌聊以为报未竟复得子乔校书示问故兼寄陈君庶资一笑耳】:“海陵城里春正月,海畔朝阳照残雪。城中有客独登楼,遥望天边白银阙。白银阙下何英英,雕鞍绣毂趋承明。阊门晓辟旌旗影,玉墀风细佩环声。此处追飞皆俊彦,当年何事容疵贱。怀铅昼坐紫微宫,焚香夜直明光殿。王言简静官司闲,朋好殷勤多往还。新亭风景如东洛,邙岭林泉似北山。光阴暗度杯盂里,职业未妨谈笑间。有时邀宾复携妓,造门不问都非是。酣歌叫笑惊四邻,赋笔纵横动千字。任他银箭转更筹,不怕金吾司夜吏。可怜诸贵贤且才,时情物望两无猜。伊余独禀狂狷性，褊量多言仍薄命。吞舟可漏岂无恩，负乘自贻非不幸。一朝削迹为迁客，旦暮青云千里隔。离鸿别雁各分飞，折柳攀花两无色。卢龙渡口问迷津，瓜步山前送暮春。白沙江上曾行路，青林花落何纷纷。汉皇昔幸回中道，极目牛羊卧芳草。旧宅重游尽隙荒，故人相见多衰老。禅智寺，山光桥，风瑟瑟兮雨萧萧。行杯已醒残梦断，征途未极离魂消。海陵郡中陶太守，相逢本是随行旧。乍申拜起已开眉，却问辛勤还执手。精庐水榭最清幽，一税征车聊驻留。闭门思过谢来客，知恩省分宽离忧。郡斋胜境有后池，山亭菌阁互参差。有时虚左来相召，举白飞觞任所为。多才太守能挝鼓，醉送金船间歌舞。酒酣耳热眼生花，暂似京华欢会处。归来旅馆还端居，清风朗月夜窗虚。骎骎流景岁云暮，天涯望断故人书。春来凭槛方叹息，仰头忽见南来翼。足系红笺堕我前，引颈长鸣如有言。开缄试读相思字，乃是多情乔亚元。短韵三篇皆丽绝，小梅寄意情偏切。金兰投分一何坚，银钩置袖终难灭。醉后狂言何足奇，感君知己不相遗。长卿曾作美人赋，玄成今有责躬诗。报章欲托还京信，**笔拙纸穷情未尽**。珍重芸香陈子乔，亦解贻书远相问。宁须买药疗羁愁，只恨无书消鄙吝。游处当时靡不同，欢娱今日两成空。天子尚应怜贾谊，时人未要嘲扬雄。曲终笔阁缄封已，翩翩驿骑行尘起。寄向中朝谢故人，为说相思意如此。”见《全唐诗》卷七五三。

第四句集自李咸用【旅馆秋夕】：“牢落生涯在水乡，**只思归去泛沧浪**。秋风萤影随高柳，夜雨蛩声上短墙。百岁易为成荏苒，丹霄谁肯借梯航。若教名路无知己，匹马尘中是自忙。”见《全唐诗》卷六四六。

思　归
三　首

退休后有回家乡渡头村度余生之念，至癸巳年终如愿。此前五年间，遭种种障碍，几无望，感慨多多，先后集诗数首，这里录三首。

旅人情味悔思量，春到他乡忆故乡。

野鹤不归应有怨，酒兵无计敌愁肠。

第一句集自唐彦谦【寄蒋二十四】:“鸟啭蜂飞日渐长，**旅人情味悔思量**。禅门澹薄无心地，世事生疏欲面墙。二月云烟迷柳色，九衢风土带花香。大知高士禁愁寂，试倚阑干莫断肠。”见《全唐诗》卷六七二。

第二句集自王建【武陵春日】:“寻春何事却悲凉，**春到他乡忆故乡**。秦女洞桃欹涧碧，楚王堤柳舞烟黄。波涛入梦家山远，名利关身客路长。不似冥心叩尘寂，玉编金轴有仙方。”见《全唐诗》卷三〇〇。

第三句集自吴融【和陆拾遗题谏院松】:“落落孤松何处寻，月华西畔结根深。晓含仙掌三清露，晚上宫墙百雉阴。**野鹤不归应有怨**，白云高去太无心。碧岩秋涧休相望，捧日元须在禁林。”见《全唐诗》卷六八四。

第四句集自唐彦谦【无题十首】之八:“忆别悠悠岁月长，**酒兵无计敌愁肠**。柔丝漫折长亭柳，绾得同心欲寄将。”见《全唐诗》卷六七一。

旅人：旅行在途、奔走在外的人，又指众人，庶民百姓。**情味**：犹情趣。又指情谊。**野鹤**：鹤居林野，性孤高，常喻隐士。此喻退休后闲居在家乡外的人。**酒兵**：《南史·陈暄传》：“江咨议有言：‘酒犹兵也，兵可千日而不用，不可一日而不备。酒可千日而不饮，不可一饮而不醉。’”江咨议认为酒能消愁，就像兵能克敌一样。

到头积善成何事，犹自如今有怨声。

家在碧江归不得，白云无路水无情。

第一句集自李咸用【悼范摅处士】:“家在五云溪畔住，身游巫峡作闲人。安车未至柴关外，片玉已藏坟土新。虽有公卿闻姓字，惜无知己脱风尘。**到头积善成何事**，天地茫茫秋又春。”见《全唐诗》卷六四六。

第二句集自常建【吴故宫】:“越女歌长君且听，芙蓉香满水边城。岂知一日终非主，**犹自如今有怨声**。”见《全唐诗》卷一四四。

第三句集自罗隐【临川投穆中丞】:“试将生计问蓬根，心委寒灰首戴盆。翅弱未知三岛路，舌顽虚掉五侯门。啸烟白狖沈高木，捣月清砧触旅魂。**家在碧江归不得**，十年鱼艇长苔痕。”见《全唐诗》卷六五八。

第四句集自许浑【乘月棹舟送大历寺灵聪上人不及】：“万峰秋尽百泉清，旧锁禅扉在赤城。枫浦客来烟未散，竹窗僧去月犹明。杯浮野渡鱼龙远，锡响空山虎豹惊。一字不留何足讶，**白云无路水无情**。”见《全唐诗》卷五三四。

2004年，见渡头小学操场破败，引来美国朋友赞助3万余元建好操场，竟有渡头小学某教师冷言冷语，说笔者“回村里出风头”。

梦牵情役几时休？饮酒酒能散羁愁。
白首思归归不得，麦城王粲谩登楼。

第一句集自顾敻【浣溪沙】之八：“露白蟾明又到秋，佳期幽会两悠悠，**梦牵情役几时休**。记得泥人微敛黛，无言斜倚小书楼。暗思前事不胜愁。”见《全唐诗》卷八九四。

第二句集自戎昱【相和歌辞·苦辛行】：“且莫奏短歌，听余苦辛词：如今刀笔士，不及屠酤儿。少年无事学诗赋，岂意文章复相误。东西南北少知音，终年竟岁悲行路。仰面诉天天不闻，低头告地地不言。天地生我尚如此，陌上他人何足论。谁谓西江深，涉之固无忧；谁谓南山高，可以登之游。险巇惟有世间路，一向令人堪白头。贵人立意不可测，等闲桃李成荆棘。风尘之士深可亲，心如鸡犬能依人。悲来却忆汉天子，不弃相如家旧贫。**饮酒酒能散羁愁**，谁家有酒判一醉，万事从他江水流。”见《全唐诗》卷二〇。

第三句集自郎士元【郢城秋】：“**白首思归归不得**，空山闻雁雁声哀。高城落日望西北，又见秋风逐水来。”见《全唐诗》卷二四八。

第四句集自罗隐【春日投钱塘元帅尚父二首】之二：“征东幕府十三州，敢望非才忝上游。官秩已叨吴品职，姓名兼显鲁春秋。盐车顾后声方重，火井窥来焰始浮。一句黄河千载事，**麦城王粲谩登楼**。”见《全唐诗》卷六六一。

梦：思归之梦。**情**：思乡之情。**役**：役使，驱使。**羁愁**：客居在外的人的愁思。**王粲**：见《雨后登碧莲峰》“仲宣”注。**谩**：莫，不要。

效古风

尽日愁吟谁与同，浮生何处问穷通。

世缘俗念消除尽，五柳终归效古风。

第一句集自杨乘【吴中书事】：“十万人家天堑东，管弦台榭满春风。名归范蠡五湖上，国破西施一笑中。香径自生兰叶小，响廊深映月华空。尊前多暇但怀古，**尽日愁吟谁与同**。”见《全唐诗》卷五一七。

第二句集自翁洮【夏】：“触目皆因长养功，**浮生何处问穷通**。柳长北阙丝千缕，云簇南山火万笼。大野烟尘飘赫日，高楼帘幕逗熏风。身心已在喧阗处，惟羡沧浪把钓翁。”见《全唐诗》卷六六七。

第三句集自白居易【老病幽独，偶吟所怀】：“眼渐昏昏耳渐聋，满头霜雪半身风。已将身出浮云外，犹寄形于逆旅中。觞咏罢来宾阁闭，笙歌散后妓房空。**世缘俗念消除尽**，别是人间清净翁。”见《全唐诗》卷四五八。

第四句集自刘兼【登郡楼书怀】：“烟雨楼台渐晦冥，锦江澄碧浪花平。卞和未雪荆山耻，庄舄空伤越国情。天际寂寥无雁下，云端依约有僧行。登高欲继离骚咏，魂断愁深写不成。边郡荒凉悲且歌，故园迢递隔烟波。琴声背俗终如是，剑气冲星又若何。朝客渐通书信少，钓舟频引梦魂多。北山更有移文者，白首无尘归去么。莫嗔阮氏哭途穷，万代深沉恨亦同。瑞玉岂知将抵鹊，铅刀何事却屠龙。九夷欲适嗟吾道，**五柳终归效古风**。独倚郡楼无限意，满江烟雨正冥蒙。”见《全唐诗》卷七六六。

穷通：困厄与显达，也指阻隔与通畅。**五柳**：晋·陶潜（渊明）的别号。陶潜曾作《五柳先生传》以自况，文中云：“宅边有五柳树，因以为号焉。”泛指隐居者。

归　来

年老曾言隐故乡，迟回且住亦何妨。

归来又好乘凉钓，一岸野风莲萼香。

第一句集自司空曙【题暕上人院】：“闭门不出自焚香，拥褐看山岁月长。雨后绿苔生石井，秋来黄叶遍绳床。身闲何处无真性，**年老曾言隐故乡**。更说本师同学在，几时携手见衡阳。”见《全唐诗》卷二九二。

第二句集自白居易【池上逐凉二首】之二：“荣枯忧喜与彭殇，都是人间戏一场。虫臂鼠肝犹不怪，鸡肤鹤发复何伤。昨因风发甘长往，今遇阳和又小康。还似远行装束了，**迟回且住亦何妨**。”见《全唐诗》卷四五八。

第三句集自陆龟蒙【药名离合夏日即事三首】之二：“避暑最须从朴野，葛巾筠席更相当。**归来又好乘凉钓**，藤蔓阴阴著雨香。”见《全唐诗》卷六三〇。

第四句集自韦庄【秋日早行】：“上马萧萧襟袖凉，路穿禾黍绕宫墙。半山残月露华冷，**一岸野风莲萼香**。烟外驿楼红隐隐，渚边云树暗苍苍。行人自是心如火，兔走乌飞不觉长。”见《全唐诗》卷六九五。

归故乡

头白时清返故乡，从人笑道老颠狂。

归来能作烟波伴，放旷优游兴味长。

第一句集自张乔【河湟旧卒】：“少年随将讨河湟，**头白时清返故乡**。十万汉军零落尽，独吹边曲向残阳。”见《全唐诗》卷六三九。

第二句集自白居易【二月五日花下作】：“二月五日花如雪，五十二人头似霜。闻有酒时须笑乐，不关身事莫思量。羲和趁日沉西海，鬼伯驱人葬北邙。只有且来花下醉，**从人笑道老颠狂**。”见《全唐诗》卷四四三。

第三句集自韦庄【赠云阳裴明府】：“南北三年一解携，海为深谷岸为蹊。已闻陈胜心降汉，谁为田横国号齐。暴客至今犹战鹤，故人何处尚驱鸡。**归来能作烟波伴**，我有鱼舟在五溪。”见《全唐诗》卷六九六。

第四句集自李中【思九江旧居三首】之二：“门前烟水似潇湘，**放旷优游兴味长**。虚阁静眠听远浪，扁舟闲上泛残阳。鹤翘碧藓庭除冷，竹引清风枕簟凉。犬吠疏篱明月上，邻翁携酒到茅堂。”见《全唐诗》卷七四七。

从人：任从、听凭他人。**烟波**：烟雾苍茫的水面，指避世隐居的江湖。**放旷**：豪放旷达，不拘礼俗。**优游**：悠闲自得、从容不迫地游玩。（2013年9月19日癸巳中秋日）

闲　居

香炉峰下结茅庐，度日闲眠世事疏。

对酒长歌莫长叹，浩然元气乐樵渔。

第一句集自张蠙【赠江都郑明府】：“他人岂是称才术，才术须观力有余。兵乱几年临剧邑，公清终日似闲居。床头怪石神仙画，箧里华笺将相书。更欲栖踪近彭泽，**香炉峰下结茅庐**。”见《全唐诗》卷七〇二。

第二句集自武元衡【春暮郊居寄朱舍人】：“幽深不让子真居，**度日闲眠世事疏**。春水满池新雨霁，香风入户落花余。目随鸿雁穷苍翠，心寄溪云任卷舒。回首知音青琐闼，何时一为荐相如。”见《全唐诗》卷三一七。

第三句集自王翰【古蛾眉怨】：“君不见宜春苑中九华殿，飞阁连连直如发。白日全含朱鸟窗，流云半入苍龙阙。宫中彩女夜无事，学凤吹箫弄清越。珠帘北卷待凉风，绣户南开向明月。忽闻天子忆蛾眉，宝凤衔花揲两螭。传声走马开金屋，夹路鸣环上玉墀。长乐彤庭宴华寝，三千美人曳花锦。灯前含笑更罗衣，帐里承恩荐瑶枕。不意君心半路回，求仙别作望仙台。琳琅禁闼遥相忆，紫翠岩房昼不开。欲向人间种桃实，先从海底觅蓬莱。蓬莱可求不可上，孤舟缥缈知何往。黄金作盘铜作茎，青天白露掌中擎。王母嫣然感君意，云车羽旆欲相迎。飞廉观前空怨慕，少君何事须相误。一朝埋没茂陵田，贱妾蛾眉不重顾。宫车晚出向南山，仙卫逶迤去不还。朝晡泣对麒麟树，树下苍苔日渐斑。人生百年夜将半，**对酒长歌莫长叹**。情知白日不可私，一死一生何足算。”见《全唐诗》卷一五六。

第四句集自刘沧【题桃源处士山居留寄】:“白云深处葺茅庐，退隐衡门与俗疏。一洞晓烟留水上，满庭春露落花初。闲看竹屿吟新月，特酌山醪读古书。穷达尽为身外事，**浩然元气乐樵渔**。”见《全唐诗》卷五八六。

香炉峰：老家渡头村后偏西有香炉峰。**元气**：指人的精神、精气。《后汉书·赵咨传》:“夫亡者，元气去体，贞魂游散，反素复始，归于无端。”**樵渔**：打柴和捕鱼。宋·苏轼《唐陆鲁望砚铭》:“甘杞菊，老樵渔。”

渡头闲居

万仞连峰积翠新，故园高枕度三春。

看花独往寻诗客，爱此云山奉养真。

第一句集自秦韬玉【仙掌】:“**万仞连峰积翠新**，灵踪依旧印轮巡。何如捧日安皇道，莫把回山示世人。已擘峻流穿太岳，长扶王气拥强秦。为余势负天工背，索取风云际会身。”见《全唐诗》卷六七〇。

第二句集自王维【故人张諲工诗善易卜兼能丹青草隶顷以诗见赠聊获酬之】:“不逐城东游侠儿，隐囊纱帽坐弹棋。蜀中夫子时开卦，洛下书生解咏诗。药阑花径衡门里，时复据梧聊隐几。屏风误点惑孙郎，团扇草书轻内史。**故园高枕度三春**，永日垂帷绝四邻。自想蔡邕今已老，更将书籍与何人。”见《全唐诗》卷一二五。

第三句集自刘商【上崔十五老丈】：“天汉乘槎可问津，寂寥深景到无因。**看花独往寻诗客**，不为经时谒丈人。”见《全唐诗》卷三〇四。

第四句集自韩翃【又题张逸人园林】：“藏头不复见时人，**爱此云山奉养真**。露色点衣孤屿晓，花枝妨帽小园春。时携幼稚诸峰上，闲濯眉须一水滨。兴罢归来还对酌，茅檐挂著紫荷巾。”见《全唐诗》卷二四五。

渡头闲居感怀

清世谁能便陆沈，强居此境绝知音。

古今人事惟堪醉，始觉从前错用心。

第一句集自罗邺【落第书怀寄友人】：“**清世谁能便陆沈**，相逢休作忆山吟。若教仙桂在平地，更有何人肯苦心。去国汉妃还似玉，亡家石氏岂无金。且安怀抱莫惆怅，瑶瑟调高尊酒深。”见《全唐诗》卷六五四。

第二句集自吕岩【七言】之二十四：“**强居此境绝知音**，野景虽多不合吟。诗句若喧卿相口，姓名还动帝王心。道袍薜带应慵挂，隐帽皮冠尚懒簪。除此更无余个事，一壶村酒一张琴。”见《全唐诗》卷八五七。

第三句集自徐夤【骄侈】：“骄侈阽危俭素牢，镜中形影岂能逃。石家恃富身还灭，颜子非贫道不遭。蝙蝠亦能知日月，鸾凤那肯啄腥臊。**古今人事惟堪醉**，好脱霜裘换绿醪。”见《全唐诗》卷七〇八。

第四句集自吕岩【参黄龙机悟后呈偈】：“弃却瓢囊摵碎琴，如今不恋□中金。自从一见黄龙后，**始觉从前错用心**。”见《全唐诗》卷八五八。

清世：太平时代。《吕氏春秋·序意》：“盖闻古之清世，是法天地。”**陆沈**：亦作“陆沉”。陆地无水而沉，比喻隐居，也比喻埋没，不为人知。此指“愚昧迂执，不合时宜”之意。汉·王充《论衡·谢短》：“夫知古不知今，谓之陆沉，然则儒生，所谓陆沉者也。”

还乡任野情

渐觉此生都是梦，不堪憔悴更无成。

小年尝读桃源记，因得还乡任野情。

第一句集自元稹【酬乐天书后三韵】：“今日庐峰霞绕寺，昔时鸾殿凤回书。两封相去八年后，一种俱云五夜初。**渐觉此生都是梦**，不能将泪滴双鱼。”见《全唐诗》卷四一五。

第二句集自顾非熊【长安清明言怀】：“明时帝里遇清明，还逐游人出禁城。九陌芳菲莺自啭，万家车马雨初晴。客中下第逢今日，愁里看花厌此生。春色来年谁是主，**不堪憔悴更无成**。”见《全唐诗》卷五〇九。

第三句集自权德舆【桃源篇】：“**小年尝读桃源记**，忽睹良工施绘事。岩径初欣缭绕通，溪风转觉芬芳异。一路鲜云杂彩霞，渔舟远远逐桃花。渐入空蒙迷鸟道，宁知掩映有人家。庞眉秀骨争迎客，凿井耕田人世隔。不知汉代有衣冠，犹说秦家变阡陌。石髓云英甘且香，仙翁留饭出青囊。相逢自是松乔侣，良会应殊刘阮郎。内子闲吟倚瑶瑟，玩此沈沈销永日。忽闻丽曲金玉声，便使老夫思阁笔。”见《全唐诗》卷三二九。

第四句集自张籍【送杨少尹赴满城】：“官为本府当身荣，**因得还乡任野情**。自废田园今作主，每逢耆老不呼名。旧游寺里僧应识，新别桥边树已成。公事况闲诗更好，将随相逐上山行。”见《全唐诗》卷三八五。

小年：少年、幼年。唐·元稹《连昌宫词》：“宫边老人为余泣，小年选进因曾入。”**桃源记**：指晋·陶潜所作《桃花源记》，后人皆用“桃花源”指避世隐居的地方，亦指理想的境地。

乡居有感

池塘竹树绕吾庐，自笑家贫客到疏。

回首青山独不语，莫疑张翰恋鲈鱼。

第一句集自白居易【履道西门二首】之一：“履道西门有弊居，**池塘竹树绕吾庐**。豪华肥壮虽无分，饱暖安闲即有余。行灶朝香炊早饭，小园春暖掇新蔬。夷齐黄绮夸芝蕨，比我盘飧恐不如。”见《全唐诗》卷四五九。

第二句集自施肩吾【山中得刘秀才京书】：“**自笑家贫客到疏**，满庭烟草不能锄。今朝谁料三千里，忽得刘京一纸书。”见《全唐诗》卷四九四。

第三句集自李嘉佑【晚发咸阳，寄同院遗补】：“征战初休草又衰，咸阳晚眺泪堪垂。去路全无千里客，秋田不见五陵儿。秦家故事随流水，汉代高坟对石碑。**回首青山独流速**，羡君谈笑万年枝。”见《全唐诗》卷二〇七。

第四句集自韩偓【闲居】：“厌闻趋竞喜闲居，自种芜菁亦自锄。麋鹿跳梁忧触拨，鹰鹯搏击恐粗疏。拙谋却为多循理，所短深惭尽信书。刀尺不亏绳墨在，**莫疑张翰恋鲈鱼**。”见《全唐诗》卷六八一。

张翰恋鲈鱼：张翰西晋文学家，吴郡吴县（今江苏苏州）人。为人落拓不羁，有才名。一日见秋风起，想到故乡吴郡用莼菜做的莼羹以及鲈鱼脍味极佳，便弃官还乡。

深　居

自爱深居隐姓名，登山临水咏诗行。

如今暗与心相约，只向烟萝寄此生。

第一句集自武元衡【南徐别业早春有怀】:“生涯扰扰竟何成，**自爱深居隐姓名**。远雁临空翻夕照，残云带雨过春城。花枝入户犹含润，泉水侵阶乍有声。虚度年华不相见，离肠怀土并关情。”见《全唐诗》卷三一七。

第二句集自白居易【龙门下作】:“龙门涧下濯尘缨，拟作闲人过此生。筋力不将诸处用，**登山临水咏诗行**。”见《全唐诗》卷四四八。

第三句集自高骈【写怀二首】之二:“花满西园月满池，笙歌摇曳画船移。**如今暗与心相约**，不动征旗动酒旗。”见《全唐诗》卷五九八。

第四句集自胡骈【经费拾遗旧隐】:“林下茅斋已半倾，九华幽径少人行。不将冠剑为荣事，**只向烟萝寄此生**。松竹渐荒池上色，琴书徒立世间名。白杨风起秋山暮，时复哀猿啼一声。”见《全唐诗》卷七一九。

深居:幽居，不跟外界接触。**烟萝**:草树茂密、烟聚萝缠的地方，借指幽居或修真之处。

我　家

岂知人世有荣华，明月清风是我家。

吟水咏山心未已，逸妻相共老烟霞。

第一句集自杜荀鹤【蚕妇】:“粉色全无饥色加，**岂知人世有荣华**。年年道我蚕辛苦，底事浑身着苎麻。”见《全唐诗》卷六九三。

第二句集自寒山【 诗三百三首】之一九七:“世间何事最堪嗟，尽是三途造罪楂。不学白云岩下客，一条寒衲是生涯。秋到任他林落叶，春来从你树开花。三界横眠闲无事，**明月清风是我家**。”见《全唐诗》卷八〇六。

第三句集自罗邺【溪上春望】:“无端溪上看兰桡，又是东风断柳条。双鬓多于愁里镊，四时须向酬中销。行人骏马嘶香陌，独我残阳倚野桥。**吟水咏山心未已**，可能终不胜渔樵。”见《全唐诗》卷六五四。

第四句集自秦系【山中奉寄钱起员外兼简苗发员外】:“空山岁计是胡麻，穷海无梁泛一槎。稚子唯能觅梨栗，**逸妻相共老烟霞**。高吟丽句惊巢鹤，闲闭春风看落花。借问省中何水部，今人几个属诗家。”见《全唐诗》卷二六〇。

逸妻：指有隐居之志的妻子。**烟霞**：本指烟雾云霞，泛指山水山林。

修心养身

剪竹诛茆就水滨，一瓢长醉任家贫。

世间万事非吾事，只种心田养此身。

第一句集自徐夤【新葺茆堂】:“**剪竹诛茆就水滨**，静中还得保天真。只闻神鬼害盈满，不见古今争贱贫。树影便为廊庑屋，草香权当绮罗茵。阶前一片泓澄水，借与汀禽活紫鳞。耨水耕山息故林，壮图嘉话负前心。素丝鬓上分愁色，络纬床头和苦吟。笔研不才当付火，方书多诳罢烧金。同年二十八君子，游楚游秦断好音。”见《全唐诗》卷七〇九。

第二句集自刘商【醉后】:“春草秋风老此身，**一瓢长醉任家贫**。醒来还爱浮萍草，漂寄官河不属人。”见《全唐诗》卷二〇四。

第三句集自司空图【山中】:“凡鸟爱喧人静处，闲云似妒月明时。**世间万事非吾事**，只愧秋来未有诗。”见《全唐诗》卷六三三。

第四句集自吕岩【绝句】之八：“不负三光不负人，不欺神道不欺贫。有人问我修行法，**只种心田养此身**。”见《全唐诗》卷八五八。

诛茆：亦作“诛茅”，芟除茅草。引申为结庐安居。**种心田**：即修养心性。

渡头农民文学社十周年五塔连滩聚会

十年人咏好诗章，满手琼瑶更有光。

闲颂国风文字古，竹林因得奉壶觞。

第一句集自张籍【送李余及第后归蜀】：“**十年人咏好诗章**，今日成名出举场。归去唯将新诰牒，后来争取旧衣裳。山桥晓上芭蕉暗，水店晴看芋草黄。乡里亲情相见日，一时携酒贺高堂。”见《全唐诗》卷三八五。

第二句集自韦渠牟【览外生卢纶诗，因以示此】：“卫玠清谈性最强，明时独拜正员郎。关心珠玉曾无价，**满手琼瑶更有光**。谋略久参花府盛，才名常带粉闱香。终期内殿联诗句，共汝朝天会柏梁。”见《全唐诗》卷三一四。

第三句集自谭用之【贻净居寺新及第】：“秋池云下白莲香，池上吟仙寄竹房。**闲颂国风文字古**，静消心火梦魂凉。三春蓬岛花无限，八月银河路更长。此境空门不曾有，从头好语与医王。”见《全唐诗》卷七六四。

第四句集自卢纶【酬赵少尹戏示诸侄元阳等因以见赠】：“八龙三虎俨成行，琼树花开鹤翼张。且请同观舞鸲鹆，何须竟哂食槟榔。归时每爱怀朱橘，戏处常闻佩紫囊。谬入阮家逢庆乐，**竹林因得奉壶觞**。”见《全唐诗》卷二七七。

琼瑶：即美玉。比喻美好的诗文。**竹林**：渡头农民文学社十周年庆典在于漓江边五塔连滩竹林下举行。另，“竹林”又是“竹林七贤”的省称，借指渡头农民文学社诸诗友与众来宾。

竹枝词

二　首

花间谁咏采莲曲，对影闻声已可怜。

十口系心抛不得，船头折藕丝暗牵。

第一句集自韦皋【天池晚棹】:“雨霁天池生意足，**花间谁咏采莲曲**。舟浮十里芰荷香，歌发一声山水绿。春暖鱼抛水面纶，晚晴鹭立波心玉。扣舷归载月黄昏，直至更深不假烛。”见《全唐诗》卷三一四。

第二句集自李商隐【碧城三首】之二:“**对影闻声已可怜**，玉池荷叶正田田。不逢萧史休回首，莫见洪崖又拍肩。紫凤放娇衔楚佩，赤鳞狂舞拨湘弦。鄂君怅望舟中夜，绣被焚香独自眠。”见《全唐诗》卷五三九。

第三句集自李群玉【金塘路中】:“山连楚越复吴秦，蓬梗何年是住身。黄叶黄花古城路，秋风秋雨别家人。冰霜想度商于冻，桂玉愁居帝里贫。**十口系心抛不得**，每回回首即长颦。”见《全唐诗》卷五六九。

第四句集自温庭筠【张静婉采莲歌】:“兰膏坠发红玉春，燕钗拖颈抛盘云。城边杨柳向娇晚，门前沟水波粼粼。麒麟公子朝天客，珂马珰珰度春陌。掌中无力舞衣轻，剪断鲛绡破春碧。抱月飘烟一尺腰，麝脐龙髓怜娇娆，秋罗拂水碎光动，露重花多香不销。鸂鶒交交塘水满，绿芒如粟莲茎短。一夜西风送雨来，粉痕零落愁红浅。**船头折藕丝暗牵**，藕根莲子相留连。郎心似月月未缺，十五十六清光圆。”见《全唐诗》卷五七五。

采莲曲：乐府清商曲名。本于“江南可采莲，莲叶何田田”的《江南曲》。南朝·梁武帝《江南弄》七曲，《采莲曲》为其一。**可怜**：古诗词里多为“可爱”之意。**十口系心**：即“思”字。丝：“思”字谐音。

暂凭杯酒长精神，半醉归途数问人。

我未成名君未嫁，藕丝作线难胜针。

第一句集自刘禹锡【酬乐天扬州初逢席上见赠】:“巴山楚水凄凉地，二十三年弃置身。怀旧空吟闻笛赋，到乡翻似烂柯人。沉舟侧畔千帆过，病树前头万木春。今日听君歌一曲，**暂凭杯酒长精神**。”见《全唐诗》卷三六〇。

第二句集自张谔【九日】:“秋来林下不知春，一种佳游事也均。绛叶从朝飞着夜，黄花开日未成旬。将曛陌树频惊鸟，**半醉归途数问人**。城远登高并九日，茱萸凡作几年新。”见《全唐诗》卷一一〇。

第三句集自罗隐【偶题】：“钟陵醉别十余春，重见云英掌上身。**我未成名君未嫁**，可能俱是不如人。”见《全唐诗》卷六六二。

第四句集自温庭筠【相和歌辞·懊恼曲】：“**藕丝作线难胜针**，蕊粉染黄那得深。玉白兰芳不相顾，倡楼一笑轻千金。莫言自古皆如此，健剑刜钟铅绕指。三秋庭绿尽迎霜，惟有荷花守红死。西江小吏朱斑轮，柳缕吐芽香玉春。两股金钗已相许，不令独作空城尘。悠悠楚水流如马，恨紫愁红满平野。野土千年怨不平，至今烧作鸳鸯瓦。”见《全唐诗》卷二一。

此集句诗是以笔者年轻时听村里人唱的这首山歌的立意集成的：

几杯三花喝下肚，壮胆回村请媒人。
我没成家她没嫁，牛索当线难为针。

清　怀

清怀寻寂寞，诗兴自依依。

淡泊生真趣，徘徊恋钓矶。

身闲偏好古，年长渐知非。

疏懒吾成性，蹉跎心事违。

第一句集自吴少微【和崔侍御日用游开化寺阁】：“左宪多才雄，故人尤鸷鹗。护赠单于使，休轺太原郭。馆次厌烦歊，**清怀寻寂寞**。西缘十里余，北上开化阁。初入云树间，冥蒙未昭廓。渐出栏槐外，万里秋景焯。岁晏风落山，天寒水归壑。览物颂幽景，三乘动玄钥。但敷利解言，永用忘昏著。”见《全唐诗》卷九四。

第二句集自耿湋【会凤翔张少尹南亭】:“远过张正见，**诗兴自依依**。西府军城暮，南庭吏事稀。草檐宜日过，花圃任烟归。更料重关外，群僚候启扉。”见《全唐诗》卷八二。

第三句集自郑谷【华山】:“峭仞耸巍巍，晴岚染近畿。孤高不可状，图写尽应非。绝顶神仙会，半空鸾鹤归。云台分远霭，树谷隐斜晖。坠石连村响，狂雷发庙威。气中寒渭阔，影外白楼微。云对莲花落，泉横露掌飞。乳悬危磴滑，樵彻上方稀。**淡泊生真趣**，逍遥息世机。野花明涧路，春藓涩松围。远洞时闻磬，群僧昼掩扉。他年洗尘骨，香火愿相依。”见《全唐诗》卷六七五。

第四句集自李德裕【思平泉树石杂咏一十首·白鹭鸶】:“余心怜白鹭，潭上日相依。拂石疑星落，凌风似雪飞。碧沙常独立，清景自忘归。所乐惟烟水，**徘徊恋钓矶**。”见《全唐诗》卷四七五。

第五句集自李山甫【酬刘书记一二知己见寄】:“见说金台客，相逢只论诗。坐来残暑退，吟许野僧知。自喜幽栖僻，唯惭道义亏。**身闲偏好古**，句冷不求奇。晦迹全无累，安贫自得宜。同人终念我，莲社有归期。”见《全唐诗》卷六四三。

第六句集自李山甫【题李员外厅】:“石砌蛩吟响，草堂人语稀。道孤思绝唱，**年长渐知非**。名利终成患，烟霞亦可依。高丘松盖古，闲地药苗肥。猿鸟啼嘉景，牛羊傍晚晖。幽栖还自得，清啸坐忘机。爱彼人深处，白云相伴归。”见《全唐诗》卷六四三。

第七句集自严维【送舍弟】:“**疏懒吾成性**，才华尔自强。早称眉最白，何事绶仍黄。时暑嗟于迈，家贫念聚粮。只应宵梦里，诗兴属池塘。”见《全唐诗》卷二六三。

第八句集自崔湜【襄阳早秋寄岑侍郎】:“江城秋气早，旭旦坐南闱。落叶惊衰鬓，清霜换旅衣。时来矜早达，事往觉前非。体道徒推理，防身终昧微。故人金华省，肃穆秉天机。谁念江汉广，**蹉跎心事违**。”见《全唐诗》卷五四。

清怀：清高的胸怀。**淡泊**：恬淡，不追名逐利。**蹉跎**：虚度光阴。

江滨静夜思

满目水悠悠，了将身世浮。

影摇波里月，羞对镜中秋。

惆怅令人老，踌躇感岁流。

静思长惨切，强喜亦如愁。

第一句集自司空曙【秋夜忆兴善院寄苗发】：“右军多住寺，此夜后池秋。自与山僧伴，那因洛客愁。卷帘霜蔼蔼，**满目水悠悠**。若有诗相赠，期君忆惠休。”见《全唐诗》卷二九二。

第二句集自韦应物【答崔主簿问，兼简温上人】：“缘情生众累，晚悟依道流。诸境一已寂，**了将身世浮**。闲居澹无味，忽复四时周。靡靡芳草积，稍稍新篁抽。即此抱余素，块然诚寡俦。自适一忻意，愧蒙君子忧。”见《全唐诗》卷一九〇。

第三句集自邓陟【珠还合浦】：“至宝含冲粹，清虚映浦湾。素辉明荡漾，圆彩色玢琀。昔逐诸侯去，今随太守还。**影摇波里月**，光动水中山。鱼目徒相比，骊龙乍可攀。愿将车饰用，长得耀君颜。”见《全唐诗》卷七八〇。

第四句集自牟融【客中作】：“十年江汉客，几度帝京游。迹比风前叶，身如水上鸥。醉吟愁里月，**羞对镜中秋**。怅望频回首，西风忆故丘。”见《全唐诗》卷四六七。

第五句集自张说【代书答姜七崔九】：“婀娜金闺树，离披野田草。虽殊两地荣，幸共三春好。花殊鸟飞处，叶镂虫行道。真心独感人，**惆怅令人老**。”见《全唐诗》卷八六。

第六句集自黄滔【河南府试秋夕闻新雁】：“湘南飞去日，蓟北乍惊秋。叫出陇云夜，闻为客子愁。一声初触梦，半白已侵头。旅馆移欹枕，江城起倚楼。余灯依古壁，片月下沧洲。寂听良宵彻，**踌躇感岁流**。”见《全唐诗》卷七〇六。

第七句集自杜牧【朱坡】：“下杜乡园古，泉声绕舍啼。**静思长惨切**，薄宦与乖暌。北阙千门外，南山午谷西。倚川红叶岭，连寺绿杨堤。迥野翘霜鹤，澄潭舞锦鸡。涛惊堆万岫，舸急转千溪。眉点萱牙嫩，风条柳幄迷。岸藤梢虺尾，沙渚印麑蹄。火燎湘桃坞，波光碧绣畦。日痕絙翠巘，陂影堕晴霓。蜗壁斓斑藓，银筵豆蔻泥。洞云生片段，苔径缭高低。偃蹇松公老，森严竹阵齐。小莲娃欲语，幽笋稚相携。汉馆留余趾，周台接故蹊。蟠蛟冈隐隐，班雉草萋萋。树老萝纡组，岩深石启闺。侵窗紫桂茂，拂面翠禽栖。有计冠终挂，无才笔谩提。自尘何太甚，休笑触藩羝。”见《全唐诗》卷五二一。

第八句集自许棠【投徐端公】:“无谋寻旧友，**强喜亦如愁**。丹桂阻丹恳，白衣成白头。穷吴迷钓业，大汉事贫游。霄汉期提引，龙钟未拟休。”见《全唐诗》卷六〇三。

了liǎo：清楚，明晰。**身世**：指人生的经历、遭遇。**浮**：这里指浮想、浮现、回忆。**秋**：喻容颜衰老。陆游《诉衷情》:“胡未灭,鬓先秋。”**惨切**：悲惨凄切。

思　乡

相思南渡头，心曲且悠悠。

高岸朝霞合，空江暮霭收。

烟林繁橘柚，软草被汀洲。

礼乐沿今古，闲诗任笔酬。

第一句集自刘长卿【重过宣峰寺山房，寄灵一上人】:“西陵潮信满，岛屿入中流。越客依风水，**相思南渡头**。寒光生极浦，暮雪映沧洲。何事扬帆去，空惊海上鸥。”见《全唐诗》卷一四八。

第二句集自张九龄【高斋闲望言怀】:“高斋复晴景，延眺属清秋。风物动归思，烟林生远愁。纷吾自穷海，薄宦此中州。取路无高足，随波适下流。岁华空冉冉，**心曲且悠悠**。坐惜芳时歇，胡然久滞留。”见《全唐诗》卷四九。

第三句集自刘禹锡【武陵书怀五十韵】:“西汉开支郡，南朝号戚藩。四封当列宿，百雉俯清沅。**高岸朝霞合**，惊湍激箭奔。积阴春暗度，将霁雾先昏。俗尚东皇祀，谣传义帝冤。桃花迷隐迹，楝叶慰忠魂。户算资渔猎，乡豪恃子孙。照山畬火动，踏月俚歌喧。拥楫舟为市，连甍竹覆轩。披沙金粟见，拾羽翠翘翻。茗折苍溪秀，苹生枉渚暄。禽惊格磔起，鱼戏噞喁繁。沉约台榭故，李衡墟落存。湘灵悲鼓瑟，泉客泣酬恩。露变蒹葭浦，星悬橘柚村。虎咆空野震，鼍作满川浑。邻里皆迁客，儿童习左言。炎天无冽井，霜月见芳荪。清白家传远，诗书志所敦。列科叨甲乙，从宦出丘樊。结友心多契，驰声气尚吞。士安曾重赋，元礼许登门。草檄嫖姚幕，巡兵戊己屯。筑台先自隗，送客独留髡。遂结王畿绶，来观衢室樽。鸢飞入鹰隼，鱼目俪玙璠。晓烛罗驰道，朝阳辟帝阍。王正会夷夏，月朔盛旗幡。独立当瑶阙，传呵步紫垣。按章清犴狱，视祭洁苹蘩。御历昌期远，传家宝祚蕃。繇文光夏启，神教畀轩辕。内禅因天性，雄图授化元。继明悬日月，出震统乾坤。大孝三朝备，洪恩九族惇。百川宗渤澥，五岳辅昆仑。何幸逢休运，微班识至尊。校缗资筦榷，复土奉山园。一失贵人意，徒闻太学论。直庐辞锦帐，远守愧朱幡。巢幕方犹燕，抢榆尚笑鲲。邅回过荆楚，流落感凉温。旅望花无色，愁心醉不惛。春江千里草，暮雨一声猿。问卜安冥数，看方理病源。带赊衣改制，尘涩剑成痕。三秀悲中散，二毛伤虎贲。来忧御魑魅，归愿牧鸡豚。就日秦京远，临风楚奏烦。南登无灞岸，旦夕上高原。”见《全唐诗》卷三六二。

第四句集自权德舆【晚】：“古树夕阳尽，**空江暮霭收**。寂寞扣船坐，独生千里愁。”见《全唐诗》卷三二五。

第五句集自武元衡【送吴侍御司马赴台州】：“卢耽佐郡遥，川陆共迢迢。风景轻吴会，文章变越谣。**烟林繁橘柚**，云海浩波潮。余有灵山梦，前君到石桥。”见《全唐诗》卷三一六。

第六句集自顾况【大茅岭东新居忆亡子从真】：“谷鸟犹呼儿，山人夕沾襟。怀哉隔生死，怅矣徒登临。东门忧不入，西河遇亦深。古来失中道，偶向经中寻。大象无停轮，倏忽成古今。其夭非不幸，炼形由太阴。凡欲攀云阶，譬如火铸金。虚室留旧札，洞房掩闲琴。泉源登方诸，上有空青林。仿佛通寤寐，萧寥邈微音。**软草被汀洲**，鲜云略浮沉。赪景宣叠丽，绀波响飘淋。石窟含云巢，迢迢耿南岑。悲恨自兹断，情尘讵能侵。真静一时变，坐起唯从心。”见《全唐诗》卷二六四。

第七句集自李隆基【集贤书院成，送张说上集贤学士，赐宴得珍字】：“广学开书院，崇儒引席珍。集贤招衮职，论道命台臣。**礼乐沿今古**，文章革旧新。献酬尊俎列，宾主位班陈。节变云初夏，时移气尚春。所希光史册，千载仰兹晨。”见《全唐诗》卷三。

第八句集自姚合【闲居遣怀十首】之九："生计甘寥落，高名愧自由。惯无身外事，不信世间愁。好酒盈杯酌，**闲诗任笔酬**。凉风从入户，云水更宜秋。"见《全唐诗》卷四九八。

心曲：内心深处，犹心绪，也指心事。

《漓水流韵》序

故乡临桂水，流韵溢山川。

爱此多诗兴，幽情得古篇。

第一句集自张九龄【旅宿淮阳亭口号】："日暮荒亭上，悠悠旅思多。**故乡临桂水**，今夜渺星河。暗草霜华发，空亭雁影过。兴来谁与晤，劳者自为歌。"见《全唐诗》卷四八。

第二句集自元稹【献荥阳公诗五十韵】："……西蜀凌云赋，东阳咏月篇。劲芰鳌足断，精贯虱心穿。浩汗神弥王，鹞飏兴欲仙。冰壶通皓雪，绮树眇晴烟。驱驾雷霆走，铺陈锦绣鲜。清机登突奥，**流韵溢山川**。……"见《全唐诗》卷四〇七。

第三句集自戎昱【题严氏竹亭】："子陵栖遁处，堪系野人心。溪水浸山影，岚烟向竹阴。忘机看白日，留客醉瑶琴。**爱此多诗兴**，归来步步吟。"见《全唐诗》卷二七〇。

第四句集自石殷士【日华川上动】："曙霞攒旭日，浮景弄晴川。晃曜层潭上，悠扬极浦前。岸高时拥媚，波远渐澄鲜。萍实空随浪，珠胎不照渊。早暄依曲渚，微动触轻涟。孰假咸池望，**幽情得古篇**。"见《全唐诗》卷七七九。

桂水：即漓江，又名漓水。**流韵**：诗文等表现出的风格韵味。南朝·梁·刘勰《文心雕龙·时序》："应傅三张之徒，孙挚成公之属，并结藻清英，流韵绮靡。"

创作《漓水流韵》有感

二 首

高咏古人篇，劳生只自怜。

把玩情何极，寄傲遍林泉。

第一句集自韦应物【善福精舍秋夜迟诸君】:“广庭独闲步，夜色方湛然。丹阁已排云，皓月更高悬。繁露降秋节，苍林郁芊芊。仰观天气凉，**高咏古人篇**。抚己亮无庸，结交赖群贤。属予翘思时，方子中夜眠。相去隔城阙，佳期屡徂迁。如何日夕待，见月三四圆。”见《全唐诗》卷一九二。

第二句集自钱珝【江行无题一百首】之九十一：“一湾斜照水，三版顺风船。未敢相邀钓，**劳生只自怜**。”见《全唐诗》卷七一二。

第三句集自钱起【酬长孙绎蓝溪寄杏】:“爱君蓝水上，种杏近成田。拂径清阴合，临流彩实悬。清香和宿雨，佳色出晴烟。懿此倾筐赠，想知怀橘年。芳馨来满袖，琼玖愿酬篇。**把玩情何极**,云林若眼前。”见《全唐诗》卷二三八。

第四句集自皮日休【七爱诗·白太傅】:“吾爱白乐天，逸才生自然。谁谓辞翰器，乃是经纶贤。欻从浮艳诗，作得典诰篇。立身百行足，为文六艺全。清望逸内署，直声惊谏垣。所刺必有思，所临必可传。忘形任诗酒，**寄傲遍林泉**。所望标文柄，所希持化权。何期遇訾毁，中道多左迁。天下皆汲汲，乐天独怡然。天下皆闷闷，乐天独舍旃。高吟辞两掖，清啸罢三川。处世似孤鹤，遗荣同脱蝉。仕若不得志，可为龟镜焉。”见《全唐诗》卷六〇八。

劳生：语出《庄子·大宗师》:“夫大块载我以形，劳我以生，佚我以老，息我以死。”后以“劳生”指辛苦劳累的生活。**自怜**：自伤，自我怜惜。汉·王褒《九怀·通路》:“阴忧兮感余，惆怅兮自怜。”**把玩**：握在或置在手中赏玩。**何极**：用反问的语气表示没有穷尽、终极。此句指笔者反复阅读《全唐诗》和摘录诗句。**寄傲**：寄托旷放高傲的情怀。晋·陶潜《归去来兮辞》:“倚南窗以寄傲，审容膝之易安。”**林泉**：山林与泉石，借指漓江风光。

物外诗情远，冥心便是禅。

以兹山水癖，感物遂成篇。

第一句集自姚合【答李频秀才】："一年离九陌，壁上挂朝袍。**物外诗情远**，人间酒味高。思归知病长，失寝觉神劳。衰老无多思，因君把笔毫。"见《全唐诗》卷五〇一。

第二句集自许浑【游果昼二僧院】："何必老林泉，**冥心便是禅**。讲时开院去，斋后下帘眠。镜朗灯分焰，香销印绝烟。真乘不可到，云尽月明天。"见《全唐诗》卷五三一。

第三句集自崔日知【奉酬韦祭酒偶游龙门北溪忽怀骊山别业因以言志示弟淑奉呈诸大撩之作】："夙龄秉微尚，中年忽有邻。**以兹山水癖**，遂得狎通人。迨我咸京道，闻君别业新。岩前窥石镜，河畔踏芳茵。既怜伊浦绿，复忆灞池春。连词谢家子，同欢冀野宾。趣闲鱼共乐，情洽鸟来驯。讵念昔游者，只命独留秦。萧条颍阳恋，冲漠汉阴真。无由陪胜躅，空此玩书筠。"见《全唐诗》卷九一。

第四句集自吕温【奉和武中丞秋日台中寄怀简诸僚友】："圣朝思纪律，宪府得中贤。指顾风行地，仪形月丽天。不仁恒自远，为政复何先。虚室唯生白，闲情却草玄。迎霜红叶早，过雨碧苔鲜。鱼乐翻秋水，乌声隔暮烟。旧游多绝席，**感物遂成篇**。更许穷荒谷，追歌白雪前。"见《全唐诗》卷三七〇。

物外：世外，谓超脱于尘世之外，借指置身于美如仙境的漓江山水之中。**冥心**：泯灭俗念使心境宁静，又指潜心苦思，专心致志。**禅**：佛教指静思，如"坐禅"。

漓水幽情

桂水步秋浪，幽情谁与同。

恬然无所欲，虚白在胸中。

第一句集自刘禹锡【和窦中丞晚入容江作】："汉郡三十六，郁林东南遥。人伦选清臣，天外颁诏条。**桂水步秋浪**，火山凌雾朝。分圻辨风物，入境闻讴谣。莎岸见长亭，烟林隔丽谯。日落舟益驶，川平旗自飘。珠浦远明灭，金沙晴动摇。一吟道中作，离思悬层霄。"见《全唐诗》卷三六三。

第二句集自白居易【卧小斋】："朝起视事毕，晏坐饱食终。散步长廊下，卧退小斋中。拙政自多暇，**幽情谁与同**。孰云二千石，心如田野翁。"见《全唐诗》卷四三四。

第三句集自权德舆【数名诗】："一区扬雄宅，**恬然无所欲**。二顷季子田，岁晏常自足。三端固为累，事物反徽束。四体苟不勤，安得丰菽粟。五侯诚暐晔，荣甚或为辱。六翮未骞翔，虞罗乃相触。七人称作者，杳杳有遐躅。八桂挺奇姿，森森照初旭。九歌伤泽畔，怨思徒刺促。十翼有格言，幽贞谢浮俗。"见《全唐诗》卷三二七。

第四句集自白居易【病中诗十五首·初病风】："六十八衰翁，乘衰百疾攻。朽株难免蠹，空穴易来风。肘痹宜生柳，头旋剧转蓬。恬然不动处，**虚白在胸中**。"见《全唐诗》卷四五八。

桂水：即漓江，又称漓水。**虚白**：出自《庄子·人间世》："虚室生白，吉祥止止。"指心中纯净无欲。

壬辰端午再读《楚辞·渔父》
二首

憔悴异灵均，我行已水滨。

身从渔父笑，此意复谁怜。

第一句集自钱起【江行无题一百首】之二○："**憔悴异灵均**，非谗作逐臣。如逢渔父问，未是独醒人。"见《全唐诗》卷二三九。

第二句集自杜甫【北征】："……或红如丹砂，或黑如点漆。雨露之所濡，甘苦齐结实。缅思桃源内，益叹身世拙。坡陀望鄜畤，岩谷互出没。**我行已水滨**，我仆犹木末。鸱鸟鸣黄桑，野鼠拱乱穴。夜深经战场，寒月照白骨。潼关百万师，往者散何卒。遂令半秦民，残害为异物。况我堕胡尘，及归尽华发。经年至茅屋，妻子衣百结。恸哭松声回，悲泉共幽咽。……”见《全唐诗》卷二一七。

第三句集自白居易【九日醉吟】:“有恨头还白，无情菊自黄。一为州司马，三见岁重阳。剑匣尘埃满，笼禽日月长。**身从渔父笑**，门任雀罗张。问疾因留客，听吟偶置觞。叹时论倚伏，怀旧数存亡。奈老应无计，治愁或有方。无过学王绩，唯以醉为乡。”见《全唐诗》卷四四〇。

第四句集自李中【书情寄诗友】:“默默谁知我，裴回野水边。诗情长若旧，吾事更无先。芳草人稀地，残阳雁过天。静思吟友外，**此意复谁怜**。”见《全唐诗》卷七四八。

憔悴：艰难窘迫，忧愁烦恼。**异**：不同。**灵均**：即屈原。

我亦滞江滨，空山寄此身。

如逢渔父问，不笑独醒人。

第一句集自杜甫【寄薛三郎中】:“人生无贤愚，飘飖若埃尘。自非得神仙，谁免危其身。与子俱白头，役役常苦辛。虽为尚书郎，不及村野人。村野人，其乐难具陈。蔼蔼桑麻交，公侯为等伦。天未厌戎马，我辈本常贫。子尚客荆州，**我亦滞江滨**。峡中一卧病，疟疠终冬春。春复加肺气，此病盖有因。早岁与苏郑，痛饮情相亲。二公化为土，嗜酒不失真。余今委修短，岂得恨命屯。闻子心甚壮，所过信席珍。上马不用扶，每扶必怒嗔。赋诗宾客间，挥洒动八垠。乃知盖代手，才力老益神。青草洞庭湖，东浮沧海漘。君山可避暑，况足采白苹。子岂无扁舟，往复江汉津。我未下瞿塘，空念禹功勤。听说松门峡，吐药揽衣巾。高秋却束带，鼓枻视青旻。凤池日澄碧，济济多士新。余病不能起，健者勿逡巡。上有明哲君，下有行化臣。”见《全唐诗》卷二二二。

第二句集自刘长卿【酬滁州李十六使君见赠】:“满镜悲华发，**空山寄此身**。白云家自有，黄卷业长贫。懒任垂竿老，狂因酿黍春。桃花迷圣代，桂树狎幽人。幢盖方临郡，柴荆忝作邻。但愁千骑至，石路却生尘。”见《全唐诗》卷一四八。

第三句集自钱起【江行无题一百首】之二〇：“憔悴异灵均，非谗作逐臣。**如逢渔父问**，未是独醒人。”见《全唐诗》卷二三九。

第四句集自王贞白【书陶潜醉石】：“片石陶真性，非为麴糵昏。争如累月醉，**不笑独醒人**。积叠莓苔色，交加薜荔根。至今重九日，犹待白衣魂。”见《全唐诗》卷八八五。

独醒：《楚辞·渔父》：“屈原曰：‘举世皆浊我独清，众人皆醉我独醒，是以见放。’”

读《陶渊明集》

陶令本家贫，居然厌俗尘。

数峰聊在目，高鸟自为邻。

第一句集自李嘉佑【送崔侍御入朝】：“十年犹执宪，万里独归春。旧国逢芳草，青云见故人。潘郎今发白，**陶令本家贫**。相送临京口，停桡泪满巾。”见《全唐诗》卷二〇六。

第二句集自 李隆基【王屋山送道士司马承祯还天台】：“紫府求贤士，清溪祖逸人。江湖与城阙，异迹且殊伦。间有幽栖者，**居然厌俗尘**。林泉先得性，芝桂欲调神。地道逾稽岭，天台接海滨。音徽从此间，万古一芳春。”见《全唐诗》卷三。

第三句集自武元衡【甫构西亭偶题因呈监军及幕中诸公】：“瀛海无因泛，昆丘岂易寻。**数峰聊在目**，一境暂清心。悦彼松柏性，爱兹桃李阴。列芳凭有土，丛干聚成林。信矣子牟恋，归欤尼父吟。暗香兰露滴，空翠蕙楼深。负鼎位尝忝，荷戈年屡侵。百城烦鞅掌，九仞喜岖嵚。巴汉溯沿楫，岷峨千万岑。恩偏不敢去，范蠡畏熔金。”见《全唐诗》卷三一七。

第四句集自吴融【云】:“南北东西似客身，**远峰高鸟自为邻**。清歌一曲犹能住，莫道无心胜得人。”见《全唐诗》卷六八五。

俗尘：世俗人的踪迹。比喻世俗的偏见。

诗　痴

平生颇自奇，酒罢辄吟诗。

万事皆身外，冥心坐似痴。

第一句集自元稹【酬李六醉后见寄口号】:“顿愈关风疾，因吟口号诗。文章纷似绣，珠玉布如棋。健羡觥飞酒，苍黄日映篱。命童寒色倦，抚稚晚啼饥。潦倒惭相识，**平生颇自奇**。明公将有问,林下是灵龟。”见《全唐诗》卷四〇九。

第二句集自白居易【北窗三友】:“今日北窗下，自问何所为。欣然得三友，三友者为谁。琴罢辄举酒，**酒罢辄吟诗**。三友递相引，循环无已时。一弹惬中心，一咏畅四肢。犹恐中有间，以酒弥缝之。岂独吾拙好，古人多若斯。嗜诗有渊明，嗜琴有启期。嗜酒有伯伦，三人皆吾师。或乏儋石储，或穿带索衣。弦歌复觞咏，乐道知所归。三师去已远，高风不可追。三友游甚熟，无日不相随。左掷白玉卮，右拂黄金徽。兴酣不叠纸，走笔操狂词。谁能持此词，为我谢亲知。纵未以为是，岂以我为非。”见《全唐诗》卷四五二。

第三句集自张说【右丞相苏公挽歌二首】之二:“门歌出野田，冠带寝穷泉。**万事皆身外**，平生尚目前。西垣紫泥綍，东岳白云篇。自惜同声处，从今遂绝弦。”见《全唐诗》卷八七。

第四句集自曹松【言怀】:“**冥心坐似痴**，寝食亦如遗。为觅出人句，只求当路知。岂能穷到老，未信达无时。此道须天付，三光幸不私。”见《全唐诗》卷七一六。

自奇：自得奇趣。**冥心**：泯灭俗念，使心境宁静，或指潜心苦思，专心致志。

闲　居

自哀还自乐，得失寸心知。

始悟炎凉变，闲居懒赋诗。

第一句集自卢照邻【于时春也，慨然有江湖之思，寄赠柳九陇】:“提琴一万里，负书三十年。晨攀偃蹇树，暮宿清泠泉。翔禽鸣我侧，旅兽过我前。无人且无事，独酌还独眠。遥闻彭泽宰，高弄武城弦。形骸寄文墨，意气托神仙。我有壶中要，题为物外篇。将以贻好道，道远莫致旃。相思劳日夜，相望阻风烟。坐惜春华晚，徒令客思悬。水去东南地，气凝西北天。关山悲蜀道，花鸟忆秦川。天子何时问，公卿本亦怜。**自哀还自乐**，归薮复归田。海屋银为栋，云车电作鞭。倘遇鸾将鹤，谁论貂与蝉。莱洲频度浅，桃实几成圆。寄言飞凫舄，岁晏同联翩。”见《全唐诗》卷四一。

第二句集自杜甫【偶题】:“文章千古事，**得失寸心知**。作者皆殊列，名声岂浪垂。骚人嗟不见，汉道盛于斯。前辈飞腾入，余波绮丽为。后贤兼旧列，历代各清规。法自儒家有，心从弱岁疲。永怀江左逸，多病邺中奇。騄骥皆良马，骐驎带好儿。车轮徒已斫，堂构惜仍亏。漫作潜夫论，虚传幼妇碑。缘情慰漂荡，抱疾屡迁移。经济惭长策，飞栖假一枝。尘沙傍蜂虿，江峡绕蛟螭。萧瑟唐虞远，联翩楚汉危。圣朝兼盗贼，异俗更喧卑。郁郁星辰剑，苍苍云雨池。两都开幕府，万宇插军麾。南海残铜柱，东风避月支。音书恨乌鹊，号怒怪熊罴。稼穑分诗兴，柴荆学土宜。故山迷白阁，秋水隐黄陂。不敢要佳句，愁来赋别离。”见《全唐诗》卷二三〇。

第三句集自武元衡【独不见】:“荆门一柱观，楚国三休殿。环佩俨神仙，辉光生顾盼。春风细腰舞，明月高堂宴。梦泽水连云，渚宫花似霰。俄惊白日晚，**始悟炎凉变**。别岛异波潮，离鸿分海县。南北断相闻，叹嗟独不见。”见《全唐诗》卷三一六。

第四句集自王维【慕容承携素馔见过】:“纱帽乌皮几，**闲居懒赋诗**。门看五柳识，年算六身知。灵寿君王赐，雕胡弟子炊。空劳酒食馔，持底解人颐。”见《全唐诗》卷一二六。

自哀：自己悲伤。**自乐**：自己高兴、快乐。**寸心**：心里。**炎凉**：喻人情势利，反复无常。

仰德为邻

莫学蓬心叟，且安原宪贫。

但能坚志义，遥仰德为邻。

第一句集自白居易【对酒闲吟，赠同老者】："人生七十稀，我年幸过之。远行将尽路，春梦欲觉时。家事口不问，世名心不思。老既不足叹，病亦不能治。扶持仰婢仆，将养信妻儿。饥饱进退食，寒暄加减衣。声妓放郑卫，裘马脱轻肥。百事尽除去，尚余酒与诗。兴来吟一篇，吟罢酒一卮。不独适情性，兼用扶衰羸。云液洒六腑，阳和生四肢。于中我自乐，此外吾不知。寄问同老者，舍此将安归。**莫学蓬心叟**，胸中残是非。"见《全唐诗》卷四五九。

第二句集自王维【山中示弟】："山林吾丧我，冠带尔成人。莫学嵇康懒，**且安原宪贫**。山阴多北户，泉水在东邻。缘合妄相有，性空无所亲。安知广成子，不是老夫身。"见《全唐诗》卷一二七。

第三句集自张祜【寄迁客】："万里南迁客，辛勤岭路遥。溪行防水弩，野店避山魈。瘴海须求药，贪泉莫举瓢。**但能坚志义**，白日甚昭昭。"见《全唐诗》卷五一〇。

第四句集自宋之问【答李司户夔】："远方来下客，輶轩摄使臣。弄琴宜在夜，倾酒贵逢春。驷马留孤馆，双鱼赠故人。明朝散云雨，**遥仰德为邻**。"见《全唐诗》卷五二。

蓬心：语出《庄子·逍遥游》。比喻知识浅薄，不能通达事理。**原宪**：公元前515—?，字子思，孔子弟子，孔门七十二贤之[illegible]，隐士，今山东临沂市平邑县人。原宪出身贫寒，个性狷介，一生安贫乐道，不肯与世俗合流。**志义**：犹志节。**德**：人们共同生活及行为的准则和规范、品行、品质。

悼念岳母

岳母含辛茹苦，艰难万分养大一男四女，不幸于2015年3月8日辞世。岳母辞世前饱受疾病折磨，作为长婿的我为之恻恻不忍，暗地悲伤。痛失亲人，含泪集唐人句以表示对岳母的怀念。

恻恻伤慈母，三泉独不归。

抚膺长叹息，忍泪已沾衣。

第一句集自储光羲【狱中贻姚张薛李郑柳诸公】："直道时莫亲，起羞见谗口。舆人是非怪，西子言有咎。诬善不足悲，失听一何丑。大来敢遐望，小往且虚受。中夜囹圄深，初秋缧绁久。疏萤出暗草，朔风鸣衰柳。河汉低在户，蟏蛸垂向牖。雁声远天末，凉气生霁后。负户愁读书，剑光忿冲斗。哀哀害神理，**恻恻伤慈母**。妻子垂涕泣，家僮日奔走。书词苦人吏，馈食劳交友。寒服犹未成，繁霜渐将厚。吉凶问詹尹，倚伏信北叟。鬼哭知己冤，鸟言诚所诱。诸公深惠爱，朝夕相左右。束湿虽欲操，钩金庶无负。伤罗念摇翮，踠足思骧首。瑾瑜颇匿瑕，邦国方含垢。眷言出深阱，永日常携手。"见《全唐诗》卷一三八。

第二句集自李峤【马武骑挽歌二首】之一："五日皆休沐，**三泉独不归**。池台金阙是，尊酒玳筵非。巷静游禽入，门闲过客稀。唯余昔年凤，尚绕故楼飞。"见《全唐诗》卷五八。

第三句集自骆宾王【夏日游德州赠高四】："日观邻全赵，星临俯旧吴。鬲津开巨浸，稽阜镇名都。紫云浮剑匣，青山孕宝符。封疆恢霸道，问鼎竞雄图。神光包四大，皇威震八区。风烟通地轴，星象正天枢。天枢限南北，地轴殊乡国。辟门通舜宾，比屋封尧德。言谢垂钩隐，来参负鼎职。天子不见知，群公讵相识。未展从东骏，空戢图南翼。时命欲何言，**抚膺长叹息**。叹息将如何，游人意气多。白雪梁山曲，寒风易水歌。泣魏伤吴起，思赵切廉颇。凄断韩王剑，生死翟公罗。罗悲翟公意，剑负韩王气。骄饵去易论，忌途良可畏。夙昔怀江海，平生混泾渭。千载契风云，一言忘贱贵。去去访林泉，空谷有遗贤。言投爵里刺，来泛野人船。缔交君赠缟，投分我忘筌。成风郢匠斫，流水伯牙弦。牙弦忘道术，漳滨恣闲逸。聊安张蔚庐，讵扫陈蕃室。虚室狎招寻，敬爱混浮沉。一诺黄金信，三复白珪心。霜松贞雅节，月桂朗冲襟。灵台万顷浚，学府九流深。谈玄明毁璧，拾紫陋籝金。鹭涛开碧海，凤彩缀词林。林虚星华映，水澈霞光净。霞水两分红，川源四望通。雾卷天山静，烟销太史空。鸟声流向薄，蝶影乱芳丛。柳阴低椠水，荷气上熏风。风月芳菲节，物华纷可悦。将欢促席赏，遽尔又归别。积水带吴门，通波连禹穴。赠言虽欲尽，机心庶应绝。潘岳本自闲，梁鸿不因热。一瓢欣狎道，三月聊栖拙。栖拙隐金华，狎道访仙查。放旷愚公谷，消散野人家。一顷南山豆，五色东陵瓜。野衣裁薜叶，山酒酌藤花。白云离望远，青溪隐路赊。傥忆幽岩桂，犹冀折疏麻。”见《全唐诗》卷七七。

第四句集自杜甫【九日诸人集于林】:“九日明朝是，相要旧俗非。老翁难早出，贤客幸知归。旧采黄花剩，新梳白发微。漫看年少乐，**忍泪已沾衣**。”见《全唐诗》卷二三一。

恻恻：悲痛、凄凉。**伤**：哀伤、悲伤。**三泉**；三重泉，即地下深处，多指人死后的葬处。**抚膺**：抚摩或捶拍胸口，表示惋惜、哀叹、悲愤等。

六十一初度感怀

十九首

丁亥新春，已虚度六十年矣。自元旦至春节，按创意从《全唐诗》摘大量五言句，以“甲子今重数”为首句，丁亥人日完成唐诗集句绝句诗三十余首以寄情思。这里选的十九首，诗意有向上的，有消沉的，心态各异，就算对自己六十年作一回顾。

甲子今重数，微吟望绮霞。

早钦风与雅，有句向谁夸。

第一句集自司空图【元日】:“**甲子今重数**，生涯只自怜。殷勤元日日，欹午又明年。”见《全唐诗》卷六三四。

第二句集自徐铉【送宣州丘判官】:“宪署游从阻，平台道路赊。喜君驰后乘，于此会仙槎。缓酌迟飞盖，**微吟望绮霞**。相迎在春渚，暂别莫咨嗟。”见《全唐诗》卷七五六。

第三句集自武少仪【和权载之离合诗】:“少年慕时彦，小悟文多变。木铎比群英，八方流德声。雷陈美交契，雨雪音尘继。恩顾各飞翔，因诗睹瑰丽。傅野绝遗贤，人希有盛迁。**早钦风与雅**，日咏赠酬篇。”见《全唐诗》卷三三〇。

第四句集自刘得仁【池上宿】:“事事不求奢，长吟省叹嗟。无才堪世弃，**有句向谁夸**。老树呈秋色，空池浸月华。凉风白露夕，此境属诗家。”见《全唐诗》卷五四四。

甲子今重数，山花已自开。

故乡云水地，何必羡蓬莱。

第一句引诗见第一首。

第二句集自杜甫【早花】:“西京安稳未，不见一人来。腊日巴江曲，**山花已自开**。盈盈当雪杏，艳艳待春梅。直苦风尘暗，谁忧容鬓催。”见《全唐诗》卷二三四。

第三句集自 李商隐【滞雨】:“滞雨长安夜，残灯独客愁。**故乡云水地**，归梦不宜秋。”见《全唐诗》卷五四一。

第四句集自徐氏【题金华宫】:“再到金华顶，玄都访道回。云披分景象，黛锁显楼台。雨涤前山净，风吹去路开。翠屏夹流水，**何必羡蓬莱**。”见《全唐诗》卷九。

云水地：云水弥漫、风景清幽的地方。

甲子今重数，安居桂水东。

江天诗景好，不与世流同。

第一句引诗见第一首。

第二句集自朱庆余【赠陈逸人】:“乐道辞荣禄，**安居桂水东**。得闲多事外，知足少年中。药圃无凡草，松庭有素风。朝昏吟步处，琴酒与谁同。”见《全唐诗》卷五一五。

第三句集自张籍【送从弟戴玄往苏州】:“杨柳阊门路，悠悠水岸斜。乘舟向山寺，着屐到渔家。夜月红柑树，秋风白藕花。**江天诗景好**，回日莫令赊。”见《全唐诗》卷三八四。

第四句集自赵嘏【秋日吴中观贡藕】:“野艇几西东，清泠映碧空。褰衣来水上，捧玉出泥中。叶乱田田绿，莲余片片红。激波才入选，就日已生风。御洁玲珑膳，人怀拔擢功。梯山谩多品，**不与世流同**。”见《全唐诗》卷五五〇。

甲子今重数，清贫且自安。

得闲无所作，知道性情宽。

第一句引诗见第一首。

第二句集自李咸用【山居】:“草堂书一架，苔径竹千竿。难世投谁是，**清贫且自安**。邻居皆学稼，客至亦无官。焦尾何人听，凉宵对月弹。”见《全唐诗》卷六四五。

第三句集自韩愈【东都遇春】:“少年气真狂，有意与春竞。行逢二三月，九州花相映。川原晓服鲜，桃李晨妆靓。荒乘不知疲，醉死岂辞病。饮啖惟所便，文章倚豪横。尔来曾几时，白发忽满镜。旧游喜乖张，新辈足嘲评。心肠一变化，羞见时节盛。**得闲无所作**，贵欲辞视听。深居疑避仇，默卧如当暝。朝曦入牖来，鸟唤昏不醒。为生鄙计算，盐米告屡罄。坐疲都忘起，冠侧懒复正。幸蒙东都官，获离机与阱。乖慵遭傲僻，渐染生弊性。既去焉能追，有来犹莫骋。有船魏王池，往往纵孤泳。水容与天色，此处皆绿净。岸树共纷披，渚牙相纬经。怀归苦不果，即事取幽迸。贪求匪名利，所得亦已并。悠悠度朝昏，落落捐季孟。群公一何贤，上戴天子圣。谋谟收禹绩，四面出雄劲。转输非不勤，稽逋有军令。在庭百执事，奉职各祗敬。我独胡为哉，坐与亿兆庆。譬如笼中鸟，仰给活性命。为诗告友生,负愧终究竟。”见《全唐诗》卷三三九。

第四句集自许浑【赠隐者】:“回报隐居士，莫愁山兴阑。求人颜色尽，**知道性情宽**。信谱弹琴误，缘崖劚药难。东皋亦自给，殊愧远相安。”见《全唐诗》卷五三二。

知道：谓通晓天地之道，深明人世之理。

甲子今重数，身闲境亦清。

每当休暇日，诗酒自相迎。

第一句引诗见第一首。

第二句集自皎然【酬乌程杨明府华将赴渭北对月见怀】:“释印及秋夜，**身闲境亦清**。风襟自潇洒，月意何高明。闻说武安君，万里驱妖精。开府集秀士，先招士林英。晋家用元凯，亦是鲁诸生。北望抚长剑，感君知已行。边尘昏玉帐，杀气凝金镫。大敌折齐俎，一书下聊城。翻飞青云路，宿昔沧洲情。”见《全唐诗》卷八一五。

第三句集自张籍【和韦开州盛山十二首·琵琶台】:“台上绿萝春，闲登不待人。**每当休暇日**，著履戴纱巾。”见《全唐诗》卷三八六。

第四句集自源乾曜【奉和圣制送张说上集贤学士赐宴】:“盛业光书府，征人尽国英。丝纶贤得相，群俊学为名。宠命垂天锡，崇恩发睿情。熏风清禁籞，文殿述皇明。日霁庭阴出，池曛水气生。欢娱此无限，**诗酒自相迎**。”见《全唐诗》卷一〇七。

甲子今重数，诗为儒者禅。

放怀常自适，谁和白云篇。

第一句引诗见第一首。

第二句集自尚颜【读齐己上人集】:“**诗为儒者禅**，此格的惟仙。古雅如周颂，清和甚舜弦。冰生听瀑句，香发早梅篇。想得吟成夜，文星照楚天。”见《全唐诗》卷八四八。

第三句集自白居易【闲夕】：“一声早蝉发，数点新萤度。兰釭耿无烟，筠簟清有露。未归后房寝，且下前轩步。斜月入低廊，凉风满高树。**放怀常自适**，遇境多成趣。何法使之然，心中无细故。”见《全唐诗》卷四四五。

第四句集自李群玉【九日陪崔大夫宴清河亭】：“玉醴浮金菊，云亭敞玳筵。晴山低画浦，斜雁远书天。谢朓离都日，殷公出守年。不知瑶水宴，**谁和白云篇**。”见《全唐诗》卷五六九。

放怀：纵意，放纵情怀。**自适**：悠然闲适而自得其乐。**白云篇**：南朝·齐·谢朓《拜中军记室随王笺》诗中有“白云在天，龙门不见”之句，后因以“白云篇”喻思念亲人之作。

甲子今重数，安闲过此生。

静愁惟忆醉，避酒怕狂名。

第一句引诗见第一首。

第二句集自无可【游山寺】：“千峰路盘尽，林寺昔何名。步步入山影，房房闻水声。多年人迹断，残照石阴清。自可求居止，**安闲过此生**。”见《全唐诗》卷八一三。

第三句集自姚合【九日寄钱可复】：“数杯黄菊酒，千里白云天。上国名方振，戎州病未痊。**静愁惟忆醉**，闲走不胜眠。惆怅东门别，相逢知几年。”见《全唐诗》卷四九七。

第四句集自姚合【秋夕遣怀】：“昨宵白露下，秋气满山城。风劲衣巾脆，窗虚笔墨轻。临书爱真迹，**避酒怕狂名**。只拟随麋鹿，悠悠过一生。”见《全唐诗》卷四九八。

甲子今重数，无劳问姓名。

自悲年已长，多病怕逢迎。

第一句引诗见第一首。

第二句集自李嶷【少年行三首】之三："玉剑膝边横，金杯马上倾。朝游茂陵道，夜宿凤凰城。豪吏多猜忌，**无劳问姓名**。"见《全唐诗》卷一四五。

第三句集自姚合【寄郁上人】："此生修道浅，愁见未来身。谁为传真谛，唯应是上人。**自悲年已长**，渐觉事难亲。不向禅门去，他门无了因。"见《全唐诗》卷四九七。

第四句集自姚合【武功县中作三十首】之十六："朝朝眉不展，**多病怕逢迎**。引水远通涧，垒山高过城。秋灯照树色，寒雨落池声。好是吟诗夜，披衣坐到明。"见《全唐诗》卷四九八。

逢迎：违心趋奉迎合。

甲子今重数，摊书解满床。

静思吟友外，余习在诗章。

第一句引诗见第一首。

第二句集自杜甫【又示宗武】："觅句新知律，**摊书解满床**。试吟青玉案，莫羡紫罗囊。假日从时饮，明年共我长。应须饱经术，已似爱文章。十五男儿志，三千弟子行。曾参与游夏，达者得升堂。"见《全唐诗》卷二三一。

第三句集自李中【书情寄诗友】："默默谁知我，裴回野水边。诗情长若旧，吾事更无先。芳草人稀地，残阳雁过天。**静思吟友外**，此意复谁怜。"见《全唐诗》卷七四八。

第四句集自贾岛【送天台僧】："远梦归华顶，扁舟背岳阳。寒蔬修净食，夜浪动禅床。雁过孤峰晓，猿啼一树霜。身心无别念，**余习在诗章**。"见《全唐诗》卷五七二。

甲子今重数，吟诗坐到明。

优游随本性，歌咏有新声。

第一句引诗见第一首。

第二句集自刘得仁【中秋宿邓逸人居】:“偶与山僧宿，**吟诗坐到明**。夜凉眈月色，秋濕漱泉声。涧木如竿耸，窗云作片生。白衣闲自贵，不揖汉公卿。”见《全唐诗》卷五四五。

第三句集自姚合【闲居遣怀十首】之四:“好景时牵目，茅斋兴有余。远山经雨后，庭树得秋初。道侣怜栽药，高人笑养鱼。**优游随本性**，甘被弃慵疏。”见《全唐诗》卷四九八。

第四句集自邢象玉【古意】:“家中酒新熟，园里叶初荣。伫杯欲取醉，怊然思友生。忽闻有奇客，何姓复何名。嗜酒陶彭泽，能琴阮步兵。何须问寒暑，径共坐山亭。举袂祛啼鸟，扬巾扫落英。心神无俗累，**歌咏有新声**。新声是何曲，沧浪之水清。”见《全唐诗》卷七七七。

甲子今重数，忘情任卷舒。

闲寻织锦字，高卧半床书。

第一句引诗见第一首。

第二句集自杨炯【和酬虢州李司法】:“唇齿标形胜，关河壮邑居。寒山抵方伯，秋水面鸿胪。君子从游宦，**忘情任卷舒**。风霜下刀笔，轩盖拥门闾。平野芸黄遍，长洲鸿雁初。菊花宜泛酒，浦叶好裁书。昔我芝兰契，悠然云雨疏。非君重千里，谁肯惠双鱼。”见《全唐诗》卷五〇。

第三句集自窦巩【赠萧都官】:“萧郎自小贤，爱客不言钱。有酒轻寒夜，无愁倚少年。**闲寻织锦字**，醉上看花船。好是关身事，从人道性偏。”见《全唐诗》卷二七一。

第四句集自牟融【有感】:“盛世嗟沉伏，中情怏未舒。途穷悲阮籍，病久忆相如。无客空尘榻，闲门闭草庐。不胜岑绝处，**高卧半床书**。”见《全唐诗》卷四六七。

甲子今重数，何须忆醉眠。

更题风雅韵，陶冶赖诗篇。

第一句引诗见第一首。

第二句集自贾岛【送南康姚明府】:“铜章美少年，小邑在南天。版籍多迁客，封疆接洞田。静江鸣野鼓，发缆带村烟。却笑陶元亮，**何须忆醉眠**。”见《全唐诗》卷五七二。

第三句集自赵宗儒【和黄门武相公诏还题石门洞】:“益部恩辉降，同荣汉相还。韶芳满归路，轩骑出重关。望日朝天阙，披云过蜀山。**更题风雅韵**，永绝翠岩间。”见《全唐诗》卷三一八。

第四句集自杜甫【秋日夔府咏怀奉寄郑监李宾客一百韵】:“绝塞乌蛮北，孤城白帝边。飘零仍百里，消渴已三年。雄剑鸣开匣，群书满系船。乱离心不展，衰谢日萧然。筋力妻孥问，菁华岁月迁。登临多物色，**陶冶赖诗篇**。峡束沧江起，岩排石树圆。拂云霾楚气，朝海蹴吴天。煮井为盐速，烧畬度地偏。有时惊叠嶂，何处觅平川。……”见《全唐诗》卷二三〇。

甲子今重数，诗从静境生。

看花寻径远，极目畅春情。

第一句引诗见第一首。

第二句集自齐己【寄酬高辇推官】:“道自闲机长，**诗从静境生**。不知春艳尽，但觉雅风清。竹腻题幽碧，蕉干裂脆声。何当九霄客，重叠记无名。”见《全唐诗》卷八四二。

第三句集自张谓【同诸公游云公禅寺】:“共许寻鸡足，谁能惜马蹄。长空净云雨，斜日半虹霓。檐下千峰转，窗前万木低。**看花寻径远**，听鸟入林迷。地与喧闻隔，人将物我齐。不知樵客意，何事武陵溪。”见《全唐诗》卷一九七。

第四句集自李世民【月晦】:“晦魄移中律，凝暄起丽城。罩云朝盖上，穿露晓珠呈。

笑树花分色，啼枝鸟合声。披襟欢眺望，**极目畅春情**。”见《全唐诗》卷一。

甲子今重数，愁来梁甫吟。
知音不可遇，泉石且娱心。

第一句引诗见第一首。

第二句集自杜甫【初冬】:“垂老戎衣窄，归休寒色深。渔舟上急水，猎火著高林。日有习池醉，**愁来梁甫吟**。干戈未偃息，出处遂何心。”见《全唐诗》卷二二八。

第三句集自戴叔伦【送李审之桂州谒中丞叔】:“**知音不可遇**，才子向天涯。远水下山急，孤舟上路赊。乱云收暮雨，杂树落疏花。到日应文会，风流胜阮家。”见《全唐诗》卷二七三。

第四句集自李世民【秋日二首】之二:“爽气澄兰沼，秋风动桂林。露凝千片玉，菊散一丛金。日岫高低影，云空点缀阴。蓬瀛不可望，**泉石且娱心**。”见《全唐诗》卷一。

泉石：指山水。**娱心**：使心情愉快。

甲子今重数，人文迈旧章。
白须吟丽句，一半是思乡。

第一句引诗见第一首。

第二句集自徐元鼎【太常寺观舞圣寿乐】:“舞字传新庆，**人文迈旧章**。冲融和气洽，悠远圣功长。盛德流无外，明时乐未央。日华增顾眄，风物助低昂。翥凤方齐首，高鸿忽断行。云门与兹曲,同是奉陶唐。”见《全唐诗》卷七八一。

第三句集自朱庆余【贺张水部员外拜命】:“省中官最美，无似水曹郎。前代佳名逊，当时重姓张。**白须吟丽句**，红叶吐朝阳。徒有归山意，君恩未可忘。”见《全唐诗》卷五一五。

第四句集自韩愈【宿龙宫滩】：“浩浩复汤汤，滩声抑更扬。奔流疑激电，惊浪似浮霜。梦觉灯生晕，宵残雨送凉。如何连晓语，**一半是思乡**。”见《全唐诗》卷三四三。

甲子今重数，怀乡亦泪流。

无成归故里，醉别仲宣楼。

第一句引诗见第一首。

第二句集自韦庄【贼中与萧韦二秀才同卧重疾二君寻愈余独加焉恍惚之中因有题】：“与君同卧疾，独我渐弥留。弟妹不知处，兵戈殊未休。胸中疑晋竖，耳下斗殷牛。纵有秦医在，**怀乡亦泪流**。”见《全唐诗》卷六九六。

第三句集自许棠【重归江南】：“**无成归故里**，不似在他乡。岁月逐流水，山川空夕阳。回潮迷古渡，迸竹过邻墙。耆旧休存省，胡为止泪行。”见《全唐诗》卷六〇三。

第四句集自杜甫【夜雨】：“小雨夜复密，回风吹早秋。野凉侵闭户，江满带维舟。通籍恨多病，为郎忝薄游。天寒出巫峡，**醉别仲宣楼**。”见《全唐诗》卷二三〇。

仲宣楼：见七绝《悲秋》注。

甲子今重数，人情冷暖移。

暗思多少事，唯是我心知。

第一句引诗见第一首。

第二句集自刘得仁【送车涛罢举归山】：“朝是暮还非，**人情冷暖移**。浮生只如此，强进欲何为。要路知无援，深山必遇师。怜君明此理，休去不迟疑。”见《全唐诗》卷一四四。

第三句集自姚合【夏日登楼晚望】:“避暑高楼上，平芜望不穷。鸟穷山色去，人歇树阴中。数带长河水，千条弱柳风。**暗思多少事**，懒话与芝翁。”见《全唐诗》卷五〇〇。

第四句集自白居易【对琴待月】:“竹院新晴夜，松窗未卧时。共琴为老伴，与月有秋期。玉轸临风久，金波出雾迟。幽音待清景，**唯是我心知**。”见《全唐诗》卷四四九。

甲子今重数，穷通任此身。

淳朴如太古，难与世同尘。

第一句引诗见第一首。

第二句集自窦巩【早春松江野望】:“江村风雪霁，晓望忽惊春。耕地人来早，营巢鹊语频。带花移树小，插槿作篱新。何事胜无事，**穷通任此身**。”见《全唐诗》卷二七一。

第三句集自常建【空灵山应田叟】:“湖南无村落，山舍多黄茆。**淳朴如太古**，其人居鸟巢。牧童唱巴歌，野老亦献嘲。泊舟问溪口，言语皆哑咬。土俗不尚农，岂暇论肥硗。莫徭射禽兽，浮客烹鱼鲛。余亦罘罝人，获麋今尚苞。敬君中国来，愿以充其庖。日入闻虎斗，空山满咆哮。怀人虽共安，异域终难交。白水可洗心，采薇可为肴。曳策背落日，江风鸣梢梢。”见《全唐诗》卷一四四。

第四句集自白居易【自题写真】:“我貌不自识，李放写我真。静观神与骨，合是山中人。蒲柳质易朽，麋鹿心难驯。何事赤墀上，五年为侍臣。况多刚狷性，**难与世同尘**。不惟非贵相，但恐生祸因。宜当早罢去，收取云泉身。”见《全唐诗》卷四二九。

穷通：困厄与显达。**太古**：最古老的时代。这里借指古朴。

甲子今重数，垂纶学钓鳌。

披襟欢眺望，身比夕阳高。

第一句引诗见第一首。

第二句集自孟浩然【与杭州薛司户登樟亭楼作】:“水楼一登眺，半出青林高。帘幕英僚敞，芳筵下客叨。山藏伯禹穴，城压伍胥涛。今日观溟涨，**垂纶学钓鳌**。”见《全唐诗》卷一六〇。

第三句集自李世民【月晦】:“ 晦魄移中律，凝暄起丽城。罩云朝盖上，穿露晓珠呈。笑树花分色，啼枝鸟合声。**披襟欢眺望**，极目畅春情。”见《全唐诗》卷一。

第四句集自耿湋【登沃州山】:“沃州初望海，携手尽时髦。小暑开鹏翼，新蓂长鹭涛。月如芳草远，**身比夕阳高**。羊祜伤风景，谁云异我曹。”见《全唐诗》卷二六八。

人和事不违

世情多是非，其奈本无机。

更悟真如性，人和事不违。

第一句集自王昌龄【送东林廉上人归庐山】:“石溪流已乱，苔径人渐微。日暮东林下，山僧还独归。昔为庐峰意，况与远公违。道性深寂寞，**世情多是非**。会寻名山去，岂复望清辉。”见《全唐诗》卷一四〇。

第二句集自耿湋【晚夏即事临南居】:“何须学从宦，**其奈本无机**。蕙草芳菲歇，青山早晚归。广庭余落照，高枕对闲扉。树色迎秋老，蝉声过雨稀。艰难逢事异，去就与时违。遥忆衡门外，苍苍三径微。”见《全唐诗》卷二六九。

第三句集自耿湋【题惟干上人房】:“绳床茅屋下，独坐味闲安。苦行无童子，忘机避宰官。是非齐已久，夏腊比应难。**更悟真如性**，尘心稍自宽。”见《全唐诗》卷二六八。

第四句集自李隆基【首夏花萼楼观群臣宴宁王山亭回楼下又申之以赏乐赋诗】：“今年通闰月，入夏展春辉。楼下风光晚，城隅宴赏归。九歌扬政要，六舞散朝衣。天喜时相合，**人和事不违**。礼中推意厚，乐处感心微。别赏阳台乐，前旬暮雨飞。”见《全唐诗》卷三。

其奈：怎奈，无奈。**无机**：任其自然，没有心计。**真如**：佛教语。谓永恒存在的实体、实性，亦即宇宙万物的本体。**人和**：人事和谐，民心和乐。《孟子·公孙丑下》：“天时不如地利，地利不如人和。”**不违**：符合。南朝·梁·任昉《为萧扬州荐士表》：“实欲使名实不违，徼幸路绝。”

六十七初度自吟

七十欠三年，身心独了然。

吟阑余兴逸，且复探云泉。

第一句集自白居易【与梦得沽酒闲饮，且约后期】：“少时犹不忧生计，老后谁能惜酒钱。共把十千沽一斗，相看**七十欠三年**。闲征雅令穷经史，醉听清吟胜管弦。更待菊黄家酝熟，共君一醉一陶然。”见《全唐诗》卷四五七。

第二句集自崔涂【东林愿禅师院】：“与世渐无缘，**身心独了然**。讲销林下日，腊长定中年。磬绝朝斋后，香焚古寺前。非因送小朗，不到虎溪边。”见《全唐诗》卷六七九。

第三句集自李咸用【雪十二韵】：“六出凝阴气，同云指上天。结时风乍急，集处霰长先。草穗翘祥燕，陂桩叶白莲。犬狂南陌上，竹醉小池前。樵径花黏屦，渔舟玉帖舷。阵经旸谷薄，势想朔方偏。楼面光摇锡，篱头晓列钱。石苔青鹿卧，殿网素蛾穿。嘶马应思塞，蹲乌似为燕。童痴为兽捏，僧爱用茶煎。念物希周穆，含毫愧惠连。**吟阑余兴逸**，还忆剡溪船。”见《全唐诗》卷六四五。

第四句集自权德舆【酬李二十二兄主簿马迹山见寄】:“……内兄蕴遐心，嘉遁性所便。不能栖枳棘，**且复探云泉**。中有冥寂人，闲读逍遥篇。联袂共支策，抠衣尝绝编。……”见《全唐诗》卷三二二。

了然：明白，清楚。**吟阑**：即吟罢。**云泉**：白云清泉，借指胜景。唐·白居易《偶吟》之一：“犹残少许云泉兴，一岁龙门数度游。”

六十八初度自吟

六十八衰翁，无劳歌大风。

晚年唯好静，诗酒故人同。

第一句集自白居易【病中诗十五首·初病风】:“**六十八衰翁**，乘衰百疾攻。朽株难免蠹，空穴易来风。肘痹宜生柳，头旋剧转蓬。恬然不动处，虚白在胸中。”见《全唐诗》卷四五八。

第二句集自李世民【过旧宅二首】之二：“金舆巡白水，玉辇驻新丰。纽落藤披架，花残菊破丛。叶铺荒草蔓，流竭半池空。纫佩兰凋径，舒圭叶翦桐。昔地一蕃内，今宅九围中。架海波澄镜，韬戈器反农。八表文同轨，**无劳歌大风**。”见《全唐诗》卷一。

第三句集自王维【酬张少府】:“**晚年唯好静**，万事不关心。自顾无长策，空知返旧林。松风吹解带，山月照弹琴。君问穷通理，渔歌入浦深。”见《全唐诗》卷一二六。

第四句集自王勃【秋日仙游观赠道士】:“石图分帝宇，银牒洞灵宫。回丹萦岫室，复翠上岩栊。雾浓金灶静，云暗玉坛空。野花常捧露，山叶自吟风。林泉明月在,**诗酒故人同**。待余逢石髓，从尔命飞鸿。”见《全唐诗》卷七一七。

无劳：不要劳累，不用劳烦。犹无须，不烦。南朝·梁·刘勰《文心雕龙·正纬》:“故河不出图，夫子有叹，如或可造，无劳喟然。”**大风**：是汉高祖刘邦平黥布还，过沛县，邀集故人饮酒。酒酣时刘邦击筑，同时唱了“大风起兮云飞扬，威加海内兮归故乡，安得猛士兮守四方！”后人称之为《大风歌》。

老之忧

三 首

老忧新岁近，无复更芳菲。

到处销春景，逢山爱晚归。

第一句集自韦庄【和人岁宴旅舍见寄】：“积雪满前除，寒光夜皎如。**老忧新岁近**，贫觉故交疏。意合论文后，心降得句初。莫言常郁郁，天道有盈虚。”见《全唐诗》卷六九六。

第二句集自韩愈【梁国惠康公主挽歌二首】之二：“秦地吹箫女，湘波鼓瑟妃。佩兰初应梦，奔月竟沦辉。夫族迎魂去，宫官会葬归。从今沁园草，**无复更芳菲**。”见《全唐诗》卷三四三。

第三句集自白居易【夜归】：“逐胜移朝宴，留欢放晚衙。宾寮多谢客，骑从半吴娃。**到处销春景**，归时及月华。城阴一道直，烛焰两行斜。东吹先催柳，南霜不杀花。皋桥夜沽酒，灯火是谁家。”见《全唐诗》卷四四七。

第四句集自白居易【赠沙鸥】：“老逼教垂白，官科遣著绯。形骸虽有累，方寸却无机。遇酒多先醉，**逢山爱晚归**。沙鸥不知我，犹避隼旟飞。”见《全唐诗》卷四四三。

老忧新岁近，庄舄动悲吟。

自笑无功德，劳劳一寸心。

第一句引诗见第一首。

第二句集自罗隐【西京道德里】:“秦树团团夕结阴，**此中庄舄动悲吟**。一枝丹桂未入手，万里苍波长负心。老去渐知时态薄，愁来唯愿酒杯深。七雄三杰今何在，休为闲人泪满襟。”见《全唐诗》卷六五五。

第三句集自独孤及【暮春于山谷寺上方遇恩命加官赐服酬皇甫侍御见贺之作】:“天书到法堂，朽质被荣光。**自笑无功德**，殊恩谬激扬。还登建礼署，犹忝会稽章。佳句惭相及，称仁岂易当。”见《全唐诗》卷二四七。

第四句集自李贺【题归梦】:“长安风雨夜，书客梦昌谷。怡怡中堂笑，小弟栽涧菉。家门厚重意，望我饱饥腹。**劳劳一寸心**，灯花照鱼目。”见《全唐诗》卷三九三。

庄舄:《史记·张仪列传》:越人庄舄仕楚犹越声。后人用“舄吟”、“庄舄吟”等喻思乡恋土。**劳劳**:忧愁伤感的样子，又指辛劳、忙碌。

老忧新岁近，遥挂望乡愁。
吟苦相思处，有倡谁与酬。

第一句引诗见第一首。

第二句集自戎昱【云梦故城秋望】:“故国遗墟在，登临想旧游。一朝人事变，千载水空流。梦渚鸿声晚，荆门树色秋。片云凝不散，**遥挂望乡愁**。”见《全唐诗》卷二七〇。

第三句集自贾岛【怀博陵故人】:“孤城易水头，不忘旧交游。雪压围棋石，风吹饮酒楼。路遥千万里，人别十三秋。**吟苦相思处**，天寒水急流。”见《全唐诗》卷五七二。

第四句集自唐彦谦【和陶渊明贫士诗七首】之七:“去年秋事荒，贩籴仰邻州。健者道路间，什百成朋俦。今年渐向熟，庶几民不流。书生自无田，与众同喜忧。作诗劳邻曲，**有倡谁与酬**。亦无采诗者，此修何可修。”见《全唐诗》卷六七一。

农村俗语："小孩爱过年，大把红包钱；老人怕过年，百岁少一年。""老忧新岁近"之意本此。

休为泽畔吟

我生性放诞，无事可关心。

南浦闲行罢，休为泽畔吟。

第一句集自杜甫【寄题江外草堂】："**我生性放诞**，雅欲逃自然。嗜酒爱风竹，卜居必林泉。遭乱到蜀江，卧疴遣所便。诛茅初一亩，广地方连延。经营上元始，断手宝应年。敢谋土木丽，自觉面势坚。台亭随高下，敞豁当清川。虽有会心侣，数能同钓船。干戈未偃息，安得酣歌眠。蛟龙无定窟，黄鹄摩苍天。古来达士志，宁受外物牵。顾惟鲁钝姿，岂识悔吝先。偶携老妻去，惨澹凌风烟。事迹无固必，幽贞愧双全。尚念四小松，蔓草易拘缠。霜骨不甚长，永为邻里怜。"见《全唐诗》卷二二〇。

第二句集自姚合【闲居遣怀十首】之五："永日厨烟绝，何曾暂废吟。闲时随思缉，小酒恣情斟。看月嫌松密，垂纶爱水深。世间多少事，**无事可关心**。"见《全唐诗》卷四九八。

第三句集自白居易【江楼偶宴赠同座】："**南浦闲行罢**，西楼小宴时。望湖凭槛久，待月放杯迟。江果尝卢橘，山歌听竹枝。相逢且同乐，何必旧相知。"见《全唐诗》卷四三八。

第四句集自戎昱【送郑炼师贬辰州】："辰州万里外，想得逐臣心。谪去刑名枉，人间痛惜深。误将瑕指玉，遂使谩消金。计日西归在，**休为泽畔吟**。"见《全唐诗》卷二七〇。

放诞：任性而为，不受约束，行为不遵循礼法。《世说新语·任诞》"阮籍乃求为步兵校尉"。刘孝标注引晋·张隐《文士传》："籍放诞，有傲世情，不乐仕宦。"**南浦**：南面的水边。

笔者的家乡渡头村就在漓江南岸。**休为泽畔吟**：《楚辞·渔父》："屈原既放，游于江潭，行吟泽畔，颜色憔悴，形容枯槁。"本句意指不像忧国忧民的屈原一样"颜色憔悴，形容枯槁"而行吟泽畔。

同学话别

2007年12月北大校友柳州聚会，29日于柳江进德分别时，摄得曾光明与覃韦初二学长惜别照片。

话别更依依，何堪相见稀。

性朴颇近古，感叹亦歔欷。

第一句集自冷朝阳【别郎上人】："过云寻释子，**话别更依依**。静室开来久，游人到自稀。触风香气尽，隔水磬声微。独傍孤松立，尘中多是非。"见《全唐诗》卷三〇五。

第二句集自司空曙【冬夜耿拾遗王秀才就宿因伤故人】："旧时闻笛泪，今夜重沾衣。方恨同人少，**何堪相见稀**。竹烟凝涧壑，林雪似芳菲。多谢劳车马，应怜独掩扉。"见《全唐诗》卷二九二。

第三句集自长孙佐辅【山行书事】："日落风飗飗，驱车行远郊。中心有所悲，古墓穿黄茅。茅中狐兔窠，四面乌鸢巢。鬼火时独出，人烟不相交。行行近破村，一径欹还坳。迎霜听蟋蟀，向月看蠨蛸。翁喜客来至，客业羞厨庖。浊醪夸泼蚁，时果仍新苞。相劝对寒灯，呼儿爇枯梢。**性朴颇近古**，其言无斗筲。忧欢世上并，岁月途中抛。谁知问津客，空作扬雄嘲。"见《全唐诗》卷四六九。

第四句集自杜甫【羌村】："峥嵘赤云西，日脚下平地。柴门鸟雀噪，归客千里至。妻孥怪我在，惊定还拭泪。世乱遭飘荡，生还偶然遂。邻人满墙头，**感叹亦歔欷**。夜阑更秉烛，相对如梦寐。"见《全唐诗》卷二一七。

诗友聚会

酒蚁倾还泛，陶然共忘机。

此中多逸兴，淹赏玩芳菲。

第一句集自萧翼【答辩才探得招字】:“邂逅款良宵，殷勤荷胜招。弥天俄若旧，初地岂成遥。**酒蚁倾还泛**，心猿躁似调。谁怜失群雁，长苦业风飘。”见《全唐诗》卷三九。

第二句集自李白【下终南山过斛斯山人宿置酒】:“暮从碧山下，山月随人归。却顾所来径，苍苍横翠微。相携及田家，童稚开荆扉。绿竹入幽径，青萝拂行衣。欢言得所憩，美酒聊共挥。长歌吟松风，曲尽河星稀。我醉君复乐，**陶然共忘机**。”见《全唐诗》卷一七九。

第三句集自李白【送友人寻越中山水】:“闻道稽山去，偏宜谢客才。千岩泉洒落，万壑树萦回。东海横秦望，西陵绕越台。湖清霜镜晓，涛白雪山来。八月枚乘笔，三吴张翰杯。**此中多逸兴**，早晚向天台。”见《全唐诗》卷七一七五。

第四句集自李峤【二月奉教作】:“柳陌莺初啭，梅梁燕始归。和风泛紫若，柔露濯青薇。日艳临花影，霞翻入浪晖。乘春重游豫，**淹赏玩芳菲**。”见《全唐诗》卷五八。

酒蚁：酒面上的浮沫。

渔歌子·桂林中学同学阳朔聚会

半路云泥迹不同，少年离别老相逢。

花艳艳，雨蒙蒙，忘机相对画图中。

第一句集自白居易【庐山草堂夜雨独宿寄牛二、李七、庾三十二员外】:“丹霄携手三君子，白发垂头一病翁。兰省花时锦帐下，庐山雨夜草庵中。终身胶漆心应在，**半路云泥迹不同**。唯有无生三昧观，荣枯一照两成空。”见《全唐诗》卷四四〇。

第二句集自白居易【逢旧】:“我梳白发添新恨，君扫青蛾减旧容。应被旁人怪惆怅，**少年离别老相逢**。”见《全唐诗》卷四三八。

第三句集自韦庄【定西番】:“芳草丛生缕结，**花艳艳，雨蒙蒙**，晓庭中。塞远久无音问，愁销镜里红。紫燕黄鹂犹至,恨何穷。”见《全唐诗》卷八九二。

第四句集自牟融【山寺律僧画兰竹图】:“偶来绝顶兴无穷，独有山僧笔最工。绿径日长袁户在，紫茎秋晚谢庭空。离花影度湘江月，遗佩香生洛浦风。欲结岁寒盟不去，**忘机相对画图中**。”见《全唐诗》卷四六七。

云泥：语出《后汉书·逸民传·矫慎》:“(吴苍)遗书以观其志曰：‘仲彦足下，勤处隐约，虽乘云行泥，栖宿不同，每有西风，何尝不叹!’”云在天，泥在地。后因用“云泥”比喻两物相去甚远，差异很大。

记桂林中学高九十班几位同学2005年11月9日阳朔聚会。

渔歌子·读扬子《法言》有感

惆怅追怀万事空，几人才气似扬雄。

荣辱外，是非中，悠悠心绪有谁同。

第一句集自李绅【悲善才】:“穆王夜幸蓬池曲，金銮殿开高秉烛。东头弟子曹善才，琵琶请进新翻曲。翠蛾列坐层城女，笙笛参差齐笑语。天颜静听朱丝弹，众乐寂然无敢举。衔花金凤当承拨，转腕拢弦促挥抹，花翻凤啸天上来，裴回满殿飞春雪。抽弦度曲新声发，金铃玉佩相瑳切。流莺子母飞上林，仙鹤雌雄唳明月。此时奉诏侍金銮，别殿承恩许召弹。三月曲江春草绿，九霄天乐下云端。紫髯供奉前屈膝，尽弹妙曲当春日。寒泉注射陇水开，胡雁翻飞向天没。日曛尘暗车马散，为惜新声有余叹。明年冠剑闭桥山，万里孤臣投海畔。笼禽铩翮尚还飞，白首生从五岭归。闻道善才成朽骨，空余弟子奉音徽。南谯寂寞三春晚，有客弹弦独凄怨。静听深奏楚月光，忆昔初闻曲江宴。心悲不觉泪阑干，更为调弦反复弹。秋吹动摇神女佩，月珠敲击水晶盘。自怜淮海同泥滓，恨魄凝心未能死。**惆怅追怀万事空**，雍门感慨徒为尔。”见《全唐诗》卷四八〇。

第二句集自郑谷【赠杨夔二首】之二：“时无韩柳道难穷，也觉天公不至公。看取年年金榜上，**几人才气似扬雄**。”见《全唐诗》卷六七七。

第三句集自许浑【寄天乡寺仲仪上人富春孙处士】：“诗僧与钓翁，千里两情通。云带雁门雪，水连渔浦风。**心期荣辱外，名挂是非中**。岁晚亦归去，田园清洛东。”见《全唐诗》卷五二八。

第四句集自李中【下蔡春偶作】：“旅馆飘飘类断蓬，**悠悠心绪有谁同**。一宵风雨花飞后，万里乡关梦自通。多难不堪容鬓改，沃愁惟怕酒杯空。采兰扇枕何时遂，洗虑焚香叩上穹。”见《全唐诗》卷七四八。

是非：汉·扬雄《法言·学行》：“一哄之市政，必立之平；一卷之书，必立之师，习乎习，以习非之胜是，况习是之胜非乎？”“习非胜是”，指不明是非。**扬雄**：（公元前53—18年）字子云，西汉蜀郡成都（今四川成都郫县）人。西汉学者、辞赋家。少时好学，博览多识，酷好辞赋。口吃，不善言谈，而好深思。家贫，不慕富贵。他的官职一直很低微，历成、哀、平“三世不徙官”。扬雄一生悉心著述，除辞赋外，又仿《论语》作《法言》，仿《周易》作《太玄》，表述他对社会、政治、哲学等方面的思想，在思想史上有一定价值。另有语言学著作《方言》等。

渔歌子·望月

一瓮醍醐待我归，一场前事悔难追。

一赏玩，一徘徊，一回望月一回悲。

第一句集自白居易【将归一绝】："欲去公门返野扉，预思泉竹已依依。更怜家酝迎春熟，**一瓮醍醐待我归**。"见《全唐诗》卷四五四。

第二句集自同谷子【五子之歌】："邦惟固本自安宁，临下常须驭朽惊。何事十旬游不返，祸胎从此召殷兵。酒色声禽号四荒，那堪峻宇又雕墙。静思今古为君者，未或因兹不灭亡。唯彼陶唐有冀方，少年都不解思量。如今算得当时事，首为盘游乱纪纲。明明我祖万邦君，典则贻将示子孙。惆怅太康荒坠后，覆宗绝祀灭其门。仇雠万姓遂无依，颜厚何曾解忸怩。五子既歌邦已失，**一场前事悔难追**。"见《全唐诗》卷七八四。

第三句集自李隆基【答司马承祯上剑镜】："宝照含天地，神剑合阴阳。日月丽光景，星斗裁文章。写鉴表容质，佩服为身防。从兹**一赏玩**，永德保龄长。"见《全唐诗》卷三。

第四句集自崔湜【奉和登骊山高顶寓目应制】："名山何壮哉，玄览**一徘徊**。御路穿林转，旌门倚石开。烟霞肘后发，河塞掌中来。不学蓬壶远，经年犹未回。"见《全唐诗》卷五四。

第五句集自崔国辅【王昭君】："**一回望月一回悲**，望月月移人不移。何时得见汉朝使，为妾传书斩画师。"见《全唐诗》卷一一九。

醍醐：从酥酪中提制出的油，也指美酒。

"一赏玩"之"一"该平而仄，因本词每句专以"一"字开头，故仍之。

渔歌子·失意

不醉长醒也是痴，醉醒多在钓渔矶。

烟漠漠，雨凄凄，此情唯有落花知。

第一句集自韦庄【题酒家】："酒绿花红客爱诗，落花春岸酒家旗。寻思避世为逋客，**不醉长醒也是痴**。"见《全唐诗》卷七〇〇。

第二句集自方干【送婺州许录事】:“之官便是还乡路，白日堂堂著锦衣。八咏遗风资逸兴，二溪寒色助清威。曙星没尽提纲去，暝角吹残锁印归。笑我中年更愚僻，**醉醒多在钓渔矶**。”见《全唐诗》卷六五二。

第三句集自李珣【南乡子】:“**烟漠漠，雨凄凄**，岸花零落鹧鸪啼。远客扁舟临野渡，思乡处，潮退水平春色暮。”见《全唐诗》卷八九六。

第四句集自李璟【浣溪沙】:“风压轻云贴水飞，乍晴池馆燕争泥，沈郎多病不胜衣。沙上未闻鸿雁信，竹间时听鹧鸪啼，**此情惟有落花知**。”见《全唐诗》卷八八九。

望江南·相思

牵愁绪，松韵晚吟时。欹枕梦魂何处去，含情遥夜几人知。竟夕起相思。

第一句集自张乔【书石壁禅居屋壁】:“前程曾未到，岐路拟何为。返照行人急，荒郊去鸟迟。春宵多旅梦，夏闰远秋期。处处**牵愁绪**，无穷是柳丝。”见《全唐诗》卷六三八。

第二句集自许浑【溪亭二首】之二:“暖枕眠溪柳，僧斋昨夜期。茶香秋梦后，**松韵晚吟时**。共戏鱼翻藻，争栖鸟坠枝。重阳应一醉，栽菊助东篱。”见《全唐诗》卷五一九。

第三句集自刘兼【命妓不至】:“琴中难挑孰怜才，独对良宵酒数杯。苏子黑貂将已尽，宋弘青鸟又空回。月穿净牖霜成隙，风卷残花锦作堆。**欹枕梦魂何处去**，醉和春色入天台。”见《全唐诗》卷七六六。

第四句集自李涉【听邻女吟】:“**含情遥夜几人知**，闲咏风流小谢诗。还似霓旌下烟露，月边吹落上清词。”见《全唐诗》卷四七七。

第五句集自张九龄【望月怀远】:“海上生明月，天涯共此时。情人怨遥夜，**竟夕起相**

思。灭烛怜光满，披衣觉露滋。不堪盈手赠，还寝梦佳期。”见《全唐诗》卷四八。

愁绪：忧愁的思绪，忧虑发愁的心情。**松韵**：松风，松涛。风吹松林，发出的如波涛般如吟、如诵有情趣、意味的诗篇。**竟夕**：终夜，通宵。

望江南·休作苦辛吟

诗兴尽，何处谢知音。虽有清风当夏景，即无年少逐春心。休作苦辛吟。

第一句集自钱起【酬赵给事相寻不遇留赠】：“谁忆颜生穷巷里，能劳马迹破春苔。忽看童子扫花处，始愧夕郎题凤来。斜景适随**诗兴尽**，好风才送佩声回。岂无鸡黍期他日，惜此残春阻绿杯。”见《全唐诗》卷二三九。

第二句集自李中【春日途中作】：“干禄趋名者，迢迢别故林。春风短亭路，芳草异乡心。雨过江山出，莺啼村落深。未知将雅道，**何处谢知音**。”见《全唐诗》卷七四七。

第三句集自杨汉公【登郡中销署楼寄东川汝士】：“岧峣下瞰雪溪流，极目烟波望梓州。**虽有清风当夏景**，只能销暑不销忧。”见《全唐诗》卷五一六。

第四句集自韩愈【早春呈水部张十八员外二首】之二：“莫道官忙身老大，**即无年少逐春心**。凭君先到江头看，柳色如今深未深。”见《全唐诗》卷三四四。

第五句集自薛逢【送西川梁常侍之新筑龙山城并锡赉两州刺史及部落酋长等】：“……束马凌苍壁，扪萝上碧岑。瘴川风自热，剑阁气长阴。迅濑从天急，乔松入地深。仰观唯一径，俯瞰即千寻。水作新城带，山为故垒襟。东开洞君听，南辟纳蛮心。渥泽濡三部，衣冠化雨林。带文雕白玉，符理篆黄金。鸟道经邛僰，星缠过觜参。回轩如睿奖，**休作苦辛吟**。”见《全唐诗》卷五四八。

忆王孙·难得是闲人

古来难得是闲人，懒慢无堪不出村。江上烟云向晚昏。醉芳樽，野客吟时月作魂。

第一句集自赵嘏【发青山】："凫鹥声暖野塘春，鞍马嘶风驿路尘。一宿青山又前去，**古来难得是闲人**。"见《全唐诗》卷五五〇。

第二句集自杜甫【绝句漫兴九首】之六："**懒慢无堪不出村**，呼儿日在掩柴门。苍苔浊酒林中静，碧水春风野外昏。"见《全唐诗》卷二二七。

第三句集自张旭【春游值雨】："欲寻轩槛列清尊，**江上烟云向晚昏**。须倩东风吹散雨，明朝却待入华园。"见《全唐诗》卷一一七。

第四句集自 韦夏卿【别张贾】："束简下高阁，买符驱短辕。故人惜分袂，结念**醉芳樽**。切切别思缠，萧萧征骑烦。临归无限意，相视却忘言。"见《全唐诗》卷二七二。

第五句集自吴融【题兖州泗河中石床（李白、杜甫皆此饮咏）】：" 一片苔床水漱痕，何人清赏动乾坤。谪仙醉后云为态，**野客吟时月作魂**。光景不回波自远，风流难问石无言。迩来多少登临客，千载谁将胜事论。"见《全唐诗》卷六八六。

懒慢：懒惰散漫。**无堪**：无称人心意之处，无可取之处。常用为谦词。**昏**：暗而无光。**芳樽**：亦作"芳尊"或"芳罇"，指精致的酒器，常借指美酒。**野客**：村野之人，常借指隐逸者。

忆王孙·网忧

网上谣言多多，使人心忧。

暗思前事不胜愁，谗谤潜来起百忧。扰扰凡情逐水流。水悠悠，虽解浮舟也覆舟。

第一句集自顾敻【浣溪沙】："露白蟾明又到秋，佳期幽会两悠悠，梦牵情役几时休。记得泥人微敛黛，无言斜倚小书楼。**暗思前事不胜愁**。"见《全唐诗》卷八九四。

第二句集自翁绶【相和歌辞·婕妤怨】："**谗谤潜来起百忧**，朝承恩宠暮仇雠。火烧白玉非因玷，霜翦红兰不待秋。花落昭阳谁共辇，月明长信独登楼。繁华事逐东流水，团扇悲歌万古愁。"见《全唐诗》卷二〇。

第三句集自施肩吾【冯上人院】："**扰扰凡情逐水流**，世间多喜复多忧。一回行到冯公院，便欲令人百事休。"见《全唐诗》卷四九四。

第四句集自闽后陈氏【乐游曲】之二："西湖南湖斗彩舟，青蒲紫蓼满中洲。波渺渺，**水悠悠**，长奉君王万岁游。"见《全唐诗》卷八九九。

第四句集自徐夤【水】："火性何如水性柔，西来东出几时休。莫言通海能通汉，**虽解浮舟也覆舟**。湘浦暮沉尧女怨，汾河秋泛汉皇愁。洪波激湍归何处，二月桃花满眼流。"见《全唐诗》卷七一〇。

前事：过去的事情，历史上的教训。**谗谤**：谗毁诽谤。**扰扰**：形容纷乱的样子。**凡情**：凡人的情感欲望。**浮舟覆舟**：浮舟即载舟，覆舟即翻船。《荀子·王制》："君者舟也，庶人者水也。水则载舟，水则覆舟。"

生查子·乡情

丙戌春，与数位乡友相聚渡头村外庙门塘，共商家乡发展大计，寄希望于未来。

我家南渡头，泛泛东流水。著处是青山，风动千林翠。传杯话故乡，不惜沾衣泪。他日寄新诗，尽道丰年瑞。

第一句集自孟浩然【送张祥之房陵】：“**我家南渡头**，惯习野人舟。日夕弄清浅，林湍逆上流。山河据形胜，天地生豪酋。君意在利往，知音期自投。”见《全唐诗》卷一六〇。

第二句集自王勃【临江二首】之一：“**泛泛东流水**，飞飞北上尘。归骖将别棹，俱是倦游人。”见《全唐诗》卷五六。

第三句集自姚合【闲居遣怀十首】之十：“拙直难和洽，从人笑掩关。不能行户外，宁解走尘间。被酒长酣思，无愁可上颜。何言归去事，**著处是青山**。”见《全唐诗》卷四九八。

第四句集自李世民【初晴落景】：“晚霞聊自怡，初晴弥可喜。日晃百花色，**风动千林翠**。池鱼跃不同，园鸟声还异。寄言博通者，知予物外志。”见《全唐诗》卷一。

第五句集自方干【清明日送邓芮还乡】：“钟鼓喧离室，车徒促夜装。晓榆新变火，轻柳暗飞霜。转镜看华发，**传杯话故乡**。每嫌儿女泪，今日自沾裳。”见《全唐诗》卷六四八。

第六句集自韦应物【话旧（亭中对兄姊话兰陵崇贤怀真已来故事，泫然而作）】：“存亡三十载，事过悉成空。**不惜沾衣泪**，并话一宵中。”见《全唐诗》卷一九一。

第七句集自韩翃【李中丞宅夜宴送丘侍御赴江东便往辰州】：“积雪临阶夜，重裘对酒时。中丞违沈约，才子送丘迟。一路三江上，孤舟万里期。辰州佳兴在，**他日寄新诗**。”见《全唐诗》卷二四四。

第八句集自罗隐【雪】：“**尽道丰年瑞**，丰年事若何。长安有贫者，为瑞不宜多。”见《全唐诗》卷六五九。

巫山一段云·赋闲

草色迷三径，风光绝四邻。空门寂寂澹吾身，野步爱江滨。 道性宜如水，浮名认是云。无为无事信天真，终老拟安贫。

第一句集自卢照邻【元日述怀】："筮仕无中秩，归耕有外臣。人歌小岁酒，花舞大唐春。**草色迷三径**，风光动四邻。愿得长如此，年年物候新。"见《全唐诗》卷四二。

第二句集自王勃【仲春郊外】："东园垂柳径，西堰落花津。物色连三月，**风光绝四邻**。鸟飞村觉曙，鱼戏水知春。初晴山院里，何处染嚣尘。"见《全唐诗》卷五六。

第三句集自戴叔伦【精舍对雨】："**空门寂寂澹吾身**，溪雨微微洗客尘。卧向白云晴未尽，任他黄鸟醉芳春。"见《全唐诗》卷二七四。

第四句集自黄滔【贻李山人】："**野步爱江滨**，江僧得见频。新文无古集，往事有清尘。松竹寒时雨，池塘胜处春。定应云雨内，陶谢是前身。"见《全唐诗》卷七０四。

第五句集自齐己【勉诗僧】："莫把毛生刺，低佪谒李膺。须防知佛者，解笑爱名僧。**道性宜如水**，诗情合似冰。还同莲社客，联唱绕香灯。"见《全唐诗》卷八四〇。

第六句集自朱湾【假摄池州留别东溪隐居】："一官仍是假，岂愿数离群。愁鬓看如雪，**浮名认是云**。暂辞南国隐，莫勒北山文。今后松溪月，还应梦见君。"见《全唐诗》卷三〇六。

第七句集自吕岩【七言】之三："落魄红尘四十春，**无为无事信天真**。生涯只在乾坤鼎，活计惟凭日月轮。八卦气中潜至宝，五行光里隐元神。桑田改变依然在，永作人间出世人。独处乾坤万象中，从头历历运元功。纵横北斗心机大，颠倒南辰胆气雄。鬼哭神号金鼎结，鸡飞犬化玉炉空。如何俗士寻常觅，不达希夷不可穷。"见《全唐诗》卷八五六。

第八句集自李频【友人话别】："论交虽不早，话别且相亲。除却栖禅客，谁非南陌人。半生都返性，**终老拟安贫**。愿入白云社，高眠自致身。"见《全唐诗》卷五八八。

三径：晋代陶潜《归去来兮辞》有"三径就荒，松菊犹存"句。后人指归隐后隐居的田园，亦以"三径"形容人厌弃官场，追求田园生活；或指归隐故里。**空门**：冷落的门庭。**无为**：指"要依天命，顺其自然，没必要有所作为"的道家思想。**无事**：与上"无为"义同。指道家主张顺乎自然，无为而治，也指赋闲，无所事事。**终老**：终身，到老。**安贫**：自甘于贫穷。

长相思·人不知

难自持，且自持，仙桂那容鸟寄枝。何人重布衣。　和者稀，识者稀，独立苍茫自咏诗。乐哉人不知。

第一句集自李益【莲塘驿】：“五月渡淮水，南行绕山陂。江村远鸡应，竹里闻缲丝。楚女肌发美，莲塘烟露滋。菱花覆碧渚，黄鸟双飞时。渺渺溯洄远，凭风托微词。斜光动流睇，此意**难自持**。女歌本轻艳，客行多怨思。女萝蒙幽蔓，拟上青桐枝。”见《全唐诗》卷二八二。

第二句集自宋之问【寄天台司马道士】：“卧来生白发，览镜忽成丝。远愧餐霞子，童颜**且自持**。旧游惜疏旷，微尚日磷缁。不寄西山药，何由东海期。”见《全唐诗》卷五二。

第三句集自张蠙【投翰林萧侍郎】：“九仞墙边绝路岐，野才非合自求知。灵湫岂要鱼栖浪，**仙桂那容鸟寄枝**。纤草不销春气力，微尘还助岳形仪。从来为学投文镜，文镜如今更有谁。”见《全唐诗》卷七〇二。

第四句集自李嘉佑【送从弟归河朔】：“故乡那可到，令弟独能归。诸将矜旄节，**何人重布衣**。空城流水在，荒泽旧村稀。秋日平原路，虫鸣桑叶飞。”见《全唐诗》卷二〇六。

第五句集自权德舆【从叔将军宅蔷薇花开太府韦卿有题壁长句因以和作】：“环列从容蹀躞归，光风骀荡发红薇。莺藏密叶宜新霁，蝶绕低枝爱晚晖。艳色当轩迷舞袖，繁香满径拂朝衣。名卿洞壑仍相近，佳句新成**和者稀**。”见《全唐诗》卷三二六。

第六句集自李商隐【访隐者不遇】之二：“**城郭休过识者稀**，哀猿啼处有柴扉。沧江白日樵渔路，日暮归来雨满衣。”见《全唐诗》卷五三九。

第七句集自杜甫【乐游园歌】：“乐游古园崒森爽，烟绵碧草萋萋长。公子华筵势最高，秦川对酒平如掌。长生木瓢示真率，更调鞍马狂欢赏。青春波浪芙蓉园，白日雷霆夹城仗。阊阖晴开昳荡荡，曲江翠幕排银榜。拂水低徊舞袖翻，缘云清切歌声上。却忆年年人醉时，只今未醉已先悲。数茎白发那抛得，百罚深杯亦不辞。圣朝亦知贱士丑，一物自荷皇天慈。此身饮罢无归处，**独立苍茫自咏诗**。”见《全唐诗》卷二一六。

第八句集自白居易【咏所乐】:“兽乐在山谷，鱼乐在陂池。虫乐在深草，鸟乐在高枝。所乐虽不同，同归适其宜。不以彼易此，况论是与非。而我何所乐，所乐在分司。分司有何乐，**乐哉人不知**。官优有禄料，职散无羁縻。懒与道相近，钝将闲自随。昨朝拜表回，今晚行香归。归来北窗下，解巾脱尘衣。冷泉灌我顶，暖水濯四肢。体中幸无疾，卧任清风吹。心中又无事，坐任白日移。或开书一篇，或引酒一卮。但得如今日，终身无厌时。”见《全唐诗》卷四五二。

苍茫：广阔无边的样子。

创作集句诗，有苦也有乐。集此词记之。

卜算子·沉醉

有句向谁夸？幽兴何时已？往往情牵自有诗，勉力酬知己。　未有子虚名，惆怅多尘累。自古才难共命争，避世唯沉醉。

第一句集自刘得仁【池上宿】:“事事不求奢，长吟省叹嗟。无才堪世弃，**有句向谁夸**。老树呈秋色，空池浸月华。凉风白露夕，此境属诗家。”见《全唐诗》卷五四四。

第二句集自裴迪【辋川集二十首·木兰柴】:“苍苍落日时，鸟声乱溪水。缘溪路转深，**幽兴何时已**。”见《全唐诗》卷一二九。

第三句集自薛能【春日书怀】:“伯牙琴绝岂求知，**往往情牵自有诗**。垄月正当寒食夜，春阴初过海棠时。眈书未必酬良相，断酒唯堪作老师。多病不任衣更薄，东风台上莫相吹。”见《全唐诗》卷五五九。

第四句集自贯休【寄景地判官】:“渚宫江上别，倏忽十余年。举世唯攻说，多君即不然。浦珠为履重，园柳助诗玄。**勉力酬知己**，昌朝正急贤。”见《全唐诗》卷八三三。

第五句集自许浑【赠柳璟、冯陶二校书】:“霄汉两飞鸣，喧喧动禁城。桂堂同日盛，芸阁间年荣。香掩蕙兰气，韵高鸾鹤声。应怜茂陵客，**未有子虚名。**”见《全唐诗》卷五三一。

第六句集自耿湋【夏日寄东溪隐者】:“日华浮野水，草色合遥空。处处山依旧，年年事不同。闲田孤垒外，暑雨片云中。**惆怅多尘累**，无由访钓翁。”见《全唐诗》卷二六八。

第七句集自白居易【和梦得】:“纶阁沈沈天宠命，苏台籍籍有能声。岂唯不得清文力，但恐空传冗吏名。郎署回翔何水部，江湖留滞谢宣城。所嗟非独君如此，**自古才难共命争。**”见《全唐诗》卷四五四。

第八句集自韦庄【云散】:“云散天边落照和，关关春树鸟声多。**刘伶避世唯沉醉**，宁戚伤时亦浩歌。已恨岁华添皎镜，更悲人事逐颓波。青云自有鹓鸿待，莫说他山好薜萝。”见《全唐诗》卷六九八。

子虚：见《读书》四首之《读死书》注。**尘累**：佛教语。指烦恼、恶业的种种束缚，又指世俗事务的牵累。

菩萨蛮·回乡难

岂知鹦鹉洲边路，盈盈一水不得渡。半日凭栏干，吁嗟此路难。 江洲芳草暮，烟火依村步。落日尚徘徊，故乡何处归。

第一句集自朱庆余【鄂渚送白舍人赴杭州】:“**岂知鹦鹉洲边路**，得见凤凰池上人。从此不同诸客礼，故乡西与郡城邻。”见《全唐诗》卷五一四。

第二句集自陆龟蒙【秋荷】:“蒲茸承露有佳色，茨叶束烟如效颦。**盈盈一水不得渡**，冷翠遗香愁向人。”见《全唐诗》卷六二九。

第三句集自白居易【齐云楼晚望偶题十韵兼呈冯侍御，周、殷二协律】：“潦倒宦情尽，萧条芳岁阑。欲辞南国去，重上北城看。复叠江山壮，平铺井邑宽。人稠过杨府，坊闹半长安。插雾峰头没，穿霞日脚残。水光红漾漾，树色绿漫漫。约略留遗爱，殷勤念旧欢。病抛官职易，老别友朋难。九月全无热，西风亦未寒。齐云楼北面，**半日凭栏干**。”见《全唐诗》卷四四七。

第四句集自骆宾王【乐大夫挽词五首】之一：“可叹浮生促，**吁嗟此路难**。丘陵一起恨，言笑几时欢。萧索郊埏晚，荒凉井径寒。谁当门下客，独见有任安。”见《全唐诗》卷七八。

第五句集自陈标【江南行】：“水光春色满江天，苹叶风吹荷叶钱。香蚁翠旗临岸市，艳娥红袖渡江船。晓惊白鹭联翩雪，浪蹙青茭潋滟烟。**不怕江洲芳草暮**，待将秋兴折湖莲。”见《全唐诗》卷五〇八。

第六句集自司马扎【晓过伊水寄龙门僧】：“龙门树色暗苍苍，伊水东流客恨长。病马独嘶残夜月，行人欲渡满船霜。**几家烟火依村步**，何处渔歌似故乡。山下禅庵老师在，愿将形役问空王。”见《全唐诗》卷五九六。

第七句集自姚合【春日江次】：“野步出茆斋，闲行坐石台。久悲乡路远，犹喜杏花开。鸥鹭皆飞去，帆樯何处来。因凝千里目，**落日尚徘徊**。”见《全唐诗》卷四九八。

第八句集自许浑【别韦处士】：“南北断蓬飞，别多相见稀。更伤今日酒，未换昔年衣。旧友几人在，**故乡何处归**。秦原向西路，云晚雪霏霏。”见《全唐诗》卷五二九。

鹦鹉洲：福利镇与渡头村之间的漓江有一洲，名鹦鹉洲。

每次回家乡，从福利镇到渡头村需舟渡，从阳朔回乡，等渡过河颇费时日，故时有回乡难之叹。近年从阳朔到渡头已修通水泥公路，已无多年前回乡难之叹矣。

浣溪沙·感怀

乐道经年有典坟，读书谁料转家贫。放情丘壑任天真。

不共世人争得失，莫将闲事系升沉。一生坎壈何足云。

第一句集自张观【过衡山赠廖处士】:“未向漆园为傲吏，定应明代作征君。传家奕世无金玉，**乐道经年有典坟**。带雨小舟横别涧，隔花幽犬吠深云。到头终为苍生起，休恋耕烟楚水濆。”见《全唐诗》卷七六二。

第二句集自杜荀鹤【维扬春日再遇孙侍御】:“本为荣家不为身，**读书谁料转家贫**。三年行却千山路，两地思归一主人。络岸柳丝悬细雨，绣田花朵弄残春。多情御史应嗟见，未上青云白发新。”见《全唐诗》卷六九二。

第三句集自戴叔伦【暮春感怀】之二：“四十无闻懒慢身，**放情丘壑任天真**。悠悠往事杯中物，赫赫时名扇外尘。短策看云松寺晚，疏帘听雨草堂春。山花水鸟皆知己，百遍相过不厌贫。”见《全唐诗》卷二七三。

第四句集自韩偓【赠孙仁本尊师】:“齿如冰雪发如黳，几百年来醉似泥。**不共世人争得失**，卧床前有上天梯。”见《全唐诗》卷六八〇。

第五句集自罗隐【送进士臧濆下第后归池州】:“赋成无处换黄金，却向春风动越吟。天子爱才虽仄席，诸生多病又沾襟。柳攀灞岸狂遮袂，水忆池阳渌满心。珍重彩衣归正好，**莫将闲事系升沉**。”见《全唐诗》卷六五八。

第六句集自韦应物【白沙亭逢吴叟歌】:“龙池宫里上皇时，罗衫宝带香风吹。满朝豪士今已尽，欲话旧游人不知。白沙亭上逢吴叟，爱客脱衣且沽酒。问之执戟亦先朝，零落难艰却负樵。亲观文物蒙雨露，见我昔年侍丹霄。冬狩春祠无一事，欢游洽宴多颁赐。尝陪月夕竹宫斋，每返温泉灞陵醉。星岁再周十二辰，尔来不语今为君。盛时忽去良可恨，**一生坎壈何足云**。”见《全唐诗》卷一九五。

典坟：三坟五典的省称，泛指各种古代文籍、书籍。**坎壈**：意思为困顿，不顺利。

浣溪沙·辛卯端午感怀

闲濯眉须一水滨，搜奇缀韵和阳春。沧浪歌里放心神。 祸福既能知倚伏，荣枯安敢问乾坤。不妨为赋吊灵均。

第一句集自韩翃【又题张逸人园林】:“藏头不复见时人，爱此云山奉养真。露色点衣孤屿晓，花枝妨帽小园春。时携幼稚诸峰上，**闲濯眉须一水滨**。兴罢归来还对酌，茅檐挂著紫荷巾。”见《全唐诗》卷二四五。

第二句集自杨嗣复【赠毛仙翁】:“天上玉郎骑白鹤，肘后金壶盛妙药。暂游下界傲五侯，重看当时旧城郭。羽衣茸茸轻似雪，云上双童持绛节。王母亲缝紫锦囊，令向怀中藏秘诀。令威子晋皆俦侣，东岳同寻太真女。**搜奇缀韵和阳春**，文章不是人间语。药成自固黄金骨，天地齐兮身不没。日月宫中便是家，下视昆仑何突兀。童姿玉貌谁方比，玄发绿髯光弥弥。满朝将相门弟子，随师尽愿抛尘滓。九转琅玕必有余，愿乞刀圭救生死。”见《全唐诗》卷四六四。

第三句集自李群玉【送人隐居】:“棋局茅亭幽涧滨，竹寒江静远无人。村梅尚敛风前笑，沙草初偷雪后春。鹏鷃喻中消日月，**沧浪歌里放心神**。平生白有烟霞志，久欲抛身狎隐沦。”见《全唐诗》卷五六九。

第四句集自李咸用【山中夜坐寄故里友生】:“展转檐前睡不成，一床山月竹风清。虫声促促催乡梦，桂影高高挂旅情。**祸福既能知倚伏**，行藏争不要分明。可怜任永真坚白，净洗双眸看太平。”见《全唐诗》卷六四六。

第五句集自王维【重酬苑郎中】:“何幸含香奉至尊，多惭未报主人恩。草木尽能酬雨露，**荣枯安敢问乾坤**。仙郎有意怜同舍，丞相无私断扫门。扬子解嘲徒自遣，冯唐已老复何论。”见《全唐诗》卷一二八。

第六句集自徐铉【送杨郎中唐员外奉使湖南】:“ 汀边微雨柳条新，握节含香二使臣。两绶对悬云梦日，方舟齐泛洞庭春。今朝草木逢新律，昨日山川满战尘。同是多情怀古客，**不妨为赋吊灵均**。”见《全唐诗》卷七五二。

本集句词“**濯眉须**”、“**沧浪歌**”、“**独醒**”、“**灵均**”，均参考本书《辛卯端午读〈楚辞·渔父〉感怀三首》的注文和所引的《楚辞·渔父》全文。**问乾坤**：乾坤，指天地或日月，问乾坤，即“问天”之意。喻指屈原的《天问》。《天问》是屈原根据神话传说材料创作的诗篇，着重表现他的学术造诣及历史观和自然观。

浣溪沙·思往事

往事都如梦一场，浊醪闲酌送韶光。谁能高叫问苍苍。

时过无心求富贵，闲来对镜自思量。前途何在转茫茫。

第一句集自贯休【再到钟陵作】:“六七年来到豫章，旧游知己半凋伤。春风还有花千树，**往事都如梦一场**。无限丘墟侵郭路，几多台榭浸湖光。只应唯有西山色，依旧崔巍上寺墙。”见《全唐诗》卷八三五。

第二句集自李中【吉水春暮访蔡文庆处士留题】:“无事无忧鬓任苍，**浊醪闲酌送韶光**。溟蒙雨过池塘暖，狼藉花飞砚席香。好古未尝疏典册，悬图时要看潇湘。恋君清话难留处，归路迢迢又夕阳。”见《全唐诗》卷七四八。

第三句集自李玖【喷玉泉冥会诗八首·四丈夫同赋】之二:“桃蹊李径尽荒凉，访旧寻新益自伤。虽有衣衾藏李固，终无表疏雪王章。羁魂尚觉霜风冷，朽骨徒惊月桂香。天爵竟为人爵误，**谁能高叫问苍苍**。”见《全唐诗》卷五六二。

第四句集自王建【村居即事】:“休看小字大书名，向日持经眼却明。**时过无心求富贵**，身闲不梦见公卿。因寻寺里熏辛断，自别城中礼数生。斜月照房新睡觉，西峰半夜鹤来声。”见《全唐诗》卷三〇〇。

第五句集自元稹【对镜偶吟，赠张道士抱元】:“**闲来对镜自思量**，年貌衰残分所当。白发万茎何所怪，丹砂一粒不曾尝。眼昏久被书料理，肺渴多因酒损伤。今日逢师虽已晚，枕中治老有何方。”见《全唐诗》卷四五八。

第六句集自韩愈【酬乐天叹损伤见寄】:“**前途何在转茫茫**，渐老那能不自伤。病为怕风多睡月，起因花药暂扶床。函关气索迷真侣，峡水波翻碍故乡。唯有秋来两行泪，对君新赠远诗章。”见《全唐诗》卷四一六。

浊醪（zhuóláo）：浊酒。**韶光**：泛指光阴。比喻青少年时期。

浣溪沙·满卷愁

多为伤春恨不休，笑谈华发镜中秋。醉乡前路莫回头。 只见篇章矜镂管，未闻诗句解风流。写了吟看满卷愁。

第一句集自唐彦谦【无题十首】之九：“杨柳青青映画楼，翠眉终日锁离愁。杜鹃啼落枝头月，**多为伤春恨不休**。”见《全唐诗》卷六七一。

第二句集自牟融【题山庄】：“萝屋萧萧事事幽，临风搔首远凝眸。东园松菊存遗业，晚景桑榆乐旧游。吟对清尊江上月，**笑谈华发镜中秋**。床头浊酒时时漉，上客相过一任留。”见《全唐诗》卷四六七。

第三句集自韦庄【东阳酒家赠别二绝句】之一：“送君同上酒家楼，酩酊翻成一笑休。正是落花饶怅望，**醉乡前路莫回头**。”见《全唐诗》卷六九七。

第四句集自罗隐【寄酬邺王罗令公五首】之四：“水云开霁立高亭，依约黎阳对福星。**只见篇章矜镂管**，不知勋业柱青冥。早缘入梦金方砺，晚为传家鼎始铭。鹤发四垂烟阁远，此生何处拜仪形。”见《全唐诗》卷六六一。

第五句集自薛能【清河泛舟】：“都人层立似山丘，坐啸将军拥棹游。绕郭烟波浮泗水，一船丝竹载凉州。城中睹望皆丹雘，旗里惊飞尽白鸥。儒将不须夸郄縠，**未闻诗句解风流**。”见《全唐诗》卷五五九。

第六句集自白居易【写新诗寄微之，偶题卷后】：“**写了吟看满卷愁**，浅红笺纸小银钩。未容寄与微之去，已被人传到越州。”见《全唐诗》卷四四七。

镂管：雕花的笔管，借指笔，又指乐器，刻花的竹管。

鹧鸪天·少年狂

莼菜秋来忆故乡，黄金难买少年狂。坐牵蕉叶题诗句，闷取藤枝引酒尝。 追往事，恋家乡，多情多感自难忘。人生不得长欢乐，醉里回头问夕阳。

第一句集自徐铉【送魏舍人仲甫为蕲州判官】:“从事蕲春兴自长，蕲人应识紫薇郎。山资足后抛名路，**莼菜秋来忆故乡**。以道卷舒犹自适，临戎谈笑固无妨。如闻郡阁吹横笛，时望青溪忆野王。”见《全唐诗》卷七五一。

第二句集自唐彦谦【金陵九日】:“野菊西风满路香，雨花台上集壶觞。九重天近瞻钟阜，五色云中望建章。绿酒莫辞今日醉，**黄金难买少年狂**。清歌惊起南飞雁，散作秋声送夕阳。”见《全唐诗》卷六七一。

第三句集自方干【题越州袁秀才林亭】:“清邃林亭指画开，幽岩别派像天台。**坐牵蕉叶题诗句**，醉触藤花落酒杯。白鸟不归山里去，红鳞多自镜中来。终年此地为吟伴，早起寻君薄暮回。”见《全唐诗》卷六五一。

第四句集自白居易【春至】:“若为南国春还至，争向东楼日又长。白片落梅浮涧水，黄梢新柳出城墙。闲拈蕉叶题诗咏，**闷取藤枝引酒尝**。乐事渐无身渐老，从今始拟负风光。”见《全唐诗》卷四四一。

第五句集自张九龄【三月三日申王园亭宴集】:“**禊亭追往事**，睢苑胜前闻。飞阁凌芳树，华池落彩云。藉草人留酌，衔花鸟赴群。向来同赏处，惟恨碧林曛。”见《全唐诗》卷四八。

第六句集自王建【送人】:“白日向西没，黄河复东流。人生足著地，宁免四方游。我行无返顾，祝子勿回头。当须向前去，何用起离忧。但恐无广路，平地作山丘。令我车与马，欲疾反停留。蜀客多积货，边人易封侯。**男儿恋家乡**，欢乐为仇雠。丁宁相劝勉，苦口幸无尤。对面无相成，不如豺虎俦。彼远不寄书，此寒莫寄裘。与君俱绝迹，两念无因由。”见《全唐诗》卷二九七。

第七句集自陆龟蒙【自遣诗三十首】之三:“**多情多感自难忘**，只有风流共古长。座上不遗金带枕，陈王词赋为谁伤。”见《全唐诗》卷六二八。

第八句集自白居易【短歌行】：“曈曈太阳如火色，上行千里下一刻。出为白昼入为夜，圆转如珠住不得。住不得，可奈何，为君举酒歌短歌。歌声苦，词亦苦，四座少年君听取。今夕未竟明夕催，秋风才往春风回。人无根蒂时不驻，朱颜白日相隳颓。劝君且强笑一面，劝君且强饮一杯。**人生不得长欢乐**，年少须臾老到来。”见《全唐诗》卷四三五。

第九句集自韩偓【夕阳】：“花前洒泪临寒食，**醉里回头问夕阳**。不管相思人老尽，朝朝容易下西墙。”见《全唐诗》卷六八三。

莼菜：张翰是西晋文学家，吴郡吴县（今江苏苏州）人。为人落拓不羁，有才名。一日见秋风起，想到故乡吴郡用莼菜做的莼羹以及鲈鱼脍味极佳，便弃官还乡。“莼羹鲈脍”这个成语即怀念故乡之意。**藤枝引酒尝**：古人一饮酒习俗，酒坛启封后，将小竹管或其他空心藤管插入坛内，饮酒人轮流用吸管吮吸，巴俞一带尤兴。古代诗人常以此作游戏，饮一轮酒，各作诗一首或联句，借喻笔者当年与乡友饮酒作乐等趣事。

鹧鸪天·悟非

壮齿韶颜去不回，长年方悟少年非。游山弄水携诗卷，静坐支颐到落晖。 心寂寞，影徘徊，独凭虚槛雨微微。浮生真个醉中梦，作得新诗说向谁。

第一句集自白居易【岁暮】：“穷阴急景坐相催，**壮齿韶颜去不回**。旧病重因年老发，新愁多是夜长来。膏明自爇缘多事，雁默先烹为不才。祸福细寻无会处，不如且进手中杯。”见《全唐诗》卷四四〇。

第二句集自韦庄【长年】：“**长年方悟少年非**，人道新诗胜旧诗。十亩野塘留客钓，一轩春雨对僧棋。花间醉任黄莺语，亭上吟从白鹭窥。大盗不将炉冶去，有心重筑太平基。”见《全唐诗》卷六九六。

第三句集自白居易【忆晦叔】：“**游山弄水携诗卷**，看月寻花把酒杯。六事尽思君作伴，几时归到洛阳来。”见《全唐诗》卷四四九。

第四句集自贯休【山居诗二十四首】：“千岩万壑路倾欹，杉桧蒙蒙独掩扉。劚药童穿溪罅去，采花蜂冒晓烟归。闲行放意寻流水，**静坐支颐到落晖**。长忆南泉好言语，如斯痴钝者还稀。”见《全唐诗》卷八三七。

第五句集自白居易【晚秋有怀郑中旧隐】：“天高风袅袅，乡思绕关河。寥落归山梦，殷勤采蕨歌。病添**心寂寞**，愁入鬓蹉跎。晚树蝉鸣少，秋阶日上多。长闲羡云鹤，久别愧烟萝。其奈丹墀上，君恩未报何。”见《全唐诗》卷四三七。

第六句集自李珣【酒泉子】：“秋月婵娟，皎洁碧纱窗外，照花穿竹冷沉沉，印池心。凝露滴，砌蛩吟。惊觉谢娘残梦，夜深斜傍枕前来，**影徘徊**。”见《全唐诗》卷八九六。

第七句集自杜牧【冬日五湖馆水亭怀别】：“芦荻花多触处飞，**独凭虚槛雨微微**。寒林叶落鸟巢出，古渡风高渔艇稀。云抱四山终日在，草荒三径几时归。江城向晚西流急，无限乡心闻捣衣。”见《全唐诗》卷五二六。

第八句集自徐夤【寄僧寓题】：“佛顶抄经忆惠休，众人皆谓我悠悠。**浮生真个醉中梦**，闲事莫添身外愁。百岁付于花暗落，四时随却水奔流。安眠静笑思何报，日夜焚修祝郡侯。”见《全唐诗》卷七〇九。

第九句集自张籍【送萧远弟】：“街北槐花傍马垂，病身相送出门迟。与君别后秋风夜，**作得新诗说向谁**。”见《全唐诗》卷三八六。

壮齿：壮年。**韶颜**：指美好的容貌。比喻青春年少。**少年非**：典出《淮南子·原道》：“蘧伯玉年五十而有四十九年非”。蘧伯玉50岁时就有50次变化，因感到自己49年的所作所为不正确。后人用“蘧瑗知非”、“今是昨非”、“知非”、“前事非”“少年非”等表示不断改过，重新做起，多含过往不堪回首之意；亦用以指年岁。**虚槛**：栏杆。

鹧鸪天·四季情思

四　首

春　愁

春与春愁逐日长，欲清诗思更焚香。长汀细草愁春浪，野渡空船荡夕阳。　游胜境，访仙乡，水声山翠剔愁肠。忽惊万事随流水，都是人间戏一场。

第一句集自李群玉【送客往涔阳】："**春与春愁逐日长**，远人天畔远思乡。苹生水绿不归去，孤负东溪七里庄。"见《全唐诗》卷五七〇。

第二句集自皮日休【寒日书斋即事三首】之一："参佐三间似草堂，恬然无事可成忙。移时寂历烧松子，尽日殷勤拂乳床。将近道斋先衣褐，**欲清诗思更焚香**。空庭好待中宵月，独礼星辰学步罡。"见《全唐诗》卷六一四。

第三句集自李咸用【湘浦有怀】："鸿雁哀哀背朔方，余霞倒影画潇湘。**长汀细草愁春浪**，古渡寒花倚夕阳。鬼树夜分千炬火，渔舟朝卷一蓬霜。侬家本是持竿者，为爱明时入帝乡。"见《全唐诗》卷六四六。

第四句集自韩偓【即目二首】之一："万古离怀憎物色，几生愁绪溺风光。废城沃土肥春草，**野渡空船荡夕阳**。倚道向人多脉脉，为情因酒易伥伥。宦途弃掷须甘分，回避红尘是所长。"见《全唐诗》卷六八〇。

第五句集自徐氏【题彭州阳平化】："寻真**游胜境**，巡礼到阳平。水远波澜碧，山高气象清。殿严孙氏貌，碑暗系师名。夜月登坛醮，松风森磬声。"见《全唐诗》卷九。

第六句集自皎然【晚春寻桃源观】："武陵何处**访仙乡**，古观云根路已荒。细草拥坛人迹绝，落花沈涧水流香。山深有雨寒犹在，松老无风韵亦长。全觉此身离俗境，玄机亦可照迷方。"见《全唐诗》卷八一七。

第七句集自徐夤【山寺寓居】："高卧东林最上方，**水声山翠剔愁肠**。白云送雨笼僧阁，黄叶随风入客堂。终去四明成大道，暂从双鬓许秋霜。披缁学佛应无分，鹤氅谈空亦不妨。”见《全唐诗》卷七〇九。

第八句集自韩翃【赠别太常李博士兼寄两省旧游】:“两年戴武弁，趋侍明光殿。一朝簪惠文，客事信陵君。简异当朝执，香非寓直熏。差肩何记室，携手李将军。玉镫初回酸枣馆，金钿正舞石榴裙。**忽惊万事随流水**，不见双旌逐塞云。感旧抚心多寂寂，与君相遇头初白。暂夸五首军中诗，还忆万年枝下客。昨日留欢今送归，空披秋水映斜晖。闲吟佳句对孤鹤，惆怅寒霜落叶稀。”见《全唐诗》卷二四三。

第九句集自白居易【老病相仍以诗自解】:“荣枯忧喜与彭殇，**都是人间戏一场**。虫臂鼠肝犹不怪，鸡肤鹤发复何伤。昨因风发甘长往，今遇阳和又小康。还似远行装束了，迟回且住亦何妨。”见《全唐诗》卷四五八。

夏　吟

夏里松风尽足听，搜天斡地觅诗情。空将方寸荷知己，似证禅心入大乘。 吟有泪，听无声，感时心绪杳难平。何人会得其中事，浮世除诗尽强名。

第一句集自皮日休【怀锡山药名离合二首】之一:“暗窦养泉容决决，明园护桂放亭亭。历山居处当天半，**夏里松风尽足听**。”见《全唐诗》卷六一六。

第二句集自元稹【和乐天赠杨秘书】:“旧与杨郎在帝城，**搜天斡地觅诗情**。曾因并句甘称小，不为论年便唤兄。刮骨直穿由苦斗，梦肠翻出暂闲行。因君投赠还相和，老去那能竞底名。”见《全唐诗》卷四一五。

第三句集自刘沧【秋日山斋书怀】:“启户清风枕簟幽，虫丝吹落挂帘钩。蝉吟高树雨初霁，人忆故乡山正秋。浩渺蒹葭连夕照，萧疏杨柳隔沙洲。**空将方寸荷知己**，身寄烟萝恩未酬。”见《全唐诗》卷五八六。

第四句集自张祜【题画僧二首】之二:“瘦颈隆肩碧眼生，翰林亲赞虎头能。终年不语看如意，**似证禅心入大乘**。”见《全唐诗》卷五一一。

第五句集自薛能【题后集】："诗源何代失澄清，处处狂波污后生。常感道孤**吟有泪**，却缘风坏语无情。难甘恶少欺韩信，枉被诸侯杀祢衡。纵到缑山也无益，四方联络尽蛙声。"见《全唐诗》卷六五〇。

第六句集自李嘉佑【送严员外】："春风倚棹阖闾城，水国春寒阴复晴。细雨湿衣看不见，闲花落地**听无声**。日斜江上孤帆影，草绿湖南万里情。君去若逢相识问，青袍今已误儒生。"见《全唐诗》卷二〇七。

第七句集自李煜【九月十日偶书】："晚雨秋阴酒乍醒，**感时心绪杳难平**。黄花冷落不成艳，红叶飕飗竞鼓声。背世返能厌俗态，偶缘犹未忘多情。自从双鬓斑斑白，不学安仁却自惊。"见《全唐诗》卷八。

第八句集自韩翃【留题宁川香盖寺壁】："爱远登高尘眼开，为怜萧寺上经台。山川谁识龙蛇蛰，天地自迎风雨来。柳放寒条秋已老，雁摇孤翼暮空回。**何人会得其中事**，又被残花落日催。"见《全唐诗》卷二四五。

第九句集自杜牧【湖南正初招李郢秀才】："行乐及时时已晚，对酒当歌歌不成。千里暮山重叠翠，一溪寒水浅深清。高人以饮为忙事，**浮世除诗尽强名**。看著白苹芽欲吐，雪舟相访胜闲行。"见《全唐诗》卷五二二。

斡wò：转，旋。如斡旋天地。**荷**：表示感谢或客气。**禅心**：谓清静寂定的心境。**大乘**：公元1世纪左右逐步形成的佛教派别。**杳**：渺茫，遥远。**浮世**：人间，人世。旧时认为人世间是浮沉聚散不定的，故称。**强名**：勉强称做，虚名。语出《老子》："吾不知其名，强字之曰道。"

秋　悲

老去悲秋强自宽，宦情微禄免相关。从他人说从他笑，各自当情各自欢。倾白酒，对青山，时时醉向酒家眠。尊前莫话诗三百，浮世谁能得尽看。

第一句集自杜甫【九日蓝田崔氏庄】："**老去悲秋强自宽**，兴来今日尽君欢。羞将短发还吹帽，笑倩旁人为正冠。蓝水远从千涧落，玉山高并两峰寒。明年此会知谁健，醉把茱萸子细看。"见《全唐诗》卷二二四。

第二句集自汪遵【彭泽】："鹤爱孤松云爱山，**宦情微禄免相关**。栽成五柳吟归去，漉酒巾边伴菊闲。"见《全唐诗》卷六〇二。

第三句集自贯休【山居诗二十四首】之十二："翠窦烟岩画不成，桂华瀑沫杂芳馨。拨霞扫雪和云母，掘石移松得茯苓。好鸟傍花窥玉磬，嫩苔和水没金瓶。**从他人说从他笑**，地覆天翻也只宁。"见《全唐诗》卷八三七。

第四句集自元稹【放言五首】之四："安得心源处处安，何劳终日望林峦。玉英惟向火中冷，莲叶元来水上干。宁戚饭牛图底事，陆通歌凤也无端。孙登不语启期乐，**各自当情各自欢**。"见《全唐诗》卷四一三。

第五句集自李珣【杂歌谣辞·渔父歌】："避世垂纶不记年，官高争得似君闲。**倾白酒，对青山**，笑指柴门待月还。"见《全唐诗》卷二九。

第六句集自崔颢【雁门胡人歌】："高山代郡东接燕，雁门胡人家近边。解放胡鹰逐塞鸟，能将代马猎秋田。山头野火寒多烧，雨里孤峰湿作烟。闻道辽西无斗战，**时时醉向酒家眠**。"见《全唐诗》卷一三〇。

第七句集自韦庄【病中闻相府夜宴戏赠集贤卢学士】："满筵红蜡照香钿，一夜歌钟欲沸天。花里乱飞金错落，月中争认绣连干。**尊前莫话诗三百**，醉后宁辞酒十千。无那两三新进士，风流长得饮徒怜。"见《全唐诗》卷六九九。

第八句集自张蠙【十五夜与友人对月】："每到月圆思共醉，不宜同醉不成欢。一千二百如轮夜，**浮世谁能得尽看**。"见《全唐诗》卷七〇二。

冬　闲

屐齿难忘在水边，随缘逐处便安闲。家无忧累身无事，眼不浮华耳不喧。吟丽句，学前贤，低头只是为诗篇。舟横野渡寒风急，笑指渔翁钓暮烟。

第一句集自薛能【自广汉游三学山】:“残阳终日望栖贤，归路携家得访禅。世缺一来应薄命，雨留三宿是前缘。诗题不忍离岩下，**屐齿难忘在水边**。猿鸟可知僧可会，此心常似有香烟。”见《全唐诗》卷五六〇。

第二句集自白居易【咏怀】:“**随缘逐处便安闲**，不入朝廷不住山。心似虚舟浮水上，身同宿鸟寄林间。尚平婚嫁了无累，冯翊符章封却还。处分贫家残活计，匹如身后莫相关。”见《全唐诗》卷四五五。

第三句集自白居易【病中诗十五首·病中五绝句】之二:“方寸成灰鬓作丝，假如强健亦何为。**家无忧累身无事**，正是安闲好病时。”见《全唐诗》卷四五八。

第四句集自杜荀鹤【题江寺禅和】:“江寺禅僧似悟禅，坏衣芒履住茅轩。懒求施主修真像，翻说经文是妄言。出浦钓船惊宿雁，伐岩樵斧迸寒猿。行人莫问师宗旨，**眼不浮华耳不喧**。”见《全唐诗》卷六九二。

第五句集自姚合【和李绅助教不赴看花】:“笑辞聘礼深坊住，门馆长闲似退居。太学官资清品秩，高人公事说经书。年华未是登朝晚，春色何因向酒疏。**且看牡丹吟丽句**，不知此外复何如。”见《全唐诗》卷五〇一。

第六句集自杜荀鹤【乱后旅中遇友人】:“念子为儒道未亨，依依心向十年兄。莫依乱世轻依托，须**学前贤**隐姓名。大国未知何日静，旧山犹可入云耕。不如自此同归去，帆挂秋风一信程。”见《全唐诗》卷六九二。

第七句集自朱庆余【题王丘长史宅】:“更无人吏在门前，不似居官似学仙。药气暗侵朝服上，花阴晚到簿书边。玉琴闲把看山坐，筒簟长铺与客眠。时见街中骑瘦马，**低头只是为诗篇**。”见《全唐诗》卷五一四。

第八句集自许浑【赠李伊阙】:“桐履如飞不可寻，一壶双笈峄阳琴。**舟横野渡寒风急**，门掩荒山夜雪深。贫笑白驹无去意，病惭黄鹄有归心。云间二室劳君画，水墨苍苍半壁阴。”见《全唐诗》卷五三四。

第九句集自刘兼【中春宴游】:“二月风光似洞天，红英翠萼簇芳筵。楚王云雨迷巫峡，江令文章媚蜀笺。歌黛入颦春袖敛，舞衣新绣晓霞鲜。酒阑香袂初分散，**笑指渔翁钓暮烟**。”见《全唐诗》卷七六六。

屐齿：屐底的齿。这里指足迹、游踪。

鹧鸪天·新春乐

一曲清箫凌紫烟，莺啼燕语报新年。等闲将度三春景，遇兴高吟一百篇。 无系绊，没愁煎，心同草树乐春天。相邀共醉杯中绿，不作诗魔即酒颠。

第一句集自刘言史【赠成炼师四首】之一："花冠蕊帔色婵娟，**一曲清箫凌紫烟**。不知今日重来意，更住人间几百年。"见《全唐诗》卷四六八。

第二句集自刘长卿【赋得】："**莺啼燕语报新年**，马邑龙堆路几千。家住层城临汉苑，心随明月到胡天。机中锦字论长恨，楼上花枝笑独眠。为问元戎窦车骑，何时返旆勒燕然。"见《全唐诗》卷一五一。

第三句集自李珣【菩萨蛮】："**等闲将度三春景**，帘垂碧砌参差影。曲槛日初斜，杜鹃啼落花。 恨君容易处，又话潇湘去。凝思倚屏山，泪流红脸斑。"见《全唐诗》卷八九六。

第四句集自吕岩【七言】之九："世上何人会此言，休将名利挂心田。等闲倒尽十分酒，**遇兴高吟一百篇**。物外烟霞为伴侣，壶中日月任婵娟。他时功满归何处，直驾云车入洞天。"见《全唐诗》卷八五七。

第五句集自欧阳炯【渔父歌二首】之一："摆脱尘机上钓船，免教荣辱有流年。**无系绊，没愁煎**，须信船中有散仙。"见《全唐诗》卷七六一。

第六句集自张说【奉和三日祓禊渭滨应制】："青郊上巳艳阳年，紫禁皇游祓渭川。幸得欢娱承湛露，**心同草树乐春天**。"见《全唐诗》卷八九。

第七句集自李白【对雪醉后赠王历阳】："有身莫犯飞龙鳞，有手莫辫猛虎须。君看昔日汝南市，白头仙人隐玉壶。子猷闻风动窗竹，**相邀共醉杯中绿**。历阳何异山阴时，白雪飞花乱人目。君家有酒我何愁，客多乐酣秉烛游。谢尚自能鸲鹆舞，相如免脱鹔鹴裘。清晨鼓棹过江去，千里相思明月楼。"见《全唐诗》卷一七一。

第八句集自刘禹锡【春日书怀，寄东洛白二十二杨八二庶子】："曾向空门学坐禅，如今万事尽忘筌。眼前名利同春梦，醉里风情敌少年。野草芳菲红锦地，游丝撩乱碧罗天。

心知洛下闲才子，**不作诗魔即酒颠**。”见《全唐诗》卷三六〇。

诗魔：指酷爱做诗好像着了魔一般的人。**酒颠**：酒后态度狂放，也指酒后态度狂放的人。

鹧鸪天·乙未新春感怀

应笑无成一布衣，退闲何事不忘机。但将酩酊酬佳节，独倚栏干看落晖。 空寂寞，复徘徊。相逢相识且衔杯。更无尘事心头起，所贵愁肠得酒开。

第一句集自罗隐【东归途中作】：“松橘苍黄覆钓矶，早年生计近年违。老知风月终堪恨，贫觉家山不易归。别岸客帆和雁落，晚程霜叶向人飞。买臣严助精灵在，**应笑无成一布衣**。”见《全唐诗》卷六五八。

第二句集自吴融【得京中亲友书，讶久无音耗，以诗代谢】：“**退闲何事不忘机**，况限溪云静掩扉。马頬浪高鱼去少，鸡鸣关险雁来稀。无才敢更期连茹，有意兼思学采薇。珍重故人知我者,九霄休复寄音徽。”见《全唐诗》卷六八七。

第三句集自杜牧【九日齐安登高】：“江涵秋影雁初飞，与客携壶上翠微。尘世难逢开口笑，菊花须插满头归。**但将酩酊酬佳节**，不用登临叹落晖。古往今来只如此，牛山何必泪沾衣。”见《全唐诗》卷五二二。

第四句集自黄巢【自题像】：“记得当年草上飞，铁衣著尽著僧衣。天津桥上无人识，**独倚栏干看落晖**。”见《全唐诗》卷七三三。

第五句集自白行简【李都尉重阳日得苏属国书】：“降虏意何如，穷荒九月初。三秋异乡节，一纸故人书。对酒情无极，开缄思有余。感时**空寂寞**，怀旧几踌躇。雁尽平沙迥，烟销大漠虚。登台南望处，掩泪对双鱼。”见《全唐诗》卷四六六。

第六句集自韦应物【伤逝】：“染白一为黑，焚木尽成灰。念我室中人，逝去亦不回。

结发二十载，宾敬如始来。提携属时屯，契阔忧患灾。柔素亮为表，礼章夙所该。仕公不及私，百事委令才。一旦入闺门，四屋满尘埃。斯人既已矣，触物但伤摧。单居移时节，泣涕抚婴孩。知妄谓当遣，临感要难裁。梦想忽如睹，惊起**复徘徊**。此心良无已，绕屋生蒿莱。”见《全唐诗》卷一九一。

第七句集自崔惠童【宴城东庄】：“一月主人笑几回，**相逢相识且衔杯**。眼看春色如流水，今日残花昨日开。”见《全唐诗》卷二五八。

第八句集自李山甫【山中寄梁判官】：“归卧东林计偶谐，柴门深向翠微开。**更无尘事心头起**，还有诗情象外来。康乐公应频结社，寒山子亦患多才。星郎雅是道中侣，六艺拘牵在隗台。”见《全唐诗》卷六四三。

第九句集自胡曾【咏史诗·高阳池】：“古人未遇即衔杯，**所贵愁肠得酒开**。何事山公持玉节，等闲深入醉乡来。”见《全唐诗》卷六四七。

衔杯：也作“衔盃”、“衔栝”。口含酒杯，多指饮酒。晋·刘伶《酒德颂》：“捧罂承槽，衔杯漱醪。”

鹧鸪天·渡头农民文学社五周年座谈会

2010年8月1日，在渡头村外秀丽的漓江畔举办“渡头农民文学社成立五周年座谈会”，市县文学界人士和渡头村文学爱好者共聚江边座谈酬唱。

客到开尊便共欢，故乡风土我偏谙。莫言白雪少人听，谁道淳风去不还。 诗胆大，酒肠宽，相招一和白云篇。兴来逸气如涛涌，醉听清吟胜管弦。

第一句集自白居易【初冬即事呈梦得】：“青毡帐暖喜微雪，红地炉深宜早寒。走笔小诗能和否，泼醅新酒试尝看。僧来乞食因留宿，**客到开尊便共欢**。临老交亲零落尽，希君恕我取人宽。”见《全唐诗》卷四五七。

第二句集自方干【与乡人鉴休上人别】：“此日因师话乡里，**故乡风土我偏谙**。一枝竹叶如溪北，半树梅花似岭南。山夜猎徒多信犬，雨天村舍未催蚕。如今休作还家意，两须垂丝已不堪。”见《全唐诗》卷六五一。

第三句集自汪遵【郢中】：“**莫言白雪少人听**，高调都难称俗情。不是楚词询宋玉，巴歌犹掩绕梁声。”见《全唐诗》卷六〇二。

第四句集自齐己【咏怀寄知己】：“已得浮生到老闲，且将新句拟玄关。自知清兴来无尽，**谁道淳风去不还**。三百正声传世后，五千真理在人间。此心终待相逢说，时复登楼看暮山。”见《全唐诗》卷八四五。

第五句集自刘叉【自问】：“自问彭城子，何人授汝颠。**酒肠宽**似海，**诗胆大**于天。断剑徒劳匣，枯琴无复弦。相逢不多合，赖是向林泉。”见《全唐诗》卷三九五。

第六句集自郎士元【冯翊西楼】：“城上西楼倚暮天，楼中归望正凄然。近郭乱山横古渡，野庄乔木带新烟。北风吹雁声能苦，远客辞家月再圆。陶令好文常对酒，**相招一和白云篇**。”见《全唐诗》卷二四八。

第七句集自李颀【放歌行答从弟墨卿】：“小来好文耻学武，世上功名不解取。虽沾寸禄已后时，徒欲出身事明主。柏梁赋诗不及宴，长楸走马谁相数。敛迹俯眉心自甘，高歌击节声半苦。由是蹉跎一老夫，养鸡牧豕东城隅。空歌汉代萧相国，肯事霍家冯子都。徒尔当年声籍籍，滥作词林两京客。故人斗酒安陵桥，黄鸟春风洛阳陌。吾家令弟才不羁，五言破的人共推。**兴来逸气如涛涌**，千里长江归海时。别离短景何萧索，佳句相思能间作。举头遥望鲁阳山，木叶纷纷向人落。”见《全唐诗》卷一三三。

第八句集自白居易【与梦得沽酒闲饮，且约后期】：“少时犹不忧生计，老后谁能惜酒钱。共把十千沽一斗，相看七十欠三年。闲征雅令穷经史，**醉听清吟胜管弦**。更待菊黄家酝熟，共君一醉一陶然。”见《全唐诗》卷四五七。

白雪：指阳春白雪。战国楚·宋玉《对楚王问》：“‘其为‘阳春’、‘白雪’，国中属而和者数十人。”指战国时代楚国的一种高雅乐曲，喻指高深的文艺作品，常跟“下里巴人”对举。又常喻指高雅的诗词。**淳风**：敦厚古朴的风俗。**白云篇**：见本书《六十一初度感怀》第六首注。**逸气**：超脱的气概、气度。**清吟**：清美的吟哦，清雅的吟诵。

阳朔唱酬

阳朔花迎棹
逢歌且唱酬

——郑谷、黄滔诗句

寄钱绍武先生

曾向桃源烂漫游，携觞共下木兰舟。

静酬嘉唱对幽景，赢得清名万古流。

第一句集自韦庄【庭前桃】："**曾向桃源烂漫游**，也同渔父泛仙舟。皆言洞里千株好，未胜庭前一树幽。带露似垂湘女泪，无言如伴息妫愁。五陵公子饶春恨，莫引香风上酒楼。"见《全唐诗》卷六九九。

第二句集自章碣【春日经湖上友人别业】："何处狂歌破积愁，**携觞共下木兰舟**。绿泉溅石银屏湿，黄鸟逢人玉笛休。天借烟霞装岛屿，春铺锦绣作汀洲。一年一电逡巡事，不合花前不醉游。"见《全唐诗》卷六六九。

第三句集自李山甫【山中览刘书记新诗】："记室新诗相寄我，蔼然清绝更无过。溪风满袖吹骚雅，岩瀑无时滴薜萝。云外山高寒色重，雪中松苦夜声多。**静酬嘉唱对幽景**，苍鹤羸栖古木柯。"见《全唐诗》卷六四三。

第四句集自杜光庭【题莫公台】："奇绝巍台峙浊流，古来人号小瀛洲。路通霄汉云迷晚，洞隐鱼龙月浸秋。举首摘星河有浪，自天图画笔无钩。将军悟却希夷诀，**赢得清名万古流**。"见《全唐诗》卷八五四。

钱绍武：著名的雕塑家、书法家、画家，对古诗词亦很有研究。笔者有幸多次陪钱老游漓江、遇龙河和世外桃源等景点，并多次聆听钱老和他的夫人何玲吟诵古诗词。常忆及和钱老一起畅游阳朔、共赴汉中、同赏太湖的情景。

寄王庆新先生

酒语诗情替别愁，云泥不可得同游。

寄君千里遥相忆，难是言休即便休。

第一句集自元稹【沣西别乐天博载樊宗宪李景信两秀才侄谷三月三十日相饯送】:“今朝相送自同游，**酒语诗情替别愁**。忽到沣西总回去，一身骑马向通州。”见《全唐诗》卷四一四。

第二句集自白居易【奉和裴令公三月上巳日游太原龙泉忆去岁禊洛见示之作】:“去岁暮春上巳。共泛洛水中流。今岁暮春上巳，独立香山下头。风光闲寂寂，旌旆远悠悠。丞相府归晋国，太行山碍并州。鹏背负天龟曳尾，**云泥不可得同游**。”见《全唐诗》卷四五七。

第三句集自李白【忆旧游，寄谯郡元参军】:“……渭桥南头一遇君，酂台之北又离群。问余别恨知多少，落花春暮争纷纷。言亦不可尽，情亦不可极。呼儿长跪缄此辞，**寄君千里遥相忆**。”见《全唐诗》卷一七二。

第四句集自贯休【山居诗二十四首】之二:“**难是言休即便休**，清吟孤坐碧溪头。三间茆屋无人到，十里松阴独自游。明月清风宗炳社，夕阳秋色庾公楼。修心未到无心地，万种千般逐水流。”见《全唐诗》卷八三七。

云泥：见《渔歌子·桂林中学同学阳朔聚会》注。

王庆新：中国楹联学会（历任）秘书长、副会长、顾问，荣膺“全国联坛十秀”称号，为中华诗词学会会员，中国书法家协会会员、嵌名联墨“大世界基尼斯纪录”保持者。现任北京华夏诗联书画院院长、国家民政部社工协会工益委常委、国家文化部民族民间艺术专家委员会艺术总监等。2001年春，王庆新先生游阳朔，曾撰书嵌名联“焕才云路赏丹桂，艺我素怀撷琼林”相赠，笔者一直珍藏。

寄宣奉华副会长

2014年12月18日，中华诗词学会副会长宣奉华一行与渡头文学社诸诗友在渡头村漓江边风光秀丽的五塔连滩相聚，席间诗词酬答，山歌对唱，宣副会长也即兴赋诗。惜聚会时间太短，令人惆怅，特集唐人句以寄。

得意高吟景且幽，教人相忆几时休？

知君苦思缘诗瘦，愿伴田苏日日游。

第一句集自李中【思九江旧居三首】之三："无机终日狎沙鸥，**得意高吟景且幽**。槛底江流偏称月，檐前山朵最宜秋。遥村处处吹横笛，曲岸家家系小舟。别后再游心未遂，设屏惟画白苹洲。"见《全唐诗》卷七四七。

第二句集自孙光宪【虞美人】："红窗寂寂无人语，暗淡梨花雨。绣罗纹地粉新描，博山香炷旋抽条，睡魂销。天涯一去无消息，终日长相忆。**教人相忆几时休**？不堪枨触别离愁，泪还流。"见《全唐诗》卷八九七。

第三句集自杜甫【暮登四安寺钟楼寄裴十（迪）】："暮倚高楼对雪峰，僧来不语自鸣钟。孤城返照红将敛，近市浮烟翠且重。多病独愁常阒寂，故人相见未从容。**知君苦思缘诗瘦**，大向交游万事慵。"见《全唐诗》卷二二六。

第四句集自白居易【题崔少尹上林坊新居】："坊静居新深且幽，忽疑缩地到沧洲。宅东篱缺嵩峰出，堂后池开洛水流。高下三层盘野径，沿洄十里泛渔舟。若能为客烹鸡黍，**愿伴田苏日日游**。"见《全唐诗》卷四五八。

田苏：《左传·襄公七年》："无忌不才，让，其可乎？请立起也。与田苏游，而曰'好仁'。"杜预注："田苏，晋贤人。苏言起好仁。"后借指田苏为贤德长者，宣春华副会长笔名田苏，此又指宣奉华先生。

寄王健女士

1995年春，著名词作家王健在阳朔赠笔者《电视连续剧三国演义歌曲集·滚滚长江东流水》。2001年冬在北京又赠《人生随笔·牵牛花引》一书。

男儿未必尽英雄，一曲高歌水向东。

长被有情邀唱和，飘飘才思杳无穷。

第一句集自罗隐【王濬墓】：“**男儿未必尽英雄**，但到时来即命通。若使吴都犹王气，将军何处立殊功。”见《全唐诗》卷六五八。

第二句集自韩偓【残花】：“余霞残雪几多在，蔫香冶态犹无穷。黄昏月下惆怅白，清明雨后寥梢红。树底草齐千片净，墙头风急数枝空。西园此日伤心处，**一曲高歌水向东**。”见《全唐诗》卷六八二。

第三句集自杨巨源【酬崔博士】：“自知顽叟更何能，唯学雕虫谬见称。**长被有情邀唱和**，近来无力更祗承。青松树杪三千鹤，白玉壶中一片冰。今日为君书壁右，孤城莫怕世人憎。”见《全唐诗》卷三三三。

第四句集自杜牧【送刘秀才归江陵】：“彩服鲜华觐渚宫，鲈鱼新熟别江东。刘郎浦夜侵船月，宋玉亭春弄袖风。落落精神终有立，**飘飘才思杳无穷**。谁人世上为金口，借取明时一荐雄。”见《全唐诗》卷五二二。

飘飘：形容思想、意趣高远。**杳**yǎo：深远、高远。

寄王炜先生

世间何事不潸然，忆得当时水似天。

从此别君千万里，可堪风景促流年。

第一句集自蜀宫群仙【麻姑】:“**世间何事不潸然**，得失人情命不延。适向蔡家厅上饮，回头已见一千年。”见《全唐诗》卷八六三。

第二句集自雍陶【望月怀江上旧游】:“往岁曾随江客船，秋风明月洞庭边。为看今夜天如水，**忆得当时水似天**。”见《全唐诗》卷五一八。

第三句集自刘长卿【赴南中题褚少府湖上亭子】:“种田东郭傍春陂，万事无情把钓丝。绿竹放侵行径里，青山常对卷帘时。纷纷花落门空闭，寂寂莺啼日更迟。**从此别君千万里**，白云流水忆佳期。”见《全唐诗》卷一五一。

第四句集自李郢【早秋书怀】:“高梧一叶坠凉天，宋玉悲秋泪洒然。霜拂楚山频见菊，雨零溪树忽无蝉。虚村暮角催残日，近寺归僧寄野泉。青鬓已缘多病镊，**可堪风景促流年**。”见《全唐诗》卷五九〇。

潸然：流泪的样子。**可堪**：犹言那堪、怎堪，即“哪能禁得住”的意思。**流年**：如水般流逝的光阴、年华。

王炜：乃著名艺术大师王琦先生之子，著名画家，擅国画、油画、书法。尤喜画荷，以国画、油画创作的残荷别具特色。笔者还在阳朔徐悲鸿故居大院居住时，曾接待王先生在徐悲鸿故居居住，并同游漓江风光。笔者亦数次到北京拜访王先生。

寄蒋连砧先生

何人不爱牡丹花，香胜烧兰红胜霞。

绝艺如君天下少，国凭骚雅变浮华。

第一句集自徐凝【牡丹】:“**何人不爱牡丹花**，占断城中好物华。疑是洛川神女作，千娇万态破朝霞。”见《全唐诗》卷四七四。

第二句集自白居易【看恽家牡丹花赠李二十】:“**香胜烧兰红胜霞**，城中最数令公家。人人散后君须看，归到江南无此花。”见《全唐诗》卷四三六。

第三句集自杜牧【重送绝句】:“**绝艺如君天下少**，闲人似我世间无。别后竹窗风雪夜，一灯明暗覆吴图。”见《全唐诗》卷五二一。

第四句集自章孝标【赠刘宽夫昆季】:“文聚星辰衣彩霞，问谁兄弟是刘家。雁行云掺参差翼，琼树风开次第花。天假声名悬日月，**国凭骚雅变浮华**。曾穷晋汉儒林传，龙虎虽多未足夸。”见《全唐诗》卷五〇六。

骚雅:《离骚》与《诗经》中《大雅》《小雅》的并称，借指由《诗经》和《离骚》所奠定的古诗优秀风格和传统，又指风流儒雅。

蒋连砧:“国画之乡”的安徽萧县人。1992年笔者陪他游漓江后，他在阳朔创作的漓江山水画《一江舟楫万家春》于第二年4月在联合国教科文组织举办的巴黎绘画艺术展中获大奖。擅山水、花鸟、书法。为深华画院院长，东方国际书画研究会秘书长，《深圳周末文艺》报副总编。出版有《蒋连砧书画艺术》等书。先后在中国美术馆、上海美术馆、巴黎大皇宫、欧洲光华画廊、法国埃松省艺术中心及日本等地举办个人画展。1993年荣获“法国美术家协会奖”，许多作品被中国美术馆、人民大会堂等收藏。曾赠笔者牡丹画。

赠李天刚先生

须知嘉会有因缘，书意诗情不偶然。

两幅彩笺挥逸翰，余香犹在墨犹新。

第一句集自吴越僧【武肃王有旨，石桥设斋会，进一诗，共六首】之五:“幡花宝盖满青川，祈祷迎来圣半千。莫道胜缘无影响，**须知嘉会有因缘**。空中长似闻天乐，岩畔常疑有地仙。何必更寻兜率去，重重灵应事昭然。”见《全唐诗》卷八五一。

第二句集自白居易【以诗代书酬慕巢尚书见寄】:“**书意诗情不偶然**，苦云梦想在林泉。愿为愚谷烟霞侣，思结空门香火缘。每愧尚书情眷眷，自怜居士病绵绵。不知待得心期否，老校于君六七年。”见《全唐诗》卷四五九。

第三句集自白居易【酬思黯相公晚夏雨后感秋见赠】:“暮去朝来无歇期，炎凉暗向雨中移。夜长只合愁人觉，秋冷先应瘦客知。**两幅彩笺挥逸翰**，一声寒玉振清辞。无忧无病身荣贵，何故沉吟亦感时。”见《全唐诗》卷四五七。

第四句集自金车美人【与谢翱赠答诗】之三:“一纸华笺洒碧云，**余香犹在墨犹新**。空添满目凄凉事，不见三山缥缈人。斜月照衣今夜梦，落花啼鸟去年春。红闺更有堪愁处，窗上虫丝几上尘。”见《全唐诗》卷八六六。

嘉会:欢乐的聚会。**逸翰**:高超的书法。

李天刚:广西临桂人。现为广西大学文学院艺术研究中心副主任，新华社广西画院常务副院长。擅画虎和牡丹，其书法亦佳。2011年夏，笔者赠《唐诗集句诗词——漓水吟怀》一书给李天刚先生，李先生为笔者书写集句诗多首和陶渊明《饮酒诗》之五。

五塔连滩赠周榕林先生

共把离觞向水边，闲吟对酒倍潸然。

与君后会知何日，鱼在深潭鹤在天。

第一句集自来鹄【宛陵送李明府罢任归江州】:“菊花村晚雁来天，**共把离觞向水边**。官满便寻垂钓侣，家贫已用卖琴钱。浪生湓浦千层雪，云起炉峰一炷烟。倘见吾乡旧知己，为言憔悴过年年。”见《全唐诗》卷六四二。

第二句集自邓洵美【答同年李昉见赠次韵】:“词场几度让长鞭，又向清朝贺九迁。品秩虽然殊此日，岁寒终不改当年。驰名早已超三院，侍直仍忻步八砖。今日相逢翻自愧，**闲吟对酒倍潸然**。”见《全唐诗》卷七三四。

第三句集自元稹【别后西陵晚眺】:“晚日未抛诗笔砚，夕阳空望郡楼台。**与君后会知何日**，不似潮头暮却回。”见《全唐诗》卷四一七。

第四句集自刘禹锡【怀妓】之一:“玉钗重合两无缘，**鱼在深潭鹤在天**。得意紫鸾休舞镜，能言青鸟罢衔笺。金盆已覆难收水，玉轸长抛不续弦。若向蘼芜山下过，遥将红泪洒穷泉。”见《全唐诗》卷三六一。

周榕林：1942年生于桂林，中国书法家协会会员，广西文史研究馆馆员，高级工艺美术师，书法作品多次入选全国展，获广西首届文艺创作最高奖铜鼓奖，著有《周榕林书法精选》《古诗五十首行书隶书字帖》。

陪衣卫兄游漓江并赠

狂心醉眼共裴回，何用相逢语旧怀。

知尔素多山水兴，陶情常以海为杯。

第一句集自方干【咏花】：“**狂心醉眼共裴回**，一半先开笑未开。此日不能偷折去，胡蜂直恐趁人来。”见《全唐诗》卷六五三。

第二句集自王季友【宿东溪李十五山亭】：“上山下山入山谷，溪中落日留我宿。松石依依当主人，主人不在意亦足。名花出地两重阶，绝顶平天一小斋。本意由来是山水，**何用相逢语旧怀**。”见《全唐诗》卷二五九。

第三句集自刘商【送刘寰北归】：“南巢登望县城孤，半是青山半是湖。**知尔素多山水兴**，此回归去更来无。”见《全唐诗》卷三〇四。

第四句集自杜荀鹤【和友人见题山居水阁八韵】：“池阁初成眼豁开，眼前霁景属微才。试攀檐果猿先见，才把渔竿鹤即来。修竹已多犹可种，艳花虽少不劳栽。南昌一榻延徐孺，楚国千钟逼老莱。未称执鞭奔紫陌，惟宜策杖步苍苔。笼禽岂是摩霄翼，涧木元非涧下材。鉴己每将天作镜，**陶情常以海为杯**。和君诗句吟声大，虫豸闻之谓蛰雷。”见《全唐诗》卷六九二。

狂心：本指狂妄或放荡的念头。也强烈的愿望。**醉眼**：醉后迷糊的眼睛。**陶情**：怡悦情性。唐·贾岛《和刘涵》:“陶情惜清澹，此意复谁攀。”

衣卫：1947年生于山东烟台，长于江苏常州，在政府和多个行业工作过。多年来协助其令亲台北的曹仲植先生致力于助残扶残工作并到阳朔助残。业余喜国画，擅画人物和马。好交友，豪酒。多次到阳朔，与笔者交厚。

阳朔会“读书岩诗社”诗友并赠

2014年3月25日，与广西师范大学“读书岩诗社”樊远宽教授等吟友在渡头村五塔连滩聚会唱酬。特集唐人句以赠诸诗友。

未能全尽世间缘，相见唯知携酒钱。

聚散穷通何足道，且听清脆好文篇。

第一句集自白居易【斋戒满夜，戏招梦得】:“纱笼灯下道场前，白日持斋夜坐禅。无复更思身外事，**未能全尽世间缘**。明朝又拟亲杯酒，今夕先闻理管弦。方丈若能来问疾，不妨兼有散花天。”见《全唐诗》卷四五六。

第二句集自皮日休【苦雨杂言寄鲁望】:“吴中十日涔涔雨，歊蒸庳下豪家苦。可怜临顿陆先生，独自翛然守环堵。儿饥仆病漏空厨，无人肯典破衣裾。蠹蠃时时上几案，蛙黾往往跳琴书。桃花米斗半百钱，枯荒湿坏炊不然。两床苮席一素几，仰卧高声吟太玄。知君志气如铁石，瓯冶虽神销不得。乃知苦雨不复侵，枉费毕星无限力。鹿门人作州从事，周章似鼠唯知醉。府金廪粟虚请来，忆著先生便知愧。愧多馈少真徒然，**相见唯知携酒钱**。豪华满眼语不信，不如直上天公笺。天公笺，方修次，且榜鸣篷来一醉。”见《全唐诗》卷六一六。

第三句集自白居易【答微之咏怀见寄】:“阁中同直前春事，船里相逢昨日情。分袂二年劳梦寐，并床三宿话平生。紫微北畔辞宫阙，沧海西头对郡城。**聚散穷通何足道**，醉来一曲放歌行。”见《全唐诗》卷四四六。

第四句集自白居易【十年三月三十日别微之于沣上十四年三月十一日夜遇微之于峡中停舟夷陵三宿而别言不尽者以诗终之因赋七言十七韵以赠且欲记所遇之地与相见之时为他年会话张本也】:“沣水店头春尽日，送君上马谪通川。夷陵峡口明月夜，此处逢君是偶然。一别五年方见面，相携三宿未回船。坐从日暮唯长叹，语到天明竟未眠。齿发蹉跎将五十，关河迢递过三千。生涯共寄沧江上，乡国俱抛白日边。往事渺茫都似梦，旧游流落半归泉。醉悲洒泪春杯里，吟苦支颐晓烛前。莫问龙钟恶官职，**且听清脆好文篇**。别来只是成诗癖，老去何曾更酒颠。各限王程须去住，重开离宴贵留连。黄牛渡北移征棹，白狗崖东卷别筵。神女台云闲缭绕，使君滩水急潺湲，风凄暝色愁杨柳，月吊宵声哭杜鹃。万丈赤幢潭底日，一条白练峡中天。君还秦地辞炎徼，我向忠州入瘴烟。未死会应相见在，又知何地复何年。”见《全唐诗》卷四四〇。

柳州聚会赠北大诸学长
四首

2007年12月28日，光明幼女阿琳出阁。北大同学从南宁、桂林齐赴柳州聚会相贺。在柳州赠七位学长唐诗集句各一首。这里录其中四首。

赠李刚学长

壮怀莫使酒杯干，况是新承置醴欢。

别后无人共君醉，明朝相忆路漫漫。

第一句集自殷尧藩【登凤凰台二首】之一:“凤凰台上望长安，五色宫袍照水寒。彩笔十年留翰墨，银河一夜卧阑干。三山飞鸟江天暮，六代离宫草树残。始信人生如一梦，**壮怀莫使酒杯干**。”见《全唐诗》卷四九二。

第二句集自徐铉【观吉王从谦花烛】:“王门嘉礼万人观，**况是新承置醴欢**。花烛喧阗丞相府，星辰摇动远游冠。歌声暂阕闻宫漏，云影初开见露盘。帝里佳期频赋颂，长留故事在金銮。”见《全唐诗》卷七五六。

第三句集自元稹【三泉驿】:“三泉驿内逢上巳，新叶趋尘花落地。劝君满盏君莫辞，**别后无人共君醉**。洛阳城中无限人，贵人自贵贫自贫。”见《全唐诗》卷四二一。

第四句集自贾至【送李侍郎赴常州】:“雪晴云散北风寒，楚水吴山道路难。今日送君须尽醉，**明朝相忆路漫漫**。”见《全唐诗》卷二三五。

李刚：见本书《陪李刚学长游漓江》介绍。

赠曾光明学长

腾腾兀兀步迟迟，相望长吟有所思。

此地几经人聚散，摇摇离绪不能持。

第一句集自贯休【山居诗二十四首】之十三:“**腾腾兀兀步迟迟**，兆朕消磨只自知。龙猛金膏虽未作，孙登土窟且相宜。薜萝山帔偏能缉，橡栗年粮亦且支。已得真人好消息，人间天上更无疑。”见《全唐诗》卷八三七。

第二句集自刘禹锡【再授连州至衡阳酬柳柳州赠别】:“去国十年同赴召，渡湘千里又分岐。重临事异黄丞相，三黜名惭柳士师。归目并随回雁尽，愁肠正遇断猿时。桂江东过连山下，**相望长吟有所思**。”见《全唐诗》卷三六一。

第三句集自李建勋【游栖霞寺】:“养花天气近平分，瘦马来敲白下门。晓色未开山意远，春容犹淡月华昏。琅琊冷落存遗迹，篱舍稀疏带旧村。**此地几经人聚散**，只今王谢独名存。”见《全唐诗》卷七三九。

第四句集自刘兼【春游】:“柳成金穗草如茵，载酒寻花共赏春。先入醉乡君莫问，十年风景在三秦。**摇摇离绪不能持**，满郡花开酒熟时。羞听黄莺求善友，强随绿柳展愁眉。隔云故国山千叠，傍水芳林锦万枝。圣主未容归北阙，且将勤俭抚南夷。”见《全唐诗》卷七六六。

腾腾兀兀：昏昏沉沉、恍恍惚惚。**摇摇**：心神不定的样子。**离绪**：惜别时的绵绵情思。

曾光明：广西柳江人，北京大学中文系毕业，柳江县进德中学一级教师。

赠覃韦初学长

先知左袒始同行，老去谁知感慨生。

客处不堪频送别，一壶清酒酌离情。

第一句集自司空图【杂题二首】之一："**先知左袒始同行**，须待龙楼羽翼成。若使只凭三杰力，犹应汉鼎一毫轻。"见《全唐诗》卷六三四。

第二句集自殷尧藩【端午日】："少年佳节倍多情，**老去谁知感慨生**。不效艾符趋习俗，但祈蒲酒话升平。鬓丝日日添头白，榴锦年年照眼明。千载贤愚同瞬息，几人湮没几垂名。"见《全唐诗》卷四九二。

第三句集自司空图【寓居有感三首】之三："黑须寄在白须生，一度秋风减几茎。**客处不堪频送别**，无多情绪更伤情。"见《全唐诗》卷六三三。

第四句集自李咸用【送人】："少皞开宫行帝业，无刃金风剪红叶。雁别边沙入暖云，蛩辞败草鸣香阁。有客为儒二十霜，酣歌郢雪时飘扬。不甘长在诸生下，束书携剑离家乡。利爪鞲上鹰，雄文雾中豹。可堪长与乌鸢噪，是宜摩碧汉以遐飞，出南山而远蹈。况今大朝公道，天子文明，团团月树悬青青。燕中有马如龙行，不换黄金无骏名。荆山有玉犹在璞，未遇良工虚掷鹊。**一壶清酒酌离情**，休向蒿中随雀跃。"见《全唐诗》卷六四四。

左袒：汉高祖刘邦死后，吕后当权，培植吕姓的势力，吕后死，太尉周勃夺取吕氏的兵权，就在军中对众人说："拥护吕氏的右袒（露出右臂），拥护刘氏的左袒。"军中都左袒。后来称偏护一方叫左袒，也指同心，意趣相投。

覃韦初：广西宜山人，北京大学中文系毕业，历任广西河池地区人事局局长，广西人事厅人才交流服务中心、干部考试中心、信息中心主任。

赠唐盛发学长

与君相顾空长叹，举酒须歌后会难。

浮世本来多聚散，离筵莫怆且同欢。

第一句集自白居易【画竹歌】："植物之中竹难写，古今虽画无似者。萧郎下笔独逼真，丹青以来唯一人。人画竹身肥臃肿，萧画茎瘦节节竦。人画竹梢死羸垂，萧画枝活叶叶动。不根而生从意生，不笋而成由笔成。野塘水边碕岸侧，森森两丛十五茎。婵娟不失筠粉态，萧飒尽得风烟情。举头忽看不似画，低耳静听疑有声。西丛七茎劲而健，省向天竺寺前石上见。东丛八茎疏且寒，忆曾湘妃庙里雨中看。幽姿远思少人别，**与君相顾空长叹**。萧郎萧郎老可惜，手颤眼昏头雪色。自言便是绝笔时，从今此竹尤难得。"见《全唐诗》卷四三五。

第二句集自薛逢【芙蓉溪送前资州裴使君归京宁拜户部裴侍郎】："桑柘林枯荞麦干，欲分离袂百忧攒。临溪莫话前途远，**举酒须歌后会难**。薄宦未甘霜发改，夹衣犹耐水风寒。遥知阮巷归宁日，几院儿童候马看。"见《全唐诗》卷五四八。

第三句集自李商隐【七月二十九日崇让宅宴作】："露如微霰下前池，月过回塘万竹悲。**浮世本来多聚散**，红蕖何事亦离披。悠扬归梦惟灯见，濩落生涯独酒知。岂到白头长只尔，嵩阳松雪有心期。"见《全唐诗》卷五四〇。

第四句集自白居易【韦七自太子宾客再除秘书监，以长句贺而饯之】："**离筵莫怆且同欢**，共贺新恩拜旧官。屈就商山伴麋鹿，好归芸阁狎鹓鸾。落星石上苍苔古，画鹤厅前白露寒。老监姓名应在壁，相思试为拂尘看。"见《全唐诗》卷四五五。

怆：悲伤。

唐盛发：广西扶绥人，北京大学中文系毕业，广西南宁职业技术学院副教授。

六十初度寄李刚曾光明覃韦初学长

应念京都共苦辛，诗情书意两殷勤。

如今好上高楼望，览景无时不忆君。

第一句集自罗隐【送人赴职任褒中】："物态时情难重陈，夫君此去莫伤春。男儿只要有知己，才子何堪更问津。万转江山通蜀国，两行珠翠见褒人。海棠花谢东风老，**应念京都共苦辛**。"见《全唐诗》卷六五八。

第二句集自白居易【得潮州杨相公继之书并诗，以此寄之】："**诗情书意两殷勤**，来自天南瘴海滨。初睹银钩还启齿，细吟琼什欲沾巾。凤池隔绝三千里，蜗舍沈冥十五春。唯有新昌故园月，至今分照两乡人。"见《全唐诗》卷四六〇。

第三句集自高骈【对雪】："六出飞花入户时，坐看青竹变琼枝。**如今好上高楼望**，盖尽人间恶路岐。"见《全唐诗》卷五九八。

第四句集自杜荀鹤【山中寄诗友】："山深长恨少同人，**览景无时不忆君**。庭果自从霜后熟，野猿频向屋边闻。琴临秋水弹明月，酒就东山酌白云。仙桂算攀攀合得，平生心力尽于文。"《全唐诗》卷六九二。

辛卯中秋赠黄介山张明非学长

一度逢圆一度吟，殷勤终是感知音。

凭阑寂寂看明月，料得君心似我心。

第一句集自孙蜀【中秋夜戏酬顾道流】："不那此身偏爱月，等闲看月即更深。仙翁每被嫦娥使，**一度逢圆一度吟**。"见《全唐诗》卷六〇七。

第二句集自杨巨源【冬夜陪丘侍御先辈听崔校书弹琴】:“雪满中庭月映林，谢家幽赏在瑶琴。楚妃波浪天南远，蔡女烟沙漠北深。顾盼何曾因误曲，**殷勤终是感知音**。若将雅调开诗兴，未抵丘迟一片心。”见《全唐诗》卷三三三。

第三句集自无名氏【席上歌】:“洞府深沉春日长，山花无主自芬芳。**凭阑寂寂看明月**，欲种桃花待阮郎。”见《全唐诗》卷八六七。

第四句集自刘得仁【对月寄同志】:“霜满中庭月在林，塞鸿频过又更深。支颐不语相思坐，**料得君心似我心**。”见《全唐诗》卷五四五。

黄介山：江苏南通人，毕业于北京大学中文系。广西师范大学教授，主要研究领域为思想政治教育及党建研究，主编《新时期党建学》等著作。曾任广西师范大学党委书记、校长。

张明非：见本书序言作者介绍。

赠沙地黑米

名姓多疑不是真，焕然文采照青春。

蜀笺写出篇篇好，健笔高科早绝伦。

第一句集自白居易【赠王山人】:“玉芝观里王居士，服气餐霞善养身。夜后不闻龟喘息，秋来唯长鹤精神。容颜尽怪长如故，**名姓多疑不是真**。贵重荣华轻寿命，知君闷见世间人。”见《全唐诗》卷四四九。

第二句集自殷尧藩【赠惟俨师】:“**焕然文采照青春**，一策江湖自在身。云锁木龛聊息影，雪香纸袄不生尘。谈禅早续灯无尽，护法重编论有神。拟扫绿阴浮佛寺，桫椤高树结为邻。”见《全唐诗》卷四九二。

第三句集自白居易【重答汝州李六使君见和忆吴中旧游五首】:“为忆娃宫与虎丘，玩君新作不能休。**蜀笺写出篇篇好**,吴调吟时句句愁。洛下林园终共住，江南风月会重游。

由来事过多堪惜，何况苏州胜汝州。”见《全唐诗》卷四四九。

第四句集自刘禹锡【酬国子崔博士立之见寄】：“**健笔高科早绝伦**，后来无不揖芳尘。遍看今日乘轩客，多是昔年呈卷人。胄子执经瞻讲坐，郎官共食接华茵。烦君远寄相思曲，慰问天南一逐臣。”见《全唐诗》卷三六一。

健笔：谓善于为文，亦借指雄健的文章。**高科**：科举高第。指考取最高学府。**绝伦**：无与伦比。

沙地黑米：作家张谦笔名。2007年3月29日，在阳朔甲天下茶楼赠笔者《沙地黑米带你游阳朔》一书，并知她是北京大学校友。读后有感而集此诗以赠。2009年8月购得她与先生沈东子的《品味桂林》一书，才知“沙地黑米”笔名的来历。

赠何开粹学长

已爱治书诗句逸，能将意气慰当年。

惟吾最爱清狂客，不似风骚寄一篇。

第一句集自皎然【遥和康录事李侍御萼小寒食夜重集康氏园林】：“习家寒食会何频，应恐流芳不待人。**已爱治书诗句逸**，更闻从事酒名新。庭芜暗积承双履，林花雷飞洒幅巾。谁见柰园时节共，还持绿茗赏残春。”见《全唐诗》卷八一五。

第二句集自羊士谔【客有自渠州来说常谏议使君故事，怅然成咏】：“才子长沙暂左迁，**能将意气慰当年**。至今犹有东山妓，长使歌诗被管弦。”见《全唐诗》卷三三二。

第三句集自杜甫【遣闷戏呈路十九曹长】：“江浦雷声喧昨夜，春城雨色动微寒。黄鹂并坐交愁湿，白鹭群飞大剧干。晚节渐于诗律细，谁家数去酒杯宽。**惟吾最爱清狂客**，百遍相看意未阑。”见《全唐诗》卷二三四。

第四句集自齐己【江居寄关中知己】：“多病多慵汉水边，流年不觉已皤然。旧栽花地添黄竹，新陷盆池换白莲。雪月未忘招远客，云山终待去安禅。八行书札君休问，**不似风**

骚寄一篇。”见《全唐诗》卷八四六。

治书：研究学问，编著书籍。**清狂**：放逸不羁。

何开粹：北京大学中文系毕业，原桂林市政协调研员，研究馆员，中华诗词学会会员，广西作家协会会员，编著有《桂林抗战文化城诗词选》《桂林赋》《阳朔赋》等多部。

高中同学聚会赠卢义书学长

桂林中学九十班同学2009年7月25日灵川聚会和8月1日梁业祖学长家再次相聚后，9月5日再赴恭城聚会，卢义书学长盛情接待，临别蒙赠恭城瑶乡特产“糯米酒”和“浓缩油茶”。

松竹风姿鹤性情，陈遵投辖正留宾。

相逢且莫推辞醉，别后都无劝酒人。

第一句集自温庭筠【经故秘书崔监扬州南塘旧居】：“昔年曾识范安成，**松竹风姿鹤性情**。西掖曙河横漏响，北山秋月照江声。乘舟觅吏经舆县，为酒求官得步兵。千顷水流通故墅，至今留得谢公名。”见《全唐诗》卷五七八。

第二句集自骆宾王【帝京篇】：“……平台戚里带崇墉，炊金馔玉待鸣钟。小堂绮帐三千户，大道青楼十二重。宝盖雕鞍金络马，兰窗绣柱玉盘龙。绣柱璇题粉壁映，锵金鸣玉王侯盛。王侯贵人多近臣，朝游北里暮南邻。陆贾分金将宴喜，**陈遵投辖正留宾**。赵李经过密，萧朱交结亲。丹凤朱城白日暮，青牛绀幰红尘度。侠客珠弹垂杨道，倡妇银钩采桑路。倡家桃李自芳菲，京华游侠盛轻肥。延年女弟双凤入，罗敷使君千骑归。同心结缕带，连理织成衣。春朝桂尊尊百味，秋夜兰灯灯九微。翠幌珠帘不独映，清歌宝瑟自相依。且论三万六千是，宁知四十九年非。……”见《全唐诗》卷七七。

第三句集自白居易【对酒五首】之四：“百岁无多时壮健，一春能几日晴明。**相逢且莫推辞醉**，听唱阳关第四声。”见《全唐诗》卷四四九。

第四句集自白居易【携酒往朗之庄居同饮】：“慵中又少经过处，**别后都无劝酒人**。不挈一壶相就醉，若为将老度残春。”见《全唐诗》卷四五九。

松竹：松与竹喻节操坚贞。**风姿**：风度仪态。**鹤性情**：指鹤的习性，喻高洁的性情。**陈遵投辖**：《汉书·游侠传·陈遵》：“遵耆酒，每大饮，宾客满堂，辄关门，取客车辖投井中，虽有急，终不得去。”**辖**xiá：大车轴头上穿着的小铁棍，可以挡住轮子使不脱落。车无辖，则不能行。后遂用“陈遵投辖”为好客留宾的典故。

卢义书：笔者的桂林中学高九十班同学。曾任永福县、恭城县检察院检察长，已退休。

寄樊运宽吟长

一别诗宗更懒吟，不能三叹引愁深。

人生穷达感知己，何事君心似我心。

第一句集自姚合【寄陕州王司马】：“家寄秦城非本心，偶然头上有朝簪。自当台直无因醉，**一别诗宗更懒吟**。世事每将愁见扰，年光唯与老相侵。欲知居处堪长久，须向山中学煮金。”见《全唐诗》卷四九七。

第二句集自雍陶【宋从事】：“抛掷泥中一听沈，**不能三叹引愁深**。莫言客子无愁易，须识愁多暗损心。”见《全唐诗》卷五一八。

第三句集自孟郊【往河阳宿峡陵，寄李侍御】：“暮天寒风悲屑屑，啼鸟绕树泉水噎。行路解鞍投古陵，苍苍隔山见微月。鸮鸣犬吠霜烟昏，开囊拂巾对盘飧。**人生穷达感知己**，明日投君申片言。”见《全唐诗》卷三七七。

第四句集自李中【寄左偃】：“萧条陋巷绿苔侵，**何事君心似我心**。贫户懒开元爱静，病身才起便思吟。闲留好鸟庭柯密，暗养鸣蛩砌草深。况是清朝重文物，无愁当路少知音。”见《全唐诗》卷七四七。

诗宗：众所敬仰的诗人。**三叹**：谓三人随着歌唱者发出赞叹之声，予以应和。《文选·陆机〈文赋〉》：“虽一唱而三叹，固既雅而不艳。”李善注：“唱，发歌句者；三叹，三人从而叹之。”

樊运宽：广西师范大学教授，有《六朝社会风尚与骈文》《精选点评古代山水田园诗》等论著。合著《中国古典名诗分类大典》等十余种。爱好诗词，有《竹韵泉声集》。

寄蒋昌龄吟长

回看云岭思茫茫，独叹青山别路长。

欲寄一函聊问讯，相期只为话篇章。

第一句集自刘沧【怀汶阳兄弟】：“**回看云岭思茫茫**，几处关河隔汶阳。书信经年乡国远，弟兄无力海田荒。天高霜月砧声苦，风满寒林木叶黄。终日路岐归未得，秋来空羡雁成行。”见《全唐诗》卷五八六。

第二句集自李世民【饯中书侍郎来济】：“暧暧去尘昏灞岸，飞飞轻盖指河梁。云峰衣结千重叶，雪岫花开几树妆。深悲黄鹤孤舟远，**独叹青山别路长**。聊将分袂沾巾泪，还用持添离席觞。”见《全唐诗》卷一。

第三句集自陆龟蒙【送友人之湖上】：“故人溪上有渔舟，竿倚风苹夜不收。**欲寄一函聊问讯**，洪乔宁作置书邮。”见《全唐诗》卷六二九。

第四句集自齐己【宿沈彬进士书院】：“**相期只为话篇章**，踏雪曾来宿此房。喧滑尽消城漏滴，窗扉初掩岳茶香。旧山春暖生薇蕨，大国尘昏惧杀伤。应有太平时节在，寒宵未卧共思量。”见《全唐诗》卷八四四。

蒋昌龄：见本书《题桂林诗友蒋昌龄傅金纯游渡头》注。

步原韵酬答傅金纯吟长集句

自向无声认有声，一篇佳句占阳春。

知君本是烟霞客，千里湖山入兴新。

第一句集自齐己【叙怀寄高推官】："搜新编旧与谁评，**自向无声认有声**。已觉爱来多废道，可堪传去更沽名。风松韵里忘形坐，霜月光中共影行。还胜御沟寒夜水，狂吟冲尹甚伤情。"见《全唐诗》卷八四四。

第二句集自段成式【和徐商贺卢员外赐绯】："云雨轩悬莺语新，**一篇佳句占阳春**。银黄年少偏欺酒，金紫风流不让人。连璧座中斜日满，贯珠歌里落花频。莫辞倒载吟归去，看欲东山又吐茵。"见《全唐诗》卷五八四。

第三句集自张籍【送施肩吾东归】："**知君本是烟霞客**，被荐因来城阙间。世业偏临七里濑，仙游多在四明山。早闻诗句传人遍，新得科名到处闲。惆怅灞亭相送去，云中琪树不同攀。"见《全唐诗》卷三八五。

第四句集自钱起【送欧阳子还江华郡】："江华胜事接湘滨，**千里湖山入兴新**。才子思归催去棹，汀花且为驻残春。"见《全唐诗》卷二三九。

无声：没有声誉，默默无闻。**有声**：有声誉，名声大振。**烟霞**：泛指山水、山林。南朝·梁·萧统《锦带书十二月启·夹钟二月》："敬想足下，优游泉石，放旷烟霞。"**烟霞客**，即指喜爱大自然，喜欢游山玩水、陶冶情操的人。

傅金纯：见本书《邀桂林诗友蒋昌龄傅金纯游注渡头》注。

附傅金纯吟长壬辰春所赠集句诗：

弹剑作歌奏苦声（唐·李白），不如抛却去寻春（宋·朱熹）。

君能洗尽世间念（宋·陆游），一语天然万古新（金·元好问）。

赠释慈元禅师

物态人心渐渺茫，些些疏懒亦何妨。

相逢只恨相知晚，始觉禅门气味长。

第一句集自刘威【旅怀】：“**物态人心渐渺茫**，十年徒学钓沧浪。老将何面还吾土，梦有惊魂在楚乡。自是一身嫌苟合，谁怜今日欲佯狂。无名无位却无事，醉落乌纱卧夕阳。”见《全唐诗》卷五六二。

第二句集自白居易【南龙兴寺残雪】：“南龙兴寺春晴后，缓步徐吟绕四廊。老趁风花应不称，闲寻松雪正相当。吏人引从多乘舆，宾客逢迎少下堂。不拟人间更求事，**些些疏懒亦何妨**。”见《全唐诗》卷四五一。

第三句集自李縠【浙东罢府西归酬别张广文皮先辈陆秀才】：“岂有头风笔下痊，浪成蛮语向初筵。兰亭旧趾虽曾见，柯笛遗音更不传。照曜文星吴分野，留连花月晋名贤。**相逢只恨相知晚**，一曲骊歌又几年。”见《全唐诗》卷六三一。

第四句集自杜牧【赠终南兰若僧】：“北阙南山是故乡，两枝仙桂一时芳。休公都不知名姓，**始觉禅门气味长**。”见《全唐诗》卷五二四。

物态：犹世态。**人心**：人的器量，胸襟和心性。**渺茫**：本指辽阔的样子，常指虚妄无凭，不可信和难以预期，没有把握。**些些**：少许，一点儿。**气味**：比喻意趣或情调。

释慈元：俗姓梁，名明元，阳朔高田镇天子墟人，在阳朔县金宝乡紫竹林出家为僧，喜诗词，常做善事。为阳朔县政协委员。

寄金敏兄

天涯后会眇难期，淡水交情老始知。

一首新诗无限意，为君起唱长相思。

第一句集自徐铉【又题白鹭洲江鸥送陈君】："白鹭洲边江路斜，轻鸥接翼满平沙。吾徒来送远行客，停舟为尔长叹息。酒旗渔艇两无猜，月影芦花镇相得。离筵一曲怨复清，满座销魂鸟不惊。人生不及水禽乐，安用虚名上麟阁。同心携手今如此，金鼎丹砂何寂寞。**天涯后会眇难期**，从此又应添白髭。愿君不忘分飞处，长保翩翩洁白姿。"见《全唐诗》卷七五六。

第二句集自白居易【张十八员外以新诗二十五首见寄郡楼月下吟玩通夕因题卷后封寄微之】："秦城南省清秋夜，江郡东楼明月时。去我三千六百里，得君二十五篇诗。阳春曲调高难和，**淡水交情老始知**。坐到天明吟未足，重封转寄与微之。"见《全唐诗》卷四四六。

第三句集自徐铉【送黄梅江明府】："封疆多难正经纶，台阁如何不用君。江上又劳为小邑，箧中徒自有雄文。书生胆气人谁信，远俗歌谣主不闻。**一首新诗无限意**，再三吟味向秋云。"见《全唐诗》卷七五四。

第四句集自李白【杂曲歌辞·夜坐吟】："踏踏马头谁见过，眼看北斗直天河。西风罗幕生翠波，铅华笑妾颦青蛾。**为君起唱长相思**。帘外严霜皆倒飞，明星烂烂东方陲。红霞稍出东南涯，陆郎去矣乘斑骓。"见《全唐诗》卷二六。

眇：古同"渺"，远，高。**淡水交情**：不以势利为基础的友情。指君子之交。语本《庄子·山木》:“君子之交淡若水。”

秦金敏:历任阳朔县委副书记,中共桂林市委组织部副部长,蒙山县县委书记。现任贵港市委纪委书记。

赠连旺兄

稽阮襟怀管乐才,时情物望两无猜。

与君别有相知分,竹叶闲倾满满杯。

第一句集自李郢【奉陪裴相公重阳日游安乐池亭】:“绛霄轻霭翊三台,**稽阮襟怀管乐才**。莲沼昔为王俭府,菊篱今作孟嘉杯。宁知北阙元勋在,却引东山旧客来。自笑吐茵还酩酊,日斜空从绛衣回。”见《全唐诗》卷五九〇。

第二句集自徐铉【亚元舍人不替深知猥贻佳作三篇清绝不敢轻酬因为长歌聊以为报未竟复得子乔校书示问故兼寄陈君庶资一笑耳】:“……酣歌叫笑惊四邻,赋笔纵横动千字。任他银箭转更筹,不怕金吾司夜吏。可怜诸贵贤且才,**时情物望两无猜**。伊余独禀狂狷性,褊量多言仍薄命。……”见《全唐诗》卷七五三。

第三句集自白居易【咏怀寄皇甫朗之】:“老大多情足往还,招僧待客夜开关。学调气后衰中健,不用心来闹处闲。养病未能辞薄俸,忘名何必入深山。**与君别有相知分**,同置身于木雁间。”见《全唐诗》卷四五七。

第四句集自韦庄【章江作】:“杜陵归客正裴回,玉笛谁家叫落梅。之子棹从天外去,故人书自日边来。杨花慢惹霏霏雨,**竹叶闲倾满满杯**。欲问维扬旧风月,一江红树乱猿哀。”见《全唐诗》卷六九八。

稽阮:西晋竹林七贤的嵇康、阮籍。**管乐**:管仲与乐毅,两人分别为春秋时齐国名相和战国时燕国名将。**时情**:当时的舆论。**物望**:人望,众望。**无猜**:没有猜忌,不顾虑。**别**:特殊的。宋·杨万里《晓出净慈寺送林子方》："映日荷花别样红"。**相知**：互相了解，知心。《楚辞·九歌·少司命》："悲莫悲兮生别离，乐莫乐兮新相知。"**分**（fèn）：缘分、情分。**竹叶**：酒名，即竹叶青，亦泛指美酒。

莫连旺：阳朔人，经济法学博士，原阳朔县人民政府县长助理，政府办公室主任，中共桂林市雁山区委常委，组织部长。现任桂林市雁山区政协党组书记、政协主席。

赠李寿平学长

吾兄诗酒继陶君，气秀情闲杳莫群。

学尽世间难学事，已能舒卷任浮云。

第一句集自李白【别中都明府兄】："**吾兄诗酒继陶君**，试宰中都天下闻。东楼喜奉连枝会，南陌愁为落叶分。城隅渌水明秋日，海上青山隔暮云。取醉不辞留夜月，雁行中断惜离群。"见《全唐诗》卷一七四。

第二句集自李中【送相里秀才之匡山国子监】："**气秀情闲杳莫群**，庐山游去志求文。已能探虎穷骚雅，又欲囊萤就典坟。目豁乍窥千里浪，梦寒初宿五峰云。业成早赴春闱约，要使嘉名海内闻。"见《全唐诗》卷七五〇。

第三句集自齐己【谢《阴符经》勉送藏休上人二首】之二："一林霜雪未沾头，争遣藏休肯便休。**学尽世间难学事**，始堪随处任虚舟。"见《全唐诗》卷八四七。

第四句集自宋之问【明河篇】："八月凉风天气晶，万里无云河汉明。昏见南楼清且浅，晓落西山纵复横。洛阳城阙天中起，长河夜夜千门里。复道连甍共蔽亏，画堂琼户特相宜。云母帐前初泛滥，水精帘外转逶迤。倬彼昭回如练白，复出东城接南陌。南陌征人去不归，谁家今夜捣寒衣。鸳鸯机上疏萤度，乌鹊桥边一雁飞。雁飞萤度愁难歇，坐见明河渐微没。**已能舒卷任浮云**，不惜光辉让流月。明河可望不可亲，愿得乘槎一问津。更将织女支机石，还访成都卖卜人。"见《全唐诗》卷五一。

陶君：即陶渊明。见本书《辛卯秋日怀古》陶潜注。**舒卷**：舒展和卷缩。指人事的进退、出处。舒谓伸展其志，卷谓其志不伸而退藏。

李寿平：笔者初中同学。阳朔人，名继发，号三宜散人。琴、棋、诗、文、书、画、摄影皆精。作品多次送日本、新加坡、法国、荷兰、美国及港、澳、台和国内多处展出。曾在山东、广东等地举办个人书展。编注《阳朔风光诗词选》、《碧莲峰里住人家——历代诗人咏阳朔》，著有诗词集《闲云集》，《李寿平书法篆刻作品欣赏》DVD光盘，《李寿平篆刻集》，《李寿平书法诈品集》，散文集《家在阳朔山水间》，编辑画册《阳朔览胜》、《碧莲峰里住人家》《人间仙境——世外桃源》。现为中国书法家协会会员，中国楹联学会会员，中华诗词学会会员，中国摄影家协会会员，国家二级美术师。

怀古赠莫高阳吟友

潘郎美貌谢公诗，宋玉秋来续楚词。

曾向五湖期范蠡，一堆萤雪竟谁知。

第一句集自李嘉祐【送崔十一弟归北京】：“**潘郎美貌谢公诗**，银印花骢年少时。楚地江皋一为别，晋山沙水独相思。”见《全唐诗》卷二〇七。

第二句集自元稹【酬孝甫见赠十首】之一：“**宋玉秋来续楚词**，阴铿官漫足闲诗。亲情书札相安慰，多道萧何作判司。”见《全唐诗》卷四一三。

第三句集自韦庄【赠渔翁】：“草衣荷笠鬓如霜，自说家编楚水阳。满岸秋风吹枳橘，绕陂烟雨种菰蒋。芦刀夜鲙红鳞腻，水甑朝蒸紫芋香。**曾向五湖期范蠡**，尔来空阔久相忘。”见《全唐诗》卷六九七。

第四句集自刘兼【倦学】：“乐广亡来冰镜稀，宓妃嫫母混妍媸。且于雾里藏玄豹，休向窗中问碧鸡。百氏典坟空自苦，**一堆萤雪竟谁知**。门前春色芳如画，好掩书斋任所之。”见《全唐诗》卷七六六。

潘郎：指晋代的潘岳。潘岳少时美貌，故称。**谢公**：唐以前，诗人笔下的谢公有三人，一指晋代谢安，二指南朝·宋·谢灵运。三指南朝·齐·谢朓。此指南朝的山水诗人谢灵运和谢朓，两人都是历史上著名的山水诗人。**宋玉**：战国时楚人，好辞赋，为屈原之后辞赋家，相传所作辞赋甚多，《汉书·卷三十·艺文志第十》录有赋16篇，在他的作品中，物象的描绘趋于细腻工致，抒情与写景结合得自然贴切，在楚辞与汉赋之间，起着承前启后的作用。其《九辩》首句为"悲哉秋之为气也"，故后人常以宋玉为悲秋悯志的代表人物。又传说宋玉才高貌美，后人遂以宋玉为美男子的代称。**范蠡**：春秋末年政治家、军事家。他与文种协助勾践着手重建国家。后游齐国。至陶,改名陶朱公，经商致富。晚年放情太湖山水,爱好养鱼。著《计然篇》、《养鱼经》。**萤雪**：《晋书·车胤传》："胤恭勤不倦，博学多通。家贫不常得油，夏月则练囊盛数十萤火以照书，以夜继日焉。"《初学记》卷二引《宋齐语》："孙康家贫，常映雪读书。"后遂以"萤雪"为勤学苦读之典。

莫高阳：世界汉诗协会会员，中国辞赋家联合会会员，广西诗词学会会员，桂林市作家协会会员，桂林市摄影家协会会员，阳朔文学创作协会理事，阳朔诗词楹联学会副会长，阳朔美术家协会顾问，阳朔书法家协会会员。现任阳朔文联主席。

赠周丈云吟友

种树葺茅还旧居，近来诗酒兴何如？

闲临菡萏荒池坐，独是先生真钓鱼。

第一句集自皇甫冉【酬权器】："南望江南满山雪，此情惆怅将谁说。徒随群吏不曾闲，顾与诸生为久别。闻君静坐转耽书，**种树葺茅还旧居**。终日白云应自足，明年芳草又何如。人生有怀若不展，出入公门犹未免。回舟朝夕待春风，先报华阳洞深浅。"见《全唐诗》卷二五〇。

第二句集自罗隐【寄黔中王从事】："故人刀笔事军书，南转黔江半月余。别后乡关情几许，**近来诗酒兴何如**。贪将醉袖矜莺谷，不把瑶缄附鲤鱼。今日举觞君莫问，生涯牢落鬓萧疏。”见《全唐诗》卷六六二。

第三句集自齐己【乱后经西山寺】：“松烧寺破是刀兵，谷变陵迁事可惊。云里乍逢新住主，石边重认旧题名。**闲临菡萏荒池坐**，乱踏鸳鸯破瓦行。欲伴高僧重结社，此身无计舍前程。”见《全唐诗》卷八四五。

第四句集自黄滔【严陵钓台】：“终向烟霞作野夫，一竿竹不换簪裾。直钩犹逐熊罴起，**独是先生真钓鱼**。”见《全唐诗》卷七〇六。

葺qì：原指用茅草覆盖房子，后泛指修理房屋。**钓鱼**：唐人韩偓有“时人未会严陵志，不钓鲈鱼只钓名”，李咸用有“渭水高人自钓鱼”。许多古人以“钓鱼”、“隐居”为引人注意而达进取仕途的方式。而丈云乃真钓鱼者。

周丈云：笔者好友，阳朔县白沙镇翠屏村人。琴、棋、书、画皆能，擅烹饪，喜收藏，多行善。近年，回家乡翠屏村植树开发，带动乡亲建设翠屏村。

赠张长连先生

阳朔书法协会主席张长连先生题写集句诗词数首相赠，余视之如琼瑶。谨报以集句诗一首，愧也。

古法尽能新有余，墨池飞出北溟鱼。

张生奇绝难再遇，欲报琼瑶愧不如。

第一句集自戴叔伦【怀素上人草书歌】：“楚僧怀素工草书，**古法尽能新有余**。神清骨竦意真率，醉来为我挥健笔。始从破体变风姿，一一花开春景迟。忽为壮丽就枯涩，龙蛇腾盘兽屹立。驰毫骤墨剧奔驷，满坐失声看不及。心手相师势转奇，诡形怪状翻合宜。人人细问此中妙，怀素自言初不知。”见《全唐诗》卷二七三。

第二句集自李白【草书歌行】:“少年上人号怀素，草书天下称独步。**墨池飞出北溟鱼**，笔锋杀尽中山兔。八月九月天气凉，酒徒词客满高堂。笺麻素绢排数厢，宣州石砚墨色光。吾师醉后倚绳床，须臾扫尽数千张。飘风骤雨惊飒飒，落花飞雪何茫茫。起来向壁不停手，一行数字大如斗。怳怳如闻神鬼惊，时时只见龙蛇走。左盘右蹙如惊电，状同楚汉相攻战。湖南七郡凡几家，家家屏障书题遍。王逸少，张伯英，古来几许浪得名。张颠老死不足数，我师此义不师古。古来万事贵天生，何必要公孙大娘浑脱舞。”见《全唐诗》卷一六七。

第三句集自皎然【张伯英草书歌】:“伯英死后生伯高，朝看手把山中毫。先贤草律我草狂，风云阵发愁钟王。须臾变态皆自我，象形类物无不可。阆风游云千万朵，惊龙蹴踏飞欲堕。更睹邓林花落朝，狂风乱搅何飘飘。有时凝然笔空握，情在寥天独飞鹤。有时取势气更高，忆得春江千里涛。**张生奇绝难再遇**，草罢临风展轻素。阴惨阳舒如有道，鬼状魑容若可惧。黄公酒垆兴偏入，阮籍不嗔嵇亦顾。长安酒榜醉后书,此日骋君千里步。”见《全唐诗》卷八二一。

第四句集自司空图【酬张芬赦后见寄】:“紫凤朝衔五色书，阳春忽布网罗除。已将心变寒灰后，岂料光生腐草余。建水风烟收客泪，杜陵花烛梦郊居。劳君故有诗相赠，**欲报琼瑶愧不如**。”见《全唐诗》卷六三二。

北溟鱼：北溟，古人意识中北方最远的大海。《庄子·逍遥游》:“北冥有鱼，其名为鲲，鲲之大不知其几千里也。”**琼瑶**:《诗·卫风·木瓜》:“投我以木桃，报之以琼瑶。”毛传：“琼瑶，美玉。”也喻指诗文。

张长连：阳朔金宝人。1969年生，自幼喜好书画艺术，擅花鸟，尤喜画梅、兰、竹、菊。现为桂林市书法家协会理事，阳朔书法协会主席，阳朔画院画师。阳朔美协理事。

赠易剑峰吟长

是非名利尽悠哉，五色毫端弄逸才。

多少风流词句里，矜严标格绝嫌猜。

第一句集自徐铉【十日和张少监】:“重阳高会古平台，吟遍秋光始下来。黄菊后期香未减，新诗捧得眼还开。每因佳节知身老，却忆前欢似梦回。且喜清时屡行乐，**是非名利尽悠哉**。”见《全唐诗》卷七五六。

第二句集自方干【再题路支使南亭】:“行处避松兼碍石，即须门径落斜开。爱邀旧友看渔钓，贪听新禽驻酒杯。树影不随明月去，溪声常送落花来。睡时分得江淹梦，**五色毫端弄逸才**。”见《全唐诗》卷六五一。

第三句集自段成式【嘲飞卿七首】之五：“愁机懒织同心苣，闷绣先描连理枝。**多少风流词句里**，愁中空咏早环诗。”见《全唐诗》卷五八四。

第四句集自韩偓【席上有赠】:“**矜严标格绝嫌猜**，嗔怒虽逢笑靥开。小雁斜侵眉柳去，媚霞横接眼波来。鬟垂香颈云遮藕，粉著兰胸雪压梅。莫道风流无宋玉，好将心力事妆台。”见《全唐诗》卷六八三。

矜严：庄重，严谨。**标格**：风范、品格。

易剑峰：阳朔人。本名易福绍。已退休。擅诗词，所作词最有生活气息。1991年加入中华诗词学会，1994年获全国第一届新田园诗歌大赛三诗奖。

赠渡头村诗友

自乐樵渔狎钓翁，生知雅学妙难穷。

至今留得新声在，史用文篇续国风。

第一句集自刘沧【赠天台隐者】:“静者多依猿鸟丛，衡门野色四郊通。天开宿雾海生日，水泛落花山有风。回望一巢悬木末，独寻危石坐岩中。看书饮酒余无事，**自乐樵渔狎钓翁**。”见《全唐诗》卷五八六。

第二句集自齐己【吟兴自述】:“前习都由未尽空，**生知雅学妙难穷**。一千首出悲哀外，五十年销雪月中。兴去不妨归静虑，情来何止发真风。曾无一字干声利，岂愧操心负至公。"见《全唐诗》卷八四五。

第三句集自张祜【听简上人吹芦管】之一:"蜀国僧吹芦一枝,陇西游客泪先垂。**至今留得新声在**,却为中原人不知。"见《全唐诗》卷五一一。

第四句集自方干【寄灵武胡常侍】:"青云直上路初通,已在明君倚注中。欲遣为霖安九有,先令作相赞东宫。自从忠谠承天眷,**更用文篇续国风**。最是何人感恩德,谢敷星下钓鱼翁。"见《全唐诗》卷六五〇。

雅学:儒家经典之学。多专指诗学。**新声**:指渡头村于2005年创办的《渡头新声》文学期刊。

渡头农民文学社十周年赠诸诗友

诗名已得四方传,八咏楼中坦腹眠。

彩笔十年留翰墨,裁霞曳绣一篇篇。

第一句集自马致恭【送孟宾于】:"曾闻洛下缀神仙,火树南栖几十年。白首自忻丹桂在,**诗名已得四方传**。行随秋渚将归雁,吟傍梅花欲雪天。今日还家莫惆怅,不同初上渡头船。"见《全唐诗》卷七三八。

第二句集自任华【寄李白】:"古来文章有能奔逸气,耸高格,清人心神,惊人魂魄。我闻当今有李白,大猎赋,鸿猷文;嗤长卿,笑子云。班张所作琐细不入耳,未知卿云得在嗤笑限。登庐山,观瀑布,海风吹不断,江月照还空,余爱此两句;登天台,望渤海,云垂大鹏飞,山压巨鳌背,斯言亦好在。至于他作多不拘常律,振摆超腾,既俊且逸。或醉中操纸,或兴来走笔。手下忽然片云飞,眼前划见孤峰出。而我有时白日忽欲睡,睡觉欻然起攘臂。任生知有君,君也知有任生未?中间闻道在长安,及余戾止,君已江东访元丹,邂逅不得见君面。每常把酒,向东望良久。见说往年在翰林,胸中矛戟何森森。新诗传在宫人口，佳句不离明主心。身骑天马多意气，目送飞鸿对豪贵。承恩召入凡几回，待诏归来仍半醉。权臣妒盛名，群犬多吠声。有敕放君却归隐沦处，高歌大笑出关去。且向东山为外臣，诸侯交迓驰朱轮。白璧一双买交者，黄金百镒相知人。平生傲岸其志不可测；数十年为客，未尝一日低颜色。**八咏楼中坦腹眠**，五侯门下无心忆。繁花越台上，细柳吴宫侧。绿水青山知有君，白云明月偏相识，养高兼养闲，可望不可攀。庄周万物外，范蠡五湖间。人传访道沧海上，丁令王乔每往还。蓬莱径是曾到来，方丈岂唯方一丈。伊余每欲乘兴往相寻，江湖拥隔劳寸心。今朝忽遇东飞翼，寄此一章表胸臆。倘能报我一片言，但访任华有人识。”见《全唐诗》卷二六一。

第三句集自殷尧藩【登凤凰台二首】之一：“凤凰台上望长安，五色宫袍照水寒。**彩笔十年留翰墨**，银河一夜卧阑干。三山飞鸟江天暮，六代离宫草树残。始信人生如一梦，壮怀莫使酒杯干。”见《全唐诗》卷四九二。

第四句集自方干【宋从事】：“出众仙才是谪仙，**裁霞曳绣一篇篇**。虽将洁白酬知己，自有风流助少年。欹枕卧吟荷叶雨，持杯坐醉菊花天。冥搜太苦神应乏，心在虚无更那边。”见《全唐诗》卷六五一。

八咏：南朝·齐·沈约任东阳太守时建元畅楼，并作《登台望秋月》等诗八首，称“八咏诗”，亦省作“八咏”。**坦腹**：南朝·宋·刘义庆《世说新语·排调》：“郝隆七月七日出日中仰卧。人问其故，答曰：‘我晒书。’”盖自谓满腹诗书。

乡友留醉有赠

一片冰心在玉壶，主人留醉任欢娱。

客情浩荡逢乡语，难把长绳系日乌。

第一句集自王昌龄【芙蓉楼送辛渐二首】之一：“寒雨连天夜入吴，平明送客楚山孤。洛阳亲友如相问，**一片冰心在玉壶**。”见《全唐诗》卷一四三。

第二句集自白居易【夜宴醉后留献裴侍中】:“九烛台前十二姝，**主人留醉任欢娱**。翩翩舞袖双飞蝶，宛转歌声一索珠。坐久欲醒还酩酊，夜深初散又踟蹰。南山宾客东山妓，此会人间曾有无。”见《全唐诗》卷四五五。

第三句集自刘禹锡【鱼复江中】:“扁舟尽室贫相逐，白发藏冠镊更加。远水自澄终日绿，晴林长落过春花。**客情浩荡逢乡语**，诗意留连重物华。风樯好住贪程去，斜日青帘背酒家。”见《全唐诗》卷三六一。

第四句集自杜光庭【招友人游春】:“**难把长绳系日乌**，芳时偷取醉功夫。任堆金璧磨星斗，买得花枝不老无。”见《全唐诗》卷八五四。

冰心：纯净高洁的心。**玉壶**：美玉制成的壶，酒壶的美称，喻高洁的胸怀。**长绳系日乌**：日乌即太阳。古代传说日中有三足乌，故称。长绳系日乌指用长长的绳子将太阳系住，不给太阳西落，喻指把“尊中有酒且欢娱”的美好时光留住。

即席赠诗友

举白飞觞任所为，酒能陶性信无疑。

时来日往缘真趣，语笑方酣各咏诗。

第一句集自徐铉【亚元舍人不替深知猥贻佳作三篇清绝不敢轻酬因为长歌聊以为报未竟复得子乔校书示问故兼寄陈君庶资一笑耳】:“……郡斋胜境有后池，山亭菌阁互参差。有时虚左来相召，**举白飞觞任所为**。……”见《全唐诗》卷七五三。

第二句集自白居易【卧听法曲霓裳】:“金磬玉笙调已久，牙床角枕睡常迟。朦胧闲梦初成后，宛转柔声入破时。乐可理心应不谬，**酒能陶性信无疑**。起尝残酌听余曲，斜背银缸半下帷。”见《全唐诗》卷四四九。

第三句集自齐己【谢孙郎中寄示】:“一念禅余味国风，早因持论偶名公。久伤琴丧人亡后，忽有云和雪唱同。绳琢静闻罢象外，是非闲见寂寥中。**时来日往缘真趣**，不觉秋江度塞鸿。”见《全唐诗》卷八四四。

第四句集自刘禹锡【罢郡归洛途次山阳，留辞郭中丞使君】：“自到山阳不许辞，高斋日夜有佳期。管弦正合看书院，**语笑方酣各咏诗**。银汉雪晴褰翠幕，清淮月影落金卮。洛阳归客明朝去，容趁城东花发时。”见《全唐诗》卷三六〇。

举白：举杯告尽。犹干杯，泛指饮酒或进酒。**飞觞**：举杯或行觞，或指传杯行酒令。**陶性**：陶冶性灵。**真趣**：真正的意趣、旨趣。

曾有诗友即席索集句诗，实不能也，特备此凡诗友皆能赠的“万金油”诗，果然有用。如果赠诗对象不是诗词爱好者，第四句改用姚合【送僧】的“**自见高人只有诗**”。

乙未清明赠源才源光前辈

晴景悠扬三月天，这回相见不无缘。

尊前莫话明朝事，醉忆旧诗吟一篇。

第一句集自韦应物【酒肆行】：“豪家沽酒长安陌，一旦起楼高百尺。碧疏玲珑含春风，银题彩帜邀上客。回瞻丹凤阙，直视乐游苑。四方称赏名已高，五陵车马无近远。**晴景悠扬三月天**，桃花飘俎柳垂筵。繁丝急管一时合，他垆邻肆何寂然。主人无厌且专利，百斛须臾一壶费。初醲后薄为大偷，饮者知名不知味。深门潜酝客来稀，终岁醇醲味不移。长安酒徒空扰扰，路旁过去那得知。”见《全唐诗》卷一九四。

第二句集自吕岩【潭州鹤会】：“**这回相见不无缘**，满院风光小洞天。一剑当空又飞去，洞庭惊起老龙眠。”见《全唐诗》卷八五八。

第三句集自韦庄【菩萨蛮】之四：“劝君今夜须沉醉，**尊前莫话明朝事**。珍重主人心，酒深情亦深。须愁春漏短，莫诉金杯满。遇酒且呵呵，人生能几何。”见《全唐诗》卷八九二。

第四句集自白居易【耳顺吟，寄敦诗、梦得】："三十四十五欲牵，七十八十百病缠。五十六十却不恶，恬淡清净心安然。已过爱贪声利后，犹在病羸昏耄前。未无筋力寻山水，尚有心情听管弦。闲开新酒尝数醆，**醉忆旧诗吟一篇**。敦诗梦得且相劝，不用嫌他耳顺年。"见《全唐诗》卷四四四。

源才源光：秦源才、秦源光，二人为同胞兄弟，渡头村人。秦源才简介见本书《与读书岩诗社吟友五塔连滩聚会》注。秦源光曾服兵役于部队医院，大学文化，中级职称，广西诗词学会会员，桂林市诗词楹联学会会员，在《桂林诗词》《八桂诗词》发表过作品。

陪秦炆兄闲游漓江并赠

秦炆兄到阳朔，注目互视，皆白发满头矣。然雅兴未减，又陪炆兄闲游漓江山水。

闲坐悲君亦自悲，闲梳鹤发对斜晖。

闲来共蜡登山屐，闲蹑青霞绕翠微。

第一句集自元稹【遣悲怀三首】之三："**闲坐悲君亦自悲**，百年都是几多时。邓攸无子寻知命，潘岳悼亡犹费词。同穴窅冥何所望，他生缘会更难期。唯将终夜长开眼，报答平生未展眉。"见《全唐诗》卷四〇四。

第二句集自张志和【渔父】："八月九月芦花飞，南溪老人重钓归。秋山入帘翠滴滴，野艇倚槛云依依。却把渔竿寻小径，**闲梳鹤发对斜晖**。翻嫌四皓曾多事，出为储皇定是非。"见《全唐诗》卷三〇八。

第三句集自刘禹锡【送僧仲剬东游兼寄呈灵澈上人】："释子道成神气闲，住持曾上清凉山。晴空礼拜见真像，金毛五髻卿云间。西游长安隶僧籍，本寺门前曲江碧。松间白月照宝书，竹下香泉洒瑶席。前时学得经论成，奔驰象马开禅扃。高筵谈柄一麾拂，讲下门徒如醉醒。旧闻南方多长老，次第来入荆门道。荆州本自重弥天，南朝塔庙犹依然。宴坐东阳枯树下，经行居止故台边。忽忆遗民社中客，为我衡阳驻飞锡。讲罢同寻相鹤经，**闲来共蜡登山屐**。一旦扬眉望沃州，自言王谢许同游。凭将杂拟三十首，寄与江南汤慧休。”见《全唐诗》卷三五六。

第四句集自毛女【吟】：“谁知古是与今非，**闲蹑青霞绕翠微**。箫管秦楼应寂寂，彩云空惹薜萝衣。”见《全唐诗》卷八六二。

鹤发：白发。**蜡**：以蜡涂木屐，或是以蜡涂的木屐。语出南朝·宋·刘义庆《世说新语·雅量》：“或有诣阮(阮孚)，见自吹火蜡屐，因叹曰：‘未知一生当着几量屐！’神色闲畅。”后因以“蜡屐”指悠闲、无所作为的生活。**登山屐**：南朝·宋诗人谢灵运游山时常穿的一种有齿的木屐。《南史·谢灵运传》：“寻山陟岭，必造幽峻……登蹑常着木屐，上山则去其前齿，下山去其后齿。”后常用作登山探幽的典故。

秦炆：笔者堂兄，在渡头村务农，颇爱作诗、填词、联对、唱山歌和搜集整理民间故事。

观秦桂兰草书并赠

2009年4月26日赴我县七仙峰茶场采风，品翠羽香茶。我村著名书法家秦桂兰女士现场草书“一杯茶一首诗”获满堂彩。我已饮翠羽香茶数杯，此情此景怎能无诗？

变化纵横出新意，草书独有怀素奇。

满堂动色嗟神妙，见此争无一句诗？

第一句集自权德舆【马秀才草书歌】：“伯英草圣称绝伦，后来学者无其人。白眉年少未弱冠，落纸纷纷运纤腕。初闻之子十岁余，当时时辈皆不如。犹轻昔日墨池学，未许前贤团扇书。艳彩芳姿相点缀，水映荷花风转蕙。三春并向指下生，万象争分笔端势。有时当暑如清秋，满堂风雨寒飕飕。乍疑崩崖瀑水落，又见古木饥鼯愁。**变化纵横出新意**，眼看一字千金贵。忆昔谢安问献之，时人虽见那得知。”见《全唐诗》卷三二七。

第二句集自王颛【怀素上人草书歌】：“衡阳双峡插天峻，青壁巉巉万余仞。此中灵秀众所知，**草书独有怀素奇**。怀素身长五尺四，嚼汤诵咒吁可畏。铜瓶锡杖倚闲庭，斑管秋毫多逸意。或粉壁，或彩笺，蒲葵绢素何相鲜。忽作风驰如电掣，更点飞花兼散雪。寒猿饮水撼枯藤，壮士拔山伸劲铁。君不见张芝昔日称独贤，君不见近日张旭为老颠。二公绝艺人所惜，怀素传之得真迹。峥嵘蹙出海上山，突兀状成湖畔石。一纵又一横，一欹又一倾。临江不羡飞帆势，下笔长为骤雨声。我牧此州喜相识，又见草书多慧力。怀素怀素不可得，开卷临池转相忆。”见《全唐诗》卷二〇四。

第三句集自杜甫【戏为双松图歌】：“天下几人画古松，毕宏已老韦偃少。绝笔长风起纤末，**满堂动色嗟神妙**。两株惨裂苔藓皮，屈铁交错回高枝。白摧朽骨龙虎死，黑入太阴雷雨垂，松根胡僧憩寂寞，庞眉皓首无住著。偏袒右肩露双脚，叶里松子僧前落。韦侯韦侯数相见，我有一匹好东绢，重之不减锦绣段。已令拂拭光凌乱，请公放笔为直干。”见《全唐诗》卷二一九。

第四句集自白居易【题峡中石上】：“巫女庙花红似粉，昭君村柳翠于眉。诚知老去风情少，**见此争无一句诗**。”见《全唐诗》卷四四〇。

争：相当于怎能、怎么、如何。多见于诗、词、曲。

奉样兰：与笔者同为阳朔县渡头村人，阳朔县总工会职工教育教师，已退休。为中国书法家协会广西分会会员，桂林市女子书画研究会理事。书法作品多次参加国际、全国及省市书画展并获奖。

乙未新正寄郑木发吟友

春牵情绪更融怡，流水青山空所思。

我有至言相劝勉，两心之外无人知。

第一句集自韩偓【多情】:“天遣多情不自持，多情兼与病相宜。蜂偷野蜜初尝处，莺啄含桃欲咽时。酒荡襟怀微駊騀，**春牵情绪更融怡**。水香剩置金盆里，琼树长须浸一枝。”见《全唐诗》卷六八三。

第二句集自李嘉祐【题游仙阁白公庙】:“仙冠轻举竟何之，薜荔缘阶竹映祠。甲子不知风驭日，朝昏唯见雨来时。霓旌翠盖终难遇，**流水青山空所思**。逐客自怜双鬓改，焚香多负白云期。”见《全唐诗》卷二〇七。

第三句集自吕岩【勉牛生、夏侯生】:“二秀才，二秀才兮非秀才，非秀才兮是仙才。中华国里亲遭遇，仰面观天笑眼开。鹤形兮龟骨，龙吟兮虎颜。**我有至言相劝勉**，愿君兮勿猜勿猜。但煦日吹月，咽雨呵雷。火寄冥宫，水济丹台。金木交而土归位，铅汞分而丹露胎。赤血换而白乳流，透九窍兮动百骸。然然卷，然然舒，哀哀咍咍。孩儿喘而不死，腹空虚兮长斋。酬名利兮狂歌醉舞，酬富贵兮麻襬莎鞋。甲子问时休记，看桑田变作黄埃。青山白云好居住，劝君归去来兮归去来。”见《全唐诗》卷八五九。

第四句集自白居易【杂曲歌辞·潜别离】:“不得哭，潜别离。不得语，暗相思。**两心之外无人知**。深笼夜锁独栖鸟，利剑春断连理枝。河水虽浊有清日，乌头虽黑有白时。惟有潜离与暗别，彼此甘心无后期。”见《全唐诗》卷二六。

至言:本指最高超的言论，极其高明的言论。古代也指道家用虚静无为的思想阐述事理，以不言为至言，亦指佛、道的精深玄妙的理论。在此指直言，真实的话。汉·贾谊《新书·先醒》:“君好谄谀而恶至言。”

郑木发:笔者家乡渡头村人。曾牵头修渡头村村道，牵头成立“渡头文学社”。为渡头文学社社长，文学期刊《渡头新声》主编。阳朔诗词楹联学会副会长。任渡头村村委主任。

甲午春赠焕兴弟

樵唱渔歌日日新，偷闲何处共寻春。

与君言语见君性，不羡空名乐此身。

第一句集自杜荀鹤【献郑给事】:“化行邦域二年春，**樵唱渔歌日日新**。未降诏书酬善政，不知天泽答何人。秋登岳寺云随步，夜宴江楼月满身。他日朱门恐难扫，沙堤新筑必无尘。”见《全唐诗》卷六九二。

第二句集自白居易【岁假内命酒赠周判官、萧协律】:“共知欲老流年急，且喜新正假日频。闻健此时相劝醉，**偷闲何处共寻春**。脚随周叟行犹疾，头比萧翁白未匀。岁酒先拈辞不得，被君推作少年人。”见《全唐诗》卷四四三。

第三句集自元稹【去杭州】:“房杜王魏之子孙，虽及百代为清门。骏骨凤毛真可贵，冈头泽底促足论。去年江上识君面，爱君风貌情已敦。**与君言语见君性**，灵府坦荡消尘烦。自兹心洽迹亦洽，居常并榻游并轩。柳阴覆岸郑监水，李花压树韦公园。……”见《全唐诗》卷四二一。

第四句集自韩翃【赠李翼】:“王孙别舍拥朱轮，**不羡空名乐此身**。门外碧潭春洗马，楼前红烛夜迎人。”见《全唐诗》卷二四。

樵唱：犹樵歌，即樵夫唱的歌，即山歌。唐·祖咏《汝坟别业》诗：“山中无外事，樵唱有时闻。”**寻春**：游赏春景。唐·陈子昂《晦日宴高氏林亭》诗：“寻春游上路，追宴入山家。”

秦焕兴：笔者堂弟，在家务农，喜文艺，爱诗词，尤擅山歌，乐此不疲。

中秋贺佳节短信

二　首

明月团圆临桂水，红笺写寄表情深。

江南海北长相忆，挂在青天是我心。

第一句集自齐己【送错公、栖公南游】:“洪偃汤休道不殊，高帆共载兴何俱。北京丧乱离丹凤，南国烟花入鹧鸪。**明月团圆临桂水**，白云重叠起苍梧。威仪本是朝天士，暂向辽荒住得无。”见《全唐诗》卷八四六。

第二句集自顾敻【荷叶杯】之六：“我忆君诗最苦，知否，字字尽关心。**红笺写寄表情深**，吟摩吟，吟摩吟。”见《全唐诗》卷八九四。

第三句集自刘长卿【会赦后酬主簿所问】：“**江南海北长相忆**，浅水深山独掩扉。重见太平身已老，桃源久住不能归。”见《全唐诗》卷一五〇。

第四句集自寒山【诗三百三首】之一九九：“众星罗列夜明深，岩点孤灯月未沈。圆满光华不磨莹，**挂在青天是我心**。”见《全唐诗》卷八〇六。

于2011年中秋节用手机以短信形式发给外地亲友。有诗友建议将诗题改为《月亮代表我的心》。

雁来鱼去是因缘，闲步秋光思杳然。

万里月明同此夜，故人叙旧寄新篇。

第一句集自罗隐【广陵秋日酬进士臧濆见寄】：“驿西斜日满窗前，独凭秋栏思渺绵。数尺断蓬惭故国，一轮清镜泣流年。已知世事真徒尔，纵有心期亦偶然。空愧荀家好兄弟，**雁来鱼去是因缘**。”见《全唐诗》卷六五六。

第二句集自伍乔【晚秋同何秀才溪上】：“**闲步秋光思杳然**，荷藜因共过林烟。期收野药寻幽路，欲采溪菱上小船。云吐晚阴藏霁岫，柳含余霭咽残蝉。倒尊尽日忘归处，山磬数声敲暝天。”见《全唐诗》卷七四四。

第三句集自白居易【河阴夜泊忆微之】：“忆君我正泊行舟，望我君应上郡楼。**万里月明同此夜**，黄河东面海西头。”见《全唐诗》卷四四六。

第四句集自白居易【寄答周协律】：“**故人叙旧寄新篇**，惆怅江南到眼前。闇想楼台万余里，不闻歌吹一周年。桥头谁更看新月，池畔犹应泊旧船。最忆后庭杯酒散，红屏风掩绿窗眠。”见《全唐诗》卷四四八。

雁来鱼去：《汉书·苏武传》有系书信于雁足传递书信的典故。《乐府诗集·相和歌辞十三·饮马长城窟行之一》:“客从远方来，遗我双鲤鱼。呼儿喷鲤鱼，中有尺素书。”后因称书信为“鱼书”。雁来鱼去指书信往来或现在的短信或电子邮件往来。

贺培景

年少才高求自展，果然夺得锦标归。

鹍鹏鳞翼途程在，不逐莺来共燕飞。

第一句集自张籍【送侯判官赴广州从军】:“**年少才高求自展**，将身万里赴军门。辟书远到开呈客，公服新成著谢恩。驿舫过江分白堠，戍亭当岭见红幡。海花蛮草连冬有，行处无家不满园。”见《全唐诗》卷三八五。

第二句集自卢肇【竞渡诗】:“石溪久住思端午，馆驿楼前看发机。鼙鼓动时雷隐隐，兽头凌处雪微微。冲波突出人齐譀，跃浪争先鸟退飞。向道是龙刚不信，**果然夺得锦标归**。”见《全唐诗》卷五五一。

第三句集自刘兼【自遣】:“未上亨衢独醉吟，赋成无处博黄金。家人莫问张仪舌，国士须知豫让心。照乘始堪沽善价，阳春争忍混凡音。**鹍鹏鳞翼途程在**，九万风云海浪深。”见《全唐诗》卷七六六。

第四句集自唐彦谦【初秋到慈州冬首换绛牧】:“秋杪方攀玉树枝，隔年无计待春晖。自嫌暂作仙城守，**不逐莺来共燕飞**。”见《全唐诗》卷六七二。

自展：展示自己的才华。**锦标**：锦制的旗帜，古代用以赠给竞渡的领先者。后亦以称竞赛优胜者所得的奖品。**鹍鹏**：传说中的大鸟名。语出《庄子·逍遥游》。常以“鹍鹏”比喻才能卓异、志向高远的人。**鳞翼**：翅膀。

2000年秋，吾儿培景于阳朔中学高中毕业，高考成绩获阳朔县理科第一名，以高于最高学府清华大学录取分数线26分的高分，选择到上海复旦大学经济学院国际金融系金融专业学习。2010年1月获经济学博士学位。

贺我村彭鹏考上清华大学

金榜题名墨尚新，山川犹觉露精神。

昂昂独负青云志，桂籍知名有几人。

第一句集自何扶【寄旧同年】：“**金榜题名墨尚新**，今年依旧去年春。花间每被红妆问，何事重来只一人。”见《全唐诗》卷五一六。

第二句集自牛僧孺【席上赠刘梦得】：“粉署为郎四十春，今来名辈更无人。休论世上升沉事，且斗樽前见在身。珠玉会应成咳唾，**山川犹觉露精神**。莫嫌恃酒轻言语，曾把文章谒后尘。”见《全唐诗》卷四六六。

第三句集自李渤【喜弟淑再至为长歌】：“……长兄年少曾落托，拔剑沙场随卫霍。口里虽谭周孔文，怀中不舍孙吴略。次兄一生能苦节，夏聚流萤冬映雪。非论疾恶志如霜，更觉临泉心似铁。第三之兄更奇异，**昂昂独负青云志**。下看金玉不如泥，肯道王侯身可贵。……”见《全唐诗》卷四七三。

第四句集自徐铉【庐陵别朱观先辈】：“**桂籍知名有几人**，翻飞相续上青云。解怜才子宁唯我，远作卑官尚见君。岭外独持严助节，宫中谁荐长卿文。新诗试为重高咏，朝汉台前不可闻。”见《全唐诗》卷七五五。

彭鹏：与笔者同村，2012年在广西师大附中考取清华大学土木水利学院土木工程系。据悉，2012年清华大学共录取广西理工类、文史类、艺术类考生78人。

赠梁桂传吟友

歌诗冠柏梁，欲折月中桂。

旋被世人传，探玄知几岁。

第一句集自独孤及【奉和中书常舍人晚秋集贤院即事寄赠徐薛二侍御】:“汉家金马署，帝座紫微郎。图籍凌群玉，**歌诗冠柏梁**。阴阴万年树，肃肃五经堂。挥翰忘朝食，研精待夕阳。晴空露盘迥，秋月琐窗凉。远兴生斑鬓，高情寄缥囊。葳蕤双鸑鷟，夙昔并翺翔。汲冢同刊谬，蓬山共补亡。差池摧羽翮，流落限江湘。禁省一分袂，昊天三雨霜。石渠遗迹满，水国暮云长。早晚朝宣室，归时道路光。”见《全唐诗》卷二四七。

第二句集自李白【 赠崔司户文昆季】:“双珠出海底，俱是连城珍。明月两特达，余辉傍照人。英声振名都，高价动殊邻。岂伊箕山故，特以风期亲。惟昔不自媒，担簦西入秦。攀龙九天上，忝列岁星臣。布衣侍丹墀，密勿草丝纶。才微惠渥重，谗巧生缁磷。一去已十载，今来复盈旬。清霜入晓鬓，白露生衣巾。侧见绿水亭，开门列华茵。千金散义士，四坐无凡宾。**欲折月中桂**，持为寒者薪。路旁已窃笑，天路将何因。垂恩倘丘山，报德有微身。”见《全唐诗》卷一六九。

第三句集自姚合【寄贾岛】:“漫向城中住，儿童不识钱。瓮头寒绝酒，灶额晓无烟。狂发吟如哭，愁来坐似禅。新诗有几首，**旋被世人传**。”见《全唐诗》卷四九七。

第四句集自李隆基【为赵法师别造精院过院赋诗】:“宗师心物外，为道运虚舟。不恋岩泉赏，来从宫禁游。**探玄知几岁**，习静更宜秋。烟树辨朝色，风湍闻夜流。坐朝繁听览，寻胜在清幽。欲广无为化，因兹庶可求。”见《全唐诗》卷三。

柏梁：即柏梁体，七言古诗的一种。相传汉武帝在柏梁台上和群臣共赋七言诗，人各一句，每句用韵，后人谓此休为柏梁休。**探玄**：探索微妙、深奥的道理。

梁桂传：女，阳朔人，1958年出生，1995年中华会计函授中专毕业，供职于阳朔县名街商贸有限公司，阳朔诗词楹联学副秘书长。

赠赵涛兄

难得是心知，如君达者稀。

真交无所隐，更有棣华诗。

第一句集自李咸用【送进士刘松】:“滔滔皆鲁客，**难得是心知**。到寺多同步，游山未失期。云低春雨后，风细暮钟时。忽别垂杨岸，遥遥望所之。”见《全唐诗》卷六四五。

第二句集自韩翃【送李秀才归江南】:“过淮芳草歇，千里又东归。野水吴山出，家林越鸟飞。荷香随去棹，梅雨点行衣。无数沧江客，**如君达者稀**。”见《全唐诗》卷二四四。

第三句集自杨凝【与友人会】:“蝉吟槐蕊落，的的是愁端。病觉离家远，贫知处事难。**真交无所隐**，深语有余欢。未必闻歌吹，羁心得暂宽。”见《全唐诗》卷二九〇。

第四句集自张九龄【和王司马折梅寄京邑昆弟】:“离别念同嬉，芬荣欲共持。独攀南国树，遥寄北风时。林惜迎春早，花愁去日迟。还闻折梅处，**更有棣华诗**。”见《全唐诗》卷四八。

心知：犹知心。指好友。**达者**：通达事理、见识高远的人，也指通晓事理，理解，明白的人。**棣华**：《诗·小雅·常棣》:“常棣之华，鄂不韡韡。凡今之人，莫如兄弟。”后人因以“棣华”比喻兄弟。

赵涛：漓江出版社编辑。2007年3月29日，在阳朔甲天下茶楼，赵涛兄看了笔者的唐诗集句书稿，拍案连称三声“好东西”。这三声“好东西”，对笔者最终完成这本书稿的最后修改工作起了很大的激励作用。

赠　妻

古风

事业无成，民间文学却小有成就，并有作品获大奖，还完成了这本《唐诗集句——漓水流韵》。有此小成，首先得感谢老伴黎嘉萍。

有誓两心知，贞名不可移。

遍读先贤传，义重莫若妻。

至道归淳朴，身披莱子衣。

愿为形与影，共握桂林枝。

第一句集自白居易【长恨歌】："……回头下望人寰处，不见长安见尘雾。唯将旧物表深情，钿合金钗寄将去。钗留一股合一扇，钗擘黄金合分钿。但教心似金钿坚，天上人间会相见。临别殷勤重寄词，词中**有誓两心知**。七月七日长生殿，夜半无人私语时。在天愿作比翼鸟，在地愿为连理枝。天长地久有时尽，此恨绵绵无绝期。"见《全唐诗》卷四三五。

第二句集自姚合【题贞女祠】："此女骨为土，**贞名不可移**。精灵閟何处，苹藻奠空祠。水石生异状，杉松无病枝。我来方谢雨，延滞失归期。"见《全唐诗》卷四九九。

第三句集自李商隐【崔处士】："真人塞其内，夫子入于机。未肯投竿起，惟欢负米归。雪中东郭履，堂上老莱衣。**遍读先贤传**，如君事者稀。"见《全唐诗》卷五三九。

第四句集自白居易【和微之听妻弹别鹤操，因为解释其义，依韵加四句】："**义重莫若妻**，生离不如死。誓将死同穴，其奈生无子。商陵追礼教，妇出不能止。舅姑明旦辞，夫妻中夜起。起闻双鹤别，若与人相似。听其悲唳声，亦如不得已。青田八九月，辽城一万里。裴回去住云，呜咽东西水。写之在琴曲，听者酸心髓。况当秋月弹，先入忧人耳。怨抑掩朱弦，沉吟停玉指。一闻无儿叹，相念两如此。无儿虽薄命，有妻偕老矣。幸免生别离，犹胜商陵氏。"见《全唐诗》卷四四四。

第五句集自独孤绶【投珠于泉】："**至道归淳朴**，明珠被弃捐。天真来照乘，成性却沈泉。不是灵蛇吐，非缘合浦还。岸傍随月落，波底共星悬。致远终无胫，怀贪遂息肩。欲知恭俭德，所宝在惟贤。"见《全唐诗》卷二八一。

第六句集自岑参【奉送李宾客荆南迎亲】："迎亲辞旧苑，恩诏下储闱。昨见双鱼去，今看驷马归。驿帆湘水阔，客舍楚山稀。手把黄香扇，**身披莱子衣**。鹊随金印喜，乌傍板舆飞。胜作东征赋，还家满路辉。"见《全唐诗》卷二〇一。

第七句集自崔液【拟古神女宛转歌二首】之二："日已暮，长檐鸟应度。此时望君君不来，此时思君君不顾。歌宛转，宛转那能异栖宿。**愿为形与影**，出入恒相逐。"见《全唐诗》卷五四。

第八句集自无名氏【人不易知】："权衡谅匪易，愚智信难移。九德皆殊进，三端岂易施。同称昆岫宝，**共握桂林枝**。郑鼠今奚别，齐竽或滥吹。瑶台有光鉴，屡照不应疲。片善当无掩，先鸣贵在斯。龙门峻且极，骥足庶来驰。太息李元礼，期君幸一知。"见《全唐诗》卷七八七。

莱子衣：典见《艺文类聚》。老莱子七十岁还在父母面前穿花衣服，学小儿啼哭。后遂以“老莱衣”、“莱子衣”表示孝敬父母，亦指孝养父母的子女。

珊瑚婚纪念日赠妻

结婚三十五周年，国人称之“珊瑚婚”，赞为“嫣红而宝贵，更为生色”。癸巳春，在与老伴黎嘉萍珊瑚婚纪念日之际，集唐人句赠之。

清贞禀自然，投分不缘贫。

永日同携手，熙熙乐有年。

第一句集自李程【玉壶冰】：“琢玉性惟坚，成壶体更圆。虚心含众象，应物受寒泉。温润资天质，**清贞禀自然**。日融光乍散，雪照色逾鲜。至鉴功宁宰，无私照岂偏。明将水镜对，白与粉闱连。拂拭终为美，提携伫见传。勿令毫发累，遗恨鲍公篇。”见《全唐诗》卷三六八。

第二句集自朱庆余【送吴秀才之山西】：“泽潞西边路，兰桡北去人。出门谁恨别，**投分不缘贫**。杯酒从年少，知音在日新。东湖发诗意，夏卉竟如春。”见《全唐诗》卷五一五。

第三句集自王维【晦日游大理韦卿城南别业四声依次用各六韵】之二：“郊居杜陵下，**永日同携手**。仁里霭川阳，平原见峰首。园庐鸣春鸠，林薄媚新柳。上卿始登席，故老前为寿。临当游南陂，约略执杯酒。归欤绌微官，惆怅心自咎。”见《全唐诗》卷一二五。

第四句集自李建勋【田家三首】之二：“不识城中路，**熙熙乐有年**。木槃擎社酒，瓦鼓送神钱。霜落牛归屋，禾收雀满田。遥陂过秋水，闲阁钓鱼船。”见《全唐诗》卷七三九。

清贞：清白坚贞。**自然**：不勉强，不拘束，不呆板。**投分**：情投意合。**永日**：长久，永远。南朝·陈·徐陵《文帝登祚尊皇太后诏》："皇嗣元良，貌在崤渭 。二臣奉迎，川途靡从。六传还朝，淹留永日。"**熙熙**：温和欢乐、热闹的样子。**有年**：**多指**丰年；也指很多年，亦指享有高寿。此处用后者之意。如唐·卢肇【嘲小儿】："贪生只爱眼前珍，不觉风光度岁频。昨日见来骑竹马，今朝早是有年人。"

读吴宇江新诗有赠

2012年12月，吴宇江先生从电子信箱发来《信仰》和《共创更加美好的未来》两首诗。有感而集唐人句以赠。

孤芳独任奇，窃仰大风诗。

海内存知己，得如君者稀。

第一句集自陆龟蒙【奉和袭美古杉三十韵】："众木尽相遗，**孤芳独任奇**。镭天形硉兀，当殿势頩危。恐是夸娥怒，教临巀嶭衰。节穿开耳目，根瘿坐熊罴。世只论荣落，人谁问等衰。有巅从日上，无叶与秋欺。……"见《全唐诗》卷六二三。

第二句集自赵彦昭【奉和幸大荐福寺】："宝地龙飞后，金身佛现时。千花开国界，万善累皇基。北阙承行幸，西园属住持。天衣拂旧石，王舍起新祠。刹凤迎雕辇，幡虹驻彩旗。同沾小雨润，**窃仰大风诗**。"见《全唐诗》卷一〇三。

第三句集自王勃【杜少府之任蜀州】："城阙辅三秦，风烟望五津。与君离别意，同是宦游人。**海内存知己**，天涯若比邻。无为在岐路，儿女共沾巾。"见《全唐诗》卷五六。

第四句集自姚合【送李余及第归蜀】："蜀山高岩峣，蜀客无平才。日饮锦江水，文章盈其怀。十年作贡宾，九年多邅回。春来登高科，升天得梯阶。手持冬集书，还家献庭闱。人生此为荣，**得如君者稀**。李白蜀道难，羞为无成归。子今称意行，所历安觉危。与子久相从，今朝忽乖离。风飘海中船，会合难自期。长安米价高，伊我常渴饥。临岐歌送子，无声但陈词。义交外不亲，利交内相违。勉子慎其道，急若食与衣。苦蘖道路赤，行人念前驰。一杯不可轻，远别方自兹。”见《全唐诗》卷四九六。

孤芳：独秀的香花，常比喻高洁绝俗的品格，也指与众不同的独特见解。

吴宇江：中国建筑工业出版社首席策划、编审。曾到阳朔挂职任副县长。著有《阳朔风景巡礼》。

贺金宝山乡文学社成立二周年

山乡足遗老，文学播英声。

社后重阳近，三秋贺有成。

第一句集自马戴【送吕郎中牧东海郡】：“假道经淮泗，樯乌集隼旟。芜城沙葼接，波岛石林疏。海鹤空庭下，夷人远岸居。**山乡足遗老**，伫听荐贤书。”见《全唐诗》卷五五五。

第二句集自韦应物【送郗詹事】：“圣朝列群彦，穆穆佐休明。君子独知止，悬车守国程。忠良信旧德，**文学播英声**。既获天爵美，况将齿位并。书奏蒙省察，命驾乃东征。皇恩赐印绶，归为田里荣。朝野同称叹，园绮郁齐名。长衢轩盖集，饮饯出西京。时属春阳节，草木已含英。洛川当盛宴，斯焉为达生。”见《全唐诗》卷一八九。

第三句集自韩偓【社后】：“**社后重阳近**，云天澹薄间。目随棋客静，心共睡僧闲。归鸟城衔日，残虹雨在山。寂寥思晤语，何夕款柴关。”见《全唐诗》卷六八一。

第四句集自无名氏【郊庙歌辞·晋朝飨乐章·四举酒】：“八表欢无事，**三秋贺有成**。照临同日远，渥泽并云行。河变千年色，山呼万岁声。愿修封岱礼，方以称文明。”见《全唐诗》卷一六。

遗老：犹言延年却老。唐·岑参《太一石鳖崖口潭旧庐招王学士》诗："此地可遗老，劝君来考槃。"**英声**：美好的名声。**三秋**：指秋季。七月称孟秋，八月称仲秋，九月称季秋，合称三秋。**有成**：有成效；有成就。《论语·子路》："苟有用我者，期月而已可也，三年有成。"

阳朔县金宝乡山乡文学社2008年成立时欲集句以贺，只得前二句，未能成诗。两年后秋社刚过，得"庆祝山乡文学社成立二周年"请帖，终成此集句诗以贺。

忆王孙·除夕寄亲友

暖云如粉草如茵，处处繁花满目新。莫叹明朝又一春。谢亲宾，共感平生知己恩。

第一句集自杜牧【残春独来南亭因寄张祜】："**暖云如粉草如茵**，独步长堤不见人。一岭桃花红锦黦，半溪山水碧罗新。高枝百舌犹欺鸟，带叶梨花独送春。仲蔚欲知何处在，苦吟林下拂诗尘。"见《全唐诗》卷五二四。

第二句集自权德舆【酬赵尚书城南看花日晚先归见寄】："杜城韦曲遍寻春，**处处繁花满目新**。日暮归鞍不相待，与君同是醉乡人。"见《全唐诗》卷三二一。

第三句集自欧阳詹【除夜侍酒呈诸兄示舍弟】："**莫叹明朝又一春**，相看堪共贵兹身。悠悠寰宇同今夜，膝下传杯有几人。"见《全唐诗》卷三四九。

第四句集自王维【观别者】："青青杨柳陌，陌上别离人。爱子游燕赵，高堂有老亲。不行无可养，行去百忧新。切切委兄弟，依依向四邻。都门帐饮毕，**从此谢亲宾**。挥涕逐前侣，含凄动征轮。车徒望不见，时见起行尘。吾亦辞家久，看之泪满巾。"见《全唐诗》卷一二五。

第五句集自白居易【同王十七庶子李六员外郑二侍御同年四人游龙门有感而作】："一曲悲歌酒一尊，同年零落几人存。世如阅水应堪叹，名是浮云岂足论。各从仕禄休明代，**共感平生知己恩**。今日与君重上处，龙门不是旧龙门。"见《全唐诗》卷四五一。

暖云：指春天的云气。

此集句词于2014年1月30日除夕以短信形式发给诸亲友。

望江南·寄马新华先生

爱山水，何日复同游。但有壶觞资逸咏，也须图画取风流。相忆几时休？

第一句集自黄滔【游东林寺】：“平生**爱山水**，下马虎溪时。已到终嫌晚，重游预作期。寺寒三伏雨，松偃数朝枝。翻译如曾见，白莲开旧池。”见《全唐诗》卷七〇四。

第二句集自张谓【同王征君湘中有怀】：“八月洞庭秋，潇湘水北流。还家万里梦，为客五更愁。不用开书帙，偏宜上酒楼。故人京洛满，**何日复同游**。”见《全唐诗》卷一九七。

第三句集自曹松【岭南道中】：“百花成实未成归，未必归心与志违。**但有壶觞资逸咏**，尽交风景入清机。半川阴雾藏高木，一道晴蜺杂落晖。游子马前芳草合，鹧鸪啼歇又南飞。”见《全唐诗》卷七一七。

第四句集自曹松【南海陪郑司空游荔园】：“荔枝时节出旌斿，南国名园尽兴游。乱结罗纹照襟袖，别含琼露爽咽喉。叶中新火欺寒食，树上丹砂胜锦州。他日为霖不将去，**也须图画取风流**。”见《全唐诗》卷七一七。

第五句集自孙光宪【虞美人】：“红窗寂寂无人语，暗淡梨花雨。绣罗纹地粉新描，博山香炷旋抽条，睡魂销。天涯一去无消息，终日长相忆。教人**相忆几时休**？不堪枨触别离愁，泪还流。”见《全唐诗》卷八九七。

马新华：刘开渠纪念馆馆长。为中国美术家协会会员，国家一级美术师。

望江南·赠秦熥堂弟

多放逸，山水忆同游。常共酒杯为伴侣，笑冲微雨上兰舟。往事思悠悠。

第一句集自白居易【酬梦得以予五月长斋延僧徒绝宾友见戏十韵】：“宾客懒逢迎，翛然池馆清。檐闲空燕语，林静未蝉鸣。荤血还休食，杯觞亦罢倾。**三春多放逸**，五月暂修行。香印朝烟细，纱灯夕焰明。交游诸长老，师事古先生。禅后心弥寂，斋来体更轻。不唯忘肉味，兼拟灭风情。蒙以声闻待，难将戏论争。虚空若有佛，灵运恐先成。”见《全唐诗》卷四五七。

第二句集自韦应物【秋夜南宫，寄沣上弟及诸生】：“暝色起烟阁，沉抱积离忧。况兹风雨夜，萧条梧叶秋。空宇感凉至，颓颜惊岁周。日夕游阙下，**山水忆同游**。”见《全唐诗》卷一八七。

第三句集自方干【赠钱塘湖上唐处士】：“我爱君家似洞庭，冲湾泼岸夜波声。蟾蜍影里清吟苦，舴艋舟中白发生。**常共酒杯为伴侣**，复闻纱帽见公卿。莫言举世无知己，自有孤云识此情。”见《全唐诗》卷六五〇。

第四句集自李中【溪边吟】：“鸂鶒双飞下碧流，蓼花苹穗正含秋。茜裙二八采莲去，**笑冲微雨上兰舟**。”见《全唐诗》卷七四八。

第五句集自李珣【巫山一段云】：“古庙依青嶂，行宫枕碧流。水声山色锁妆楼，**往事思悠悠**。 云雨朝还暮，烟花春复秋。啼猿何必近孤舟，行客自多愁。”见《全唐诗》卷八九六。

秦熥：笔者堂弟，爱好诗词、楹联、山歌和民间文学。任《渡头新声》副主编。

长相思·寄李涵老师

何迟迟，竟迟迟。临水登山自有期，优游即赋诗。独相知，贵相知。回首天涯寄所思，逢君方展眉。

第一句集自钱起【东阳郡斋中诣南山招韦十】:“霁来海半山，隐映城上起。中峰落照时，残雪翠微里。同心久为别，孤兴那对此。**良会何迟迟**，清扬瞻则迩。”见《全唐诗》卷二三六。

第二句集自杜牧【偶题二首】之二:“有恨秋来极，无端别后知。夜阑终耿耿，明发**竟迟迟**。信已凭鸿去，归唯与燕期。只因明月见，千里两相思。”见《全唐诗》卷五二四。

第三句集自尚颜【怀智栖上人】:“**临水登山自有期**，不同游子暮何之。闲眠默坐身堪赏，已去还来事可知。林鸟隔云飞一饷，草虫和雨叫多时。思君最易令人老，倚槛空吟所寄诗。”见《全唐诗》卷八四八。

第四句集自高適【奉酬睢阳路太守见赠之作】:“盛才膺命代，高价动良时。帝简登藩翰，人和发咏思。神仙去华省，鹓鹭忆丹墀。清净能无事，**优游即赋诗**。江山纷想像，云物共萎蕤。逸气刘公幹，玄言向子期。多惭汲引速，翻愧激昂迟。相马知何限，登龙反自疑。风尘吏道迫，行迈旅心悲。拙疾徒为尔，穷愁欲问谁。秋庭一片叶，朝镜数茎丝。州县甘无取，丘园悔莫追。琼瑶生箧笥，光景借茅茨。他日青霄里，犹应访所知。”见《全唐诗》卷二一四。

第五句集自张籍【哭元九少府】:“**平生志业独相知**，早结云山老去期。初作学官常共宿，晚登朝列暂同时。闲来各数经过地，醉后齐吟唱和诗。今日春风花满宅，入门行哭见灵帷。”见《全唐诗》卷三八五。

第六句集自李白【赠友人三首】之二:“袖中赵匕首，买自徐夫人。玉匣闭霜雪，经燕复历秦。其事竟不捷，沦落归沙尘。持此愿投赠，与君同急难。荆卿一去后，壮士多摧残。长号易水上，为我扬波澜。凿井当及泉，张帆当济川。廉夫唯重义，骏马不劳鞭。人生**贵相知**，何必金与钱。”见《全唐诗》卷一七一。

第七句集自李山甫【赴举别所知】:“腰剑囊书出户迟，壮心奇命两相疑。麻衣尽举一双手，桂树只生三两枝。黄祖不怜鹦鹉客，志公偏赏麒麟儿。叔牙忧我应相痛，**回首天涯寄所思**。”见《全唐诗》卷六四三。

第八句集自张为【句】:“到处即闭户，**逢君方展眉**。”见《全唐诗》卷七二七。

天涯：在天的边缘处，喻距离很远。海南省有著名景点“天涯海角”，这里借指李涵老师客居地海南省。

李涵：中央民族大学美术系教授，毕业于中央美术学院国画系,为国画大师李苦禅入室弟子，曾得吴作人、郭味蕖、田世光等名师指点。笔墨耕耘50年,艺术风格苍劲浑厚,尤以大写意引人瞩目，花鸟走兽、人物、山水无不涉及。尤以画猴见长，素有“猴王”之美誉。他笔下神态逼真、妙趣横生的珍稀动物，堪称一绝。其36米长卷《百猱图》、巨幅《雄踞图》等名扬海内外。与笔者十多年前相识，2009年10月下旬又到阳朔写生。

浣溪沙·阳朔会覃韦初学长并赠

三十年前共苦辛，至今书信尚殷勤。碧山如画又逢君。

举眼风光长寂寞，共怜诗兴转清新。绕栏吟罢却沾巾。

第一句集自李中【壬申岁承命之任淦阳再过庐山国学感旧寄刘钧明府】:“**三十年前共苦辛**，囊萤曾寄此烟岑。读书灯暗嫌云重，搜句石平怜藓深。各历宦途悲聚散，几看时辈或浮沉。再来物景还依旧，风冷松高猿狖吟。”见《全唐诗》卷七五〇。

第二句集自白居易【病中得樊大书】:“荒村破屋经年卧，寂绝无人问病身。唯有东都樊著作，**至今书信尚殷勤**。”见《全唐诗》卷四三七。

第三句集自杨巨源【酬于驸马二首】之一:“绮陌尘香曙色分，**碧山如画又逢君**。蛟藏秋月一片水，犊锁晴空千尺云。戚里旧知何驸马，诗家今得鲍参军。阳和本是烟霄曲，须向花间次第闻。”见《全唐诗》卷三三三。

第四句集自白居易【醉赠刘二十八使君】：“为我引杯添酒饮，与君把箸击盘歌。诗称国手徒为尔，命压人头不奈何。**举眼风光长寂寞**，满朝官职独蹉跎。亦知合被才名折，二十三年折太多。”见《全唐诗》卷四四八。

第五句集自韩翃【送万巨】：“汉相见王陵，扬州事张禹。风帆木兰楫，水国莲花府。百丈清江十月天，寒城鼓角晓钟前。金炉促膝诸曹吏，玉管繁华美少年。有时过向长干地，远对湖光近山翠。好逢南苑看人归，也向西池留客醉。高柳垂烟橘带霜，朝游石渚暮横塘。红笺色夺风流座，白苎词倾翰墨场。夫子前年入朝后，高名籍籍时贤口。**共怜诗兴转清新**，继远家声在此身。屈指待为青琐客，回头莫羡白亭人。”见《全唐诗》卷二四三。

第六句集自韦庄【新栽竹】：“寂寞阶前见此君，**绕栏吟罢却沾巾**。异乡流落谁相识，唯有丛篁似主人。”见《全唐诗》卷六九七。

笔者与覃韦初学长30年前在北京大学同甘共苦，毕业后天各一方，却一直保持联系。韦初学长曾数次到阳朔与笔者相聚。2007年8月5日，韦初学长陪其陕西同行又到阳朔，特印送本书征求意见稿，又以此集句词签于《桂林山水传说》一书赠之。后三改此词。时学长任广西区人事厅信息中心主任。

阮郎归·重阳江边闲思和骈宇骞学长

壬辰重阳节前一日，学长骈宇骞用短信发来《阮郎归》一阕，集唐人诗句和之。

水边斜插一渔竿，登高堪断肠。任他玄发尽如霜，风前悟感伤。尘世短，莫思量，昏明各自忙。相寻不遇亦无妨，吟中岁月长。

第一句集自白居易【新小滩】:“石浅沙平流水寒，**水边斜插一渔竿**。江南客见生乡思，道似严陵七里滩。”见《全唐诗》卷四五九。

第二句集自李端【横吹曲辞·折杨柳】:“东城攀柳叶，柳叶低著草。少壮莫轻年，轻年有人老。柳发遍川岗，**登高堪断肠**。雨烟轻漠漠，何树近君乡。赠君折杨柳，颜色岂能久。上客莫沾巾，佳人正回首。新柳送君行，古柳伤君情。突兀临荒渡，婆娑出旧营。隋家两岸尽，陶宅五株平。日暮偏愁望，春山有鸟声。”见《全唐诗》卷一八。

第三句集自李中【秋夜吟寄左偃】:“与君诗兴素来狂，况入清秋夜景长。溪阁共谁看好月，莎阶应独听寒螿。卷中新句诚堪喜，身外浮名不足忙。会约垂名继前哲，**任他玄发尽如霜**。”见《全唐诗》卷七四七。

第四句集自齐己【荆州新秋病起杂题一十五首·病起见秋扇】:“病起见秋扇，**风前悟感伤**。念予当咽绝，得尔致清凉。沙鹭如摇影，汀莲似绽香。不同婕妤咏，托意怨君王。”见《全唐诗》卷八四二。

第五句集自吕岩【敲爻歌】:“……**尘世短**，更思量，洞里乾坤日月长。坚志苦心三二载，百千万劫寿弥疆。……”见《全唐诗》卷八五九。

第六句集自白居易【醉后】:“酒后高歌且放狂，**门前闲事莫思量**。犹嫌小户长先醒，不得多时住醉乡。”见《全唐诗》卷四四二。

第七句集自任翻【长安冬夜书事】:“忧来长不寐，往事重思量。清渭几年客，故衣今夜霜。春风谁识面，水国但牵肠。十二门车马，**昏明各自忙**。”见《全唐诗》卷七二七。

第八句集自白居易【晚出寻人不遇】:“篮舆不乘乘晚凉，**相寻不遇亦无妨**。轻衣稳马槐阴下，自要闲行一两坊。”见《全唐诗》卷四五一。

第九句集自李咸用【题陈正字山居】:“怪来忘禄位，习学近潇湘。见处云山好，**吟中岁月长**。花光笼晚雨，树影浸寒塘。几日凭栏望，归心自不忙。”见《全唐诗》卷六四五。

登高堪断肠：中国有重九登高思友人习俗。重阳登高思诸学长，岂不断肠。**玄发**：黑发。**昏明**：本指昏暗和明亮；黑夜和白昼，也指愚昧和明智。

骈宇骞：笔者同学，北京大学毕业后供职于北京中华书局。曾任中华书局历史、语言、综合、影印、旅游、重点项目等部门主任。中华书局编辑部编审，北京大学《儒藏》编纂中心专家审稿组成员、特约编审，国家图书馆出版社，文物出版社特约编审。长期以来从事古籍整理、秦汉史、古文字、出土简帛的研究工作。曾参加过由国家文物局组织的银雀山汉简、马王堆帛书的整理工作。曾策划、组织过不少大型图书的选题和编辑工作。已出版的著作有《二十世纪出土简帛综述》《银雀山汉简晏子春秋校释》《简帛文献概述》《简帛文献十讲》《银雀山汉简文字编》《汉字字源》（又名《汉字形义溯源》）《孙子兵法译注》《贞观正要译注》《史记译注》《武经七书译注》《中国汉字文化大观》（合著），撰写和主编《实用知识词典》等，整理古籍有《历代刑法考》《谷梁补注》《公羊义疏》《问字堂集》《旧京琐记》等。被收入《中国当代古籍整理研究专家名录》。

附骈宇骞学长2012年10月22日用短信发来的《阮郎归》：

多年相别鬓成霜，思君牵肚肠。又逢重九度重阳，同窗各一方。 念往事，惜流芳，殷勤理旧狂。缠绵离绪荡心房，友情岁月长。

牵肚肠：即成语“牵肠挂肚”，形容非常挂念，很不放心，特指对亲友的牵挂。**离绪**：惜别时的绵绵情思。

菩萨蛮·己丑正月赠焕阶兄

劝君更尽一杯酒，春来更有新诗否？山入故乡青，依依若有情。 登高频作赋，逸韵谐奇趣。桂水出云流，相邀归渡头。

第一句集自王维【渭城曲】:“渭城朝雨浥轻尘，客舍青青杨柳春。**劝君更尽一杯酒**，西出阳关无故人。”见《全唐诗》卷一二八。

第二句集自岑参【送宇文南金放后归太原寓居，因呈太原郝主簿】:“归去不得意，北京关路赊。却投晋山老，愁见汾阳花。翻作灞陵客，怜君丞相家。夜眠旅舍雨，晓辞春城鸦。送君系马青门口，胡姬垆头劝君酒。为问太原贤主人，**春来更有新诗否**?”见《全唐诗》卷一九九。

第三句集自唐彦谦【梅亭】:“东海穷诗客，西风古驿亭。发从残岁白，**山入故乡青**。世事徒三窟，儿曹且一经。丁宁速赊酒，煮栗试砂瓶。”见《全唐诗》卷六七一。

第四句集自沈回【小苑春望宫池柳色】:“今来游上苑，春染柳条轻。濯濯方含色，**依依若有情**。分行临曲沼，先发媚重城。拂水枝偏弱，摇风丝已生。变黄随淑景，吐翠逐新晴。伫立徒延首，裴回欲寄诚。”见《全唐诗》卷二八八。

第五句集自徐晶【赠温驸马汝阳王】:“畴昔承余论，文章幸滥推。夜陪银汉赏，朝奉桂山词。梁邸调歌日，秦楼按舞时。**登高频作赋**，体物屡为诗。连骑长楸下，浮觞曲水湄。北堂留上客，南陌送佳期。忆昨陪临泛，于今阻宴私。再看冬雪满，三见夏花滋。都尉朝青阁，淮王侍紫墀。宁知倦游者，华发老京师。”见《全唐诗》卷七五。

第六句集自白居易【读谢灵运诗】:“吾闻达士道，穷通顺冥数。通乃朝廷来，穷即江湖去。谢公才廓落，与世不相遇。壮志郁不用，须有所泄处。泄为山水诗，**逸韵谐奇趣**。大必笼天海，细不遗草树。岂惟玩景物，亦欲摅心素。往往即事中，未能忘兴谕。因知康乐作，不独在章句。”见《全唐诗》卷四三〇。

第七句集自钱起【送李判官赴桂州幕】:“欲知儒道贵，缝掖见诸侯。且感千金诺，宁辞万里游。雁峰侵瘴远，**桂水出云流**。坐惜离居晚，相思绿蕙秋。”见《全唐诗》卷二三七。

第八句集自储光羲【江南曲四首】之三:“日暮长江里，**相邀归渡头**。落花如有意，来去逐船流。”见《全唐诗》卷一三九。

逸韵:高逸的风韵。《艺文类聚》卷三六引晋·庾亮《翟徵君赞》:“禀逸韵于天陶，含冲气于特秀。”

秦焕阶:笔者堂兄。曾任阳朔县委宣传部部长，阳朔县政协副主席，已退休。精诗词散曲、楹联和书法。

菩萨蛮·赠郑木发诗友

春愁尽付千杯酒，时人欲识胸襟否？小酒入诗篇，郑君得自然。新声何处唱，日出清江望。万事付江流，相期汗漫游。

第一句集自徐铉【和钟郎中送朱先辈还京垂寄】:“分司洗马无人问，辞客殷勤辍棹歌。苍藓满庭行径小，高梧临槛雨声多。**春愁尽付千杯酒**，乡思遥闻一曲歌。且共胜游消永日，西冈风物近如何。”见《全唐诗》卷七五二。

第二句集自杜牧【寄唐州李玭尚书】:“累代功勋照世光，奚胡闻道死心降。书功笔秃三千管，领节门排十六双，先揖耿弇声寂寂，今看黄霸事摐摐。**时人欲识胸襟否**，彭蠡秋连万里江。”见《全唐诗》卷五二四。

第三句集自戎昱【骆家亭子纳凉】:“江湖思渺然，不离国门前。折苇鱼沈藻，攀藤鸟出烟。生衣宜水竹，**小酒入诗篇**。莫怪侵星坐，神清不欲眠。回首谢同行，”见《全唐诗》卷二七〇。

第四句集自白居易【题赠郑秘书征君石沟溪隐居】:“**郑君得自然**，虚白生心胸。吸彼沆瀣精，凝为冰雪容。大君贞元初，求贤致时雍。蒲轮入翠微，迎下天台峰。赤城别松乔，黄阁交夔龙。俯仰受三命，从容辞九重。出笼鹤翩翩，归林凤雍雍。在火辨良玉，经霜识贞松。新居寄楚山，山碧溪溶溶。丹灶烧烟煴，黄精花丰茸。蕙帐夜琴澹，桂尊春酒浓，时人不到处，苔石无尘踪。我今何为者，趋世身龙钟。不向林壑访，无由朝市逢。终当解尘缨，卜筑来相从。”见《全唐诗》卷四二八。

第五句集自张祜【宫词二首】之二:“自倚能歌日，先皇掌上怜。**新声何处唱**，肠断李延年。”见《全唐诗》卷五一一。

第六句集自杜甫【晓望白帝城盐山】:“徐步移班杖，看山仰白头。翠深开断壁，红远结飞楼。**日出清江望**，暄和散旅愁。春城见松雪，始拟进归舟。”见《全唐诗》卷二二九。

第七句集自许彬【重经汉南】:“分散多如此，人情岂自由。重来看月夕，不似去年秋。息虑虽孤寝，论空未识愁。须同醉乡者，**万事付江流。**”见《全唐诗》卷六七八。

第八句集自孟浩然【送元公之鄂渚，寻观主张骖鸾】：“桃花春水涨，之子忽乘流。岘首辞蛟浦，江中问鹤楼。赠君青竹杖，送尔白苹洲。应是神仙子，**相期汗漫游。**”见《全唐诗》卷一六〇。

胸襟：指心情、志趣、抱负等。**汗漫游**：世外之游。形容漫游之远。唐·杜甫《奉送王信州崟北归》诗：“复见陶唐理，甘为汗漫游。”
郑木发：见《乙未新正寄郑木发吟友》。

菩萨蛮·己丑仲春赠莫高阳诗友

风骚处处文章主，知君欲作闲情赋。风韵挹天真，垂芳在典坟。仲春时景好，处处闻啼鸟。日咏赠酬篇，逸才生自然。

第一句集自章孝标【赠杭州严史君】：“州青县白浙河濆，饱向苍龙阙下闻。鼓角自严寒海月，旌旗不动湿江云。**风骚处处文章主**，井邑家家父母君。长恐抱辕留不住，九天鸳鹭待成群。”见《全唐诗》卷五〇六。

第二句集自段成式【嘲飞卿七首】之二：“醉袂几侵鱼子缬，飘缨长罥凤凰钗。**知君欲作闲情赋**，应愿将身作锦鞋。”见《全唐诗》卷五八四。

第三句集自权德舆【哭刘四尚书】：“士友惜贤人，天朝丧守臣。才华推独步，声气幸相亲。理析寰中妙，儒为席上珍。笑言成月旦，**风韵挹天真**。丹地膺推择，青油寄抚循。岂言朝象魏，翻是卧漳滨。命赐龙泉重，追荣密印陈。撤弦惊物故，庀具见家贫。牢落风悲笛，汍澜涕泣巾。只嗟蒿里月，非复柳营春。黄绢碑文在，青松隧路新。音容无处所，归作北邙尘。”见《全唐诗》卷三二六。

第四句集自王履贞【青云干吕】:“异方占瑞气，干吕见青云。表圣兴中国，来王谒大君。迎祥殊大乐，叶庆类横汾。自感明时起，非因触石分。映霄难辨色，从吹乍成文。须使流千载，**垂芳在典坟**。”见《全唐诗》卷三一九。

第五句集自韦应物【县斋】:“**仲春时景好**，草木渐舒荣。公门且无事，微雨园林清。决决水泉动，忻忻众鸟鸣。闲斋始延瞩，东作兴庶氓。即事玩文墨，抱冲披道经。于焉日淡泊，徒使芳尊盈。”见《全唐诗》卷一九三。

第六句集自孟浩然【春晓】:“春眠不觉晓，**处处闻啼鸟**。夜来风雨声，花落知多少。”见《全唐诗》卷一六〇。

第七句集自武少仪【和权载之离合诗】:“少年慕时彦，小悟文多变。木铎比群英，八方流德声。雷陈美交契，雨雪音尘继。恩顾各飞翔，因诗睹瑰丽。傅野绝遗贤，人希有盛迁。早钦风与雅，**日咏赠酬篇**。”见《全唐诗》卷三三〇。

第八句集自皮日休【七爱诗·白太傅】:“吾爱白乐天，**逸才生自然**。谁谓辞翰器，乃是经纶贤。欻从浮艳诗，作得典诰篇。立身百行足，为文六艺全。清望逸内署，直声惊谏垣。所刺必有思，所临必可传。忘形任诗酒，寄傲遍林泉。所望标文柄，所希持化权。何期遇訾毁，中道多左迁。天下皆汲汲，乐天独怡然。天下皆闷闷，乐天独舍旃。高吟辞两掖，清啸罢三川。处世似孤鹤，遗荣同脱蝉。仕若不得志，可为龟镜焉。”见《全唐诗》卷六〇八。

风骚：这里借指文采、才情。**典坟**：三坟五典的略语，泛指各种书籍。

莫高阳：见本书《怀古赠莫高阳吟友》注。

菩萨蛮·诗友聚会赠黎培芳吟长

等闲倒尽十分酒，此时吟苦君知否？乐道任天真，诗多笑碧云。 幽怀舒以畅，此会诚难忘。宴罢各东西，深情暗共知。

第一句集自吕岩【七言】之九："世上何人会此言，休将名利挂心田。**等闲倒尽十分酒**，遇兴高吟一百篇。物外烟霞为伴侣，壶中日月任婵娟。他时功满归何处，直驾云车入洞天。"见《全唐诗》卷八五七。

第二句集自李中【秋江夜泊寄刘钧正字】："闲忆诗人思倍劳，维舟清夜泥风骚。鱼龙不动澄江远，云雾皆收皎月高。潮满钓舟迷浦屿，霜繁野树叫猿猱。**此时吟苦君知否**，双鬓从他有二毛。"见《全唐诗》卷七四八。

第三句集自刘禹锡【许给事见示哭工部刘尚书诗因命同作】："汉室贤王后，孔门高第人。济时成国器，**乐道任天真**。特达圭无玷，坚贞竹有筠。总戎宽得众，市义贵能贫。护塞无南牧，驰心拱北辰。乞身来阙下，赐告卧漳滨。荣耀初题剑，清赢已拖绅。宫星徒列位，隙日不回轮。自昔追飞侣，今为侍从臣。素弦哀已绝，青简叹犹新。未遂挥金乐，空悲撤瑟晨。凄凉竹林下，无复见清尘。"见《全唐诗》卷三六二。

第四句集自贯休【上东林和尚】："让紫归青壁，高名四海闻。虽然无一事，得不是要君。道只传伊字，**诗多笑碧云**。应怜门下客，余力亦为文。"见《全唐诗》卷八三二。

第五句集自韩愈【岳阳楼别窦司直】："洞庭九州间，厥大谁与让。南汇群崖水，北注何奔放。潴为七百里，吞纳各殊状。自古澄不清，环混无归向。炎风日搜搅，幽怪多冗长。轩然大波起，宇宙隘而妨。巍峨拔嵩华，腾踔较健壮。声音一何宏，轰輵车万两。犹疑帝轩辕，张乐就空旷。蛟螭露笋簴，缟练吹组帐。鬼神非人世，节奏颇跌踢。阳施见夸丽，阴闭感凄怆。朝过宜春口，极北缺堤障。夜缆巴陵洲，丛芮才可傍。星河尽涵泳，俯仰迷下上。余澜怒不已，喧聒鸣瓮盎。明登岳阳楼，辉焕朝日亮。飞廉戢其威，清晏息纤纩。泓澄湛凝绿，物影巧相况。江豚时出戏，惊波忽荡漾。时当冬之孟，隙窍缩寒涨。前临指近岸，侧坐眇难望。涤濯神魂醒，**幽怀舒以畅**。主人孩童旧，握手乍忻怅。怜我窜逐归，相见得无恙。开筵交履舄，烂漫倒家酿。杯行无留停，高柱送清唱。中盘进橙栗，投掷倾脯酱。欢穷悲心生，婉娈不能忘。念昔始读书，志欲干霸王。屠龙破千金，为艺亦云亢。爱才不择行，触事得谗谤。前年出官由，此祸最无妄。公卿采虚名，擢拜识天仗。奸猜畏弹射，斥逐恣欺诳。新恩移府庭，逼侧厕诸将。于嗟苦驽缓，但惧失宜当。追思南渡时，鱼腹甘所葬。严程迫风帆，劈箭入高浪。颠沈在须臾，忠鲠谁复谅。生还真可喜，克己自惩创。庶从今日后，粗识得与丧。事多改前好，趣有获新尚。誓耕十亩田，不取万乘相。细君知蚕织，稚子已能饷。行当挂其冠，生死君一访。"见《全唐诗》卷三三七。

第六句集自水神【霅溪夜宴诗】:“行殿秋未晚，水宫风初凉。谁言此中夜，得接朝宗行。灵鼍振冬冬，神龙耀煌煌。红楼压波起，翠幄连云张。玉箫冷吟秋，瑶瑟清含商。贤臻江湖叟，贵列川渎王。谅予衰俗人，无能振颓纲。分辞皆乱世，乐寐蛟螭乡。栖迟幽岛间，几见波成桑。尔来尽流俗，难与倾壶觞。今日登华筵，稍觉神扬扬。方欢沧浪侣，遽恐白日光。海人瑞锦前，岂敢言文章。聊歌灵境会，**此会诚难忘**。”见《全唐诗》卷八六四。

第七句集自陈陶【西川座上听金五云唱歌】:“蜀王殿上华筵开，五云歌从天上来。满堂罗绮悄无语，喉音止驻云裴回。管弦金石还依转，不随歌出灵和殿。白云飘飖席上闻，贯珠历历声中见。旧样钗篦浅淡衣，元和梳洗青黛眉。低丛小鬓腻鬟髻，碧牙镂掌山参差。曲终暂起更衣过，还向南行座头坐。低眉欲语谢贵侯，檀脸双双泪穿破。自言本是宫中嫔，武皇改号承恩新。中丞御史不足比，水殿一声愁煞人。武皇铸鼎登真箓，嫔御蒙恩免幽辱。茂陵弓剑不得亲，嫁与卑官到西蜀。卑官到官年未周，堂衡禄罢东西游。蜀江水急驻不得，复此萍蓬二十秋。今朝得侍王侯宴，不觉途中妾身贱。愿持卮酒更唱歌，歌是伊州第三遍。唱著右丞征戍词，更闻闺月添相思。如今声韵尚如在，何况宫中年少时。五云处处可怜许，明朝道向褒中去。须臾**宴罢各东西**，雨散云飞莫知处。”见《全唐诗》卷七四五。

第八句集自魏承班【菩萨蛮】之一:“罗裾薄薄秋波染，眉间画得山两点。相见绮筵时，**深情暗共知**。　翠翘云鬓动，敛态弹金凤。宴罢入兰房，邀人解佩珰。”见《全唐诗》卷八九五。

等闲：寻常、平常或轻易、随便。**碧云**:青云，碧空中的云。喻远方或天边。多用“碧云”以表达离情别绪。**幽怀**：隐藏在内心的情感。

2009年3月21日，阳朔诗词楹联学会举行学会成立20周年纪念会。

黎培芳：先当教师，为中学一级教师职称。后为县侨台办负责人，已退休。桂林市诗词楹联学会会员，阳朔县诗词楹联学会会员。

附录

专家评语

《唐诗集句诗词——漓水吟怀》2010年5月由中国诗联书画出版社出版后，寄赠给一些专家学者，不少专家学者发来电子信或信函给予高度评价。现将部分评语录于下，以供读者参考。

复旦大学宗廷虎教授:

收到惠赠的大著《唐诗集句诗词——漓水吟怀》，谢谢！虽还未及细读，粗粗翻阅，认为很有价值。您挑选了许多人不屑做也极不易做好的事来从事创作、研究，实在大不易，有魄力，有雄气，为我国的集句诗领域作出了重要贡献，应该向您致敬！

恰巧我与老伴两人去年出版了一本《中国集句史》，是作为研究《中国修辞史》（此书不久前刚获“全国高校哲学社科优秀成果奖一等奖”）中“引用史”的副产品而写的，因篇幅有限，未包括对联集句史。现寄上一本请指正。从宋代开始，元明清以降，历代均有集句专书问世，到现当代萎缩了。

我正在主编《中国辞格审美史》，其中《引用辞格审美史》中，也要写到当代的集句史，到时我可以许及大著。希望您发扬我国集句传统，开创出一片集句新天地来。

中国作家协会副主席、中国当代文学馆馆长陈建功:

很高兴收到大作《漓水吟怀》。学长不愧师出古典文献专业的学长，所作集句不仅章法谨严，更有深情个性存焉，弟已遵嘱将另外捐赠转交文学馆收存，在此谨向您表示由衷的感佩并向学长表示诚挚的谢意。

广西诗词楹联协会顾问钟家佐：

《漓水吟怀》一书，使人大开眼界。集唐人旧句而别有新意，且流水无痕，能臻此境，非博览群书不行，其中辛劳甘甜可想而知。祝你日后更有新成就。

复旦大学中文系教授陈尚君：

焕艺先生：盖集句一体，经台湾学者裴普贤著《集句诗》正续二编之研究，其演进历史已经大体清楚，虽一般认为肇始与天水一朝石曼卿、王介甫诸公，若溯其渊源，则可推到晋宋间（旧说以为始于或归左芬之《集左氏诗》，我则倾向始于刘宋袁淑之《俳谐集》）。至南宋时大兴，尤以文文山集杜诗最得盛誉。明清两代，继轨者代不乏人，成为古代诗歌中之奇葩。其影响波及海东，近年门人金程宇君颇采据高丽人集句诗集以为唐宋诗歌辑录之依凭，收获颇丰。因此，我觉得集句之作，既能弘传先贤之佳句，表达作者之情怀，兼具保存文献之意义，可谓一举数得。可惜近代以来，斯道渐绝，颇感遗憾。阁下多年沉浸于此，涵咏英华，畅述所感，借古人之锦绣，成今日之霓裳，承续遗向，光大诗学，诚为不朽之盛事。故讽读数四，钦敬莫名，遥凭短札，略述所见。并祝继续努力，开拓新境。

北京大学中文系博导卢永璘：

自四年前获先生所赐《漓水吟怀》后，我已认真拜读多遍，常供诸案头，随时吟赏、学习之，受益良多。大著所集虽为古人旧句，然含英咀华，已焕然翻新，无论抒情、状景、叙事，皆贴切题旨，不啻从自家胸臆中流出。前人之集句诗词，我过去也曾浏览一些，然考其功力，盖无出先生之右者。故每多感叹先生之大才暨勤奋精神，想来一部浩如烟海之《全唐诗》，已被先生翻烂了吧？何令人感佩、欣羡之极耶！

武汉大学文学院尚永亮：

以家乡为对象，以唐诗为材料，以情感为经纬，创作出数百首集句诗，是大著之最显著特点。此一类型、规模、系统之集句，已远超中国历史上曾有之作；至其所集之句多稳妥贴切，时见精妙，又非精于唐诗且有艺术眼光者不办。盼先生于吟坛不断有佳作奇篇问世，则唐人幸甚，今人幸甚！

湖南科技大学人文学院李德辉：

收到了您邮寄给我的《漓水吟怀》一书，非常高兴和感谢！此书的特点，一是古为今用，结合实际，内容新鲜，有创造性；二是遵从古制，体例严谨，合于严格意义上的集句要求和规范。三是态度虔诚，努力不倦，此皆其可取之处和可贵之点。

南开大学文学院卢盛江：

先生用五年时间，熟读《全唐诗》，集句吟咏漓江山水，令人感佩。大著集唐诗之美，漓江山水之美和先生创意之美于一体，是集句之作，也是集美之作。

南通大学文学院王志清：

粗粗阅过，油然而生敬意，诚非一般功夫，实乃当代绝品。

华南师范大学文学院戴伟华：

大著收到，钦佩之至。集句之难，甚于自作，既须将古人之作，记忆于心，又须出于自然以求充分表达自己的思想。先生之作，已臻化境，漓江春雨之思尽在画屏之中矣。昔游漓江，虽为江色水光所感发，但无诗什留下，以记一时之欣，至为遗憾。今拜读集句诗，又兴重游故地的念想，先生之作的魅力，正在于此。

河南社科院文学所葛景春：

大著用唐诗集句的方式，来抒心达意，神同己作，非功力深者莫办，使我非常钦佩。历史上如王安石、文天祥者，都是记忆超人、才高八斗的才子。如王安石，有人说他有过目不忘的本事，腹笥极博，因此，集句这种方式，一般人不敢轻易染指。兄集唐诗句的诗词多达300首，数量实极惊人，质量也属上乘，多是佳作。作集句诗者，既要博闻强记，又要有诗才，才能将前人诗句重作组合，写出新意，是一项高难的创作。而先生却大笔挥洒，驾驭自如，如驱众兵，为我所用。堪称大将之才，可喜可贺。试作小诗一首，作为祝贺！

题秦焕艺先生《唐诗集句诗词——漓水吟怀》

万卷诗书腹内藏，寻章摘句费裁量。

唐诗一部任驱遣，化作篇篇锦绣章。

北京华夏诗联书画院院长王庆新：

盟友秦焕艺以五年之功累集唐诗诗句成诗298首，辑《漓水吟怀》一书面世，为史上最牛集句诗集，感慨之余效颦而集句七绝一首以贺：

一点窗灯欲灭时（唐·白居易），

我诗多是别君词（唐·元　稹）。

等闲识得东风面（宋·朱　熹），

剪出红梅花万枝（当代·郭沫若）。

载《中华诗联书画》2010年第6期（总第37期）

后记

我出生在阳朔漓江边的渡头村，是喝漓江水长大的，对秀丽的漓江有特殊的感情，以至于大学毕业后，毅然放弃大都市工作的机会而回到阳朔。我这辈子走遍阳朔的山山水水。或江边看倒影、听滩声，或登高观远景、赏白云，搜集漓江风物故事，体验漓江的山情水趣，感受漓江的诗情画意，常在漓江两岸抒发自己的情怀，怀念远方的挚友，近十年来，还常与诗友在漓江边唱酬。可以说将自己的身心都融入到了漓江两岸的山山水水中。有一次朋友相聚，一位搞旅游的朋友说，漓江流淌的是金子、银子。而在我看来，漓江流淌的是故事，是诗词歌赋，是多彩的漓江文化。退休前，我就搜集整理了不少漓江的故事，先后与他人合集出版了好几本风物传说书籍。

对于集句创作，我开始并不感兴趣。因为在多年前，我看过一本教人写格律诗词的书，此书作者在其集句诗部分是这样教读者的："我临时翻开《千家诗》，随便挑选七八首'an'韵的诗，拆散打乱，重新组合，一会功夫就集成了五六首。""像这样一天可以集出成百上千首来。"还列了五首集句诗。好家伙，"一天可以集出成百上千首"，也就是说，一天就能完成一本页面不薄的集句诗集，这集句诗还有价值吗？再一想，不对，我就认真地作了试验，并作了计算，一天24小时不间断地抄七言绝句，抄不了1000首，还得花不知多少时间摘录数千首诗，花不知多少时间进行"拆散打乱"并按韵归类，又要花不知多少时间"重新组合"出这"成百上千首"诗来。作者先生有何绝招竟然能"一天可以集出成百上千首"集句诗，真是天知道了。再看书作者"拆散打乱"《千家诗》"重新组合"的集句诗，**"月落乌啼霜满天"**的深秋季节，竟然有**"呢喃燕子语梁间"**，还是**"暖风吹得游人醉，才了蚕桑又插田"**的春夏情景！唐代张继，宋代刘季孙、林升、翁卷这四位诗人的这四句诗句是人们耳熟能详的好诗句，被这样“拆散打乱”“重新组合”在一起，就毫无逻辑，诗不成诗，前人的好诗句就这样被糟蹋了！因此，集句诗在我心目中实在没有好印象。更何况后来在网上也见了不少集句诗，总觉得相当多的都是按“拆散打乱”“重新组合”，然后再加题目。我试过，像这样去集句，一天要集三首五首，我也能做得到。真如此，集成的集句诗还有什么艺术价值呢？！

后来我对集句诗产生兴趣，还是家乡情缘。我的家乡渡头村位于漓江下游南岸，山水秀丽，历代文风鼎盛。2005年，在我的提议下，渡头村的一伙文学爱好者在村外庙门塘聚会成立了“渡头农民文学社”，并准备不定期出版《渡头新声》。他们以为我在大学学的是古典文献专业，定然会写古诗词，就要求我写古诗词交稿。没办法，只好从命。在从庙门塘回阳朔途中，想起几天前在网上看过元代贾平章之女贾娉娉集的十首唐诗集句诗很有意思，就突发奇想，来了集唐诗的兴趣。回到家中，马上将清人所编的《全唐诗》一本本从书柜搬到桌上。经过十多天的努力，完成我平生第一首集句诗《庙门塘寄情》。从此，我业余时间除了集唐诗还是集唐诗，上瘾了。

在十年的集句创作中，听到一些“诗词爱好者”问：“你这本书的封面怎么能写秦焕艺著呢？你又不是创作！你拿古人的句子凑在一起就成了你的诗了？”一连串提问。而我只能遗憾地请这些“诗词爱好者”先了解什么是集句创作，了解近2000年的中国集句史，再考虑该不该提这些粗浅问题。反而，我的集句创作自始至终得到渡头农民文学社以郑木发为首的诸位诗友的支持与鼓励。我的第一首集句诗《庙门塘寄情》就是在渡头农民文学社成立时的2005年5月创作的，并发表在第一期《渡头新声》上，而最后一首《渡头农民文学社十周年五塔连滩聚会》创作于2015年5月，也是为渡头农民文学社而作。我的唐诗集句创作十年，也伴随着渡头农民文学社成长的十年。可以这么说，这本《唐诗集句——漓水流韵》面世，也是渡头农民文学社十年的成果之一。

“流韵”一词，出自南朝·梁·刘勰《文心雕龙·时序》：“应傅三张之徒，孙挚成公之属，并结藻清英，流韵绮靡。”“流韵”即诗文等表现出的风格韵味。书名《唐诗集句——漓水流韵》，就是要用唐诗集句的创作形式来抒发自己对漓江秀丽山水的情感，对家乡的情怀，即用唐诗集句的形式来描写漓江的风物、风情和乡情。

郭沫若先生在为福建莆田的陈禅心先生的唐诗集句《抗倭集》作的序说：“作诗

难，集句尤难，集句而至于运用自然，吻合事物者，难之又难。盖诗者心声也，心所欲言，笔即随之，尚患其难工，况以古人成句，发己心之所欲乎？”集句之难，我的学姐张明非在为这本书作的序里也作了阐述。

平常创作格律诗词，要讲究格律、音韵，有一定的难度，有人形容就像戴着枷锁跳舞。我用集句创作方式创作的是格律诗词，这是戴着第一重枷锁；集句比传统格律诗词的创作难度要大得太多，这是戴着第二重枷锁；我把我的集句诗词的内容限在描写我的家乡漓江这一小范围，这是戴着第三重枷锁；我还专门集了几首每句第一个字都相同的即我自己戏称之为“同头诗”的绝句，还有几首辘轳体诗，这又增加了难度，大概可以算是戴着第四重枷锁了。我就是戴着几重枷锁来进行我的唐诗集句创作的，其难度可想而知。

我还坚持不重复引用引诗。如发现某一句引用的诗句在我的其他集句诗词中已引用，一定删去另找诗句。而且坚持只从一首唐人的诗中引用一句，且不改一字。如发现所选诗句不合立意，不合平仄，虽说只要改其中一个字就解决问题了，我也不改，一定再翻阅《全唐诗》另寻合适的句子替换，哪怕再花费十天半月也不后悔。实在找不到恰当的句子来替换，宁可整首删除，为的是遵守集句创作的规则。再次，我所集的集句诗词，写景的必是自己所游所见，纪游的必是自己所游所感，感怀之作也是自己所感所思，每一首力求有生活气息，即坚持先立意后集句，绝不用一些人的“拆散打乱，重新组合”凑韵后再加诗题的集句方法。

读者在看了我的集句诗词后，再进一步了解所引诗句在原诗中的位置和诗意，那定然别有一番情趣。如果集句诗后只录引诗作者和诗题，别说购置有《全唐诗》的读者并不多，就是手头上有《全唐诗》的读者也难以一句一句去查找。因此，我每完成一首集句诗词，就在网上百度搜索“集部+全唐诗+引诗”，找出每句引诗的出处，依次录于每首集句诗词的后面，并用黑体字重点突出引句，保留了《唐诗集句诗词——漓水吟怀》一书的创意。这也为不少没有《全唐诗》的读者提供了2000多首未经选择的唐诗，让读者能从中了解《全唐诗》的概貌，何乐而不为。《唐诗集句诗词——漓水吟怀》出版后，证明这一创意是受读者欢迎的。

近日有朋友问，花了十年时间，扎扎实实搞集句，才完成了600首，平均一周才完成一首，和前人比起来，是不是功效太低？实话实说，如果我的集句诗词描写范畴不限于漓江，不拘守自己“先立意后集句”的原则，且像某些前辈一样既可重复字又可重复句且又乱用韵，还不用顾及近体诗的“起、承、转、合”创作章法并“凑韵加题”，凭我所花的功夫，平均一天三至五首绝对不成问题。那么，今天呈现在读者面前的这本集句诗词集，首数绝对不止十倍，但其质量定然让读者不堪卒读了。

有学者向我提出，在引用唐人诗句时，我没有对《全唐诗》中的作者真伪进行甄别。其实，我只是进行集句创作，甄别《全唐诗》作者真伪的工作应是学者的事而不是我这位集句作者的事。这正如写某部小说的人只是作者而非学者，而后来研究这部小说的人们是学者而非作者是一样的道理。要求我这个身处最基层的人先进行作者真伪甄别后再进行集句创作，干脆就别集句了。难道中华书局因为没有对《全唐诗》中的作者真伪进行甄别，就不应该出版这套《全唐诗》？好在有关部门最近已经组织一大批学者们重新编纂《全唐五代诗》，这些学者们会运用善本、足本校勘全部唐五代诗人的诗集，会补辑佚散的唐五代诗，会甄辨重出、误收问题。可是，这《全唐五代诗》我不知何年何月才能见到，实在等不及，我只能以清编的《全唐诗》集句了。因此，本书所选诗句，除署名为杜牧的《清明》诗和《敦煌曲子·浣溪沙》外，都集自中华书局1999年1月版的《全唐诗》。不得不说的是，这本《唐诗集句——漓水流韵》只不过是一本集句诗词集，而不是什么学术著作，我只是唐诗集句的作者而不是学者，这才是真正需要甄别的。

感谢张明非学姐为这本书写了序，这对我是极大的鼓励。更要感谢我的同村好友、渡头农民文学社社长、《渡头新声》主编郑木发先生，他作为我的集句诗词的第一读者，在我的整个十年集句创作过程中，常给我提出有益的修改意见。特别要感谢老伴黎嘉萍，在我进行集句创作期间，双亲在世时替我尽孝，平时包揽所有家务，使我无后顾之忧，得以全身心投入集句创作。可以这么说，没有老伴黎嘉萍的支持，要完成这本书是绝对不可能的，老伴对这本书付出的比我付出的还要多得多。

2010年，花5年时间才完成的298首的《唐诗集句诗词——漓水吟怀》由中国诗词楹联出版社出版了，得到不少专家学者的赞誉，连“实乃当代绝品”，“为史上最牛集句诗集”的赞语都有。然而我有自知之明。此书由于出版仓促，除编排散乱外，不满意的集诗词还真不少。特别是看了复旦大学宗廷虎先生寄给我的《中国集句史》，了解到集句创作已有近2000年历史，到清代曾是集句创作的繁荣期。而近、现代，却是集句创作的萎缩期了，进行集句创作的人已少之又少。我便遵专家学者和一些诗友的建议，继续进行唐诗集句创作。就这样，又花整整5年时间对《唐诗集句诗词——漓水吟怀》进行修改、增删，计删去了70首，修改了86首，新增了377首，最终编成这本共有605首的《唐诗集句——漓水流韵》。全书调整为4个栏目，即220首的《山情水趣》、100首的《画意诗情》、226首的《漓水吟怀》，59首的《阳朔唱酬》。还是按先诗后词，先七言后五言的顺序编排。集句诗多用平水韵，只有几首是押新韵，都在引诗之后注明。

这本《唐诗集句——漓水流韵》，是我用“无奈、乡情加韧劲”酿制的一坛五味俱全的酒，分斟给读者细品其中味。由于我人生坎坷，欲成之事多未成，其中多有伤感之作，较为低调，敬请读者谅解。

秦煥藝

2015年6月5日于阳朔漓江南岸渡头村